U0894866

国家社科基金项目西部专项资助项目
批准号：08XZW021
青海师范大学学术著作出版基金资助

北民俗文化研究丛书　赵宗福 主编

青藏地区民族民间文学研究

米海萍　等著

中国社会科学出版社

图书在版编目（CIP）数据

青藏地区民族民间文学研究／米海萍等著．—北京：中国社会科学出版社，2013.12

（西北民俗文化研究丛书）

ISBN 978－7－5161－2615－8

Ⅰ.①青…　Ⅱ.①米…　Ⅲ.①少数民族文学—民间文学—文学研究—青海省②少数民族文学—民间文学—文学研究—西藏
Ⅳ.①I207.9

中国版本图书馆 CIP 数据核字(2013)第 097179 号

出 版 人　赵剑英
选题策划　刘　艳
责任编辑　刘　艳
责任校对　吕　宏
责任印制　戴　宽

出　　版　中国社会科学出版社
社　　址　北京鼓楼西大街甲 158 号（邮编 100720）
网　　址　http://www.csspw.cn
　　　　　中文域名:中国社科网　　010－64070619
发 行 部　010－84083685
门 市 部　010－84029450
经　　销　新华书店及其他书店

印　　装　三河市君旺印装厂
版　　次　2013 年 12 月第 1 版
印　　次　2013 年 12 月第 1 次印刷

开　　本　710×1000　1/16
印　　张　28
插　　页　2
字　　数　479 千字
定　　价　68.00 元

凡购买中国社会科学出版社图书，如有质量问题请与本社联系调换
电话：010－64009791
版权所有　侵权必究

《青藏地区民族民间文学研究》课题组

负责人 米海萍

撰写人 米海萍　胡　芳　刘永红

刘大伟　蒲生华　马都尕吉

李言统　李玉英

总　序

赵宗福

2011 年秋天，在印第安纳举行的美国民俗学会年会和在潍坊举行的中国民俗学会年会上，我提出了推进“地方民俗学”的学术设想，意在实实在在地发展繁荣区域民俗文化学事业。

中国民俗文化不仅源远流长，而且由于地域辽阔，民族众多，文化样式繁多，民俗文化更是丰富多彩，多元一体是中国民俗文化的一大特色。正因为此，钟敬文先生在 20 世纪 90 年代就总结出了中国民俗学的独特性格是“多民族的一国民俗学”[①]。即使是分布区域很广，人数近十亿的汉族，也由于极为广泛的分布与地方化，其民俗文化也具有极强的地方性。所以各地民俗文化的地方性特点极其明显，不可一概而论，或者说一言以蔽之，需要更有针对性地对具体对象进行研究。这就需要有地方民俗学的存在。我理解的“多民族的一国民俗学”就是我国诸多地方民俗学的整体概括。

由于各地的民俗学研究队伍状况和学术兴趣点不同，逐渐就形成了富有地域性的学术个性和研究倾向，形成了不同风格的地方民俗学。特别是已经成立了地方民俗学学会和有高校民俗学学科点的地区，往往在学会或学科点的主导下，基本上有自己的学术侧重点和表述风格，成果也相对集中在某些方面。如青海民俗学界的成果往往集中在 6 个世居民族的民俗文化和在青海具有代表性的民俗文化上，古老的昆仑神话、多民族民歌花儿与花儿会、土族狂欢节纳顿、藏族史诗格萨尔、热贡文化、各民族婚礼以及歌舞风情等等，是当地学者特别关注的研究对象。这也说明事实上具有

① 钟敬文：《建立中国民俗学派》，黑龙江教育出版社 1999 年版，第 29 页。

地域特色的“地方民俗学”是客观上已经存在的。

但是，不论地方民俗学如何发展与繁荣，都不可能与全国民俗学界绝缘，孤立地闭关而自得其乐。而是作为中国民俗学的有机组成部分，自愿地聚集在中国民俗学的大旗之下，至少与国内同行频繁交流，相互切磋，共同进步。同时，不同风格、多彩多姿的地方民俗学，也有力地支撑了中国民俗学这座学科大厦，丰富了中国民俗学的学术内涵，其地位贡献是不可忽视的。

正是以上这种局面，才形成了真正意义上的中国民俗学学科建设与学科繁荣。这里借用日本学者佐野贤治教授的一句话：“21 世纪的民俗学应当在乡土、国家、世界三者的关联中推进自己的学科研究。”[①] 我暂且把他说的“乡土”理解为地方民俗学。就是说中国民俗学的繁荣发展离不开地方层面的民俗学研究和民俗文化土壤，同时也离不开国家层面如中国民俗学会及其相关学科点的整体发展规划、组织协调和引领指导，以及世界前沿的学术眼光和理论方法创新。

事实上三者之间是相互交叉甚至融汇的，因为民俗文化资源是大家共享的，同时地方的民俗文化所面临的问题和价值基本上也是全国性的甚至是国际性的。所以对某一地方的民俗文化研究不仅仅是本地区的学者，往往有外地（特别是北京）甚至国外的学者来直接研究，其成果既是全国性的，也是地方性的。比如青海的花儿、格萨尔、黄南六月会、土族纳顿会等，国内外的学者都在研究，而且与地方学者相互借鉴，甚至相互合作，共同建构起了青海民俗文化研究的事业。

民俗文化是我们的父老祖辈们在生产生活中创造的最具有历史底蕴和生活气息的文化。她既是历史的，也是现实的，还是未来的；既是传统的，也是现代的，更是我们的文化 DNA。自从我们降临到这个世界上，就被自己所处的民俗文化所熏染、所教化、所塑造，最终把我们社会化成了一个民族文化的享用者、传承者和创造者。而我们作为民俗文化工作者，不仅仅是一个个民俗生活者和文化传承者，还是一个个民俗文化的田野者、探索者、诠释者，我们肩负着重要的历史责任和学术使命。

---

① 佐野贤治、何彬：《地域社会与民俗学——“乡土研究”与综合性学习的接点》，《民间文化论坛》2005 年第 4 期。

地方民俗学者研究的对象虽然大多是地方的民俗文化，但其意义不凡。一是科学地挖掘地方民俗文化内涵，弘扬地方优秀传统文化，为保护发展民族文化传统尽到一个地方学者的责任；二是通过民俗学的学术资源，参与和支持地方文化建设，发挥民俗文化在构建和谐社会与促进文明进步方面无可替代的作用；三是通过民俗研究与学科建设业绩，推助中国民俗学科的发展和国家学术事业的繁荣。这就是作为一个地方民俗学者对民俗文化应有的情感认知和责任担当。

作为地方民俗学者要真正实现以上的目标，首先必须要遵循学术规范，追求学术品质。惟其如此，方有可能以优异的业绩来实现学术愿望，否则就只能是理想上的巨人，成果上的矮子。

学术品质基于学术规范，而学术规范对学术来说就是道德品格，学术与非学术的最大区别在于是否遵循学术规范。就跟一个人一样，对社会对他人没有诚信，没有感恩之情，没有敬畏之心，没有正确的耻辱感和是非观，这个人就不可能是一个有道德的人，他所做的事情也就不可能真正有益于社会，他也不可能得到绝大多数人的认同。所以，人品是一个有道德的人的基本保证，而学术规范就是学术品质的基本保证。我们的民俗文化研究必须要自觉遵守学术规范，不断提升学术品质。

这些年来，由于整个社会大环境的影响，学术浮躁之风盛行，一些人把天下利器当成了“不食人间烟火”的玄学游戏，从概念到概念，不切实际，洋洋数十万言，管用的没几句；有的人把学问当成了坑蒙拐骗的黑市场，复制加粘贴，抄袭加改编，洋洋万言不见一个文献出处，不见自己一点个人见解，人云亦云，甚或以讹传讹，严重影响了社会科学应有的学术严肃性和文化软实力。这种现象自然也不免污染到了民俗学界，“民俗主义”乃至伪学术甚至部分地占据了神圣的学术殿堂。这是值得警惕防范的。我们主张在民俗文化研究中要“仰望星空，脚踏实地”，提倡经世致用的学术价值取向和扎实严谨的学风文风，坚决反对学术不端，严格遵守学术伦理。我相信学问无愧我心，公道自在人心。

在我们的民俗文化研究中，不仅要自觉遵守学术规范，还要大力鼓励学术创新精神。文化的发展繁荣要靠创意，科学的发展繁荣要靠理论观点方法的创新。创新是人文科学的使命和责任，人力、物力、财力的投入必须要有理论观点上的新收获，没有创新的科研过程实际上就是一种资源的全方位浪费，甚至是一种犯罪。所以我们的地方民俗学者必须要始终不渝地追求学术创新，以创新的高质量的成果来为民俗学学科建设和文化强国建设增光添彩。具体地说，就是要坚持立足地方民俗文化的实际，放眼国内国际的学术语境，以地方民俗文化研究为内核，运用学科前沿的理论方法，推出一批代表地方学术水平乃至在全国具有一定影响，能够经得起实践和历史检验的民俗文化调查研究的优秀成果，让我们的民俗文化研究走出地区，走向全国，在国内外学术平台有一席之地，从而体现出地方民俗学者应有的价值。

青海民俗学会推出这套《西北民俗文化研究丛书》，就是以严谨的学术态度，在学术规范和学术品质上下功夫，试图从较高学术层次来展示青海地方民俗学的业绩，同时也从地方民俗学层面来为中国民俗学学术事业添砖加瓦，共同推进“多民族的一国民俗学”建设。

青海是中华民族文明的发祥地之一，是中华民族文化的交融地之一，是中华民族精神的展现地之一。而以昆仑文化为主体的多元一体民族民俗文化就是这三个“之一”的鲜活表征。从古老的昆仑神话到丰富多彩的各类非物质文化遗产，都给世人留下了神圣、神奇、神秘而令人神往的大美青海印象，同时也彰显出了极为丰厚的文化内涵和十分鲜明的文化特色。因此历来得到学人们的关注和重视，至少在唐宋以来的大量古籍文献中就有对青海民俗事象的诸多记载，而在20世纪前叶，出现了像杨希尧的《青海风土记》、逯萌竹的《青海花儿新论》、李得贤的《少年漫谈》等民俗志记录和评论文章。新中国成立后，民族民俗文化得到了空前的重视，英雄史诗《格萨尔王传》、青海花儿、藏族拉伊、各民族民间叙事诗、民间故事、民间歌谣以及其他民俗文化的搜集整理出版卓有成效，至今惠及学界。特别是改革开放的30多年里，不仅整理出版了“民族民间文化十套集成”等大型资料丛书，而且高层次高质量的学术研究成果也不断涌现，呈现出了前所未有的繁荣局面。尤其是近年来，青海民俗学者先后推出了《青海花儿大典》、《昆仑神话》、《土族民间信仰解读》以及《青海省非物质文化遗产丛书》等一批富有特色的成果；还连续举办了“昆仑文化与西王母神话国际学术论坛”、“昆仑神话与世界创世神话国际学术论坛”、“昆仑神话的现实精神与探险之路国际学术论坛”、“格萨尔与世界史诗国际学术论坛”、“土文化国际学术研讨会”等高端学术会议。

而青海民族大学民族学学科点、青海师范大学民俗学学科点的建设，为青海民俗文化研究队伍的学历层次提升、学术成果的规范起了重要的作用。

特别是我们多年来对昆仑神话和昆仑文化的研究与论证，得到了青海省委省政府的认可和采纳。2011 年 11 月召开的全省文化改革发展大会上，把青海文化定位为“以昆仑文化为主体的多元一体文化”，正式开启了建设青海文化名省的新征程。这既是对青海民俗学界研究成果的认同，同时也为青海民俗文化的研究带来了历史性的发展机遇。

于是，青海省民俗学会在 2012 年 5 月应运而正式成立。中国民俗学会、美国民俗学会、日本民俗学会、中国社会科学杂志社、台湾“中国民俗学会”、“中华民俗文化研究会”、中国少数民族文学学会、中国艺术人类学会等国内外 50 多家学术单位以贺信贺函方式进行了支持。学会的成立，为青海民俗文化研究从零散无依、各自为阵形成学术合力、走向集约化发展奠定了良好的学术环境和组织基础。

青海省民俗学会是目前青海省各学会中学历层次和学术阵容最强大的学会，目前有会员 100 多人，其中拥有民俗学或相近专业的硕士博士学位者近 80 人。理事会 27 人中，博士 8 人，硕士 16 人。在地方学会队伍中，这无疑是一支专业素养很高、学术研究潜力很大的难得的精良部队。如何调动全体成员的积极性，真正形成具有团队精神的地方民俗学学术力量，充分展现他们民俗文化研究的优势，发挥为地方文化建设服务的功能，为中国民俗学学科建设和中国的学术大厦实实在在地尽一份力量，这是我重点思考的问题。

青海的民俗文化是青海乃至国家的重要文化资源，是青海文化软实力的组成部分，发展文化产业离不开民俗文化，“非遗”保护离不开民俗文化，建设文化名省离不开民俗文化，建设新青海也离不开民俗文化。青海民俗文化的研究任重而道远，民俗学会当然要顺应时代，乘势而上，发挥自己的学科优势和学术优势，在文化名省建设中积极进取，做出应有的贡献。

在我看来，青海民俗学会作为本土的地方民俗学会，首先立足于青海的民俗文化实际，以青海民俗文化为研究对象，以田野作业为基本功，深入基层调查研究，推出为地方文化建设服务的调查研究力作，这是毋庸置疑的。但是，立足于青海不等于学术视野局限于青海地域，而是要把青海民俗文化放置在全国乃至全世界的民俗学学术视野中。惟其如此，才能做出具有国内国际水准的学术成果来，也才能真正建设好具有青海特色的地方民俗学，在学坛上才能赢得话语份额。事实证明，没有自己的学术话语，就没有相应的学术竞争能力和文化输出能力，就不可能成为一个有实力的学科或学术团体。所以，必须立足青海民俗文化实际，面向国内外民俗学领域，追踪本学科前沿，了解相关学科及整个学术界的发展动态，兼容并蓄，提升品质，努力形成具有青海特色的理论表述风格和学术研究实绩，不断增强学术软实力，不断赢得学术话语权，真正树立起青海地方民俗学者的形象，树立起以昆仑文化为主体的多元一体民俗文化形象。

正是出于这样的思考，自学会成立之日起，我就把学会的奋斗目标定为立足青海，放眼国内国际学术语境，努力推进具有青海特色的地方民俗文化研究。也就是在采用民俗文化学及其相关学科的普遍性学术理论方法的同时，坚持青海民俗文化研究的本土化与民族化，致力于青海特色、民族特色、时代特色的民俗文化研究，以独到而不俗的学术业绩来形成具有青海特色的地方民俗学。这样的定位也得到了同仁们一致的认同。

按照学会“开展学术活动，追求卓越品质”的原则，学会对学术发展做出了具体安排。一是以不同形式不同规模开展民俗文化田野工作，摸清青海民俗文化家底，重点研究具有代表性的民俗文化事象；二是每年至少召开一次年会，选择某一主题进行民俗文化研讨，力求推出一批新成果；三是积极参与青海省各级各类学术活动，多方位地为地方文化建设服务；四是积极策划主办或者协办全国性乃至国际性的学术会议，借以提升学术层次和学会影响力；五是积极与其他学会合作开展民俗文化调查和学术研究。同时提出集中力量办几件学术实事。其中之一就是在会员成果中精心遴选组织，争取由国家级出版社出版“民俗文化研究丛书”。这套丛书就是根据这一思路，从会员中的国家社科基金项目结项课题、优秀的硕博论文和个别确有前期研究基础的自选项目中筛选，然后统一规划，统一目标，并根据出版社和编辑的要求进行修改完善，再统一推荐出版。我们的目标是做成一套具有较高品质和学术含量的纯学术丛书，计划出版20本左右。

需要说明的是，这并非是简单的把大家的成果集中出版。这些年来，我们以学会筹备组和青海师范大学民俗学学科点、青海省社会科学院为核心，每年积极组织省内民俗学者高标准地策划申报国家社科基金项目，从选题确定到申报文本写定，从获批立项到开题论证，做了大量艰苦细致的工作。比如在2012年青海民俗学者获批国家基金项目10余项，几乎无一例外的是通过我们的“民间”形式组织学者反复开会论证申报文本的，一遍遍地修改完善，个别文本甚至经过了三到五次论证才完成，最后以学者所属各单位的“官方”程序上报获批。这就是有同仁开玩笑的“辛苦归我们，荣誉归别人”。作为民间团体的工作，不仅仅是开会的费用，还有到处找会议场所、邀请专家学者、牺牲大家的休息时间、一次次地修改和打印文本，其中的酸甜苦辣，只有当事者才能体会到。当然天道酬勤酬善，多年来我们帮助策划论证后申报的民俗文化方面的项目也几乎是“无一漏网”地被获批立项。几年来的会员课题研究中，我们也是多次以不同形式参与讨论，甚至相互合作，共同完成。而一些优秀硕博论文，也基本都是在学会学术骨干的指导或协助下完成的。因此，可以问心无愧地说，我们组织出版这套丛书，在一定意义上是青海民俗学会（前期为筹备组）多年来学术成果的一次集中展示，也是我们从一个侧面对“多民族的一国民俗学”做出的一点微薄贡献。

丛书的策划在青海民俗学会成立之前就已经开始，我在2011年5月应中国社会科学出版社领导的邀请赴该社座谈中，就提出了出版青海民俗文化研究丛书的设想，得到社长总编们的赞同，回青海后与同仁们开始商量具体的丛书规划。之后在曹宏举副社长的关心下，我与编辑刘艳女士多次沟通协商，同时各位同仁按规划进行撰写或修改。2012年5月，我拜访了赵剑英社长和曹宏举副总编，正式汇报丛书立意和学术标准以及进展情况，两位领导听后大加鼓励，于是进入了正式实施阶段。在编辑出版过程中，刘艳女士认真负责，一丝不苟，专业素养和敬业精神令人钦佩；宏举副总编多次过问，具体指导，关心支持学术事业和西部文化的情怀也让我感动。所以我当然无法脱俗地要真诚感谢中国社会科学出版社的领导和刘艳女士，同时也感谢多年来与我兄弟姐妹般亲密合作的青海民俗学界同仁和本丛书的各位作者。

2012年9月20日于西宁上滨河路1号

目　　录

第一章

语境篇：青藏地区民族民间文学语境

民间文学是一个民族关于历史、科学、宗教和人生经验总结等的文化传统，又是一个民族无可替代和不可复制的非物质文化遗产。在古往今来的民族中，都有与作家文学、通俗文学相并行的民间文学。著名学者季羡林指出："在世界上，只要有国家，就会有民间。只要有民间，几乎就都有民间文学。"① 世代生息于青藏地区的汉族、藏族、土族、蒙古族、回族、撒拉族、珞巴族、门巴族、僜人和夏尔巴人等，都有着本民族恒久艺术魅力的民间文学。所有民族用口头创作和传承享用的民间文学，自发地表露着他们的思想生活情感，表现其审美观念和艺术情趣，具有浓郁的高原民族风貌和地域文化特性。青藏地区民族民间文学是中国民间文学的有机组成部分，有其生成、发展、演变和交流的自然地理环境和历史文化语境。

第一节 青藏地区民族民间文学的地理生态语境

一 青藏地区的地理生态环境

青藏地区处亚洲腹地、中国西部，境内北部边缘有西昆仑山、阿尔金山和祁连山等，祁连山脉内有共和盆地、青海湖盆地、贵德—循化黄河河谷盆地和西宁湟水河谷盆地等一系列盆地。南部边缘为喜马拉雅山地，喜马拉雅山和昆仑山分别向西延伸于帕米尔山体，构成高原的西端。东部有

① 季羡林：《比较文学与民间文学研究相得益彰》，载季羡林《比较文学与民间文学》，北京大学出版社 1991 年版，第 168 页。

横断山地区，是东亚大河汇集之处，按山地与高原边界的走向分为三段：东北段即岷山以北的西秦岭和祁连山山地，其南为昆仑山东延的西倾山和迭山，自南向北，有尕日山和达里加山东侧、拉鸡山东端，延伸至大坂山和冷龙岭；东段为玉龙山至岷山地段，该段为横断山脉东界，基本呈北东向延伸，自玉龙山南侧，依次为锦屏山、大雪山、夹金山、邛崃山、茶坪山，接壤岷山；东南段为玉龙山以西地区，为横断山脉南部，间有怒江、澜沧江和金沙江及其相间的高黎贡山、碧罗雪山和云岭等一系列南北延伸的横断山地区。这里群山起伏，冰川纵横，湖泊相映，江河奔腾，造就了青藏地区迥异的地理特征。

一是高大险峻。被称为“世界屋脊”的青藏高原，平均海拔在3500—5000米以上，地势大致自西北向东南倾斜：藏北高原海拔4500—5000米，而面积达35万平方千米的阿里谷地在5000米以上，有“高原上的高原”之称。中部黄河、长江、澜沧江的上源地区海拔在4500米许，到东南部四川的阿坝和甘南草原则降至3500米。高山峻岭蜿蜒相连，坡度相对很小，可谓“远看似山，近看成川”。耸立在高原边缘的巨大山系，北部的喀喇昆仑山、昆仑山，南部的喜马拉雅山、冈底斯山、念青唐古拉山，则海拔在6000—7000米以上。喜马拉雅山脉长2400千米，宽200—300千米，高峰汇聚，世界第一高峰珠穆朗玛峰海拔8844.43米，为万山之尊，清代康熙年间绘制的《皇舆图》曰“天下众山皆由此起”。昆仑大山系是中国西部山系的主干之一，西起帕米尔高原，东至昆仑山口和布尔汗布达山脉、巴颜喀拉山与阿尼玛卿山，横贯新疆维吾尔自治区与西藏自治区，向东伸入青海省西部，直抵四川省西北部，绵亘2500千米，宽130—200千米，总面积达50多万平方千米，誉称为“亚洲脊柱”、“万山之祖”。

二是辽阔广袤。青藏高原西起帕米尔高原，东至横断山脉，横跨31个经度，东西长约2945千米；南自喜马拉雅山脉南缘，北迄昆仑山—祁连山北侧，纵贯约13个纬度，南北宽1532千米，面积为2572.4×103平方千米，占中国陆地总面积的26.8%。在行政区划上，涉及6个省区、200余个县（市），即西藏自治区、青海省，云南省迪庆藏族自治州，四川省甘孜和阿坝藏族自治州、木里藏族自治县，甘肃省甘南藏族自治州、天祝藏族自治县、肃南裕固族自治县、肃北蒙古族自治县、阿克塞哈萨克族自治县，新疆维吾尔自治区巴音郭楞蒙古族自治州、和田地区、喀什地区以及克孜勒苏柯尔克孜自治州等的部分地区[①]。

三是崭新年轻。青藏高原是新崛起的内陆，板块构造学说研究认为，欧亚板块和印度板块相互碰撞造成了青藏高原的抬升和喜马拉雅山系的形成。喜马拉雅山达到现在的高度，主要是在上新世末至更新世强烈隆起（距今300多万年），距今8000万前的喜马拉雅运动，使高原的地貌格局基本形成。距今一万年前，高原抬升速度以平均每年7厘米速度上升，成为当今地球上的“世界屋脊”。这是世界上最年轻的巨地貌单元[②]。

四是气候差异强烈。青藏高原由于地势高，空气稀薄，海拔在5000米处大气质量约为海平面的一半，二氧化碳含量不及海平面的一半，故而大气中水分少，干净清洁，日照时间长，太阳辐射强，紫外线成分大。定日日照时数为3393小时；西宁日照时数2473小时；拉萨年日照时数达3008小时，素有“日光城”之称；冷胡日照时数为3574小时，是全国日照最多的中心。日照量的丰富，使地面白天吸热多，增温迅速，夜间则气温急剧下降，导致气温日差较大而年差较小。高耸的喜马拉雅山脉完全阻挡住了印度洋暖湿气流北上，使高原变得气候寒冷而干燥。绝大部分地区年平均温度在10℃以下，拉萨1月平均气温为－2.2℃，7月平均气温为15.1℃；那曲1月平均气温为－13.9℃，7月平均气温为8.9℃；玉树1月平均气温－7.6℃，7月平均气温12.7℃；西宁1月平均气温－8℃，7月平均气温17℃，盛夏犹如中原暮春时节，称为“中国夏都”。冬季漫长，无霜期短，拉萨、日喀则、西宁为120—180天，藏北、青南地区仅60—80天。年降水量较少且多集中在5—9月，拉萨453毫米，阿里60毫米，那曲406毫米，德令哈176毫米，格尔木40毫米。而喜马拉雅山脉南麓海拔较低的谷地墨脱、察隅地区，暖热湿润，呈现亚热带、准热带风光，年降水量达2000毫米。这样的气候造成植被呈垂直分布，植被依次向上为森林、灌丛草甸、高山草原、高寒荒漠。雪线以上皑皑冰雪覆盖群山，终年不化，许多高山都发育有山谷冰川，世界第二高峰乔戈里峰系喀

---

① 张镱锂等：《论青藏高原范围与面积》，《地理研究》2002年第1期。

② 任美锷主编：《中国自然地理纲要》（修订第三版），商务印书馆2004年版，第377—389页。

喇昆仑山的主峰，其北侧的音苏盖提山谷冰川面积 329 平方千米，是中国已知最大的冰川。这里是亚洲主要河流的发源地，长江、黄河、澜沧江、怒江、雅鲁藏布江，呈放射状分布于河谷盆地，流量稳定，流程中落差巨大，水能资源丰富。昆仑山与唐古拉山、念青唐古拉山自北而南的宽谷盆地，为黄河、长江和澜沧江发源地，是养育了中华文明的“水塔”。藏南谷底是亚洲南部三大河流的发源地：雅鲁藏布江上游马泉河、印度河支流萨特累季河上源象泉河、注入恒河的孔雀河。世界上最高的高原湖区集中在藏北和青海，大部分是内陆湖和咸水湖，湖泊有 1500 多个，总面积约 29000 平方千米，占全国湖泊总面积的 36.5%。纳木错湖面积 1940 平方千米，海拔 4718 米，是中国第二大咸水湖，世界最高的大湖；青海湖面积 4583 平方千米，为中国最大的半咸水内陆湖。班公湖处断裂带，其长度是宽度的 40 倍，是地球上最狭长的裂谷湖之一。

青藏地区群山环抱，峰峦叠嶂而绵延不断，江河奔流于幽谷险峡滔滔而出，沟壑纵横道路陡峭曲折。地理环境的相对封闭，难以形成发达的网络通道，加之交通工具的相对落后，阻碍了世代居住于此的人们与外界大规模、高速度的接触，不得不在“半世光阴路上忙”。藏区民众要到拉萨朝佛，是人生的一件大事，如果没有坚定的信仰和坚韧不拔的毅力很难到达。同时外部先进生产技术传入的周期很长，社会生产力发展步伐相对缓慢，潮流时尚很难在短时间内风靡起来。自然环境的相对封闭和地理形态的独特，养成了青藏各民族敬畏自然、感恩自然与大自然和谐相处的集体无意识心理，素有朝拜圣山、祭拜圣湖的传统习俗，客观上较好地保存了当地传统的生态文化。也决定了各民族民间文学生存与传承的独特性，在某种程度上保持了许多民间文学作品的相对古朴和完整。

二 青藏地区畜牧业经济环境

青藏地区是以传统畜牧业、农业为主，农牧互补，辅之以手工业、商业贸易的经济格局。草原是大自然的恩赐，牧草有蒿草、针茅草、苔草、凤毛菊、芨芨草以及藻类、苔藓等 940 种植被类型，营养价值较高的有 190 种[①]。青南、阿里、那曲、日喀则等，以高山草原和高寒草甸草原分

① 张逢旭等：《青海畜牧》，青海人民出版社 1987 年版，第 300 页。

布为最广[①]。畜牧业是青藏地区历史悠久的基础经济和支柱产业之一。早在3万年以前的旧石器时代，就有了原始先民的生产活动。在距今6745年前中石器时代的拉乙亥文化中，有羊、狐、环颈雉、沙鼠、鼠兔、喜马拉雅旱獭等动物骨骼[②]。在距今4500年前的卡若文化遗址中，有猪、牛、马鹿、黄羊、青羊、羱羊等动物骨骼。考古专家认为，卡若文化和同一时代黄河上游甘青地区的马家窑、半山、马厂系统的文化有广泛密切的联系，也与横断山脉地区乃至长江流域的原始文化有一定的关系[③]。分布在黄河上游及其支流湟水流域的卡约文化，距今3600年左右，墓葬中的随葬品大多是羊、牛、马、猪、狗和鹿等动物。距今2000年前柴达木盆地的诺木洪文化遗址，有饲养牲畜的圈栏遗址，有大量的牛羊马骨骼及粪便堆积，还有相当数量的羊毛绒、羊毛绳、毛布和皮制革履等，当时的“畜牧业异常发达”[④]。

青藏地区饲养的牲畜主要有马、牦牛和羊。马匹主要有大通马、河曲马、玉树马、柴达木马等不同类型，属蒙古马支系，适应缺氧环境下的役使。牦牛为耐高寒且温顺忠诚的特有家畜，系野牦牛驯化而来。古藏文典籍《五部遗教》言：“驯服凶猛的牦牛，曾是古代藏王从事的活动之一。”绵羊系小尾型藏羊，是羱羊（盘羊）的后代，耐粗饲，生长能力强。牧民从四季变化、牧草枯荣规律、牲畜繁殖习性中，积累大量放牧知识和经验，代代相传：

> 夏季放牧上高山，春秋返回山腰间，冬季赶畜去平川。
> 马放滩，羊放湾，牦牛上高山；骆驼放在盐碱滩，马群吃遍天。
> 春天牲畜像病人，牧人是医生；夏天好似上战场，牧人是追兵；冬季牲畜似婴儿，牧人是母亲。

---

① 本书编委会：《中国西部开发信息百科·西藏卷》，西藏人民出版社2003年版，第3—5页。

② 王道国等：《拉乙亥遗址的发现及其在我省考古学上的意义》，《青海考古学会会刊》1981年第3期。

③ 童恩正等：《西藏昌都卡若新石器时代遗址的发掘及其相关问题》，《民族研究》1983年第1期。

④ 许新国：《史前史的青海》，青海人民出版社2005年版，第75页。

放牧方式大部分地区分为冬、夏、秋三季牧场，以保证草场充分利用与牲畜采食。有冬季的“冬窝子”牧场，选在避风向阳山洼里；夏季有“夏窝子”牧场，选在高山和地势较高的平滩中，春秋“窝子”选择在山腰地带。不同季节的牧场迁徙有沿袭的固定迁移时间。夏历五、六月间，迁入“夏窝子”，八、九月迁入“秋窝子”；十月迁入“冬窝子”，一直到来年四月末：“春天到了，黑泥水往路上流，牛粪墙自己倒了，出冬窝子的时间到了。”此所谓“逐水草而居”的游牧生活。

畜牧业是高原最古老的生产部门，生产经营方式至今大多处于粗放水平，并还将会持续一个时期。但因这种从靠天牧养转化到自觉参与管理与生产方式经历了漫长岁月，看似年复一年简单的生产，却是一种合理使用自然资源的发明创造，又是游牧民族年复一年从不间断与严酷大自然拼搏、适应自然生存条件的智慧体现，对于当今的生态环境保护具有重要意义。

三　青藏地区农业经济环境

雅鲁藏布江沿岸及其支流和金沙江、澜沧江、怒江的河谷平原，黄河谷地与湟水谷地，素有“高原粮仓”之称，阡陌相连，鸡犬之声相闻，民居村落鳞次栉比。农业经济的历史早于畜牧业[①]，前述卡若文化遗址，出土了数量很多的粟，考古专家断定其源出于黄河文化[②]，小米的故乡在中国北方黄河流域，其人工栽培至少有8000年历史。卡若先民从事农业生产的工具，有石质工具和骨质工具。石质工具种类有石铲、石锄、石刀等。石刀主要用来收割谷穗，类似我国北方某些地区农村收割谷穗用的“掐刀”[③]。距今6000年马家窑文化石岭下类型时期的居民“以原始农业为主，兼营饲养业。种植有粟、大麻等作物，以稷最为常见”。其半山类型与马厂类型的居民“以原始农业为主，种植作物主要是粟，次为糜子”。青铜器时代卡约文化的经济类型是“半农半牧”。在诺木洪文化遗址中，发现有麦类、粟类作物[④]。出土的劳动工具，石器类有斧、锛、

① 崔永红：《青海经济史》（古代卷），青海人民出版社1998年版，第14—15页。

② 侯石柱：《卡若人从黄河走来》，《中国西藏》（汉文版）2001年第1期。

③ 同上。

④ 许新国：《史前史的青海》，青海人民出版社2005年版，第12—13页。

刀、磨盘等，骨器类有耜、刀、锥、针等，铜器类有斧、刀、钺等[①]。农耕用具有骨耜，可以穿銎按柄，用以翻土耕作；还种植麻类植物，以大麻纤维纺织麻布。同时制陶、纺织、冶炼铜矿等初期手工业有相应发展，这种社会生产一直持续到公元前1世纪末期。

青藏地区传统的农业生产技术由耜耕进入牛耕铁犁生产技术，是一个漫长的过程。牛耕铁犁技术在汉代传入青藏地区，对于本地农业生产是一种质的变化，标志着青藏社会告别原始农业、进入耕作的新时代。自西汉开始内地汉族源源进入青海东部地区，进行了一代又一代的农业开发和经营。直到明清时期，青海河湟谷地以农业为主，兼营畜牧业，二牛抬杠式的传统耕作技术没有改变多少。种植有小麦、大麦、荞麦、青稞、大豆、豌豆、扁豆、糜子、胡麻、燕麦、油菜、洋芋等；还有白菜、萝卜、茼蒿、芫荽、甜菜、菠菜、莴笋、黄瓜、菜瓜、蔓菁、大蒜、韭菜等经济作物。在藏东谷地南部种植有水稻、甘蔗、香蕉、葡萄等。拉萨河谷的农业种植，清代《西藏记》曰："其地冬虽寒而不凛冽，夏虽暑而不熏蒸。清明立夏之间，草木萌芽；季春夏初之际，麦豆播种；收获则在七八月之交。"藏西和青南地区，种植呈散点状，农作区域狭小。川西高原的作物种植在巴塘、打箭炉等高山盆地或坝子上。作物基本上为耐寒、耐旱品种，只有在藏南气候条件好一些的地方，种植水稻和非耐旱作物。一般而言，农业区一年只种一茬庄稼，藏南河谷地带也有一年两熟的。

20世纪50年代以后，农业区开始推广山地步犁、拌种工具、手摇喷粉器等，继而使用半机械化的铁质劳动工具如条播机、双轮犁、架子车，大大减轻了劳动强度；推广使用的手扶拖拉机、收割机、脱谷机等，提高了劳动功效。但与内地精耕细作相比，生产力水平并不高。这和耕作观念、农具先进程度、种田技术高低等种种因素相关，更与历史上社会制度的严重束缚有关。农业大多分布在河谷，可供耕种的土壤不多，加之气候高寒，无霜期短，农产品相对单一，靠天吃饭，时常遭灾，八九月份正要收割时节一场冰雹就会毁掉全年的辛苦。《米拉日巴传》中讲述了米拉日巴为报仇雪恨向咒术师学会放冰雹的咒术，学成后到家乡附近山上，用降雹法毁了曾经对他母子二人有恶行的伯父母和乡人庄稼的故事。雹灾是高

---

① 许新国：《史前史的青海》，青海人民出版社2005年版，第13—14页。

原普遍的自然灾害，种田人最为担忧也最无奈。《西藏志》记载今黄河源区曰："赤日之下，雪雹时加，伏暑之中，严霜夜袭天时地气之不同，盖与中原迥绝。"① 这种地理环境和气候下，难以发展大规模农业生产。反映在民间文学作品中，就有"一对犏牛黑犏牛，尕牛儿做活着哩；有了稀的没见个稠，拌汤俩活人着哩"的愁肠，就有"一没有牛羊二没有田，穷光阴啊们价过哩"的哀叹，生活中苦难多于享受，艰辛倍于安乐。但如高尔基所言："悲观主义和民间文学是绝缘的"，世居高原的农耕者，仍对生活充满了乐观和期望，视农耕为本业，春耕夏锄秋收冬藏，按照四季规律勤于稼穑，坚守"千买卖，万买卖，好不过庄稼地里翻土块"的固执信条，从不误时，从不违时。春祈秋报，企盼风调雨顺、五谷丰登。勤俭持家，视节约惜粮为美德，浪费、糟践五谷为作孽。

藏族学者格勒言："任何一种古老的民族文化都与一定的自然环境相联系，并在一定的自然环境中孕育和形成。"② 严酷的地理环境不仅养育了青藏地区的各个民族，造就了各民族特别能吃苦、特别能忍耐、特别爱惜劳动成果、特别爱护动植物生命并与自然和谐相处的民族精神；与严酷的自然进行坚韧不拔的拼搏，甚至付出生命代价获得并不充裕的衣食住用，以维持简单的物质生活，但又充分享受大自然的慷慨赐予，运用自己的聪明智慧创造精神生活，以弥补物质生活的不足与匮乏。故而青藏地区各民族的精神文化可谓独树一帜，尤其是民间文学的创作独特浓郁，熠熠生辉。

第二节　青藏地区民族民间文学的民族历史语境

青藏地区在中国统一的多民族国家长期历史发展过程中，逐步形成了各民族大杂居小聚居的分布格局，多民族的历史与文化，如同江河归流大海一般，在政治、经济、文化等方面，全方位地与祖国内地频繁联系与紧密交流。正如藏族民歌《嘉律》所唱："我们的香茶来自中原，我们的棉

① 吴丰培整理：《西藏志·藏程纪略》，西藏人民出版社 1982 年版，第 62 页。

② 格勒：《论藏族文化的起源、形成与周围民族的关系》，中山大学出版社 1988 年版，第 19 页。

布靠汉族支援。驮上我们最好的毛，牵上我们最好的马，送往中原，送往东海边。”这种各民族血肉相连、相互支持、和谐共存、和而不同、谁也离不开谁的优良传统得以世代传承。

一　历史悠久的藏族

藏族是世居高原最早的民族之一，分布于西藏全境和甘、青、川、滇等省。历史上曾分为“卫”、“藏”和“康”三个方言区。“卫”指以拉萨为中心的前藏地区；“藏”指后藏地区；“康”又被分为“康区”和“安多”两部分。“康区”包括今西藏昌都地区、四川甘孜藏族自治州、云南迪庆藏族自治州和青海玉树藏族自治州；“安多”指今青海省中除玉树地区以外的海南、海北、黄南、果洛和海西五个藏族自治州，甘肃省甘南藏族自治州和四川省阿坝藏族羌族自治州。

青藏高原最早、最古的“居民”，记录于古神话之中。今藏族最初的祖先生活在雅鲁藏布江边的泽当附近，是由猕猴和岩魔女结合而繁衍出来的。苯教教义解释说，世界最初是由五种本原物质产生的一个发亮卵、一个黑色卵，从发亮卵中心生出人间始祖，名字叫什巴桑波奔赤，人类是由什巴桑波奔赤的后裔——天界和地界的神繁衍出来的。中国人向有“赫赫我祖，来自昆仑”的文化记忆，昆仑山是神话中的“帝之下都”、“百神之所在”的乐园，人文之祖伏羲和始祖母女娲在昆仑山上完成了他们神圣的婚配，繁衍了人类①，是一座诞生人类之山、传承民族精神之山。而青藏地区真正的居民在3万年至1万年生息在今长江源头的沱沱河沿岸和可可西里，在柴达木盆地小柴旦湖、格尔木以南的东昆仑山等地，这些曾被想象为“不毛之地”的地方，考古工作者发现了远古先民使用过的各种石器。5000年前新石器时代的湟水流域，是先民们的故土家园，这里出土的马家窑文化类型彩陶，以其数量众多、制作精美、造型繁复而著称，世人连连惊呼“彩陶流成了河”，是“远古彩陶的故乡”、“彩陶的王国”。彩陶上绘有 + － × ⊙ ≠ ＝ ≡ ⊥ ○ ∞ 卍等神秘符号，有专家认为可能是氏族部落的标志性徽号，也可能是最早的古文字或最早的数学符号。

根据范晔《后汉书》记载，青藏地区最早的世居主人是羌人。“羌，

① 赵宗福：《昆仑神话》，青海人民出版社1995年版，第83页。

西戎牧羊人也”[①]，是以游牧为生的古老民族，广泛分布在中国的西部。民族学家任乃强等认为，羌人在商周以前有着高度的物质文明和精神文明，其文明程度远远超过了当时亚、欧各民族[②]。春秋战国之际大举外迁，南下横断山脉至云贵高原者，融合发展成为藏缅语族的一系列民族。古羌人对早期中国文明史影响深远，书写了中国文明的华彩篇章。而继续生息于青藏地区从事农业和畜牧业者，逐渐在吐蕃王朝的统一中形成藏族。吐蕃王朝作为中国出现的地方性政权，存在时间前后长达三百多年，为藏族的发展、藏区经济社会的前进，起到了重要的历史作用。

按照藏族传统说法，松赞干布为吐蕃第33代赞普，实际上是吐蕃政权的开创者。他在位期间，建立了完备的以赞普为中心高度集权的政治和军事机构，制定法律和税制，采取种种措施发展农牧业生产；派大臣吞米桑布扎到印度求学，创制出本民族的文字——藏文，为经济文化的交流和藏族文化的保存、传承与发展繁荣作出了巨大贡献；同时吸取唐朝先进生产技术和政治文化成果，迎娶文成公主，引入中原造酒、碾磨、纸墨等生产技术，派遣贵族子弟到长安学习诗书，与唐朝保持了政治、经济、文化交流，奠定了吐蕃与唐朝200余年来的“甥舅亲谊”之友好关系。金城公主入蕃嫁于赞普赤德祖赞，仍携带锦缎、工技书籍和使用器物。823年，应赤热巴巾赞普请求，唐派大理寺卿刘元鼎等人与吐蕃僧相钵阐布和大相尚绮心儿等结盟于拉萨，史称“长庆会盟”。唐蕃关系更加密切，遂“和同为一家”、“社稷如一”。记载这次会盟的“唐蕃会盟碑”至今立于拉萨大昭寺前。双方往来的交通路线史称唐蕃古道，这是一条沟通高原与祖国内地的友谊金桥，上面留下了许许多多动人的歌谣和传说故事。

吐蕃政权在10世纪初分裂瓦解。就在此时，藏传佛教形成并深入到藏区，为各阶层民众所接受和信仰，逐步形成政教合一的农奴主体制。元明清时，从青藏地区到中原内地的官员、高僧、商队、贡使等难计其数。其中，藏区的政教领袖有：元代的萨迦班智达、八思巴、恰那多吉，明代的大宝法王噶玛巴·得银协巴、大乘法王贡嘎扎西、大慈法王释迦也失，清代的五世达赖喇嘛、六世班禅，还有常住北京的八大呼图克图等。从中

---

① （东汉）许慎：《说文解字·羊部》。

② 任乃强：《羌族源流探索》，《民族研究通讯》1979年第2期。

原到青藏地区的著名人物有：元世祖忽必烈及其皇太子真金、西平王奥鲁赤、康熙十四子允禵、果亲王允礼、大将军福康安，还有历任西宁办事大臣、历任驻藏办事大臣等。清圣祖在位期间，确立了藏传佛教格鲁派领袖达赖喇嘛和班禅额尔德尼在藏区的政治宗教地位，其封号须经中央政府册封遂成定制。清高宗根据实际形势作了重大而全面的调整，设置驻藏大臣总揽全藏，调整西藏地方政教管理模式，规定达赖喇嘛、班禅额尔德尼的辖区及权限，并确定两位转世活佛金瓶掣签制度；确立西藏地方涉外事务、边境国防的决定权归中央等原则；勘定今西藏与青海、四川、云南间的界线等，使藏区与内地血肉关系更为紧密而不可分割。

世代生息于青藏地区的藏族，从人口数量和分布地域上占绝对优势，全民信仰藏传佛教，佛寺、佛塔随处可见，佛经典籍浩如烟海，转世活佛世代传承，与普通僧众、施主、信徒，共同造就了浓郁庞大的佛教场域。佛教神灵系统与本土原有的神灵世界融合，形成了一个包罗万象的神灵体系，构成藏族生活习惯、思维方式、普世价值观念等物质和精神内容。因藏族视精神创作本身亦是一种修行佛法的途径，所创作的民间文学也就自然而然“层累地”叠加着一层佛教光环，许多传说故事、民间谚语、民间戏剧等，或取材于佛经故事，或包含有浓浓的佛教意蕴。

二　主体民族之一的汉族

汉族是随着西汉政权开疆拓土、在湟水流域设郡立县、兵士屯田而进入的，对青藏地区文化的繁荣发展起了推动作用。汉晋之际，汉文化在河湟得以传播，并由多个世家豪族独领风骚，形成“汉文化圈兴盛”的局面①。609年隋炀帝西巡青海，在西宁陈兵讲武，在长宁谷大宴群臣，又在祁连山围攻吐谷浑，最后出扁都口，驻跸张掖，接见西域各国首领使臣后转回长安。盛唐时期，军队驻扎青海，大将黑齿常之（今朝鲜半岛人），率领军队开荒种田，耕战相助，有效解决了军队物资补给，招致很多内地汉人来此安家落户。明朝是中原汉人迁居的高峰时期，朝廷在此设郡立县，遣兵屯守。为达到“强兵足食”目的，出台“移民实边”的基本国策。迁居青海东部的汉族农民，来自江南淮泗、齐鲁之邦及秦晋大

---

①　赵宗福：《青海史纲》，青海教育学院教材，1992年印行，第24—26页。

地，和当地驻军一起“军民大生产”。农民有了属于自己的土地，还有减免赋税的优惠政策，生产积极性大为增强。随着耕地面积的扩大，耕作水平的提高，人口亦大为增长，自此汉族人口比例超出了其他民族，民族人口结构发生深刻变化。同时，边陲与内地文化的交流重新活跃，出现了又一次的汉文化高潮。

汉族移民牢记祖先创立家业的功德，为敬宗睦族、区分血缘亲疏，在制谱立牒撰写家族史时，强调自己祖先来自“南京珠玑巷”（也有称来自山西洪洞县大槐树）。传说朱元璋定都南京后，珠玑巷的百姓正月十五耍社火，一人扮演了一大脚妇人倒骑马上的角色，被奸佞告御状说讽刺马皇后，朱皇帝一道诏书就把珠玑巷百姓统统发配到了青海。这是汉族民众关于祖先的集体文化记忆。民间传说是“民众口传的历史”，是“架通历史与文学的桥梁”①，用口传文学虚构故事的叙事方式，曲折地诠释了内地汉族或由政府组织迁移实边，或因触犯专制朝廷被发配流放青海的史实，隐含着汉族与生俱来的对故土难以割舍深怀眷恋的文化情愫。这与明清官方文件常常说西宁虽“孤悬河外”，但此地属于华夏范围、此地民众亦当属炎黄子孙的意念心愿相一致。清代青海成为容纳移民的地区之一，人口超越前朝，来自五湖四海的移民，相继在青海扎根安家。1950 年以后，汉族再一次大规模西迁，数量达百万以上，来自全国各地的人们汇集于青海，和各民族兄弟姐妹一起，谱写了一曲曲的建设之歌、创业之歌，并传承和享用着青藏地区丰富的民间文学。

三　其他世居民族

13 世纪蒙古骑兵进驻拉萨以前，以雅鲁藏布江流域、三江源流域为中心的农业区域和牧业区域，都是藏族世代繁衍生息的地方，而门巴族、珞巴族、僜人和夏尔巴人等生活于喜马拉雅山南坡和东南坡，是高原的古老居民，有自己的民族文化传统，在民间文化、衣食住行、建筑艺术等方面，有着自己民族的文化传统。随着蒙古族进入青藏地区，在元末明初之际，多民族格局基本形成。

西晋末年地处东北的鲜卑吐谷浑部、秃发部、乙弗部相继进入青海建

① ［日］柳田国男：《传说论》，连湘译，中国民间文艺出版社 1985 年版，第 31 页。

邦立国，在青藏地区呈现游牧文化、商业文化与汉儒文化交相辉映的景象。鲜卑诸部在历史的蹉跎岁月中，同化融合于其他民族。其中的吐谷浑与后来形成的土族有渊源关系。土族在汉文史书上称为“西宁州土人”、“土人”，汉族称为“土民”，1952年统一定名为土族，聚居于河湟流域的互助、民和几个县区。作为一个民族共同体，形成于元明之际。清代梁份著《秦边纪略》载：明代的西宁“自汉人、土人而外，有黑番、有回回、有西夷、有黄衣僧，而番、回特众”。历史上土族与藏族关系密切，笃信藏传佛教，名僧大德涌现辈出，又受强势汉文化深刻影响，使用汉语汉文，用土语唱出“盘古开天辟地歌”、“二十四节气歌”和“二十四孝故事”，崇尚儒家的仁义礼智信，信奉道教的阴阳五行，是个善于吸收先进民族文化来创造自己独特文化的外向型民族。

当成吉思汗的蒙古大军挥戈青海、河湟纳入蒙古帝国的版图时，蒙古族开始在青藏地区定居。明中叶时，东蒙古鄂尔多斯部从河套进入柴达木盆地，并把环湖草原当作游牧乐土，明人称之为“海部”，或“西海蒙古”。后来以蒙古土默特部俺答汗为主的蒙古29支部落驰骋在青海草原上，成为环湖居民。俺答汗接受了明朝赐予的“顺义王”封号，结束了蒙古与明朝对峙的状态，还和藏传佛教格鲁派建立了密切关系，在今青海共和县境内建立了壮观异常的仰华寺。1578年是中国民族关系史上最值得纪念的一年，格鲁派高僧索南嘉措到达青海湖畔，与这位叱咤风云的俺答汗会面。俺答自比忽必烈，将索南嘉措比作八思巴，追忆着元代以来两个民族间的友好关系。之后索南嘉措举行了由10万人参加的大法会，宣传佛教教义，趁机劝俺答汗戒杀行善。受佛教高僧的引导和劝善影响，千余蒙古族贵族弟子受戒，108人落发为僧。俺答汗赠索南嘉措“圣识一切·瓦尔齐达喇·达赖喇嘛”称号，这是由梵语、蒙古语和藏语累加起来的无比尊贵的称号，意即“无所不知大海般智慧的执金刚大师”。索南嘉措追认了宗喀巴大师的两个弟子根敦朱和根敦嘉措为一世和二世，自认为三世，格鲁派第一大活佛“达赖喇嘛”的名号就此诞生在青海湖畔。索南嘉措赠俺答汗“咱克喇瓦尔第·彻辰汗”的尊号，意即“转轮睿智之汗”。自此佛教思想浸入蒙古族社会，得到广泛信仰，改变了蒙古族剽悍的民族性格。1636年著名蒙古族领袖固始汗率部从天山脚下经塔里木盆地进入青海，且在拉萨构建了一个以和硕特汗王为核心、蒙藏上层相结合的地方政权。直到1723年清廷出台“青海善后事宜十三条”等决定性意见后，青海蒙古称雄青藏之势就此画上了句号。青海的蒙古族被编为29旗，规定各旗每年农历七月十五日在青海湖畔察罕托洛亥祭海会盟（后改为三年一盟），由钦差大臣主持。道光以后，规定环青海湖藏族也参加祭海会盟，这个制度一直延续到1949年。环湖草原演绎的“你方唱罢我登台”的历史故事，英雄史诗《汗青格勒》、机智人物禄·东赞、英雄人物固始汗的故事，至今在环湖草原的蒙藏民众中广为流传。

撒拉族主要居住在循化县，自称“撒拉尔”。在汉文文献中写作“撒剌”、“撒拉回”、“番回”等。由于撒拉族没有本民族文字，官方典籍缺乏记载，所以撒拉族的来源多保存在民间口头传说中：700多年前尕勒莽、阿合莽兄弟二人，率领同族人离开中亚撒马尔罕故乡，牵一峰白骆驼，驮家乡一撮土、一碗水和一部《古兰经》，沿着天山北路进入嘉峪关，辗转来到今循化街子。此时白驼化为白石，从嘴里吐出了一股清泉（循化街子骆驼泉名胜由此而来）。众人取下《古兰经》，试量了水和土，其色泽、重量与故乡带来的水和土完全相同。于是，他们驻足积石山下，开始了安居乐业的生活。

“大分散，小聚居”的回族在湟水流域多有分布。从元代开始，回族先民大量迁入青海。他们以伊斯兰教信仰为纽带，吸收和融合了汉、维吾尔、蒙古、藏等多种民族成分，逐渐形成“回回”民族。正如《明史·西域传》言元朝时“回回遍天下，及是居甘肃者为多”，其中包括了当时隶属甘肃行省的青海东部地区。现在聚集于甘肃的保安族、东乡族，在明清时期于青海多有活动和居住过。信奉伊斯兰教民族的民间文学，大多保存传承于口头者居多，因有多方面文化价值，被称为“口碑古籍”。

元明以来在青藏高原东部地区形成了汉族、藏族、土族、蒙古族、撒拉族和回族六个世居民族和睦相处、多元文化美美与共的传统格局。湟水流域在地理上是青藏高原的东部边缘，又是黄土高原的西端，处于两大高原的过渡地带。河湟走廊与河西走廊连接呈丁字形状，历来有“天河锁钥”、“海藏咽喉”之称，“是中外交通、民族混杂的地区，汉人以外，更多的是少数民族”①。这里是中华民族多元一体历史进程中的典

① 费孝通主编：《中华民族多元一体格局》，中央民族大学出版社1999年版，第199页。

型区域之一[①]。在这样一个多元文化共存、多民族杂居区，各民族彼此交流、相互吸收和共同享用、传承着民间文学，众多的神话传说、故事歌谣、史诗叙事诗、俗语谚语、曲艺说唱等民间文学作品，呈现出多重价值。在口头上，是关于生产生活、人生伦理、婚姻爱情、风物特产、重大民族事件的诗意性讲叙或诠释。从信仰看，蕴涵着以藏族、土族为主的藏传佛教文化，以回族、撒拉族为主的伊斯兰教文化和以汉族为主的儒释道文化的膜拜崇信，如天体崇拜、祖先崇拜、宗教始祖崇拜，笃信来世今生与未来，执着坚韧地守护精神家园。从行为看，更是一种民俗活动实录的体现，如关于宇宙万物起源的艺术性解释及由此产生的种种仪式，唱叙英雄史诗的神圣与庄严，各种岁时节日的狂欢与庆祝，贺生送死的欢乐与悲哀，新居华屋落成的祈祷性祝福，都是融集体口头创作、精神信仰和民俗活动于一体的综合艺术，并与高原各民族传统生活方式、传统行为准则、传统思维模式紧紧联系，共同构成了生生不息的传统文化生活。

第三节 青藏地区民族民间文学的民俗文化语境

一 趋同化的民俗文化语境

从上述地理环境与经济生态语境看出，青藏地区各民族的物质生活相对匮乏，但物质财富的相对贫乏和现实生活的艰难沉重，并没有阻碍各民族在精神文化方面的热情追求和聪明创造，反而更加关注自己民族的精神生活。举凡种种社会性的集体文化活动，如部落祀典、寺院法会、朝山敬神、名人贤德莅临，往往成为伴随人际交往和物资交流的公共聚会和盛大节日。甚至普通家庭的生日祝寿、嫁女娶媳等，也成为联系血缘亲戚、部落亲朋、庄邻社友等的重大事件。基于上述多民族多元文化语境，藏传佛教文化、儒释道文化、来自西域而本土化的伊斯兰文化和北方蒙古草原萨满教文化，在青藏地区“各美其美”的民俗文化语境中，不断创作、传承着民间文学。

青藏地区各民族在文化上的相互吸收与借鉴，使得一些精彩纷呈的民

① 米海萍：《论明代青海多民族格局形成的原因和影响》，《青海民族研究》2008 年第 2 期。

俗文化在各民族间共同传承和享用时，有着明显的趋同化倾向[①]。民歌“花儿”在汉族、回族、撒拉族、土族、藏族和农业区的蒙古族中间盛传不衰。而传唱花儿的场域如大通老爷山花儿会、互助丹麻花儿会、民和七里寺花儿会、佑宁寺花儿会等大型民间歌会，呈现传承悠久、规模庞大及各具多民族多元文化不同特点。这种以歌会友的民间集会不仅仅满足人们求神拜佛、祈福还愿的趋同心理诉求，日用百杂、吃穿用度的趋同功利交换，那些职业不同、生活地域不同、民族所属不同的男女老幼，用汉语演唱心上的“花儿”，以释放生活重负、调试心理压力、大胆表露情感和愉悦身心，才是趋同化的目的。

各民族民众传统生活场域，是民间文学得以生发创作的大舞台。回族、撒拉族、土族和藏族民众，在举办宴席或喜庆场合表演的宴席曲，是一种趋同化的民间曲艺形式。宴席曲属于民歌中的小调，演唱空间一般在家里或村中。宴席曲有表礼曲、叙事曲、五更曲、打枉辩、散曲等多种形式，内容有贺喜歌、赞美歌、十二月劳动歌、生活歌、规劝讽谕歌；还有描写旧时代抓兵苦役歌，兵荒马乱中妻离子散、闺房思夫的相思歌，为生活奔波在外、遍尝人间辛苦的出门歌，控诉妇女不公婚姻、人格备受践踏的诉苦歌，以及反映重大历史事件为题材的历史故事歌等。代表性曲目有《尕老汉》、《亲家母》、《阿丽玛》、《褐烙马》、《十二月歌》、《方四娘》、《十劝人心》、《醉八仙》、《高大人领兵》、《出门人》、《索菲亚诉苦》等。家庭中的婚礼习俗及其仪式，是催生宴席曲这类民间文艺的平台。每逢婚庆喜事，亲朋好友前来道喜，成为宴席曲的倡导者和主要参与者，一些有名的“唱把式”、“曲把式”们，是宴席曲的直接参与者和表演者，还有一些助兴唱和或当观众的庄邻社友。参与宴席曲的人越多、“唱把式”越多，则表明喜事办得越好。青海门源回族自治县被誉为青藏高原的“香格里拉”，深受当地回族群众喜爱表演的宴席曲，于2008年被列为中国国家级非物质文化遗产名录，成为回族传统民俗文化的亮点之一。

《婚礼歌》亦是特定场域下产生的各民族趋同化民间文学样式。在河湟各民族婚礼中传唱的婚礼歌，是一种旨在连缀婚礼程序、渲染喜庆热闹

① 赵宗福：《西部多民族民间文化的代表作：青海花儿》，载《青海花儿大典·综述》，青海人民出版社2010年版，第4—5页。

气氛的仪式歌，所有参加婚礼的男女老幼都能够体验到难以抑制的愉悦兴奋。从迎娶新娘的《哭嫁歌》，到婚宴结束的《回马歌》，在每一个简繁不一、有序规矩的仪式上，都伴随有相应歌谣，或表达对新婚夫妇的衷心祝愿，或劝导新嫁娘和亲睦族、尊上友下伦理。其中媒人是合二姓佳缘、结秦晋之好的使者，结亲人家对媒人奔波周折的辛苦和功劳感念于怀，受到和舅舅一样尊贵的款待，并有专门谢媒仪式来答酬。藏族、汉族、土族和撒拉族的《谢媒歌》，皆趋同性地洋溢着对媒人的感谢赞美之情。

土族《谢媒词》曰[①]：

天上无云不下雨，地下无媒不成亲。
我尊敬的媒公大人，
石崖上无寺修了寺，修了一座八宝寺；
江河上无桥修了桥，修了一座金子桥。
金桥牢来路又宽，两家的亲戚过了桥。
媒公大人是太上老君下凡，手牵了一根红线，
连接了五百年的人缘，金童玉女缔结了婚姻。

汉族《谢媒词》曰：

天上无云不下雨，地下无媒不成亲。
昔日牛郎织女成亲，多亏了太白金星的好处；
刘皇爷东吴里成亲，多亏了乔老国公的好处。
两厢的金子银花成亲，多亏了媒公大人的好处。……
石崖上修寺，八卦金顶功成了；
高山上修路，八盘九湾路通了。
江河上搭桥，铜帮铁底，桥牢路宽。
两家亲戚往来行走时，多亏了媒公大人穿针引线的好处。

① 中国民间歌谣集成《青海卷》编辑委员会：《中国民间歌谣集成·青海卷》，中国 ISBN 中心 2008 年版，第 597 页。在这里特意需要说明，为避免行文重复，凡以下所有征引资料没有说明出处者，皆出自由中国 ISBN 中心出版的青海、西藏两省区的“三套集成”。引用内部资料本，则注明原出处。

撒拉族的婚礼赞词《乌如乎苏》曰[①]：

媒人最该受尊敬。为何媒人受尊敬？
俗话说：天上无云不下雨，地下无媒不成亲。
他们是高山上立碑的人，乱石河滩里造地的人，
人世间里搭桥的人。
……
善良的媒人呀，好心肠的媒人呀，
你好像修了一座清真寺，好像修了一座唤醒楼，
因此上，我们大家要尊敬媒人哩。

这三首歌谣从形式到内容，大同小异，都以天和地起兴，以修桥建寺作比，赞美媒人撮合两家结百年之好的功德，真诚感谢媒人成人之美。所表达的歌谣格式、语词和内容如出一辙，很难追溯这些歌谣的元文化属于哪个民族，但民俗文化的趋同化倾向十分明显。

二 讲述传播的民间信仰语境

茵茵原野上，牛羊缓缓移动；森林河谷边，青青农田，袅袅炊烟升腾。各民族民众守望家园，感受大自然的灵性与无比慷慨，体会终年劳作带来沉甸甸果实的喜悦，相信在冥冥之中有一个真实超自然的神灵世界的存在。家中有家神、灶神、祖先神护佑。每个人一生中有生命神、父神、母神等陪伴，倘若离开了这些神灵，人的生命随之结束。万物生长有山神、水神、谷物神、虫神的佑助，假如触怒了这些神灵，五谷难丰，六畜不旺。有相当多的民间文学体裁是以崇拜神灵、祈祷神灵为主题而创作的，这种精神产品一经诞生，便以口耳相传、口传心授方式播布，传承不衰。

自古以来藏族对形态迥异的大山充满敬畏，视为富有灵气和神圣的保护神而崇拜。冈底斯山主峰冈仁波切，海拔 6714 米，被誉称为“雪山神

---

① 循化撒拉族自治县民间文学三套集成办公室：《民间歌谣》（内部资料）1989 年编印，第 6—7 页。

王”，是一座精神信仰之山。苯教徒视其为本教灵魂所在的九叠雍仲山，佛教徒认为是宇宙的轴心须弥山，在印度教徒心目中则是整个宇宙世界的中心。12世纪初噶举派僧人开创了在雪山岩洞修习佛法的先例，逐步形成了围绕冈仁波切转山朝圣的惯例，并遵从佛教僧侣宣扬的“转一次神山，能洗尽一生的罪孽；转十次神山，能洗去一劫的罪孽；转百次神山，具备圆满功德，能成就佛果”传统信念，转山朝圣习俗代代沿袭而不曾中断，一路上留下了难以计数的民间故事。仅以各色人等留下脚印为话题，有释迦牟尼、观世音、菩萨、度母、罗汉、行空母、护法神的故事，有格萨尔及其王妃珠牡、洛桑王子及其王妃的故事，也有高僧活佛、法王、一般喇嘛僧人的故事，甚至有不知名姓的妇女身背幼孩坚持行走在转山路上的故事。神与凡人的脚印故事，一一成了圣迹，皆受转山僧俗人的虔诚一拜。凡此种种夹杂着信仰的趣闻故事，大量累积并广泛扩布，增强了冈底斯山的神圣、神奇和神秘，加深了人们对冈底斯山的向往。来自高原内地、南亚、欧洲国家的转山者，都怀着崇敬心情前来朝拜圣山，皆深深浸润在美妙的故事叙述中，得到十分愉悦的“心灵洗浴”。

海拔6282米的阿尼玛卿雪山，位列藏区四大山神之首。“阿尼”是安多藏语“先祖”的音译，“玛卿”意为“黄河源头最大的山”。在整个藏区享有崇高地位，享受着无尽香火。传说阿尼玛卿雪山神是一位正义之神，头戴红缨帽、身披银甲战袍，骑乘一匹玉龙白马，左手掌旗右手持矛，腰间悬挂宝剑和弓箭，巡视人间，惩恶扬善。他娶有九位后妃，育有九男九女，有360位眷属，另有1500名神将和侍从，居住在由金、玉、宝石筑成的宫殿中。野牛、岩羊和麋鹿是这个庞大家族的家畜，虎狼豺熊看家护院①。在阿尼玛卿雪山的背面，是密妃天界仙女山，西北部是父王金贵犀牛山、大臣短善白岩山、管家客欢白脸山，西侧是舅舅长岩卧葡山、领颂经师黄顶和尚山，北侧是母后威猛女王山，东侧是阿尼玛卿长子闹日昂杰的寄魂山、岭·格萨尔大王煨桑地，还有阿尼玛卿亲族和卫士居住的热格尔东山、十万度母的寄魂山等。民众按照自己的生活世界，想象构建了似如人间社会组织般完整严密的神灵体系。在僧俗心目中，此山是

① 索南多杰：《中国格萨尔文化之乡玛域果洛》，青海人民出版社2010年版，第40—43页。

西方极乐世界，是观世音菩萨的道场，具创世神、年神、战神、寄魂神、父神、孝子神、财神等多种神格功能，芸芸众生有求必应。又因有莲花生大师及其亲传弟子、文化发明英雄唐东杰布、萨迦法王八思巴、格鲁派创始人宗喀巴等历代高僧贤德在此修行，更使阿尼玛卿神山得到佛力加持而拥有巨大法力磁场，成为藏传佛教的殊胜修行圣地。信徒相信佛祖释迦牟尼是在藏历马年正觉成佛，坚信马年转山一圈，等于转了十三年，就等于朝拜了所有的神山，可俱消灾免祸，积累无量之功德。许多藏传佛教高僧写有专门祭祀玛卿山神的仪轨祭文，数量累计起来不下百余篇。宁玛派著名的祭祀文献《焚香献供祭》、五世达赖喇嘛阿旺洛桑加措的《焚香吉祥悬》，四世班禅洛桑确吉坚赞的《阿尼玛卿山神祭文》堪称代表作，都把玛卿山神视为重要的神灵加以赞颂。长达千句的祭颂阿尼玛卿山神的《玛卿雪山颂》开头写道：

嗦——嗦——
皑皑巍峨的山巅，构成琉璃晶莹的宫殿。
山间碧水回环，山麓百花斗艳。
无数山泉流出，三百六十座峰峦拥抱圣山。
……
神族三百六十位，神后对等配成双；
家眷使者众神灵，敬祭众神把福降。
玛卿为首众神灵，永驻圣山莫远行。

洋洋洒洒的颂词赞语，联篇累牍，所表达的感情炽热充沛。转山朝圣不仅考验人的体能，磨炼人的精神意志，更洗浴和净化了心灵。来自中外的朝圣者不胜其数，都以坚定的信念奔走在风雪肆虐、烈日炎炎的转经路上，礼佛膜拜，叙说着阿尼玛卿山神的神奇，体验着前世与来世，在今生痛苦的轮回中获得幸福感。也因共同的信仰追求，促使中外信徒们将阿尼玛卿雪山的传奇，以个体或群体方式，一次又一次地讲述、传播，再讲述、再传播，这是一种真正意义上的“文化交流性传播”①。

---

① 叶涛、吴存浩：《民俗学导论》，山东教育出版社 2002 年版，第 194 页。

三 生产生活的表演语境

植根于青藏地区生产生活土壤中的神话故事、传说、山歌、笑话、谚语、谜语等，由各民族集体创作、集体传承，并由集体保存和享用，以艺术方式调节劳动情绪、增加劳动节奏，在内容、风格上呈现浓郁的民族特色，就其讲述、传唱的方式本身而言，又是一种“以表演的形式来创作”的民间文学，而且“创作的那一刻就是表演”①。西藏山南的劳动歌有：农业生产歌——铁锹歌、连枷歌、耕地歌、翻地歌、除草歌、收割歌、打麦歌、脱穗歌、翻麦秸歌、扬场歌、卧碌碡歌；牧业劳动歌——挤奶歌、大桶打奶歌、小桶打奶歌、取酥油歌、羊羔喂乳歌；其他劳动歌——铁锤歌、盖房铁锹歌、筑房歌、打墙夯歌、上梁歌，还有织氆氇歌、牛皮船歌等。这些歌谣伴随劳动节奏而歌、描述生产而唱，在艰苦单调、重复的劳作中，用表演方式诉说着劳动的内容、记述着劳动的感受，并传承着劳动的知识与经验。

其一，个体表演。挤奶和打酥油是牧民两项极为繁重艰辛的日常家庭个体劳作，然而牧民把这种带有重复性的劳动，在歌声中升华为趣意盎然、兴致勃勃的活动，在单调乏味的劳动中，表演为身心愉快的歌谣。《挤奶歌》、《打奶歌》和《打酥油》等浅唱低吟②，宛如一幕表现日常劳动的个体表演剧。《打奶歌》唱道：

> 向救星上师拜礼，敬给有德的上师，敬给牧主日月佛；
> 敬给六柱三木帐篷，敬给白经幡顶上，敬给神柏树旗杆，
> 敬给旗杆铁帽顶，敬给旗杆黑色毛；
> 敬给紫色皮奶桶，敬给吉祥大奶桶；敬给吉祥大铜锅；
> 敬给上拉大乳杖，敬给初八月奶勺，敬给玉龙皮风箱。

早晨的第一项任务是挤奶，身起时周围气氛宁静祥和，在挤奶前，先是把

---

① ［美］阿尔伯特·贝茨·洛德：《故事的歌手》，尹虎彬译，中华书局 2004 年版，第 17 页。

② 山南地区民间文学三套集成总编委员会：《中国民间文学三套集成地区卷·山南民间歌谣集成》，西藏人民出版社 1995 年版，第 188—198 页。

虔诚信仰化作一番虔诚祷告，膜拜神灵佛祖：感谢天地的恩情，感谢牛毛帐篷温暖的家，感谢日常器具给生活带来的方便。似如喃喃自语的歌谣，朗朗上口，直白通俗。接着是清晨的忙碌：

东方刚刚拂晓时，鸟儿欢快地唱歌；这时牛倌起了床，
穿上白色喇瓦裤[①]，戴上黑色牛倌帽，腰插花色抛石器；
吆喝一声白须狗，白须狗拴在帐篷右，吆喝一声黑须狗，
黑须狗拴在帐篷左，接着去赶牛群回。一从黑白地赶回来[②]，
二从那邦地赶回来[③]，三从山顶上赶回来，四从山背后赶回来。

一天的操持开始于天色刚亮时。牛倌起身穿衣戴帽，腰间插抛石器，走出帐篷外，把主人忠实的猛犬拴在帐篷两旁，从山腰、草坡各处赶回牛群来。

右山吆喝“给”一声，左山打出唿哨声，“给”“唿”声中聚绳旁。
到拴绳间点牲口，有对长角白额牛，有对额呈斑点牛，
有对全身黝黑牛，黄犏牛发出一声泣，全都聚在拴绳上。
此时泻玛起床了，头戴白色毛毡帽，身穿白色喇瓦衣，
身背盐巴和糌粑，带上法轮般奶桶，花拴绳子系腰间。

赶回的奶牛在“给”、“唿”的吆喝声中，被牛倌逐个拴住一一清点：长角白额牛、额头斑点牛、黑牛、黄犏牛，没有走失半个。当第一缕阳光普照大地时，挤奶妇女穿戴停当，背上装有掺和盐糌粑的皮囊准备挤奶。挤奶开始时，先伸手抓一把盐糌粑给乳牛。加有盐的糌粑是奶牛的最爱，时间久了，奶牛熟悉了主人和带来的美味，挤奶时颇显温顺。那翘尾巴的小牛犊吸吮后流出奶来，再把小牛犊拴在母牛身旁，蹲身支好奶桶，两手手指轻轻捋住母牛乳头，乳汁流入桶中。

---

① 喇瓦：藏语译音，用氆氇制成的藏袍。

② 黑白地：指雪山与草坡之间放牧的地带。

③ 那邦地：藏语译音，指草坪与草坡之间放牧的地带。

选择挤奶的位置，花绳捆住牛双腿。牛犊白尾翘上天，
尾翘天空往右摆，牛犊套住拴绳上。放好法轮般奶桶，
拇指挤奶如雨下，小指挤奶似露珠。接着盛入皮奶桶，
放入三角毛袋里。力壮泻玛背着袋，置于浸骨溪水中。

挤奶工作一般由妇女承担，早晚各挤一次。看似简单，实则辛苦，如果人工挤一头奶牛花费20分钟，挤10头奶牛就是200分钟。高原的昼夜温差很大，即使在盛夏，早晨的微风吹有丝丝凉意，若在严寒风雪的冬季坚持完成早晨、傍晚的挤奶活计，这需何等的耐心勇气和坚韧毅力！接着是打酥油前烧煮鲜奶的活计：

在白锅下面烧火，用木勺试着奶温，将奶盛入大桶里，
接着打奶开始了。请奶倌格桑起来，发出这样的指令：
要么牛奶会变冷，要么牛奶会太热，青年毕竟还手新，
不会掌握奶温度，需要反复去实践。每当奶冷之泡沫，
像鱼穿梭水面上；每当奶热之泡沫，像太阳照映雪上；
奶汁适温之泡沫，像鹰盘旋草原上。

烧煮牛奶也是一门技艺，奶子烧煮的温度，全凭娴熟的经验，借奶倌之口传授煮奶“秘诀”，煮热奶的温度不高不低要适宜，溢出的泡沫就像“鹰盘旋”一样才是最好的。热鲜奶放冷后加入一半的酸奶倒入高约1.2米、直径约0.3米的木质桶内，桶盖中心凿一小洞眼，长柄搅杆穿入其中盖紧桶盖，搅杆底部安有类似活塞的叶片，不停地用力上下抽压，使水和乳在急剧晃动摇荡中分离。打酥油的妇女一边打酥油一边哼唱《打酥油歌》：

搅乳杖数一二三，数三鼓起泡沫来，数四出现花经幡；
泡沫好似靠近天，发誓打奶数六百，数七消灾而避难，
数八杨柳长势好，搅杖九百凝酥油，十和十一请尝尝。……
二十一白度母好，释迦法号二十二，二三献那圣众会，
二四扎日圣地美，二五供奉行空母，二六供奉诸地神，
二七眼前去灾难，二八杨树长势好，二九夏天鲜花开。……

搅杖数到三十上，从三十到三十一，三一三二往上数，……
三八三九往上数，从三十到三十九，搅杖数到四十上。……①

如此近3个小时的反复搅动，油脂从乳汁中分离，漂出来浮在奶水面上。用冷水浸过的双手捞取酥油，挤捏拍压，捏成圆团状。接着唱《取酥油歌》：

凝聚吧，凝聚，
从左边百中凝聚，百中凝聚酥油；
从右边千中凝聚酥油，千中凝聚奶渣，
从千百中大如"阿育"牛头②，黄闪闪地凝聚。
凝聚吧，凝聚，
要为上供三宝，要为下施恶道，
要为赠送亲人，要为炫耀仇人。
凝聚吧，凝聚，
牛倌脚痛的报酬，牧狗腿破的报酬，牧主肩疼的报酬。

打出来的酥油先供奉三宝、布施酬谢他人，然后自己才享用。这与开头所唱的晨起念佛浑然衔接。藏区妇女少有文化教育，大字不识几个，这种极富情趣的《挤奶歌》、《打酥油歌》，就在平常的劳作中，以个体方式完整地表演了一场劳动过程和知识经验。把劳动生产的习惯、情趣和心境，借助歌谣吟唱来抒发，无须刻意讲究押韵合辙，亦不需与音乐曲调相协，只要念唱起来有节奏又顺口即可。一辈辈的母亲言传身教，一代代的女儿耳濡目染，在反复的吟唱中懂得了劳作技术，也明白了诸多生活道理，同时锻炼了耐心意志，在终日枯燥但又不得不操作的活计中，因为有了歌谣的相伴而变得妙趣横生，单调的生活有了歌谣而变得充实、富有意义。

酥油含人体所需蛋白质及微量元素和维生素，几千年来一直是藏族吃糌粑的主要佐料。一般地，五公斤牛奶只打半公斤酥油。酥油茶则是藏族

① 类似简单的打酥油歌谣在海西州的蒙古族中也传唱。

② 阿育牛：指没有长犄角的牛。

特别嗜好的饮料之一，茶叶专门是从中原交换来的砖茶、沱茶或竹筒茶。藏族谚语云“宁可三日断粮，不可一日无茶”，“好马相随千日，好茶伴随终生”，茶叶与藏族生活须臾难离。将茶叶放入锅内或壶内，加适量盐巴熬成清茶；在清茶内倒进鲜奶煮开即为香喷喷的奶茶，在清茶或奶茶放入酥油即为酥油茶。《献茶歌》唱道：

银碗盛有酥油茶，若论此茶的来历，远在汉地吉祥山。
洛布桑布大商贾，嘎玛扎西骡帮头，牟纳措姆青灰骡，
运来汉地具福茶。
清水加上上品茶，燃起红火把茶熬，加上牦牛黄酥油，
添上羌塘白食盐，茶桶之中搅百次，搅成色美香甜茶，
喝上三碗精神爽。

一个“茶”字，在歌中重叠反复，艺术性地突出了酥油茶的做法和功效，特意说明茶叶来自中原汉地，是藏族“马帮”、“骡帮”商队历经千山万水驮运来的，强调了汉藏民族间如同“酥油茶”般不可分离的亲密情谊。正是在“挤奶”和“打酥油”平凡劳作、日常饮茶民俗的语境中，以声音、心境、表情和反复的肢体动作，增强了劳作信心，体现着劳动的价值，亦将民间文学和生活有机融合在一起，显示出其民间文化的魅力。

其二，群体表演。除了上述个体表演外，更多的是在集体场合下的群体表演。前已所述的婚宴场域中，就有全程主持人机智灵活、妙语连珠的说辞，使整个婚礼有序进行，繁缛而不凌乱；整妆待嫁的新娘所唱的哭嫁歌和亲属们唱的劝嫁歌，尔哭我劝，哭劝相映，在哭歌暂歇中劝歌旋起，在悲切哭歌和安慰劝歌中释放情怀；颇具几分巫术气息的《禳床歌》在“养的男儿状元郎，养的女儿坐正宫”的吉祥话中，祝福新婚夫妇为家族增丁添口、子孙满堂，家庭福寿俱全，和睦美满。另有媒人、新娘舅舅、宾客值夫和看客等各自有不同仪式上的互动表演，也是妙趣横生，欢声笑语连连不断。一个个熟谙婚礼程序的“表演者”口齿伶俐、汤汤流水般的说唱吟白，以抑扬顿挫的腔调、张弛有度的节奏和合理到位的肢体语言进行表演，形成彼此间、与在场宾客间、与值夫和看客间一起的群体互动表演。有了表演者与在场众人的配合互动，表演得以顺利完成，在热闹气

氛中结束整场婚礼程序。这个群体表演过程，在某种意义上是民众“共同生活在特定的传统中，共享着特定的知识，以使传播能够顺利地完成”的文化过程[①]。

第四节　青藏地区民族民间文学的传承语境

一　民间文学普遍的传承方式

民间文学在广大民众口传心授的历史进程中，展示其艺术特色和语言魅力。青藏地区各民族创作和传播民间文学的本身，就是各民族民众不可缺少的生活样式，并在现实生活中习惯于使用自己包括民族语言在内的方言来表达思维和进行交流，使古老的神话、史诗、谣谚等民间文学能够跨越时空依然传播、活跃于口头，并“使一个事件的最初的讲述者达到千万里外或前百年后的听众或另一些讲述者那里时，早已变成了一个融入了千百万人自身的经验与想象的故事，变成了一个民族的神话或史诗，变成了一部民族生活的百科全书”[②]。

民间文学的传承方式是由其集体性所决定的，而由集体创作的民间文学作品，必然要求在内容上反映民众特定历史范畴的集体生活和情感，在形式上必然适合民众的艺术情趣，口头创作无须“三年得二句，捻断数根须”般苦思冥想、反复推敲，往往就眼前情景、身旁事物引发感慨，即兴创作，种种口头创作的套路、方式应运而生，且经日积月累和世代相传，有一系列相对稳定的传承因素[③]：

（1）高度的人民性，深刻的现实主义精神，沿用作品中的某些形象或古老观念；

（2）传统的艺术体裁和表现手法：包括韵文特有的章法和句式，谐音、双关、比兴手法以及衬字叹词等，散文与说唱作品的固定套语，重复律等。

---

① 朝戈金：《口头史诗诗学：冉皮勒〈江格尔〉程式句法研究》，广西人民出版社 2000 年版，第 238 页。

② 耿占春：《叙事美学——探索一种百科全书式的美学》，郑州大学出版社 2000 年版，第 24 页。

③ 姜彬主编：《中国民间文学大辞典》，上海文艺出版社 1992 年版，第 17 页。

（3）刚健清新、朴素自然的民族风格、民族气派。

（4）传承途径分家庭、亲友、艺人、宗教、社会等多种。

青藏地区民族民间文学传承亦呈现如上规律。以叙事类体裁而言，大多是“完型”式故事，主人公大多泛指通称，时间、地点也大多含混模糊，人物形象亦是表现出单一性格和类型化塑造。如贪婪吝啬者不慷慨，胆小怯懦者无勇气，伶俐聪明者不糊涂。而人物的活动行为，有头有尾，按事情发展的常规逻辑顺序展开，具有传记性或生活史的特点。叙述情节有“三叠式”、“对比式”或“包孕式”的固定结构和重复叙事，很多故事类型看似是本土化、民族化的，实则属国际上常见的叙述类型，如《小马夫当国王》（A－T461）、《云中落绣鞋》（A－T301）、《野人婆的故事》（A－T333）、《蛇郎哥》（A－T433）、《癞呱呱儿子》（A－T440）、《熊人丈夫》（A－T312）、《三件礼物》（A－T461）、《宝葫芦与两兄弟》（A－T613）、《香牛皮靴子》（A－T160）、《猴子和鱼》（A－T285）、《傻子学话》（A－T1696）等。以大团圆式结局的，倾诉善良愿望、寄托美好理想；以悲剧收场的，看似平淡无奇，实则揪心，扼腕叹息，从中能够久久回味的是以民众视角提供给我们关于人生价值、人性善恶、人情冷暖的况味和哲理性思考。以说唱类体裁而言，四季歌、五更调、十二月歌同字韵的运用，赞歌、祝词、酒歌的直抒胸臆；大传“花儿”、草“花儿”，对歌、问答歌的起兴谐音联想；苦情歌、悲歌、规劝歌、思乡（亲）曲的重章叠句，藏族“拉伊”的高亢、土族“道拉”的欢快，鸿篇巨制《格萨尔》的铿锵说白与娓娓唱叙，其风格清新刚健，修辞艺术手法、乐曲调式至今承袭不衰。常用的固定套语、俗语谚语、历史典故等口头表演所需的习成规则、程式化结构等，也毫无例外地传承和保留着。

在思想内容的传承上，有“赫赫我祖，来自昆仑”的昆仑系统神话对创世始祖开天辟地的崇敬、民族英雄建功立业的颂扬；谚语“不痛改自己的坏毛病，受活佛摸顶也无用”、“娇养的马儿没脚力、娇养的儿女没本事”，对修养德行、为人处世的提醒评判；“香甜的酥油是牧草变，肥嫩的羊肉是血汗换”、“丰年莫忘歉年苦，饱时莫忘饥时难”，是劳动感受和勤于稼穑的理性忠告。如此形成于生产生活实践中的劳动观、道德观、人生经验、生计知识和由此积淀而成的传统民族心理和叙述模式，在民间文学作品中大量反映并重复出现：善良好心人经受磨难终得好报，穷苦人因乐于助人、先人后己的优良品行摆脱苦难，有钱人为富不仁和种种劣迹终遭失败，动物知恩图报，一次次变形来报答曾经搭救过自己的恩人。有弱小者团结起来战胜邪恶势力的花牛犊儿、机智仗义的黑马张三哥，有受命运作弄的川草花和马莲花、以德报怨的真假王子，还有小乞丐遵从禅师指点、践行诺言而生发迷人的连环式《说不完的故事》等，集中反映了青藏地区各民族民众恩怨分明、惩恶扬善的德行情操，同情弱小抗击强暴、顽强追求人间幸福的理想，今生修德来生平安的愿望。

二　民间文学的活态传承方式

1. 群体传承

民间文学行为都是由一个特定的群体共同完成，并为一个特定的群体所共有，从民间文学作品的传承过程看，其创作者和传承者具有“河水淘沙渐渐深”的集体性质。群体传承，是指民间文学在集体场域中的传承方式，举凡一个区域全民性的节日庆典、民间歌会、转山膜拜、婚丧嫁娶、开耕收获仪式等皆可为其载体。以婚礼仪式而言，婚礼歌、宴席曲、酒曲的传承方式，就是众人参与、互动式的群体传承。青藏地区各民族大多性情开朗豪爽，广交朋友、热情好客，每逢朋友相聚、庆祝佳节，除饮猜拳酒助兴外，喜欢载歌载舞，气氛热烈。遇到亲朋好友或乡邻庄社的婚礼，就为婚礼仪式及其相伴随的婚礼歌表演和传承提供了舞台和机会。演、唱、说、舞都在群体场合里，在场的人尽兴参与，年轻的一代耳濡目染、心领神会，从长辈那里逐渐习得婚礼中的每项仪式和相应的歌谣说白、歌舞演唱等。这种互动式的群体传承方式，仍然活跃在民俗生活的各个层面。

每年春天的开耕仪式上表演的开耕歌、耕田歌也是一种以村庄为单位的群体传承方式。在西藏江孜农区，开耕仪式一般举行于藏历的二月初，具体日子则按藏历节气、天象来推算。每逢举行开耕仪式的一天，全体村民身着绚烂盛装，拿上自家酒食，给自家的耕马或犁牛披红挂彩，全部集中到举行仪式的农田里。开始之前，在农田里煨桑，祭祀农事神灵，然后选举一位和藏历书所示属相吻合的人撒播第一把种子，再由几个着盛装的男性象征性地耕完一片农田，尔后大家欢聚在一起娱乐休息，第二天正式开耕播种。《耕地歌》曰[①]：

种地有那田埂，有那细长田埂，
细长田埂是田地的装饰；
你父亲是这样学来的，当耕完地时，
会向你俩感谢。

举行仪式的日子还是一个节日，村民们给耕牛灌酒、献哈达，男男女女饮酒作乐，手拉手合围成一个圆圈舞蹈，一人领唱众人合，庆祝春播日。林继富博士指出，这种农业开耕习俗仪式中“祈神古歌的演唱、白石的摆放、巫师的祝祷、耕牛的装扮、开耕人的选定、播撒种子的方向等均是远古西藏原始信仰在当代农耕民俗中的遗存”[②]。此种由群体参与的传承方式，代代沿袭，经久不衰。

2. 个体传承

固然，民间文学作品从最初萌发雏形到最终的丰富和完善，依靠集体的智慧才能，由传承讲述者（表演者）和听讲者（在场者、参与者）共同完成，大部分作品保留在口头上，并以活态方式存在，这是民间文学创作所独有的。但保存活态作品的讲述者和听讲者，双方角色经常处于相互转化之中。已故民俗学家张紫晨言：“此时此地的讲者，到彼时彼地，可能又是听者，而此时此地的听者到彼时彼地又可能是讲者。因此，听者、讲者是相对的。听者并不是永远处于被动地位。他不仅同时是保存者、传播者，而且也参与创作过程，成为集体创作一员。当他由听者转为讲述者之后，他的创作活动便开始了。”[③] 斯言有理。

当一类民间文学作品由此处的听者（施授者）脱颖而成为彼地讲述者（接受者），即转变为一种反复的传承、一种复制式的表演时，则相应地转变为个体传承。前已所述的《挤奶歌》、《打酥油歌》之类歌谣的传

① 山南地区民间文学三套集成总编委员会：《中国民间文学三套集成地区卷·山南民间歌谣集成》，西藏人民出版社1995年版，第181—182页。

② 林继富：《西藏农耕民俗的生成与表现》，《中国藏学》2007年第3期。

③ 张紫晨：《民间文学的听者和讲者》，载《张紫晨民间文艺民俗学论文集》，北京师范大学出版社1993年版，第129页。

承，基本上是由母亲传授、女儿接受的过程，属家庭家族内部的个体传承，《献茶歌》亦属豪爽好客的主人为远道而来的宾客进行款待的个体传承。某种意义上，众多活态的民间文学体裁作品的传承，个体传承人起了重要作用，尤其是那些职业的或半职业的的民间艺人——民间歌手、故事讲述家、民间说唱艺人等，他们的传承作用不容忽视。

个体传承者不论家承、师传或个人体悟自学成才，都有如下经历和传承特征：在民间文学传承活动中是崭露头角的佼佼者，有较长的能讲善唱实践经历和超群的讲唱技艺，博闻强记；大多出身社会底层，个人经历坎坷，从事过多种职业，见多识广，积淀有丰富的社会阅历；处世豁达开朗，人缘好，讲唱民间文学时全身心地投入；对民间文学的偏爱和专长，并非一日之功，而是有着直接或间接的传承渊源——亲缘传承、地缘关系、业缘传承；在承继民间文学总体风格的基础上，受自己主体意识引导，在题材选择、加工处理方式、讲唱技巧发挥、个性化语言表达方面，形成独特的个人传承风格①。

青藏地区各民族活态的民间文学个体传承，如民歌“花儿”传承人、藏族英雄史诗《格萨尔》传承人、蒙古族英雄史诗《汗青格勒》、土族民间叙事诗《拉仁布与吉门索》传承人等也基本具有如上特征。以《格萨尔》传承人为例，目前活跃在青海、西藏、甘肃、四川和云南五省区的民间说唱艺人，男男女女在百名以上，数量可观。上有耄耋老人，下有初出茅庐的青年，他（她）们既是史诗的创作者、传播者和再创作者、再传播者，更是史诗的传承人。“唱不完的《格萨尔》艺人”才让旺堆据自己说能唱120部史诗，“写不完《格萨尔》的艺人”格日尖参据自己讲能写120部史诗，“说不完《格萨尔》艺人”达哇扎巴会说153部史诗②。更为可喜的是，随着全社会抢救保护非物质文化遗产的文化自觉和文化认知的加深，《格萨尔》个体传承有了新的方式。被誉为甘肃玛曲县《格萨尔》“弹唱之父”的民间艺人华尔贡，以极大的热情组建了由1500名藏族歌手组成的“《格萨尔》千人弹唱团”。从2002年开始，在每两年举行

① 刘守华、陈建宪主编：《民间文学教程》，华中师范大学出版社2002年版，第39—40页。

② 关于史诗《格萨尔》传承人能够说唱的具体数量和篇目，参见角巴东主、马都尕吉合著《雪域传奇〈格萨尔〉》，青海人民出版社2010年版，第35—160页。

一次的“天下黄河第一弯·中国·玛曲格萨尔文化旅游节”上，华尔贡引领千人阵容进行全新的弹唱表演。如此大规模普及性的演唱，使《格萨尔》史诗以众人参与弹唱的方式进一步流布传承，深入人心，恒久难忘。凡参加过弹唱团的千余人平日又以个体传承者身份，把史诗故事唱进了千门万户，就像日常的喝奶茶、吃糌粑和饮青稞酒一样，离不开歌唱雄狮大王格萨尔的精神食粮，成为藏族同胞生活的重要组成部分。

三　民间文学的文本化传承方式

1. 文本化的“三套集成”传承

从20世纪80年代开始，民间文艺工作者们进行了民间故事集成、民间歌谣集成和民间谚语集成的“三套集成”工作，形成了大规模的书面作品（还有众多的录音、录像和电子文本）。青海省三套集成开始于1984年，从事普查采录、编印州、县原始卷本的参与者达五千多人。采集编印州、县《民间故事集成》资料16卷本，《谚语集成》资料15本（其中油印2本，手抄1本，铅印12本），《歌谣集成》44本（其中油印7本，手抄4本，铅印33本）[①]。《中国民间故事集成·青海卷》、《中国民间歌谣集成·青海卷》、《中国民间谚语集成·青海卷》公开出版于2007年。西藏“三套集成”工程开始于1987年，有千余人参与，收集到全区六地一市、七十七县3000多万字的民间文学资料。地、市和县《故事集成》资料54本，《民间谚语》75本（其中铅印5本，油印40本，手抄30本），《歌谣集成》85本（包括藏文文本）。《中国民间故事集成·西藏卷》、《中国民间歌谣集成·西藏卷》、《中国民间谚语集成·西藏卷》公开出版于2001年。英雄史诗《格萨尔》的搜集整理、翻译出版工作青海省起步最早。目前，藏文文本70余部，蒙文《格斯尔》22部，土族《格赛尔》2部，其中翻译成汉文的有：30部藏文《格萨尔》，5部蒙文《格斯尔》，1部土族《格赛尔》，1部普米族《冲·格萨尔》[②]。

虽然活态的口头民间文学文本化之后“实际上就是一个格式化了之

---

① 除此之外，青海省、市文联等单位还陆续出版民间文学内部资料本多种多部，仅《河湟民间文学》有12辑。

② 关于《格萨尔》文本，详见本书第六章。

后的文本"[①]，消磨掉口头作品的地域性及多样性特征，那些富有表演的作品在传承的具体场域中依照一定的程式而即兴创作的风采无法领略，也可能体悟不了隐藏在书面文本背后的许多文化象征和民俗意义，但也不可否认，这是一项利在当代、功在千秋的浩大工程，几十年来从搜集整理到编纂出版，按照"全面普查、科学采录，以县为单位编印民间文学的资料本"要求规范进行操作的[②]，尽力保持了民间文学作品的"本真"原貌，所有集成作品（包括县、州原始卷本）既有文学艺术的审美欣赏价值，又有民间文艺学和文化史研究的科学价值，更使民间文学作品以书面文本形态得以永久性存活。

2. 文本化的汉文典籍传承

纵观历代官方撰写的汉文典籍，没有也不可能把民间文学视为主流文学纳入上层精英文化加以扩布。相应地有关青藏高原的民间文学作品记载于汉文典籍的，少之又少，零散不成系统，绝大多数民间文学作品因之处于极度边缘化状态。但是，出于"系统描述"上古史的需要，或者是表达对早期人类种种活动的文化追忆，在传统四部典籍中，无可避免地、片段地有所反映。

在传统的经部文献中，《尚书》中舜帝"窜三苗于三危"、大禹"导河积石"的远古神话，文字寥寥。《诗经》中"国风"部分采自民间，是民众创作的口传文学，历来为人们津津乐道，《大雅·生民》、《小雅·斯干》等优秀篇章，是周人始祖诞生的文化记忆文本，被民间文艺学、民俗学及历史学等领域的学者所关注和研究。在子部文献中，《吕氏春秋》、《淮南子》、《汉武帝内传》、《穆天子传》、《拾遗记》、《博物志》等记有多则众所周知的神话传说故事。被称为"古之巫术"的《山海经》有大量神话，虎齿豹尾的西王母、勇敢补天的女娲、驭日遨游的羲和、挥舞干戚而不止的刑天、发誓填平东海的精卫、前赴后继壮烈治水的鲧禹父子、执着追日的夸父、怒触不周山的共工等，这些昆仑神话系统中光怪陆离的神祇活动行为，却是象征中华民族奋发进取精神的精彩片段，对后来的华

① 刘魁立：《民间叙事机理谫论》，《民俗研究》2004 年第 3 期。

② 中国民间故事集成《青海卷》编辑委员会：《中国民间故事集成·青海卷·总序》，中国 ISBN 中心 2007 年版，第 1 页。

夏文化影响深远，并逐渐演变为华夏民族的信仰精神源头①。

在集部文献中，从战国时期屈原《离骚》、《天问》、《九歌》中畅想神游昆仑山，到明清两代文人学士涉足亲历青藏高原，留下了许多以激情之笔写下的值得回味的有关以昆仑神话为主题的诗文篇章。而佛经文献中的《贤愚经》、《本生论》、《狮子师本生鬘》等佛本生故事、释迦牟尼"舍身饲虎"利他善行故事、洛桑王子与仙女益超玛的悲欢爱情故事，虽然披着佛教的外衣，但不失娓娓叙述的民间文学意味。

在史部文献中，《史记·五帝本纪》以"将个人系于华夏的'血缘与空间'坐标上。而这个人所属之'血缘与空间'坐标，在华夏整体血缘与空间中居一特定位置，使得个人成为华夏整体之一部分"方式②，把当时流传甚广的上古神话人物按照人间家族式世系和帝王传承世系模式，作了谱系化整饬后，再以"木本"、"水源"的传统观念和思维加以记载。太史公所开创的各帝王与诸侯家族之血缘与黄帝或炎黄相联结的文本模板，被后来的正史因因相袭。

这里值得一提的是以史家眼光记载的两则"英雄徙边"的传奇故事。第一则是《后汉书·西羌传》战国初期西羌酋长无弋爰剑的故事：

> 羌无弋爰剑者，秦厉公时为秦所拘执，以为奴隶。不知爰剑何戎之别也。后得亡归，而秦人追之急，藏于岩穴中得免。羌人云爰剑初藏穴中，秦人焚之，有景象如虎，为其蔽火，得以不死。既出，又与劓女遇于野，遂成夫妇。女耻其状，被发覆面，羌人因以为俗，遂俱亡入三河间。诸羌见爰剑被焚不死，怪其神，共畏事之，推以为豪，河湟间少五谷，多禽兽，以射猎为事，爰剑教之田畜，遂见敬信，庐落种人依之者日益众。……羌之兴盛，从此起矣。

这是一则完整记载第一位西羌诸部酋长无弋爰剑的由来、在逃亡的危急时刻得到虎神护佑、与劓鼻女结成夫妇、被群羌推为首领、河湟羌人从此兴

① 赵宗福：《昆仑神话》，青海人民出版社1995年版，第124页。

② 王明珂：《族群历史之文本与情境——兼论历史心性、文类与范式化情节》，《陕西师范大学学报》2005年第6期。

盛的史实。然而从民间文学视角看，则是一篇流传甚广而文本化的历史传说，叙述风格颇具传奇性。其流传至南朝时，仍然被当时史家看作民族渊源的重要史料写入正史。

第二则是《魏书·吐谷浑传》鲜卑吐谷浑迁居青海的故事：

吐谷浑，本辽东鲜卑徒河涉归子也。涉归一名奕洛韩，有二子，庶长曰吐谷浑，少曰若落廆。涉归死，若落廆代统部落，别为慕容氏。涉归之存也，分户七百以给吐谷浑。吐谷浑与若落廆二部马相斗伤，若洛廆怒，遣人谓吐谷浑曰："先公处分，与兄异部，何不相远，而马斗相伤!"吐谷浑曰："马是畜耳，食草饮水，春气勃发，所以斗，斗在马而怒及人，乖别甚易，今当去汝万里之外。"若落廆悔，遣旧老及长史七那楼追谢留之。吐谷浑曰："我乃祖以来，树德辽右，先公之世，卜筮之言，云有二子当享福祚，并流子孙。我是卑庶，理无并大，今以马致乖，殆天所启。诸君试驱马令东，马若还东，我当随去。"即令从骑拥马令回，数百步，欻然悲鸣，突走而西，声若颓山，如是者十余辈，一回一远。楼力屈，乃跪曰："可汗，此非复人事。"浑谓其部落曰："我兄弟子孙并应昌盛，当传子及曾玄孙，期间可百余年，我及玄孙间始当显耳。"于是遂西附阴山，后假道上陇。若落廆追思吐谷浑，作《阿干歌》，徙河以兄为阿干也。子孙僭号，以此为辇后鼓吹大曲。

整个内容的叙述首尾完整，亦是吐谷浑部西迁史实的传奇故事。

迁徙起因："马斗"。老汗王有两个儿子，庶长子吐谷浑，嫡次子若落廆。兄弟分家后（只给庶长子吐谷浑 700 户，一说 1700 户）的矛盾，集中在两人权利的分配争取上，弟弟执掌部落权力怕被哥哥夺走（嫡次子若落廆代统整个部落），遂以二部"马斗相伤"为借口驱逐哥哥。

吐谷浑迁徙："马走"。哥哥不堪受辱发誓要离开弟弟千万里，率部西迁。

吐谷浑决绝：远行"非人事"。若落廆念及手足情，派遣部下追回（或为故作姿态），吐谷浑激昂地表白离开是有卜筮预言、上天启示的。臣子七那楼苦苦劝回，引来的竟是群马"欻然悲鸣，突走而西，声若颓山，如是者十余辈，一回一远”。他从群马西奔的嘶鸣中，突然明白这“非人事”，便不再强力阻拦，行了最尊贵的跪拜大礼后与吐谷浑挥别。吐谷浑几分悲壮、十分信心地趁机作演说，鼓动部众为了部族更大的发展和昌盛远行。

迁徙结局：哥哥远走他乡永不回头，几经辗转落脚青海湖畔。弟弟若落廆悔恨不已，或许夹杂一丝受良心谴责的悔意和复杂情感，作《阿干歌》以示怀念，并谱成鼓吹大曲传唱。此曲后来在唐朝的宫廷里，仍然用鲜卑语娓娓而唱。

此段传奇故事作为架通文学与历史的“桥梁”叙述，既有史实的秉笔与合情在理，又有民间文学的传奇色彩，以至于正史“二十四史”中的12部——《晋书》、《魏书》、《宋书》、《南齐书》、《梁书》、《周书》、《北史》、《南史》、《隋书》、《旧唐书》、《新唐书》和《新五代史》等，皆因袭而载，道出了鲜卑吐谷浑部由来和西迁青海的真实历史，被数代史家作为信史资料连贯采纳记载，并在文字表述和文本格式上传承了数百年。

上述两则“英雄徙边”的传奇，基本上是英雄早年受磨难、寻找机会奋起、最后成功的典型事例，恰好应了鼓励人奋发向上时谓“自古雄才多磨难”的民间俗语。叙事模式亦基本相同：

二人的遭遇基本相似——无弋爰剑在秦国为奴隶；吐谷浑是被排挤于权力之外的庶长子，都是早年不幸、郁郁不得志者。

二人都寻找到了改变境遇的机会——无弋爰剑躲开秦人的严密监视得以逃脱，吐谷浑遭弟弟训斥后愤然离开。

二人“徙边”选择的处所都是西部地区——河湟、青海湖畔。

二人行动的关键时刻发生奇迹——无弋爰剑在危急时刻躲进山洞被虎形状神物护佑，阻止了秦军的追捕；吐谷浑富有灵性的骏马扬鬣嘶鸣，无论怎样也不能够阻挡向西奔驰的锃铁健蹄。

二人奋斗最终功成名就——无弋爰剑由奴隶变为首领，河湟羌人迅速崛起，其子孙世世为豪强首领，繁衍出150余种落，并在以后岁月里大规模地南迁西移，在中国民族史上谱写了新篇章。吐谷浑艰辛的西迁，最终换来的是子孙的辉煌发展：其孙叶延当上首领后，按照中原王朝的习惯，“以王祖字为氏”，改姓吐谷浑，并作为族姓、国号，于329年正式建立了吐谷浑王国，以游牧经济商业化形态存在了三百余年，在南北朝时期畅通延续了自汉代以来的丝绸之路。

这类采用文学化的语言和民间口碑资料作信史的叙事，在那种习惯于有条不紊、刻板的“流水账簿”式史籍里，增强了文字的可读性。虽然说这类英雄传说中看似有荒诞、充满超现实的奇谈，但实际上包含有这两部史书诞生的南北朝那个动荡而萎靡的时代人们生活文化中所缺乏却又为人们所极其渴望的精神要素，诸如崇高的抱负、开拓进取的意志、坚毅坦荡的心胸等。史家将其当作磨难励志、开拓奋进，最终取得成功的典范而入史册，以期当代人从这些英雄徙边传说中获得灵感启示，重新将中国人素有的精神品质——勇敢创新、奋发图强、不懈追求、建功立业等智慧和创造力，从被约束、被扭曲的种种社会规范中解脱出来。然而从民间文学特定语境看，仍是民间口传史实的文本化表达方式。

3. 文本化的藏文典籍传承

其一，敦煌古藏文写本中的民间文学文本。在敦煌古藏文写卷中，保留着吐蕃11世纪早期的谚语、卜辞和散韵相间的民间故事。1957年英国古藏文学者F. W. 托玛斯考释编著了《东北藏古代民间文学》一书[①]，书中的民间文学作品包括：（1）A篇《美好时代的结束，马和牦牛的悲剧》；B篇《父亲殿干涅巴的葬礼和金波聂吉新娘的故事》。前者描写各种生灵生活幸福，但随着恒星和行星在苍穹吃草这一行动，星星担心草被吃光，于是开始分类。后者写涅巴被恶魔吞噬以及其儿子金波聂吉的故事。（2）《金波聂吉新娘的故事》，这个故事与第一篇B的内容大致相同，但也有一些区别，即恶魔吃掉的不只是父亲和姐姐，而是父亲、母亲和6个孩子。（3）《美好时代的衰落》，描写神退往天上去以后人世的没落。（4）《没落的时代，机王国和它的宗教》，主要讲佛教传入以前的各种神灵信仰和机王国的神话。（5）《松巴母亲的语录》，这是格言或谚语集子，语言简洁、明快，生活气息浓厚，如“英雄胆气壮，从不怕死亡；贤者智慧高，知识难不倒”、“母贤子聪明，谈吐皆金玉；母恶子顽劣，破屋

① ［英］F. W. 托马斯：《东北藏古代民间文学》，李友义、王青山译，四川民族出版社1981年版。东北藏是指今天青海、甘肃藏区及部分四川藏区，东北藏古代民间文学指这一带地区流传的藏族古代民间文学。

堆臭屎”、“富人，常被贪婪的权贵弄穷；贤者，常被嫉妒的恶人败坏”等做人原则和处世看法，令人深思。（6）《占卜辞》，是古老的占卜术内容。从整体来看，散文式故事具有想象力，语言古朴，在对话或故事情节关节点处以韵文穿插其间的叙述方式，在后世藏族民间故事的叙述中多有继承。卜辞又是藏族最古老的民歌，运用重叠和排比修辞手法，语句简短精练，蕴涵深刻哲理思考，对于后世的谚语创作有直接影响。

汉族流传的民间故事《相托孔子相问书》，在唐代翻译为藏文，古藏文本《相托孔子相问书》保存于敦煌文献。文本中讲道：孔子乘车东游，途中遇三小孩，其中的两个小孩在玩耍，另一个却不玩。孔子觉得很奇怪，前去问他为什么不和大家一起玩，小孩说人多了一起玩，就会发生矛盾，要是争吵或打起架来，就会撕破衣服，还会败坏父母的名声。孔子吃惊小小年纪的孩子竟会懂得这番道理，出了几个难题考问这个小孩，不料这个孩子对答如流。小孩反过来问孔子几个问题，孔子却回答不上，只好悻悻然离开。这个以藏文的文本方式流传的汉族民间故事，在藏族民众中间很受欢迎，许多藏族文人每每述及汉文化，言必称孔子。

其二，各类藏文典籍中的民间文学。自藏族笃信佛教之后，许多民间文学作品素材来源于佛教，专门的文本故事集《喻法宝聚》、《萨迦格言注释》等颇有意趣[①]。因撰写经典的作者是受佛教熏陶而成长起来的学者，其著作中基本上贯穿着佛教伦理思想，一些广为流传的创始神话、文化发明神话、英雄神话，历史人物传说、宗教人物传说、能工巧匠传说、人工建筑物传说，世俗故事、传奇故事、寓言故事，民间歌谣、格言诗歌等被直接或间接地记录于典籍中，借以宣扬佛教或说明历史事实。诗歌类有《米拉日巴道歌》、《仓央嘉措情歌》，格言类有《萨迦格言》、《噶丹格言》、《水树格言》，传记类有《米拉日巴传》、《玛尔巴传》、《日琼巴传》、《唐东杰布传》、《颇罗鼐传》，历史类有《巴协》、《西藏王统记》、《西藏王臣史》、《贤者喜宴》、《红史》、《青史》等。

萨迦·索南坚赞（1312—1409）是第七世萨迦法王，著名历史学家、文学家，一生著作等身。他的最为后人推崇的融历史、文学于一体的《西藏王统记》，成书于1388年，系统叙述了吐蕃发展历史，以浓郁的文

① 马学良等主编：《藏族文学史》（上册），四川民族出版社1994年版，第376—382页。

学笔触重点记叙和描写了松赞干布维护祖国统一、加强民族团结，制定法律、倡制文字等丰功伟业，同时也详细记叙了弘扬佛法卓有成效的赤松德赞和赤热巴巾的事迹，是一部具有较高学术价值的历史著作。此书颇具文采，大量吸收了民间故事。如第十三章“迎娶甲木萨汉公主”，对汉藏民族友好关系史实着墨很多，将真实的史实融于生动的民间传说中加以叙述。此章长达万余字，按时间顺序叙述，行文前后照应，结构严谨，首尾完整①。若以民间文学视之，是一篇精彩的民间故事文本。

作者对人物心理活动描写较为细致：伦布噶目睹长安城的富庶繁华，“不禁悚然惊惧”；面对汉皇许配公主的苛刻条件，不慌不忙地拿出三个锦囊妙计，每条妙计的最后反复声言，如果不许公主“即遣化军旅五万，杀汝，掳公主，劫掠一切城市而后已”。汉皇每每读此，“大震惊”、“惊骇非常”、“惊骇尤甚，心不自安”。吐蕃使臣机敏睿智，赞普的高瞻远瞩，汉皇帝的高傲，其他四国使臣的心愚智短等，跃然纸上。

对赞普婚使伦布噶形象的刻画，是粗线条式的，突出了他才智过人的一面。

一是欲扬先抑和对比手法的刻画：当伦布噶受到唐廷与他国使臣不同待遇时不争也不抗，显现为求得公主不计较个人荣辱的豁达心胸。在“五难婚使”——丝绳穿九曲明珠，一日杀五百只羊、剥其皮食其肉并一日饮完一百坛酒，一百匹马中区分牝马和马驹，一百只鸡内分出母子和一百条松木辨其本末等斗智考验中，处处和他国使臣的智慧作比较，突出吐蕃使臣的聪慧。在从三百美女中辨认真正公主活动中，与其他使臣对比，凸显伦布噶的过人本领。

二是语言刻画：伦布噶能言善辩，应对从容，所带聘礼“镶嵌朱砂宝石铠甲”具逢凶化吉遇难呈祥的神奇功用，他介绍说：“若遇人畜瘟疫时，着此铠甲，绕行城市一周，人畜病疫立即消除。若遇霜冻冰雹，身着此铠甲，绕行田间一周，即能制止冰雹。若遇战争，衣此铠甲，定获胜利。”当汉皇以“建十善法律”、“建立佛殿”、“有无财物受用”提出苛刻条件时，伦布噶不慌不忙示出赞普给的三个用汉文缄札纸卷所写的

---

① （明）萨迦·索南坚赞：《西藏王统记》，刘立千译，西藏人民出版社 1987 年版，第 60—77 页。

"锦囊妙计"作答，言但许公主，能在"百日内即可建十善法律"、"修建一百零八座佛宇"、"财富可以比伦天界"，妙语连珠，又字字在理。

三是行动刻画："辨认公主"是最后一难也是最高难度的考验，伦布噶了解到馆舍主妇知宫中内情时，便使出浑身解数，不惜牺牲色相与之"暗合好"并吐"情语"，且以作其夫为条件，来套问公主特征和辨认公主办法。主妇财色俱得，满心欢喜，还帮腔说"尔蕃使臣实属有理，上果轻视太甚"，但她担心直言说出被占知获罪，伦布噶使法术"先严扃其户，于空室中设三灶石，其上置大铜锅，满注以水，水面撒布各种鸟羽，覆盖红色盾牌，令主妇居其上，用砂锅冠主妇头，砂锅顶上悬以流苏。又锅上开孔，孔与流苏网格之间，接以铜管，由管中通话"（这神乎其神的一番装弄，被汉皇帝星算师解释为"三山峰上有一大海，海上有诸种羽禽，其上又有一平坦之红色原野，原野边际似有妇人，头与身等，身首遍生眼目，用其铜嘴为人告语"，终究没有查出何人泄密）魔法般处理后，主妇如实告知认出公主标识和引公主出行列的方法。当他国使臣只选衣着华美或姿容美娟女子狂躁欢呼而去时，伦布噶最后将仙女般的公主认出。当公主一行往吐蕃而去时，伦布噶却被当作人质留在长安，他内心焦虑不安，佯装生病，让太医诊出是难医痼疾，便以祭祀山神为由，隐语告知扮作乞丐的蕃使设法逃走，又将随行力士策反成忠实随从，追赶上公主等人。

四是在蕃地"难公主"施加报复的行为刻画：伦布噶对在长安受皇帝"爱憎亲疏"和"鄙薄轻视"礼遇对待及其遭受的种种磨难耿耿于怀，故意使公主遭受"无人服侍，几近一月"的难堪，当他看到伤悲不已的公主打算收拾行装决计离开时，才请来赞普与公主相见。伦布噶为藏王娶得汉家公主绞尽脑汁，费尽心机，而当公主到达吐蕃后，却处处有意刁难，使这一人物的塑造血肉丰满，灵活而狡黠，大度中含狭隘。当此文本化的故事再次流播于民间时，伦布噶这一机智人物深得青藏地区民众的喜爱。

文中对汉家公主与众不同的光彩，借馆驿主妇之口进行了浓墨重彩的描述。她向伦布噶介绍公主说："身色青白，面带红润光泽，口出青莲花气，身具兰麝芬芳。常有翠绿小蜂，飞绕其前。右颊上有骰子点纹，左颊上有莲花纹，额间有一丹黄圆圈，内先度母圣像齿有点白，喉具结相。"当公主被吐蕃使臣引出时，公主“含涕”，听了伦布噶“吐蕃藏地，五宝所成”的歌曲后，“遂即拭泪”。父皇也和普通百姓人家一样紧握女儿的手，夸赞女婿是“功德无边天帝子”、“智勇兼备臣菩萨”，嘱咐女儿要“处世之道，凡所需要，悉为教诲”，所陪嫁妆极为丰厚。让公主能够宽慰的不是物质上的极大满足，而是强大的精神依托，请求带释迦佛随行。还在临行前向伦布噶详细询问了吐蕃出产，带足了所需“一切工巧艺”，才“挥泪而作叩禀”。来吐蕃受冷遇时无奈地手抱琵琶悲凉而歌：“女离乡远适，送觉阿像来，送占星学来，携来绫罗宝；来为乳取酥，来为酥变酪，来为细纺丝，来为蓝作绳，来为陶变缶，来为安水碾，来携蔓菁种。”当与赞普相会后，公主回答一路走过的山巅水涯和艰辛时说：“道路虽远，巧施方便而行。越吉马拉古山口时，是绕冰而来者。黑暗之处，是擎灯而来者。紫檀之林，偃于道右而来者；刺藜之树，卧于道左而来者”，说完便“大哭”不已。这一连串的“涕”、“泪”、“哭”动词，细腻描写出公主惶恐、悲伤、孤寂的心理，符合身为皇家女儿矜持的性格特点。

松赞干布迎娶文成公主是汉藏友谊的历史佳话，历史上流传下来的有关文成公主的民间传说，经过这些脱离世俗、受佛学思维教育的藏族史家妙笔生花般的加工，翔实而完整地书于竹帛青史，流芳后世。文成公主所走的唐蕃古道，是一条由故事和歌声汇集连缀的道路，日月山、倒淌河、五色羊的来历，公主渡口、迎神洞遗迹、公主柳，修建大昭寺的曲折与神奇传说，长久流传在唐蕃古道上。

其三，文本化的民间故事集《尸语故事》。这是一部深受藏族民众喜爱的民间故事文本集。其开篇“引子”大致有两种叙述：第一种讲法是王尧编译的《说不完的故事》，主人公顿珠向心术邪恶的巫师学法、斗法时杀死了巫师，高僧龙树大师便安排他前去寻取神奇死尸以赎罪，引出一连串故事。第二种是李朝群译的《尸语故事》，从王子、财主儿子和小乞丐三位少年打赌要打掉树上的老鸹窝讲起，只有小乞丐达瓦札巴遵守若言一直坚持，他的执着感动了在老鸹窝附近山洞修行的祖师，便按祖师吩咐前去寻取神奇死尸，由此生发出连串插入式的故事①。

① 为避免重复，《尸语故事》的具体内容详见本书第十章论述，本章的重点在于说明文本流传情况。

据李连荣博士介绍，19 世纪以后《尸语故事》引起了世界性关注。1804 年俄国人贝尔格曼收集到了蒙文本《尸语故事》13 章本；1921 年弗兰格在拉达克发现了藏文本《尸语故事》25 章本；1931 年大卫·麦克唐纳发表《尸语故事》13 章本；1959 年石泰安收藏了《尸语故事》13 章本。1960 年星实千代记录了《尸语故事》；1959 年以后印度各大图书馆收集了多种版本的《尸语故事》；2006 年美国出版了一种英译本《尸语故事》25 章本等①。

目前国内流传的手抄本、木刻本藏文的《尸语故事》，有安多 13 回缮本《具神通的人尸故事》、甘肃拉卜楞寺 21 章木刻本《人尸变金的故事》、西藏 21 章手抄本《起尸变金的佛法故事》、21 章手抄本《尸语故事山南穷结本》、23 章手抄本《尧西·朗顿珍藏缮本》、七章手抄本《尸语故事浪卡子本》、四川德格 16 章木刻本《具神通的故事》等；藏文出版本有：山木旦等整理《说不完的故事》（青海民族出版社，1963、1994）；《尸语故事》（西藏人民出版社，1980、2000）；王晓松、和建华译注《尸语故事》汉藏对照本（云南民族出版社，1999）。汉译本公开出版的有：据西尔顿《西藏民间故事》和赖卫《西藏怪谭》底本，远生译《西藏民间故事集》（世界书局，1931）；王尧编译的《说不完的故事》15 章本（通俗出版社，1955），21 章本（青海民族出版社，1962）；《青海民族民间文学资料》第 15 集《说不完的故事》（青海省民间文学研究会，1961 年编印）②；田海燕选编《金玉凤凰》（上海少年儿童出版社，1961）；李朝群译《尸语故事》（西藏人民出版社，1983）；《中国民间故事集成·西藏卷》精选 14 则（中国 ISBN 中心，2001）。这些藏汉文版本限于历史条件的限制，在一定程度都存在“删减”或“一定的删除或改动”处理的明显痕迹。另有李连荣、诺日尖措搜集和注释本《莫拉塞尔雍鸟的故事——安多口承本尸语故事》（该本现藏于中国社会科学院民族文学研究所），共 18 章，由青海省海南藏族自治州同德县唐干乡东嘎村之村民列措讲述于 2004 年，并在 2006 年翻译注释成汉文。整理者李连荣

① 李连荣：《简论安多口承〈尸语故事〉》，《民族文学研究》2007 年第 4 期。

② 参见李朝群译《尸语故事·译后记》，西藏人民出版社 1983 年版，第 165—166 页；李连荣：《简论安多口承〈尸语故事〉》，《民族文学研究》2007 年第 4 期。

博士认为，该故事集的语言生动活泼，是典型的安多民间生活语言，与其他版本相比较，从故事溯源上，上承敦煌藏文文献中记载的《尸语故事》部分篇章，下接目前所见安多 13 章缮本，同时又与拉萨 21 章抄本密切相关①。

众多流传的版本和多个出版文本表明，文本化的《尸语故事》，虽然只汇集了二三十篇藏族民间故事，但内容多彩新奇，情节曲折动人，极富思想性和艺术性，千百年来在青藏高原以文本方式和口头形式传承流布。这既是研究高原民族文化的珍贵资料，又有着研究青藏高原民众的生活史和心灵史的文献价值。

① 李连荣：《简论安多口承〈尸语故事〉》，《民族文学研究》2007 年第 4 期。

第二章

神圣叙述:神话

神话是用叙事语言和象征手法讲述人类超越性的故事，通过解释宇宙起源、人类起源以及文化起源等终极问题来认识世界，并为人类文化与社会制度提供神圣性的合法证明。神话作为人类最早创造的文化，是一个民族文化基本价值观的基础和象征性的规定。通过对时空世界的发生过程、世界的来历、宇宙万物的形成、民族的诞生过程的叙述，来确定人类在自然界中的地位。从某种意义上说，神话表达了一个民族特有的思维方式、宇宙观、世界观和宗教观，同时对一个民族哲学思想的形成和发展起着重要的作用。千百年来生活在青藏地区的先民，带着乐观、积极进取的情怀，书写了神圣而壮丽的神话篇章，尤其是昆仑神话，作为一种“神圣叙述”，对后来的华夏文化影响深远。

第一节　昆仑神话

一　神话中的昆仑与昆仑山

神话思维的重心是追溯宇宙万物起源、世界来历、人类产生等原初性的话题，深藏于神话深层结构的民族时间观、空间观，很有可能直接成为一个民族哲学思想的发凡和源头。昆仑神话作为中国古典神话体系中的重要系统，是中华民族精神的象征，也是中华民族早期的哲学体系。据顾颉刚先生研究，中国古代神话有两个重要系统，一是发源于西部的昆仑神话系统，一是受昆仑神话影响而形成于东部沿海地区的蓬莱神话系统[①]。这

---

① 顾颉刚：《〈庄子〉和〈楚辞〉中昆仑和蓬莱两个神话系统的融合》，《中华文史论丛》1979 年第 2 期。

两个神话系统在西汉以后逐渐融合在一起，同时和其他少数民族神话互相影响，从而构成了中华民族的神话。在古代文化中，“昆仑”实际上包含两个概念，一是指神话系统中的昆仑神话，昆仑神话是中国神话的主体，即以昆仑山及其相关人物如黄帝、西王母为主题的神话及其相关的各种稍嫌零散的神话①。二是地理上的昆仑山，即今中国西部西起帕米尔高原东部，横贯新疆、西藏间，伸延至青海境内，全长约2500公里的大山脉。

在古代典籍中，昆仑一词常被写成“混沦”、“浑沦”、“混沌”、“浑敦”，其原始意义是一种混沌迷茫的状态，如《山海经》中所描述的“南望昆仑，其光熊熊，其气魂魂”。西周以前对“昆仑”表达的一种原始、迷茫混沌而不可辨析的宇宙初始状态，到了战国时期，因古代神话开始逐步体系化，昆仑的形象开始明晰起来，并在神话中有了崇高地位。《山海经·海内西经》曰：“海内昆仑之墟，在西北，帝之下都。昆仑之墟，方八百里，高万仞。……面有九门，门有开明兽守之，百神之所在。”该书《西次三经》载，昆仑是天帝在地上的都城，那里除了有九尾虎身的陆吾神守护外，还有一种长了四只角，有些像羊的兽，名土蝼，能吃人；山上的鸟，样子如蜂，却大得如鸳鸯。有一种开黄花结红果的树，果子味道如李，无核，名叫沙棠，吃了能御水而不溺死。有珠玉树、璇树、不死树、绛树、碧树、瑶树等神奇的植物；有倾宫、旋室、县圃、凉风、樊桐等宏伟的建筑；有醴泉、瑶池、疏圃之池、黄水、丹水等泉水和河流，饮之不死。相传由汉代文人东方朔著的《海内十洲记》描述了昆仑山的雄伟壮观与崇高地位：

> 昆仑，山三角。其一角正北，于晨之辉，名曰阆风岭。其一角正西，名曰玄圃堂。其一角正东，名曰昆仑宫。其一角有积金为天墉城，面方千里。城上安金台五所，玉楼十二所。其北户山承渊山。又有墉城，金台玉楼，相鲜如流精之阙。光碧之堂、琼华之室、紫翠丹房、锦云烛日、朱霞九光，西王母之所治也。真官仙灵之所宗，上通璿玑，元气流布。五常玉衡，理九天而调阴阳。品物群生，希奇特

① 赵宗福：《昆仑神话》，青海人民出版社2005年版，第10页。

出，皆在于此。天人济济，不可具记。此乃天地之根纽，万度之纲柄矣。

仙界所需之物不死树、不死药、不死水，在昆仑山应有尽有。不仅如此，昆仑山既高且大，为中央之极，也是连接天地的天柱，成为沟通天地的通道，只有神仙才能上下。汉代以后，昆仑山的仙气进一步强化，成为众神的极乐世界，也成为民众心目中最为神圣的地方。自从先秦的人们对昆仑山地理位置大致确定在西部地区以后，历代包括君王、将帅各色人等，一直在寻找这座神圣大山，确定其具体位置，直到现在学者们的讨论也没有停止过①。虽然还不能把现实中的某一座山和神话中的昆仑对应起来，但是神话中所指昆仑山在祖国的西北已基本确定，“河出昆仑”的说法在典籍中反复出现。

昆仑山与神话人物如伏羲、女娲、黄帝、少昊、西王母、蓐收、后羿、嫦娥、赤松子、共工、东王公等关联。盘古开天地、女娲炼石补天、燧人钻木取火，伏羲始作八卦、共工怒触不周山、黄帝创世、西王母与东王公、后羿射日、嫦娥奔月、穆天子神游、王母蟠桃会等，这些话题一旦被人们提起来，便会津津乐道。其中西王母是昆仑神话的核心人物，如鲁迅所说：“其最为世间所知，常引为故实者，有昆仑山与西王母。”②

二　昆仑神话的意义

神话和现实毕竟不同，在现实中找到昆仑山，不可能等于寻找到了神话中的昆仑山。但其文化意义在于，“神话昆仑是我们的先民们充满了想象的综合性艺术，因而神话中的昆仑在方位上多少有些飘忽不定，又是还同时在几个地方出现，总之不像现实中的昆仑那样定地不动，所以想一定要给神话昆仑具体地划定一个现实的地理上的地方，可能是不符合事实的。话又说回来，神话昆仑也不是无根之木、无源之水，而是先民们依据现实的地理现象创造出来的，它曲折地反映了我们的现实生活，神话和现

① 关于神话中昆仑山的地望问题，一直是学术界争论的热点，一般有甘肃说、新疆说、青海说等多种说法。

② 鲁迅：《中国小说史略·神话与传说》，齐鲁书社 1997 年版，第 23 页。

实地理的昆仑自然有密切的关系，完全否定这样的关系也不是实事求是的态度”①。

昆仑神话也不是绝对孤立存在的神话，与其他的神话互相影响、互相渗透，因此，可以把与昆仑神话有关的神话全部纳入昆仑神话的范畴。正如学者所言：“凡神话人物与昆仑及其辖域或直接或间接有联系的，都应该包括在昆仑神话范畴之内。但有主线人物和副线人物。其行动虽出现在昆仑及其辖域内，而主要活动在他区的则为副线人物。研究昆仑神话，必须以主线人物为轴心，兼及副线人物，关注各种神话象，分清主次，广泛探索，深层开掘，才能窥见全貌。”②

昆仑神话是中华民族精神文化的源头，昆仑神话对中华民族的文化影响至为深远。昆仑是中华民族的发祥地，所以我们自豪地说“赫赫我祖，来自昆仑”，是中华民族的象征，“巍巍昆仑”就是中华民族伟岸不屈的人文性格和博大精深的文化内涵。也正如赵宗福博士所言，作为中国古典神话主体的昆仑神话，至少是中华民族文化的源头之一，也无疑是中国早期文明的曙光。中华文明的形成发展，中国文化的繁荣光大，无不与昆仑神话有直接的关系③。

第二节 昆仑神话与神话人物

一 西王母

（一）西王母形象的演变

后世因信仰之故，对西王母的称呼多种多样，有“王母”、“金母”、“瑶池老母”、“瑶池金母”、“西池金母”、“仙母”、“阿母”、“龟山金母”、“龟台金母”、“金母元君”、“王母娘娘”等。人们对西王母形象的描述，从先秦到明清，由《山海经》、《穆天子传》、《汉武帝内传》等典籍，到杂剧、小说、宗教宝卷等文献，经历了从狰狞的半人半兽、掌瘟疫刑杀之神到握有长生不死药的吉神、天界女仙之首，再到化育万物的创世

① 赵宗福：《昆仑神话》，青海人民出版社2005年版，第6页。

② 许英国：《昆仑神话纵横谈》，载《昆仑神话与西王圣母》，黄山书社1998年版，第93页。

③ 赵宗福：《昆仑神话》，青海人民出版社2005年版，第10页。

女神等多次转变。不同历史时期出现的不同的形象和信仰，使西王母成为了中国传统文化中的一位“千面女神”。在中国古典神话中，昆仑神话是保存最完整、结构最宏伟的体系之一，西王母神话及信仰则是昆仑神话的重要内容，正如苏雪林所言：“西王母与昆仑山原有不可拆分之关系，言西王母即言昆仑也。”

西王母形象最早出现于《山海经》，对其描述的关键词为：“蓬发”、“梯几戴胜”、“虎齿”、“豹尾”、“善啸”、“穴居”。这位女神头发蓬松，有老虎般的利齿，拖着豹子似的尾巴，主管瘟疫刑杀。但在《穆天子传》中华丽转身，由凶神变成了帝胄出身且雍容脱俗的贵妇人，和穆天子相互赋诗歌咏，又似人世间一位多愁善感、情意绵绵的女王。继而在《汉武帝内传》中再变为年龄约三十、容貌绝世的女神。魏晋南北朝时期，人们把西王母神话传说和周穆王西征的历史事实联系起来，将西王母形象人格化、神化和传说故事化，其中周穆王和西王母在瑶池相会的故事广为流传，源自神话传说的西王母形象逐渐完善而丰满起来。西王母形象由老变少、由野转文、由丑而美。被道教吸纳为最受尊奉的“女仙之首”，专司天界盛宴邀请各路神仙之职，在人间掌婚姻和生儿育女之事。唐宋之后，西王母开始进入文学视野，成为杂剧、小说的主人公，延续人形化后的吉神形象，是“文采鲜明，光仪淑穆”的天界女神。

（二）西王母的神格

1. 死亡之神。早期西王母的职责是“司天之厉及五残”，即掌管天灾、刑罚与杀戮之神。“厉”指瘟疫，“五残”是灾星。人们普遍信仰西王母具有能使瘟疫流行，兵祸兴起，主管刑杀继而掌握生死的神格。有些学者认为，西王母是西部一位部落或部落联盟的首领。在母系氏族时代，部落首领一般身兼政治、军事和宗教三职为一身，是部落最大的巫师，掌握着军事和宗教祭祀的大权，当然也掌握着全氏族成员的生死。太阳从西方落下去，黑夜随之到来，东方代表了生命和光明，西方则象征黑暗和死亡。昆仑山位于西方，神仙居所，凡人所不能到达，而西王母又是昆仑山的大神，是死亡之神。在汉代，西王母已是全国性的民俗信仰，并频繁出现在墓葬砖画像中。《汉书》记载了西汉哀帝建平年间，曾经以西王母崇拜为背景，演生出一次声势浩大的流民运动：

（建平）四年春，大旱，关东民传行西王母筹，经历郡国，西入关至京师，民又会聚祠西王母，或夜持火上屋，击鼓号呼相惊恐。

《汉书·哀帝纪》

建平四年正月，民惊走，持稾或棷一枚，传相付与，曰“行诏筹”。道中相过逢多至千数，或被发徒践，或夜折关，或逾墙入，或乘车骑奔驰，以置驿传行，经历郡国二十六，至京师。其夏，京师郡国民聚会里巷仟佰，设张博具，歌舞祠西王母。又传书曰：“母告百姓，佩此书者不死。不信我言，视门枢下，当有白发。”至秋止。

《汉书·五行志》

从记载来看，人们对西王母的恐惧之情在当时无以复加，西王母主掌生死的神格，在汉代得到了急剧的放大。

2. 永生之神。在道教的诸多神灵中，保留了西王母主管生死的神格。这固然受到了渴望长生不死和升仙愿望的汉代人的狂热崇拜，汉武帝就是其中之一。他十分迷恋和向往永生的仙道，致使朝野上下掀起一股求仙热潮。西晋张华著《博物志》卷八云：

汉武帝好仙道，祭祀名山大泽，以求神仙之道。时西王母遣使乘白鹿告帝当来，乃供帐九华殿以待之。七月七日夜漏七刻，王母乘紫云车而至于殿西。南面东向。头上太华髻，青气郁郁如云。有三青鸟，如乌大，立侍母旁。时设九微灯，帝东面西向。王母索七桃，大如弹丸，以五枚与帝，母食二枚。帝食桃，辄以核著膝前。母曰：“取此核将何为？”帝曰：“此桃甘美，欲种之。”母笑曰：“此桃三千年一生实。”

模糊不清的不死之药变成了可视可观的仙桃，但汉武帝最终也没能得到西王母的眷顾而长生不老。这段故事被道家作为人和神仙交往的最美佳话而广为流传。在西汉砖画像上，西王母身边游龙戏凤，白兔捣药，羽人、神人相侍。社会上层力求长生不死，对西王母尊奉有加，各地都设西王母祠，地方行政长官亲自主持祭祀。人们在不断加强对西王母信仰的过程中，为西王母组建了家庭，夫君即为东王公。后世将西王母和东王公逐渐演变为民间的玉皇大帝和王母娘娘，生儿育女，组成了一个中国传统中特有家庭式的神仙系统。

3. 生育之神。在中国神话体系中，女娲扮演了创造、化生人类的角色。其实西王母亦具生育功能，《易林》曰：

> 翟为尧使，西见王母，拜请百福，赐我嘉子。

中国汉族民众重生育，传统观念中崇尚多子多孙多福寿，西王母便成为求子信仰的偶像。今山西阳城王屋山有王母祠，河北房山有王母祠，向西王母求子、求保婴之事，时常可见。据赵宗福博士调查，在甘肃泾川西王母信仰中，有一项在王母神像前“卸锁”的活动仪式，就是把孩子托养在王母身边，有了王母的佑护，孩子会远离邪魔，平安健康成长。“卸锁”是一个托养仪式，其中也包括着去除污秽、赐予祝福的含义。在当地东坡村青龙山庙会上，求子也是一项非常具有典型意义的传统习俗。许多年轻媳妇，或者与婆婆一起来，或两三个结伴来，先在圣母娘娘（西王母）像前虔诚烧香祈祷，然后挤到神像旁，由神婆来主持一个过程简短但虔诚之心很重的“求子”仪式。很多三四岁、六七岁小孩拉着奶奶的手，或由妈妈带着，来参加庙会。这些小孩子大多数都是在这里“求子”得来的，大人们带他们来是“还愿”的①。在这些民俗活动中，西王母担负了赐予孩子并保佑孩子顺利成长的生育大神神格。

（三）后神话时期的西王母

民间流传的《护国威灵西王母》宝卷吸收了道教成分，把西王母说成是“金枝大仙投生邰基，名曰姜嫄，即高辛帝妃。生前为后稷之母，没后为月殿之母”。是集创世与救世为一身的至圣女神，为三教九流之祖，万民之母，众神之王，高高在上。该宝卷还把西王母视为民间宗教中的最高神灵，凌驾于诸神之上，享受民众的最高崇拜。《瑶池金母金丹

---

① 赵宗福：《地方文化系统中的王母娘娘信仰——甘肃省泾川王母宫庙会及王母娘娘信仰调查研究》，《民间文化论坛》2005年第6期。

忏》宝卷是祭祀西王母和民间教派做法事时所用的仪式文本，“瑶池老母鸾笔乃示慈航尊者以金丹要旨也，文凡三卷，上卷度仙，中卷度人，下卷度鬼”。构拟瑶池金母向慈航菩萨传道授法的故事，极力渲染瑶池金母的至上与神圣：“瑶池金母在大罗天上，瑶池宫中，坐最上莲台，放绝大豪光，与无极众圣，太乙诸仙，宣说未来。赞扬以往，是时天花散漫，法雨缤纷，大地流香，万源俱寂。”观自在菩萨的虔诚、惶恐和对瑶池老母的万分尊敬，衬托了王母的威严：“圣母（西王母）宣说方毕，观自在菩萨不禁怵惶惊惧，再三泣叩曰，自太极返无极，几经辛酸，几遭苦趣，始觉如是境，坠如是劫，可怜可悯千乞。”

《护国威灵西王母》宝卷和《瑶池金母金丹忏》宝卷中的西王母，道教神仙色彩十分浓郁。民间宗教教派把西王母这位在千年来民众信仰中举足轻重的神灵引入其中，进一步放大西王母的神格，这与民间宗教试图突破其传统民间的、分散的宗教状态，向制度性宗教靠拢的努力有关，也说明从神话、仙化到宗教的西王母，所蕴含的文化资质正好满足了民间宗教试图创造一位至上神的要求。

青海东部地区有浓厚的西王母信仰语境，也是传说中西王母的故乡，《王母经》、《王母新诗论》、《王母降下佛坛经》等手抄本宝卷仍然流传。以西王母为中心的宗教宝卷，明显地看出明清以来的民间宗教，以传统文化作为主要资源，在中国传统女神崇拜的基础之上，创造了西王母和其影响更大的无生老母形象的演变轨迹。与以往神话、仙化、道教和民间信仰中的西王母不同，民间教派宝卷与信仰中的西王母神格和形象得到了极大提升[①]。亦与正统宗教不同，民间宗教中的西王母既不像佛教中的释迦摩尼那样庄严肃穆，也不像道教中的“三清”那样冷漠高远，而是向人间时时流露出慈母般的关怀。

二　伏羲、女娲

（一）“初创世型”和“再创世型”

“初创世型”创世神话意味着宇宙世界处于一种混沌状态之中。“再创世型”创世神话是说世界被洪水毁灭后，重新开始了一个新的时代。

① 刘永红：《明清宗教宝卷中的西王母形象与信仰》，《青海社会科学》2011年第5期。

楚帛甲书一开始就描述了创世之初的世界景象,“梦梦墨墨,罔章弼弼。每(晦)水,风雨是於”,这是能够看到的先秦时期唯一一篇完整的创世神话。关于创世前的景象描述,《楚辞·天问》开篇写道:

> 遂古之初,谁传道之?上下未形,何由考之?
> 冥昭瞢暗,谁能极之?冯翼惟像,何以识之?
> 明明暗暗,惟时何为?阴阳三合,何本何化?
> 圜则九重,孰营度之?惟兹何功,孰初作之?
> ……

屈原的一系列问题,并不是个人的奇思异想,而是根据当时民间所流行的创世神话而进行的发问。这种以提问的方式探索性“天问”,也证明了当时创世神话的客观存在。描述远古之初原始浑沌的创世景象,在先秦社会十分流行,并直接成为汉代的神话与哲学的宇宙论渊源。在当时以人文理性为主导的学术思潮改造下,宇宙创世母题被置换或变形,成为了古史传说,纳入哲学范畴和散文寓言。《老子》第四十二章云:“道生一,一生二,二生三,三生万物。”《周易·系辞上》云:“易有太极,是生两仪,两仪生四象,四象生八卦……”《淮南子·精神训》描述了较为完整的创世景象:

> 古未有天地之时,惟像(罔象)无形,窈窈冥冥,芒阌漠闵,鸿蒙鸿洞,莫知其门,有二神混生,经天营地。……于是乃别为阴阳,离为八极,刚柔相成,万物乃形,烦气为虫,精气为人。

该书其他篇章中,还有此类描述,如“包裹天地”(《原道训》)、“包裹宇宙”(《谬称训》)、“牢笼天地”(《本经训》)、“洞同天地”(《诠言训》)等,“鸿洞”、“牢笼”、“包裹”等词都是同义反复之语,用来描述原始宇宙浑沌未分的景象,很可能和昆仑神话宇宙初始的“混沌”创世意义相关。何新认为“昆仑”与混沌、浑沦音义相同,且从语音通转的关系看,昆仑即浑沦,昆仑可能指天地之前的混沌状态,故有“大”或“天”之义。朱芳圃亦有相同观点:“以其高言之,谓之天山;以其形言之，谓之昆。”[①] 从这些意义来看，昆仑初创世的神话意义表达了宇宙刚刚产生的状态，而昆仑神话的宇宙创世思想被吸收进了中国哲学的宇宙论中，成为人们对宇宙产生的原初性思考。

（二）伏羲、女娲与再创世神话

伏羲、女娲神话是神话中的主要人物，他们先天地而存在，天地亦靠他们所生四子营造出来。创世的模式是以人类生殖为原型来构造整个世界，神的婚姻在神话中具有创世的巫术功能，宇宙似乎像一个家庭，一切从婚姻开始。因此，婚姻似乎是作为神创世工作的必要程序。

检索古代神话典籍，伏羲和女娲的关系，或为夫妻说，或为兄妹说，或为兄弟说。楚帛创世神话的发掘和释读成功，明确了早在混沌时代，就有伏羲、女娲二神结为夫妇生四子的神话。他们的对偶婚关系有着极为古老的传承，以二人对偶婚关系为创世主体的婚姻，作为神创工作的必要程序，为中国洪水神话中的原初性和结构性成分，而不是后世附加或拼接上去的可有可无的要素[②]。汉代画像石或壁画中伏羲、女娲的形象是双蛇并列作交尾之状，意味着伏羲、女娲在观念上被认为本属一个血缘集团，以同胞血缘婚为母题的创世神话很流行。虽然无法判断对偶婚与兄妹同胞血缘婚洪水神话孰先孰后，但从文献及汉墓砖像石及壁画仍可看出，西汉以前民间流传的伏羲、女娲神话趋向于对偶婚（非血缘婚）创世的情节，透露出了初创世洪水神话的特点。当然初创世和再创世二者之间并没有不可逾越的界限，都有可能同时在先秦至汉代在民间同时流行，在传承中二者可以同构并存，成为略有差异但主人公同为创世之神或人类始祖的异文。在西南许多民族中流传的初创世界神话和再创世神话中，伏羲、女娲同为一个主人翁，作为初创大神与人类再造之大神，共同担负着二重神格[③]。

昆仑即混沌未分无序的宇宙情景，古文献描述了具有变形或者置换的创世神话前背景，创造出有序宇宙的创世之神，“二神”或“二皇”，即为伏羲和女娲。可见，昆仑神话和先秦哲学以及《淮南子》中所描述的初创世情景紧密联系，或者是一脉相通的。

---

① 朱芳圃：《中国古代神话与史实》，中州书画社 1982 年版，第 49 页。

② 吕微：《神话何为》，社会科学文献出版社 2002 年版，第 311 页。

③ 在纳西族东巴经神话中有两种洪水神话，一种讲述洪水导致血缘婚，一种讲述血缘婚引起洪水。参见白庚胜《东巴神话研究之洪水神话》，社会科学文献出版社 1999 年版，第 104—109 页。

在创世前，世界呈现出“混沦”或“浑沌”状态。由其原始混沌迷茫状态的意义，在再创世神话中被替换为原始大洪水。所渭洪水，在深层意义上并非实指自然界中的洪水灾害，而指的是创世前或是创世之初，以原始大水（或称之为世界大水）为象征的非秩序状态，在汉语中就是混沦（或写作浑沌）[①]，研究者多将洪水神话归入再创世神话。“女娲补天”、“夸父逐日”、“共工争帝”、“大禹治水”等皆可归入再创世洪水神话，主要讲述洪水过后现实世界被毁灭，人类遗民重返创世时代，在神的帮助下获得自身文化的再造能力。实质上是一种“惩罚型”洪水神话，或称为“末日”神话。《淮南子·览冥训》云:“伏羲、女娲不设法度而以至德遗于后世。”所谓不设法度的本义即指前创世的浑沌无序状态。在创世神话中，伏羲、女娲并列为创世之初开辟天地和重整天地的大神，具有两重创世神格。因此，“初创世型”创世神话为人类提供了生存的宇宙背景，解释世界的来源，阐述社会秩序合法性。伏羲、女娲是创造自然世界的英雄，是人类从无序到有序、自然走向文化的象征。“再创世型”创世神话演绎的是人类遭受原罪惩罚后，伏羲、女娲为文化道德的再造者、人类的文化英雄，是一种人类秩序从有序的破坏到有序的重建、从文化失落到文化再生的象征。

洪水神话与昆仑的联系，暗喻人类早期的“混沌”与初创世的情景。昆仑神话在其最初的形态，反映了一种宇宙初创的情景，是中国神话的源头。这种初创的宇宙情景和观念被先秦的哲学思想所吸收，成为中国人最早的宇宙观。昆仑神话亦造就了后期神话的兴盛，不过神话因子有可能在叙事过程中被不断地置换，就像西王母神格不断地变化一样。

三　大神共工

搜检古代神话文献，共工似乎以破坏天地的恶神形象出现。《史记·补三皇本帝》:

> 当其女娲末年也，诸侯有共工氏，任智刑以强，霸而不王，以水乘木，乃与祝融战，不胜而怒，乃头触不周山。天柱折，地维缺。

① 吕微:《神话何为》，社会科学文献出版社2002年版，第311页。

不论共工与女娲、祝融、颛顼争帝，失败的都是共工，而且失败的结局很惨。《山海经・大荒北经》载："禹湮洪水，杀相柳。"《韩非子・外储说》曰："（尧）又举兵而诛共工于幽州之都。"《荀子・成相》载："禹有功，抑下鸿，辟除民害，逐共工。"《史记・五帝本纪》云："舜归而言于帝（尧），请流共工于幽陵。"尧舜禹三代几乎都有征伐共工的故事，而对共工在开天辟地中的功劳却只字不提。丁山考证共工时说"同此梦熊故事（指晋平公梦赤熊而病的传说）在《国语》传为鲧神，在《汲冢琐语》则传为共工；是知鲧即共工之别名，共工壅防百川，即鲧湮洪水传说所分化"①。即说鲧与共工为一神，则鲧与共工为同一神话的不同版本。偷来天壤的鲧在古典神话中亦被视为一大恶神，与共工有关系的帝鸿、帝江、浑敦、相柳等或多或少都有恶名，共工是背负道德恶名的"箭垛式"恶神。但在楚帛书中所载的共工，是创世大神，为九州霸者、羌族祖神、众水之神。其子相柳是洮湟淮河诸水之神，另一子后土是社神。楚帛书创世神话讲述了伏羲、女娲、大禹、四神、炎帝、祝融、共工等创世大神创世的功劳，其中共工的形象特别突出，他的功绩比其他诸神大："共攻（工）□步十日四时，□神则闰，四□毋思，百神风雨，辰祎乱作，乃□日月，以传相□思，又霄又朝，又昼又夕"②，大致是说共工有制定十干、闰月，把一日夜分为霄、朝、昼、夕四时的功劳。

在远古史中，羌人与周边诸民族时常发生冲突，失败的羌人被杀戮、驱逐流放，或被迫迁徙。在中原诸族中失败的羌人被视为破坏原来和平秩序的异类，其族神也自然逃不脱恶神的恶名，理所当然地担负了破坏天地秩序的罪责，从创世大神沦落为恶神。这是由异民族之间文化融合与冲突，导致的神话变异。如果两个不同民族在文化上有"质"的不同，促使神话流动变化的现象则是置换或妥协，那么意味着把他族的神话彻头彻尾地消除或改头换面，即强势文化同化或篡改弱势文化，这是共工一改创

① 丁山：《古代民族与神话》，商务印书馆 2005 年版，第 9 页。

② 董楚平：《中国上古神话钩沉——楚帛甲书解析兼谈中国神话的若干问题》，《中国社会科学》2005 年第 5 期。由于楚帛书历史久远，有些文字散漫不清，难以识别，所以，文字学家对部分文字还有些争议，但全文基本可以通读。另见李零《长沙子弹库战国楚帛书研究》，中华书局 1985 年版。

世大神的神格而成为“箭垛式”恶神形象的原因。在楚帛神话中，共工与女娲、大禹等诸神相安相处，共同担负起创世责任，反映了人们对初创世时期各部落关系，人与人之间的社会关系的看法或向往。

四　宇宙神树与神树崇拜

在昆仑神话中，屡次提到建木、若木、扶桑等神树。这些神树是昆仑地望的标志。“建木”一名见《山海经·海内经》:“有木名建木，百仞无枝，上有九枥，下有九枸。”关于建木，《淮南子·地形训》释作:“建木在都广，众帝所自上下。日中无景，呼而无响，盖天地之中也。”关于都广，古人认为昆仑山位于都广，建木在昆仑山上，而昆仑山是天下之中，所以二者处于天下之中。太阳从春分起每日向北移动，到夏至时位于北回归线正上方。北半球这一天，如果在此时立圭表测日影，有可能“日中无影”。古人把南方称为“丹穴”、“太阳之地”，故建木的地望即为南方，并可能标志为一年中的夏天，即太阳最为强烈的时候。

若木，《山海经·海外北经》曰:“上有赤树，青叶，赤华，名曰若木。”郭注:“生昆仑西，附西极，其华色赤，照下地”，《淮南子·地形训》:“若木在建木西，末有十日，其华照下地。”太阳从扶桑升起，绕过建木，最后经过若木落入地下。由此，若木在“建木西”、“生昆仑西”、“附西极”，其地望在西方，代表的是太阳运行到下午的时间。

扶桑，生长在东海之中的“旸谷”地方。此树高三百里，生长有形状如芥的小叶。《山海经·海外东经》曰:“汤谷上有扶桑，十日所浴。在黑齿北，居水中，有大木。九日居下枝，一日居上枝。”有时，扶桑写作“空桑”:“空桑之苍茫，八极之既张。”扶桑又称为“扶木”、“榑木”。《山海经·大荒东经》曰:“上有扶木，柱三百里，其叶如芥。有谷曰温源谷。上有扶木，一曰方至，一曰方出，皆载乌。”《淮南子·时则训》载“东应日出之次，榑木之地”。

以东方的扶桑、南方的建木、西方的若木为三点建构宇宙图式，在汉初又加上细柳或桑榆为北方的标志，此四种宇宙树在宇宙神话中的位置，就构成了中国古代以宇宙树为结构特征的昆仑宇宙模式。北方是一片大水，古人认为大地下面为水，为太阴之地，是太阳在晚上的去处。这些神树既为标志东南西北的四方神，又为太阳一天运行的路线标志，亦为一天四时的更替。因此，这些宇宙神树又是时间运行的象征。

从《山海经》四方神的地理描述来看，在中国文化发展的早期，就有昆仑神话中神树崇拜的信仰存在。先民认识到，寒暑的变化是伴随着太阳的运行规律而形成的。在夏季，太阳在树木投下的影子很短；到了隆冬，影子变得很长。夏天的中午，太阳位置高，影子也短；冬天的太阳较低，中午的影子较长。影子最短是夏至，最长的是冬至的时候。春分和秋分则介于其间。由此，先民们在观察树木荣枯变化的基础上而形成了物候历。至迟在殷商中期，人们就懂得用表来测日影定季节了。用“表”来测季节，当有一个发生发展的过程。不论观测树木荣枯的变化，还是立“表”测时，作为客观参照物的树木，就有可能被神化，被纳入信仰体系中，成为崇拜对象，同时成为创世神话和宇宙图式的一部分。神树崇拜一方面受到古代文化中昆仑宇宙神树的信仰和神树通天功能的影响，绵延不绝地传承下来，另一方面与树木作为早期历法制定的参照物有关。

第三节 藏族神话

一 藏族创世神话

藏族创世神话通过解释宇宙起源、人类起源以及文化起源等终极问题，表达了藏民族特有的思维方式、宇宙观、世界观和宗教观，探讨了宇宙的形成过程，阐发着人类与自然的关系，讲述着本民族神圣的历史，是宝贵的精神遗产。

从藏族创世神话的形态来看，可分为“初创世型”和“再创世型”神话。“初创世型”创世神话为人类提供生存的宇宙背景，解释世界的来源，阐述社会秩序合法性。《古代天空无太阳》描述了人类过着天堂般幸福安宁生活的情景[①]：

> 很早很早以前，天空中并没有什么太阳，到处是黑暗的。那时人很神圣，身上能自然发光，人们的身材很高大。后来不知什么原因，

① 黄南州民间文学集成办公室：《中国民间故事集成·青海省黄南藏族自治州故事卷》，1990年内部资料本。

人们的体格逐渐变小了。那时人们并不种庄稼，吃着四样东西：水上的浮油、地上的浮油，一种野生的“玛米劳道蒿”（即玉米），还有一种“无籽果”。他们的行动也很自由，很随便，心里想到哪里，立刻就可以到哪里。人们过着神仙一般的生活，互不侵犯，相互往来很有礼仪，到处是安乐、太平。

在另一则神话《土地与国王的来历》中，世界处于一种混沌的状态：“据古人说，很早很早以前，世界上到处是汪洋大海，无边无际，那时，世界上除了水，什么也没有。”

藏族创世神话更多地表现出再创世神话的形态，其宇宙起源母题最能体现出藏族关于大生命的思索与崇拜。在十余则宇宙起源解释神话中，最具代表性的有肢体化生说（A610）、大海变陆地说（A620）、卵生说（A625）、天地混合说（A625.2）、开天辟地说（A641）、崩天崩地说（A640）。

关于天地、山川的形成，问答歌《斯巴宰牛歌》就以肢体化生说（A610）叙述的：

问：斯巴宰杀小牛时，砍下牛头放哪里？我不知道问歌手；
斯巴宰杀小牛时，割下牛尾放哪里？我不知道问歌手；
斯巴宰杀小牛时，剥下牛皮放哪里？我不知道问歌手。
答：斯巴宰杀小牛时，砍下牛头放高处，所以山峰高耸耸；
斯巴宰杀小牛时，割下牛尾栽山阴，所以森林浓郁郁；
斯巴宰杀小牛时，剥下牛皮铺平处，所以大地平坦坦。

在另一组问答歌中，其异文不同的回答是：“答你歌手第一句，世故老汉宰牛时，牛头立在山岗上，长出雪山十万座。答你歌手第二句。世故老汉宰牛时，牛皮铺在草地上，显出平滩六万片。答你歌手第三句，世故老汉宰牛时，牛血倒在泉水中，涌来江河一千条。”①

卵生创世神话记载于描述世界起源的苯教经典《斯巴卓浦》：很早以

① 故事载《格桑花》，1984年第1期。

前，赤杰曲巴法师把五种本原物质收集起来，放入自己体内，然后轻声默念："哈"，由此产生了风。当风以光轮形式飞快旋转之时产生了火，风吹越猛，火烧越旺，热水和冷气产生了露珠。在露珠上出现了微粒，微粒被风搅飞，堆积成山。世界就是这样由赤杰曲巴法师创造出来。从五种本原物质中又生出光卵和黑卵。光卵呈方形，大如牦牛；黑卵呈锥形，大如公牛。法师用一光轮敲出光卵，轮卵碰撞产生了光，散布在天空，形成了托塞神；光线下射产生了达塞神。斯巴桑波奔赤白人从卵心中出现，他长着青绿色头发，是现实世界之王[①]。斯巴桑波奔赤，就是苯教经典里的"斯巴坚谟"，意为"宇宙之父"，曲杰坚谟就是"斯巴坚谟"，意为"宇宙之母"。世界上诸多宗教在形成过程中，都程度不同地把初民创作的神话吸收于教义中，作为宗教体系原初性、神圣性证明。苯教吸收了神话内容，并纳入其经典之中。经过苯教经典的记载，斯巴创世神话得到了很好的传承和保存。

关于大地的形成，流传在西藏黑河地区的一则神话说：世界开始时是一片大海。后来，天空升起了七个太阳。由于太阳的猛烈暴晒，山岩都崩裂了。崩裂的碎石、尘土与海水混合，经过风吹日晒又变成了石头。石头上积了土，慢慢长出了草和花。后来，又生长了五谷，是为崩天崩地说（A640）。其内容古朴自然，少有文明时代的增删或附会。

关于天、地、山、川自然万物的最初形成的，在一组古老的问答歌——《斯巴形成歌》中，作出了诗意性解答：

问：最初斯巴形成时，天地混合在一起，请问谁把天地分？
最初斯巴形成时，阴阳混合在一起，请问谁把阴阳分？
……

答兼问：最初斯巴形成时，天地混合在一起，
分开天地是大鹏，大鹏头上有什么？
最初天地形成时，阴阳混合在一起，
分开阴阳是太阳，太阳顶上有什么？

① 噶尔美：《苯教历史及教义概论》，《藏族研究译文集》，中央民族大学民族所1997年编印，第59—60页。

是为开天辟地说（A641）。在另外一组异文的答歌中说：是“大鹏把天空撑高”；是“巨龟分开阴阳界”的。歌中的藏语“斯巴”一词，显然是“宇宙”、“世界”之意。大鹏鸟在藏族的传统观念形态中，一直被认为是神圣崇高的百鸟之王，是降服龙魔的神鸟。由大鹏鸟开辟天地的神话，在藏族中流传很广。

在藏族神话的其他母题中，有相同的大自然崇拜之源。检视与解读这些母题时，我们为这样一个深刻而永恒的命题所震撼：大生命的原欲与智慧。藏族卓越质朴、深沉强健的生命精神，蕴含于大生命这一命题中，即囊括万物规律的大自然中寓含了人类生命。其智慧则是揭示与顺应大生命时的精神创造，这一精神极为典型，从中凝练出了藏族顽强的民族品格和民族精神。

二　人类起源神话

关于人类的来源，在藏族地区广泛流传着猕猴演化成人的神话。说在很久远的年代里，山南地区雅隆河谷的穷结地方，山上住着一只猕猴。后来，这只猕猴和岩洞罗刹女结为夫妻，生了六只小猕猴，老猴把它们送到果实丰茂的树林中去生活。过了三年，已经繁衍成五百多只猴子，因为食物不够，饥肠辘辘，吱吱悲啼。看见老猴来了，便围上来呼号：“拿什么给我们吃啊?!”举手相向，其状至惨。老猴看见这种情景，心中十分不忍。于是领群猴到一处长满野生谷类的山坡说道：“你们就吃这个吧!”从此，众猴便吃不种而收的野谷，身上的毛慢慢变短，尾巴也渐渐消失，以后又会说话，演变成人类。

这则神话除口头流传外，不少藏文典籍《玛尼全集》、《西藏王统记》、《贤者喜宴》、《西藏王臣史》等都有详略不同的记载。直到现在，泽当地区的民众讲起这则神话时，还能指认哪里是老猴修炼的山洞，哪里是群猴采食野谷的山坡（索当贡布山），哪里是群猴游戏的坝子（泽当）等。

苯教经典记述说：最初从五种本原物中产生出雨和雾，形成了海洋。风吹海面吹起一个气泡，气泡跳到蓝色的卵上碰碎了，从中出现了一个蓝色的女人，名叫曲坚杰谟。另外，从一个发亮的卵（白色的卵）的中心产生了有绿色头发的白人斯巴桑波奔赤。他们没有触对方的鼻子就结合了，生出了野兽、畜类和鸟类。他们低下头，触了触鼻子又结合了，生下了九个兄弟、九个姐妹，以后由他们分别繁衍成天神和人类等。另外从一个黑色的卵中心跳出一个带黑光的人，名叫闷巴塞敦那波，是虚幻世界的国王。他从自己的影子里衍生出顿显那莫，两相结合生下了八个兄弟和八个姐妹，成为恶魔族类的祖先。最有趣的是，作为神和人类祖先，九姐妹中的二姐南曼噶莫，就是《格萨尔王传》中格萨尔王的姑母，她在关键时刻总是给格萨尔王以有益的指导，使他在人间建立了丰功伟业①。

人类起源神话表明，人类在与大自然斗争中，已经明确地意识到自身的存在和力量，产生了自我意识和觉醒，渴望探明人类自身产生和发展的奥秘。神话中所说的天神、恶魔等，是人类社会中善与恶、光明与黑暗的折射反映。

藏族还有这样一则族源神话：有一男人和一头母牦牛结合，生下玛桑，称为“兰特王”的牛头人。神灵之王安达向玛桑传授了战胜敌人的秘诀。魔鬼变成了黑牦牛，但它头上多了一只眼，玛桑必须用铁箭射入它额上的眼睛，然后用钉子把它钉起来。安达又给玛桑一件有魔力的宝物，可以逃脱女魔追逐，使自己幸免于难。另一则牦牛图腾族源神话说：一个名叫色安布的小伙子，从一只小鸟那儿收到山神儿子带来的信，信中提到山神要把女儿嫁给他。小伙子很高兴地应允了这门亲事。山神把大女儿变成一只猛狮，色安布见了很害怕；山神把二女儿变成一条蛇，色安布更不敢娶。山神又把小女儿变成一头野牦牛，并向他发起猛攻。色安布沉着冷静用魔棍一点，野牦牛变成了一个美丽的姑娘，于是色安布娶了这位姑娘，同时还收到山神作为嫁妆的一张有魔力的羊皮。很久很久以后，姑娘上天去了，她留下了唯一的儿子，就是藏族塔拉克氏族的祖宗。

在《西藏王统记》中，也有类似的神话记载：止贡赞普与大臣罗旺达孜决斗，罗旺达孜用计杀死赞普，夺了王位，命令贡赞普的王妃牧马。王妃在山上放牧时梦见与雅拉香波山神变幻的一位白人结合。醒来只见一头白牦牛从身边走开。后来王妃妊娠生下一个血团。她把血团放在一只野牛角里孵出一儿子。就是后来西藏历史上著名的如列吉，意即“从角中生出的人”。

---

① 中央民族学院藏族研究所：《藏族研究译文集》第1集，1983年编印本。

这些神话表达了古代藏族浓厚的牦牛图腾崇拜。图腾是最早的社会组织标志和象征，具有团结群体、密切血缘关系、维系社会组织和互相区别的职能，通过图腾标志，得到图腾的认同，受到图腾的保护。图腾文化是人类历史上最古老、最奇特的文化现象之一，其核心是图腾观念。图腾观念激发了原始人的想象力和创造力，逐步滋生了图腾名称、图腾标志、图腾禁忌、图腾外婚、图腾仪式、图腾生育信仰、图腾化身信仰、图腾圣物、图腾圣地、图腾神话、图腾艺术等。远古时期分布在青藏地区众多的游牧部族如党项、白兰、苏毗、唐旄等，均以牦牛为图腾，将牦牛作为氏族名、部族名、种名和地名。雅隆河谷最早出现的部落就称“六牦牛部”。嘉绒藏人在石墙上面嵌上白石牦牛头，刚杀的牛头也要供于房顶。藏历的 11 月 13 日是祭牦牛神的年，叫“额尔冬绒”。

三　自然神话

藏族认为太阳、月亮、日月星辰，一花一草都有自己的生命。高不可及的天空住着神，白雪皑皑的山上住着神，晶莹透彻的湖中住着神，青蛙和鱼是龙的化身。神山与圣山之间可联姻、可复仇、可盟誓，既有爱情也有阴谋。此类神话闪耀着浪漫主义的光彩，也体现了藏族人民正直、淳朴的性格。

自然神话中日月星辰的产生、江河湖泊的形成、高山草原的形貌，多与佛教高僧大德、民族英雄紧密地联系在一起。格萨尔王是藏族心中伟大的民族英雄，在《格萨尔王传》中保存了大量的神话。蔡瓦日（脾脏山）有着不凡来历[①]：

岭国格萨尔大王降服日努宗国王僧格智华，让日努宗百姓过上安居乐业的幸福生活后，班师回朝。当岭国大军浩浩荡荡来到这里时，盘踞在岩洞（后来成为格萨尔大王的静修室）的一个恶魔心怀不轨，企图加害大王及岭国将士们时，被格萨尔大王察觉。大王心想，此妖

---

① 讲述人：坚措，男，藏族，84 岁，扎索寺僧人。记录人：尕藏释迦，男，藏族，39 岁，扎索寺僧人，寺管会副主任。翻译整理：索南多杰，男，藏族，36 岁，青海省民协副主席。时间：2008 年 9 月 20 日。

魔若不及时铲除，定会为害众生，特别对光明佛法不利。为此，格萨尔大王抽出达巴兰梅宝刀砍向妖魔，正中妖魔左肋剖开肚子，只见妖魔的脾脏掉在地上，变成今天的蔡瓦日，即脾脏山。

在达扎索寺附近有一块大石头，传说是格萨尔大王的练功石。石腰系有一条白色的哈达，这块石头被当地寺院保护并供奉着。据说，格萨尔大王为征战日努宗来到此地，见一魔头在残害当地无辜生灵，与之进行了殊死拼杀。妖魔见格萨尔大王力大无穷无法取胜，便想溜之大吉，逃之夭夭。格萨尔大王心想：此妖不除，后患无穷。就从地上捡起一块大石头，口诵祈祷经文：

头顶日月宝座上，根本传承上师与，具力大师莲花生，
本尊静猛诸神仙，空行护法威尔玛，请来为我把阵助！
空行请乘云雾来，护法请随风雪来，威尔玛乘司热来，
请来为我把阵助！助我用这旋转石，不偏不倚击妖魔。
助我成就心中想，幸福生活赐众生。

念毕，随着一声巨响将石头使劲掷出，不偏不倚击中妖魔，将其砸成一团肉酱。从此，这块石头成为黑头藏人的供奉对象。也有人说是格萨尔大王为鼓励岭国将士的斗志，亲自带头举此石头练功，以增强体魄。后来，南来北往的商旅每经此地，都会摘帽顶礼膜拜，或围着这块石头按顺时针方向转圈念经，或滚动这块石头。当地还有一种说法，即把此石往上滚，会使人们过上富足安乐的幸福生活；反之，则会招致衣不遮体、食不果腹、多灾多病的厄运。因此，人们每每将石头往上滚上几米，祈求过上更加幸福美满的生活①。这些神话故事流传在整个藏区，依附于历史人物或虚构的神灵，连同那些遗迹、自然风物，都受到崇敬和喜爱。

藏族神话中还有浓郁的女神情结。那些幻化为高山湖泊的女神，虽有

---

① 讲述人：坚措，男，藏族，84岁，扎索寺僧人。记录人：尕藏释迦，男，藏族，39岁，扎索寺僧人，寺管会副主任。翻译整理：索南多杰，男，藏族，36岁，青海省民协副主席。时间：2008年9月20日。

自然神的神格，但更多体现出的是人性的光彩。女神有喜怒哀乐，有七情六欲，实质上是藏族情感和心灵的反映。《珠穆朗玛五仙女》讲述了藏族心中的女神崇拜：喜马拉雅山脉以珠穆朗玛峰为首的5座山峰，是“长寿五仙女”。最初，喜马拉雅山区，低处是汪洋大海，岸上是无边森林，林中奇花异草。不幸的是，海里出现了一头巨大的五首毒龙，给人类和动物带来灾难。在危难时刻，天上飘来5朵彩云。彩云变成5位仙女，降服了毒龙，救助了飞禽走兽和人类。经地上生物的再三请求，5位仙女答应永远留下来护卫家园，从此便成了喜马拉雅山区的地方神。其中，翠颜仙女是珠穆朗玛峰的主神，掌管人间“先知神通”，吉寿仙女掌管人间福寿，贞慧仙女执掌人间农田耕作，施仁仙女执掌人间畜牧生产，冠咏仙女掌管人间财宝。姐妹五人关心黎民疾苦，万年不辞辛劳，博得了人们的敬爱与景仰。

《珠穆朗玛女神》讲述了女神与凡界男子的爱情悲剧：女神珠穆朗玛不小心将自己美丽的头饰泊西失落到人间，她化成一位姑娘到人间来寻找。途中遇到一位好心的小伙子，帮她找到了美丽的泊西，珠穆朗玛又要回到天上去了。可是，小伙子爱上了她，女神也喜欢小伙子，珠穆朗玛害怕自己的父母不同意，就留下泊西作为纪念，自己先回天上去说服父母再下凡来成亲。小伙子拿着女神留下的泊西到草原上等候了很久，还是没有等到，女神留下的泊西化成了美丽的湖泊，小伙子也变成了湖边的一块大石头，日夜等候着女神下凡。这则神话已经被传说化了，但我们依稀可以见出女神的风采与个性。

四　文化神话

“再创世型”神话演绎的是人类遭受原罪后的惩罚，创造之神成为文化和道德的再造者，是人类的文化英雄。在“再创世型”神话的一类叙事模式中，人类犯了不可饶恕的罪恶，一般称之为“原罪”，人类不得不受到惩罚，以前拥有的那种无忧无虑、天堂般的日子不得不结束。原罪故事最为著名的是基督教文化中的亚当和夏娃故事。另一种叙事模式是洪水后的人类始祖，多以初创世神话的天父地母为原型，如汉族神话中的伏羲、女娲，不得不经受考验，结为夫妻，再一次担负起创造人类的工作。这种“神婚”是一种象征叙事模式：再创世时伏羲、女娲是人类秩序从有序的破坏到有序的重建，从文化的失落到文化再生的象征。藏族传承的与文化有关的神话，多体现出人类出现后文化在人类生活中的象征意义。《四季的来历》[①]，主要与违反原罪被创世神斯巴惩罚，重新建立新文化有关：

> 古人传说，很早很早以前，在大地上并没有春夏秋冬之分，那时候到处草木茂盛，庄稼年年丰收，粮食多得简直没处装，各种牲畜也很多。后来，因为米面很多，人们根本不把米面当一回事，大家常把面和成面团给小孩子擦屁股，牧民们常用酥油泥锅台，泥牛羊圈。石巴老人看到人们不爱惜粮食，十分痛心。他想了一个办法来，把一年分为四季，让各种庄稼和草木半年生长，半年休息，这样食物就有限了。从此以后，人类过着既不富，也不穷的日子，这才知道爱惜米面了。从那以后，谁也不敢拿面团给孩子擦屁股，不敢拿金色的酥油泥锅台和牛羊圈了，害怕弄不好会饿肚子，大家开始勤俭节约过日子了。

石巴老人（即创世者斯巴）创造世界是人“自然性”的初生，看到人类奢侈浪费的现象，进而对人类的惩罚，则是赋予人类“文化性”的再生，或者说是相对于人类罪恶及原罪反思，这正如个体的自然人必须再经历一次文化的再生，进而变自然界的人为文化的人一样，故而说“自然与文化是神话所处理的核心问题，也就是人类存在的基本状态，无论对于文明人还是原始人来说，文化的存在都比自然性的存在更为重要”[②]。在《马牛羊的产子季节为何不同》[③] 中说：很早以前，各种牲畜产羔产驹并无四季之分，都在冬季繁殖后代。但冬季到处是冰天雪地，牛产犊、马产驹，几乎全冻死了，只有羊羔不怕冻，产一只，活一只，一产下来就跟着母羊到处跑。石巴看到这种情况，就安排了不同的季节产驹产犊。绵羊不怕冻，在冬季产羔，牛马怕冻，产犊的时间安排在春季。这时候春天到了，

---

① 黄南州民间文学集成办公室：《中国民间故事集成·黄南藏族自治州故事卷》，1990 年内部资料本。

② 吕微：《神话何为》，社会科学文献出版社 2002 年版，第 22 页。

③ 黄南州民间文学集成办公室：《中国民间故事集成·黄南藏族自治州故事卷》，1990 年内部资料本。

绿草丛生，不但天气暖和，又有鲜嫩可口的青草吃，再也不怕被冻死、饿死了。从此，繁殖得很快，草原上到处牛马成群。

石巴既是世界的开创者，又是人类文化的缔造者，一身兼有两个神格。在《谁教人学会了种田》[①] 中，他还教给人类种庄稼：

据先人们说，在很早很早以前，人和牲畜都靠吃草过日子。那时有一个圣人叫石巴，把人和牲畜放在一起吃草。后来只见牲畜吃饱肚子，一个个卧在地上悠闲自得地在休息，人却吃饱了肚子以后，收割了许多草贮存起来，以备后用。石巴观察以后想：看来牲畜这样可以生活下去，人则不能和牲畜一样生活下去。他就教人学会了种田吃粮过日子的本领。从那以后，牲畜世世代代靠吃草来生活，人类世世代代靠种田吃粮过日子。

在《青稞种子的来历》[②] 中说：古代有一个名叫阿初的王子，聪明、勇敢、善良。为了让人们吃上粮食，决心到蛇王那里去取青稞种子。他带着二十个武士，翻过九十九座大山，渡过九十九条大河，身边的武士有的被毒蛇咬死了，有的被猛兽吃掉了，有的被野人杀害了，只剩下阿初一人。但是他继续前进，在山神指点下，从蛇王那里盗来了青稞种子，可是不幸被蛇王发现。蛇王既吝啬又狠毒，用魔法把阿初变成一只狗。只有当这只狗得到一个姑娘的爱情时，才能恢复人形。后来，这只狗果然得到土司三姑娘的爱情，恢复了人身。由于他们辛勤的耕耘和播种，大地上长满了青稞。人们从此吃上了由黄灿灿的青稞磨出来的糌粑。

早期的创世神话仅仅是针对个别重大问题的解答，内容简略，篇章零散，不成系统。但是在人类理性和非理性此长彼消的过程中，先民将诸多的思考连缀在一起，并将其置于宇宙起源的深层背景之下，思考人类存在的本质及理由时，创世神话逐渐达到了系统化和体系化的讲述水平。藏族“初创世型”神话的起源有可能要比反映人类再生的“再创世型”神话要

---

① 黄南州民间文学集成办公室：《中国民间故事集成·黄南藏族自治州故事卷》，1990 年内部资料本。

② 中央民族学院藏语文教研室：《藏族民间故事选》，上海文艺出版社 1980 年版，第 58 页。

早，“初创世型”神话创世的情景、创世的模式和创世的主人公——斯巴被“再创世型”神话所借鉴和传承。特别是人类在思考和实践文化过程中，原初性的创世神话就会在生活和生产劳动的过程中，逐渐加上了新的文化内涵而丰满起来，形成与之相关的系列文化英雄神话。《粮食的来历》、《狗、猴和人的传说》、《麦子逃跑的传说》等，虽与斯巴无关，但其内容都是关乎人类文化的创造，其深层含义是人类在被创造之后从自然化到文化化的过程。

藏族认为神话是一种最为“真实的叙事”，是先人们流传的训诫，以解释当下人们生活方式的正当理由和权威性。在田野调查中，说到当下的生活方式时，许多老人说：“那是斯巴给我们安排的。”活形态的神话，与特定的社会组织、生活方式、宗教信仰、生活习俗等保持着紧密的联系，民众视之为具有权威性和神圣性的话语。之所以被视为权威性和神圣性，是因为神话所依附的是神灵的行动。神话作为人类的一种原初性的叙事，传诵着斯巴、传诵着神灵的每一个创造活动，只要是神所做的每一件事，都属于神圣性。因此，在神话中，神所做的每一件事都是给人类的生活范式。人类最喜欢把自己所做的事看成是具有无穷意义的，但人类又生活在一个世俗的世界中，无法满足这种神圣的意义，而在神话中确立了这种意义的范式，使自己所做的世俗性的工作带有神圣性。斯巴所安排的规则，节约粮食、学会种田，让牛、马、羊在不同的时间生产，就是人们活动所具有神圣性的理由。劳动如此，人类生活中的性、婚姻、娱乐等都由于范式而显得神圣，特别是人类在早期社会发展中，迷恋着神话的宗教徒身上则更为明显。因为“神话的最高功能就是为所有的仪式、人类所有有意义的行为——饮食、性爱、工作、教育等等——‘确定出’范式。作为彻底负责的人类来说，不论是像就饮食等简单的生理的功能，还是像社会的、经济的、文化的、军事的或者其他的活动的功能，他们都在模仿着诸神的范式姿态，重复着诸神的行为”①。

藏族神话在流传的后期，逐渐蜕变为故事和传说的形态。这一方面原始苯教吸取了神话的叙事因子，来表现自身的宗教理念和思想；另一方

---

① ［罗马尼亚］米尔恰·伊利亚德：《神圣与世俗》，王建光译，华夏出版社2002年版，第51页。

面，佛教从中原地区和印度两个方向传入青藏高原，逐渐融合了藏族的本土文化，汲取了藏族原始文化的精髓，和民族感情与民族的思维融为一体，在藏传佛教本土化的过程中，原始文化中的精髓——神话成为宗教文化的一部分，并利用其作为自身合法性的证明。因此，在藏族苯教和藏传佛教中，有大量神话的影子，只不过这些神话附着在传说或故事形态中，尤其是一些高僧活佛的系列传说，浓烈地显现出神话叙事的母题，构成了叙事的主要情节。从学术的角度来说，这些故事传说，更多地表现了丰富灿烂的藏族神话。

第四节 土族神话

一 散文类神话

土族在漫长的发展时期创造了丰富的神话作品，其中融汇了蒙藏民族的文化元素，又深受汉民族文化的影响，内容呈现出多元化形态，并随时间的推移和文化的发展而发生变化，具有复杂性和变异性特征。研究者将土族神话分为创世神话、人类繁衍神话、农业起源神话和解说自然现象神话①。按土族神话产生的时间，也可以分为前期神话和后期神话，或者是“原创神话”和“再创神话”。流传比较广泛的有《阳世的形成》、《混沌周末歌》、《打柴郎的故事》、《思不吾拉》、《黄牛大力士下凡》等，内容涉及天地形成、日月山川、风雨雷电等，凭借奇幻的想象，试图解释宇宙形成、人类繁衍及各种自然现象，反映了土族先民初始萌生的哲学思想，也展示了他们借助想象以认识宇宙、征服自然、支配自然的愿望。在《阳世的形成》中讲道：

人类之初，世间没有陆地，一片汪洋，神人想制一片陆地，但找不到任何可以撑得住土地的东西。一日，忽然看到一只金蛤蟆漂浮在水面上，便由空中收一把土放在其背上，可蛤蟆立即沉下水底，那土冲得无影无踪，神人生气了，取下弓箭，等蛤蟆再次浮上水面时，朝它射了一箭，射穿了它的身体，神人趁机放了一把土，蛤蟆翻身抱住

① 席元麟、星全成：《土族神话的内涵和特色》，《中国土族》1997年总第6期。

了这把土，再也沉不到水底了，从此便有了阳世。

神话中的神人是一个征服自然，最终以胜利显示出人类无限征服力量的形象。神话中天神想创造阳世，但满目是水光找不到一根能支撑阳世的依托之物，点明天神是在“水中造阳世”这一观念。“水”白茫茫一片汪洋，正是人类史前有关“洪水泛滥”事实的反映①。从弓箭的出现及创世神的男性特征来看，当时的土族社会已进入了父系氏族社会。对天地形成作出了自以为是的解释后，原始初民把好奇的目光投射到了人自身，探究人类的起源②。

研究者一般把创世神话分为五种：由至高的创世神所主宰的创世；通过生成的创世；世界父母的创世；宇宙蛋的创世；陆地潜水者的创世。从土族神话的内容看，有至高创世神所主宰的创世母题，从蛤蟆与泥土情节看，是陆地潜水者的创世母题变形，因而这是一则复合型神话。同时，神话告诉我们，“人类之初，世间没有陆地，一片汪洋，神人想制一片陆地，但找不到任何可以撑得住土地的东西”，与其他民族的洪水神话情节完全一样，是一篇“初创世型”神话。

蛤蟆创世（或青蛙创世）的母题在土族民间故事中很多，富有民族特色的《青蛙王子》、《青蛙孩子》的故事类型流传。这与远古青藏地区的先民青蛙图腾崇拜有关系，应是远古的“文化记忆源”。民众认为青蛙是能呼风唤雨的神灵物，能给人传递风雨的信息，有预报风雨的特性；同时，每年春天青蛙开始叫的时候，播种的季节到来了。青蛙的这种“能力”被先民所崇拜，成为先民的氏族图腾，这也许是青海马家窑彩陶上有众多蛙纹，各民族流传众多青蛙变人故事的原因吧。

在《打柴郎的故事》中，善良的打柴郎每天将自己的一半午饭分给石狮吃，当地球翻动之际，石狮把打柴郎藏在自己的嘴里，幸免于难的打柴郎寂寞之余捏泥人解闷，不料泥人全部复活，从此阳世上又有了人类。土族先民怀着敬畏的心情用地震解释人类和世界的毁灭，这个设想立足于一定的现实基础，蕴含着朴素的唯物主义哲学萌芽。打柴郎捏泥人再造人

① 桑吉仁谦：《“金蛙”及原始图腾考》，《中国土族》2004 年秋季号。

② 胡芳：《土族神话的分类及其内涵》，《青海社会科学》1999 年第 2 期。

类，与汉族“女娲抟黄土造人”的情节相似，说明土族的人类起源神话在一定程度上受到了汉族神话传说的影响，但土族把平凡的打柴郎推上了再创世者的宝座，表明人神平等的思想和人本意识已深深扎根在土族民众的心灵深处。

二 韵文类神话

《思不吾拉》是土族早期的解释性神话。土语“思不”有两种意思，一是指塔，一是指额头；“吾拉”是山。“思不吾拉”就有两种含义：一是连在一起形状似塔的山；一是像额头般尊贵智慧的山。在歌谣中，土族用“灵魂本身就是山，山就是灵魂”的万物有灵观念，将“思不吾拉”比喻成了一个巍然屹立、雄踞天下的宇宙巨人。他头顶蓝天，额贯众神，嘴衔五谷，左肩斜扛北斗七星，右肩斜担南斗七郎，左手拿松木弓箭，右手执毛笔砚台，双脚踩着天下土地。“思不吾拉”就是土族心目中至高无上、尊崇有加的幸福山，体现着土族对幸福的歌颂和向往，寄托着本民族丰衣足食、富强壮大的美好愿望。

《混沌周末歌》被土族视为千歌万曲的“根谱”，是“道拉的根本”，在男婚女嫁的婚礼过程中隆重演唱[①]。由《起唱》、《混饨》、《开天辟地》、《人类的起源》、《周末》五部分组成，包括盘古开天辟地、女娲补天、人类起源及儒释道三教创立等内容。用汉族神话和文化人物解释天地形成、人类诞生、三教创立；又对汉族神话内容进行了增补和充实，凝结着深厚的汉民族文化内涵，散发着浓郁的本民族风味。歌中汉族的神话人物盘古、女娲和儒释道三教创立人物依次登场，各有功绩：盘古拿开天钻和破地斧开天辟地，女娲割取金蛤蟆的舌头补齐三十三天，留下了人间烟火。南音神人用风作天柱，以水为地梁，使“天地平定到如今”；红镜神人留下了日月，使大地有了光明。歌中还用感性和物我混同的原始思维解释了老君、俄佛（释迦摩尼）、孔子的诞生，儒释道三教并提：

老子一气化三清，三清化作为三皇，三皇指示留万物，
万物祖根先天生。先天八卦留妙用，后天八卦传留用，

① 胡芳：《土族神话的分类及其内涵》，《青海社会科学》1999 年第 2 期。

三皇后来为三教，三教总是儒释道。

其中，将道教视之为三教之本源，用道家学说去解释万物产生和儒释道三教形成，道教思想贯穿始终，使用“混沌”、“一元”、“三十三天”、“乾坤定仪”、“三清”、“八卦”、“金木水火土”等概念串联整首诗歌。道教被放在重要的位置上，充分表明土族很早就与汉族文化交流的事实及土族文化多元化的特征。

三　弃牧从农的文化记忆

在民和回族土族自治县，土族每年都要举行规模宏大的庆丰收“纳顿”会。在这个全体民众参加的狂欢会上，都要表演“庄稼其”节目。其内容是小两口不想种庄稼，总想出去做买卖，地里的农活一点儿都不会干，父母亲非常担心，就请来村里的几位长者，批评教育小两口，让他们知道农业的重要，从商不是为人之本。明显地表达了土族传统的农业文化观和价值观，同时也显现了土族受周边民族特别是汉族农业文化的影响之深。

在《牛耕地的传说》中，突出地体现了土族农业文化的因素。三岁尕娃为寻找合适的畜力耕地，不计个人安危，纵身跃进乌黑的云层去捕捉青龙，从东天追到西天，又从南天追到北天，累得汗水像雨一样往下流，全身的衣裳都湿透了，终于抓住了一条青龙。驯服青龙失败之后，又翻山越岭，跨涧涉河，勇敢地冲进野牛群中，抓住了一头野牛。驯服野牛失败后，又毫不气馁地从东坡寻到西滩，从南沟跑到北山，抓到了一头大黄牛。大黄牛终于被驯服了，尕娃开垦出了黑油油的土地，收获了黄澄澄的粮食。“三岁尕娃”是土族勤劳勇敢、顽强进取的精神品质和不屈不挠性格的象征。在传统文化中，龙以奇特的造型、巨大的威力以及腾云驾雾、耕云播雨的特殊本领，在各民族精神世界中占据重要位置，是受顶礼膜拜的神灵。但在土族神话中，威风凛凛的龙却被三岁尕娃所捕捉，戴上笼头，穿上金鼻圈，受金鞭抽打，被当作耕地的畜力。对龙的驾驭欲念是对人自身力量的肯定，充分体现了土族的智慧和丰富的想象力。

《牛耕地的传说》神话故事在土族其他民间文学体裁中有不同演绎，对唱酒曲《唐德格玛》、神话叙事诗《古然那斯布勒》等大同小异，都是叙述三岁尕娃屡经挫折、奋发进取，最后用顽强意志驯服黄牛、种出粮食的故事，描绘出土族开垦荒地、种植庄稼的历史过程。这是土族弃牧从农，即由畜牧经济向农业经济过渡的史实记录，是土族文化中久远的农业文化因素①。

土族神话是原始时期最具代表性的综合性意识形态，通过人类童年自发、幼稚的幻想曲折地反映客观世界，传递着土族对史前社会的模糊记忆和来自人类童年时期的可贵信息。土族固有的解释性神话和受汉文化影响之后产生的“新神话”，虽然呈现出了两种截然不同面貌，却共同勾勒了一幅较完整的开天辟地、人类繁衍生息的神话图。在和其他民族的文化交流中，汲取有益文化因子，融入自己的神话体系中，呈现出多元文化的特性。记录了土族先民在不同历史时期对宇宙、自然界的认识和解释，蕴涵着土族早期哲学、宗教、风俗、习惯以及整个价值体系起源，是土族历史文化的源泉和民族精神的宝贵财富。

第五节　其他民族神话

一　珞巴族和门巴族神话

珞巴族和门巴族生活在山高坡陡，交通闭塞，几乎与世隔绝的喜马拉雅山地区，整体社会的发展比较迟缓。然而这里风光秀丽，犹如世外桃源，被宗教徒们视为修仙成道的极乐世界，许多高僧翻山越岭、不远万里来到这里转山朝圣，有人称这里的特色地域文化为“喜马拉雅文化”。居住在这里的珞巴族和门巴族，直到1950年前仍过着渔猎采集、刀耕火种、结绳记事的原始生活。但是这种后进的生产方式和闭塞的生活环境，口耳相传地保存了弥足珍贵的、最接近本来面目、没有经过典籍化处理的原始神话。完整的创世神话、生殖神话、图腾神话、自然神话和文化英雄神话，是珞巴族和门巴族民间文化中最为珍贵的艺术作品。

在珞巴族和门巴族神话体系中，创世神话引人注目。门巴族《创世说》完整地讲述了天和地、太阳和月亮、人类的产生：

---

① 以上土族神话的材料承蒙胡芳女士提供，并给予指导，在此致谢。

> 从前地上没有人，只有天神拉旺布加钦和拉旺布拉钦两兄弟。他们去须弥山根的海里，用法棍左搅三次，出来了太阳，右搅三次，出来了月亮，太阳和月亮结为夫妻。拉麦神的儿子叫萨的九头龙来偷太阳装火种的陶罐，两兄弟战胜了九头龙。天神打开陶罐，火越烧越旺，火光冲到天上，有了雾和云，慢慢往下滴水星，水星变成了水滴、水珠，整个天上都降了雨。从此，地上长出了草、树，水珠掉在石头上，变成了各种动物。九头龙和太阳斗，用黑体遮住太阳时，就是日全食，被遮住一角时，就是日偏食。九头龙和月亮斗，遮住月亮时，就是月全食，被遮住一部分，就是月偏食。月亮和太阳结合后，一年才见一次面。夏天太阳从右往左转，天长光强；月亮从左往右转，从山顶上转，冬季太阳升高，和月亮相会。藏历五月，是太阳和月亮夫妻相会的日子。冬天太阳走了，升高了，热气带走了，所以，冬天寒冷结冰，月亮上全是冰，没有雨，所以夜长。太阳和月亮的光芒照到地上，天和地也结婚了，现在人是天地的后代，人的母亲是地，父亲是天。

这则神话解释了天地、日月星辰和世界万物的来源，说明了日食、月食的形成，诠释了冬天短和夏天长的原因，进一步解释了人的来历。门巴族对大自然、宇宙和自己身边的世界的观察和思考，乃至对这些现象的解释，并不是科学意义上的解释，但如此天真而艺术性地解释宇宙自然和人类现象，具有朴素的唯物主义思想。把地作为人类母亲，天是人类父亲，与先秦的“天父地母”，天为阳，地为阴，天地相和，化生万物的哲学思想不谋而合，体现了门巴族对宇宙万物的哲学思考。

珞巴族神话《天神三兄弟》中讲，天神三兄弟都姑、隆姑、贡姑见大地上一片汪洋，什么也没有，非常难过，于是潜入水底，抱出三块石头，垒成三块灶石，又用一块巨石凿成一口大锅，把海水吸入肚子，又吐入石锅，在石锅上盖上一块石板，在石板上撒神土造地，造出了草原和平原、山脉和深谷。又在海里搅出了太阳、月亮和北斗七星。从此，天地大放光明。这则创世神话的母题是创世神话中的“窃土创世”类型，在汉族神话中，同类型的神话较为少见。

珞巴族著名的创世神话《天和地》，讲创世之初天地自开，世界上什么也没有，于是天地就商量：“我们一个子孙都没有，那怎么成呢？我们结婚吧！”天不断求情，地终于答应了，于是天就降到地上，与地紧密地贴在一起。天地结婚后，生了许多孩子，如太阳、月亮、星星，各种动物、植物和珞巴族的祖先阿巴达尼，还有各种乌佑[①]。孩子们一天天长大了，但天地挨得这么紧，他们无法生活，于是他们推选金足地育跟天父地母说情，天父终于同意了他们的请求，离开了地母。强风吹过，天父带着太阳、月亮、星星等离开了地母，山原来并不太高，它们分给了地母，但又想跟着天父，走了几步，又舍不得地母，追到半空就不走了，因而成了现在这个样子了。天父离开了地母，十分伤心，眼泪扑簌簌地掉了下来。他的眼泪，就是雨。

珞巴族射日神话《九个太阳》中，太阳和大地结婚后，生了九个太阳，其中七个太阳照着天和地相连的地方的一个大柱子，大地上的水都流到这个大柱子那里，七个太阳把水烘烤干了，所以大地上的水才不至于倒流回去，泛滥成灾。一天，虫子穷究底乌带着自己的孩子和大伙儿在一起摘桃子，住在天上的一个太阳兄弟把他的孩子晒死了，他大怒，拔出箭就向这个太阳兄弟射去，一箭射穿了他的眼睛。这个太阳兄弟再也不能放出光芒来，眼睫毛落到了地上，就变成了鸡。从此，天父的怀抱里只剩下一个放着光芒的太阳。

如果不从科学角度看待这些神话，而是从文学鉴赏角度看，珞巴族用艺术思维把朝夕相处的自然天体现象，解释叙述成了一个富有普通人间亲情而又哀婉动人的故事，其艺术想象力非凡神奇。

珞巴族和门巴族的先民，在与严酷的自然环境作斗争的过程中，创造了自己的神话，是他们民族文化的精华。作为一种“神圣叙事”，来解释宇宙万物的起源与来历，展现了他们对现实世界的哲学化思考，并用于教育后代，传承生产生活经验，至今在民族精神的塑造等方面起着重要作用。

二 撒拉族神话

撒拉族主要生活在青海东部的循化和化隆两县，信仰伊斯兰教。在撒拉族中除了流传着与伊斯兰教有关的人类起源神话之外，还保存着一些原

① 乌佑：泛指珞巴族崇拜的各种精灵。

始神话，如《黄金为什么埋在沙下》[①]：

> 原来，大地上既没有沙子也没有土，更说不上有黄金了，到处是一片混沌，人类万物都蹲在一块很大的石板上，靠两手刨着推光阴。真主一看，穆民活得可怜，就从天上下了一次黄金，从此，混沌的世界都成了金黄金黄的墩亚。可也怪，人们不去珍惜黄金，却大把大把地胡花乱用，从不节省。真主对此很生气，就在黄金上面下了一层厚厚的沙石，又在沙石上面下了厚厚一层土。这样，就把金子深深地埋在了沙土下。后来，人们为了得到金子，不得不钻沙挖石靠着劳动，淘挖金子了。

撒拉族有很多人以采金为生，采金生活非常艰苦，一些撒拉人在巴颜昆仑山、唐古拉山腹地采金以维持生活，随时都有生命危险。在这个神话里，讲述了撒拉人在沙石下、土下采金的原因，是一个“原初性的证明”，从故事所叙述的内容来看，与现实生活息息相关，很可能这是本民族创作的神话。

另外一则神话解释了地震现象，撒拉语叫“耶尔太热根冬巴合”：在一片汪洋大海中，有一条很大的鱼，鱼的身上驮着一头牛，而牛角顶着地球，牛的四条腿分别支撑东南西北四方，无数根牛毛分别管理东涯（世界）的某个地方，倘若某方的牛毛打颤，该地方就会发生地震，人们便认为这个地方的人干了伤天害理的事。这则神话说明了撒拉族古老的宇宙运动观念和地震观念，地震鱼和地震牛的出现，证明了撒拉族先民经历了漫长的渔猎文化时期和游牧文化时期，这则神话正是撒拉族从渔猎文化向游牧文化过渡的反映。

---

① 循化县民间文艺集成办公室：《中国民间故事集成青海循化县卷·撒拉族民间故事》第一辑，1987年内部资料本。

第三章

乡土赞歌：民间传说

民间传说是古老而活跃至今的民间文学体裁之一，是民众创作和传播的“与一定的历史人物、历史事件和地方古迹、自然风物、社会习俗有关的故事”[①]。青藏地区的每一座山、每一条河、每一个湖泊几乎都有特定的传说。藏族有松赞干布、文成公主、金城公主、佛教高僧及各处神山圣水地方风物传说；汉族有杨家将、包公、岳飞、樊梨花等历史人物、英雄人物传说；回族有伊斯兰教创始人穆罕默德、各教派创始人等宗教人物及习俗传说；土族有跳安昭舞、唱道拉、泼水迎亲、带陪嫁箱子等习俗由来的传说；撒拉族有族源传说，蒙古族有固始汗、罗卜藏丹津等历史人物、部分虚拟的人物传说。

第一节　人物传说

一　历史人物传说

历史人物传说大多是关于历史上著名人物的故事。汉族的《康熙爷微访》、《杨家将的传说》、《鲁班爷赶山》、《杜康酿酒》、《张良烧庙》；藏族的《聂赤赞普和他的子孙》、《松赞干布出生》、《大相嘎东赞》、《文成公主》、《郎达玛与拉隆·贝吉多杰》、《宝贝佛爷宗喀巴》；蒙古族的《固始汗的传说》、《罗卜藏丹津的传说》、《齐力毕的传说》；回族的《朱元璋与金脚寺的传说》；土族的《朱海山的传说》、《三世章嘉活佛继承人的传说》等，对中国历史上帝王将相、本民族和当地历史人物的立身行

① 钟敬文主编：《民间文学概论》，上海文艺出版社 1980 年版，第 183 页。

事作了津津乐道的讲述。

《王莽撵刘秀》至今流传于中原地区大地，在河湟地区亦多有流传。说王莽夺了汉家江山，刘秀起兵南阳后失利败走，王莽紧追不舍。刘秀无处躲藏，躲在犁沟槽中。马看见了刘秀，高抬四蹄走过去；骡子看见了刘秀，狠狠踏了一脚。山雀飞过来叫“犁地沟”，暗示刘秀躲藏的地方。麻雀骂山雀“你嘴夹！你嘴夹！”鸽子飞过来叫“过了”、“过了”，刘秀便躲过了王莽的追赶。据说马又生骡子又生驹、骡子不下驹、山雀麻眼儿嘴淌血[①]、麻雀每年庄稼吃个饱、鸽子住在人家好房子的由来，都是刘秀当了皇帝后对这些动物不同赏罚的旨意[②]。大通县《娘娘山的传说》与隋炀帝西巡有关，是骄奢淫逸的形象。而《康熙爷微访》、《杂碎铺的红灯笼》等，讲康熙帝微服私访的故事，是勤政爱民的形象。

杨家将抗敌传说主要流传于西宁市及周边县区一带，多与本地风物传说联系在一起。《杨家将的传说》讲述了杨家欲将先祖骨殖放进金牛嘴里，以求成为忠烈报国的人的故事；《杨家城金库的传说》[③]、《杨家城的传说》则将大通县城关镇附近的山和古城遗址与杨家将联系起来，说大通县毛伯胜的寺咀山上有杨家城，城里有杨家的金银库，山后的小山是杨六郎设下的假面山和假粮山，由此还展开讲述了当地人寻宝得宝的故事。这与中原流传的杨家将故事有些差异。在西藏地区流传的包公传说也带有鲜明的地域色彩。《包公斩天王公子》讲述了包公断案的故事[④]，讲一个年轻猪倌虔诚供佛，一位似白梵天王的神仙给了他一张神奇的鼠皮，他披上鼠皮变成小老鼠，钻进官家小姐的绣楼与其幽会，小姐以为自己修到了一位天王公子似的丈夫，告诉了父亲。为了让大家看看天王公子到底是什么样，包公装扮成小姐睡在卧床上抓住了小猪倌。在将小猪倌斩首时，小猪倌披上鼠皮变成小老鼠逃脱。皇帝以为包公触犯了天神，要将包公斩首。小猪倌为了救包公，拜见皇帝说明原委，皇帝认为他和官家小姐相会

---

① 麻眼儿：青海方言，眼睛看不见，瞎子。

② 中国民间文艺研究会青海分会：《青海民族民间文学资料·故事歌谣专集》内部资料本，1986 年编印。

③ 大通县文化馆：《大通县民间故事》内部资料本，1986 年编印。

④ 本章所引民间传说故事，除特意注明外，一般均引自中国民间故事集成《西藏卷》编辑委员会：《中国民间故事集成·西藏卷》，中国 ISBN 中心 2001 年版。中国民间故事集成《青海卷》编辑委员会：《中国民间故事集成·青海卷》，中国 ISBN 中心 2007 年版。

是天王的旨意，命二人结为夫妇，而包公刚直不阿、敢于处斩天王公子的美名也传扬开来了。

藏族历史人物传说十分丰富，既有歌颂领袖和英雄为民族统一强盛做出杰出贡献者，也有赞颂为汉藏民族友谊和祖国统一所建立不朽功勋者。围绕着这些历史人物，还形成了一个个传说圈。聂赤赞普是吐蕃王朝第一代赞普，相传是天神之子，下降人间为王。在《聂赤赞普和他的子孙》中，聂赤赞普出生在西藏东南的波密地区，手指间长着蹼膜，神通广大，他从波密流浪到山南雅隆河谷后，被当地人抬在肩膀上回到部落做首领，称为聂赤赞普，意即“坐在肩膀上的国王”。他和后来六位赞普被称为“天神七王”，传说这七位赞普均沿着天上放下来的绳索回到了天上，像彩虹一样消隐在天空之中。松赞干布是吐蕃王朝的缔造者，在《松赞干布出生》中，其来历也很不寻常，刚出生时是一个肉球。一只大乌鸦将肉球啄开，松赞干布二次出生，头顶上另外还长着一个头。乌鸦将其送到甲玛“日娘固”山下，并自称是如来的弟子，说“您是慈悲观音菩萨的化身，您一定是功德无量，普渡众生的英明君王”。这两则传说是藏族对历史上有名的两位赞普出身进行的神化，并与西藏地方名胜古迹雅拉香波神山、雍布拉康石堡和日娘固松赞干布庙联系在一起，显示“口传历史”特点。

唐蕃联姻是中国民族史上的一段佳话。作为历史人物的文成公主，是汉族与吐蕃友谊的象征，至今仍被藏族民众亲切地称为“阿姐甲莎”[1]。《文成公主》、《文成公主奇托梦》等，歌颂了文成公主关心百姓疾苦，致力于缔造汉藏友好关系的历史功绩。《日月山和倒淌河》中说[2]，文成公主坚定决心入藏，所带的日月宝镜能见到长安情景，为了排除宝镜的干扰，将它扔在了赤岭，“日月山”由此得名。为了解除青海湖畔百姓和牛羊饮水困难，公主虔诚地向日月宝镜祷告，让宝镜化作日月山，使原先东流的河水改向西方奔流，成为了倒淌河。而青稞、小麦、豌豆的种植，水磨的使用，造屋、织氆氇等技术的利用，均归之于文成公主一路传播和传授的功劳。文成公主的传说圈几乎涵盖了整个青藏地区。藏族《文成公

---

① 阿姐甲莎：意即汉妃姐姐。

② 中国民间文艺研究会青海分会：《青海风物传说》内部资料本，1987 年编印。

主》传说中“五难婚使”情节突出了吐蕃使者禄东赞（也称嘎瓦）的聪明才智，他接连破解难题，顺利地为赞普松赞干布迎娶到了文成公主。而在青海地区的传说中，突出了文成公主的慈悲形象和善良品格。在《藏族妇女为何掩口行礼》中[①]，赞普派往长安求婚的使者中有一不光彩角色叫乱宝格日，从中挑拨离间，在松赞干布前说文成公主是豁儿嘴[②]，在文成公主前说松赞干布是臭胎[③]，造成二人之间的隔阂冷漠，最后其阴谋被识破，让这个使坏者落了个快马拖尸的下场。

青海蒙古族的固始汗和罗卜藏丹津传说，反映了一定的历史事实。《罗卜藏丹津的传说》流传于青海大通县朔北乡一带[④]，一是说罗卜藏丹津是大通老爷山火烧台寺院的住持，他骑着神牛到北京与雍正皇帝下棋，却引起雍正皇帝的怀疑，被绑在石条上砍头。由于罗卜藏丹津的徒儿去追牛犊，没有按他的嘱托将经堂上的灯点燃九次，已经砍了七次头的罗卜藏丹津最终被杀。二是说年羹尧率兵追杀罗卜藏丹津，一路捣毁了沿途的众多寺院，最后追到门源县青石嘴白水河滩的乱嘴子，无法通过，只好撤兵回京。不论与历史事实相符与否，均表现了蒙古族民众对本民族历史人物罗卜藏丹津的认识与评价。

二 宗教人物传说

青藏地区藏传佛教文化、伊斯兰教文化和儒释道文化多元纷呈，藏族、回族、土族、撒拉族、蒙古族、门巴族和珞巴族等民族几乎均是全民信教的民族，宗教意识十分强烈，信教民众怀着敬仰心情创作了大量教派创始人、活佛高僧的传说。

藏传佛教的宗教人物传说有《宗喀巴大师的传说》、《仓央嘉措和老牧民》、《格西查果绕迥》、《阿米拉杰的传说》、《嘉雅活佛的传奇》、《高僧札阁然绛巴》、《僧卡活佛洛珠妥美》、《喜饶嘉措大师》等。宗喀巴是藏传佛教格鲁派创始人，被誉为“第二佛陀”。对于这样一位对佛教贡献

① 中国民间文艺研究会青海分会：《青海风物传说》内部资料本，1987年编印，第99页。

② 豁儿嘴：青海方言，兔唇。

③ 臭胎：青海方言，有狐臭的人。

④ 大通县文化馆：《大通县民间故事》内部资料本，1986年编印。

卓著、影响深远的宗教领袖，僧俗群众充满膜拜之情，称为“杰仁波且”[①]。将他一生功业编织成种种奇妙故事，广为传播。《宗喀巴大师的传说》由18则小传说组成，[②] 充满了传奇色彩：大师出生时，母亲香萨阿切隐隐听到仙乐妙音，闻到了扑鼻香气，还看见一位菩萨踏着五彩祥云，从天界飘然而降；宗喀巴从小表现不同凡响，三岁时能用羊粪蛋摞出狂风吹不倒的宝塔，能在青石头上留下深深的脚印；在赴藏学经时，摆脱了“美女”的百般纠缠；一路显示神通，在干沙滩上破指滴血救天鹅，在山谷中割自己腿肉施之于受伤雄狮；念经作法架冰桥渡河，舍身祭海魔救百姓于困苦；思母心切，却只是撞破鼻腔用血画像寄给母亲；为了割断思乡之情，劝布谷鸟飞到别处。这些高强佛法、慈悲情怀和舍己为人的“事迹”，突出了宗喀巴大师致力于佛教事业的坚定决心与顽强意志。塑造了一位对母亲和家乡怀有热爱之情，但为了深精研习佛教和弘扬佛法而割舍亲情的高僧形象。

六世达赖喇嘛仓央嘉措是一位才华横溢、深受藏族民众喜爱且享有盛誉的僧侣诗人。可他生不逢时，历经坎坷，被僧俗众人扶上达赖高贵宝座时，正值藏区政局极不稳定而又战乱不靖的年代。在很多民间传说中，说他常从布达拉宫后门夜出，微服私行，探访情人。说他并没有病死在赴京路上，而是经青海扎会期（一说拉卜楞）地方时，以神力脱身，飞到山西五台山，修得了正道……流露出民众对这位宗教领袖兼世俗诗人的深深同情和敬仰之情。

藏族民间还有许多表现活佛高僧的神奇与不凡和弘扬佛教事业功德的传说。《嘉雅活佛的传奇》[③] 讲述了一系列有关塔尔寺一世嘉雅活佛的传奇“事迹”，他用手能将半月形的石板茶盖捏成棒状的“炒面棒”，一只脚能把大山的石嘴蹬到山脚下的寺院门前，还能把装酸奶的瓷坛翻成里朝外，有着超乎凡人的神通。

有些宗教人物传说通过人物事迹展现了宗教派别间的斗争，揭露宗教界存在的虚伪言行。在《格西查果绕迥》中，高僧查果绕迥将五世达赖

---

① 杰仁波且：藏语，宝贝佛爷之意。

② 韩生魁等编：《塔尔寺的传说》，青海人民出版社1990年版。

③ 同上。

赐予的新鞋拖在地上走，以此表示对其学习宁玛派教法的不满，他与五世达赖斗法时总能占上风。在《竹巴贡勒在楚布寺》中，楚布寺的僧人们不准装扮成乞丐模样的高僧竹巴贡勒进寺，揭露了一些僧侣的贪恋世俗、嫌贫爱富的品行。

许多出自宗教经典、神话故事的佛家与仙家传说，可称之为神佛传说。其中一部分是神化了的历史人物，如释迦牟尼、莲花生、穆罕默德等。但大部分是虚拟人物，如弥勒佛、观音菩萨、骡子天王、铁拐李、何仙姑、吕洞宾等。这类传说大多取材于佛经、道家典籍，经过各民族口头流传的再创作，较之宗教典籍中的记载，人物形象血肉丰满，生动亲善，是宣传和弘扬宗教教义的形象教材。《如来八塔的传说》系列故事[①]，讲述了释迦牟尼非凡出生、菩提树下领悟成佛、游行说法降伏外道、为向众生显示万物无常而入于涅槃等一系列神奇“事迹”，在层层铺排的叙述中掺杂着丰富的佛学知识，借人物事迹达到了通俗解释和宣传佛教义理的目的。

八仙传说在青藏地区流传较广，且大都与风物和习俗联系在一起，富有地方特色。《韩湘子成仙》、《铁拐李偷油》、《铁拐李出家》、《八仙树的由来》等传说，讲铁拐李、何仙姑、吕洞宾都具有神奇的力量，是扶弱济贫的仙人，在救济凡间俗人时，事先要对人心善恶探试一番，然后赏善罚恶。在《荷包牡丹满城香》中[②]，何仙姑化身为一名不堪婆家虐待而离家出走的病妇，被一家以卖花为生的好心母女收留，倾其所有为她治病。为感谢这对母女的治病恩情，何仙姑留下了奇花，从此母女俩生活有了着落，这朵花被称为“荷包牡丹”。在《湟中“元山儿”和“干河滩”》中[③]，曹国舅化身为货郎游走于街巷，一位挑水的农家媳妇对他货担里的花红丝线起了贪心，不肯白白给水喝，曹国舅一气之下，将货郎扁担扔到水里，顿时河干水涸，成了干河滩，而货郎担变成了“元山儿”。

在回族、撒拉族、东乡族、保安族等信仰伊斯兰教的民族中，大量流传着伊斯兰教创始人穆罕默德、花寺门宦创始人“花寺太爷”马来迟、

---

① 韩生魁等编：《塔尔寺的传说》，青海人民出版社 1990 年版。

② 中国民间文艺研究会青海分会：《青海风物传说》1987 年内部资料本。

③ 同上。

哲赫忍耶派创始人马明心及贤者疯爸爸的传说。《宛噶斯的故事》、《蜘蛛鸽子救圣人》等，叙述了穆罕默德创教的艰难历程。马来迟和马明心都是近代西北伊斯兰教教派领袖，历史上确有其人，讲述宗教色彩浓厚，宣扬了他们的传教事迹和宗教功德。在撒拉族的《疯爸爸》传说中[①]，疯爸爸是一位功德高深的贤者，躺在炕上不出门就能替人浇地；坐在平安县新庄村的麦场上，还能分身救出循化县乙麻渡口上遭遇急浪的船只。死后，一位老奶奶为他宰的花牛犊死而复活，他则化成一股白云升了天。

三　文化人物和能工巧匠传说

文化人物和能工巧匠传说是指以各民族文化科学名人、各行各业祖师及著名工匠等，在本民族文化发展中做出杰出贡献、具有高超技艺和惩强扶弱高尚品格的故事。有汉族的《鲁班巧制擀面杖》、《鲁班赶山》、《祁木匠"转殿"》、《郭福堂的传说》，藏族的《藏文创始人吞米·桑布扎》、《医圣玉妥·云登贡布》、《唐东杰布修加嘎铁索桥》、《商人罗布桑布的传说》，门巴族的《皮休嘎木》等。

藏文创始人吞米·桑布扎、医圣玉妥·云登贡布、藏戏创始人唐东杰布、茶商罗布桑布等人物传说在藏族中广泛流传。吞米·桑布扎是7世纪吐蕃王朝的大臣，由松赞干布派往天竺，师从婆罗门黎敬和拉热白森拉学习梵语梵文，学成后回藏创制了藏文。讲述他非凡出身和一生经历时，说一位穷老头在耕地时犁出了一个闪光的绵羊角和可爱的小花虫，他把小花虫装进绵羊角中存放，绵羊角顿时长大，角孔里的小花虫也随之长大，最后化身为一个小男孩从羊角里跳出来。这个小男孩一出生就会说话，智慧超人，面对长官的刁难毫不畏惧，十几岁时被松赞干布召进王宫，后又去印度学习，经过长期刻苦钻研最终创造出了藏文。玉妥·云登贡布是藏医学的奠基人，曾长期担任吐蕃王朝的御医。传说他医术高超，治好了妖龙的病，治病时劝诫妖龙行善发菩提之心。藏戏始祖唐东杰布生于14世纪初，是噶举派高僧。说他在修建加嘎铁索桥时受到了吉尊卓玛女神的指点，在修建铁索桥时显示了非凡神通。这些历史文化人物被传奇化地塑造成具有非凡的聪明才智和超人力量的半人半神，他们的立身行事带有浓厚

---

① 循化撒拉族自治县文化馆：《撒拉族民间故事》内部资料本，1988年编印。

的宗教色彩。

河湟地区流传的汉族文化人物和能工巧匠传说，主要是鲁班和地方曲艺名人传说。鲁班传说大都与地方风物有关，《鲁班驮石头》中说由于妖婆作怪，鲁班没能及时堵住水眼，洪水漫延，形成了今天的平安县三合沟。《鲁班赶山》中讲述了湟水河中鲁班亭的来历。本土文化人物传说具有历史的真实性，大多与当地文化名人有关。《郭富堂的传说》讲述了青海地方曲艺越弦北川派代表人物郭富堂的出生和学艺经过。《祁木匠“转殿”》中的祁木匠则是虚构的能工巧匠，说他技艺高超，在一夜之间将大殿搬移，改变了大殿的坐向和方位。门巴族的《皮休嘎木》和《父子比高下》中皮休嘎木技艺高超，修建和设计了布达拉宫、小昭寺，还说他用木头制作了既能腾空而上又能安稳降到地面的飞翼。民众创作出这样充满神秘而又神乎其神的传说故事，借历史上实有的或虚构的人物之名，意在肯定自己超乎寻常的手艺技术。

四 起义英雄和绿林强盗传说

起义英雄传说是“反映官逼民反的历史事实，歌颂造反起义的英雄好汉的传说”①。流传于青海省循化县和甘肃省临夏回族自治州地区撒拉族的《苏四十三的传说》②，是反映历史真实的起义英雄传说。苏四十三是循化撒拉族自治县街子乡人，当地人称苏阿訇，曾领导了1781年撒拉族反清起义。传说中的苏四十三，学问超群、智谋过人，是“吹都哇”的高手③。在攻打河州城（今甘肃临夏）时，城里守军看见河州川道里下来的全是穿白衣、骑白马的大军，于是投降的投降，逃命的逃命，苏四十三率领的撒拉兵很快拿下了河州城。撒拉族民众纷纷追随苏四十三反抗官府，正在犁地的人顾不上取下套绳和杠子，握着鞭子跑去参加了义军，劳动回家的农民连饭都没吃完，加入到义军队伍中。

在青藏地区人物传说中，藏族的强盗传说非常特别。因受地理环境和社会制度等制约，在20世纪50年代以前，藏地牧业区多有强盗出没，由

① 黄涛编著：《中国民间文学概论》，中国人民大学出版社2004年版，第151页。

② 循化撒拉族自治县文化馆：《撒拉族民间故事》内部资料本，1988年编印。

③ 吹都哇：指伊斯兰教中用来祈祷、祛邪、避难的一种宗教仪式。

此产生了许多强盗传说。《藏北强盗伽日·加纳》、《草原强盗的故事》等传说，讲述了强盗们弃恶从善或遭到惩罚的故事，充满了劝诫色彩。前者流传于西藏那曲县，讲的是二百多年前藏北索迭部落的著名强盗伽日·加纳，占据当曲河的要道口，抢劫过往行人，掠夺牧人财物，连寺庙也成为打劫目标。一次，他抢劫了一位高僧，高僧念经施展法力大显神通，伽日·加纳从此痛改前非，弃恶从善，不再做强盗了。临终时，高僧遵守约定，前来为他的灵魂做祈祷。后者流传于青海省泽库县河南草原一带，讲述了泽库关秀草原的四个有名强盗被一位力大无比的白发老人制服，从此依靠自己的双手劳动过日子，再也不去当强盗抢劫的故事。《强盗手中夺狐狸》和《欧拉卜德俄洛》，均讲述了两个有名强盗之间比武的故事。

第二节 族源寻根传说

一 汉族寻根传说

族源寻根传说是一种包含有史实性质的古老传说，是有关民族来源或部族祖先的传说，堪称各民族或部族“口传的历史”。青藏地区各民族在长期的历史发展中大都经过了民族融合和重构的过程，其历史来源十分复杂，寻根或族源传说颇显特色。汉族大都来自中原，其寻根传说主要是移民传说，广泛流传着祖上来自“南京珠玑巷”的传说。《娘娘山的传说》曰[①]：

> 明太祖朱元璋统一天下做了天子。这年正月十五晚上，南京珠玑巷灯火遍地，好不热闹。天子带着正宫娘娘也来到了这里，与民同乐。正看热闹之际，突然有一只猴子跳上了正宫娘娘的马背，马鞍上的正宫娘娘被吓得半死，差点跌下马来。原来这是在闹神会，那猴子并非是真的，乃是人妆演的。太祖龙颜大怒，一道命令下来，把珠玑巷所有的人都发配到了遥远的青海，从此下令禁止闹神会，耍花灯。

关于“南京珠玑巷”的传说，异文很多，有两则具代表性。

---

① 中国民间文艺研究会青海分会：《故事歌谣专辑》内部资料本，1985年编印。

其一[①]：

某年南京人士于上元节耍花灯的时候，朱子巷居民异想天开，装了一个倒骑在马上的猴灯。后被马皇后所闻，以为开玩笑竟开到本皇后头上来了，一怒之下，把南京朱子巷居民全部充军到了西宁。

其二[②]：

据说明代洪武年间，南京珠玑巷的老百姓春节耍“社火”，其中的一个角色“胖婆娘”引起了一场灾难。有人为讨好朱元璋，谗言说“胖婆娘”是影射马皇后。因为马皇后长得又胖又大，且有一双大脚，绰号“马大脚”。所以朱元璋盛怒之下，把珠玑巷的人发配到“没米吃”的西宁，社火也带了过来，每年春节就按原来的样子耍。

从这几则传说来看，不仅仅是单纯的移民传说，而是将移民传说与地方风物或风俗传说融合在一起，既追溯了正月十五耍社火和风俗的由来，又充分表达了青海汉族人的寻根意识，是对其先祖移民历史的民间记忆和追述。“南京珠玑巷”传说除了青海流传外，陕西、甘肃等省也有流传，这与明代汉族移民至青海的历史事实有关。

二　藏族、珞巴族族源传说

藏族、珞巴族族源传说带有浓厚的神话色彩，甚至脱胎于族源神话。但这两个民族的族源神话在民间流传中出现了传说化倾向，大都与当地风物关联。藏族“猕猴变人”的起源神话流传脍炙人口，民间还随之产生了诸如“猕猴洞”、“猴子玩耍坝”之类的“遗迹”。珞巴族、僜人族源神话十分古老，均是兄弟分家，尔后繁衍不同民族的内容。珞巴族《珞巴五兄弟》中说，汉人、藏人、珞巴、门巴和僜人原来是同父异母的五兄弟，是太阳儿子达西和月亮女儿亚姆的儿子。后来，五兄弟分家，大哥

① 丘向鲁：《青海诸民族移入的溯源及其分布之现状》，《新亚西亚》1933年第5卷第3期。

② 西宁市文联：《河湟民间文学集》第12辑，内部资料本，1989年编印。

和二哥向北方走去，二哥在波堆患病留下，就是今天的藏人。大哥走了好多天，到了汉地的峨眉山，就是现在的汉人。大哥和二哥都与猴子结合，生了很多很多后代。珞巴人和老四门巴人、老伍僜人也分了家。显示出各民族亲如一家的和谐思想，表达了珞巴族民众对汉、藏、珞巴、门巴和僜人起源的质朴思考。珞巴族父系祖先神话《阿巴达尼》几乎遍布珞巴族各部落，阿巴达尼是珞巴族各部落共同承认的祖先神，传说他是天父地母的儿子，他的子孙繁衍成了珞巴族各个部落（有的说繁衍成了藏族）。

藏族中有一些部族来源的传说。流传于同仁地区《浪加部落的来历》传说[①]讲，很早以前，青海湖附近有两个叫“霍尔”和“浪”的藏族部落，因与别的部落械斗失败，其中“霍尔”部落的一部分人来到同仁这个地方，住在扎毛乡西北边一个山沟里，成为现在的和日村。“浪”部落有一个叫阿米当洪的人，住在今麻巴乡的英扎木这个地方，后来娶当地姑娘为妻，其子孙人丁兴旺，发展成浪加和麻巴等好几个村庄。当初浪加和麻巴是一个部落，后来浪加成立为单独的一个部落，成为浪加部落。这是浪加藏族部落人来历的“口传的历史”。

三　回族、撒拉族、保安族族源传说

回族族源可追溯到唐宋时期来中国经商定居的阿拉伯人和波斯人，而元代来自阿拉伯、波斯、中亚一带的西域色目人构成了其族源主体。作为长期活跃在中国西北历史舞台上的伊斯兰民族，有自己的族源传说。《回回民族的来历》讲述了回族的来源[②]：

> 有一天晚上，唐王李世民做了个噩梦，梦中有一个缠头人救了他，便派使者到西方寻找缠头人。穆罕默德应唐王要求，派了名叫格斯、尕斯、万尕斯的三个人到中国。三人到中国后，娶中国姑娘为妻。由于不按伊斯兰教的习俗做礼拜，他们就从西安向西往回走，走到甘肃嘉峪关，病死了一个人。唐王李世民知道了他们返回的事，派人追到嘉峪关，将活着的两个人叫了回来。李世民又为他们许配妻

---

① 黄南州民间文学集成办公室：《黄南民间故事》内部资料本，1990年编印。

② 同上。

子，并吩咐大臣一定要按伊斯兰教的习俗为二人办婚事、做礼拜。从此，他们就定居下来了。因为他们要回去，半路上又被叫了回来，就被称为“回回”，意思是回去哩又回来了。

这则传说间接地反映了阿拉伯人与回族的渊源关系，对回族的来历和名称作了解释性追述。当初不按伊斯兰习俗做礼拜，导致缠头人西还，后来遵循伊斯兰习俗做礼拜，缠头人才定居下来的情节，反映了伊斯兰教文化传入中国时，与本土文化先冲突后融合的历史真实。

撒拉族的《骆驼泉》是一则十分著名的族源传说[①]，流传于撒拉族的主要聚居区循化撒拉族自治县，其大致内容是：

在中亚撒马尔罕地区，尕勒莽和阿合莽兄弟二人声望很高，因不堪忍受当地统治者的迫害，率领同族的人，牵上一峰白骆驼，驮上故乡的一碗土和一壶水，带上《古兰经》，寻找新的乐土。他们越过天山，从北往东进入嘉峪关，经过肃州、甘州、天水、甘谷，进入宁夏又辗转来到拉卜楞的甘家滩。然后进入循化的夕昌沟，翻过孟达山，来到街子的奥土斯山。这时天色已晚，个个筋疲力尽，便休息在奥土斯山上。半夜里尕勒莽醒来，发现骆驼不见了，叫醒同伴，点上火把，到处寻找。天亮时，发现骆驼卧在一处清泉边，已变成化石。后来，他们发现带来的水土与本地水土完全相符，便同声感谢真主，从此定居在这个泉的周围，骆驼泉因而得名。

骆驼泉的传说还有不少异文，另一则《撒拉族的传说》情节有所不同，但内容更为详尽[②]：

尕勒莽兄弟俩被人诬告盗牛，县官乘机报复，要杀兄弟两人。他们到清真寺祈祷，真主在真正的盗牛贼背上画了一个牛头，二人得救。为了避开县官的迫害，尕勒莽和阿合莽均将最小的儿子留下，让

① 循化撒拉族自治县文化馆：《撒拉族民间故事》内部资料本，1988年编印。

② 黄南州民间文学集成办公室：《黄南民间故事》内部资料本，1990年编印。

其余的十一个孩子逃走。他们给孩子们准备了一头骆驼，三十本《古兰经》和一袋土、一瓶家乡的水，并叮嘱找一个与家乡水土完全一样的地方住下来，吩咐他们分家的时候一定要把祖业留给最小的儿子，小儿子继承祖业的习俗由此而来。这十一个孩子在迁移途中死了五个，到骆驼泉时剩了六个，就占了六个地方，后来发展为六个撒拉村庄，大部分姓韩。由于他们只来了六个男人，就请当地的蒙古人做媒，到藏族部落求婚，与藏族姑娘成亲，从此扎根落户，人丁兴旺，世代把当地藏族人称为“阿舅”，和睦相处。

从内容看，前者情节较为简单。根据民间故事的传播理论，故事情节越原始、简单，其原始发祥的可能性更大。这是目前所搜集到的撒拉族族源传说中较为古老的一则。后者应是在前者的基础上又进一步丰富、完善起来的。但无论哪个产生年代更早一些，这两则传说都具有宝贵的历史价值，反映了撒拉族东迁后与蒙古族交往、与当地藏族人通婚的历史事实。

关于保安族的来源，青海省同仁地区流传着《保安族的来历》的传说[①]：

几百年以前，四川保宁府的部分人来到西宁，被西宁镇台安置到保安三庄，男人们留长发。他们是汉族，到了这里后改信伊斯兰教。后来当地的藏族人要他们改信佛教，并提出愿改教者留，不改教者走。于是，有些不愿改教的人迁到了临夏的梅坡、大洞、干河滩住下来，有些人散居在同仁保安、隆务镇等地。因为他们来自四川保宁府，被西宁镇台安置在这个地方，人们就把这个地方叫保安，从保安迁出去的人们自称保安族。

这是保安族民众对自己民族来源的一种追忆，讲述了保安族是由来自四川保定府的汉族人改信伊斯兰教定居保安后形成，因保安地名而得民族名，曾与当地藏族人发生矛盾后迁徙外地，有一定的历史真实性。

① 黄南州民间文学集成办公室:《黄南民间故事》内部资料，1990年编印。

四　史事传说

史事传说是以叙述历史事件为主的传说，“往往以某历史事件为中心，广泛刻画各阶层、各方面人物的动态，揭示历史的真实，表现人心的归向”①。青藏地区的史事传说与历史人物传说是紧密联系在一起的，有时很难区分，《文成公主》、《金城公主》传说，既是历史人物传说，又是史事传说。但历史人物传说和史事传说各有侧重点，前者是以叙述历史人物“事迹”为主，后者是以叙述历史事件为主，有汉族的《谎粮墩》，藏族的《文成公主》、《金城公主》、《藏王赤都松和茶》、《朗达玛与拉隆·贝吉多杰》，土族的《双阳公主》、《丹阳公主》等。

薛仁贵兵败大非川是唐代军事史上的重大事件，民间根据此事产生了薛仁贵征西和樊梨花传说，汉族《谎粮墩》属于此②：

> 吐谷浑被吐蕃打败了，王后弘化公主回长安求救兵，唐王点薛仁贵为兵马大元帅，发兵征讨吐蕃。唐军因水土不服，士气不振，副元帅郭待封吃不了苦，到了恰卜恰后就不想走了。薛仁贵正在着急之时，儿媳樊梨花出谋划策，让薛仁贵、薛丁山父子俩率领精壮骑兵，轻装急进，她自己督军筑城策应。郭待封见薛仁贵在切吉滩扫荡吐蕃，便悄悄传令拔寨，带着兵马粮草去抢功劳，却在二塔拉被吐蕃兵伏击，粮草辎重丢了个精光。樊梨花得知郭副帅开拔，来不及阻拦，便派人禀告薛仁贵，叫他赶快撤兵，以免遭吐蕃兵两面夹击。薛仁贵仗着“五瓣梅花城”阵的厉害，击退吐蕃兵，撤到了梨花城，接着又撤到了鄯州城。由于兵马粮草被郭副帅丢光了，军中缺粮，为使吐蕃相信唐兵粮草充足，樊梨花想出了“谎粮”计，就在鄯州城连夜筑起了一座高十丈、宽百丈的大土墩，并把仅存的粮食洒到土墩上，吐蕃兵见后撤退了。从此，大土墩被称为“谎粮墩”。

在这则传说中，民众根据自己的审美与喜好，以西宁的南凉古迹“虎台”

---

① 钟敬文主编：《民间文学概论》，上海文艺出版社1980年版，第193页。

② 中国民间文艺研究会青海分会：《青海风物传说》内部资料本，1987年编印。

为中心点，虚构了巾帼英雄樊梨花智勇双全的形象，曲折地反映了吐蕃与吐谷浑争战、薛仁贵兵败大非川的历史事件，表达了对樊梨花有勇有谋的爱戴，对郭副帅贪功冒进和无才无能的憎恨之情。

第九代藏王朗达玛掌权期间实行封闭各处寺院、焚毁佛经、禁绝佛法传播的灭佛政策，后被密修僧人拉隆·贝吉多杰刺杀。《朗达玛与拉隆·贝吉多杰》和《三贤者和霍尔多结》传说在藏族地区流传较广，反映了朗达玛灭佛和贝吉多杰刺杀朗达玛的历史事件等。《朗达玛与拉隆·贝吉多杰》中讲述道：

> 尼泊尔修迦荣卡修佛塔时，一头运送土石的黄牛由于没有人为它祈祷而做了灭佛的祈祷，转生为藏王朗达玛。从铁鸡年起，朗达玛开始灭绝佛法，在大昭寺中杀猪宰羊，毁坏佛像，强迫僧人还俗。当时朗达玛头上长了角，为了保密，每月要杀死一名为他洗发的姑娘。有一名答应替他保守秘密而未被杀害的姑娘把嘴对着老鼠洞说："朗达玛头上有角，但不能说。"后来，老鼠洞长出了一根竹子，被一个放牧人做成笛子，总是吹出姑娘说的话。事情逐渐传开后，住在察耶巴的拉隆·贝吉多杰把自己的白马涂成黑色，穿上一件白布衣服，装成黑帽咒师的模样在拉萨大昭寺门前用箭杀掉了朗达玛。他蹚过拉萨河时，河水冲掉了马身上的木炭变成了白马，脱掉了黑帽咒师的衣服，露出了白衣服，逃到了康区。

传说中的主要内容与史事基本相符，但黄牛转世、朗达玛头上长角、竹笛泄露秘密、吉祥天母搭救贝吉多杰等情节颇具传奇性。

土族《双阳公主》和《单阳公主》流传于民和县三川土族地区[①]，是虚构的史事传说。《双阳公主》传说深受汉族影响，说宋朝大将狄青被武艺高强的双阳公主擒获后，为了盗取珍珠烈火旗，假意与双阳公主成亲。双阳公主的妹妹单阳公主连夜赶制了一面假旗，狄青在成亲当日趁双阳公主酒醉时，盗走了假旗。汉族的狄青盗宝故事主要歌颂狄青的聪明勇敢，而这则传说则突出刻画了双阳公主的骁勇善战和单阳公主的智谋。与

---

① 朱刚等编：《土族撒拉族民间故事》，上海文艺出版社 1992 年版。

二公主有勇有谋的形象相比，狄青的形象显得有些黯然。《单阳公主》说当地女王单阳公主的星宿是狐狸，有一天，其星宿化身为老人，好心指点宋王派出杀他的猎人，反伤了自己的性命。狐狸星宿死后，单阳城开始衰落，后来被宋朝军师参透凤凰山脉气旺盛的秘密，挖断了凤凰山的脉气，又切断了单阳城里的水源，最后将单阳公主手下的兵马活活渴死在城里。这两则传说流露出了土族民众对家园的深深依恋和对本民族女首领的怀念之情。

第三节　地方风物与年节习俗传说

一　地方风物传说

风物传说是“对一个地方人工或自然景物形象的一种想象性叙事，是对某些风俗习惯的诠释，叙事和诠释的目的在于确认和提升景物、习惯和文化地位，并注入历史的逻辑力量”①。地方风物传说对特定风物进行艺术性解释，具有厚重的历史文化内涵，是当地人对自己家乡风物的一种“集体记忆”。常以山川景物富于美感的外形特点引发联想，产生一系列颇有情趣和意义的故事，表面上看起来是解释山川景物及各种地名由来、形成和特征，实际上反映的是民众对家乡的赞颂热爱、对生活的切身感受以及探求历史的浓厚兴趣。青藏地区各民族民众创造了许许多多关于雪山草原、江河湖泊、寺庙村落形成由来等传说。喜马拉雅山、阿米夏琼山、日月山、德合龙山，长江、黄河和雅鲁藏布江，大昭寺、色拉寺，青海湖、仙女湖、扎陵湖、鄂陵湖，药水泉、德忠温泉、堆龙温泉等，都有神奇的传说在流传，富有生活色彩和幻想色彩。

汉族的地方风物传说将当地山川景物与神话和历史人物紧密联系在一起。《浩门桥墩的传说》直接取材于历史记载，讲述隋炀帝西巡青海时怒斩建桥官员的故事。《娘娘山的传说》是虚构的，说隋炀帝将多次劝谏他的正宫娘娘发配到西北落云山牧马，后来，他听了忠臣进谏，想接回娘娘，但娘娘却不想再见昏君，便跳悬崖自尽。为了纪念娘娘，将落云山改为“娘娘山”。龙羊峡是黄河上游的著名峡谷，民众根据其地势险峻、水

① 万建中：《民间文学引论》，北京大学出版社2006年版，第183页。

势汹涌的地貌特征，创作了《神工开辟龙羊峡》的传说[①]，将龙羊峡的开辟，归功于治水英雄大禹，说他治水时派玄冥制服了在大允谷（今青海共和县曲沟）因争水域而恶斗的黄、青两条凶龙，为防止黄龙捣乱，大禹在大允谷的东南角开了峡口，把大允谷的积水导入黄河。由于山高石坚，大禹的得力属下应龙先用火烧软了山石，大禹抡起鬼斧，砍开了峡口，引水入河，免除后患。火乃阳之极物，为了不忘应龙喷火烧山的功劳，这道峡口叫作“龙羊峡”。

有些传说在解释当地山川的由来时，往往将山川的形成与社会现实联系在一起，《大通鹞子沟的传说》、《平安县药水泉的故事》、《斩龙沟的传说》等，反映了民众的社会生活，寄托民众济贫救困、惩恶扬善、除暴安良的美好愿望。流传于湟中县甘河滩的《圆儿山的传说》内容讲[②]：

> 一对老两口没儿没女，常受乡里地痞流氓欺侮。后来，老阿奶怀胎三年，生了一个娃娃，取名为宝宝。宝宝一百天就会走路，二百天会说话，八年后长成了尕小伙儿。村里的大户王大头在浇水时欺侮老阿爷，宝宝为父报仇，打倒了王大头和他的八个儿子。王大头为了报复宝宝，硬说老阿爷欠他一石青稞，要宝宝在一天之内背走他门前堆的山一样高的土堆。宝宝在背最后一堆土时，背斗绳绷断了，土掉下来变成了一个小圆山丘，把王大头爷儿九个全都埋在了山下。这就是圆儿山的来历。

这则传说的生活气息和传奇色彩很浓厚，在反映一定的社会现实基础上，还寄托着劳动民众惩恶扬善的理想愿望。

汉族寻宝传说《金羊岭和卧牛河》、《杨家城金库的传说》、《海子沟的传说》、《淖尔的传说》、《龙王泉的来历》、《泉水滩为什么又叫甘河滩》等，涉及伦理道德、民间禁忌方面的内容。金马驹传说在我国很多地方和民族都有流传。流传在青海省大通县后子河乡的《老爷山上的金

① 中国民间文艺研究会青海分会：《青海风物传说》内部资料本，1987年编印。

② 韩生魁等编：《塔尔寺的传说》，青海人民出版社1990年版。

马驹》讲道①：

> 很早以前，老爷山前的大方石下面有一个金马驹。每天中午，金马驹的影子就会在老爷山前的河里映出来。有一天，一个外地人经过老爷山，看见了在河里喝水的金马驹影子。这个外地人叫了伙伴，拿了一条毡，在晌午的时候来到老爷山前的河边。一个人站在山上拿着毡，一个人站在河边等着金马驹出现。当金马驹的影子在河里出现后，他们撵着金马驹的影子，用毡把金马驹苫在一块大方石下，把金马驹偷走了。

这是较为典型的寻宝传说，反映了民众的财富观念，金马驹由外地人偷走，反映了当地民众反对财富外流的文化心态。与此类似的寻宝传说，在汉族群众中流传的还有金羊、金牛、宝库等传说，反映了民众将家乡视为风水宝地的观念和对其的热爱之情。

青藏高原经过漫长的地质历史演变，一些曾经水势汹涌的河流、湖泊、泉水干涸了，只留下了与水有联系的地名。当地民众不了解气候变化与水流干涸之间的关系，便展开丰富的想象作艺术性解释，认为是湖水周围的庄户人家随意乱倒污水，甚至有妇女在湖里洗衣裤，惹恼了神灵而使龙王、水神搬家，造成了湖水和泉水的干涸。《湟中海子沟龙王搬家的传说》、《龙王泉的传说》都属于此类传说。有些传说则解释河流、泉水干涸是由于当地人心肠不好，对乔装乞讨者来讨水的仙人恶语相向而造成的，《泉水滩为什么叫甘河滩》、《桃红营和泉水为啥干了》等，即是这种民间伦理思想的反映。

藏族的地方风物传说最为丰富且具有神话色彩，在《纳木娜尼峰的传说》、《阿米夏琼和德合龙的传说》、《年宝玉则神山的传说》、《鄂陵湖和扎陵湖的传说》、《雅鲁藏布江为什么大拐弯》、《纳木错的传说》等传说中，高耸入云的大山变成了英勇好斗的强壮男子汉，端庄秀丽的山峰化作了亭亭玉立的多情女子，共同演绎了一个个颇具人间情态的爱情故事。流传于西藏阿里地区普兰县《纳木娜尼峰的传说》讲道：

---

① 大通县文化馆：《大通县民间故事》内部资料本，1986 年编印。

> 冈底斯山系的主峰冈仁布钦是一位勇士，喜马拉雅山系的纳木娜尼峰是一位美丽出众的女子，两人相互爱慕，结成了夫妻，生活十分和睦。不料，在巴嘎尔大草原的赛马会上，冈仁布钦移情别恋，爱上了特提斯海龙王的女儿——美丽妖娆的玛旁雍。纳木娜尼发现丈夫的婚外情后，十分痛苦，出走回娘家。她在穿越巴嘎尔大草原时，由于留恋丈夫，每走一步都要回头张望，结果在黎明前没走出大草原，化作了山峰。在纳木娜尼化作山峰的同时，冈仁布钦也变成了一座山，与纳木娜尼峰遥遥相望，而玛旁雍变成了一个湖泊，但她再也不能吸引冈仁布钦的目光，冈仁布钦目不转睛地望着因自己的过错而被迫出走的妻子。

流传于青海省黄南州同仁地区《阿米夏琼和德合龙的传说》，是一则著名的山神传说，故事中讲述道[①]：

> 阿米德合龙山和阿米夏琼山是一对要好的朋友，阿妈觉毛山是德合龙山的妻子。阿米夏琼爱上了阿妈觉毛，与她偷偷来往，被德合龙发现。德合龙与阿米夏琼翻了脸，进行了一场恶战，阿米德合龙狠狠教训了阿米夏琼，阿米夏琼也在德合龙的肚子上射了一箭。德合龙怕妻子再与阿米夏琼私通，便把妻子拉到自己的右后侧，用半个身子挡着，并经常拉着她的手，一时也不敢放开。德合龙山上至今仍有一片不长草的烂疤，传说就是当年双方格斗时留下的伤疤。

上述则传说中，著名山峰被赋予了人类的情感，他们像人间的普通男女一样，有情感的执着专一，有“士贰其行”的移情别恋，也有欺朋友之妻的下作，上演了一幕幕爱恨纠葛的爱情悲喜剧，散发着浓郁的民族情调。

《孔雀河的传说》、《杰果大山的传说》、《昂欠苏莽山的传说》等，歌颂了造福人类、为民众利益不惜牺牲自己的英雄。《恩布河的来历》讲述了西藏墨工县的嘎拉草原恩布河的来历：

---

① 黄南州民间文学集成办公室：《黄南民间故事》内部资料本，1990年编印。

嘎拉草原以前没有一条江河流过，一位叫恩布的英俊少年，为了向神山岩洞里的龙王求取水源，向神鸟白鹫鹰祷告了整整三年。后来，他骑着白鹫鹰从龙王处取得了神弓神箭，归途中为了让白鹫鹰有力气飞行，他从自己的腿上一连割下了六大块肉。神弓神箭取回来了，草原上有了吉祥的泉水，恩布却含笑闭上了双眼。为了纪念这位给草原引来幸福泉水的英雄，人们将流贯草原的河流取名为恩布河。

《孔雀河的传说》讲述了江河源头孔雀河的来历[①]：

一位叫玛夏的姑娘，为了反抗更登老爷的压迫，解除众百姓的苦难，历经千辛万苦找到了山神的女儿俄嘎卓玛。俄嘎卓玛将她变成了一只美丽的孔雀，与俄嘎卓玛派出的六十四只孔雀一起，飞到牙拉达泽山上的大草原，拍打着翅膀，把更登老爷仓库里的青稞、酥油、曲拉、皮毛、绸缎扇给了贫穷的牧民。更登召集弓弩手用毒箭向孔雀们射击，还指挥卫兵在山头最高处煨起施法念咒的红桑[②]，他自己在护法喇嘛的妖法帮助下，变成凶恶庞大的秃鹰，一个一个地啄死了孔雀姑娘。玛夏和他搏斗时，牧人们放出利箭射中了秃鹰的眼睛，将其砸成了稀泥，而筋疲力尽、满身创伤的玛夏和孔雀姑娘们变成了澄明的泉水，汇合成了孔雀河。

恩布河和孔雀河原本属自然现象，由于民众在其身上寄托了对社会现实的思考，带有明显的阶级剥削和阶级斗争印痕，从而具有了深厚的社会生活内涵。

有些地方传说与著名历史人物联系在一起，呈现出历史化倾向，《“卧塘”的由来》、《大昭寺的传说》、《青海湖的来历》、《文成公主和“甲莫温曲”》、《甲萨岗》、《甲玛的九鹫神泉》等传说，在青藏地区广为流传，与松赞干布和文成公主相关联。拉萨最早是一片沼泽地，松赞干布

① 中国民间文艺研究会青海分会：《青海风物传说》内部资料本，1987年编印。

② 红桑：藏传佛教中诅咒人死亡所焚烧食物的仪式。

指挥臣民筑坝拦河，开沟修渠，变成了牛羊肥壮、奶子香甜的坝子，卧塘地名也由此而来。日月山是文成公主进藏时，遗留在赤岭上的日月宝镜所化。位于拉萨市中心的大昭寺，是由文成公主选址、松赞干布协助、尼泊尔公主最终修建而成的。那曲河因相传文成公主曾在河水中洗过脸而得名为“甲莫温曲”——“汉女汗河”，意思是文成公主流过汗的河。这些传说在解释古迹名称由来的同时，歌颂了松赞干布和文成公主在促进藏民族发展、汉藏友谊等方面的历史功绩，展现了藏族人民对特定历史的反思和积极评价。

藏传佛教对藏族的政治、经济、文化等领域产生了巨大影响，对民众的意识形态有着举足轻重的影响力。藏区一些山峰、河水和神奇泉水的由来，一些寺院、佛塔、佛像的修建，与藏传佛教各教派大师、活佛有着密切的联系。西藏洛札县境内的曲拉山，相传是因藏传佛教噶举派祖师玛尔巴译师从印度带回的一部分佛经散落在此地而得名。墨竹工卡的德忠温泉是莲花生大师妻子益西措杰仙女开出的神泉，莲花生施展法术，将神水变成温泉，并采来百种草药，溶方形巨石于温泉中，使温泉水医治百病。波密县的达达河水是一位活佛派佣人去印度祈求水源而带来的一条蓝蛇的蛇尾变成的。青海尖扎县的南宗山因藏王朗达玛灭佛时西藏“三贤哲”藏绕赛、约格琼、玛尔释迦牟尼带着大批佛经于此避难，刺杀朗达玛的拉隆·贝吉多杰到此向三贤哲报告喜讯而闻名天下的。青海湖的海心山是活佛白马姜安从西藏西南边境随手抓起一座小山，抛到正在往外溢巨浪的神井井口后化成的，而神井中溢出来的井水变成了青海湖。拉萨三大法寺之一的色拉寺，是宗喀巴的弟子释迦益西遵照大师的嘱托修建；甘丹寺的地址是宗喀巴遵照神人的指示，根据一块神奇的氆氇手帕停住的地方选定。这些山川、泉水、湖泊、寺庙、塔碑等之所以出名或具有神奇的功能，除了它们本身所具有的特征外，与宗教人物赋予它们的神圣性有很大关系，呈现出浓厚的宗教色彩和历史化倾向。

撒拉族的地方风物传说数量不太多，但特色鲜明，有较强的宗教化倾向。循化县的一些拱北①、树木、山峰，相传与始祖尕勒莽兄弟和威望较高的宗教先贤有关。《尕勒莽和阿合莽拱北的传说》、《普日后西墓地的传

---

① 拱北：甘宁青地区伊斯兰教先贤和著名人物的墓亭。

说》、《羊圈沟拱北》、《麻尔坡供北的传说》、《孟达清真寺拱北的传说》等，以拱北为实际附着物，讲述了民族始祖尕勒莽兄弟的事迹，歌颂宗教先贤修行传教的功绩。而在《苏力麻乃的故事》、《唐撒坡舍海的传说》、《“尕最”的传说》、《波列日保考的传说》等中，拱北则成了撒拉族缅怀先贤和纪念英雄人物的中心物。

二 物产传说

物产传说是解释各民族服饰、饮食、医药、工艺品产生、物产名称由来和特征的传说。这类传说不仅描述物产的产生和神奇作用，还具有浓厚的人文色彩，通过传奇般的叙述话语，使原来纯物质形态的物产得以神化和仙化，烙上人文印迹，拉近人与自然的距离，激发对本土物产的热爱与自豪感。青藏地区各族民众对所创造的劳动产品，如青稞的来历、吃盐的来历、昆仑彩石的传说、唐卡起源的来历、冬虫夏草的传说、烟叶的来历等，用许多优美的传说加以歌颂。

粮食作物的种植，在各民族的发展史上占据重要地位。青藏地区流传有谷种来源传说《青稞种子的来历》、《粮食的来历》、《五谷的来历》等。汉族的《五谷的来历》中，说五谷是由地母金母用自己的奶汁放到玉盘金炉上镀炼了四十九天后炼成的，含有浓厚的道教色彩。流传于循化撒拉族自治县白庄乡一带的撒拉族《吃盐的传说》[①]，说是一对兄弟上山打猎时在山上的清泉里喝水，这水有咸味，喝了解乏气，觉得精神大振，便常去喝山泉水，身子骨比以前更结实了。兄弟俩把这事告诉大家后，都来这里取水，日子长了，人们做饭做菜都离不开它，叫它盐水。将盐水能使人身体健康的生活常识，艺术性地虚构成生活故事来讲述。

青藏高原各民族的物产传说还常常被用来表达感情的方式。有藏族《烟叶的来历》、《茶和盐的故事》，汉族《冬虫夏草》、《昆仑彩石的传说》等。《茶和盐的故事》是一则著名的物产传说[②]，讲述了催人泪下的爱情悲剧：

---

① 循化撒拉族自治县文化馆：《撒拉族民间故事》内部资料本，1988年编印。

② 廖东凡、贾湘云：《西藏民间故事选》，西藏人民出版社1984年版。

很早以前，一条河的两岸住着“辖”和“怒”两个部落。不知哪一代土司时，两个部落发生械斗，结下了冤仇，两岸的人们在两家土司的严禁下不敢往来。后来，“辖”部落女土司的女儿美梅措和“怒”部落土司的儿子文顿巴在河岸放牧时产生了爱情，常把牛羊赶到一起相会。他们的恋情被美梅措的母亲发现，派三儿子用毒箭射中了文顿巴。7天后，文顿巴死去，他的尸体无论如何都火化不掉。美梅措赶到火葬场，纵身跳进火中，烈火很快把两人化为灰烬。女土司将两人的骨灰分开，埋在了河的两岸。不久，河的两岸分别长出了一株大红花树和大黄花树，两株花树迎风招展，隔河互相呼唤。女土司又叫人折断了树，美梅错和文顿巴变成了两只小鸟，又被射死。最后，文顿巴变成了盐湖里的盐，美梅措变成了茶树上的茶叶。酥油茶是离不开茶和盐的，从此，文顿巴和美梅措永远不分开。

这则传说以爱情为主题，用曲折动人、扣人心弦的爱情故事演绎了茶和盐的来历。部落仇恨葬送了两个年轻人的幸福，也毁灭了他们年轻的生命，但文顿巴和美梅措的爱情坚贞不渝，甚至死后还要变成茶和盐相聚在一起。每当人们端起酥油茶，就会想起他们的爱情故事。

《冬虫夏草》和《昆仑彩石的传说》也是用爱情故事来演绎地方特产的由来。《冬虫夏草》讲述道[①]：

在昆仑山后花园中游玩的西王母，把趁她睡着时私下拜天地的金童玉女贬下凡间，金童投生在唐员外家，叫白玉，玉女投生在王员外家，叫贝贝。他俩在要“社火”时相识相爱，但两家有三世冤仇，遭到王员外夫妇的百般阻挠。白玉拿不出一千黄金的彩礼，只好赴京赶考。三年后，贝贝被迫嫁给黄公子，她回门认亲时遇上了高中状元的白玉，悔恨之下，自尽身亡。第二年，她的坟上长出了冬虫夏草。后来，白玉因思念贝贝成病，随意喝了泡着冬虫夏草的青稞酒，病症全消。他活了整整一百三十岁后成仙上天了。

---

① 韩生魁等编：《塔尔寺的传说》，青海人民出版社1990年版。

在《昆仑彩石的传说》中，西王母是一位惜贫济苦的女仙，见昆仑山下的光棍汉石头哥老诚忠厚，便打发女儿彩云仙女下来跟他一块过日子。后来，石头哥不慎向6个坏弟弟泄露了彩云仙女的真实身份，玉帝震怒，将彩云仙女的肌体还原为彩石，一对恩爱夫妻再也不能团圆了。这两则传说均与西王母和昆仑山有关，明显是受昆仑神话影响而产生的物产传说。

三　动植物传说

藏族《猫吃老鼠的原因》，解释动物的习性特征：

从前有一个动物王向全体动物发布命令，让大家明日天亮时到达自己跟前，最先到达的将被任命为今年的首领，然后按先后到达的顺序分别任命明年、后年的首领。猫想夺取第一，便去寻找食物，路上遇到老鼠。老鼠骗猫说争夺首领的时间是后天，它自己却悄悄爬上黄牛后背，跳到王宫的院中，得到了第一名，黄牛得了第二名，接着虎、兔、龙、蛇、马、羊、猴、鸡、狗、猪等以先后到达的顺序分别成为十二年的首领，即十二生肖。猫发现上了老鼠的当，极为气愤，从此，见老鼠就咬。

猫和老鼠互为天敌，这则传说解释了十二生肖的来历，并对用欺瞒手段获得十二生肖老大地位的老鼠，进行了否定和嘲笑。汉族《选树王》对沙枣树为什么弯着腰，从未长直过的特征进行了趣味盎然的解释，说山中的树木选树王时，沙枣树的树王位置被臭椿树所抢，它气得弯下了腰，气破了肚子。

动植物传说还通过传说故事，展现人类的社会生活，反映人的伦理道德。撒拉族《苍蝇的传说》讲述道[①]：

有个儿媳妇，嫌婆婆和小叔子干不了活，在冬天下雪时将他们赶出了家门。这一老一小住到了山洞里，受到一个白胡子老汉的帮

① 循化撒拉族自治县文化馆：《撒拉族民间故事》内部资料本，1988年编印。

助，过上了好日子。儿媳两口子听说了这件事后，也在一个大雪天住进了那个破山洞，白胡子老汉将钱袋打开，让他们拿。贪心的夫妻俩便把身上的衣服脱下来，搓成绳子串碎钱，背着钱往家里走时，冻得迈不开脚，最后钻进热粪里冻死了。但他们的灵魂舍不得那么多钱，就变成苍蝇从粪堆里出来，绕着粪堆转，还不停地搓手，还想串碎钱。

土族《蝼蛄的传说》也反映了家庭生活情境[①]：

从前，有一位非常贤惠的媳妇，孝敬婆婆比亲娘还亲，婆婆常在女儿前夸赞，引起了小姑的嫉妒。不久，媳妇变得面黄肌瘦，还强挣着下田割麦子。婆婆生了疑心，便暗地里跟着送饭的女儿，半路上见她突然钻进麦田里，大口吃起来，最后把吃剩下的一些剩饭残汤给嫂子送去。婆婆恍然大悟，第二天在面条里渗进了一把麦芒，女儿偷吃时被麦芒卡死，变成了蝼蛄，在大热天“嘎让让”、“嘎让让”地叫个不停。

这两则动物传说从贬义、负面解释了苍蝇和蝼蛄的由来，并对哥嫂不孝敬老人、贪财如命和小姑嫉妒自私的行为进行了鞭挞和讽刺。

有些植物传说，赞扬那些为民众利益不惜牺牲的英雄人物。撒拉族《棉花的来历》，说棉花是一对勇敢的兄妹，为了让月亮和太阳一样明亮，变成了两棵棉花树，让人们棉花做衣服，棉籽榨油点灯，不受寒冷和黑暗的折磨。

动植物传说还与神话有着密切的联系，带有超现实色彩。汉族《牛为啥没长牙》中说，玉皇大帝叫牛到人间传话，教人一天到晚“三打扮，吃一顿”。谁知老牛走在半路上记错了，错传成“吃三顿，一打扮”。玉皇大帝一气之下，一脚踢掉了牛的上牙，惩罚牛到人间吃苦，帮人犁地，至今没长出上门牙。

① 朱刚等编：《土族撒拉族民间故事》，上海文艺出版社 1992 年版。

四 习俗传说

习俗传说是解释风俗习惯形成原因的传说，是民俗事象口传化的结果。青藏地区各民族有各种富有民族特色的习俗和节日活动的传说，根据其内容，大致可分为节日习俗传说、婚丧习俗传说和文艺习俗传说。

节日习俗传说是解释各民族节日习俗由来的传说。汉族《三十晚夕点松棚的来历》、《跳冒火与插杨柳》，藏族《沐浴节的由来》、《工布十月初一过大年》，回族《古尔邦不杀虱的原由》等。拉萨沐浴节的由来传说与药神门拉有关，据说从前有一场瘟疫席卷了雅鲁藏布江广大地区，药神门拉将自己化成一颗星星，把自己的医术、药物以及爱民之心化作光芒，射向人间雪域。一位拉萨姑娘在奇异梦境启示下，告知病人奔向附近的江河湖渠，洗濯自己身体，瘟疫退去。从此，每年藏历八月上旬，拉萨的男女老幼成群结队到拉萨河、噶玛贡桑湖、流沙河等河湖水中洗浴。西藏工布十月初一过年的习俗，据说是由于工布地区的阿吉王为抵御霍尔军而提前过了新年，并得到了释迦牟尼佛的准许而相沿下来的。回族古尔邦节则相传是圣人易卜拉欣遵命以自己亲生孩子伊斯玛仪作献祭时，真主又命他以羊代替，此后，伊斯兰教徒每年到了这一天都要宰牲，以示纪念。

花儿会是各族民众自发大规模演唱“花儿”的民间音乐艺术节，也是男女青年互相交流情感的民间集会活动。《峡门花儿会三迁的传说》、《丹麻花儿会的传说》、《乐都瞿昙寺“花儿会”的由来》等汉族传说，在说明花儿会起源与庙会和婚姻爱情有密切关系的同时，还透露出了一定的社会现实，即当时男女青年的爱情婚姻并不自由，各地花儿会的发展也十分坎坷，有时会受到宗教势力或地方官吏的无端干涉，而民众对“花儿”的热爱是花儿会经久不衰的内在动力。

藏族节日多姿多彩，熔铸了藏民族生活区域的自然风光和风俗民情。关于吉祥天女节的起源，民间有这样的传说：

> 大昭寺的保护女神班丹拉姆性格古怪，她的大女儿白巴东则与护宝将军赤尊赞相爱。班丹拉姆发现后大发雷霆，把赤尊赞赶到拉萨河南岸的奔巴热山下，一年只许他与白巴东则见一次面。因此，每年藏历十月十五的吉祥天女节里，拉萨北城木鹿寺的喇嘛都要背着白巴东

则的塑像，围绕八廓街转一圈，与赤尊赞遥遥看一眼，然后匆匆忙忙分开。二女儿东苏拉姆好吃懒做，游手好闲，班丹拉姆咒她沿街讨饭，后来东苏拉姆的像被画在八廓街东南隅的石头上，靠自己乞讨和人们供养为生。三女儿白拉姆聪明又勤快，可有一次班丹拉姆叫她帮着捉虱子，女儿回答慢了一点，班丹拉姆便咒她满身长满如虱子般的老鼠，后来白拉姆满头是老鼠。即使如此，白拉姆仍然受到拉萨妇女信赖和崇敬，认为拉萨女子之所以美貌温顺，是吉祥女神白拉姆保佑的结果。在吉祥天女节中，她们梳妆打扮，到白拉姆神像前焚香祈祷，为自己的将来许愿。

在藏传佛教中，班丹拉姆、白巴东则、白拉姆是吉祥天女显示的不同法象，但在传说中成为了母女一家人，想象班拉丹姆是一位严厉母亲，借助她和女儿们的纠葛，对吉祥天女节中抬白巴东则神像游街、在东苏拉姆浮雕像前供养、妇女们尊崇白拉姆等习俗进行了貌似“合理”的解释，使这一神圣的宗教性节日带上了浓厚的世俗化色彩。

婚丧习俗传说大都用故事解释举行婚礼、葬礼规程活动。土族的婚俗传说较为丰富，《花花箱子》、《嫁男儿》说很早以前，男人要嫁给女人，后来才变成了姑娘嫁男人，这是对人类曾经存在过的从“从妻居”向“从夫居”演变的婚姻制度变迁的文化记忆。在《抢婚》中说，已经定了亲的小伙在发生日食和月食时，可以跑到定亲的姑娘家抢婚，这是土族历史上抢婚习俗遗留在其传说中的反映。《道拉的来历》是一则著名的土族婚俗传说，有多种异文，如《除王蟒》、《鲁氏太太斩王蟒》等，对土族婚礼歌——“道拉”的来历进行了艺术性追溯。

文艺习俗传说主要指追溯具有某一民族特色的民间艺术，即传统舞蹈、传统美术、传统技艺、传统戏剧、曲艺、游艺等民间艺术及娱乐活动起源和形成原因的传说。青藏地区各民族围绕着绘画、舞蹈、戏剧表演等民间艺术，产生了许多神奇传说。热贡艺术是闻名遐迩的藏传佛教艺术，因形成于青海省黄南藏族自治州同仁县（藏语称“热贡”）五屯而得名。其来历当地有多种传说：一是说天神应隆务寺第一世活佛夏日仓经师的祈求，派专司智慧的文殊菩萨从天上撒下绘画、雕塑和雕刻所需的各种画笔、雕塑刀和颜料，几个村庄子的男人们就神奇般地学会了绘画、雕塑。

二是说隆务寺大活佛梦见文殊菩萨给了他一支笔，他把笔转给了寺院里一个勉强能画马和花草的僧人，让他去西藏学绘画。僧人学成后返回家乡作画，画的花儿和鸟儿活灵活现。三是说早在释迦牟尼修道成功之时，善于绘画的洛卫国王博厚尔玛为了让全世界知道释迦牟尼创立的佛教和释迦牟尼形象，照着释迦牟尼在莲花宝座上给弟子讲经的倒影进行描绘，绘制出了一幅惟妙惟肖的释迦牟尼画像，不久，这幅画像从印度传到西藏和各个信仰佛教的地方，人们纷纷临摹绘制，热贡艺术的绘画艺术就是那时传来的[①]。

酥油花是藏传佛教雕塑艺术之一，据说宗喀巴大师在拉萨大昭寺举行祈愿法会时，梦见了文成公主。大师遵照公主的心愿召来能工巧匠，塑制成精巧美丽的酥油花，以安慰公主思乡之情。很多藏传佛教寺院每年都要举行各种隆重的宗教活动，其中的宗教舞蹈是必不可少的仪式活动，《跳欠的来历》、《喇嘛社火的传说》就是说明这种宗教舞蹈和文娱活动来历的。格鲁派名寺塔尔寺要在每年的四大法会上跳欠，这项活动的来历相传与宗喀巴大师有关。在大师的梦境中，观音菩萨指示跳欠可以驱魔逐鬼，祓除不祥。因此，宗喀巴大师在大昭寺举行大法会时，在吸收苯教法王舞的基础上，根据梦中观音菩萨的提示，编演了完整的法王舞和马首金刚舞。而喇嘛社火的来历，说是一位叫惠能的僧人趁演社火之际，刺杀了残害百姓和佛门僧侣的王爷，为了纪念惠能，格鲁派寺院于每年正月十四午时三刻表演喇嘛社火。

藏族热情奔放，能歌善舞，民间舞蹈阳刚与柔美完美结合，舞姿美轮美奂，有关传说追溯舞蹈的起源，赋予其神圣的色彩。流行于青海同仁地区的“拉什则”神舞，在扎毛藏族民众中相传，以阿妈公麻加毛即王母娘娘为首的十二位地母仙女，为感谢十三位战神战胜阿修罗，在玉皇大帝举行的祝捷盛会上表演了优美的神舞。后来，十三位战神中的伏敌神转世到人间，被莲花生大师派到安木多地方作护法神，他将王母娘娘和十二位仙女给十三位战神表演的神舞带到了扎毛地方，从此有了神舞[②]。而《神鼓舞的传说》中讲述了盛行于同仁、循化一带神鼓舞的来历：相传很早

---

① 黄南藏族自治州民间文学集成办公室：《黄南民间故事》内部资料本，1990年编印。

② 马成俊主编：《神秘的热贡艺术》，文化艺术出版社2003年版，第364—365页。

以前，羌族首领派人去西天取经，取经人过通天河时不慎将佛经浸湿，晾晒时因疲劳而睡着，醒来后佛经不见了。取经人到处寻找，急得大哭，他的虔诚之心感动了观音菩萨。取经人根据菩萨的指示，杀羊制鼓，击鼓求经，果然佛经出现在晒经石上。人们为了纪念菩萨的恩德，用羊皮制了许多鼓，叫作“神鼓”，在祭神和喜庆之际边击鼓，边跳舞唱歌，逐渐形成了习俗①。同仁地区浪加藏族部落有跳龙舞的习俗，关于其来历，当地传说是能人阿尼阿拉果带领村里的童男童女到龙泉给龙跳舞、唱歌而遗留下来的。这些传说显示了民间歌舞与人们的生产、宗教活动之间的渊源关系。

第四节　青藏地区民间传说的文化史价值

青藏地区由于地理位置的“边疆性”和文化的“边缘性”，生活在这里的各民族，尤其是那些只有语言而没有文字的少数民族，其民族历史和文化发展甚少进入中原史家的视野，古代汉文典籍中对青藏地区的记载相对稀少，以至于曾有人误认为这里是“杞宋无征，文献澌灭”之区。而藏族文献侧重于宗教发展史和王朝世系史，以宗教、教派、宗教人物传记以及王朝世系为主。汉文地方志不仅产生晚，数量小，对各少数民族的文化记载也极为简略，难于窥见其文化全貌。相对于单薄欠系统的文献记载而言，以多种方式创作、继承和演绎的民间传说，是各民族历史文化记忆的另一种呈现形态，镌刻着各民族历史演进的脉络，包含着深厚的文化内涵，具有历史、宗教、民俗和审美等文化史研究价值。

一　历史价值

民间传说是“口传的历史”。传说理论认为，传说有一定的历史依据，反映了一定的历史事实。而依据后现代主义历史思潮观点，“传说实际上是民间群体通过自己的方式建构起来的地方历史，却被正统的占主导地位的史学家们拒之于历史的门外。从记忆过去的层面看，传说和历史没

① 黄南藏族自治州民间文学集成办公室：《黄南民间故事》内部资料本，1990年编印。

有本质区别，只不过一个是‘说’出来的，一个是‘写’出来的”[①]，都是对过去生活世界的重构和组合。然而，从严格意义上来说，传说不等同于真实的历史，而是各民族民众关于历史的口头叙事和艺术性创作，体现了民众对社会历史的评价、认识和看法，真实地反映着各民族在特定时期的历史生活和精神风貌。

历史化是青藏地区民间传说的一大特征。各民族的历史人物传说、史事传说、族源传说，甚至一些地方风物传说、节日传说等，与各民族历史上的著名人物和重大历史事件有密切联系。前已所述汉族的《娘娘山传说》、《谎粮垛》等，与隋炀帝西巡、薛仁贵西征有关。藏族的《聂赤赞普和他的子孙》、《直贡赞普埋葬在人间》、《大相嘎东赞》、《文成公主》等，都是典型化和理想化的历史人物，具有偏离历史走向“神化”倾向的特征。民众对雅隆部落第一代首领聂赤赞普、吐蕃王朝缔造者松赞干布、唐朝文成公主进藏和亲等著名历史人物和重大历史事件进行了津津乐道的讲述，歌颂了松赞干布、文成公主和禄东赞致力于缔造汉藏友好关系、推动吐蕃社会发展的历史功绩。文成公主“从内地带来了青稞、豌豆、油菜籽、小麦、荞麦五样粮食种子，带来了耕牛和奶牛，带了白的、黑的、蓝的、黄的、绿的五种颜色的羊。还有许多内地的铁匠、木匠、石匠，也跟着文成公主一起进藏来了”。这是藏族民众对文成公主入藏的历史事实的“集体记忆”，有一定的历史真实性。但传说是虚构夸张和超现实传奇的口头叙事艺术，文成公主和禄东赞的传说依据历史事实创作，却不是真实的历史，而是经过了艺术想象和艺术加工后的口传历史，这些口头叙事构建了一部有关藏族历史文化交流发展的“口述史”。

在青藏各民族的族源和氏族传说中，各民族民众对自己民族历史的民间记忆和追述，不仅具有深刻的文化内涵，还在某种程度上弥补了正史记载的不足，具有珍贵的史料价值。撒拉族的族源传说《骆驼泉》是叙述了其先民尕勒莽和阿合莽兄弟二人从中亚撒马尔罕带着部分族人万里迁徙而来，保安族的族源传说《保安族的来历》说保安族是在几百年前四川保宁府的人来西宁后，被西宁镇台安置到保安三庄，改信伊斯兰教后形成的。这两则传说是撒拉族和保安族民众对自己民族来源的一种追忆，有一

---

① 万建中：《民间传说的虚构与真实》，《文化研究》2005 年第 4 期。

定的历史真实性，不仅他们自己深信不疑，还被当代民族学、史学引征为民族历史的重要资料。

柳田国男指出：“我们回溯‘历史’，在尚未触及记录者的笔端之前，其传授也是全凭人们的记忆，经过从口到耳的途径，代代相传。”① 在青藏地区各民族的民间传说，是用本民族方式建构起来的地方史，依靠传说来讲述自己民族或部族的来历，歌颂自己民族英雄人物。不仅蕴藏着丰富而珍贵的、反映各民族历史演变和社会生活的历史信息，还反映着他们在不同历史阶段的思想感情和愿望，在现实生活中起着传承民族传统文化的重要功能，具有重要的历史价值。

二 宗教价值

青藏地区是多民族多宗教的地区，藏传佛教、伊斯兰教和儒释道根系很深②，对青藏地区的历史、社会和文化发展影响广泛而深刻。作为社会意识形态的重要组成部分，三大宗教不可避免地影响了民间传说的创作，故而呈现民间传说的宗教化倾向。一方面，应宣扬历代宗教领袖、高僧大德的宗教人物事迹和宗教教义之需产生了许多传说；另一方面，各类人物、史事、族源、风物及习俗等传说，均带有浓郁的宗教色彩。

宗教化是青藏地区民间传说的显著特征之一。在青藏地区的民间传说中，宗教人物传说占有很大比重，尤其是藏传佛教人物传说的数量很多。各教派的创始人、著名的活佛和有学问的高僧，如佛教创始人释迦牟尼、格鲁派创始人宗喀巴大师、密宗大师莲花生、噶举派高僧唐东杰布、六世达赖仓央嘉措、第一世嘉木样活佛、阿嘉活佛等传说在民间流传极为广泛。《嘉雅活佛的传奇》、《琼布·旦增札巴》叙述高僧们在化缘或学经时被人轻视，最终显示高强法力折服众人的传奇“事迹”；《班禅、达赖的来历》、《阿嘉为塔尔寺寺主的传说》讲活佛的不凡来历或其传承等。意在宣扬宗教人物神奇“事迹”的同时，也宣传佛教思想和教义，具有教化功能。

---

① ［日］柳田国男：《传说论》，连湘译，中国民间文艺出版社1987年版，第28页。

② 儒学，是一种中国传统社会占据主要地位的理论学说，又是一种宗法性极强的宗教。任继愈先生指出：“儒教成为完整形态的宗教，应当从北宋算起，朱熹把它完善化。”见所撰《具有中国民族形式的宗教——儒教》，载《儒佛道与传统文化》，中华书局1990年版，第10页。

有关弥勒佛、观音菩萨的神佛传说，尽管有宣传佛教因果报应的思想意味，但情节曲折动人，充满了人情味和世俗味。《观音菩萨修行的故事》讲道[1]：

释迦牟尼将弟子观世音转生为兴林国的三公主妙善，让其得道后普救众生，善化万民。妙善长大后一心修行，其父妙庄王知道后大怒，将妙善软禁在后花园，又烧了她修行的白雀寺，但妙善公主志坚如钢，被活活勒死。妙善死后，被地藏王菩萨送还阳世，起死回生，在释迦牟尼指点下，前往南海普陀寺修行，收了善财童子和龙女为徒，又用自己的手眼配成药丸，救了病重的妙庄王，最后升天，被三大佛祖、玉皇大帝封为大慈大悲救苦救难无上灵感观世音菩萨。

这则传说杂糅了佛道儒思想，讲述观音菩萨的转世妙善公主不惧死难、一心修行、最终得道的执着，在歌颂她坚定修行的同时，突出她的孝心和慈悲心，从而使这个神祇形象笼罩上了一层人性化的色彩，易于被民众接受和信仰。

藏传佛教寺院大多供奉有护法神，骡子天王、贡堂拉姆、阿拉白姑、白拉姆、赤尊赞等，都有许多风趣的传说。《骡子天王》讲述道[2]：

骡子天王有五百个儿女，为了养活这五百个儿女，她每天到人间抢别人的儿女回来，供自己的儿女食用。释迦牟尼听说后，十分痛心，用一只金碗扣住了她最小的儿子。骡子天王上天入地，四处寻找，十分伤心，就到释迦牟尼处算卦询问下落。释迦牟尼对她说："你有五百个儿女，只丢了一个就这么伤心。可你知道，人心都是肉长的，你张开血口，吞下别人无数个孩子时，难道人家就不心疼自己的孩子？"骡子天王听后悔悟过来，决心改恶从善，最终修成正果，被封为金刚尊佛母。

---

① 韩生魁等编：《塔尔寺的传说》，青海人民出版社 1990 年版。

② 同上。

传说中的骡子天王虽然是个吃人的恶魔，但爱子之心强烈，被释迦牟尼劝服修得正果，颇具世俗情怀。在贡堂拉姆和阿拉白姑的传说中，两位女神喜欢抢人间青年男子，因而拆散了人间恩爱夫妻，她们身上的世俗化色彩也极为浓厚。

回族、撒拉族、保安族、东乡族中，有《宛噶斯的故事》、《蜘蛛鸽子救圣人》等以阿拉伯文典籍为蓝本，通过口译流传，讲述穆罕默德创教的艰难历程，成为宣传和弘扬伊斯兰教教义的口头教材。《马来迟的传说》、《苏四十三的传说》以真实历史人物或历史事件为背景，进行想象与虚构，讲述其传教事迹或抗清事迹。这类传说赋予人物以神奇超人的力量，睿智坚毅的性格，成为民众理想中的宗教领袖和英雄。

除了宗教人物传说外，一些风物传说的宗教化特征亦十分鲜明。藏区的山峰、湖水、泉水，大都与藏传佛教有关，被视为圣山、圣湖而受人膜拜。以这些圣山、圣湖为中心，形成了若干藏传佛教风物传说圈。阿尼玛卿、念青唐拉、阿米年钦、年宝玉则等山神传说，是人格化了的地方神灵。他们的性格喜怒无常，善恶无定，有时护佑人，有时又给人带来灾害。相传念青唐拉曾变成一条巨蛇，挡住莲花生大师的去路。莲花生用木棍插入蛇腰，揭穿了他的把戏，于是逃入雪山宫中躲避。莲花生以法力使山顶的冰雪消融，变成滔滔洪水，念青唐拉眼看自己的住处将消失无踪，惊恐万状，只好现身，向莲花生大师献礼供养，发誓要遵从上师的教导。莲花生便封他为佛教护法神，起密号为“金刚最胜”①。正是宗教大师们的传奇事迹，神化了这些圣山圣湖和圣地，激起了普通民众的信仰情绪，坚定了他们对圣山圣湖圣地的崇信和对藏传佛教的信仰意识。

文学与宗教同属于重要的社会意识形态，两者关系密切，尤其是对民族民间文学来说，与宗教关系更为密切。一方面，宗教是民族民间文学赖以产生的土壤，是民族民间文学得以产生的催化剂。青藏地区各民族大多有极为虔诚的宗教信仰意识，以浓烈的情感创作了大量带有深刻宗教烙印的人物传说和风物传说。另一方面，宗教的发展离不开文学，正如黑格尔所言：宗教“往往利用艺术，来使我们更好地感到宗教的真理，或是用图像说明宗教真理便于想象；在这种情形下，艺术确是在为和它不同的各

① 才让：《藏传佛教信仰与民俗》，民族出版社1999年版，第95—96页。

个部门服务”①。民族民间传说为宗教的传播提供了重要载体。佛教、伊斯兰教、道教等正是借助民间传说这个通俗易懂的形象教材，来宣传弘扬、传承和扩布各自的宗教思想教义，扩大在民众中的影响力。因此，青藏地区民间传说所呈现出的宗教化倾向，具有为宗教服务的功能，在宗教发展史和青藏文化史上发挥了重要作用。

三 民俗价值

青藏地区各民族的民间传说内容，承载着民众在各个历史时期的思想与文化，堪称是民族民间文化的“百科全书”。各民族的民俗生活是青藏民间传说所反映的重要内容之一。在数量众多的各民族民间习俗传说中，内容涉及饮食、服饰、人生礼仪、节日、生产、歌舞、工艺等各方面，或追根溯源，对各民族历久相沿的风俗习惯的起因或来历进行阐释，或借助独具特色的民间习俗，形象地反映各民族的民俗生活、民俗信仰和民俗心理，是极其珍贵和重要的民俗资料。

藏族《放生习俗的来历》中，地神为了感谢多年给他分饭吃的青年牧民，让他从此听得懂飞禽走兽的语言，诚实、善良的牧民帮助了绵羊母子和马驹母子，治好了国王的病，被选为驸马。国王得知他的经历，下旨让所属各邦全体臣民，都要行善积德，从此，整个高原人就有了放生的习俗。汉族《三十晚夕燃松棚的传说》，说玉皇大帝要火烧西宁城，关公为了救西宁城的百姓，劝人们在三十晚上多点燃松棚，骗过了玉皇大帝，从此留下了三十晚上点松棚的习俗。回族《杂碎铺的红灯笼》中说，康熙爷私访宁夏，吃了马敬龙老汉的杂碎，十分喜欢，赐了他一盏红灯笼。马老汉回到西宁，将红灯笼作为标记招牌，西宁城的杂碎铺家家仿照，留下了挂红灯笼的习俗。土族《“道拉”的来历》中说，土族人在举行婚礼时，唱“道拉”的习俗是由降服恶魔王蟒的鲁氏太太所留。这些传说往往从民族历史、信仰、伦理道德观念等角度出发，对各民族古老的生活、节庆、信仰、艺术等习俗进行了推本溯源的解释，多角度地体现了各民族的民俗生活和文化，反映了各族民众的社会生活和时代精神面貌。

---

① ［德］黑格尔：《美学》第一卷，朱光潜译，商务印书馆1979年版，第130页。

《青海湖水为啥是咸的》[①] 中说，二郎神打不过孙悟空，逃到青海湖边，又渴又饿，叫跟随的童子取来锣锅，捡三块大石头，支起钢叉烧水做饭。童子在开水里下了野菜和盐后，正要下面条，孙悟空追来，二郎神逃跑时一脚踢翻了锣锅，锅里的汤水流进青海湖，湖水由白变绿，由甜变咸，支锣锅的三块石头也变成了湖中的五岛之一。这个情节颇具生活情趣，青海人“三石一锅”的野外饮食风俗在传说中得到了生动展现。《疯爸爸的传说》中说，清真寺斋月后开斋时，要给教民们施舍红枣、麦仁、油香等食品；坐船渡河的撒拉人面临危难时，均头朝西方，口念“阿拉夫”，做临终前的忏悔；疯爸爸去世后，老阿奶将自己仅有的花牛犊送来，让阿訇宰了，打成肉份子，分给全村所有的人。这些情节细致入微地展现了撒拉族的节日和信仰习俗，带有浓厚的伊斯兰教文化色彩。

习俗是最能够体现民族心理与民族特征的。在青藏地区的民间传说中，习俗不仅是其要展现的内容之一，还是塑造人物形象、渲染生活气氛、凸显民族特色的重要手段。在《金城公主》中，金城公主取道青海赴逻些（拉萨）时，她未曾谋面的年轻英俊王子死了，公主遵从吐蕃习俗，嫁给其貌不扬的赤德祖赞。这本与史实不符，但藏族民众借助汉家公主按吐蕃习俗改嫁的幻想虚构情节，塑造了为汉藏友谊做出深明大义之举的公主形象，而赤松德赞王子在周岁宴饮上认汉族亲舅的情节也充分展现了藏族民众对唐蕃联姻、汉藏友谊的认同和赞美心理。

作为口头文学，民间传说由于其叙述的传奇性、随意性和变异性，历来被正统的史学家们排除在视野之外。但不可否认，民间传说是“历史记忆的一种表达方式”，具有储存社会、历史和文化信息的特殊功能，尤其是对那些缺乏文字记载的少数民族来说，更具特殊的价值和意义。在青藏地区各民族文化发展史上，那些数量众多、内容丰富的民间传说是各民族民众口头的历史书和文化书，记载着各民族在各个历史阶段的社会生活、思想观念和精神风貌。各民族民众正是通过一则则生动有趣的传说，认识自己民族和地方的历史与文化，了解自己所信仰的宗教的基本教义，并通过这些传说传承和传播着本民族特有的习俗、心理、伦理道德观和审美情趣。

---

① 中国民间文艺研究会青海分会：《青海风物传说》内部资料本，1987年编印。

第四章

妙趣横生讲“古今儿”:民间故事

民间故事是民间文学的重要体裁之一，广义的民间故事包括神话、传说、故事等所有叙事性散文作品；狭义的是指散文叙事体中除神话、传说之外的传统口头形式流传和保存的、以人与人之间关系为基础的、有广泛社会背景之下完整而富有趣味情节的、表现民众生活思想和愿望的作品。本章所关注的是狭义概念故事，即民间文学中的故事门类[①]。在青藏地区，民间故事又被民众称为“古今儿”、“瞎话”、“闲话”，既有民间故事的总体特征，又有与其他地区不同的个性特征。各民族的生活方式、民俗文化、民族性格、审美理想和信仰心理以及对幸福生活的追求和对美好未来的憧憬，都可以在大量流传的民间故事中得到体现[②]。

青藏地区的民间故事存在有大量的异文。运用民间故事类型研究法来研究青藏民间故事，不失为一种较为有效的科学方法。故事类型是指重复出现的叙述情节模式或母题模式，母题则是指民间叙事中传统的构成故事情节并时常重复出现的叙事单元。任何故事，情节基本相同，母题单元基本相似，只要作为一个独立的叙事被讲述，都可以归纳为一个叙事类型。美国华裔学者丁乃通编著的《中国民间故事类型索引》，是运用 A－T 分类法（阿尔奈－汤普森体系 Arne-Thompson）研究中国民间故事的开山之作。故事类型研究法有利于鉴别相同类型的故事，寻找同类型故事的异文，还方便于研究故事类型在不同国家和地区的分布情况。因此，故事类

① 王娟:《民俗学概论》，北京大学出版社 2002 年版，第 19 页。

② 本章故事除特别注明外，多引自中国民间故事集成《青海卷》编辑委员会:《中国民间故事集成·青海卷》，中国 ISBN 中心 2008 年版；中国民间故事集成《西藏卷》编辑委员会:《中国民间故事集成·西藏卷》，中国 ISBN 中心 2001 年版。

型研究法更有助于对丰富的青藏地区民间故事进行梳理和归类，也有利于挖掘该地区民间故事丰富的文化内涵。

第一节　幻想故事

幻想故事又称为神奇故事、民间童话和魔法故事等。以叙述普通民众的生活境遇和愿望为目的，想象驰骋于天地之间，表现对理想生活、美好爱情和幸福生活的期盼与追求。在青藏高原地区流传的民间故事中，幻想故事数量最多。

一　“青蛙丈夫”型故事

“青蛙丈夫型”故事在青藏各民族中都有流传。故事的第一部分是青蛙的诞生：一对年老夫妻无子，日子过得孤独，很想生个儿子以传承香火。有一天，从老阿奶的大拇指里（有些故事里青蛙是从老太太的膝盖里跳出来的）面蹦出一个癞犊子[①]。老阿奶一看叹了口气说；“我们缺儿缺女，咋生了一个癞犊子?”老阿爷说：“癞犊子就癞犊子，我们把它养着。”谁知生下来的癞蛤蟆，特别能干。给老阿爷送饭，能赶着牛犁地。老两口喧话说：“若有点肉吃多好啊。”话刚说完，癞犊子跳出了门，跳到财主家的羊圈里，钻到羊耳朵里，羊就自动跑来了，还赶来了一头牛。第二部分是青蛙求婚。蒙古族《青蛙孩子》求婚部分很精彩，青蛙孩子骑上一头黑毛驴，去额布力可汗家求婚。青蛙孩子到了汗王前：

> “尊敬的可汗，你把女儿嫁给我吧?”可汗生气地说：“谁会把女儿嫁给你这样的畜生。”青蛙孩子说：“我会向后弯腰。”说着向后弯腰做法术，这样一来，家里所有的人的脖子都贴到了脚后跟上。可汗吓得赶紧恳求道：“好了，好了，青蛙孩子，快停下，我把女儿嫁给你。”青蛙取消了法术，可汗又说：“谁把女儿嫁给你这样的畜生?”青蛙孩子说：“我会向前弯身。”说罢又做了法术，全家人的头就耷拉到了脚尖上。

---

① 癞犊子：青海方言，癞蛤蟆。

> 可汗又反悔了，青蛙孩子又大哭起来，哭得眼泪成了洪水，眼看就要把可汗家淹没了，可汗只好答应了。但是过了一会儿，可汗又反悔了。青蛙孩子大声唱起来，霎时把皇宫震动得快要塌掉了，可汗看到青蛙孩子神通广大，但又不想把女儿心甘情愿地嫁给它，又提出了一个难题。让他三天之内建好一座皇宫一样的宫殿，青蛙孩子也做到了，可汗只好把女儿嫁给了它。

故事结构的第三部分是青蛙婚后生活及结局。不同的异文其结尾有所不同。或青蛙的母亲或妻子急于让青蛙变成英俊小伙子，偷偷烧掉了青蛙皮，结果青蛙死了；或青蛙皮被烧掉后，青蛙变成了英俊小伙子，和父母、妻子过上了幸福的生活。在不同的地区流传的故事有着不同的浓郁的民族色彩和地域色彩。藏族《青蛙骑手》里，青蛙丈夫参加赛马，夺得第一名："年轻的姑娘按往常的习惯，向赛马的胜利者唱歌和跳锅庄，只是姑娘们对这个少年的骑手唱得更热情，舞得更热情，并特别热情地邀请他到各家帐篷喝她们的青稞酒。"

藏族著名故事讲述家里尔甲讲述的《青蛙骑手》是异文之一。青蛙少年的三个愿望是：没有贫富分别、没有官府压迫百姓、有一条路通往仙境。这个体形丑陋、地位卑贱的青蛙少年，来到人间遭受到社会歧视。但他是上天派来的神子，有非凡能力，以哭、笑和跳所发出的震撼力量震惊了土司，娶了三姑娘。他背着妻子，脱下青蛙皮，参加赛马会，成为众人称羡的英雄少年。妻子发现这个秘密后烧掉青蛙皮，酿成了一场无法挽回的悲剧。原来他是"地母"的儿子，带着消除人间灾难宏愿降临人世的。他在人间活动必须有"蛙皮"作保护。没有了蛙皮，只能离开人间。青蛙少年死后，妻子也在极度悲伤中化成了一块"望夫石"。

二　"黑马张三哥"型故事

"黑马张三哥型"是流传于青藏多个民族中比较奇特的故事类型，有《黑马张三哥》、《黑马下的张三哥》、《黑马下的儿子》等。这类故事讲述的是从马腹出生的张三哥在外出寻找妖魔为兄妹报仇的途中，结识了具有非凡能力的石头大哥、木头二哥。他们居住在森林里，每次狩猎回来时，桌上放有热气腾腾的饭菜。大哥二哥在家守候，不知其中的秘密，张三哥窥视到为他们做饭的原来是三只鸽子变的姑娘，于是三兄弟与她们结为夫妻。当媳妇们在家做饭时，九头吸血妖魔吃了家里的肉。大哥和二哥都无法捉住妖魔，张三哥以自己的机智和力量将九头妖魔杀死，为兄妹报了仇，自此，夫妻幸福平安地生活着。

《黑马张三哥》的故事主要集中在中国北方和西部的一些狩猎民族和游牧民族中，青藏高原地区的该类故事就具有代表性。其一，在大多数故事里张三哥是马生出的，马生下了一个大肉球，张三哥就从这个肉球里跳了出来。马在游牧民族中的地位很重要，游牧民族都很喜爱马，甚至把马当作神圣的动物而崇拜。民间故事里的马，有的象征宇宙力，有的象征灵魂的使者等。在游牧文化中，马的象征意义包括神圣、辟邪、权威、天君下降、灵魂使者、祭物和吉祥等诸方面的内容。人是由马而生的，说明主人公不寻常的出身和与常人不同的神性。其二，张三哥的伙伴石头大哥、木头二哥的形象，具有早期萨满教的影子。萨满教相信灵魂不灭，死而复活，人的灵魂还可以附着在自然界的植物或动物乃至于石头、木头等无生命体的身上。这类故事的人物与情节结构在北方民族中都有相似之处。如哈萨克族的英雄坎吉卡拉结交善攀援、顺风耳、大嘴、大力士为兄弟；维吾尔族的艾里·库尔班在征服妖魔的路上结识了陆地巴图尔、戈壁巴图尔、凉面巴图尔、冰上巴图尔等兄弟。藏族多吉占堆在路上结识了磨盘飞腿、搬山大力士、大肚子咽水和听地大耳朵等朋友，战胜了妖魔，救出了妻子。有学者指出，《黑马张三哥》故事和藏族传统故事《尸语故事》互相影响，《尸语故事》中的“马桑兄弟”是直接吸取了藏族的“黑马张三哥”型故事。北方一些民族的“黑马张三哥”的故事又受到藏族同类型故事的影响，随着藏族文化和蒙古族文化在西部和北方的影响加强，最终形成了各民族“黑马张三哥”的故事的形成和流传[①]，“黑马张三哥”故事也成为青藏高原地区乃至于西部典型性的一类民间故事。

三　“狼外婆”型故事

“狼外婆”的故事在世界各地都有流传，法国有《鹅妈妈的故事》中

---

① 刘守华主编：《中国民间故事类型研究》，华中师范大学出版社2002年版，第477页。

的《小红帽》，朝鲜有同类型的故事《日月的由来》，日本有《老天爷的金锁绳》和《姐弟和女妖》。中国的“狼外婆”故事在民间又称为“老虎外婆”、“野人婆”、“虎姑婆”、“熊家婆”等。青藏高原地区流传的“狼外婆”型故事中伤害孩子的大多数都是野人婆、熊人婆。有《野人婆》、《花牛犊儿》、《熊人的故事》、《吃人的狼阿舅》等。故事情节大致是：母亲离家时叮嘱孩子们好好看家，不要给陌生人开门。母亲在路上被野人婆吃掉，野人婆来到这家，自称是孩子们的外婆，骗取孩子们开了门。晚上睡觉时，野人婆吃掉了最小的孩子，它的行为被两个大孩子发现后用计逃出屋外，爬上一棵大树。当野人婆想把她们抓下来吃了时，孩子们又设计弄死了野人婆。

青藏高原“狼外婆”故事呈现出两个方面的教育意义。一是通过该类型的故事，教育儿童要听父母的话，显现了中国传统的教育观念。在故事中，父母总是三番五次地叮嘱孩子们要“好好看守家门，别让生人进来”；“好生看家，把门窗关好，山沟里野物多，当心闯进家门”；或者叮嘱大孩子“好好带弟弟妹妹在家，关好门窗，早早吹灯睡觉，别让外人进家门”。这是民间故事中常见的结构，父母的话是一种语言禁忌，要么遵守禁忌，要么打破禁忌，打破禁忌便会导致一种严重的结果。二是家在民众的心中占有非常重要的地位，家族、家庭是人们生活的中心。故事主要侧重教育儿童识别伪装的恶人，培养看家守门的能力。故事中“好好看家”、“不放生人进门”等教养题旨，是中国传统的宗法制家居规范中重要的民俗启蒙内容。

“狼外婆”的故事结构非常明显地体现了民间故事的共同特点。在《野人婆》中，野人婆来到门前，通过三次敲门，回答孩子们的三个问题，才骗得孩子信任进入家门的。孩子们不相信陌生的野人婆，问了三个问题：

(野人婆说)：“大姐儿大姐儿不要怕，我就是你们的亲阿妈。”

大姐儿说：“你不是我的亲阿妈，我阿妈的牙巴骨没有你的大。”①

① 牙巴骨：青海方言，下颚骨。

> “我的牙巴骨本来尕，路上叫马蜜蜂叮了个大。”
>
> 二姐儿说：“你不是我的亲阿妈，嘴上抹给的血疤疤。”
>
> 三姐儿说：“你不是我的亲阿妈，我阿妈没长大嘶牙。”
>
> 野人婆儿一听，赶紧把大嘶牙用嘴皮子挡住说：“三姐儿三姐儿，你把尕指头伸出来，[①] 阿妈给你个顶针儿。”三姐儿尕，信了野人婆儿的话，把尕指头从门缝塞出去了，野人婆一把就把尕指头拧住了。

野人婆进入家门，骗取了孩子们的信任，晚上把三姐儿搂在怀里睡了，三姐儿叫了起来，大姐儿和二姐儿又问了三个问题：

> 大姐儿二姐儿眼睛才闭上，听见一个疙瘩（头）滚着地下了。“阿妈阿妈阿门了？[②] 灯盏照上了看个吗？”“大姐儿二姐儿灯不要照，我的毛线蛋儿滚掉了。”大姐儿没办法，睡下了。她听见“嘣噔”“嘣噔”响开了。
>
> “阿妈，阿妈，你吃啥着哩？”“我吃你炒下的麻麦着哩。”二姐儿听见“吸溜”“吸溜”地响开了。
>
> “阿妈，阿妈，你喝啥着哩？”“我喝你熬下的茶着哩。”大姐儿知道了，三姐儿的肉叫野人婆吃掉了，二姐儿知道了，三姐儿的血叫野人婆儿喝掉了。

在民间文学叙事作品中，一般为大团圆结尾，善良的、弱小的总能战胜邪恶、强势力一方，无论遇到怎样的挫折和困难，主人公总能取得胜利。这在《野人婆》故事类型里也比较明显。小女孩或小男孩总是能识破野人婆或老熊精所变的老婆婆，想到好办法杀掉老婆婆或成功逃生。

四　“动物报恩”与“感恩的动物忘恩的人”型故事

动物报恩的故事在青藏高原流传较广，大通的《虎皮褂子》、湟源的

---

① 尕指头：青海方言，小拇指。

② 阿门：青海方言，怎么了。

《儿子与蛤蟆》，平安的《老虎报恩》、《白鹤报恩》、《大宝和狐狸媳妇》、《报恩》，黄南的《公宝和多杰》、《养蛇老汉》等故事，讲的是娘儿俩相依为命，儿子每天去打柴。有一天，儿子救了一只被夹在树杈中的老虎。晚上，娘儿俩好像听到推门声。儿子一瞧，发现门口有只羊，他们把羊肉吃了。又隔了几天，老虎又抬来了一头牛。老阿奶多希望老虎能给儿子抬来一个媳妇。没过几天，老虎真的给儿子抬来了一位漂亮的媳妇。老虎说如果有什么麻烦的话，就到山上喊三声虎大哥，就会出现。娘儿俩不知道，老虎抬来的媳妇是一位公主，王宫里到处在找公主，最后在他们家里找到了公主，差役们不由分说，把儿子抓了起来，老阿奶赶紧爬到山顶上，喊"虎大哥"、"虎大哥"。老虎听完，向京城方向大吼三声，不一会儿成千上万的老虎涌向京城。被抓的小伙子听说了这件事，说他自有退虎之法，国王亲自去请小伙子。小伙子来到城外，对领头的老虎悄悄说了几句话，老虎回转脖子，大吼三声，带着老虎撤到后山去了。国王见小伙子有这么大的能耐，连老虎都听他的使唤，就把小伙子召进宫去，与公主结婚。

归纳一下同类故事的情节单元，出现的报恩动物很多，有老虎、蛇、蜈蚣、青蛙、狗等。这类故事在不同的地区流传，就有变异发生，动物角色就有改变。在青藏地区民间故事中，最常见的是蛇报恩故事。人类对蛇有先天的恐惧，以蛇为故事的叙述中心，能增加故事的叙事力量，在其背后则隐藏着民间崇蛇、畏蛇和敬蛇的信仰观念。报恩型故事经常与"毛衣女"、"两兄弟型"等故事黏合在一起，构成了一个丰富多彩的故事群，其结尾是最引人入胜的，善良淳朴的主人公最终在动物的帮助下，战胜了邪恶和强权，实现了自己的愿望和理想。

在"感恩的动物忘恩的人"型故事中，将动物知恩必报的美德与忘恩负义的人品来比较，凸显动物"滴水之恩当以涌泉相报"精神，鞭挞了人性的罪恶。这类故事的叙事建立在动物报恩基础之上。前提是人类给予动物保护或喂养，动物许诺给人类一件宝物，但条件是一切都可以救，就是不能救黑头发的虫子（人类）。主人公违背了禁忌，救了一个处于危险境地的人，而这个人却在关键时刻恩将仇报，致恩人于死地。应验了"什么都能救，就是不能救黑头发的虫子"这条禁忌。故事的叙事模式始终是在遵守禁忌或打破禁忌的二元对立模式中进行。《蚂蚁虫拉倒泰山》

就是这样的故事：

从前，一人家有三个儿子。三儿子叫三旦，入学念书，救活了一只折腿的癞蛤蟆，将它放在土窖里喂养。癞蛤蟆长到箩筐大时，把嘴边的两个蛋送给三旦：“这两个蛋一真一假，不管啥东西死了，用真蛋一挨就活。记住：万样的虫都能救，唯有黑头虫（人）不能救。”三旦在外出时救活了一条虫、一只老鼠和几只蚂蚁，也救活了一个人。被救活的那个人恩将仇报，将他推进地下深洞，随即拿着宝蛋进贡给皇上当了宰相。后来三旦被诬陷入狱。老鼠送食物给他吃，并从结拜兄弟手中用假蛋换回真蛋；蛇咬了皇姑一口，又教给三旦治蛇咬的方子；蚂蚁不但把搅和在一起的谷子和胡麻分开，还集聚在一起将京城外十里的泰山拉倒，使朝廷震动。最后动物们在皇帝面前说明真相，三旦终于当上了进宝状元和驸马，忘恩负义的人被斩首示众。

其实，这个世界上最危险的动物就是人类。一些动物身上所体现出来的美德，要比人类高尚得多。在民间故事里有许多这样的故事，如“义犬救主”、“蜈蚣报恩”、“义虎”、“八哥鸟报仇”、“人心不足蛇吞象”等。在“报恩的动物负恩的人”的故事里，主人公救了几种动物，也救了一个人，动物在恩人遭遇危险的时候，挺身而出，用各种办法营救恩人；而被救的人，却忘恩负义，恩将仇报，几次三番去陷害恩人。故事通过人和动物在同样的背景下不同的品行，以报恩的动物来反衬人类忘恩负义的险恶。民众用这些故事呼唤人与动物和谐相处，重新认识人与动物的关系，以抨击人性的罪恶，唤醒人类的良知。

印度《五卷书》第一卷第九个故事，也讲了一个动物报恩的故事，故事里的主人公分别救了老虎、猴子、蛇和一个人。在主人公遇到危险的时候，老虎、猴子和蛇履行了诺言，通过各种办法帮助主人公，而被救的那个人，为了自己丑恶的私欲，却处心积虑地去谋害主人公，最后自食其果。青藏地区流传的“忘恩负义”型故事和印度故事在内容、故事情节和叙事模式上非常相似。有可能佛教在东传过程中，印度民间故事随之传入，并逐渐地域化而融入当地文化语境，成为青藏地区很有特色的一类民间故事。

五 “狗耕田”型故事

“狗耕田”型故事有时也称为“兄弟分家”型故事，讲述的是兄弟因分家发生纠葛，以弟弟分得的一只狗能耕田并创造奇迹为核心的神奇故事。有湟源的《大黑和二根》、黄南的《白宝儿和黑宝儿》等。兄弟分家，老实的弟弟只分得一条狗；狗能耕田，一外地人不相信这样的稀罕事，弟弟同他打赌取胜，因而变得富有；哥哥借狗耕田，狗不听使唤，将狗打死，后来狗坟上长出有灵性的植物在给弟弟带来好处的同时，不断地给贪心哥哥以无情惩罚。丁乃通《中国民间故事类型索引》，将“狗耕田”列为503A型。

在大多数故事里，哥哥嫂嫂贪得无厌，把弟弟的家产据为己有。在少数异文中由弟弟支配家产，欺负哥哥，分给哥哥一只狗。“狗耕田的故事”现实性成分较多，实际上与各地的家产分配风俗有关。有的地方以幼子为主要继承人；有的地方则以长子为第一继承人；较多的是长子主持祭祖，所以较次子分得略多一点。在生活故事中，常见的是“两兄弟型”故事。一般讲弟兄两个早年丧父母，相依为命。后来哥哥娶了嫂嫂，嫂嫂常常为难并想方设法虐待弟弟，最终兄弟分家。这是生活中常见的现象，农村有“人大分家，树大分杈”俗话，兄弟分家成为民间约定俗成的惯例。在民间叙事模式里，兄嫂总是自私而又霸道，只分给弟弟一点儿财产，夸张说就是“分家分得一只狗”。同情弱小，是人类社会的共同心理，人们同情弱小无助而憨厚老实的弟弟，便赋予故事里的狗以神性，创造奇迹，使弟弟交上好运，又让哥哥嫂嫂吃尽苦头，受到应有惩罚。所以“狗耕田”故事是建立在民间分家风俗基础上的，与丰富而复杂的现实生活紧密相关。

“狗耕田”的故事是民间故事中的精品，深受民众的喜爱，故事以善良宽厚的弟弟因遗产问题上所受不公正的待遇这个现实性社会问题为开头，糅进了狗给弟弟带来财富与运气，给贪心的哥哥给予应有惩罚的幻想性内容，表达了民众“恶有恶报，善有善报”的朴素道德观念。这类故事还发挥了对青少年道德伦理教育的作用，强化了平等的财产观念和兄弟团结的意识；树立同情弱小、互帮互助、鞭挞贪婪的是非观念，具有很高的思想价值。

六　“老虎怕漏”型故事

“老虎怕漏”故事，其历史渊源久远。在《甘丹格言》中的一首格言诗曰：

> 愚者碰到重要关头，一点小事也要恐惧。
> 请看把人错当水漏，老虎吓得心裂命休。

《甘丹格言》是16世纪的藏族学者索南扎巴所作。索南扎巴出生于安多地区，16岁出家为僧，精通佛教经典，获得格西学位，是三世达赖喇嘛索南嘉措的老师。该格言以诗化语言记录了“老虎怕漏”的故事。有学者评论这首诗说：“老虎怕漏的故事，不但在藏族中流传，而且也在汉族中流传。追其根底，盖来源于佛教故事。”德国学者艾伯华也指出该类型的故事历史渊源“涉及到印度”。看来该类型故事是通过佛教和民间边贸往来等渠道传播到中国，在漫长的岁月里各民族对它进行了整合，使其有厚实的生活土壤而受到中国民众的喜爱[①]。青藏地区“老虎怕漏”故事流传范围很大，异文众多。平安县《锅漏》故事讲道：

> 那时候，老两口养着一头好驴。一天，老两口拉着驴溜达，一个贼娃看见了心想：“哎呀！一头好驴，我今晚上把它偷上。”又走了一会儿，一只老虎看见了心想：“哎呀！一头好驴，我今晚上偷上美美儿吃一顿。”到了晚上，贼娃和老虎同时来到老两口的家，贼娃爬在房上的窗台眼里等机会，老虎在墙角根打了个洞，都听见老两口在喧话。阿爷说：“阿奶，我啥都不怕，就怕锅漏。”贼娃听见后吓得从房顶上掉下来，正好骑在老虎背上，老虎想：“这可能就是锅漏”，驮着贼娃就跑。贼娃想：“我骑的就是锅漏”，贼娃吓得摔下来绊死了。老虎跑到洞里把几个虎娃娃用绳子捆在一起，背上就跑，没多远

① 刘守华主编：《中国民间故事类型研究》，华中师范大学出版社2002年版，第94—96页。

虎娃娃被勒死了，老虎也挣死了。

丁乃通《中国民间故事类型索引》把“老虎怕漏”故事列为 A－T178 号。就故事形态来说，有不同的亚型。《锅漏》就是其中的一类亚型。故事中的角色是老两口、老虎和贼。在另一类亚型故事中，附加了老虎和其他动物的结局。故事讲老阿爷误把老虎当成了自己的毛驴，就骑了上去，老虎大吃一惊，以为是锅漏来了，连忙就跑，老阿爷从虎背上摔下来后，就爬上了一棵树。接着：

老虎跑啊跑，碰见野兽就说：“锅漏来了，锅漏来了，快跑！”大家就跟着跑开了。不知跑了多长时间，还是不见锅漏，猴儿灵便一点，说：“锅漏不来，我们还是看个走。”大家一听有道理，就叫猴儿先看个去。猴儿说：“寻个绳子把我的腿绑上，我上树看个去，万一锅漏来了，我就给你们挤眼睛，你们把绳绳拉上了跑。”猴儿爬上了树，没想到猴儿正好上到阿爷蹲的那棵树。阿爷吓得只淌尿尿，正好掉在猴儿的眼睛上，猴儿挤了两下眼睛，大家在树底下见猴儿挤眼睛，以为锅漏来了，拉上绳子就跑开了。跑了一阵子，往后一看，没有猴儿，绳子上只剩下一条后腿。老虎说：“还是锅漏厉害，我们跑得这么快，猴儿还是叫它吃着剩下了一个后腿。”

故事环环相扣，情节紧张，语言诙谐幽默，妙趣横生。其结构是听到漏—害怕漏—证实漏—逃避漏，故事情节的发展是建立在对语言误解上的，运用语言误读表达了喜剧色彩，通过“抖包袱”达到娱乐效果，让人们在笑声中明白一个道理，凡遇到事情都要进行了解和调查，不能偏听偏信，否则就会生出不必要的麻烦，闹出笑话来。

林继富博士指出：“老虎怕漏”故事的传承系统之一，就是以青藏地区为核心的传承系统，该故事常常与王位继承相连（这在藏族该类型的故事里很常见）。出现这种文化现象，与我国青藏高原诸民族长期以来过着游牧流动的生活、封闭的思想观念有关。在自然环境恶劣生产力落后的时代，部落生存、生活改善，往往依赖于某一位力量巨大、智慧聪明的能人，因此要通过智慧和力量考验选拔部落首领时，将能力放在第一位，就像格萨尔大王赛马称王一样[①]。

七　“蛇郎”型故事

在民间故事中，一类是动物精灵多变化为漂亮的姑娘，有蛇女、狐女、螺女、虎妻、天鹅处女、獭精女、鱼精姑娘、兔精姑娘等，在这些动物精灵身上，闪耀着浪漫主义的奇光异彩，又表现出女性对美好生活的追求和对美满婚姻的憧憬。另一类动物精灵幻化为神奇男子，与普通女子结合，代表性故事是《青蛙丈夫》和《蛇郎的故事》。在西方文化中，蛇是邪恶和欲望的象征，原因是蛇教唆亚当和夏娃偷吃了禁果，犯了“原罪”。但在中国民间文化中，蛇却被赋予人性，蛇精所变化的蛇女和蛇郎对爱情忠贞不渝，体现了东方文化和西方文化迥然不同的情感和对动物与人类的伦理思考。中国四大传说之一《白蛇传》中的千年蛇精化为温柔善良的白娘子，与凡人许仙结为夫妻的故事，家喻户晓。《蛇郎的故事》讲的是蛇精幻化为男子，与三姐妹（或两姐妹）中的小妹结成姻缘的故事。这是中国传统文化中的独特民俗信仰，将动物精灵与女性联系起来是中华民族古已有之的观念。

流传在湟中的《大姐和二姐》就是“蛇郎”型故事[②]。这类故事在南方流传较广，西北地区较为少见。故事讲道：

从前，有个有钱汉，家里四口人，老两口和两个丫头。他们家里有一把用银子做成把、金子做成斧的宝贝。拿上这把斧头到山里打柴，不用费劲，就能砍上十几驮柴回家。一天，老阿爷拿上斧头上山砍柴，不小心把金斧头掉进蛇洞里了，他怎么也取不出，就在外面喊：“蛇大哥，蛇大哥，我的金斧头、银把子掉进你的家里了，请你给我拿出来。”蛇在里面说：“若要你的金斧头、银把子，把你的丫头给我做媳妇儿。”老阿爷听了回到家里，把丢掉斧头的事向老阿奶

---

① 刘守华主编：《中国民间故事类型研究》，华中师范大学出版社 2002 年版，第 95—96 页。

② 湟中县文化体育局、民间文艺集成办公室：《青海民间文学集成湟中县卷·民间故事湟中资料本》，1987 年内部印行。

说了一遍。老阿奶听了，熬煎[①]地说："这阿门办哩，这把金斧头是我们的命根子呀。全家人就靠这把金斧头过日子，要回来吧，丫头就得给蛇当媳妇去，要是丫头给蛇当媳妇儿，叫人不放心呀。"老两口愁得连饭都吃不下去了。

二姐看见二老愁眉不展，唉声叹气，就到跟前问："阿大，你俩阿么这么愁呀，遇到啥大事了？"老阿爷只好把实话说了。二姐听了说："阿大，你俩不用熬煎，只要把金斧头要回来，我愿意去给蛇当媳妇。"第二天，老阿爷来到蛇洞，对蛇说："蛇大哥，我家二姐愿意给你当媳妇儿，你把金斧头银把子拿出来吧。"蛇看了看金斧头，舍不得给，它说："若要给你金斧头银把子，你就得让黑老鸹从你家房上一直蹲到我家房上，要不，你休想要金斧头银把子。"老阿爷听了没有吭声，他又熬煎起来了："我往哪儿寻这么多的黑老鸹呀。"他回家把这话告诉了大家。二姐听了说："阿大，你覅熬煎，只要你用木头烧上些灶炭，我自有办法。"老阿爷烧了些灶炭。二姐拿上从自己家的房子一直洒到了蛇窝顶，然后说："阿大，你去要金斧头，黑老鸹已经蹲在上头了。"

蛇又舍不得把金斧头银把子还给老阿爷，就又出了一些难题，二姐都巧妙地化解了。二姐认为说出去的话就要站住脚，就嫁给了蛇郎。后来大姐去二姐家，看见二姐日子过得很滋润，就心生嫉妒。她想了一个毒计，和妹妹去河边洗衣服，趁妹妹不注意，把妹妹推到河里去。大姐穿着二姐的衣服回家了。二姐变成了一只雀儿站在树上哭。蛇郎看着大姐不像，就问了几个问题，都被大姐搪塞过去了。一天，蛇郎去河边饮马，一只雀儿喊："上河里吃水马扎嘴，下河里吃水马栽腿，不让蛇郎的马吃水。"雀儿就把实情告诉了蛇郎。蛇郎把雀儿带回了家。雀儿常在大姐头上屙屎，大姐知道雀儿就是二姐变的，一天趁蛇郎不在，就把雀儿用斧子剁碎，煮成汤，倒在门口。汤又变成了一墩刺，专扎大姐。大姐又把刺烧掉，可烧成的灰又变成了玛瑙，人们把玛瑙都戴在手上，大姐一看，就气死了，变成了地上的没皮脸草，被人们踩来踩去。

---

① 熬煎：青海方言，发愁。

蛇郎型故事属 A－T433F 号。故事情节结构生动有趣，突出表现了妹妹不屈不挠捍卫自己人生权利的执着精神，倾注着民间艺人对主人公遭遇的同情、丰富的情感和智慧，由此而生发出对命运的思考。撒拉族流传着“狗女婿”故事①：

一个老汉有三个女儿，一天有一只狗来求婚，老汉见狗很机灵，答应把大女儿嫁给狗。狗把大女儿领回家。进了屋，狗对大丫头说：“我们煮肉吃吧。”大丫头说：“用什么烧火呢？你这儿又没有柴禾。”狗说：“拿我的粪烧吧。”说着指给她一堆干粪。大丫头听了，用狗粪煮了一锅肉。肉熟了，狗对她说：“你坐在炕上，我蹲在地下，你吃肉，我啃骨头。”大丫头坐在炕上吃肉，把剩下的骨头扔给狗去啃。天黑了。大丫头对狗说：“我睡哪儿呀？”狗说：“你睡炕上，我到窝里去。”

第二天，狗把大丫头送回去了，对老汉说她的女儿太不懂事。要求把二女儿嫁给它。二女儿到了狗的家里，还是和大女儿一个样，狗又把二女儿送回去。最后，狗把三女儿带回家里，三女儿尊重狗，自己拣柴禾煮肉，当狗说让她吃肉狗啃骨头时，她吃惊地吐了一下舌头说：“这哪里像是夫妻呢？还是我们一起吃肉吧！谁也别啃骨头。这样不行的话，那你吃肉我啃骨头！”狗听了非常高兴。天黑了，狗要回狗窝去睡的时候，三丫头说既然是夫妻俩，那就应该都睡在炕上。三丫头发现狗在她睡着的时候，常脱下身上的狗皮，变成一个英俊的小伙儿。第二天早晨，又早早穿上狗皮，变成狗。这回她心里有底了。

又到了天黑，她装着提前睡了的样子。等到狗在自己身边睡着了以后，她悄悄地起来，到门后一摸，真的有一张狗皮。她把狗皮偷偷地藏起来，然后又睡着了。天亮以后，一阵翻箱倒柜的声音把她吵醒了，睁眼一看，是男人在找他的狗皮，她哈哈地笑了。男人一看媳妇

① 循化撒拉族自治县文化馆：《中国民间文学集成青海省循化县卷·撒拉族民间故事》第一辑，1988 年内部印行资料本。

识破了自己的真相，再也不找狗皮了。从此，俩人在一起劳动，过上了和睦的生活。

“狗女婿”的故事和“蛇郎的故事”相比，情节结构缺失了求婚的考验母题和两姐妹（或三姐妹）斗争的母题，在“狗女婿”的故事的结尾，融进去了最为常见的“毛衣女”的故事（即异类婚配的故事），从故事形态来说，是一个复合结构的故事。

在中国民间叙事中很少有那种王子与公主的浪漫故事，而常见的一种模式是追求男耕女织的乡村生活，自然而平凡的爱情理想。当然，中国传统婚姻受到传统礼教束缚等原因，现实生活中爱情的理想有时很难实现，人们就转向超现实即幻想的方式来满足对美好爱情的向往。如果说“蛇郎的故事”用幻想的形式表达了青藏地区民众对于美好爱情的期盼和追求，那么“狗女婿”故事实际上揭示了生活哲理，即夫妻之间是平等的，只有互相尊重，互相爱护，才能使婚姻的花朵永不凋谢，才能过上幸福生活。

第二节　生活故事

一　巧女故事

根据内容，巧女型故事可分两类。一类是机智型的，一类是难题型的。

其一，机智型巧女故事。海东地区流传的“唱家媳妇”，就是属这类富有河湟民间生活气息的巧女型故事，有多种异文。

第一种讲：很久很久以前，新添堡有一户人家，儿媳妇是个性情活泼快乐、喜欢唱歌的女人。她每天担水时唱，在路上时唱，进去厨房时唱，就连烧火时也唱。公公很是看不惯，认为这是在丢他们家的脸。有一天，公公对儿子说：“今天我要论家法，媳妇家在外，没大没小的，唱得外面的人看见多不好！去，把你媳妇叫来，让她跪在地上！”媳妇跪在地上唱着“少年”求饶道：

灶爷的前里论家法，双膝儿跪在个地上；

这一回过了你甭打，从今的以后我记下。

在坐的党家们听了又气又羞，都说：“论啥家法哩，我们在这里论家法，人家那里唱哩，快让她担水去吧。”媳妇担着水桶去担水，前面走的是小叔子，后面跟的是阿伯子。媳妇看见小叔子和阿伯子在监视她，又随口唱道：

柏木的桶桶高拉拉，柳木（俩）安上个把把；
前面走的是尕爸爸，后面是娃娃的大大。

小叔子和阿伯子听了，觉得不好意思，悄悄走开了。

第二种讲：从前，有个媳妇经常当着公公的面唱“少年”，公公没办法，跑到县衙告儿媳妇的状，求县官过堂教训一顿，叫她今后不要唱了，县官就打发衙役去抓那个媳妇。媳妇被带到大堂上，对着县官唱：

进来个大堂抬头看，当堂里坐着个县官；
连升三级做大官，辈辈儿要出个状元。

县官听罢哈哈大笑，对媳妇的公公说：“你的儿媳妇不傻，是个有文才的人，你若把她送到学堂里，读上两三年书后再给你唱，就更受听了。”公公气得二话没说，转身就走了。到了家里，他叫全了家族中的老汉，对媳妇论家法。媳妇跪在地上，对着长辈，就亮起嗓子唱道：

来到家里论家法，小女子当堂里跪下；
这一次爷们先甭打，从今后不唱了记下。

老汉们听媳妇说，从今往后再也不唱了，又怕以后找麻烦，谁也没敢给媳妇论家法，都说改了就好。媳妇见长辈们对她不行使家法，起来后出门就唱道：

今日对小女子论家法，站起个身儿了走开；

以后不唱那是个话，人前头压了个口舌。

众所周知，“花儿”有个别名，所谓“野曲儿”。在很长一段时间里，“花儿”在民俗生活中作为一种禁忌，出现在民间生活中。

庄子里的花儿唱不得，唱时老汉骂哩！

在“花儿”流传的地区，大致有三种禁唱情况。一是不准民众在家中、村庄周围唱“花儿”；二是在某些亲属间禁唱，如父母与儿女、公公与儿媳、兄弟与姐妹，也就是直系亲属异性之间禁唱；三是某些亲戚之间，如舅父与外甥之间禁唱。20世纪40年代陈庚亚在《西北视察记》中说：“无论居民或行人若在近村唱歌曲，执打柳鞭一百二十下。”上述故事中的“唱家媳妇”是一位唱“花儿”能手，她忽视世俗的禁忌，漠视权威和法则，嘲笑了传统社会规则，尽情舒展自己，把合理的人性展现出来。巧媳妇抛却了日常生活的“面具”，不仅要唱“花儿”，而且巧妙地用“花儿”化解了面临的重重危机。故事中巧媳妇不屈的性格，追求自由的精神完整地呈现在我们面前。在湟中还流传着巧女故事的另一类亚型《巧说话的姑娘》：

从前有兄弟九个，最小的老九，人人叫他九爷。九爷有个姑娘很会说话，因为父亲是老九，她说话从不带九字。有一天，九爷的几个朋友商量商量说：“老九有一个聪明的姑娘，说话从来不带九字。我们今天去九个人，九匹马，马上都驮上韭菜，明天是九月九，我们请九爷到高楼上登高喝酒，看姑娘说话带九不带九？”

大家商量罢，就到老九家大门上喊：“九爷在家吗？”不一会儿，九爷的姑娘就出来了，姑娘一看这么多的人和马，就问：“你们找我爹爹有啥事哩吗？”有一人说：“快叫九爷出来，我们看他来了，明天是九月九，请九爷登高喝酒，不知九爷去哩么不去。”姑娘听罢，就朝门内喊：“爹爹，爹爹，快出来，大门上来了三三人，四五马，马上驮的是扁扁菜，明天是重阳节，请你到高楼上喝一杯。”站在门上的人听了，都吐了一下舌头，怪不得人人都说老九家的姑娘会说话，这可是实话呀!

其二，难题型巧女故事。故事的内容一般是公公或婆婆为了考验儿媳妇能否当家，出了三个近乎刁难的难题，可聪明的媳妇却轻而易举地破解了难题。平安流传的《巧媳妇》中讲:

有一个叫巧姐的姑娘心灵手巧，很是聪明，正月里娶过门。公公婆婆听说新媳妇很能干，决定当面试一试。第二天，儿媳妇要去做饭，公公爱吃“猛跳崖”;婆婆要吃“二姑娘摔袖”;丈夫要吃“老虎张大口”，媳妇一一办到了。最后婆婆还要考考儿媳妇，她拿出两丈四尺毛蓝布交给媳妇说:“你凭这些布，给我做一件布衫子、一个被单子，剩余的再给我做一条手巾。”公公一听，两丈四尺布只够一件布衫子，哪里还有被单子、手巾呢?嘴里没说什么，心里埋怨老阿奶不该为难儿媳妇，巧姐抿嘴一笑拿出了房门。

第二天儿媳妇给婆婆拿来了一件布衫子。婆婆拉开衣裳就问:“我叫你去做一件布衫子、一个被单子，还要留下一条手巾，你阿么只做来了一件布衫子?”巧姐开颜笑道:“妈，你老人家把它早上穿起来就是布衫子，晚上盖起来就成了被单子，提起衣襟子，就成了你揉脸的手巾子。”老阿爷和老阿奶一看媳妇实话聪明，两人一合计，就让家里的担子落在了巧姐肩膀上，老两口儿过上了舒坦安闲的日子。

在生活故事里，和巧女故事相对应的是瓜女婿的故事。在中国传统的儒家文化、礼制文化和宗法制度下，几千年来一直强调男尊女卑，夫权为上，所谓的三纲五常是套在妇女身上的精神枷锁。但在民间故事里，妇女的形象总是聪明、机智、勇敢，与之相反，男人的形象是懦弱、愚笨、迂腐，反映了以民间文化为中心的“小传统”与官方文化、精英文化的“大传统”的对抗。在生活故事中，最能表现民间文化精神的莫过于巧女的形象，这在各民族的故事里都有，而瓜女婿则是用隐喻的手法创造出的大传统“隐身”和相反角色。

二　瓜女婿的故事

瓜女婿故事又称呆女婿故事，在生活故事中也是颇为流行的一类。俗话说得好“呆人自有呆福”，瓜女婿言行可笑，但憨厚可爱。内容大多描述瓜女婿由于缺乏日常生活知识，在各种场合说傻话，办傻事，以致吃尽苦头；或拙于礼数的应付，闹出笑话，机械学话而出尽洋相，或误会得胜。汉族的《没记性》、《瓜女婿学话》、《学学问》，蒙古族系列故事《爱尔格》，撒拉族的《咬掉的苹果和煮熟的包谷》、《呆力透》、《是不是瓜女婿》等皆属此类。有时瓜女婿也表现出大智若愚的狡黠和智慧，在撒拉族的《穷女婿要丈人》、汉族的《三女婿献宝》、《不识字的状元》、《孔夫子祖先的门生》等故事中，瓜女婿并非真正的呆子，是真智假愚的艺术形象。流传在河湟地区的《三个女婿夸马》讲道：

丈人买了一匹马，就把三个女婿叫来，要把他的马好好儿地夸个哩。大女婿二女婿是读书人，三女婿是个庄稼人。丈人拿出酒，对三个女婿说：“我买了一匹马，今日把你们三个请来，再没有别的事，就是要你们对个诗句夸我的马跑得快。”大女婿二女婿互相使了个眼色，意思是我两人今日阿么把三女婿在丈人丈母跟前丢给个人。丈人倒了杯酒，先让给大女婿，大女婿接过酒杯说：“我对个啥哩，那我对了就对个。”

水面倒金针，丈人骑马到山中。

骑去又骑来，金针还没沉。

丈人高兴得不得了，连声夸奖说：“大姐夫对的实话好，水面上针放给，就要落水底，我连个蹬冇踩上就回来了，实话形容的快，大姐夫把酒喝上，二姐夫对个。”二女婿说：“大姐夫说了个水，我对个火。”

火上烧鸡毛，丈人骑马到南窑。

骑去又骑来，鸡毛还没焦。

丈人夸奖了一番，顺手给二女婿倒了一杯酒。轮到三女婿对了，他想了半天也想不出，急得满头大汗，没有办法。这时小姨子和丈母娘看他对不上来都笑了，这一笑不要紧，丈母娘不小心放了屁，三女婿马上就编了个顺口溜：

丈母放了一个屁，丈人骑马山里去。

骑去又骑来，屁子还没闭。

丈人听了哭笑不得，只好也给三女婿倒了一杯酒。

俄国思想家、文艺学家巴赫金认为神圣同粗俗、崇高同卑下、伟大与渺小都在民间狂欢中混为一体，狂欢的精神会打破一切等级社会所拥有的东西，它们之间的鸿沟被狂欢所填平。在狂欢中人们否定一切，身份、地位、财产、官衔等，所有参与者都是平等的，不存在传统世俗中对于语言、行为的限制，对于权威的、官方的、上层的、专制的一切可以颠覆和摧毁。尽管这种颠覆和反叛是暂时的，但在一个特定时空中，仍然有意义。在巴赫金看来，狂欢节是颇具复杂的象征意义的一种仪式。“在狂欢中，人与人之间形成了一种新型的相互关系，通过具体可感的形式，半游戏半现实的形式表现了出来。这种关系同非狂欢节生活中强大的社会等级关系恰恰相反。人的行为、姿态、语言，从而在非狂欢节生活中完全左右着人们一切的种种等级地位（阶层、官衔、年龄、财产状况）中解放出来。”① 生活故事就是一种具有狂欢色彩的民间叙事。讲故事的语境是一种虚拟的时间和空间，在这个时空中，讲述者和听众的颠覆特征使得故事带有明显的斗争性。

《喇嘛和能姐》、《农夫和书生赛诗的故事》等，都带有欢快的色彩，揶揄和嘲笑了那种高高在上、自以为是的宗教人物和官方文人。这些故事的斗争性很强，艺术水准高超。藏族、蒙古族的生活故事，其结构和主人公不同于汉族生活故事。藏族许多故事的主人公是国王、皇后、王子和公主等皇室人物以及宰相、喇嘛和上层官僚。蒙古族故事里的主人公以大汗和牧民为多，体现了浓郁的民族特色。

三　民间寓言

民间寓言是一种带有明显训诫意义的、短小精悍的动物故事和人物故

① 夏宪忠：《巴赫金狂欢化文化诗学研究》，北京师范大学出版社 2000 年版，第 66—69 页。

事。其强调寓言的虚构和拟人化叙述，故事结构比较简单短小，目的是要告诉人们一定的人生哲理、生活经验和斗争经验。寓言是文学早期的源头，著名的《伊索寓言》、印度的《五卷书》故事，内容大都是动物故事，对于世界民间故事的发展起了重要的影响。中国早期寓言故事，是诸子百家之寓言。诸子为阐述自己的政治主张，把民间寓言故事吸收到自己的作品中，意在深入浅出、通俗易懂地阐明自己的政治观念和人生哲理。两汉以后寓言形式逐渐转化为笑话一类的故事体裁。万建中博士认为中国汉族文明成熟很早，主要从事农业生产，脱离畜牧业数百年，加之为统一而不断发生兼并战争，造成了不重玄想而重现实的早熟民族心理，寓言在战国时期才出现繁荣的局面，是由于汉族对动物崇拜的心理趋于淡漠，故事不得不退居次要地位。随着儒家成为主流，其所注重入世的、“不语怪力乱神”思想和中庸之道，使得讽刺现实或与宗教有关的寓言被看成荒诞不经、幼稚可笑而缺乏立足之地，于是动物逐渐远离寓言，而纯粹成为动物故事的主角①。

青藏高原地区的动物寓言比较多，民众通过动物寓言来表达生活哲学、传授经验，在讲道理、摆事实时增强论辩的哲理性。《小狼、小豹和狐狸》中讲：

> 小狼、小豹是好朋友，他们猎了一只小山羊，小豹说：“俗话说：出过力的骏马，要放牧在长嫩草的河边；出过力的人，要用高贵的奶食来招待。逮山羊的时候，我出的力最大，按理我应该吃前半身，你应该吃后半身！”小狼说：“那不行！小山羊是我先发现的。如果蓝蓝的夏汛不流，怎得冬天的草料一口。按理我应该吃前半身，你应该吃后半身。”他俩吵得不可开交，竟然打起来了。一只路过的狐狸自愿当公道人。他先扒开山羊肚子吃完了内脏，说是因为内脏引起争吵的。又把山羊分成两半，前半身分给小狼，后半身分给小豹，他俩又吵起来。狐狸又咬又撕吃完了整个山羊，把剩下的四个蹄子均分小狼和小豹，笑嘻嘻地说很公平，大摇大摆地走了。他俩才知道上了狐狸的当。后来又打到一只小山羊，在上面抹上毒药，假装吵架，

① 万建中：《民间文学引论》，北京大学出版社 2006 年版，第 202—203 页。

让狐狸主持公道，狐狸吃了山羊，毒性发作而死。小狼和小豹再也不为分肉而吵架了。

在漫长的历史阶段中，人与动物有密切关系。早期的人类主要是以弱小的动物为食，人们狩猎动物，驯养动物，观察到动物习性与人的本能在许多方面有相同之处，认为动物和人类一样，有感情、情趣、喜好，在它们身上更具有人类所没有的神性，在万物有灵观念影响下，动物可以说话，可以变幻成各种各样的形象，来无踪，去无影，成为人们心中的精灵。小狼和小豹的故事说明了一个道理，朋友之间要团结和互相尊重，不能为了一点小事就争吵，那样会遭致第三方钻空子而吃亏的。

在《香獐、乌鸦和狼》里，香獐、乌鸦和狼结拜为弟兄，并起了“要幸福得像喜鹊的花，要痛苦得像乌鸦的黑（藏族谚语，有福同享、有难同当的意思）”的誓言。当香獐掉进猎人布下的陷阱时，乌鸦设法去救，狼却起了坏心。乌鸦想出主意，先告知猎人，又教给香獐脱身计策：

> “放扣子的猎人来了。你快躺下，我在你的嘴上和眼上啄几下，流出点血后，你就装死，躺着不动。等猎人解开扣子，把你放到一边当儿，你就猛地跳起来往森林里跑。”香獐一听，就感谢道：“大乌鸦，你的恩情，我什么时候也忘不了！那你赶快啄吧。”“哎，你这是什么话，积下粮食是养人的宝，交下朋友是帮忙的人嘛！”大乌鸦不以为然地说着，就往香獐的嘴和眼上啄了几嘴，见血流出来了，便放心地飞走了。猎人赶过来时，一看是只死香獐，高兴得不得了，就解开了绳子。刚一松开绳子，香獐突然跳起来，飞一般地往森林里跑了。猎人奇怪极了，死香獐怎么就跑了呢？他拿起弓箭，就追了过去，在山坡上发现了睡觉的狼，心想：跑了香獐跑不了你，反正别空手回去就行。于是，他急忙搭上箭，“嗖”的一声，一下就把狼射死了。

这个故事的叙事结构和内容与印度《五卷书》里第二卷故事《乌鸦、乌龟和鹿》比较相似，《乌鸦、乌龟和鹿》讲述的是乌鸦、乌龟冒着生命危险，用同样办法救鹿的故事。只不过《香獐、乌鸦和狼》里的狼不像乌龟那样忠实于自己的朋友，而是起了坏心，成了故事里的反面角色。令人惊奇的是流传在青藏高原的同类型的动物寓言中的《香獐、乌鸦和狼》的一些异文的内容，和印度故事基本是一样的，看来彼此的影响是少不了的。

与中原地区不同的是，在青藏地区各民族中流传的寓言中，以动物为中心的故事数量多，类型齐备。特别在藏族中，流传着大量短小精悍、具有教育意义的寓言故事，这抑或是受到印度寓言影响之故。《五卷书》故事集里大多是动物故事，部分故事源于古印度佛本生故事。台湾著名梵文学者糜文开说："印度是最适合发明寓言、动物故事和童话的地方，印度人的轮回之说，讲人兽世界的差异泯灭了，于是动物最易成为故事主角。"[①] 印度和中国西藏的文化交流开始很早，随着佛教的传入，《五卷书》和佛本生故事也自然传入西藏。故事的内容、故事的结构颇受印度民间故事影响。因青藏地区处于中西方文化交流通道特殊地理位置，民间故事在文化交流大背景下，同时具有中原文化因子，又带有明显的西方文化某些因子之故，所流传的故事既有中原地区民间故事叙事共性，又有受印度乃至西方民间故事的结构和叙述影响，凸显出青藏地区流传的民间故事尤其是藏族民间故事有一种"向东"和"向西"的过渡特点。

第三节　机智人物故事

一　禄东赞的故事

禄东赞机智人物故事是基于松赞干布迎娶文成公主的真实历史事件而形成的。藏文文献《〈柱间史〉——松赞干布遗训》、《娘氏宗教源流》、《第吴宗教源流》和《嘛呢宝训集》等，都有或详或略的记载。民间流传的禄东赞故事，包括聪明的禄东赞、智胜婚试、巧离长安、日月山的传说、逃离拉萨、修建大昭寺、青海湖的传说等七部分。其中以禄东赞在长安破解各种难题，为松赞干布成功迎娶文成公主的故事最为精彩，流传最

---

① 糜文开：《印度文学欣赏》，台北三民书店 1953 年版，转引自万建中《民间文学引论》，北京大学出版社 2006 年版，第 202 页。

为广泛[1]：

国王有一块宝玉，形如小盾，光泽耀目，中间有小洞，似蛛网一般，弯弯曲曲，盘旋在里面，一个进口，一个出口，实际上只有一个眼儿。国王把宝玉拿来，要求求婚的大臣们将一根绸条穿入眼里，答应谁能穿通，就应婚。

其他四国使臣恃强先把宝玉拿走了。他们一天到晚趴在案上，用手穿绸条，结果只弄得筋疲力竭，绸条仍无穿通。后来把宝玉拿给禄东赞，并说："我们无能为力了，你试试看吧！"禄东赞在其他大臣穿线的时间里，抓了一个大蚂蚁，每天用牛奶喂养，此刻已有拇指大小。这一天，他把一根丝线拴在蚂蚁的腰上，将蚂蚁放入宝玉洞中，然后不停地吹气，蚂蚁拉着线往里爬，从另一个眼中出去了。他解下丝线，拴上绸条，轻而易举地穿过了。第二天，国王找来一百匹母马，一百匹马驹，让大家认出驹子与母马。其他使者们又没能认出。禄东赞把马驹集中在一处，一整天没给饮水，只让吃草。第二天早上，把母马放进马驹群里。马驹一个个钻入母马肚下吃奶，一次就认了出来。

禄东赞又去求亲，国王说还要比赛。这一次国王抓来一百只大鸟、一百只小鸟认母子。禄东赞就在沙滩上倒了一堆酒糟放鸟儿去吃，鸟儿一对一对，很快认出了母子。禄东赞再去求亲，国王说还要比赛。运来一百根首末均匀的木头，让大家认出哪一头是根，哪一头是梢。其他使臣们一个也没有认出来。禄东赞把木头放进水里，根子较重，沉了下去。这样又认了出来。

这个核心故事母题与巧离长安、日月山的传说、逃离拉萨、修建大昭寺、青海湖的传说等组成了有关禄东赞"连环套"故事，情节曲折动人，诠释了民众眼中一位血肉饱满、足智多谋的人物形象，成为中国民间故事中足以和维吾尔族的阿凡提、汉族的徐文长相媲美的机智人物。汉族中也流

[1] 讲述者：加羊，共和县江西沟公社；流传地区：安多一带；采录时间：2008 年 12 月 15 日；记录人：仁青侃卓、叶森、尼玛太。

传着《禄东赞》故事[①]：

藏王松赞干布派大臣禄东赞到长安，向唐朝的皇上求亲。皇上说："公主可以嫁给你们藏王。但我听人说，你禄东赞的脑子聪明得很，你一个人的脑子顶得上十个人的脑子哩。今儿我设下三道关，你要是闯过去了，我就把公主嫁给藏王。"皇上说完，让人拿来了一颗九曲眼明珠，让禄东赞把一根线穿进去。皇上说他让好多国家的使臣穿过，但没有一个人穿过去。禄东赞请求皇上叫人抓一个蚂蚁虫儿来，禄东赞在蚂蚁虫儿的身上拴一根线，把蚂蚁虫儿塞进珠子眼里。不一会儿蚂蚁虫拉着线从另一边眼里钻了出来。皇上见这一关没难倒禄东赞，说："你把我陪上了到我的马场里看个走。"禄东赞跟着去了。到了马场一看，满草场全都是母马，马驹儿们在母马跟前撒着欢儿。皇上对禄东赞说："这儿有一百匹母马和一百匹马驹儿。你把马驹儿和母马，一对儿一对儿地认出来。"皇上叫人把全部马驹儿圈了起来。禄东赞说："我认马驹儿时要喝点酒，你能让我喝吗?"皇上想，清醒的时候都难以认出来，喝醉了更认不出来。于是皇上让人拿出酒来。禄东赞一边喝酒一边给皇上唱藏歌儿，他高兴得快醉了。过了二炷香的工夫，禄东赞对皇上说："皇上，现在你让人把马驹儿放出来吧!"皇上叫人放出马驹儿，马驹儿在圈里饿了半天，一放出来全部跑到个家阿妈跟前吃奶去了。禄东赞说："皇上，我全部认出来了。"皇上才知道上了禄东赞的当了。

皇上又把禄东赞领到御花园。禄东赞看见御花园里站着一百个穿戴一样的宫女。皇上说："这一百个宫女中就有文成公主，你要是认出来，我就把公主嫁给藏王。"禄东赞看了一会儿，见一个宫女的头上有两只蜜蜂旋着，想起第一天晚上他梦见了两只蜜蜂，这可能是菩萨告诉他，那个宫女就是文成公主！于是他上前拉出那个宫女，说这就是文成公主。皇上见三道关都被禄东赞闯过了，就答应了禄东赞的请求。

汉族中流传的禄东赞故事保留了求婚难题的主要故事母题，但相对于藏族

---

① 讲述人：王陈立，男，蒙古族，69岁，海晏县西海镇。搜集整理：杨淑贞、李启录、才向东、道布加、王玉琮。流传地区：海晏、湟源。搜集地点：西海镇。讲述时间：2008年11月21日。

《禄东赞》故事，比较简短。

二　莫日根台蒙的故事

藏族禄东赞机智故事对蒙古族的影响很大，所流传的美尔根特门机智人物故事，部分蒙古族学者把《美尔根特门传说》中的“美尔根特门”当成卫拉特历史人物莫日根特，即把这一传说与卫拉特历史事件联系起来。但根据萨仁托娅的研究，《美尔根特门传说》中的“美尔根”在蒙古语中意为“聪明伶俐、箭法高超”，“特门”意为“针”。这一名字的来源是这样的：一个无姓无名的老人“有超人的智慧，还有把竖立在半天路程远的大绮针一箭射穿的奇才异能。所以人们称他为美尔根特门”。美尔根特门或是一个没有姓名的孤儿，他绝顶聪明，而且能准确射一百丈以外的香的顶部，成了著名的射手。小时候光着身子在别人家嬉戏，玩得忘乎所以，以至于把人家家里的针夹在自己的股沟里而毫无知觉。所以后人把他称为“美尔根特门”。显然“美尔根特门”这一名字不是真名。也就是说，美尔根特门不是指卫拉特历史上的莫日根特，而是对传说中过人智谋、高超箭法主人公的代称①。

但青海蒙古族中流传的莫日根台蒙机智人物，是卫拉特蒙古的历史人物莫日根特。在故事中，主人公莫日根台蒙替换了禄东赞，故事分为两个部分，一为藏王智娶大唐公主，二是莫日根台蒙复仇。从故事母题分析，两个机智人物故事母题基本相似，蒙古族莫日根台蒙的故事基本包括了禄东赞故事的几个情节单元，故事结构也呈现了“连环套”的故事叙事模式。从故事形态分析，这个故事以藏族禄东赞故事为原型，以蒙古族历史人物为中心，形成了青海海西蒙古族特有的机智人物连环故事。例如破解求婚难题这一段②：

莫日根台蒙看到有这么多的王公贵族来求亲，唐王也很为难，不知应将心爱的公主许配哪家。唐王想到一个好主意。他给前来求亲的

① 萨仁托娅：《在蒙古地区流传的〈禄东赞传说〉之演变》，《中国藏学》2008年第1期。

② 讲述者：帕合玛，女，蒙古族，46岁，文盲，哈勒景村人。搜集整理和翻译：才向东、李启录、杨淑贞、王玉琮、道布加、翻道布加。流传地区：海晏县哈勒景乡托勒乡。搜集地点：海晏县哈勒景乡哈勒村。讲述时间：2008年11月21日。

人们出了三道难题，并承诺哪家解了这三道难题，公主就许配给哪家。

唐王出第一道难题说：“我的马群里有一对青马驹，一个是老骒马下的，另一个是老骒马的马驹三岁骒马下的，请你们分出哪个是老骒马的马驹，哪个是三岁骒马的马驹。”求亲的王公们都没能分出来，莫日根台蒙对唐王说：“尊贵的唐王，你的这个问题难不倒我，只要您能让马群渡河，我就能分出两个青马驹分别是哪个骒马下的。”唐王就让手下赶马群渡河，两个青马驹渡河时，一个是逆着河流渡的河，而另一个则是顺着河流渡的河。莫日根台蒙对唐王说：“逆河流渡河的是老骒马的马驹，顺河流渡河的是三岁骒马的马驹。”唐王听了连连点头称是。

唐王又向众人宣布第二道难题：“我这里有一根白檀香木做的擀面杖，谁能分出哪一头是根部哪一头是顶部就算赢。”莫日根台蒙立即回答说：“这个好办，只要用铁丝栓在擀面杖的正中间，然后慢慢放进水里，沉进水里的一头就是根部，浮在水面上的自然是顶部。”唐王点头称是。

第三道难题是唐王给前来求亲的王公们一人一只羊，要他们从第二天早晨太阳升起时开始到晚上太阳落山时为止，吃完分给个人的羊肉，并将羊皮鞣好。莫日根台蒙早晨起来后，宰了羊剥了皮，煮了肉后，边鞣皮边吃肉，这样到了太阳落山的时候，吃完了羊肉，羊皮也鞣好了，而其他人连半只羊也没吃完，更没有一个鞣好羊皮的人了，就这样莫日根台蒙连过三关，大获全胜。

学者研究认为机智人物禄东赞故事最早起源于藏族，蒙古族民间机智人物美尔根特门故事与青海蒙古族中流传的莫日根台蒙故事，无疑受到了藏族禄东赞故事的影响。藏族传说中禄东赞的主要活动区域是安多地区，卫拉特蒙古曾经也活跃于该地区，显然安多地区是这个传说的核心区域。这样看来，该传说的流传路线就逐渐清晰、明朗了。当时的传说从起源中心地安多地区传入藏族各地区，形成了传说的第一个地区。由于藏族与四卫拉特的密切关系，该传说传入卫拉特区，形成了第二个传说地区。17世纪初，四卫拉特联盟解散时，该传说向第三个地区流传。在这期间，四卫拉特之间产生了矛盾，各自寻找新的生存区域。其中的和硕特部落向东南迁移时大部分定居在青海，其余部分迁移到内蒙古阿拉善等地，相关传说也自然而然地随着人口的迁徙而传播过去。而以土尔扈特为首的西蒙古在向北迁移到黑海附近时，也把传说带了过去。同时，其他部落如阿尔泰乌梁海等部落也保留着该传说。“由此，我们可以大致把握该传说传播的路线和演变的规律，即传说首先由中心地安多地区向全藏区传播；此后，传入卫拉特蒙古地区；四卫拉特解散后，该传说随着各部落的迁徙再次传播到其他地区。”①

三　丹德尔与敏干云登的故事

在青海海西地区流传的丹德尔拉然巴喇嘛的系列故事，属蒙古族机智人物故事。据说丹德尔拉然巴喇嘛出生在阿拉善旗，为攻读佛经离开家乡来到拉萨，最终获得了拉然巴学位②。他精通佛学，能言善辩，多才多艺。因拉萨的喇嘛都被丹德尔嘲笑过，护法神五汗对他很不满，变了法术，想让丹德尔淹死在雅鲁藏布江里。丹德尔知道护法神想陷害他，便抓住护法神的魂魄，塞进袜子里，放在门槛下。一天，跳神的喇嘛要五汗出来跳神，可是怎么也不降神，达赖喇嘛派人去找丹德尔，他拿出袜子，从里面抖出一只白蜘蛛来。从此以后，五汗更加恨丹德尔了。

另一个故事讲的是，在拉萨没有人能说过丹德尔，喇嘛僧人不时遭受他的讥笑和捉弄。大喇嘛不时找碴儿，又因触怒了护法神，被扣上“侮辱神灵”的罪名，给他戴上纸帽子绕拉萨转圈子。丹德尔责问喇嘛，喇嘛无以对答，于是愤然离开拉萨，回到了家乡。丹德尔博学多才，招来神和人的一并嫉妒与陷害，讽刺可谓精妙！《给王爷赶车》讲述道：

有一段时间，丹德尔给王爷当仆人赶车。内蒙古的章嘉呼图克图曾是丹德尔拉然巴的徒弟。有一天，丹德尔拉着夫人、小姐们去寺院朝佛，路上碰见了章嘉，章嘉一见师傅，急忙过来给师傅跪膝叩拜。丹德尔用脚在他的头上行摸顶礼。章嘉问师傅：“师傅，您这是去哪儿呀？”丹德尔说：“怎么说才好呢？如今你的师傅放弃了所学的佛

① 萨仁托娅：《在蒙古地区流传的〈禄东赞传说〉之演变》，《中国藏学》2008年第1期。

② 拉然巴学位：藏传佛教寺院经学学制的一等学位，犹如博士。

经，手拿着皮鞭儿，拉了一车烂皮骚货。”徒弟听了笑得前仰后合，车上的妇人们听了，气得火冒三丈。

如果说丹德尔拉然巴喇嘛的故事是一个“大人物”的机智故事，那么敏干云登的故事则是“小人物”的故事。敏干云登是一个穷小子，总是敢和王爷、大喇嘛斗，最后判别谁是真正的智者。《谁是傻瓜》讲道①：

一年秋天，达尔罕贝勒外出，和敏干云登相遇。一路上老爷装做若无其事的姿态和敏干云登闲扯，但脑子里盘算着：嗯，这一回无论如何也得把这穷小子耍笑一番。想着走着，看见路旁有几棵巴吉贡草，草秆上的黄叶子被风吹落，滚动不止，王爷让敏干云登打听那几棵巴吉贡草要到哪里去。敏干云登二话没说，就挥鞭朝巴吉贡草追去，他在草边煞有介事地转了几圈，返身回到王爷跟前。王爷嘴上问草说了什么，心里想着穷小子一定是张口结舌、狼狈不堪。敏干云登说：“哎呀，那些枯黄的叶子嚷嚷说：走哪里，那是风的主意和决定，停下来，那是洼地的本领，我这叶子的私事跟你们有啥关系，干涉我来的人一定是蠢人，派打问的人是饭桶。”敏干云登说完用嘲弄的眼神盯着贝勒王爷，达尔罕王爷却瞪大了一双眼睛，只是张口结舌地“啊、啊、啊”个没完。

机智人物故事的效果在于强烈的喜剧性和引人发笑，其内容反映了民众对自己命运的思考，在畅快淋漓的笑声后面，表达了对现实的认识。采用讽刺和夸张基本创作方法，用模糊性的语言笑料，讽刺了当权者的愚昧、贪婪和吝啬，成为向统治阶层和权威阶层抗争的有利武器，表达了民众的思想、价值取向、道德观念和社会评价。需要指出的是，并不是所有此类故事都是显示正义性的，在有些机智人物的故事中，主人公依靠自己的小聪明欺负人、捉弄人或搞恶作剧的，以汉族“谎绺子”故事多为常见。故事中的机智人物，或正直，或狡猾，有时候卑微、有时侯庸俗，充分体现了人性的错综，更为全面地反映了生活的复杂。

① 海西州民间文学集成办公室：《青海民间文学集·海西民间故事卷》内部资料本，1990年印行。

四 “谎绺子”故事

青藏地区比较典型的汉族机智人物故事，有“巧姐”（巧姑娘）故事和“谎绺子”类型故事。“巧姐”前已有论，在此不再赘述。“谎绺子”故事，又称为谎溜儿、说谎大王故事，在 A－T 分类法中列为 AT1635 型。这是世界范围内广为流传的著名民间故事类型。我国著名民间文艺家祁连休潜心研究民间机智人物故事几十年，收集了千余篇中国民间机智人物的故事，在其所著《智谋与妙趣——中国机智人物故事研究》一书中，将 AT1635A 型故事命名为“两头哭型的故事”，搜集了 62 篇异文[①]。黄永林根据祁连休所提供的机智人物故事类型异文资料进行结构性的分析，认为 AT1635A 型故事原型最早可能流行在长江中游的湖北和长江下游的浙江，初步推断出这一原型的发源地为湖北中西部，以口头传播为特征，徐文长故事的书面传播对推动这一故事类型的广为流传起了重要的作用，其书面传播呈现出跳跃性特征[②]。此类故事在青藏高原大量流传（如表 4－1 所示）。

表 4－1　AT1635A 型故事异文在青藏高原民族和范围分布表（部分）

编号	来源	流传民族	流传范围
1	青海省平安县文化馆：《中国民间故事集成·平安县卷》，内部资料，第 361、365 页。	汉族	平安县
2	青海省黄南州民间文学集成办公室：《黄南民间故事》，第 425 页。	蒙古族、汉族	黄南州
3	青海省海西州民间文学集成办公室：《海西民间故事》，第 562 页。	蒙古族、汉族	海西州
4	青海省大通县文化馆：《中国民间故事集成·大通县卷》，内部资料，第 262 页。	土族、汉族	大通县
5	青海省湟源县文化馆：《中国民间故事集成·湟源县卷》，内部资料，第 171 页。	汉族	湟源县
6	青海省民和县文化馆：《中国民间故事集成·民和县卷》，内部资料，第 232 页。	汉族、土族	民和县

① 祁连休：《智谋与妙趣——中国机智人物故事研究》，河北教育出版社 2001 年版，第 628—630 页。

② 黄永林：《一个机智人物故事的原型与流传——AT1635A 型故事的中国原型探寻》，《华中师范大学学报》（人文社会科学版）2002 年第 3 期。

根据异文的相似度和多少来判断一个故事的来源、原型和流传路线，虽然有一定道理，但不尽严谨，因为故事异文在搜集整理中不一定也不可能得到全面搜集，加之流传在口头的异文总是不断处于变化当中，一类故事的异文永远也搜罗不尽。所辑录的故事与口头在民间流传的故事，在数量上有很大差别，又缺乏文献资料记载，故事类型的历史源头与流传历史也无法得到确认。因此就青藏地区的此类故事而言，无论是其丰富性还是流传区域以及多民族流传的特点来说，尚无法得出来自湖北的结论。

AT1635A 的基本情节单元是：［哄人］某恶作剧者告诉（a1）一位母亲（a2）他的伯母（或姨妈）（a3）他的雇主（地主、财主、老板）（a4）他的岳父（母）（a5）他朋友的妻子（a6）他的妻子，说（b1）她的儿子或丈夫落到河里淹死了，或（b2）从山崖上坠下受伤或摔死了，或（b3）在路上得了急病。（c）她母亲或父亲死了，或得了急病。（d1）她儿子或丈夫在抓鱼时受了重伤，（d2）打猎时被野兽咬死。（e）她的庄稼被水冲走。被作弄者悲惧交集，一路哭着来到所谓出事地点。

AT1635B 的基本情节单元是：说谎的人（智者）因（a）不认识的人埋汰他（a1）批评他（a2）打赌（a3）开玩笑等，被说谎的人骗去（b1）骡马（b2）皮袄（b3）卖的货等，（c）打官司，被骗的人输官司，（d）说谎者\智者退还所骗东西，教训对方。

AT1635C 的基本情节单元是：说谎的人（智者）与别人较量智慧（a1）打赌（a2）故意谦让（a3）装做输掉等，骗对方（b1）（上马）（下马）\（b2）（进门）（出门）\（b3）（掉进河里）等，（c）给对方一个教训。

三个亚型的故事情节不一样。但从青藏地区这种故事类型的异文来观察，第一种亚型较为少见，第二种、第三种故事亚型较为常见。第一种亚型的故事内核多为恶作剧的类型，把快乐建立在别人的痛苦之上，是为人不善的类型。在青藏地区流传的这类故事，通常的结尾都是通过给说谎人自己的聪明才智、能言善辩，给予对方（往往是对说谎人或智者不尊敬的、趾高气扬的或自以为是的陌生者）以教训，带有道德训诫的寓意。从青藏 AT1635 故事与中原 AT1635 的不同亚型与异文相比较，青藏的 AT1635 故事的叙事更遵循传统的道德观与善恶观，尽管这种叙事通过在幽默诙谐的情节与气氛中讲述，但故事的流传符合传统的文化语境。在大量的异文中，很少见到藏族的此类故事。这可能与藏民族传统文化有密切的关系。藏族对说谎、恶作剧等行为所不齿，其民族性格多直来直去、质朴而善良，深层的文化传统对故事的讲述也许有制约的作用。毋庸讳言，在汉族机智人物徐文长故事中，的确有那种与传统道德所抵触的内容，可以看出，并不是所有的机智人物故事都显示其正义性，相反，靠自己的小聪明欺负人、捉弄人或搞恶作剧故事，汉族“谎绺子”故事就是典型一例。

第四节　青藏地区民间故事的特点

一　悠久的故事叙事传统

讲故事是人类生活中一项不可缺少的文化活动，特别是在前工业时期更是如此。《五卷书》开篇讲道：有个国王年老体衰，原想让他的三个儿子继承王位，但是国王面临的困境是三个儿子都非常愚蠢，无法指望来治理国家、统治人民。宫廷之内，满朝文武没有任何人能够解决这个问题。结果是由一个八十岁的婆罗门通过讲故事来解决这个重大的难题[1]。《一千零一夜》故事开头讲，残暴的国王一天要娶一个姑娘，第二天姑娘就被杀死，宰相的女儿山鲁佐德为了让自己的姐妹免遭厄运，嫁给国王。她每天夜里给国王讲一个故事，讲了一千零一夜，故事达一千零一个，最后使国王幡然醒悟。

讲述故事就是增长智慧和延续精神生命。在民间社会，特别在前工业时代，这是传达信息、教育子女、自娱自乐的一种文化传统。青藏地区相对于内地而言地广人稀，口头传统在民众生活中的重要性，特别是在传授生活经验，丰富社会生活，维系精神信仰等方面，其作用远比生活在现代媒介语境下的人们重要得多。加之农牧经济的相对欠发达，在民间文化生活中讲故事的文化传统保留相对多一些。

在藏族地区，能言善辩与会讲故事者颇受尊重。一些寺院有每年邀请故事讲述家给僧人们讲故事的传统。英雄史诗《格萨尔》在现代语境中，不断地在从民间故事、传说中汲取养分，像滚雪球一样，篇幅越来越长，内容越来越多，其原因与民间社会重视口头叙事的传统有关。撒拉族民间盛行讲故事、学故事，以至于在妇女群体中形成了会不会讲故事，是衡量

---

① 万建中：《民间文学引论》，北京大学出版社2006年版，第55页。

一个人文化素质高低的标志的看法。谁会讲故事，谁讲的故事最多、最好，谁就会受到普遍的尊敬。这是撒拉族在历史发展进程中对本民族进行传统文化教育的方式之一，长辈们把给青少年讲述故事当作应尽的社会责任，少女们学故事是她们出嫁前的必修课。出嫁前的少女们有三忙：一是做饭忙，二是做针线忙，三是学撒赫稀（出嫁歌）忙。每年撒拉族一到秋后农闲季节，准备出嫁的少女和其他孩子们，一到晚上不约而同地来到会讲故事的老阿奶家，在核桃树下，在房檐的月光下，在热炕头的青油灯盏下围成一圈，开设讲故事的课堂。老阿奶或低声吟诵，或夹叙夹议，或感叹或激昂，起伏有致，把故事讲得生动活泼，津津有味，极有感染力①。

二 丰富完备的故事类型

故事类型分析法和民间故事类型学是研究民间故事比较有效的研究方法。青藏地区的民间故事异文非常多，所流传的民间故事类型丰富且非常完备，一些国际性的民间故事类型《灰姑娘》、《寻找失踪的公主》、《画中女》、《狼外婆》、《蛇郎的故事》、《找幸福》、《云中落绣鞋》等故事类型，在青藏地区各民族中同样流传。《黑马张三哥》、《青蛙丈夫》、《蟒古斯的故事》等故事类型比较独特；藏族的《尸语故事》，是典型的“连环套”故事类型，这种故事类型在汉族民间故事中并不常见。因此，不论是数量众多的故事，还是丰富完备的故事类型，青藏地区是民族民间文化的富矿区，而民间故事又是这富矿中的瑰宝。

由于青藏地区的故事类型丰富而完备，其三段式结构叙述方式亦普遍存在。在民间故事情节发展过程中，叙述主人公的行为时，往往要经过试三次、做三次、打三次、问三次、重复三次才能达到目的，并且同时出现三个兄弟、三个新郎、三只动物、三种危险、三个问题、三个考验、三年又三月、三天三夜等，这种普遍的叙事结构特点，被称为三段式或三叠式结构，使故事在三段式的结构中层层推进和加深发展故事情节。青藏地区的三段式故事结构表现为以下三种形式。

---

① 韩福德：《撒拉族民间故事序言》，载《中国民间故事集成青海循化县卷·撒拉族民间故事》第一辑，第2页。

第一种是纵的关系，体现为时间上的三段式叙述。在《野人婆》故事中，孩子们反复把伪装成老婆婆的野人婆，与自己的亲阿妈外貌特征作了比较，故事叙述的前后关系体现为时间的前后关系：在白天，野人婆伪装成老婆婆哄骗孩子开门，结果最小的孩子把门打开了；在夜晚，野人婆吃掉了幼小的孩子，老大、老二明白后想方设法逃离出去；第二天野人婆还要吃躲在树上的两个孩子，被孩子们机智地制服和打死。

第二种是横的关系，表现为空间上的三段式叙述。藏族的《寺院里的菩提树》就是典型的“三根魔须”型故事，故事是按不同的空间次序展开发展的：寺院需要菩提树叶—印度有菩提树—鸟儿衔来树叶放在山沟—千户派人送到寺院。说喇嘛寺要盖大经堂，需用十万片菩提树叶装裱，要在三个月内筑成接待香客，这个艰巨的任务最后落到了完德娃（藏传佛教寺院里初学佛教的小学生）身上。他听从鸟儿指点一直向南走，途中打死了吃鸟的毒蛇，大鸟从印度的菩提树上背来了十万片树叶堆在山沟里；又听到喜鹊母子的对话治好了千户老婆的怪病。千户为感谢完德娃，派三百人马把满山沟的菩提叶送到了寺院。从此长在印度的菩提树，也在安多喇嘛寺院里生长开了。

第三种是时间和空间结合的三段式，这种类型最多，在叙事中时间和空间有机结合在一起。故事从开端、高潮到结尾，显出明显的层次感，情节发展起伏有序，既严格地按照时间、空间的结构展开想象表现现实生活，又符合听者需要听得明白，记得住对传统故事的叙事要求。再者，不论是表现在时间上的三段式，还是表现在空间上的三段式都是重复叙事，这样克服了时间上的有限性，满足听者对于叙事时间的永恒感受，还有利于充分展示生活中的矛盾冲突、人与人之间的恩怨纠葛，在反复和并列中深深地喻示着作者的爱憎情感，寄托着理想愿望和对世间事物的评价。

三　多民族文化交融的结晶与多元文化的载体

青藏地区流传的故事，除了少数故事在某一两个民族中流传外，许多故事类型在多个民族中都有，体现了民族文化的多元性特点。其原因在于：

一是故事同源。每个民族的形成都经历过同化和分化过程。历史民族在迁徙过程中，必然带着已有的物质财富和精神财富，进入新的生活区域，必然流传相似的故事。二是故事同境。同境是指民族所处的环境相同。由于相同的自然环境和生活条件，故事情节大同小异、不谋而合的现象是常有的，相似的故事，都不能用“同源”来解释。三是相互交流。民间故事有很强的生命力，尤其是一篇优秀的故事，绝不会只停留在出生地而不移动。它能够突破山河的阻隔、语言的障碍，不翼而飞，在广阔的空间流传①。生活在青藏地区的各民族，在创作、传承不同的故事时，汲取不同民族的故事，使之本土化、民族化，把他民族的文化有机地纳入自己民族文化系统中，融进本民族的感情和智慧，结合自身的文化生态特点，形成丰富而灿烂的本民族民间故事。

民族文化的多元性，体现在历史长河中，在某一时间段，各民族彼此影响、彼此学习、借鉴，彼此融合、涵化，汲取有利于自身文化发展的优秀文化因子。随着民族间的交流逐步加深和扩大，各民族相互吸收彼此的优秀文化成分，逐渐把自己民族的文化锤炼成具有竞争力的文化。青藏地区的各民族成为华夏多元一体格局中的一元，不同民族的文化也成为中华民族多元一体文化中不可缺少的一部分。国家认同、民族认同观念实际上在民众的认识中早已有所体现。流传在青海海西蒙古族藏族自治州的《七兄弟》民族故事就明显地体现了这种认同②：

很久很久以前，有一位母亲养了七个儿子。老母亲去世后，七个儿子商量：“我们干脆把母亲的尸体分了。”一个儿子说：“我要头！”说着就拿走了母亲的头。后来他成了汉族的祖先。因而汉族常常掌握政权，当多数人的头领，是因为他拿了头的缘故。另一个儿子说：“我要心脏！”便拿走了母亲的心脏。他后来成了藏族的祖先，藏族人的性格很勇猛顽强，这是因为那时候拿走了心脏的缘故。一个儿子说：“我要右手！”便拿走了母亲的右手。他后来成了哈萨克的祖先。哈萨克骑马的时候，无论男女老少，经常在右手拿鞭走。这是拿了右手的原因。还有一个儿子说：“我拿左手！”说着，拿走了左手，他

① 马学良等主编：《中国少数民族文学比较研究》，中央民族大学出版社1997年版，第250页。

② 海西州民间文学集成办公室：《中国民间文学集成·海西民间故事》内部资料本，1990年印行。

成了蒙古人的祖先。蒙古人很老实就是那个原因。其余的两个儿子，每个人各拿了一条腿，他们后来也形成了另外两个民族。

在青藏地区多民族中流传这样的故事有很多，能明显感受到生活在这一块土地上不同民族血浓于水的深厚感情。

青藏地区民间故事的丰富性和多民族性特点，体现出多民族文化的多样性和多元性。每一个民族在其形成的过程中不断地吸收他民族民间故事文化的优秀因子，改造融合于自身的文化体系，渗透在生产、生存、生活与心灵诸方面的口头与物质文化中，使自身的文化能够适应并参与民族生存的竞争，因此单一的民族文化也表现了多元性与多样性的特征。汉族、藏族、蒙古族等人口众多，历史发展比较长，有自己的文字，文化传统悠久；一些人口数量不多的小民族，由于自身所处的地理因素和历史条件影响，没有本民族文字，在其他强势文化（主要是汉文化）影响下，仍保持了自身一致认同的生存状态、生活方式和思维方式的独有文化，在行为或是内隐在精神、心理、观念上，通过口耳相传的方式，以民间故事形式一代代传承下来。

总体上，多民族多元文化的厚重、博大及其历史的深邃和内涵，都毫无例外地反映在本民族生活、信仰、心理、风俗等带有民族文化印记的民间故事中。青藏地区的多个民族世世代代和睦相处，彼此之间互通有无，呈现出你中有我、我中有你的多元文化交融的文化特征，民间文化中的民间故事自然也有这样的文化特质。“黑马张三哥”、“青蛙丈夫”、“狗耕田”、“灰姑娘”型故事，在汉族、藏族、土族、回族、蒙古族等多个民族中都有流传，很难说清这些类型化的民间故事到底最早产生于哪一个民族，也不能把它归属于某一个民族所独有，只有一种解释，即不同民族在文化交融与互动中，共同享有这些文化财富。当然也不能忽视其个性特点。虽然这些类型的民间故事有相似的情节结构和故事内容，有较为相似的母题单元，但是对照流传于不同民族中的同一类型故事异文，就会发现那些异文都存在有不同的民族风貌。青藏地区各民族民间故事就是在民族个性与多民族文化交融共性中绽放异彩的。

第五章

情才飞扬:民间歌谣

青藏地区民间歌谣是各族民众集体创作、集体使用、集体传承并反映青藏地区文化和社会生活的口头文学样式，有鲜明的曲调特征和较强的抒情性，也有多重认识价值和社会文化功能。和其他艺术形式一样，青藏地区的民间歌谣源自劳动，并与民众的生产生活相依相随，真实而快捷地表达着他们的心声。收割处，“男女老幼涌向田间，麦浪滚滚欢歌笑语”[①]；擀毡时，“挥起闪动的铁环，把青稞粒般的毛蛋，梳理得平整又松软”；婚礼上，“亲朋好友畅开怀，又恭喜来又发财”；祀典中，“虔诚敬社稷，祷告向神灵”。皆是“出于心性，激于真情，各具声态而纯属天然”的作品[②]，深得各民族喜爱。

第一节 “花儿”与花儿会

一 “花儿”概说

“花儿”是中国西部特有的民歌形式，如同奔流不息的江河之水，唱响于巍峨昆仑山下。这种极具地域特色的民间歌谣以其悠久的历史传承、丰富的吟咏主题、独特的演唱形式和深厚的文化底蕴，成为一朵盛开于大山乡野、影响一代代憨厚淳朴民众的奇葩。是民众心上的“少年”，也是学者眼中的标志性艺术精品。

---

① 本章歌谣多引自中国民间歌谣集成《青海卷》编辑委员会：《中国民间歌谣集成·青海卷》，中国 ISBN 中心 2008 年版；中国民间歌谣集成《西藏卷》编辑委员会：《中国民间歌谣集成·西藏卷》，中国 ISBN 中心 2001 年版。凡征引本章的歌谣不再作具体的注释。

② 万建中：《民间文学引论》，北京大学出版社 2006 年版，第 226 页。

赵宗福博士指出：“花儿是流行于西北甘青宁新四省区，汉族、回族、土族、撒拉族、东乡族、保安族以及部分藏族、蒙古族和裕固族等九个民族的民众用汉语演唱的一种民歌。”[①] 从万物复苏的阳春三月到姹紫嫣红的炎炎夏日，从草长林密的大小山峦到麦浪滚滚的碧野田间，“花儿”就像来自雪山的一股清泉，浸润着民众沧桑的心坎，描绘出一幅撼人心魄的生活画卷。拔草妇女们“尕马儿你拉回了来，拉回了欢来”的心语里，蕴含着对理想生活的希冀、思念出门人时内心所隐藏的深深忧伤，这种情愫好似一场滴落于大地的绵绵细雨，使太阳逝了光芒，听者断了心肠。牧者高歌“上去个高山望平川，平川里一对儿牡丹”时，歌喉里燃烧着青春的激情和对爱情的憧憬。“花儿”是歌，更是诗，悠扬婉转的曲调、率真朴野的语言、直抒胸臆的表达，陶醉了听者，亦陶醉了歌者：“花儿本是心上的话，不唱是由不得个家。”在青藏地区，人人熟悉“花儿”的唱法，生就一副唱“花儿”、漫少年（习惯上，民众称花儿为“少年”）的好嗓子，他们用歌声尽情表达着对生活的认知和对理想的追求：

高山岭上的鹿羔娃，它在个山尖上站哩；
刚刚断奶的憨娃娃，满嘴者花儿哈漫哩。

“花儿”是普通民众生活乃至生命的一部分，虽“蓬首素面”，却“不掩国色”，有相对的自足性和顽强的生命力[②]。每一首“花儿”的吟唱，恰似一次人与天地之间的交流和对话，民众世代的快慰与忧伤皆来自这份绵绵心肠，直到今天保留着其真挚朴野之风。

从流行区域看，“花儿”扩布极为广泛。传唱“花儿”的多个民族尽管在语言文化、宗教信仰、生活习惯等方面有较大差异，但只要提及“花儿”，都能求同存异，人人喜听喜唱，在认同和见解上达到高度的和谐统一，基本上都用汉语方言来演唱。像“清茶不喝了奶茶喝，渴死了凉水哈覅喝”这样在句法上宾语前置的唱词，体现了凡是能说汉语的各

---

① 赵宗福：《西北花儿的研究保护与学界的学术责任》，《民间文化论坛》2007 年第 3 期。
② 李言统：《花儿》，《文史知识》2006 年第 2 期。

民族民众，都习惯于方言表达情感和喜欢喝热茶的共同饮食习俗。这是一种不同民族之间多元文化相互碰撞吸收、交流融汇，逐渐整合而成的文化共享。赵宗福博士认为，"花儿"这种民间艺术形式成熟并流行于明代[①]，传承至今，可谓年代久远矣。

二 "花儿"的基本内容

从咏唱内容看，"花儿"涵盖的范围从神话传说、历史故事到宗教人文、民俗风情；从天文地理、自然风物到山川草木、花鸟鱼虫，无所不包，无所不容。其基本主题大致有二：

其一，礼赞生命，歌唱青春。人生中最为多彩难忘的一段时光，是少年时期——心灵阳光、朝气蓬勃，充满着希望和对未来的憧憬：

> 脸如银盆者手如雪，黑头发赛过了丝线；
> 小嘴是樱桃者一点点血，尕妹是才开的牡丹。

用细致笔法描绘出了少女的青春美丽，光彩照人。

> 尕妹好比个嫩白菜，一指头儿弹出个水来。

青春和生命如同新长的白菜般娇嫩，朴素而又单纯，富有生机和活力。

> 花儿里赛不过藏金莲，人里头好不过少年。

提醒人们，青春易逝，韶华难留，要珍惜时光，有所作为，不虚此生：

> 年轻的时候草尖上飞，老了时再不会后悔。

其二，诉说衷肠，表达男女之间的深情爱意。有人认为"花儿"是情歌，是因为爱情题材占绝大多数。有表达年轻女子情窦初开、大胆追求

---

① 赵宗福：《花儿通论》，青海人民出版社 1989 年版，第 59—70 页。

朦胧爱情的:“十七十八的人人爱,恐怕是婆家里娶来。”有不畏外界各种压力,坚决捍卫美好爱情的:“宁叫皇上的江山们乱,嫑叫我俩的路断。”对爱情的真诚专一是最为闪光的内容:“维你者半路里起二心,太子山倒插在海中。”堪与汉乐府民歌《上邪》相媲美。还有许多表现恋爱双方天各一方,诉说相思之苦的:“疼烂了肝花者想烂了心,望麻(瞎)了一对儿眼睛。”歌者如泣如诉,凄婉幽怨,听者无不触景生情,潸然泪下。

三 “花儿”的艺术特征

“花儿”在艺术上最突出的特点,在于抒情过程中总是借助具体的物象来起兴或作比较,从而形成了与《诗经》类似的比兴现象。男女青年在初次见面或搭话时比较拘谨害羞,心里有话难以启口,加之双方还保持一定的空间距离(女子在田间锄草,男子往往站在田埂对面),各自的心意不好直接说出,先唱他物,后回归到歌者内心本意,用歌声来表情达意:

> 红嘴鸦落给了一河滩,咕噜雁落在了草滩;
> 拔草的尕妹妹坐塄坎,活像是才开的牡丹。

唱词里以“红嘴鸦”、“咕噜雁”、“草滩”皆为起兴、类比,以此引出颂扬对象——尕妹是春天里才开的牡丹,美艳动人而又光彩靓丽。这种比兴除了形式上的意义外,还有特定的文化意蕴和特殊的象征意义。如“牡丹”、“鸟”、“鱼”、“云”、“雨”等物象,暗含有两性婚媾的意味:

> 东山拉雾西山开,后山里下着个雨来;
> 给阿哥做下的花鞋垫,老妈妈睡着时你取来。

老妈妈睡着之后悄悄到家里来取鞋垫,语句含蓄,约定在夜深人静之时相会,其目的不仅仅是来取一双花鞋垫。将男女爱恋作为人性正常欲求加以表现,炽烈大胆,没有丝毫扭捏作态之势,也无虚伪油滑之处,单纯明净、真挚率真,某种意义上是对传统礼俗的一种反叛。正如刘经庵在

《歌谣与妇女》中所言："这是男女们赤裸裸地把彼此恋爱的心情，真挚地、自然地、放情地歌唱出来的，较之一般文人做的什么闺怨哪、什么思春哪，要高尚多了。"①

"花儿"的唱法与曲调有关，曲调有一专门名词曰"令"。据粗略统计，河湟地区有上百种"令"。按流行地区分"河州令"、"湟源令"、"川口令"、"循化令"、"互助令"、"西宁令"等；按演唱民族分"土族令"、"撒拉令"、"保安令"、"东乡令"等；按所唱衬词分"白牡丹令"、"尕马儿令"、"花花尕妹令"、"好花儿令"、"绿绿儿山令"、"杨柳儿姐令"、"水红花令"、"咿呀咿令"、"沙燕儿绕令"等。每一种令都有其唱腔和旋律，形式上与元曲中的曲牌极为相似。

四 花儿的表演时空：花儿会

民间自发形成的花儿会为"花儿"提供了一处绝佳的表演空间。花儿会的形成一般与庙会、传统节日关系极为紧密。很多寺院庙宇建在风景秀丽的山间，远离世俗尘嚣喧闹，清静宜人。每逢农历二月二、四月八、五月端午、六月六等传统节日，寺庙都要进行大规模法会，如晒佛、浴佛、驱魔、辩经等，届时有四乡八方的善男信女前来瞻仰膜拜、敬香还愿，小商小贩、卖艺杂耍的也和游客一道赶来，俗称"观经"、"赶会"。赶会者们徜徉在花红柳绿、鸟鸣嘤嘤会场，使人春情萌动，不禁引吭高歌。花儿会就产生在这种神圣与世俗交织的场所，为生活奔波劳累困顿了多时的人们，陡然间增添了一种原始生命粗犷朴野的冲动和豪情：

> 天不下雨者雷干响，惊动了四海的龙王；
> 过路的阿哥好声嗓，有心了我俩人对上。

起初，彼此陌生之人先用歌喉搭讪相识，若能对上歌，志趣相投，瞬时感情的距离拉近，气氛也趋于宽松融洽：

---

① 转引自苑利《二十世纪中国民俗学经典》（史诗歌谣卷），社会科学文献出版社 2002 年版，第 89 页。

胡麻花开下的一片蓝，俊不过山里的牡丹；
尕妹的跟儿里坐一天，喝一碗凉水者喜欢。

若此一唱顿生好感，双方一改之前的羞赧，进而坦率大胆起来：

杨柳弯弯弯杨柳，五月端午的绣球；
你和阿哥我当两口，好日子还在个后头。

对爱情的渴求与热烈不言而喻，有的甚至达到了迫不及待的地步：

早晨里邀着个媒人来，晌午里送着个礼来；
后晌里借着个驴车来，擦黑儿我把你娶来。

短暂的相识进而相知，两个情投意合的人自然走到了一起。歌中竟然包含了传统婚礼中“六礼”程序，着实让人拍手叫好。当然其中也不乏失意败北者，却不气馁，不赌气结怨，而是好聚好散，况且花儿会年年有、处处有：

互助的二月二没赶上，大通的老爷山浪上；
这一首唱完再不唱，留在个明年的会上。

日薄西山，倦鸟归林，但很多的年轻人忘记了时间的流逝，依旧在纵情放歌，如痴如醉。人神共娱的庙会活动为多情者追寻伴侣的不懈行动提供了十足的合法性：

红白的经幡峨博上插，手拉手佛跟前跪下；
三世的夫妻把誓发，四世里还不能罢下。

人们暂时远离了繁忙和困顿，歌唱爱情，赞颂神灵，还赞美自然，倾诉对大地母亲的爱戴和恩情。在曲径通幽的深山里，在泉水叮咚的溪流边，用生命原始的悸动和豪情烘托起诗意的寄寓之所；在佛祖神灵前的跪拜与誓愿，也暂时获取了精神的超脱和言行的默许，毫不顾忌地将日常桎梏一举打破，尽情追寻和放歌，使劳苦的心灵得到了歌声之抚慰，蕴积的心绪得以恣肆的宣泄。

花儿会场上不分民族、不分区域，前来赶会者不约而同，欢聚于一处，用演唱方式交流思想情感。各种花儿擂台赛，更是将民众的注意力和他们的希冀串联在一起，唱诉内心的所喜所悲。大通回族土族自治县的老爷山花儿会、互助土族自治县的丹麻土族花儿会、民和回族土族自治县的七里寺花儿会和乐都县的瞿昙寺花儿会，2006 年被列为国家级非物质文化遗产的代表性花儿会。西宁凤凰山花儿会于农历四月初八举行，各处赶来的“唱家们”携情侣，带酒食，三五成群，边饮美酒边赛歌，即兴编唱，笑声、掌声、喝彩声和连连不断的歌声汇成了激情欢乐的花儿海洋，气氛热烈至极，具有城市市民风味。七里寺花儿会每逢六月六举行，在当地名胜药王庙和药水泉附近拉开帷幕。原来在此地有座慈里寺，现庙宇无存，建有一座药王庙。汩汩涌流的药水泉是低温碳酸矿泉水，富含人体健康必需的多种微量元素，对人体的心血管、神经系统、消化系统等疾病均有明显疗效。花儿会就是在方圆百十里人们喝药水、赶庙会过程中民间自发兴起。这里是避暑胜地，凡在山洼沟湾里，帐篷星罗棋布，男男女女头戴杨柳帽，手提节日饭，畅饮清泉水，用歌声引来三五唱友，一展歌喉漫花儿，别有一番情趣。瞿昙寺素有“小故宫”美誉，僧侣众多，香客云集，香火十分旺盛。从清朝道光年间开始，每年农历六月十四至十六日举办花儿会。十五日是高峰，歌手和游人们饱览瞿昙寺，在山门前道路两旁密密麻麻地安扎帐篷，搭上布幔凉棚，聚集或多或少的知音，心情激动地、迫不及待地而又喜笑颜开地引吭高歌起来，“花儿”歌声伴着唢呐、二胡与笛子，乡音跌宕起伏，从头到尾唱答有序，争夺魁首。互助丹麻镇是 2003 年被国家文化部命名的 75 个“中国民间艺术之乡”之一，丹麻土族花儿会在农历六月十五至十七日举行，从清代至今盛传不衰，融物资交流、花儿演唱于一体，以土族花儿为主角，风格独具，别有韵味。大通老爷山花儿会在六月六举行，人们为纪念玉皇大帝和西王母，祈求五谷丰登、四季平安、婚姻爱情美满幸福，就有了始于明代的六月六“朝山会”，也就有了积聚数万人的花儿会。这里是那些勤于稼穑的各族庄稼汉们娱乐心身的憩息地，也是很多草根民间花儿歌手崭露头角的平台。或在林木葱茏中聚集数十人、几百人自发演唱；或有组织地在固定场所舞台演唱（从1949年起专门组织），经过层层选拔，登台献艺。以演唱源于藏族的《长寿令》花儿见长，《大通令》、《东峡令》和《老爷山令》亦颇有名气。老爷山花儿会不仅仅是一场普通民间歌会，而是一次融宗教文化、历史文化和民族文化于一体的综合、多元文化的盛会。

各地花儿会一般人数众多，各民族男女老幼都来参加，平日那些待字闺中的少女、严守家规的妇人，乃至两鬓斑白的老者，进入花儿会场，一扫往日的羞涩、矜持与严肃，忘却性别、身份与年龄，神采飞扬，在花儿会场上纷纷亮相，场景其乐融融而热闹和谐。民众的“花儿”不仅是唱出来的，而且是“浪”出来的。“浪花儿会”是民众一年中最为舒心惬意的活动。

众所周知，深受儒家传统文化熏染和约束的中国民众，很难真正进入忘我狂欢之态。但在众人皆歌的花儿会上，再含蓄的人也会忍不住吼上几嗓子，稍有“心才”者[①]，早早加入“唱把式”的行列。男女老幼，不分民族，欢快或激昂悲怆地漫唱起来，人生痛苦、生活烦恼于刹那间化为了乌有。或歌唱新时代、新生活的变化，或表达刻骨铭心的爱恋，将一切美好的祈愿和祝福融入歌声，余音袅袅，数日不绝。既吸引了颇为有名的歌手，也集中了最广泛的听众。“花儿”不仅是乡民社会生活的调节器，也是各阶层人们压抑心理的减压器，更是各民族融合交流的黏合剂[②]，在局部地区达到了真正意义上的社会和谐、民间狂欢。

五 表演理论对“花儿”研究的借鉴意义

表演理论，又称“美国表演学”（American Performance-school），是当代美国民俗学界乃至世界民俗学领域最富影响和活力的理论与方法之一。理查德·鲍曼（Richard Bauman）的《作为表演的语言艺术》（*Verbal Art as Performance*），提出了“表演的本质”、“表演的标定”、“表演的模式”、“表演的即时性”等至关重要的学术问题[③]，成为至今被引用最多的表演理论著述。

---

① 心才：青海方言，指有才华的人。花儿的演唱，在很多时候需要即兴创作，即需要歌手具备很好的素养。

② 马成俊主编：《青海民间文化新探》，民族出版社2008年版，第128页。

③ Richard Bauman, *Verbal Art as Performance*, Cambridge University Press . 1977.

鲍曼认为，“表演的本质”，就是“一种说话的模式”，“一种交流（communication）的方式”。花儿会上，演唱者演唱情歌内容，实际上是借机向恋人表达一种爱慕或相思之苦的一种方式——说话和交流。“表演的标定”实质上是对表演的框架进行建构的过程，标定的手段有特殊符码、比喻的语言、平行式、特殊的副语言学特征、套语、诉诸传统和表演的艺术。“花儿”的前两句起兴句式、演唱者左手拢耳开场时的“哎——哟——”发语调令等，都是表演的一种标定手法。“表演的模式”主要包括文类、行为、事件、角色。其中文化表演与日常表演、表演与模仿是有区别的。以“花儿”演唱为例，身处人头攒动的花儿会现场，或是在山野郊外和劳动场所，那歌者和听众都是认真的、投入的，是一种情感的真实表达。“表演的即时性”的意义在于，对口头艺术单纯的传承关注转向了口头艺术在传承过程中的创造过程，以及影响创造的两个因素：观众和表演者的能力。不难理解，“花儿”这种口头艺术，大多是即兴创作，极富生命力和艺术性，并代代相传。

表演理论关注口头艺术文本在特定语境中的动态形成过程和其形式的实际应用，从以下视角探讨民俗文化：（1）特定语境（situated context）中的民俗表演事件；（2）交流的实际发生过程和文本的动态而复杂的形成过程，强调这个过程是由诸多因素（个人的、传统的、政治的、经济的、文化的、道德的等等）共同参与、由诸多因素共同塑造的；（3）讲述人、听众和参与者之间的互动交流；（4）表演的即时性和创造性（emergent quality of performance），强调每一个表演都是独特的，其独特性来源于特定语境下的交际资源、个人能力和参与者的目的之间的互动；（5）表演的民族志考察，强调在特定的地域和文化范畴、语境中理解表演，并将其交流事件作为观察、描述和分析的中心①。这与以往关注“作为事象的民俗”的观念和做法不同，所关注的是“作为事件的民俗”；与以往以文本为中心的观念和做法不同，更注重文本与语境之间的互动；与以往关注传播与传承的观念和做法不同，强调即时性和创造性；与以往关注集体性的观念和做法不同，更关注个人；与以往致力于寻求普遍性的分类体系和功能图式的观念和做法不同，表演理论更注重民族志背景下的情境实践

① Richard Bauman, *Story, Performance, and Event*, Cambridge University Press. 1986.

(situated practice)[①]。

以表演理论的视角来观照“花儿”的生成、表演和传承是非常有意义的。以往人们习惯于探究“花儿”丰富的唱词文本及其平仄、押韵、比喻等艺术性，习惯于寻求其意犹未尽的旋律和韵味。学者们在做完大量的田野调查工作，并对“花儿”文本进行深挖细掘后，似乎再也找不到更好的角度去研究和保护“花儿”。由于受时代经济强势冲击，“花儿”的生成环境不断遭到破坏，有些“花儿”的传承人不再醉心于这门传统艺术，经济利益高过一切，纷纷外出打工挣钱，致使近年来的花儿会规模日渐萎缩，昔日那种“刀刀拿上头割下，不死好就这个唱法”的激情随着花落水流而逝，“花儿”生存前景堪忧。究其缘由，除了经济等因素外，对表演者、“花儿”传承人——歌手的关注不够，也谈不上什么保护机制了。

鉴于此，表演理论在一定程度上有其独到的解决办法。首先其并不拘泥于纯文本的研究，主张表演是一种交流方式，需要歌手和对象的互动，从而达到双方心灵的交流与情感的共鸣。这种交流既关注了表演者（歌手），又重视到观众的需求和反应，把二者完全紧密联系在了一起。其次，特别重视表演在特定的情景中发生，需要特定的时间、地点和人群，而且身处此环境中的人们彼此熟悉表演者惯用的动作、语气，即所说的“表演的标定”。再次，强调表演的即时性和创造性，与“花儿”的演唱方式正好符合。如果人人都唱单一的调子和同样的歌词，并无新意可言，那么这种口头艺术生命走到尽头可计日而待了。“花儿”则不然，面对热情的观众，面对此情此景，即兴创作能力便成为一名优秀歌手所必备的素质。表演理论更重视个人，尤其是歌手，对其成长经历、师承关系和表演才能等都予以特别的关注，这和我们当下抢救民间非物质文化工作，建立传承人保护机制的思路不谋而和，故而可资借鉴的价值颇大。

第二节 藏族民歌

藏族“能说话就能唱歌，会走路就会跳舞”，歌与舞是其生活的一部分。藏族民歌的发展历程体现了其生活历史、风土人情以及文化艺术的演

① 杨利慧：《表演理论与民间叙事学研究》，《民俗研究》2004 年第 1 期。

变。在藏文字出现之前，作为口头文学样式之一，民歌已在民众中广泛流传。藏文出现后大大促进了藏族社会的进步和文化发展，民歌也因此被文人充分采用而得到丰富。每当节日庆典、亲朋聚会、田间劳动或丰收之际，男女老少同歌共舞，以独特的方式抒发着对大自然的认知、对爱情的追求和对美好生活的向往，用豪放的舞姿、嘹亮的歌喉诠释着名副其实的“舞的世界”、“歌的海洋”。

一 基本类型

按结构和表达形式来划分，藏族民歌可分为“鲁”体民歌、“谐”体民歌和自由体民歌三大类。

一是“鲁”体民歌。据史料记载和民间艺人口述，至少在公元 8 世纪以前，可能出现了“鲁”体民歌[①]，这是藏族民歌中产生最早的一种类型，是一种带有叙事性的纯歌唱或以唱为主的演唱形式，具体可分为“拉鲁”（山歌）、“卓鲁”（牧歌）和“卓”兼“鲁”等。如：“人间闹市右角边，貌美姑娘似天仙；我本无心寻伴侣，只是路过行方便。”此种民歌句数不等，有三、五、六句，每句的音节相等，一般为六至十一个音节，节奏为○○□□○○○，段与段、句与句之间相互对应形成相对稳定的程式。

二是“谐”体民歌。约在公元 17 世纪所出现的新民歌样式，是藏族对所有以歌为主、歌舞结合歌唱形式的泛称。从结构和形式看，“谐”体民歌由“鲁”体民歌发展而来，是从“鲁”体民歌中派生出的。“谐”体民歌按地区可划分为流行于雅鲁藏布江上游地区的“堆谐”、流行于昌都以东藏区的“康谐”和巴塘的“巴谐”。按内容与形式不同，可分为祈颂类的“谐青”、劳动歌“勒谐”、跳圆圈舞时所唱的“果谐”、铃鼓舞中唱的歌“热谐”、箭歌“达谐”和酒歌“酡谐”等种类。歌词大多为六字一句，四句一首，每句六个音节，分三顿，每顿为两个音节，节奏是○○□□○○。

“谐”体民歌是一种较为规范的歌唱样式，短小精悍、灵动活泼。在歌词格律、音乐结构和节奏调式上，较之“鲁”体民歌均有很大突破和

① 常留柱：《藏族民歌及其演唱技巧》，《中国音乐》2005 年第 4 期。

发展。六世达赖喇嘛仓央嘉措创作的“情歌”，脍炙人口，意蕴真切感人。《仓央嘉措情歌》直接影响和推动了“谐”体民歌的发展，可谓是“谐”体民歌中的经典①。

花开时节已过，玉蜂并未灰心；
情侣缘分已尽，我又何必伤神。

小姐名门闺秀，容貌世上稀有；
犹如桃树尖上，鲜桃刚刚熟透。

三是自由体民歌。藏族的自由体民歌，主要体现在歌词的结构、音节和节奏等方面，没有相对固定的格式，在反映现实生活方面显得更为自由灵活。如：

出门嫁人的姑娘，
平日里要学好茶饭活，
严婆婆像天上的迅雷不可防，
说不准哪天将你试了试量，
只用袖口捂嘴而坐怎么抵挡！

二 内容分类

一是对旧时代的揭露和控诉。

我们是班期乌拉②，受苦受难在王爷家，
用牦牛日夜驮运羊毛，迎着寒风，踏着雪花。

这是身处宗教特权及农奴制统治下底层农奴在为头人劳作、为官家支差时的真实写照。在过去普通民众毫无人权的年代，沉重的乌拉差役和繁多的

① 洋滔：《藏族情歌和牧歌》，《西藏艺术研究》1999年第3期。
② 乌拉：藏语，民夫的意思。

苛捐税收重压，常常使农牧民喘不过气来。长此以往，农奴制的桎梏逐渐激起农奴的强烈愤恨和反抗，不满情绪随之转换为血泪交织的控诉：

> 我们是班期乌拉，我们在人间的地狱，
> 老天啊老天，啥时候才砸烂这个枷锁！

这是被压迫者们用歌谣来揭露和批判统治阶级压迫的方式，反映了藏族对自身命运的体察和对整个社会的态度，具有很强的思想性。

二是对新生活的歌颂与描摹。

20 世纪 50 年代随着西藏的和平解放，藏区社会发生了翻天覆地的变化，如今改革开放和煦春风吹进广袤高原，民众的生活水平更是有了前所未有的提高，新时代的浪潮也给藏族民歌注入了新鲜血液，许多反映新社会、新生活内容的民歌不断涌现：

> 月亮弯弯上东山，银光一片泻草原；
> 人畜两旺年景好，牧民天天像过年。

这类新民歌在思想主题、风格基调上与传统民歌迥然不同，用掩饰不住的喜悦之情描摹着普通民众的幸福生活，讴歌春天的故事，鼓舞藏家儿女孜孜以求，不断进步，建设自己美好的家园。

三是对爱情的追求与歌唱。

在藏区，山歌被称作“拉伊”，这是一种以表现男女爱情为主的只歌不舞，属于“鲁”体中的“拉鲁”民歌，在家里或长辈面前禁忌演唱。“拉伊”流传于青海、甘肃、四川等藏区。其种类繁多，曲调因不同地域而具有多种风格，或强调旋律，节奏比较紧凑；或突出音乐的深情、悠扬，形成比较自由、婉转的长调风格；或节奏规整，甜美雅致。从章句上看，有两段体和三段体之分，一般以两段体形式居多：

> 你要使单线搓成绳，它无论怎样粗紧，却缚不住烈马的颈。
> 你莫单看人才长得俊，一定要摸透内心，要不很难相守到终。

这是流传于青海贵德县的两段体“拉伊”，第一段为比兴，第二段是本意。每段的句数并无严格限制，演唱时歌手可根据自己所表达的内容来决定，最常见的是每段四句、五句或六句，据此来看，每首二段体的“拉伊”由八句、十句或十二句组成，三段体的以此类推，要求每段的句数必须保持相同，段与段、句与句之间在用意、词性和节奏方面形成对应关系。

“拉伊”的唱词有很多衬词，像“啊啦西毛”、“呀啦若老”和“啊西勒”等衬词较为固定[①]，并在演唱中重复出现，起引领作用。一首完整的“拉伊”中，有些字词、句子重复出现屡见不鲜：

> 莫把冰封当山，也莫把瀚海当草原；
> 如果错选了牧地，那是牛羊的灾难。
>
> 莫把负心者当伴侣，也莫把反复者热恋；
> 如果错选了浪荡汉，会把你抛进深渊。

这是一首名为《莫把负心者当伴侣》的“拉伊”，重章复唱极具规律性，婉转悠扬，在音乐唱腔上干练清爽。“拉伊”的章法结构已形成较为固定的程式，歌手只需将要表达的中心意思用不同的词语替换即可，体现出歌者即兴创作能力和欣赏性。

青海贵德西河滩的六月“拉伊”会久负盛名。方圆百十里的藏族民众自行赶来，邀朋请友，常常以十几人为竞赛单位，相与赛歌。赛歌开始时，一男一女双方起立，各自从怀中取出酒瓶，开唱者须先饮下一大口酒，随后才悠悠扬扬地唱起“拉伊”来。唱毕，向对方献上酒瓶，令其饮酒、对唱“拉伊”。一对唱完，另一对接唱。比内容、比抒情、比声嗓、比唱腔、比机敏、比即兴编唱的才情。一旦有唱家脱颖而出，则会迅速改变对唱形式，众人集中力量和唱家比赛。许多新崛起的唱家，战胜一摊，再去战一伙，夺取“拉伊”会上的魁首。事实上，女性大都年年夺魁，所谓“女唱家压会场，千万人喜洋洋”就是这种情景。夺魁女性大

① 李顺庆:《藏族拉伊漫谈》,《丝绸之路》1999年第3期。

多目不识丁，却才华横溢，对歌时出口成章，表现出非凡的艺术才华。

四是以歌结识情人。

藏区的青年男女主要通过对唱“拉伊”来进行社交活动，用美妙歌喉结识异性朋友，选择终身伴侣。“拉伊”的歌声贯穿于青年们恋爱相识、试探、初恋、交心、定情过程的始终，演绎出伤感或幸福的不同悲喜剧目。

其一，结识歌。姑娘和小伙子在确定好“拉伊”晚会的时间和地点后，于良辰美景中赴约。或是旧相识，或是新结交，在银色的月光下共同分享青春的喜悦。

其二，恋爱歌。两个颇有好感的男女通过对唱来讨论人伦、爱情和姻缘等重大问题：

问：靴子若无靴底，靴筒再华丽有什么意思？
对：穿着夹脚的靴子，即使缎子做的也不要。
问：情人如果无情意，是公主有什么意思？
对：心中不喜欢的人，是王子也没有快乐。
问：不看山峦高低，要看是否平坦。
对：不看情人面庞，要看情人心肠。

歌声相诉，柔情似水，热情而不鄙俗，含蓄而不晦涩。互生爱慕之情，赞美对方时，憧憬美好未来，表达内心最真挚的感情：

你是白螺墨盒，我是黄金笔杆，书写汉字可以，
书写藏文也行，你我又如笔墨，缺一不能书写。
你我亲如鱼水，但愿永远相随。

如果双方已情投意合，小伙子会进一步唱起更大胆的“拉伊”向姑娘催问情意：

领着情人害羞，丢下情人不舍；
情人若是木碗，揣在怀里多好！

姑娘也借机表露心意：

> 初三的月亮白得不能再白，像一个坦白人的心迹一样；
> 请你给我一个誓约，更要白得像十五的月亮。

很快，表明其心志坚定的“拉伊”回环而来：

> 我和情人的誓约，已经刻在玛尼石上；
> 哪怕下三年大雨，誓言也绝不会消亡。

其三，离别歌。在知心朋友的陪伴下，在繁星皓月的映照中，双方度过了一个难忘的夜晚，东方亮白，开始催促初识恋人各自回家。此情绵绵，难以割舍，于是用歌声表达离别的忧伤，唱出心中的期望。

其四，相思歌。恋人间的悲欢离合为歌者带来了创作灵感，那份对心上人不绝如缕的思念之情，常常飞扬，句句情真意切，缠绵悱恻，感人至深：

> 心中忧伤之后，与那竹笋倾诉，
> 竹笋虽然无心，却能点头招呼。

其五，失恋歌。美好的爱情需要经受时间和现实的考验，当诸多困难和挫折不断蚕食年轻人的梦想时，一些难以预测的变故就会不经意地发生。一些凄婉忧郁的“拉伊”，唱出了失意者失落与无奈：

> 起初说我是莲花，爱不释手栽园中；
> 一旦合罗花满园，莲花被弃在园角。
> 甘登旺古山上，夏不长草冬长草；
> 我和情人之间，不是幸福是痛苦。

真是如泣如诉，凄婉悲凉，又似如歌的行板，低沉缓慢。“拉伊”对青年男女爱情婚姻生活有全面解读和展示，可以从中体察到藏族民众的伦理观念、价值判断，以及风俗习惯和宗教信仰。

三　强盗歌

“强盗歌”这一特殊民歌样式①，从体式来看，是鲁体民歌的一种，在藏语中被称作“昌鲁”或“恰鲁”。藏语意义上的“昌”为流浪、流氓；“恰”为匪盗。藏语称强盗为“昌巴”或“恰巴”，一般译作“浪人”，所唱之歌为“强盗歌”。任何时候，“强盗”是一个令人唾弃的称谓，与之相关的歌谣自然很难被纳入正统的研究视野，即便是在藏区重要庆典仪式上和民间娱乐活动中，也视之为“逆歌”而忌讳演唱。但其长期存在于民主改革前的藏区社会中，无论思想内容还是艺术形式，都有自身特点。

1. 歌谣中“强盗”的身份确认

广袤无垠的藏北草原，民众以游牧为生，各游牧部落都有划定的草场和统治的头人，草场和牲畜都归头人所有。普通牧民除了遭受大小头人的盘剥外，还要无休止地承担官府和当地寺院名目繁多的乌拉差役，灾难深重。基于这样的生存背景，一批不甘遭受盘剥、出类拔萃的强人应运而生，远离家乡，到处打抱不平，为无辜百姓撑腰。他们往往在夜间袭击显贵之家抢得财物，分给百姓后便消失得无影无踪，官府一时也难以捕捉。其侠义行为深得广大劳苦牧民的称颂，而官府头人则污蔑其为“强盗”、“土匪”。因此，这里所说的强盗并非等同于一般意义上的暴徒，按其身份可分为两种类型：

第一类为部落大盗。旧时，藏北地区部落众多，有“阿里三围”、“多康六岗”、“乌仓四部”、“当细二十五”、“霍尔三十九族”、“相仁四部”和“安多八邦”等部②，各部落之间常因利益纷争抢夺不息，相互结怨，由此产生了以部落为单位的强盗组织，专门负责集体抢劫的首领即为部落大盗，藏北民间多有流传此类大盗的传奇故事。这些大盗有钱有势，与当地头人关系密切，除了身份较为特殊之外，大多具有高超的枪法和刀

① “强盗歌”，见中国民间歌谣集成《西藏卷》编辑委员会《中国民间歌谣集成·西藏卷》，中国 ISBN 中心 2001 年版，第 718—729 页。

② 张冀震：《藏北“昌鲁”》，《西藏艺术研究》2000 年第 1 期。

术，平日横枪跃马，以抢劫为主要职业。

第二类为普通牧人。普通牧人成为强盗的原因较为复杂，有的拥有自己家庭和少许财产，但会经常参加部落组织的集体抢劫，行动结束后仍在家从事牧业生产生活；有的是流浪牧人，或因怒杀头人、官员而逃亡，或因抵制乌拉差役而被驱逐，或因贫苦、恩仇等复杂原因而被迫弃家为寇。此类强盗社会地位极其低下，既无家业，又无牵挂，背井离乡，亡命天涯。

在藏区，忌讳女子唱强盗歌，谚语说“不是好汉别唱昌鲁，不是英雄别说大话”，足见当地民众对“昌鲁”的理解和认知——那是男子汉的歌，是勇敢、力量的标志，只有真正的男子汉才配唱[①]。藏北高原长期以来形成的以枪为猎、借刀护身的习俗，客观上为抢劫事件的发生以及强盗的藏匿提供了便利条件。无论是部落大盗，还是普通强盗，惯于纵横驰骋的侠盗生活。尽管其抢劫行为不为社会所认可，但因不同缘由走上强盗之路，“强盗歌”唱出了身为强盗的真实心声。

2. 强盗歌的内容

其一，反映不得不铤而走险、落草成盗的直接原因。

> 做强盗并非我情愿，是脖子上的差税无法承担。
> 我不是没有家乡，我家在水草丰美的地方。
> 要不是逃避关税王法，不会来这荒凉的北疆。
> 当强盗并非我愿意，严罚酷刑担当不起，
> 差役乌拉接二连三，不当匪徒何处可去？

这是人生苦难被迫做强盗的无奈悲愤诉说，更是野蛮农奴制下普通牧民生活的真实写照。繁重的乌拉差役、多如牛毛的税收、不合理的王法及严罚酷刑，迫使他们背井离乡，不得不在北方草原干起抢劫的勾当。歌中一再强调“当强盗并非我愿意”，再现了“官逼民反，民不得不反”的真实历史场景。

其二，揭露和讽刺统治者。

在政教合一的农奴制社会，统治者惯常以宗教为幌子严加约束民众，

---

① 嘉雍群配：《富有特色的康巴藏区“侠盗歌”》，《中央民族大学学报》2006年第2期。

民众逐渐认清了统治者的真实面目，看穿了一些身披袈裟者的虚伪、达官显贵们的道貌岸然，揭露其贪得无厌、鱼肉百姓的本质：

活佛对别人说别吃肉，吃肥肉的是活佛；
官人对人说别撒谎，谎言最多的是官人；
富豪对人说别偷盗，掠夺豪抢的是富豪。

颇具讽刺意味的是，统治者制定了诸多规矩，自己却言行不一：官人喜欢说谎，出家人独自吃肥肉，富豪巧取豪夺……此种双重标准的使用，尽显其统治腐朽和黑暗的一面，正应了汉族“只许州官放火，不许百姓点灯”的俗语。在现实生活中，普通牧民只能隐忍，敢怒不敢言。若要揭露和反抗，只能依靠强盗这一特殊群体了。他们所唱的歌谣像锋利的匕首，挑开了统治者伪善无耻的面纱。

其三，描述强盗生存状态和生活经验。

做了强盗，便是踏上不归之路，一生四处为家，了无牵挂，过起狂放不羁的流浪生活：

我漂泊不定浪迹天涯，蓝天下大地便是我家。
我两袖清风从不痛苦，早跟财神爷交上朋友；
从不计较命长还是命短，世上没什么可以留恋。

尽管居无定所，脑袋绾在裤腰带上，但打家劫舍，抢掠财物，在所不惜，那种旷达豪迈、笑对人生困境的胸襟不得不令人钦佩：

侠客我没有啥靠山，长猎枪是我的靠山。
侠客我没有骑的马，弯曲长路是我的马。

以路为马，这是艰难而又浪漫的人生，也是困苦人生中达观而又颇具诗意的活法。但流浪的生活毕竟残酷危险而又冒险落寞，他们总结出了许多生存经验和行为准则。如果说劫掠生活是一种游戏，那么每个强盗都要遵守这些游戏规则：

我侠客不走三种地：不走有大河的山谷，
不走黑色部落中间，不走广阔白玛平原，这是侠客的三不走。
我侠客不骑三种马：不骑活佛的黄金马，
不骑咒师的白蹄马，不骑老马生的小马，这是侠客的三不骑。
我侠客不吃三种肉：不吃灰狼吃剩的肉，
不吃乌鸦吃剩的肉，不吃寡妇手中的肉，这是侠客的三不吃。
我侠客不理三种人：上阿里头人不理睬，
中申扎县长不理睬，下那曲县长不理睬，这是侠客的三不理。

无论是“三不骑”、“三不走”、“三不吃”还是“三不理”，都是侠盗们尽其血汗泪水乃至青春生命换来的经验教训，也是他们行侠为盗的职业操守和行为准则，反映了强盗这一群体基本的生命价值判断。

其四，矛盾心态的由衷表达。

强盗们劫得财物，掳得吃喝，不免有大口吃肉、大碗喝酒的豪情。而当夜深人静，残月照影，或行走在人烟稀少的山涧水畔，顿生寂寞；或在孤独帐篷点起亮火，没有融融的天伦之乐，没有亲人、友人和情人的相逢。这一切触痛了他们寥落的心灵，善恶与生死、信仰与谎言、行走与徘徊、柔肠与狠毒，种种矛盾纠结于心：

我穿的鞋子天知道，我鞋子无底地知道，
我抓拿扒枪人知道，我怜悯之心神知道。
不抢你的我没吃的，抢完你的你没吃的，
不留一点你没用的，全留下来我没用的。

身为强盗，种种心思无人理解、无人知晓，只有将一切诉之于神灵。面对生存压力，抢劫与否，犹豫徘徊、矛盾纠结。身处社会边缘，常人难以忍受：

彩色帐篷里千人欢聚，没有我浪人立锥的缘分；
四方桌子上酒肉横陈，没有我浪人口尝的缘分；

大庄里美女动人，没有我浪人交友的缘分。

歌声里掩饰不住强盗那内心深处的悲凉、无法享受常人快乐生活的痛苦。众人相聚是最平常不过的一件事情，然而对于浪迹天涯的强盗来说，完全是一种奢望，他们的境遇充满艰辛与极度危险：

也可能去时单枪匹马，也可能赶回万白千黑；
也可能带回银子满怀，也可能带回鲜血满怀。
我浪人辗转在羌塘，像原上的黄羊一样；
也可能高兴尽吃青草，也可能不幸遇弹身亡。

也许，这就是他们和命运的博弈，对未卜前程的预设，非昌即亡，一切皆有可能：

我的财富是神的帮助，我的贫困是鬼的灾害；
我的欢乐是天的赐予，我的悲伤是命的安排。

面对严酷的生活现状，他们徘徊于神圣与世俗之间，进亦忧退亦忧，万事都逃脱不了宿命的安排。此类强盗歌数量较多，凄婉动人。

其五，强盗逻辑与桀骜心理的展示。

在强盗看来，英雄行为和野蛮行径没有泾渭分明的界限，只要能打能杀、敢抢敢斗、快意恩仇便是好汉。在打打杀杀的劫掠中，产生了充满强盗逻辑的不齿行为和桀骜心理：

想要马去安多上区抢，安多上区的马鬃毛好；
想要挥刀就向对手挥，好让对手远远躲开你。
想要牛去色林地区抢，色林母牛奶水多如河；
想要羊去纳错湖边抢，纳错绵羊肉肥毛也长。

强盗们神出鬼没，随心所欲，如此蛮横的强盗逻辑，只存在于强盗的生活理念：

骏马不骑一匹牵一匹，何以称得上是浪人？
钢枪不背上一支又持一支，何以称得上浪人？
女人不丢一个又搂一个，何以称得上浪人？

此类歌谣数量很少，歌者更是寥寥无几。如此放浪行为与乖戾个性，使得那些充满侠义情味的强人，最终归于“匪盗”行列。他们有着伸张正义的豪情，但是一旦情理尽失，道德沦丧，再动人的歌声也要遭到民众的唾弃。

3．强盗歌的民俗审美

身处藏北高寒地区的民众在严酷自然环境中，练就了骁勇威猛的气质。特别是在农奴制社会里，苦难的民众自然要呼唤英雄的出现，崇尚英雄的壮举，视英雄为尊神加以信仰和膜拜。但现实生活中，豪强并出，英雄缺席。英雄们跌跌撞撞地登场——身背强盗名声，干侠义之事，同时也做一些令人不齿勾当。尽管如此，民众仍生活在崇尚英雄的文化氛围中[①]，从强盗身上体现尚武善斗的“英雄”行为，演变为一种习俗成规，使侠盗们的“英雄壮举”成为刚正之人仿效的标准。强盗歌从另一个侧面反映了这些英雄们最基本的生活状态、生存理念和最基本的价值判断。有时他们的行为匪夷所思，但正义的呼声掩过了身上的某些污点，所有的英雄行为都在按照民众的期望行进，所有的歌谣都唱出了共同的心声。作为一种藏北民族特定历史的回声，强盗歌早已失去了再生的可能，可当地民众对这些年代相对久远的歌谣记忆犹新，抑或储存着一些民间崇尚豪情侠义的英雄情结。

四　藏族民歌的艺术手法

藏族民歌与其他民歌一样，有着形象思维的调动、比兴手法的运用和语言的朴素洗练等共同性。总括起来，藏族民歌有五种常用的艺术表现手法。

一是比喻手法。藏语修辞法的比喻有“喻饰”（明喻）和“隐喻饰”（暗喻）两种。这种修辞手法通过喻体，表达对本体事物的爱憎与褒贬，收

① 林继富、南木珍：《浅论强盗之歌》，《西藏民俗》2001年第1期。

到具体真实、鲜明的艺术效果。常用的喻体有花草树木、飞禽走兽、日月星辰、山川河湖、风雨雷电，乃至神佛鬼怪、历史人物等。还经常触及格桑花、杜鹃、鹰鹫、巴桑星、皎月、甘露、雅鲁藏布江、喜马拉雅山、岗巴拉、羊卓雍湖等与生活和环境息息相关的地方风物，易于记忆和流传。

二是拟人手法。拟人是藏族民众表达内心感情时惯用的一种表现手法①，藏文修辞法中称其为“比拟饰”。根据想象，把事物（包括生物、非生物和抽象概念等）当作人类描写，大量运用于讽刺、揭露、批判、反抗主题的民歌中，用以揭示真理、寄托感情。

三是夸张手法。藏文修辞手法称之为“夸张饰”。藏族民歌多用夸张手法表情达意，生动准确，入情入理：“请你给我一个誓约，更要白得像十五的月亮”，对情人誓约的要求不仅要“白”——光明磊落、心地坦荡、纯洁无邪，更要如月亮般圆满，设喻夸张而不失情理。

四是双关手法。藏文修辞法称之为“合诠饰”。利用民歌中的词义或含义，构成双重意义，含有谐趣乃至哲理思考。这种双关手法，与汉语修辞学中的“语义”双关和“谐音”双关含义不尽相同，而一般是全歌意思上的双关。

五是联想手法。藏文修辞法称之为“引申饰”。这种艺术手法，是因物起兴触景而发。由描写一事物而引起对他事物的联想，歌唱过程中起到歌能穷而意不尽的作用，让人意犹未尽，回味无穷。

除了上述常见的五种艺术表现手法之外，藏族民歌还有重叠、对偶、排比、幽默等艺术表现手法。其语言特色可用朴素洗练、清新通俗八个字概括。没有华丽的辞藻，也不是简单事象的罗列，而是用明快的语言描绘生活本真和民众的心声。

第三节 多民族婚礼歌

一 悲情哭嫁歌

婚礼是人生礼仪的一项重要内容，也是承载各民族民俗文化的载体。在隆重的婚礼上，见证的不仅是一对新人开启的幸福，更难以忘怀的是那

① 管村：《藏族民歌：西藏民间文学的一朵奇葩》，《音乐天地》2004 年第 4 期。

些传承至今的古老仪式，以及与仪式相伴的婚礼歌。哭嫁歌主要包括对父母养育之恩的感激、对家乡亲友的依恋不舍、对少女多梦时光的无限怀念、对未来生活的诸多隐忧等充满悲情的内容。藏族、蒙古族、土族等少数民族哭嫁歌，还涉及对媒人的不满和对娶亲骏马等的赞誉之词。

汉族姑娘出嫁当日，亲朋邻友、闺蜜姊妹们一大早便纷纷携带礼物前来庆贺话别，河湟地区俗称“装箱”[①]。本家女眷则提前两天来帮忙准备出嫁事宜。“装箱”的一天，姑姨婶嫂们齐聚闺房，或依依惜别，或谆谆教诲，舔犊之情溢于言表。此时的姑娘梨花带雨、心酸异常，唱出内心悲情：

我凄惨呀，我悲伤，我的眼泪变海洋。
海水冲向天尽处，不愿留在人世上。
我痛苦呀，我伤心！我的气愤化成风。
自幼跟着父亲转，未曾离开半月天。
如今我把父母抛，怎不叫女儿费煎熬！
我姊妹兄弟相爱怜，一搭相处多少年。
……
如今我要成孤雁，孤雁哀鸣谁不怜。

此时，众人陪伴垂泪，婉言相劝。当听到娶亲者到门口的消息，新嫁娘泣涕涟涟，歌声愈发悲切哀痛：

听见门外马铃声，女儿心上阵阵痛。
闺女姐妹皆流泪，陪我流泪湿衣襟。
我把爹妈叫三声，女儿心上有大痛。
羔羊尚且不离母，女儿来世枉为人。
一旦娶到人家门，女儿手脚捆上绳。
你想爹娘谁同情，一年几度见双亲?!

① 装箱：也称“添箱”。届时，亲友携带礼物、礼金前往新娘家道贺话别，所带之物并不装入新娘的箱子，而是放置于堂间桌上，由专人登记入簿。

娶亲者的马铃声震痛姑娘的心。昔日在家娇惯受宠，今后却要躬亲事人，个中委屈、不舍和感念双亲之情可想而知，如此复杂的心声，“不哭不歌不快”[①]。

在卓仓藏区，如果待嫁姑娘尚未举行成人仪式，就得此时补办[②]。补办的方式也比较简单：出嫁前一天晚上开始唱《哭嫁歌》中的《参拜》、《阿爸》、《阿妈》、《阿舅》等，藏语叫“嘉帕歌”。唱完暂且休息，待到次日早晨再唱其余部分，从起身的地方一直唱到十余里开外。举行过成年礼仪的姑娘，可省去《哭嫁歌》部分，直接从“东方发白了，晨雾消散了，太阳升起来了——给姑娘报来了出嫁的时辰”的《晨歌》开始，当唱到“这是我姑娘起身的地方，起身的地方像是月亮射闪银光，愿坐的人比月亮洁白明亮。这是我姑娘起身的地方，起身的地方像钢铁一样，愿坐的人比钢铁坚实刚强”时，姑娘开始出发。伴随着歌声，送亲的姐妹们将姑娘从厢房依次送到堂屋、庭院、大门，直至上马。姑娘上马后众人还要唱送很长一段路之后才返回。

撒拉族姑娘将“撒赫稀”（哭嫁歌）从自家一直唱到婆家门口方止，呜呜咽咽，如怨似诉，每一句断断续续的唱词到结尾时，便有无法控制的抽泣声自然成了韵脚。土族姑娘在上马仪式中也要唱起“谢玛罗”：“在今天的这日子里，就要离开父母，我的阿大阿妈，操心女儿一场，受尽了辛苦煎熬……”旋律婉转，语速很慢，表达对亲人的眷恋。

二　迎接宾客歌

婚礼中的哭嫁歌总会带给人几分悲情和伤感，迎接宾客歌则洋溢着祥和喜庆气氛。按照婚礼仪程，迎宾歌大致可分为两种：一为娶亲者到来时，女方家演唱的歌曲；一为娶亲的队伍抵达婆家时，男方家表达的礼遇。土族的迎宾歌热情奔放，字里行间充盈着诙谐幽默情调。娶亲人纳信和新郎一行在黄昏出发娶亲，将至女方家时，在村口等候多时的阿姑们身着盛装，载歌载舞表示欢迎：

---

① 万建中：《民间文学引论》，北京大学出版社2006年版，第251页。

② 巴盖措：《卓仓藏族婚俗中的婚礼歌》，《青海师范大学民族师范学院学报》2010年第5期。

早上喜鹊喳喳叫，喜鹊叫着为什么？
喜鹊叫着媒人来，媒人拿着麻泽来。
……

直唱得女方执事人将礼物接下时，阿姑们请才新郎进门，却将纳信关在门外，开始对唱《唐德格玛》：

阿姑问：唐德格玛——
我们是蒙古勒的子孙哪，唱一支蒙古尔的歌曲吧！
你“光梅苏胡”家出来时①，拿什么礼当打发了你？
我们的歌儿要回答，回答不上来请回家。
纳信答：我骑的马儿很年轻，怎能和大马赛跑哩？
我才学着当纳信哩，怎能和阿姑们对唱哩？
……

如此一问一答，直唱到双方歌穷词尽时，才让纳信登门入室。正当纳信上炕坐稳，开始喝茶吃饭时，阿姑们的迎宾歌还未唱完：

我们姑娘的走手呐，锦鸡鸟那样好看呐；
纳信姑爷的走手呐，老母猪那样难看呐。
我们姑娘的声音呐，布谷鸟那样好听呐；
纳信姑爷的声音呐，老驴叫那样难听呐。
……

如此“另类”的迎宾曲，表演与打趣、揶揄兼而有之，让原本就很喜庆的婚礼更加妙趣横生。纳信饱受奚落却并不计较和生气，在阿姑们的戏谑和拉扯中，跑到庭院跳起吉祥的安召舞。当娶亲者行完必要的礼节，带着新娘即将到达男方家时，隆重的迎宾歌定然不可少。此时歌咏的对象指向红巾苫头的新人。男方家不仅要娶得一个端庄贤淑的媳妇，更希望她能带来财富和吉祥，

① 光梅：土语译音。对男方家的尊称；苏胡，泛指土族姓氏。

人丁兴旺，富贵安康。流行于湟源汉族中的《迎接新娘祝词》唱道：

新人到了财门上，金银财宝往里淌。
单扇门儿双扇开，囫囵元宝滚进来。
地下照的长命灯，炕上坐的新贵人。
左脚踏了青龙头，七对骡子八对牛。
右脚踏了白虎尾，七石谷子八斗米。

汉族的迎宾歌规整庄重，自始至终贯穿着儒家纲常伦理。相对而言，藏族的迎宾歌（《桑阿央》和《巴丹姆》）显得活泼、夸张和诚恳。当送亲队伍和前来迎亲者途中相遇时，要举行三道“支格”[①]仪式和一道“加泰”仪式[②]。仪式完成后重新上马赶路。每完成一次“支格”，前来迎接的男子都要跃上马背返回，送亲队伍中的骑手则在后面追赶，双方比试骑术，直至赶到女方家门口时，一群盛装中年妇女出门迎接，给首席客人敬青稞酒和羊腿骨后，开始唱：

你们从家里刚起程，就像红山岩上的云雾腾。
你们在路上歌声亮，就像白云上面雷声响。
你们到门前把马停，就像海浪里银鱼涌。
我们从北京买来锦缎毡，铺下四方的锦缎毡等贵客；
我们从西藏买来氆氇毡，铺下四方的氆氇毡等贵客；
我们从安多买来白毛毡，铺下四方的白毛毡等贵客。
……

迎亲者边唱边敬酒，众客人则用震天的“哦嗬……嗬……”表示不满。第一位迎亲者被众客人簇拥驱走后，又上来一位手捧红彩绸的年轻人，高唱颂词走向首席客的马头：

---

① 支格：藏语译音。河湟藏族传统仪式，是东家敬献哈达和酒水，来迎接女方宾客的隆重仪式。若平日有贵客临门，也要举行此仪式。

② 加泰：藏语译音。河湟藏族传统习俗，送亲队伍所经途中若有女方亲戚或本村姑娘时，就要支起简易炉灶等候在村口，并以滚烫的酥油茶和青稞酒为其接风洗尘，表示祝贺。

啊——

这是西藏的氆氇，不！氆氇的光泽哪有这样鲜艳。

这是北京的锦缎，不！锦缎的花纹哪有这样好看。

这是雪山区织成的毛布，不！毛布的穗子哪有这样轻柔。

我把它披在首席客的肩上，我唱出讨客人喜欢的颂词……

客人则更高地扯扬马头，“哦嗬……嗬……”声再次将迎亲者驱走。如此反复，直至客人们接受了敬献的哈达，迎宾仪式才算完成。

三　行礼周全祭拜歌

本着祈福求吉的心理，在“天地君亲师”面前举行祭拜之礼，是婚礼中绝对不可或缺的规程。当新娘下马时，汉族接亲者在院内四角点燃松棚，在大门口燃火堆，让新人越过进入家门。礼赞者引领新人踩上铺在门口两条的花毡上，鞠躬作揖、三叩首之后起身前行。接亲者将身后的花毡往前转，边走边转，谓之“转毡”，意即新人脚不落地、不沾染邪气，吉祥平安。礼赞者则边念赞词边用草芥、豆瓣、青稞等物抛撒禳解，民谚说“棺材的前头有喜哩，新人的后头有鬼哩”，此举可使六煞远遁，逢凶化吉，且能让婆家富庶兴旺，招财进宝。而今婚礼中，少了转花毡，新娘由新郎抱着入门，所撒之物改为彩色碎纸屑，中个寓意始终传承未变。

男家庭院内燃起松棚，欢声笑语，但凡属相与新人“不和”者须躲避。堂屋内案桌上，供有“天地君亲师”或“红鸾天禧神”的牌位，左为家谱，右乃灶神。牌位前置一香炉，两侧是大红囍字蜡烛或面灯。案桌两侧的太师椅上新郎的父母正襟危坐。迎亲者引领新人到堂屋，行拜天地之大礼，让天地诸神、列祖列宗和父母大人见证两个青年男女的合理合法、门当户对的婚姻，这是新娘到婆家后的第一项通过礼仪。整个仪式贯穿拜堂歌进行，门源地区的《拜花堂》曰：

叩首叩首，天长地久，盘古就有。

吉利吉利，吉祥如意。

黄酒敬天，清茶奠地。

洞房花烛，红鸾添喜。
枣儿圆，枣儿红，龙凤鸳鸯富贵春。
孙儿子，子儿孙，子子孙孙几千宗。
三份钱马九炷香，夫妻双方拜花堂。
一拜天，二拜地，三拜地方神灵，
四拜列祖列宗，五拜父母大恩，夫妻相拜永不分。
祝：鸳鸯对舞，白头偕老！

就在一对新人专注于拜堂时，男家有人出面，悄悄将新郎新娘身上所搭之红绸绾到一处。如此，待二人起身步入洞房之时，发现互有牵绊，只好相携而入。此举深意在众人眼里已不言而明——“从结婚开始，新郎新娘即合为一体”。①

土族婚礼中的祭拜仪式庄严而神圣，一般在庭院当中举行。新人并肩立于白毡之上，聆听礼赞者的诵词，以跪拜礼和鞠躬礼完成拜天地仪式，拜苍天诸神、国主汗王、家堂神主、灶君娘娘和父母长辈。藏族在婚礼中还要唱《新郎穿衣歌》和《腰带歌》作为拜天地仪式的前奏。此时女家主事者为新郎换上娘家人带来的新鞋新帽和新衣，并致诵词，从新衣的来历说起，一直说到新郎换上衣服后更加英武潇洒，吉祥如意。当新人对长辈行礼时，长者也予以良好的“科洋”②：

啊——
头顶着威严的苍天，面对着仁慈的佛灵。
愿终生的命运像锐利无比的翎箭，
愿终生的心愿像金龙喷洒的甘霖，
愿一切良好的愿望都得到扶持。
假如是枝条就栽培成耐寒的青松，
假如是鲜花就培育成艳丽的花丛，
假如是果实就繁殖成香甜的果树。

① 吴存浩：《中国风俗通志·婚嫁志》，山东教育出版社 2005 年版，第 323 页。
② 科洋：藏语译音。长者对新人祝愿的颂词。

愿赐得女儿三个，儿子一双，五指成章捧托吉祥。

蒙古族青年在婚礼上要祭拜太阳和月亮。娶亲队伍快要到来时，男家在新蒙古包门前铺上一条大白毡，摆好案桌，并摆上最为珍贵的食品“给拉”① 和“绣木日”②，并献上酒，用青稞摆放成吉祥图案。新人下马后，同抓一块连髌骨，跪在吉祥图案上拜日拜月。由年长者致“拜太阳、拜月亮诵词”：

祝福安乐吉祥！
高举起喜宴的第一杯美酒，
向金色的太阳叩拜许愿；
愿那蔚蓝的天空之上，
把温暖洒向人间的光辉之神——太阳，
保佑我们吧。

撒拉族的祝婚词“乌如乎苏兹”中多有比兴手法，诵词错落有致，内容广泛采纳了汉藏格言，并用撒拉语加以解释，意蕴感人而又喜庆。

四　玉壶真情敬酒（茶）歌

香甜的青稞酒和浓浓的酽奶茶是青藏地区各民族接待亲友的最佳饮品。在举办喜庆婚礼的日子里，青稞酒更是调节气氛、表达兴致的最佳媒介，有“无酒不成席”的俗语。当前来贺喜的庄社邻友陆续来到后，先请入“茶席”③，待凑够入席的人数后，再请客人正式入席。席间，接亲者引导新人前来为客人们敬酒致意。一般是新郎持壶，新娘托盘，酒杯中置有红枣敬酒，新娘对男方亲友一一相认，新人需唱《敬酒歌》：

---

① 给拉：蒙语译音。精致木碗或龙碗内置曲拉，并将曲拉摆放成宝塔形，顶端放一块酥油，是人生礼仪和其他重要节日上必献的吉祥食物。

② 绣木日：蒙语译音。精致木碗或龙碗内置糌粑，将糌粑摆放成宝塔形，顶端置放长方形的干奶皮，也是重要礼仪和节日里的吉祥食物。

③ 茶席：一般设于庭院一角，于长桌上摆放馍馍、茶水和两碟小菜，请客人先行休息，垫垫肚子，而非正席。

炕上圆来什么圆？炕上圆来圆桌圆。
亲戚朋友们围一圈，新郎新娘把酒端。
敬父母、亲戚、朋友酒一盘，
猜拳行令不休闲，要知道热闹的这一天，
单等来这一个月圆天，单等来这一个成婚年。

在藏区婚礼上，正当客人们开始喝茶吃糌粑时，东家派来善歌的执客敬茶[①]，如遇到能对歌之人，一场精彩的敬茶对歌就此拉开帷幕：

敬茶者：贵客手端金宝碗，两条金龙游两边。
贵客手端银宝碗，两条银龙游两边。
金碗上搭上黄金筷，你为哪个搭金桥？
银碗搁上白银筷，你给哪个搭银桥？
对答者：搭桥为让金龙过，终生相伴在白云朵。
搭桥为让银龙走，终生照应并肩游。
敬茶者：红茶白茶倒进金碗里，客人的手心里银花开。
对答者：金花银花根子扎两处。如今一同开在碗口上。
敬茶者：你的茶采自阴阳两山哪一坡？
对答者：我的茶阴阳两山合一包。
敬茶者：你端我喝哪个大？
对答者：熬茶的姑娘像海洋大。

敬茶歌处处彰显着对客人的尊敬和赞誉，间有宾主双方对这一美满姻缘的委婉交流与判断。土族十分重视待客礼仪，且视“三”为吉祥数字。平日客人登门，一定要敬献上哈达，并让客人饮下“进门三杯酒”；客人坐上炕时又得喝下“吉祥如意三杯酒”；待客人启程出发时，必须喝“上马三杯酒”后才肯放行。在吉祥美好的婚礼上，频频敬酒是必不可少的礼节，动听的《升盅歌》令人难忘：

---

① 执客：又作值客、值夫，在婚礼中按分工不同专事一职者，均称其为执客。

东家拿盘提壶，举杯向天人祝福。
第一杯美酒敬天神，天神赐福禄千钟；
第二杯美酒敬四方，四面八方来吉祥；
第三杯美酒敬祖宗，祖宗保佑后人兴。
连升三盅敬媒公，媒公搭桥姻缘成；
举起三杯敬车户，奔波山路太辛苦；
再斟三杯纳金喝，喝上美酒曲儿多，
最后三杯敬新郎，男儿立志当自强。

身为娘家人代表，用歌声和行动向众人表达心意，尽管女儿远嫁，心含悲切，但一曲敬酒歌下来，尊天敬人、乐观豁达的民族性格显现其中。

蒙古族的婚礼敬酒歌更显热情豪迈之气："像金泉的水一样清澈纯净，像草原上盛开的花儿一样艳丽。有缘相聚的兄弟们，请接上德吉一饮而尽。"①

五　千恩万情致谢歌

1. 谢媒歌

媒妁在中国传统婚礼中起着重要的撮合作用，"媒妁之言"很大程度上决定了两个人的婚姻大事。随着时间的推移，媒人不再过多指涉个体的婚姻幸福，但其角色意义在婚礼中却不容缺少，"天上无云不下雨，地下无媒不成双"的俗谚仍在流行。汉族婚礼宴席进行到一半时，东家找来一位能说会道者，将所备之礼摆于上席，高呼："执客们提上个满壶的酒来，给禀公大人好好儿升个盅！"② 然后高声唱《谢媒词》。流行于青海互助地区的谢媒之词，颇具典型性：

刘皇叔东吴招亲，托靠了乔老先生；
淤泥河救驾，多亏了英雄贤臣。
牛郎织女成亲，全凭了太白金星；

① 德吉：藏语借词，意即吉祥的酒、幸福的酒或美酒。
② 升个盅：青海方言，真心诚意地给媒人敬酒之意。

今日李家姑娘到张家门下，全靠了禀公大人的苦心——
你江河上搭桥，高山上修庙。
……
理应当给禀公大人左肩上搭红，右肩上挂绿，
一靴一帽，一褂一袍。
槽头上拉一匹高头大马，
前呼后拥，吹吹打打，
送到禀公大人的府上才对。
可是小户人家心有余而力不足，
只有一个尕尕儿的规程：
女方的鸳鸯绣枕，男方的酒品肉方，
抬的是一点点薄礼，摆的是您的功德。
三日之后，五日之前，新人再来上门叩谢！

民间歌谣在创作上多用比兴，上述谢媒词也不例外。东家先言牛郎织女、刘备等著名传说和历史名人婚事，强调媒人的重要性；紧接着描述媒人的辛苦，然后引出仪式的本意：谢媒。谢的方式除了敬酒，还有薄礼献上，虽说礼轻但人意颇重，媒人欣然接受。这样的《谢媒歌》清新淳朴，令人倍感亲切。

2. 谢恩歌

女儿是父母掌上的明珠，从咿呀学语到亭亭玉立，享受着双亲的呵护和疼爱，还未懂得如何去体谅、报答父母，却要带着眷恋和牵挂远嫁他乡。如今，身着红装的姑娘，千言万语汇成一个“谢”字作歌声，回报自己的爹娘，不谢实属不孝。故此，青藏地区各民族的谢娘恩重要仪式亘古不变。

在汉族地区，一般由主持者引领新郎行谢娘恩仪式。新郎面向岳母及其女眷双膝跪地，双手举一托盘，上呈衣物、毛毯（传统上多为绸缎被面）、茶酒及钱币若干，以表其母对新娘的养育之恩。主持者则用传统唱词表达儿女之意：

喜今日，给娘母升盅者。

常言说，乌鸦有反哺之意，
羊羔有跪乳之情，父母有养育之恩。
十月怀胎，挪湿就干。
左边湿了右边挪，右边湿了左边换，
两边都湿了，搂起孩儿托胸前。
一岁两岁咂娘奶，三岁四岁心操烂，
抱在前，背在后，田坡地头把心担；
一斤拉成了十斤，十斤拉成了百斤。
长大成人，教针教线，教茶教饭，
这是娘母的一片疼心，到今日闪娘一场空。
论起理来，给娘母抬一盘银来抬一盘金。
从头上换到脚上，脚上换到头上。
槽头上拉一匹骏马，牛圈里套一头奶牛，
这才是人前的大礼。可我家家境贫寒。
心有余而力不足。抬的是粉房的点心，
猪肉的方子，茯茶两包，被面两条，
人民币某元。新郎叩头相谢，我小知客作揖告退。

听到此歌，主持者虽然使用的是套语，但柔弱心肠的女眷已经热泪盈眶，深感其诚，让新郎起身并接受礼物。新娘也被邀至母亲身旁同吃一桌饭，暂作团聚时的最后一次交流。吃完这桌席，娘家人就要返回了，而新娘的家将是这个既新鲜又陌生的所在，所以大家的心思并不在吃饭上，更多的是亲情话别。真是“天恩好报，娘恩难报，娘恩高如青天，重如深山”。

3．依依惜别歌

婚宴行将结束时，女方亲眷动身启程时，还有一些必要的琐屑仪式，每一个步骤都间以歌声，传递的信号就是辞别。先是“交人”仪式。河湟地区大多民族都要举行此仪式，这也是娘家人正式辞行的标志。届时，娘家人手持酒壶酒盅（土族习惯上宾主双方要互敬鸡蛋酒），请出公婆并敬酒数盅，将女儿交给公婆：

亲家公听，亲家母听，还未开言泪纷纷。

女儿年幼知识浅，做人规矩未学通。
没心眼，手又笨，不会裁剪不会缝……
手心手背都是肉，一样照顾一样疼……
临别殷勤再嘱托，盼望二位教成人。

所唱之词婉言陈述女儿不懂规矩，尚需费心指教，并多多担待之类。说到伤心处，声泪俱下。新娘则在洞房内兀自垂泪，再次倾听诸如“对待公婆要孝敬，老人指教仔细听”等之类教诲，希望在婆家调整好心态，迅速适应被转换的角色，当个贤惠能干的好妻子，以和睦妯娌，孝敬长辈，红红火火过好日子。待宾客全都起身时，大家唱《道谢歌》，感谢东家的盛情款待：

初一十一二十一，多谢亲戚的好宴席；
初八十八二十八，多谢亲戚的好香茶；
初九十九二十九，多谢亲戚的好香酒；
初三十三二十三，亲戚恩爱讲不完；
今年回去明年见，但愿情深永绵绵。

男方家的知客们纷纷涌到门口，手捧青稞酒，行拦门酒礼。这是青海婚礼中的一大习俗，亲戚出门必须饮了“拦门酒”才能放行。即门上横拦一桌，龙碗内斟满酒，让每个启程的亲戚喝三碗。有些地区亦可猜拳三次，赢者放行，输者需喝完酒才让出去。众人知客在大门口唱起《拦门酒歌》：

宾客要启程，持壶拦门迎，
别离三碗酒，表达敬客心。
众东家拥住门槛，大碗酒不行酒令，
学一学过岗武松。量小者猜上三拳。
一升再升接三升，讨上千杯好送行。
分手都有惜别意，后会不知何月中。
珍惜友谊多饮酒，饮到八分好登程。

歌声中既有豪迈之情，又含不舍之意，洋洋洒洒，热情似火。拦门酒留下的也不是客人，而是一颗颗热情洋溢的心，以及内心升腾起的质朴友情。

第四节　多民族生活歌

一　劳动歌

劳动歌是以劳动生活为内容，并由体力劳动直接激发起来的民间歌谣，具有协调动作、鼓舞情绪、提高劳作效率的作用，至今还发挥着其应有的作用。青藏农业区的民居形式大多为庄廓，人们在新建庄廓墙时哼唱《打墙号子》：

新打的庄廓新盖的房，夯儿俩夯呀！
把大门开在个子午上[①]，夯儿俩夯呀！
当中里栽上个拴马桩，夯儿俩夯呀！
一圈儿打成个八板墙，夯儿俩夯呀。

在打墙过程中，汉族、土族、回族和撒拉族等民族创造了内容相似、形式各异的打墙号子，激励大家用饱满的热情去经营美好家园。打墙者大多为青壮年，当墙外的妇女们将软土撂进预设好的新墙板槽之内时，上面的人先用脚底把土踩平，之后再用石杵夯筑。边夯边唱，众人前呼后应，铿锵有力，极具节奏感。流传于西藏昌都地区的打墙号子包含有浓浓的宗教祈福意味：

神圣更堆洛桑扎巴，祈圣者来到前天空，打墙打得越来越好。
圣中心日月狮宝座，念它消除一切烦恼，打墙打得越来越好。
圣与赫鲁嘎无区别，祈恩重的本尊活佛，打墙打得越来越好。
无量的密宗三佛祖，祈祷消除懒惰嫉妒，打墙打得越来越好。

---

① 大门开在个子午上：意即庄廓正门取在正南方位。

民众在秋收打碾时，普遍使用木质连枷捶打粮食，边打连枷边哼唱歌谣，借以消除劳作困顿和单调乏味的重复动作。日喀则的《连枷一母六子》云[①]：

满场的禾穗子，铺垫着竹席子；
连枷一母六子，呜呜声音震天。
满场的禾穗子，铺垫着竹席子；
连枷一母六子，从天上降下来……

长期以来青藏高原道路闭塞，交通工具相当匮乏，行走、运输基本靠畜力，遂以驮运为生的职业者应运而生，民间称为“脚户”。在崎岖漫长的驮运生涯中，脚户们赶着牲口，唱着歌谣，一路颠簸走过春夏秋冬，走过坎坷艰难人生。所唱之词大多是脚户生活的种种艰辛：

得力乔，得力乔！脚户苦处谁知道？
一生辛苦往外跑，年年月月吃不饱。
春季刮起漫天风，脚户离家出远门。
兰州西宁来回脚，老鸦峡里常送命。……

在黄河流经的循化撒拉族自治县，《渡船号子》高亢有力，显示了撒拉族粗犷强悍的性格特征：

风起波浪卷呀！咳呀，伊什赛[②]！
鼓劲往前划呀！咳呀，伊什赛……

将撒拉民族一往无前、敢于在水大浪急的黄河漂渡的进取精神表达得淋漓尽致。

---

① 一母六子：一母，即连枷把；六子：六根并排扎在连枷上的枝杆。
② 伊什赛：撒拉语，意为猛劲。

二 时政歌

时政歌谣古已有之，是民众有感于时事政治而创作的歌谣[①]。反映民众对某些政治事变、政治措施、政治人物以及政治形势的基本认识和评判态度，包括调侃、讽刺、批判、自嘲或者颂扬。那些及时尖锐、紧贴时代脉搏的讽刺和批判，以隐蔽、半公开或公开的形式流传于社会，形成强大的舆论力量。

其一，讽喻歌。长期以来劳动大众身处社会底层，毫无社会话语权，无力主宰自己的命运，罕有适时表达自己在经济、政治和文化方面见解的机会，于是将忧愤之情编成歌谣，以表达心声。此类歌谣又可分四类：

一是对统治者进行讽喻和规谏，希望当权者体恤民情，爱惜民力，否则“水能载舟，亦能覆舟”的古训将会应验。流行于藏区的《不要看泉水很细小》道：

> 穷苦的牧民们哟，好比是深山里的一股泉水；
> 不要看它很细小，它的清澈光景赛过翡翠。
> 清清的泉水哟，一直流入东洋大海去，
> 当百川汇在一起时，没有任何力量把它阻挡。

二是对社会黑暗现实进行讽刺和批判。此类歌谣数量很多，更具强烈的批判精神。流传于青海化隆地区的《百姓的血汗榨干》道：

> 马步芳到处修公馆，百姓的血汗榨干；
> 穷人睡的是净炕板，他家狗铺得棉毡。

歌谣以强烈对比和白描的方式，揭露为官者的奢侈富庶和百姓的潦倒穷困。

三是对不合理的社会现象予以描摹和揭露。“大跃进”、“文化大革命”灾难岁月，是一个浮夸盛行、社会秩序极度混乱的年代：

---

① 钟敬文：《民间文学概论》，上海文艺出版社 1980 年版，第 252 页。

广播喇叭吹上天，层层干部搞实验；
谷子吃了膨胀粉，一亩能产七八千。

“极左思潮”蔓延时，民众的生活一落千丈，无奈而又可悲、可笑：

割尾巴，割尾巴，又砍树又扯花，
卖点菜要检讨，轧点面要训话，
把人箍得死死的，老农只好啃泥巴。

“文化大革命”时所谓的全面“造反”和全面“夺权”，全国上下人心惶惶，一些精英知识分子、开国元老等群体，经受“炮打”和“火烧”，而后“靠边站”，让颇具神气的“红卫兵小将”、“造反派”来当家：

炮打阿爸，火烧阿妈；
通通打倒，我来当家。

短短十六字的歌谣，委实真实，话题沉重让人感慨而又心酸不已。而现实中某些官员的腐败行为一直是民众关注的话题：

上午随着轮子转，中午随着杯子转；
下午随着骰子转，晚上围着裙子转。

歌谣以时间为序，截取了官员一天工作生活的四个典型场景，用四个“转”字描述了腐化变质的行径：早上专车接送上班（或所谓外出考察调研），中午举杯豪饮饕餮，下午掷骰狂赌，晚上醉心舞池，刻画出腐败者的忙碌、庸碌和无所作为。

四是对当代时局、官员作为等针对性极强的评判。在社会安定、经济繁荣的当代，民众一边分享着改革开放以来的各种文明成果，一边深感于自己迟缓的脚步逐渐赶不上时代飞速前进的车轮了，譬如：工作不好干，关系不好处，子女不好养，房子不好买，网民概括成“压力山大”四个字。一有获得交流机会，便会有许多声音“此起彼伏”，更有好事者广而纳之，润饰整理后，以手机短信、QQ 信息等形式广为传播：

革命工作苦啊——反应慢的会被玩死；
能力差的会被闲死；胆子小的会被吓死；
酒量小的会被灌死；身体差的会被累死；
讲话直的会被整死；能干活的会被用死。

现实中的“革命工作”虽没有歌谣所指的那么夸张，那么不好干，但或多或少也涉及了一些实际存在的问题，创作或传播者不求它能产生实质性的效果，至少让人看了后有所思、有所悟，在“革命工作”中树立起真正的人才观。

如果说上述歌谣比较含蓄的话，有些歌谣就不那么客气了，除了几多自嘲的情绪外，更多的是怨愤，甚至是痛心疾首的疾呼：

油——用不起，路——走不起，学——上不起，
病——看不起，房——买不起，墓——死不起，
菜——吃不起，债——还不起，状——告不起，
官——惹不起，娃——养不起，爱——伤不起，
良心——对不起，跌倒的老人——扶不起。

尽管言辞有些过激，但无不触及现实中的民生问题、教育问题、住房问题、看病问题、道德问题、社会良知问题。是问题就得正视并想办法解决，没有不存在问题的国家，也没有不存在问题的时代，最需要做的就是群策群力，团结一心，迎难而上，去尽力解决关乎民众切身利益的实际问题，民安才能国泰。

其二，颂歌。这类歌谣是新中国成立以来新时政歌的主流。黎明曙光一旦攀上山头，苦难民众的生活就会拨云见日，重见朗朗乾坤。特别是青藏两省区各民族在共产党的领导下，消除了兵匪内乱和旧体制桎梏，迎来翻身解放时代，社会地位和生活水平得到了空前提高，心中洒满阳光，热情颂歌到处传唱：

河里的鱼儿靠水养，尕娃娃离不开爹娘；
农民全靠了共产党，赛过了个家的亲娘。

饱受农奴制迫害的藏区民众在新时期更是看到了《蔚蓝的天空》：

蔚蓝的天空，飘浮着美丽的白云；
西藏和平解放啦，毛主席的政策放光芒，
西藏人民齐欢唱！伟大领袖毛泽东，
您的名字传遍了西藏；您是我们幸福的希望，
想起您就有了力量，西藏人民齐欢唱……

在全民共建和谐社会的今天，民众过上了幸福生活，内心自然有着掩饰不住的喜悦，用歌谣心声，感谢共产党[①]：

得民心者就得天下，九十年，
她风雨儿兼程地走过；
唱一个少年了说实话，大家看，
和谐的路儿上喜事多。

总之，时政歌的主体形式是民谣，一般篇幅短小，语言通俗，句式灵活自由，爱憎分明。时至今日，时政歌依然发挥其独特的时效作用，表达着民众声音。

三　仪式歌

1. 节令歌

节令歌是在传统民间岁时节令活动中所唱的庆祝或祭祀歌谣。在河湟地区，正月里耍社火时节令歌唱得最多。在以过年庆丰、酬神娱人为主题的社火娱乐节目中，忙碌了一年的庄稼汉们身着盛装，手舞足蹈，祈盼五

① 摘自新浪博客·六月荷花《得民心者得天下》。

谷丰登、风调雨顺。《舞龙歌》、《耍狮子歌》、《旱船歌》、《太平锣歌》、《拉花姐歌》等名目繁多，各有特色。《八大光棍歌》唱道：

八大光棍跳社火，嘴里唱着四季歌；
风调雨顺民情好，盼个丰年收成多。
八大光棍手卡腰，歌声洪亮彻九霄；
此歌不是平常歌，单唱农家乐陶陶。

流传于海东地区的《九九歌》反映了节令、气候和农事三者之间的密切关系：

头九热，麦子憋[①]；
二九冷，豆儿滚；
三九、四九，关门洗手；
瞎五九，冻死狗；
最冷不过六九，冻破河滩的石头；
七九、八九，净肚娃娃拍手；
九九尽，收拾打牛的棍；
九九加一九，犁铧遍地走。

寥寥数语，寓意自明，民众的智慧来自生活，同时指导着生产和生活。

2．礼俗歌

礼俗歌在民间各种礼俗活动中演唱，常见于民间婚丧嫁娶、贺寿庆生、新屋落成等重要场合。除了丧礼上的缅怀之情，其内容都具有祝福、颂扬性质，表达着民众对一些重要人生礼仪的祝愿和对幸福生活的歌唱。对于普通民众而言，盖房是人生头等大事。盖房过程中上梁仪式，当属最重要、最吸引人的环节。是日选定良辰吉时，东家备好梁蛋、糖果、钱币等物，并在中堂位置点燃红烛，焚香煨桑。众人将大梁用绳拉起，置于中心位置。木匠师傅随后立于大梁之上，手持板斧猛敲三下，边撒盘内梁

① 憋：青海方言，农作物饱满之意。

蛋，边高声唱述道：

打一斧，千里响，黄道吉日上中梁。
周公卜，鲁班修，二十八宿都降临。
一股香烟往上升，好似祥云飘空中。
金梁原本长林中，青枝绿叶四季春。
只为金梁才有用，车拉马拖宝庄中。
前造木马后造梁，金梁放在玉柱上。
金梁好比一条龙，摇摇摆摆到空中。
金梁玉柱顶乾坤，祖祖辈辈出贵人。
生下贵人状元郎，合和保得人丁旺。
刘海生来一大仙，身背葫芦撒金钱，
先撒金银珠宝，再撒粮食满仓；
前撒槽头兴旺，后撒金玉满堂。
生财发旺地，富贵万万年。

抛撒之物随着木匠师傅的诵词散落，人们纷纷争抢，抢得越多越吉祥。此为“上梁”仪式，木匠所诵之词为《上梁歌》。其内容因地而异，但形式都是如此，趋福求吉意味明显。农业区的藏族民众在新房落成之际要举行置白石、立经幡仪式，伴之以《直白石头歌》、《立经幡歌》等礼俗歌。卓仓藏区《新房祝辞》云：

我虔诚地举起酒杯，用无名指弹三指；
一敬光角松①，再敬天敬地。
选的地方是乐土，庄廓打在福地上。
一年骡马成群，二年牛羊遍地，
三年粮食满仓，四年鸿财聚集！
满堂儿孙满堂喜，子子孙孙都富裕。

---

① 光角松：亦写作宫角松，藏语译音，佛法僧三宝之意。

佛法僧三宝、天地人三才、福禄财三星，同时出现在歌谣中，“满堂儿孙满堂喜”的唱词，近乎儒家伦理思想，凸显了汉藏文化交融的一面。

3. 祀典歌

祀典歌在重大祭祀和庆典活动中祈祷性地念唱。蒙古族有祭海、祭火、祭山、祭敖包等习俗。每年七月，蒙古族和藏族群众聚集在青海湖畔，举行隆重的祭海仪式，所有仪规均按清朝礼部规定的程式进行。民众在浅滩地带筑有祭海神台，台上供奉“显灵青海之神”牌位，以及牛羊、酥油、炒面、粮食、鲜果、哈达等30余种供品。届时，由主祭官致祭文、进香后，众人向海神行跪拜礼，并向空中鸣炮。期间有人不断向海中投放活羊、钱币、首饰等物，以求海神护佑。在此过程中，庄严的《祭海歌》伴着桑烟袅袅升起：

虎年初一的那天，是王爵晋升的吉辰；
随从的大小官员，相继其爵位。
神威的虎符大印，握在你的右手当中；
六十本法规大典，持在你的左手当中。
银碗斟满马奶酒，是敬你的高贵饮料；
钉上银掌的大走马，是供你远征跋涉用。
那米黄色的骡子，是西宁办事大臣的乘骑；
那铁青色的骡群，是随从官员们的坐骑。
在那美丽的青海湖畔，搭起蓝色的大牙帐，
举行那浩大的祭海仪式，大臣诺彦欢聚一堂①。

传统上，青藏地区民众十分重视过“小年”。农历腊月二十三日，都要忙着祭灶。在汉族人家，灶神的位置一般安排在中堂右侧，中间为财神，最左边是象征祖先神的家谱。而在一些土族人家，灶神往往被安排在厨房空出来的一面墙壁上，用白色面粉点加以标示。祭灶者一面将象征灶神所在的旧迹清理干净，一面唱《但愿多把吉祥降》：

① 诺彦：蒙语译音，官员之意。

一盏面灯灶中点，灶饼时果盘中献。
草芥料拌喂跑马，焚化纸钱当盘缠。
此夕腊月二十三，打发灶君去上天。
上天多说人间苦，穷神缠人人大难。
但愿多把吉祥降，下界之后保平安。

有的地方祭灶歌更趋简化，甚至仅仅浓缩为两句："上天言好事，下界降吉祥。"剔除了繁文缛节。其实民众的祈求非常现实和简单：吉祥安康。一句单纯的祈祷语，通过祭灶仪式，表达出他们最真实、最实在的思想情感。

近年来，青海民和县三川地区的土族"纳顿"节倍受学界关注。在这个堪称世界上最长的狂欢节里，除了表演面具舞之外，还要咏唱与特定仪式相关的祀典歌。譬如，当"会手舞"表演至第二遍时，众人开始唱《喜讯歌》，用以赞美地方福神的装束、坐骑及威严仪态，感谢神灵降临会场与民同乐的恩赐：

喜讯，喜讯，远来的喜讯。
叫了喜讯开天门，开了天门开神门，
开了神门请万神，请了万神请二郎神。

二郎神是三川土族供奉的重要神祇，每隔几年就要为其进行装脏仪式[①]，并伴有《二郎传》、《洗神歌》、《十二属相歌》和《五行问答》等祀典歌的演唱。

4. 诀术歌

诀术歌是一种被认为具有法术力量的歌诀、咒语歌谣，具有祛病禳灾功能，大多在特定的生产、生活场景中念诵，演唱不一定有完整严肃的仪式。青藏地区的诀术歌，最具代表性的是《夜哭贴》：

天皇皇，地皇皇，我家有个夜哭郎；

① 装脏：把原来所装的内脏掏出来，进行重新组装。

走路君子念一遍，一觉睡到大天亮。

此歌一直风行全国各地，在20世纪20年代时，鲁迅就在北京地区收集过。传至青藏地区后，为农村育婴习俗的映射。如果小儿持续夜哭不止，家人便会央求读书人在红纸上缮写此歌诀，乘着夜色张贴于路旁的墙上、电线杆上、树上或者桥上，天亮后只要被人读过，据说即可止住小儿夜哭的毛病。在一些僻远农村，人们遇到头痛脑热而又一时买不到药物时，大多会选择用烧纸“过”一下（拿烧纸在病痛者头顶环绕几圈），边过边念①：

过啥着哩？过病着哩。
所有头疼的、脑热的、浑身不舒坦的过散了吗？
过散了，永世千年不犯了！

等歌诀念完后，将烧纸送到大门外点燃，或用一只粗泥大碗扣在庭院水口处，意为送走了病痛和不洁之气，患者可安然入睡。

日常生活中，当小孩受到惊吓后，不思饮食、精神萎靡不振。大人们会认为其“伴儿”被吓丢了②，家人会携没有“伴儿”的小孩到遭受惊吓之地呼唤：

娃娃别害怕呵，伴儿快快来啊；
娃娃别害怕呵，伴儿快快来啊……

如此三番呼叫，即认为唤回了小孩的“伴儿”，一家人相安无事。

此类诀术歌的产生有其民间文化的背景，那就是民众对语言神秘力量的信仰，人们企图通过语言的某种魔力去影响自然甚至是超自然的力量，由此产生他们所希望的某种结果。无论是祝颂性的歌诀，还是祛除性的咒语，都是根据各自的功能形成相对稳定的套语，在特定语境中进行，一旦

① 此歌谣由笔者70岁母亲提供，2011年9月10日记于互助县家中。
② 伴儿：青海方言，魂魄之意。

脱离相应语境，任何诀术歌都将失去所有的民俗意义。

四 儿歌

1. 摇篮歌

摇篮歌大多适用于婴幼儿，伴有一定的音乐节奏，主要起催眠作用。流行于西宁地区的《娃娃睡得呼噜香》道：

噢——噢——
娃娃睡，浪打对，
阿奶山里摘谷穗，谷穗摘下碾米儿，
米儿碾下换钱儿，换下钱儿买羊儿，
羊儿换下剥皮儿，剥下皮儿蒙鼓儿，
鼓儿打得叮叮当，娃娃睡得呼噜香。

摇篮歌的内容没有严格的内在逻辑，只要前后连贯，突出节奏，让婴孩在富有节奏感的哼唱声中酣然入睡即可。流行于湟源的《娃娃睡着着》云：

娃娃娃娃睡着着，奶奶买给个骚咕咕①，
骚咕咕咬里，变成个草驴，
草驴不吃草，家里来了挨条条②。

以上两首摇篮曲中出现了哼唱者阿奶、奶奶等字眼，由此可以窥见，在日常生活中，青壮年都外出干活，由长者留在家中看护婴孩。

2. 练语歌

此类歌谣重在语言形式，大多采用双声、叠韵词汇或发音相同、相近的语词，锻炼孩子的说话能力，也开始注重所唱内容的逻辑性和趣味性。数数字是练语歌的基本形式之一，通过多次重复，让孩子有初步的数字观念：

---

① 骚咕咕：青海方言，山羊。
② 挨条条：青海方言，用柳条抽打之意，挨打。

大拇指，二拇指，中三郎，四宝弟，
尕拇捻捻驼驼子①，
嘟嘘——嘟嘘——②。

哼唱时，让孩子抓着歌者的手逐一学说，直至其学会。

绕口令也是练语歌的一种形式。通过反复诵唱，可以矫正孩子发音，锻炼其口齿，清晰地表达语言：

上山里下来个瘸子，骑着一匹骡子。
下山里上来个驼子，背着一筐螺子。
瘸子的骡子碰翻了驼子的螺子，
驼子的螺子撞伤了瘸子的骡子。
瘸子要驼子给他赔骡子，
驼子要瘸子给他赔螺子。

这是流行于互助的《上山里下来个瘸子》，歌谣里 q、l、t 声母反复出现，虽然对初学语言的孩童有着一定的难度，但他们往往被这种奇特的语言形式所吸引，有时候咬字不清，却能奶声奶气地说上几句，非常活泼可爱。有些练语歌在语言形式的基础上有所提升，注重内容的逻辑性，凸显了所唱内容之间的意义联系。青海民众耳熟能详的《古今儿当当》即属此类：

古今儿古今儿当当，猫儿跳到缸上，
缸扒倒，油倒掉，猫儿姐姐来了烙馍馍；
烙下的馍馍八十八半个，你半个，我半个，
给挡羊娃留下少半个。挡羊娃会来要馍馍，
馍馍来？狼抬了；狼来？钻洞了；

---

① 尕拇捻捻：青海方言，形容非常小。在形容某人小气、吝啬、不大方时，也叫“尕捻捻”。

② 嘟嘘：象声词，呼牲口声。

洞来？草塞了；草来？牛吃了；
牛来？上山了；山来？雪盖了；
雪来？消水了；水来？调泥了；
泥来？漫墙了……

一听到这种带有趣味性的练语歌，小孩子往往面露喜悦之色，只要大人伴之以动作，孩子差不多都能按照固有的语词和结构诵唱下来，当然孩子不只是依靠其记忆，更主要是他们对歌词中的物种关系有了初步的认知和判断，相比较那些抽象的儿歌，此类儿歌易于掌握。

3. 游戏歌

喜欢游戏是孩子的天性，当他们逐渐脱离母亲的怀抱，能够独立活动时，最愿意做的事就是找来玩伴，一起游戏。民间游戏种类繁多，形式各异，绝大多数游戏都有歌谣相伴。游戏时，孩子们或蹦或跳，或拍巴掌或摇头；有的可爱，有的调皮，极富活泼好动情趣。流行于回族的《翻油饼》：

翻，翻，翻油饼，麻雀儿扎的红头绳。
你搽胭脂我搽粉，天上掉下来个油骨头儿我俩儿啃。
骨头签儿卡下了，阿訇奶奶的炕上扇下了；
碟碟儿里搁下了，箱箱儿里攒下了。

汉族中间的游戏歌有很多，较为流行的是《踢脚板》：

踢，踢，踢脚板，老娘山上缓三年，
三年满，跳花洞。金趾儿，银趾儿，
尕——儿，马——儿，锩掉你的一趾儿。

有的游戏歌还表现出成人的思想，如《官兵捉贼》，体现民众最朴素的价值判断。游戏时四人参与，道具为四个小木块，分别写上官、兵、捉、贼四个字，游戏时由一人将木块高高抛弃，木块落地后大家纷纷争抢，争到官字者为“官”，抢到贼字者为“贼”，捡到兵、捉俩字者负责捉拿贼人。待大家的角色确定后，“兵”和“捉”唱着歌：

官兵捉贼，顺头两捶；
过金桥，过银桥，
看你大官饶不饶？

同时押着“贼”，询问大官到底饶了他还是不饶；如果不饶则继续唱歌，继续将“贼”顺头两捶，直到大官饶了为止。

4. 教诲歌

教诲歌是儿童的口头启蒙教材，内容包括对儿童思想行为的规范、教诲，以及简单常识的传授、解说。此类歌既能满足儿童多样的好奇心和求知欲，也能启发他们的想象能力，在不经意间习得许多新的知识。

“打锣锣，磨面面，阿舅来了擀饭饭……”流传于河湟地区的这首《迎阿舅》讲到客人到来时要前去迎接，接到家后要好好招待，体现了民众崇尚礼仪、热情好客的一面，尽管歌词有夸张之处，但让孩子自小懂得必要的待人礼仪是非常重要的。又如“古今儿当当，猫儿跳到缸上，缸扒倒，油倒掉，猫儿姐姐来了烙馍馍……”唱到此处，小孩子不仅要问：油都倒完了，猫儿姐姐回家后该怎么烙馍馍呢？这里面突出了那只小猫的顽皮，并因其顽皮导致大错的发生——油倒掉。在一般农家，一缸油为一家人全年所食用，可是被顽皮的小猫扒倒油缸给倒了，连小小孩童都觉得有些可惜。通过这样的儿歌教诲小孩子，既有趣又具有教育意义，非常实用。有的歌谣侧重于知识的传递：

菜瓜大，茄子长，茄子穿的紫红袍。
白萝卜背着一杆枪，瞄着胡萝卜打一枪，
胡萝卜吓着脸一黄，茄莲吓着满塄坎跑，
根它吓着脸一红①，洋葱吓着气卡郎②，韭菜吓着扁巴郎③，

① 根它：茎部为紫色的带甜味的一种菜。
② 气卡郎：青海方言，浑圆、鼓鼓的样子。
③ 扁巴郎：青海方言，形状长而扁。

辣子穿的大红衣，葫芦急得满园吊，园子家高兴者牙笑掉。

这首流行于循化县的《蔬菜歌》，较为形象地描绘了各种蔬菜的外部特征，紫色的茄子、白色的萝卜、黄色的胡萝卜、圆鼓鼓的洋葱，儿童可依据此歌来分辨常见的几种蔬菜及其名称，这也是激发儿童主动学习的有效方式之一。

五 宴席曲与酒曲

1. 宴席曲及其特点

汉族、回族、土族、撒拉族等，把结婚办喜事称为“吃宴席”，专门在婚宴或其他喜庆场合演唱的曲子叫宴席曲，也叫“莱曲儿”，是一种集歌舞、说唱及文学艺术为一体，具有当地小调特征，又有自身风格[①]。其中，以回族宴席曲最为有名。宴席曲一般在家庭表演，又称为“家曲儿”。回族群众把唱宴席曲看作喜事中必不可少的一项活动，认为不唱宴席曲就不像办喜事：

抬起头儿瞧呀，
把亲戚们让者个上房里坐。
满壶的奶茶上房里添一回，
亲戚们上房里坐，
等一会儿我们用莱曲来闹。

如此，才有喜庆的味道。

据考证，宴席曲由元代回族中流传的“散曲”演变而来，含有西域古歌和蒙古族古调的色彩，又吸收了中国西部各民族民间音乐元素，曲调几乎涵盖了西北民间音乐的特点，保留着元明清西北少数民族歌舞小曲的古老风貌。可以说宴席曲的发展历史基本上与回族发展史相一致，是一份非常珍贵的口头与非物质文化遗产。在回族、撒拉族婚礼中，唱宴席曲是必不可少的一项娱乐活动。婚礼当天，曲把式们来到东家大门口，唱

① 郭德慧：《浅论宴席曲与“花儿”的艺术特色》，《中国音乐》2002 年第 4 期。

《恭喜曲》：

> 恭喜恭喜的大恭喜，各路的亲戚们来恭喜。
> 亲爱的朋友们，你唱个我来我唱个你呀，
> 欢欢乐乐的来恭喜。

继而进到家中拉开场子后，先由曲把式头儿《表礼》致赞词，然后开始正式的演唱。演唱的起首曲为《抬起嘛头儿瞧》，接下来根据主人所点的曲目，进行一一表演。如果出现两组演唱者的话，就要进行对阵打擂，你一歌我一曲，直到把对方唱得哑口无言才肯罢休。演唱少则一个晚上，多则连着两三个晚上，这就看唱家们肚里货实有多少和演唱功夫有多深了。最后以一曲《谢东家》宣告演唱结束。当动听悦耳的歌声一次次响起时，宴席曲为吉祥欢乐的婚嫁场面增添了浓浓的喜庆氛围。多年来，这种独特的民歌形式一直为广大回族群众所喜爱。

宴席曲结构上多段分节，一般以四句为一段，也有以两句、三句，甚至五句、九句为一段的。长于抒情，善于叙事，优美朴素，演唱间或伴有舞蹈动作，其格律上具有通韵、间韵、交韵等多样化特点。每逢参加回族的婚礼，庆祝伊斯兰教节日，或在回族家中做客时，常常能听到熟悉而动人的宴席曲。

宴席曲的演唱形式以独唱见多，亦不乏伴唱、合唱、表演唱等多种形式。其中有一种倒唱形式，颇为别样，是将一首曲从头到尾演唱完，然后改换一种曲调，再倒唱回来，如倒唱《孟姜女》、《十二个月》等。所熟知的歌曲常用风凰、蝴蝶、牡丹、鸽子等形象和羊羔、青草、甘泉等与本民族生活息息相关的事物起兴。舞蹈时手臂动作多变，或似蝴蝶飞舞，或像风凰展翅，秀而不拘，美而不俗；腿部动作柔韧，起伏稳重，潇洒自如，将宴席中的喜庆欢愉之情表达得淋漓尽致。

宴席曲的曲调大都婉转而又柔和，歌词优美而又动听，节奏欢乐而又轻快。演唱时，运用委婉细腻、活泼优美等不同声腔抒情感怀，一般不用乐器伴奏①，全凭丰富的嗓音、表情和动作，手舞之，足蹈之。有时唱到

① 偶尔有用酒盅、小碟击节而歌的。

动情处，众人不约而同地齐声相和，使每个参加婚礼的人都如痴如醉，为婚礼锦上添花，喜中加乐。除了欢快风趣、喜庆的一面，宴席曲也携带有浓浓的忧郁情绪。老人们说："家里要唱《莫奈何》，出门了要唱《祁太福》。"《五更鼓》、《寡妇苦》、《老来难》都是苦歌，唱起这些苦歌，会情不自禁地流露出一种来自历史深处的忧郁。虽不及军旅歌谣的豪迈激越，却有一种穿越情感的力量，道出了民众生活的沉重，唱出了男人不轻弹的泪水和女人诉不尽的苦难。

2. 宴席曲分类

其一，按形式分，宴席曲可分为叙事曲、打搅儿和散曲三种。

叙事曲的内容大多是歌唱历史故事和爱恋情思的，曲式结构多为两句式和四句式。常见曲目有《杨家将》、《方四娘》等。如二句式的《方四娘》：

> 黄河南来是山乡，山乡里出下个方四娘。
> 一岁上爬来两岁上要，三岁四岁上说巧话。
> 五岁六岁跟娘转，七岁八岁学茶饭。

打搅儿又称"打调"、"说唱曲"，是一种极富民族特色的民间说唱形式，由起兴、正文、结尾三部分组成。起兴有着起韵和承上启下的作用，正文叙述故事或即兴创作（如夸奖主人、新人、宾客或宴席场景等），结尾一般用"三朵花儿开"众和结束。用语诙谐，曲调活泼，易于歌伴舞。就内容而言，反映广泛的生活场面，叙事和说唱是其主要特征。如反映菜园知识的《园子家》：

> 哎哟——得儿得儿了么了，
> 小曲子们（哈）唱完了，
> 不打个搅儿是不热闹。

散曲多为小调，涉及内容较广，旋律丰富多彩，曲式结构多样且各具特色，有两句式、三句式和四句式的。如两句式的《青溜溜青》："青溜溜的青来青溜溜的青呀，青溜溜的松呀柏们四季里哎哟青呀……" 此外，还有五句、六句式的，大多没有雷同的歌词，因而不能换调演唱。

其二，若按题材内容划分，有控诉旧时代战乱的《韩起功抓兵》，倾诉专横婚姻制度所造成悲剧的《方四娘》，描绘骨肉分离、征夫怨女的《五更鼓》，表现历史传说的《杨家将》，反映家庭伦理的《绿鹦哥》，描写一年农事的《庄稼人》，还有规劝父母疼爱子孙、儿女孝顺长辈、弟兄妯娌和气、邻里和睦相处的《十劝人心》等。

3. 多民族宴席曲

回族、撒拉族的先民们吟唱着滋生于中亚、西亚的古歌，沿着丝绸之路东行，于内蒙古调和大西北民间音乐的碰撞中，形成了自己特有的音乐艺术，并将其传播到其他信仰伊斯兰教的民族中，乃至汉族民众也为之钟情。

在多民族杂居的村落，宴席曲的歌词有用土语演唱的："新春佳节之时，尽情欢乐迎新年，新年里头盼丰收"；有用藏语唱的："今日真是吉祥日，此时此刻更吉祥，吉祥时刻祝吉祥"；也有用汉语演唱的："炕上圆来什么圆？炕上圆来火盆圆，全家老小扎一圈。"此类宴席曲大多为即兴创作，也有一些固定的比兴用词，常见的有用日月星辰、蓝天碧海、高山大川、珍禽异兽等作比喻，将歌者的喜悦、赞美之情表达得淋漓尽致：有的赞美贵宾德高望重、恩情似海；有的赞美主人的盛情、精美的餐具和美味佳肴；有的则赞美主人家阔气的房屋、整洁的庭院等，歌声委婉动听，欢乐氛围一直洋溢在宴席上。蒙古族的宴席曲称为"乌日特多"，即长调歌之意，常在婚嫁喜庆和节日集会的宴席上演唱。内容有歌唱草原、神山和父母养育之恩的；有赞美幸福生活的；有颂扬英雄人物的；也有揭露各种丑恶现象的。"什多查"是土族的宴席曲，主要有赞歌和对答歌，可独唱或两人合唱，也可自问自答或问答对唱，曲目有《祁家延西》、《唐德格玛》、《阿隆拉莫》、《太平哥儿》、《布柔哟》、《合尼》等。赞歌有固定的程式，演唱时可根据具体场景、对象的不同而即兴编词[①]。互助、同仁地区的土族大多使用藏语演唱，民和等地土族用汉语演唱为主，这种多民族语言的使用显现了各民族文化的交融性和复杂性。

4. 酒曲及其特点

青藏地区适宜种植青稞、油菜等耐寒作物生长。传说青稞是由西王母的大青鸟衔来的，而闻名遐迩的青稞酒也跟八仙之一铁拐李有着某种渊

① 朱世奎主编：《青海风俗简志》，青海人民出版社1994年版，第308页。

源。人们在饮酒时，除了行一些普通的酒令外，还有以“曲”（歌）代“令”的酒曲，滋生出颇具地域特色的酒俗。酒家们盘腿坐在舒适温暖的农家热炕上，饭足酒酣之际，开始吟唱酒曲，以兹助兴。“酒中有歌，歌中有酒”成为诗意生活的写照。尤其在喜庆佳节、款待宾客之时，热情的主人总要向来宾们敬上几杯清香四溢的青稞酒，在祝福的话语中尽兴言人生，把酒话桑麻。河湟流行的酒曲演唱类型大致可分为三类：

其一，敬祝类酒曲。主要以迎宾劝饮、赞颂和问候长辈亲友为主要内容。有《十杯酒》、《菜籽花儿黄》、《赞歌》、《敬酒曲》等。依照待客习俗，主人于席间向宾客敬酒时唱，晚辈对长辈表示敬意、祝福时唱，亲朋好友聚会并相互敬酒或对饮时唱。从表演的时间、场景来看，敬酒歌本身具有“仪式歌”功能。汉族敬酒时盘中酒杯要摆六只，寓意“六六大顺”或“六连逢喜”，如果不够六只酒杯，则需四只，最少为两只，都是“二”的倍数，寓意“俩人好”或“双双有喜”。宾客依次要喝下“双囍”杯、“四季发财（平安）”杯、“六连逢喜（高升）”杯；若是老者，还需饮下“八福长寿”杯；遇善饮者，主人会让其一气饮下十二杯，意为“十二连囍喜连喜”。当然也有谦让不肯饮者，主人必尽力劝之，实在不行就得拿出杀手锏——敬酒歌：

清清亮亮的这两杯酒，我举杯着敬老兄，
我的老兄你吃上呀，有情有意的这两杯酒，
我把心意儿嘛就，盅盅儿里泡上呀。

更有甚者会当即下跪，唱着敬酒歌表达其心意，盛情难却，来客只好随乡入俗了。敬酒歌的音乐节奏舒缓自由，歌者情绪自然平和，其他人需侧耳倾听，而不能划拳行令。一般长辈不给晚辈敬酒，但可以唱祝福性质的酒曲，起到宴饮开场的作用①。土族热情好客，客人到来时都要敬献哈达，更要唱敬酒歌，给客人敬酒时只敬三杯，土语称“点盅三把”。饮者以无名指蘸酒，向空中弹酒三下，意为先敬天、地、神，然后自己饮用。所唱酒歌幽婉动人而不失民族特色，“东家敬的好香酒，这酒不是普通的

① 张昌富：《嘉绒藏族的酒文化》，《西藏艺术研究》1999 年第 1 期。

酒，是西藏产的奶子酒，是北京产的糯米酒，是安多产的青稞酒……”这是婚礼中频频出现的“道拉”酒曲。

安多藏区民众所唱的酒曲称作“勒”，包括“坎参”、“伊勒”、“芒勒”、“勒协”、“完角”、“扎西”等多种形式，可用独唱、对唱、合唱等表现手法①。“坎参”是一种逗趣、幽默的喜剧音乐形式的酒曲，旋律欢快轻松，歌词幽默诙谐，多分上下句，以独唱和对唱的表现形式居多：

金瓢舀上美酒，敬给上席客人；
金光闪闪烁烁，美酒滴滴香甜。

“伊勒”意为“悲歌”，音乐节奏舒缓，旋律哀伤凄婉，演唱主体为女性，多为叙事体裁，一般演唱时间较长，以独唱和合唱形式居多。“芒勒”是咏唱理想之歌，音调激越，歌词主要展现歌者的雄心壮志和美好祝福，多为独唱。“勒协”是问答型酒曲，演唱时由提问者唱出引子，然后进入正题，一问一答对歌。“完角”具有显明的调节功能，形式大多限定在家庭范围之内，人们在处理家庭矛盾或村民纠纷时，由协调者担任主唱，从中斡旋解决矛盾，常见形式为对唱和合唱。象征吉祥的“扎西”一般出现在喜庆之日和传统佳节的酒宴上，旋律悠扬，音调平缓，大多赞颂天地万物、家庭幸福，并祈祷人寿年丰、风调雨顺、六畜兴旺等内容。可以说，“勒”集中展现了藏族民众的生活理想、价值判断和审美追求。这类酒歌“广泛使用的藏地民俗事项凸显了藏民族的特点，既使酒歌内容显得具象而深刻、形象而生动，更具民族性、民俗性，也使祝酒颂词这种藏地民间文学更具有文艺性和审美性”②。

其二，表演类酒曲。此类酒歌大多由两人或多人对唱，歌词简洁明了，具有较为固定的程式，借以烘托场面气氛，娱乐功能明显，歌者无须过多在意调式的准确度，只需把握角色唱对即可。流行于同仁、循化的《飞凤凰》即属此类：

① 桑吉顿珠：《青海藏族民间歌曲“勒”的艺术形式》，《西北民族大学学报》2009年第1期。

② 李若岩：《藏地祝酒诵词的民俗观念与审美》，《重庆师范大学学报》2010年第3期。

尕兄弟的红凤凰飞呀，尕兄弟的红凤凰飞呀，
尕兄弟的红凤凰飞不起身吗，请上老哥的个黄凤凰飞呀；
尕兄弟的黄凤凰飞呀，尕兄弟的黄凤凰飞呀，
尕兄弟的黄凤凰飞不起身吗，请上老哥的个蓝凤凰飞呀……

演唱前先确定好曲名、唱法、动作和需要罚酒的规矩，后指定每个人选取一种颜色（如红、黄、蓝、绿等），轮到时便用自己所选的颜色吟唱，末句众人合唱，以此类推循环①。传统的宴席一般设在屋内炕上，因而动作方面只需上半身做出相应配合，腿脚无须参与。也有一人单独表演的，敞开心扉专心演唱，甚至敲击碗碟和乐。此类歌者大多是酒曲的行家，各种曲调了然于心，因而其表演较为规范，娱乐效果也更为明显。

其三，比赛类酒曲。比赛类酒歌重在考察歌者的心智，以绕口令、数数字的内容居多，是河湟地区酒曲的主体。流行于青海农业区的《数麻雀》、《尕老汉》、《大吉利》等较为出名。唱《数麻雀》时先要从麻雀的头数起，再数眼睛，后数爪子和尾巴。数完一只麻雀，猜拳双方同时喊出“满堂喜”再行令，输拳者叫一声“我的喜”后饮酒，赢拳者也随和“你的喜”②。然后开始数第二只、第三只麻雀，以此类推，直至唱道：

十个麻雀十个头，二十个眼睛明啾啾；
二十个爪爪蹲墙头，十个尾巴在后头……

演唱时要吐字清楚，数字须准确，不时有肢体语做辅助，如果将数目数错，同样要被罚酒，此所谓“酒令大于军令”也。

其四，倾诉类酒曲。此类酒曲深受民间小调影响，内容驳杂，大多抒发内心忧郁、感伤的情怀，或者含有一定的规劝教育成分。在宴饮的场合，人人都是奔着快乐而去的，但是当快乐的感觉逐渐散去而酒精尚未消退时，隐藏在人们内心深处的酸甜苦辣等情愫便会如涓涓细流奔涌而出，人生的苦痛在一刹那间被集中和放大。唱一曲《孟姜女》，发现孟姜女的

① 王文稻、刘萍：《河湟酒曲浅析》，《音乐探索》2004 年第 4 期。

② 同上。

命比自己还苦；叫一声《书生哥》，排解出积郁心中的压抑与焦躁；最后来段《十劝人心》——生活多么美好，每个人应该诚信做人，良知做事，善待自己和身边的一切。

第五节 青藏地区民间歌谣的功能

一 认识功能

历史不只是靠文献典籍保存，民众世代的口耳相传也是一种保存方式。青藏地区的民间歌谣作为社会意识形态的一种，真实反映了广泛的社会生活和多民族的思想情感，具有一定的认识功能。在民间场域，歌谣是社会现实的晴雨表，民众会随时随地吐露自己的心声：

顺治年哟，顺治年，顺治爷坐了十八年。
太平年哟，不太平，十一月腊月里动大兵。
你挑上你的儿孙，我挑上我的儿孙，
十一月腊月里动大兵……

这是流传于回族的《挑兵歌》，所唱内容为统治者强行拔兵，造成无辜的百姓妻离子散、家破人亡。这样的历史事实，在官家修订的史书中难觅其踪，大多是历朝历代被污蔑为“盗”、“贼”的农民暴动记载，缺少民众最基本生存境况的描摹。此类民间歌谣有助于人们全面细致地了解一些民族过去与现在的生活状态及其相关史实。流传于乐都县的《己巳谣》：“民国十八年，黎民遭大难。人吃人，犬吃犬。”唱的是1929年甘青地区遭受大旱的史实，当时颗粒无收，加上瘟疫肆虐，碾伯县发生“易子而食”的悲惨事件。这样的历史场景，存在于老者的记忆中并以歌谣形式讲述传承。随着时代的发展。歌谣所反映的社会内容也随之转变，脍炙人口的《穿着年代谣》就反映了半个世纪来寻常百姓的服饰变化[1]：

---

① 朱晓燕、宋兰安：《解读歌谣的社会意义和审美价值》，《邢台职业技术学院学报》2007年第2期。

五十年代劳动布，不讲阔气讲朴素；
六十年代军绿布，洗得越白越“八路”；
七十年代喇叭裤，口口朝下有风度；
八十年代牛仔裤，绷着屁股露肚肚；
九十年代皮茄克，没狐皮领不算数。

当下，民众对人生苦乐等重大问题多有民间歌谣式的认知与总结，并借助现代传播媒介以歌谣形式快速传递。如《一张纸，一辈子》[①]：

出生一张纸，开始一辈子；
毕业一张纸，奋斗一辈子；
婚姻一张纸，折磨一辈子；
做官一张纸，斗争一辈子，
金钱一张纸，辛苦一辈子；
荣誉一张纸，虚名一辈子；
看病一张纸，痛苦一辈子；
悼词一张纸，了结一辈子；
淡化这些纸，明白一辈子；
忘了这些纸，快乐一辈子！

此类内容虽稍显消极，但结合现今越来越物欲化的社会现实，比较形象地概括出社会个体所面对的诸多人生“围城”，并暗示打开“围城”的方法，那就是淡化甚至忘却功名利禄的“一张纸”，如此，人生才是明白的、快乐的。

对于青藏地区各民族文化的认识，民间歌谣也提供了一条捷径。流行于青海海东地区的《铺床歌》：

新郎新娘入洞房，互相交拜竞上炕；
争抢鸳鸯枕，先得主家政。

---

① 摘自当下流行的手机短信。

通过这首歌谣了解到，河湟地区的汉、土等民族新人入洞房时，有竞相上炕争抢枕头的习俗，此种习俗的文化心理是：谁先上炕并拿到枕头，谁在以后掌握主持家政之权。歌谣的演唱揭示了仪式的内涵。众多的人生礼仪、宗教仪式中，大都伴有相应的歌谣，让“他者”走进其中，深得其意。

二　教育功能

青藏地区是山之宗、水之源，世居民族众多，与之密切相关的神话、传说、故事和歌谣等民间文学样式极其丰富。“在传统社会里，民间教育大多是通过民间文学的形式实施的，教育过程也就是民间文学的传播过程。寓教于乐是民间文学教育的优势和特点。”[①] 那些喜闻乐见、真诚朴实的民间歌谣教育功能较为突出：

白铜黄铜是一样的铜，紫红铜铸下的火盆；
汉民回民是一家子人，大家要团结成一心。

这是一首名为《汉民回民是一家子人》歌谣，歌词简洁明快，意义明确深刻，在构建和谐社会的今天，在教育方式上少一些大话空话套话和刻板拘谨的说教，多考虑一些民众喜欢的“民间”形式，其教育效果可能会更好些。

民间歌谣所蕴含的教育作用往往体现为歌者对其听众在思想行为、精神品质等方面给予积极影响。在表演过程中，听众不仅能轻松地分辨善恶是非，而且还可以参与其中，用自己的表演去体悟那些健康的思想行为，达到更好的教育和内化作用。在多民族婚礼中，新娘的父母在女儿上马前都要唱《劝嫁歌》：

你到婆家门，大当大，小当小。
长辈进来行礼边站，晚辈进来笑脸陪迎。

---

① 万建中：《民间文学引论》，北京大学出版社2006年版，第89页。

攒清水，泼污水；起鸡叫，睡半夜。
孝敬公婆，尊敬丈夫。
煨炕嫑叫木锨响，公婆一听不安康；
扫地嫑叫尘土扬，罪名担着你身上；
取面嫑叫柜盖响，免得公婆把心伤，
擀汤嫑叫擀杖响[①]，公婆骂你“败家狼”；
洗锅嫑叫碗盏响，全家大小见不上。[②]

在这里，父母依旧用传统持家礼仪来教育女儿，希望她到婆家后尊老爱幼，勤俭持家，小心谨慎，免得招致不满或轻视。言语间虽有夸张的痕迹，但其教育的主题不因此而有丝毫影响。新嫁娘对父母的谆谆教诲，心领神会，铭记于心：

尊敬高堂亲，紧守闺阁尊。
要顾三门面[③]，贤惠传四方。

年轻一代基本上都是在聆听和学唱各种歌谣的过程中，逐渐习得本民族的文化历史和风俗习惯的，懂得了尊敬长辈、爱护幼老、勤俭持家等伦理美德。

童谣对儿童的教育作用尤为明显，其内容及演唱方式与儿童的理解能力和接受习惯相吻合，在反复歌唱过程中，儿童自然而然地领受到本民族文化心理和道德观念的熏陶，在他们幼小的心灵里埋下了公平、爱心等友好品德。“拾上个油骨朵儿我俩儿啃，你一口，我一口……”；提醒孩子过于顽皮或导致很坏结果时唱“缸扒倒，油倒掉，猫儿姐姐来了烙馍馍……”；警示儿童“做贼”的后果是：“官兵捉贼，顺头两捶”；待客礼仪时：“喜鹊喜鹊戛戛戛，你们家里来亲家；亲家亲家你坐下，吃个烟了

① 擀汤：青海方言，部分农村民族习惯称擀面为擀汤，吃饭称“喝汤”。
② 见不上：青海方言，看不上眼，鄙视、轻视之意。
③ 即娘家、婆家、舅舅家三方。

再说话"[1]。儿童在歌谣的长期影响中，自觉习得了相应的道德观念和民俗文化，并且保持着长久的"民间记忆"。

三　调节功能

在一些劳动强度大、消耗时间长的劳作过程中，劳动歌是"指挥者"，又是"调节剂"。新建庄廓时唱的打墙号子，节奏规范着众人动作，步调一致，同步进行，保证了效率和质量。同时有助于消除疲劳，振奋精神，以更饱满的热情投入到劳动当中。回族群众在打墙过程中唱到"油炒面嘛来了"、"小米饭里把酥油放"等语句时，动作明显加快，大有一鼓作气把活干完，好去休息吃饭的快感。藏族、蒙古族等在擀毡、挤奶时所唱的歌谣，也起到调整劳动情绪、增强劳动效果、消除动作重复单调厌烦情绪等作用。

日常生活中，歌谣体现着和谐人际交往功能。青藏地区的各民族无论婚丧嫁娶还是贺房庆寿，群体参与性强，好多人在特定场合都是初次见面或难得再见一面的，促使他们结识并深入交流的重要媒介便是各种礼俗歌。在嫁女娶媳的婚宴中，唱《迎宾歌》、《敬酒歌》，使所迎之人、所敬之客从陌生到认识，再到熟悉、相知，迅速消弭了人与人之间的隔阂而变得亲切起来。土族的纳信在进入新娘家门口前与守候在门后的阿姑们对歌，作自我介绍后请求："你唱的歌我回答，回答的对了请开门，回答不对了请指教……"阿姑们听了如此三番的谦逊真诚的回答，在嬉笑中缓缓打开大门，双方关系得以融洽。

"花儿"是各民族青年男女结识甚至恋爱、婚嫁的最佳媒介：

> 尕马儿拉上了草滩里来，草滩的弯弯里挡来；
> 你是个唱家了我跟前来，我俩儿对上了唱来。

显然，歌者醉翁之意不在酒——不是想切磋唱功，而是以此来搭讪，希望结识眼前这位年轻的异性。一旦俩人对上了，由相识到相知，再到相交、

---

[1] 在青藏地区的农家，只要有客人进门，一般的礼俗端上茶水和馍馍，并让客人抽烟，寒暄一阵后才说正事。

陷入爱河，质朴的山盟海誓，融融的你爱我恋，那“好戏”还在后面呢。

口头文学是人类最早的艺术创作，也是后世一切文学样式总的源头。民间歌谣所传达的内容往往成为作家创作的题材，以诵唱为主的民间歌谣对青藏地区的作家文学影响颇大。青海著名诗人昌耀在其部分诗作中用到了歌谣的体式：

咕德尔咕，拉风匣，
锅里煮的羊肋巴，房上站着个尕没牙。

还有藏族女作家梅卓、诗人端智嘉等，他们在创作中自觉运用了民间歌谣因子，使得其作品具有了自然古朴的特质。当然，在这方面成就更大的当属六世达赖喇嘛仓央嘉措，他的许多传世之作与“拉伊”有着千丝万缕的关系。

四　娱乐功能

青藏地区民间歌谣为生活在高原的各族民众提供了一条宣泄情感、表达心声的有效途径。尤其在传统乡村，民众娱乐最可能的选择就是歌唱：

尕牛儿哈放给者山坡上，
得儿啦啦来啦啦山坡上，
散心的那个花儿呀，漫了个美当。

这样充满生活乐趣的“花儿”，代表了歌谣所具有的抒怀娱乐功能。为广大民众提供了一个尽情放歌、表达心声的娱乐时空。

在民和三川举行盛大的庆丰节日“纳顿”上，人们载歌载舞，将自己真诚的歌声献给颛顼帝、二郎神等民间神祇：

风调雨顺国家宁，五谷丰登享太平；
头缸美酒头酥盘，无数钱粮谢神恩。

如此，在信仰力量的支撑下，逐步达到了“人神共欢”的精神状态。

五 审美功能

1．人物形象之美

青藏地区歌谣的艺术形象具有生动、具体、感人的特征，使人引起兴味，触动情感乃至产生共鸣，在潜移默化过程中了解歌谣的内容，接受歌谣美的熏陶。在民间歌谣中“有很多新鲜和淳朴的地方，而这就足够供我们的美感来欣赏”①。听者由此得到歌谣形象感受的教育，在思想情感的强烈感染下获得人格品质的净化，显现其审美功能。流行于河湟地区的《王哥来上工》，塑造了长工形象：

正月里到了正月正，王哥到我家来上工；
腰儿里系的卧龙带，我看王哥是好人才。
二月里到了二月八，王哥他给我买手帕；
一条手帕有五尺长，我看王哥是好心肠。

女主人公一直关切长工王哥从正月开始辛苦至十二月，在此过程中表达了对王哥的倾慕之情。歌谣给人传达的基本理念是——真正的爱情是能够跨越身份地位藩篱的，心仪的爱人应该有着劳动者身上所具备的朴实、勤劳和善良的品性。在那个年代，“王哥”就是农村少女心中的偶像，寄托着她们无尽的审美理想。

脍炙人口的土族叙事长诗《拉仁布与吉门索》成功塑造了一对出身不同家庭背景却彼此相爱的青年男女形象。在天真善良的吉门索眼里，拉仁布虽然家贫财稀，但为人坦荡，英武俊朗，是自己心仪的对象：

拉仁布阿哥心直如箭杆，拉仁布阿哥心如白纸白，
拉仁布阿哥歌如雄狮吼，拉仁布阿哥力能擒猛虎。

吉门索心洁若月，歌喉似莺，巧手绣花的功夫百里挑一，更显聪慧

① ［俄］车尔尼雪夫斯基：《艺术与现实的美学关系》，《车尔尼雪夫斯基选集》（上），周扬等译，三联书店1958年版，第40页。

贤淑：

吉门索妹妹心如明月长照耀，吉门索妹妹心如红珠灿烂红，
吉门索妹妹歌声更赛过黄莺，吉门索妹妹巧手绣花描龙凤。

在民众的审美期待中，如此心意绵长、年龄相仿的两个可人儿若能走到一起，那就是天造地设的一对“冤家”（河湟部分地区对配偶的昵称），歌谣满足了听众的心理预设。然而，如此美好的爱情却为世俗观念所不容，吉门索的哥嫂知晓自家妹子正与放羊的“贱民”拉仁布相恋时，便觉颜面丢尽，勃然大怒，遂巧设歹计刺死拉仁布。在拉仁布孤零零的尸首旁，吉门索肝肠寸断，悲愤嚎哭：

哥哥哥哥呀你听着，吉门索妹妹来看你；
我为你什么都割舍，我为你什么都舍得。

痴情女子悲痛欲绝的形象在听众心底油然而生：她一边痛哭流涕一边将象征富贵门第和世俗观念的头饰、衣物剥离开来扔向火堆后，随同拉仁布化为灰烬——挚爱的人都不在了，留下这些金光闪闪的劳什子又有何用？叙事诗唱述到这里，将听众心目中最有价值的爱情乃至生命无情地毁灭了，这种撼人心魄的悲剧正是来自两个丰满生动的形象——拉仁布与吉门索！

2. 音韵节奏之美

民间歌谣通过其独特的曲式和别致的词句来反映现实生活，给人以强烈的听觉冲击。但又不是刻意为之，而是“没有被特殊雕琢，存在于民间的、原始的、散发着乡土气息的形态”①，青藏地区的歌谣语言古朴，用韵自然，形式灵活：

西来的天鹅哟，不飞进鸟岛终不落，
因为，它留恋的故土只有一个。
草原上的香草哟，移到雪线就不活，

① 焦志丽：《清水出芙蓉，天然去雕饰——原生态民歌》，《黄河之声》2008年第11期。

因为，适宜生长的土地只有一个。
美丽的姑娘哟，我心早已与你相会。
因为，我倾心热爱的只有你一个。

这首《倾心热爱的只有一个》的藏族“拉伊”，以回环往复的句式、层层递进的意蕴，构成了歌谣和谐的内在韵律和情感的涓涓流动，犹若垂柳拂面的湖水上不断扩散着音乐和情感的涟漪，让听者深陷其中，流连忘返。

“花儿”在山野田间甚或广场茶园悠扬飘荡，或高亢或凄婉的音律，随同雨季的露水，浸润着民众焦渴的心：

樱桃儿好吃着树难栽，树根里渗出个水来；
心儿里有你着口难开，少年里唱出个你来。

大石头根里清泉儿，风吹时水动弹哩；
塄坎上站的心疼儿，说话时心动弹哩。

其以特有的曲调、韵律和节奏生成一定的音乐美感，加之细腻的情思、贴切的比喻，实乃“入心也深，化人也速”，给人以无尽的诗意享受和愉悦的审美体验。

3. 和谐意境之美

青藏地区民间歌谣更诱人的方面在于其深远的意境美。这种意境的构成不仅仅是歌谣所反映的生活画面，更重要的是传达出民众淳朴善良的人性美，各民族团结友爱、共存共荣基础上建立的和谐美，以及体现为各族民众对生活的讴歌和对理想人生的执着追求。

《王哥来上工》非常生动地营造了一种浪漫甜蜜的氛围，以及由此投射出主人公那种敢于超乎礼教规范、健康的生活乐趣和情感态度：

六月里到了正夏天，王哥他给我做凉圈；
做下个凉圈头上戴，花檎脸蛋儿晒不坏。
七月里到了秋风凉，我给王哥么缝衣裳；

雪白的棉花平铺上，千针万线地密缝上。
八月里到了八月八，我和王哥俩拔胡麻；
王哥一把我一把呀，王哥不乏时我不乏。

此情此景，单纯而唯美，清苦而不乏乐趣。在女主人公来看，心上人为她做的凉帽尽管是柳枝编就而成，谈不上精致耐用，但“一枝一叶总关情”，戴在头上，沁凉就在心上。于是她铺开雪白的棉花，为王哥密密缝制一份雪白的情感，而在田间劳作时，只要两个人在一起，此生永无倦意。

4. 生活色彩之美

民间歌谣虽不能像绘画那样直观地再现色彩，却可以通过语言的描述、音律的渲染，唤起听众相应的联想和情绪体验：

山丹花红来刺玫花黄，马莲花蓝在个路上；
把尕妹好比是圆月亮，阿哥是焐热的太阳。

红艳艳的山丹花、黄澄澄的刺玫，再加上马路旁那蓝幽幽的马莲，几种颜色点缀得错落有致，且由点到线，沿着无限空间延展。不难想象，这是多姿多彩的盛夏季节，歌者徜徉于花的海洋，揽月抒怀，把那份绵绵的思绪渲染得淋漓尽致。色彩的巧妙组合，为歌谣带来了浓郁的画意和鲜明的节奏。

流行于青海门源地区的《夸东家》是当地回族婚礼中必不可少的曲目。两亲家一旦相遇，说客就极力赞美本家主人的富有，如房屋、家具的豪华等，并称赞两家姻亲的美满，意在让女方父母放心，他们的闺女在婆家不会因穷受苦：

我到了东家的堂屋中，大红的柜儿上是自鸣的钟；
我到了东家的炕沿中，四六的白毡哈层上层；
大房上扣的琉璃瓦，转槽儿里拴的是白龙马。
……

夸赞过程中，极具色彩感的描述彰显着东家的富足和宽裕，听了心情舒展，让人极易联想到新人将来的生活会像婚礼般红火，幸福如歌声般绵长。

青海海西蒙古族在举行结婚典礼前一天要进行“送佐萨”仪式。男方给女方送哈达和酒，酒瓶上用红线拴上绘有双鱼对嘴图案的黄佐萨，表示新婚夫妇如胶似漆黏在一起，白头偕老，永不分离。送佐萨必须由新郎亲自献给岳父母，二位老人在接受佐萨时说唱“佐萨颂词”：

祝福吉祥如意，愿你俩新婚夫妻：
像洁白的哈达一样，纯洁无瑕；
像这红丝线一样，亲密无间；
像金黄的佐萨一样，永不分离。
……

一组鲜明的对比色，极大地增强了情感色彩的饱和度，从而体现了歌者想要表达的原初意义。像这种“着色的情感”在青藏民间歌谣中多有体现，每一组文字都具有绘画的鲜明性和直观性，仿佛可以使人触摸到歌谣特有的那种质感，极具艺术感染力。

作为表演的艺术，青藏地区民间歌谣在日常生活中获得重复性的审美体验，正如民众在花儿会上所唱：“这一首唱完了再不唱，许在个明年的会上”，享受着不同场景下生活赋予歌谣的更多快慰和美感。

第六章

勇士赞歌:英雄史诗

史诗作为一种古老的文学样式，是极其宝贵的非物质文化遗产，在整个人类文化发展史中占据着非常重要的地位，甚至会成为一个国家或民族文化的象征与文明的丰碑。英雄史诗《格萨尔》被世人誉为“东方的《伊里亚特》”，是藏族古代民间文化和口头叙事传统的最高成就，也是其民族精神的标本和承载其心灵记忆的根谱，比较全面地反映了藏族的传统文化，具有丰富的文化内涵和多学科研究的价值。青海蒙古族英雄史诗以《格斯尔》、《汗青格勒》为主的口头传统依然存活，这些英雄史诗是蒙古族文化宝库的奇葩，蕴含着蒙古族人民的聪明才智，同样具有重要的历史文化和文学研究价值，

第一节 《格萨尔》活态的史诗传统

一 《格萨尔》梗概

英雄史诗《格萨尔》故事梗概如下：

人间恶魔横行作乱，大慈大悲的观世音菩萨，不忍看到世间众生处在水深火热之中，请求阿弥陀佛派遣一位能够解救百姓于苦难的担当者。天神之子角如（格萨尔幼年时的名字）降生人间，但遭到叔叔晁同的迫害，将其母子驱逐到玛域。在岭国举行的赛马大会上，13岁的角如一举夺魁，得到岭国王位，并迎娶珠牡姑娘为王妃。自此，被“黑头藏人”称为无敌雄狮大王的格萨尔，踏上了治理岭国、抵御外敌入侵的征程，使百姓摆脱了战乱之苦，过上了安居乐业的幸福

生活。最后，格萨尔大王救出了坠入地狱的母亲和妻子，功德圆满后，重新返回了天界。

《格萨尔》史诗是一部“活形态”的史诗。由于《格萨尔》说唱艺人“仲堪”清晰悠长的歌声，使活态的史诗演唱传统依旧存在于民间。作为世界上最长的一部史诗，主要流传在西藏、青海、甘肃、四川、云南等省区，目前搜集到的手抄本和木刻本达289部之多，最短的部本有几千诗行，《安定三界》、《霍岭大战》、《地狱救妻》等都有数万诗行，比古巴比伦史诗《吉尔伽美什》、希腊史诗《伊里亚特》和《奥德赛》、印度史诗《罗摩衍那》和《摩诃婆罗多》的总和还要长。这部史诗不仅在藏区家喻户晓，在蒙古族、土族、裕固族等民族中都有流传，而且远播到蒙古、俄罗斯、巴基斯坦、尼泊尔等国，并被翻译成英、德、法、俄等多种文字。

《格萨尔》史诗集中体现了豪迈进取的民族精神，弘扬了“抑强扶弱、为民除害”的主题思想，彰显了英雄建功立业的理想品质，赞扬了英雄非凡的业绩，对人性进行了充分的肯定，使格萨尔这一代表广大民众愿望和理想的具有非凡力量的神人合一的英雄形象深入人心，激励着世代生活在艰苦严寒地区的高原民族不惧艰险，不畏强暴，自强不息，奋发图强，勇于进取，用自己勤劳的双手建造幸福家园和美好生活。

二　《格萨尔》的流传方式

一些藏传佛教寺院受过文化教育的僧侣尤其是宁玛派僧人，对《格萨尔》的说唱部本进行记录、整理和加工，编纂成手抄本，并在抄本收藏和流传中起到了重要作用。手抄本为藏纸长条形，用一种特殊香料和药材加工制成，可以长年存放而不生蛀虫，且能保持字迹清晰。藏族民众将这些抄本视若珍宝，认为家中若能存放一部《格萨尔》抄本，便可以禳灾祛祸，招福纳祥。由于《格萨尔》得到宗教僧侣和上层人士的喜爱与重视，部分章节、部本被刻板印刷，产生了木刻本。手抄本和木刻本的生成，大大加快了史诗的传播速度，并在一定程度上减少了史诗在民间流传中的变异。因众多刻本多是由僧人记录整理，在寺院里刻印，难免会在转抄、记录的过程中根据自己的意志去作一些修改，并将自己的宗教情结带入史诗中，增加有关宗教教义、教规的内容，故使史诗增添上浓郁的宗教色彩。1950年以后，政府曾大规模地搜集、整理《格萨尔》，一些分部本得以铅印出版发行。现阶段有手抄本、木刻本和铅印本的书面流传方式，与艺人的口头传唱并存。事实上，民间说唱艺人的口头吟诵、传唱表演，依旧是主要的流传形式。

三 《格萨尔》说唱仪式

《格萨尔》的说唱艺人大都不识字，据艺人们的说法，他们大多是靠偶然的“机缘”成为一名“仲恳”即《格萨尔》说唱艺人的。有的是朝佛转山之后开始说唱的，有的是在一场梦后开始说唱的，有的是在大病一场之后开始说唱的。只有遇到与格萨尔大王或者和史诗相关的特殊机缘，才能成为神圣的职业说唱艺人，履行传扬英雄故事的神圣职责。这些说法，无疑给《格萨尔》说唱艺人和《格萨尔》史诗蒙上了一层神秘的色彩。在进行说唱时，许多说唱艺人随即进入一种近乎痴迷状态，说是因为“故事神”的降临或附体，在眼前呈现出史诗中的场景或文字，而使说唱无比精彩、流畅，源源不断。故而《格萨尔》说唱艺人在进行说唱前，要举行一些必要的仪式，其形式多样，程序繁简不一。

有的艺人要设专门的香案，正首悬挂格萨尔唐卡，两边是岭国英雄和珠牡王妃等人的画像，说唱前先要在案前供奉净水、燃酥油灯、煨桑，而后闭目凝神，口念敬神的颂词，虔诚地祈祷后开始说唱。有的艺人说唱时一只手托着“仲夏”（即艺人帽），将其视为说唱表演时必要的道具，一般先要讲述帽子的来历和有关帽子的赞词——“帽赞”。有的艺人在说唱时挂起绘有格萨尔故事的唐卡，一边指着画卷中的内容，一边进行说唱。有的艺人说唱时面前摆放一面铜镜，看着铜镜说唱。有的艺人说唱时手握一张纸，盯着纸说唱。

四 《格萨尔》的流布

藏区世世代代的说唱艺人唱着史诗行吟四方，走到哪儿便把史诗传播到哪儿，坚信即使“雪山消失得无影无踪，大江大河不再流淌，天上的星星不再闪烁，灿烂的太阳失去光辉，雄狮格萨尔的故事，也会世代相传”，显示出极其强大的生命力。《格萨尔》史诗不仅流传于青藏，也流传于云南、内蒙古、新疆等省区的蒙古族、土族、裕固族、普米族、傈僳族、纳西族、白族，甚至撒拉族中间，基本保留了藏族《格萨尔》史诗的主要人物和故事基本情节、整体故事框架原貌，但与这些民族的文化相融合，形成了富有本民族特色和地域特色的史诗部本。

《格萨尔》在蒙古语中称为《格斯尔》，在聚居于青海、内蒙古、新疆、甘肃、河北、辽宁、吉林、黑龙江等省区的蒙古族中都有流传，逐渐形成了以内蒙古呼伦贝尔的巴尔虎部、哲里木的扎鲁特—科尔沁部和新疆卫拉特部为主的三大流传中心。内蒙古的赤峰市、哲里木盟，青海省的海西州是格斯尔传说流传最多的地区。以口头和书面两种形式流传，而以书面流传为主。《格斯尔》的版本主要有：北京木刻本、北京隆福寺本、乌素图召本、鄂尔多斯本、札雅本、诺木其蛤敦本、色旺本、卫拉特托忒蒙古文本等。其中以北京木刻本最为有名，是在1716年北京用蒙文木刻刊行的《十方圣主格斯尔可汗传》，又称北京木刻本，共有七章，用散文写成，语言精练，接近青海卫拉特蒙古人的口语。主要内容为：格斯尔的诞生；打死黑斑虎；汉地之行；镇服十二头颅蟒古斯，救出阿日伦高娃夫人；锡莱郭勒大战，救出茹格慕高娃夫人；格斯尔战胜蟒古斯的化身喇嘛；格斯尔地狱救母。这个文本在1776年被俄国人帕拉斯带到莫斯科刊行，成为国外研究《格萨尔》之始。

土族《格萨尔》主要流传在青海土族聚居区，被称为《格萨尔纳木塔尔》，“纳木塔尔”是藏语“传记”的意思，是用藏、土两种语言、韵散结合的说唱体。艺人在说唱时用藏语吟唱韵文部分，然后用土语进行解释，这种解释并不是单纯的对藏语唱词的内容重复，而是大量融汇了土族文化特质的新内容。在说唱中有很多藏语、汉语的借词。演唱的曲调主要是藏族“酒曲”等民歌曲调，以及本民族的民间音乐曲调。不同的情节和角色，使用不同的曲调。故事整体轮廓、主人公均未发生大的变异，但内容、情节及结构方面，还是有一些差别，在讲唱格萨尔诞生之前还有一部分讲述日月星辰、世界形成及人类诞生等创世史诗内容，处处闪现着土族文化的元素。据调查，土族《格萨尔》的口头说唱本根据其传承和结构方式可分两种，第一种主要内容包括：阿布朗创世史、乔同毁业史、格萨尔诞生史、堆岭大战史、霍岭大战史、姜岭大战史、嘉岭大战史、安定三界史等八个部分，系分部本；第二种主要内容包括：天界篇、诞生篇、成婚篇、霍岭大战篇等五个部分，系分章本。其中《阿布朗创世史》内容独特，在藏族《格萨尔》中尚未见到过。现居甘肃天祝藏族自治县的更登什嘉是目前国内寻访到的唯一一位能够说唱长篇土族《格萨尔》的民间艺人，被列入第一批国家级非物质文化遗产项目代表性传承人名单。

裕固族中普遍流传《格萨尔》，内容多为沿袭藏族《格萨尔》分部本总脉络，再按照裕固族的文化特质进行改编。主要有《英雄诞生》、《赛马称王》、《世界公桑》、《降服妖魔》、《霍岭大战》、《姜岭》、《门岭》、《松岭》、《朱孤》、《地狱救妻》、《分大食牛》、《安定三界》、《阿古叉根史》、《阿古乔同史》等。据说，其中的《霍岭大战》仅为藏文本的四分之一，是懂藏文的裕固族知识分子按照裕固族艺人说唱的内容和形式用藏文编写成的。裕固族没有文字，同一个民族内使用东部裕固语和西部裕固语两种语言，前者属阿尔泰语系蒙古语族，后者属阿尔泰语系突厥语族。使用东部裕固语的艺人在说唱时使用两种语言，进行韵散结合式的说唱。即用东部裕固语叙述散文部分，用藏语吟唱韵文部分。从情节、内容上看，其讲说内容既受到了藏族《格萨尔》的影响，也受了蒙古族《格斯尔》的一定影响，形式上近于卫拉特《格斯尔》。裕固族每逢春节时都要讲唱《格萨尔》，以期在一年之始给人们带来好兆头。小孩长到三岁时要举行剃头仪式，就请艺人讲唱《格萨尔》，祝福小孩以后能像格萨尔王那样聪慧、勇敢。

《格萨尔》在信仰伊斯兰教的撒拉族中也流传甚广，民众大都知道格萨尔的故事。但《格萨尔》在撒拉族中已被改造成一位真主派来的地道的撒拉族英雄，他扶贫济困、惩恶扬善、为民造福，是人们永远崇敬和颂扬的大英雄。云南宁蒗普米族中流传着《冲·格萨尔》，鹤庆县西山一带白族中称格萨尔为“老藏王”，流传着《金鸡格萨尔》的故事。

不仅如此，《格萨尔》史诗还远播到了境外的蒙古、拉达克、锡金、不丹、尼泊尔，克什米尔的吉尔吉特、巴基斯坦的巴尔蒂斯坦以及俄罗斯的卡尔梅克、布里亚特等国家和地区。

第二节 《格萨尔》说唱程式

一 关于“表演”与“口头程式”

《格萨尔》的传承，虽然出现了手抄本、木刻本以及铅印本等书面文本形式，但民间口头传唱依然是其最主要的传承方式和存在形式。书面的文本，除了用以保存外，一般也作为民间说唱时作“底稿”使用。这部活形态的史诗，除了具有一般史诗及民间口头文学的共性之外，更富有口头传统规律和个性特点。运用美国学者帕里—洛德“口头程式理论”中精髓的三个结构性单元概念，即程式（formula）、主题或典型场景（theme or typical scene），以及故事形式或故事类型（story-pattern or tale-type），“能够很好地解决了那些杰出的口头诗人何以能够表演成千上万诗行，何以具有流畅的现场创作能力的问题”[①]。口头程式理论强调“表演中的创作”，即史诗艺人利用“程式”和“主题”的现场即兴表演创作，对揭开《格萨尔》史诗千百年来如何传承、艺人如何口头表达等不解之谜，不失为一种有益的理论与方法。

“程式”是普遍存在于口头诗歌中的结构单元。帕里最早定义道：“程式是在相同的步格条件下为表达某一特定意义而经常使用的一组词。”“是传统诗歌的惯用语言，是多少代民间歌手流传下来的遗产，对口头创作的诗人来说具有完美的实用价值，还包含了巨大的美学力量”[②]，程式并不仅仅是一些重复使用的词语，更是一种固定的词语模式。它与主题的关系密不可分，是表达主题的手段。程式之于形式，相当于主题之于内容。口头诗学中的“主题”概念与一般的文学、艺术作品所表现的主题思想是不尽相同的。此处主题是一组一组的意义，是歌手以传统的程式化的文体来讲述故事时使用的；歌手或故事讲述者每一次运用主题的时候，都或多或少地运用相同的词语来表述主题内容，主题是重复的段落（passage），而不是一种话题（subject）。一个歌手或故事讲述家在运用主题过程中，文体的变化、同一个主题在不同的场合出现的具体内容的变化程度是有相当差异的，显现出歌手之间和主题之间的不同[③]。

主题可大可小，一个大的主题可以分成几个小的主题。与有时被译作“母题”的概念有些接近。但主题要大于母题，是规模较大的一种叙事单元。主题由一系列母题组成。一个母题可以被归入不同的主题之中，使一

① ［美］约翰·迈尔斯·弗里：《口头诗学：帕里—洛德理论》，朝戈金译，社会科学文献出版社2000年版，第16页。

② 尹虎彬：《古代经典与口头传统》，中国社会科学出版社2002年版，第104页。

③ 同上书，第139页。

个主题含有若干母题。一个母题可以因其发展而由一个主题进入另一个主题之中。简而言之，主题是基本的内容单元。由此，“程式”和“主题”都是歌手用来讲述故事的手段，主题总是与程式化的表达方式相联系。艺人正是通过程式与主题来建构他的诗行。程式属于悠久的传统，通过长期的积累而获得，史诗说唱艺人的程式积累是其主题积累的一部分。在史诗《格萨尔》的叙事中，这种结构形式上的程式特点极为鲜明，而且《格萨尔》在无数艺人的传唱过程中，形成了一些明显的、传统的、被固定下来的程式化表达的意义单元。

二 整体结构的程式化

《格萨尔》传承中形成的文本，有分章本和分部本之分。分章本是将主人公格萨尔整个一生的活动分章节在一部中讲述完。有贵德分章本（五章）、拉达克分章本（七章）等。分部本则是在一部书中只讲述格萨尔传奇一生中的某一段故事，目前发掘、整理的分部本已有百余部。

《格萨尔》总体叙述，可归纳为：格萨尔在天界→降人间→称君王→战邪魔→救亲人→返天界这样一个循环结构，即以格萨尔的一生为基本线索，形成了一个循环的整体框架。王哲一认为，格萨尔的一生是一个“封闭系统”，由这个封闭系统构成了整体框架。这个环形结构在形式上的封闭性，是基于其首尾相连（从天上来又回到天上）而言；环形结构功能的开放性，是指《格萨尔》在流传过程中又把许多具有审美意义的历史事件、人物传说、神话故事、趣闻逸事吸收到这个环形结构上来的功能特质而言①。在史诗的传承过程中，艺人们根据上述总体情节结构的其中之一，又可以将它扩充成结构完整而符合《格萨尔》说唱传统的独立之一部。如《天岭九卜》、《英雄诞生》、《赛马称王》、《地狱救母》、《地狱救妻》、《安定三界》，以及《降服魔国》、《霍岭大战》、《门岭之战》、《保卫盐海》等众多战争题材的分部本即由此而生。分部本中的某一情节，亦可根据《格萨尔》史诗特有的程式化的叙事传统，拓展成另一结构完整的新的分部。由于程式和主题对史诗的建构功能，创造出了众多的分部本，形成了《格萨尔》史诗具有封闭性形式与开放性功能无比庞大

① 王哲一：《〈格萨尔〉结构形式和结构功能考察》，《格萨尔研究》1985年第2期。

的结构。史诗的总体结构及分部本的生成可表示为：

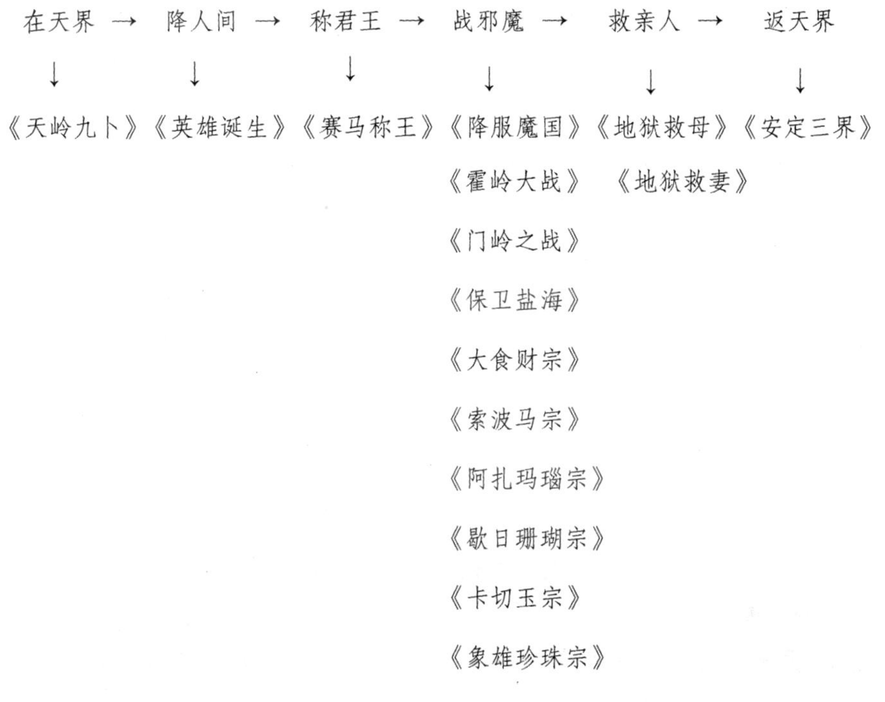

其中，“战邪魔”是史诗的主体部分，是古代藏族部落战争和民族战争的史实或传说。艺人说唱时可根据《格萨尔》传统的具体程式，创造出各自优美的诗行，但“在天界”、“降人间”、“称君王”、“战邪魔”、“救亲人”、“返天界”这六个主题，是史诗总体和分章本基本保留的意义单元，是《格萨尔》中相对较大的主题。

程式和主题是史诗传承中形成的稳定的成分，艺人正是继承了这一传统，加上自己储备的材料，源源不断地在每一个意义单元下或多或少地创作出史诗分部本，且每一次的说唱都是一次新的创作。因为艺人的每次说唱中，尽管总的程式和主题是固定的，但使用的具体故事情节、诗行及词句不尽相同。

《格萨尔》史诗这种程式化的整体结构，并不是偶然形成的，而是藏民族特有的宗教观念、笃实信仰作为其思想基础和背景在史诗中的折射反映。自然崇拜、苯教、藏传佛教的衍变，轮回思想、灵魂观念、神佛信仰等意识浸润于藏族的信仰思想观念，使格萨尔受天神指派降临人间，完成大业之后又重返天界的安排，显得自然而然，顺理成章。

二 分部本结构的程式化

其一，故事情节的基本模式。史诗以战争为主要内容，描述格萨尔先后降服四魔、十八大宗、十八中宗、几十小宗的戎马一生。外敌入侵→出征降敌→消灭恶魔→册立新君→取战败国财物，成为战争母题的各个分部本总体的、较传统而固定的完整叙事模式。这既是每一分部本的基本故事情节结构模式，亦是《格萨尔》每一分部本的基本主题。《格萨尔》艺人在创作每一分部时，总是先设定一个岭国的敌对方来侵犯岭国，燃起战争烽烟；或是说某地百姓在恶魔蹂躏下苦不堪言，于是天神“授记”格萨尔须解救民众于水火之中。格萨尔大王遂率众英雄出征，极尽勇武、智慧之能事，降服恶魔，取得胜利。然后，或把战败国财物运回岭国，或重新册立一贤明、向善之主，将财物分给穷苦百姓。遵循这一程式，艺人便可大量地创造出新的分部。

《霍岭大战》叙事结构：霍尔入侵，抢夺岭国王妃珠牡→岭国将领奋起抵抗→格萨尔大王亲征→消灭恶魔，安抚百姓，凯旋而归。

《打开阿里金窟》叙事结构：岭国、阿里恶魔作乱，百姓不堪其苦→格萨尔出兵消灭七个妖魔→在阿里公主帮助下，打开金窟，赈济两国百姓。

《卡切玉宗》叙事结构：尺旦王贸然发兵岭国→格萨尔派兵反击→几番浴血大战→降服敌首，获取胜利。

史诗分部的叙事存在许多反复出现的程式化的典型情节，较经典的两个分部本《霍岭大战》和《降服魔国》中，就有这样高度程式化的情节：

珠牡被霍尔白帐王劫走，天母授记格萨尔前去营救，梅萨给他喝了迷魂药，忘记了救珠牡，后在赤兔马的力劝和提醒之下，终于返回岭国，救回珠牡。

梅萨被魔王路赞劫走，天母授记格萨尔去营救，珠牡却极力阻拦，并在酒中偷偷放进迷心忘事的药，使格萨尔忘记搭救梅萨之事，在姑母贡曼杰姆的再三提醒下，终于救回梅萨。

在实际的说唱过程中，对同一主题，有的艺人使用的诗行较少，有的艺人使用的诗行则可能很多，差别很大。在进行说唱时，艺人常使用传统的、现成的表达手法。这些传统的主题，催生了程式化的诗行。

不管是不同的艺人说唱同一分部，或同一艺人说唱不同分部，使用的具体词句并不是完全相同，固定不变的，但所有说唱都必定将主题即核心内容保留下来，而且主题的顺序都是相同的。主题并不是由一些固定的词语所固定下来的，而是由一组接一组的意义固定下来的。这是史诗传承中较为稳定的成分，对史诗的传承作用显而易见。

其二，故事情节的典型母题。

一是"授记"母题。神灵授记，一般容易成为《格萨尔》史诗分部本故事开端。《门岭之战》开篇道："……无敌格萨尔王似睡非睡的当儿，不知什么原因，空中突然响起一阵巨大吼声，霎时间，森祝达孜王宫周围呈现出一排彩虹的帐幕，天空降下纷纷花雨。在激烈的霹雳声中，白梵天王神采奕奕地立于彩虹道上，向格萨尔王授记道：……"① 接着，格萨尔大王依照授记出征门国，引发门岭之战。在故事的叙述过程中亦频繁运用授记来展开和推动故事发展。在《降魔篇》中，格萨尔的妃子梅萨被魔王鲁赞劫去，姑母贡曼杰姆授记格萨尔前去营救，并说降服魔王的时机也已来临。王妃珠牡却极力劝阻，深情挽留，并给格萨尔吃了迷心忘事的药丸。此时，又是姑母贡曼杰姆的出现推动了故事的继续发展，在她的再三授记、提醒下，格萨尔终于成行。天神的授记还往往由神鸟来传达。在《赛马七宝之部》中②，姑母授记格萨尔赛马夺取王位、财宝和珠牡，并让他假传神灵旨意给晁同。于是，格萨尔变做一只乌鸦，假托马头明王，伪造预言，骗晁同做东道主，召集赛马夺宝的大会。

二是"寄魂"母题。史诗中的人物都有寄魂物。有的只一个寄魂物，有的则有数个寄魂物，格萨尔王的灵魂寄托在玛沁雪山上，若想杀害他，仅伤肉体是不够的，还须摧毁玛沁雪山。珠牡的灵魂寄托在扎陵湖；霍尔白帐王、黄帐王及辛巴·梅乳孜的灵魂分别寄托在白野牛、黑野牛、黄野牛和红野牛身上；魔王鲁赞的灵魂寄托在大海、古树和野牛三处。只有设

① 嘉措顿珠译：《格萨尔王传·门岭之战》，西藏人民出版社 1984 年版，第 3 页。

② 王沂暖、唐景福译：《赛马七宝之部》，甘肃人民出版社 1988 年版。

法消灭了敌方的寄魂物，才能将敌人彻底置于死地。艺人在讲唱史诗时，围绕这一主题又可展开一段新的故事。

三是“抢妻”母题。“抢妻”是东西方民间文学作品中广泛存在的母题。“抢妻”成为某些《格萨尔》分部本故事的起因。在《霍岭大战》中，霍尔白帐王劫走了岭国王妃珠牡，在《降服魔国》中，魔王鲁赞抢去了岭国王妃梅萨，《松岭大战》则是晁同劫走了松巴国美朵错茉公主，引发了两国间的大战。

其三，在程式化叙述中展现不同艺人的个性。

艺人每一次的说唱，虽然都是在主题的导引下遵循一定的程式，但这并不是说对艺人具体诗行、词语的使用有规定性。由于艺人们各自生长环境、生活积累、个人阅历及文化熏陶等不同，在使用诗行上、语言上均有差异。如云南德钦县艺人索南次仁既是史诗艺人，又是当地有名的故事家，他讲述的藏族故事具有浓郁的德钦地方特色；西藏艺人桑珠不但是史诗艺人，同时也是一名优秀的斋呷艺人，擅长说赞词，他说唱的赞词既多且全，妙语连珠。不少艺人有自己的套曲，对于史诗中的主要人物都安排了专用曲调；而有些长于说故事的艺人说唱，散文部分就显得较恣肆汪洋，韵文相对减少。

有些艺人因具备某些知识专长，在说唱时就会凸显与众不同。果洛州书写艺人昂亲多杰是一名藏医，精通藏族医药知识，他书写的《匝日药宗》，不但具有史诗特色，同时又荟萃了藏医学的宝贵知识[①]。

其四，“运”观念在程式化中的隐形作用。

在总的结构模式下，之所以有许多分部本源源不断产生，还与藏族“运”的观念有很大关系。藏族“运”的观念是万物有灵思想的一种表现。“运”为藏语音译，为“福运”之意，认为世间万事万物都有“运”。牛有“牛运”，马有“马运”，茶有“茶运”，青稞有“青稞运”……当得到某种物品时，如果得不到它的“运”，那就会很快失去它，而若得到了某种物品的“运”，即使暂时没有这东西，以后也会有的。

《格萨尔》分部本中众多战争的描述，也是格萨尔为岭国百姓夺取“运”的战争。格萨尔每每征服某“宗”之后，不光把该“宗”的部分

---

① 杨恩洪：《民间诗神——格萨尔艺人研究》，中国藏学出版社 1995 年版，第 25 页。

财物运回岭国，还要依托神佛之力将其“运”带到岭国。有时甚至并不带走实物，而只将该国的“运”带回岭国。于是，《格萨尔》分部本的名称便有了《索波马宗》、《木古骡宗》、《松巴犏牛宗》、《阿里金宗》、《雪山水晶宗》、《卡切玉宗》、《祝古兵器宗》、《汉地茶宗》、《北部盐宗》、《丹玛青稞宗》、《匝日药宗》等。分部本的命名规则可总结为：地名+物名+宗。根据这一程式，如果艺人有足够的才能和充分的想象力，则可无限量地列出说唱部本的名称。

三　唱词形式结构的程式化

其一，说唱形式的程式化。《格萨尔》采取以韵文为主、韵散结合的说唱叙事形式。散文部分用以介绍故事内容和情节，在整部史诗中最突出的作用有两点：“一是承上启下……使之构成整体；二是描述、叙诵敌对双方在疆场上具体、形象的实战场面。”① 人物间的对话为韵文，亦有少量放在卷首提纲挈领、总括全书的韵文体。艺人说唱时，散文部分是情感饱满的叙诵，韵文则是抑扬顿挫的唱词。这种和歌的韵文体，按体裁可分为“鲁体”、“颂偈体”、“年阿体”。

“颂偈体”本是佛经的唱词，一首数句，各句字数相等。它与“年阿体”没有十分明显的区别。在《格萨尔》中，“颂偈体”和“年阿体”韵文多用在卷首，但有时也出现在卷末，作为一段故事的结束。这两种诗歌体例在《格萨尔》中不是很普遍。但史诗广泛吸收了藏族民间文学的丰富养料，尤其对“鲁体”民歌形式的吸收运用，呈现出《格萨尔》在诗歌形式上的程式化。

其二，唱词结构的程式化。《格萨尔》唱词，韵文体歌诗多采用“鲁体”。“鲁体”是藏族韵文体文学中一种古老的诗歌体裁。无论诗行长短，各句字数整齐划一，对仗工整，音韵和谐，极富节奏感与音乐性。一般多采用七字、八字句，作为《格萨尔》中人物间主要的对唱形式通贯史诗。其间不乏富于哲理的谚语、精确优美的比喻。唱词的内容和形式亦隐含一定的程式，其程式化的形式结构大致可分为起始词，祈请神灵佑助、加持，介绍自己和所处地，中心内容和结束语五个部分。在下面这段唱词

---

① 王兴先：《格萨尔论要》（增订本），甘肃民族出版社2002年版，第251页。

中，可以清楚地看到高度程式化的形式结构[①]：

阿拉拉毛唱阿拉，塔拉拉毛唱塔拉，
祈请菩萨金刚手，亲临降服罗刹魔！
还要帮我小角如，鬼怪邪妖全消灭！

若不知道这地方？这是罗刹黑魔窝。
若不认识我是谁？角如小王就是我。
我是千佛一弟子，妖鬼邪魔镇压者。
……
你这轻薄女妖精，你这招祸之灾星。
在我回家的路途上，竟敢把超同来捉弄。
若不将你的命根断，就是我角如无本领。
听懂它是悦耳语，不懂不再做解释。

起始词："阿拉拉毛唱阿拉，塔拉拉毛唱塔拉"两句，几乎是所有唱词的首句，但可在一定范围内变化，根据艺人即兴说唱，可长可短，可灵活掌握运用，有一、二、三、四句不等。经僧侣文人高度宗教化加工而保存、流传下来的木刻本、手抄本中，这两句之前往往有"唵嘛呢叭咪吽"等。

祈请加持：是祈请各自的护法神保佑、加持。祈祷的对象因人不同而各异。神子格萨尔祈祷时，一般要祈请白梵天王、格卓念神、战神威尔玛等；珠牡、梅萨多祈请白度母、空行母等；晁同信奉的是苯教，故而他祈请的则是苯教神灵。晁同的唱词云[②]：

阿拉拉毛唱阿拉，塔拉拉毛唱塔拉。
祈请苯教始祖辛饶师，祈请阿苯达拉火燃神，

---

① 王兴先主编：《格萨尔文库》（第一卷），甘肃民族出版社1996年版，第160页。诗行中画黑线句是几乎所有唱词的高度重复成分，它们组成了《格萨尔》歌诗的结构框架。唱词的形式结构大致均如此。

② 同上书，第81页。

玛吉世间王母也祈请，来做达戎晁同助唱人。

霍尔君臣多祈请泰让神，霍尔白帐王的唱词云①：

上方蔚蓝虚空中，白天泰神做主尊，
请来保佑大王我，地位显赫高如云！

中界茫茫天空中，花空泰神做主尊，
请来保佑黄帐王，王权稳定正教兴！

下方锦绣大地上，黑地泰神做主尊，
请来保佑黑帐王，权势不变如地稳！

介绍语：是自我介绍，包括姓名、身世、官职、职业等，并要介绍所处地。唱词自我介绍中的特定格式为："你若不知道这个地方……你若不认识我是谁……"

中心内容：在唱完上述内容后，才开始述说要表达的实际意思。其中，又运用大量谚语、比喻来论证说理。谚语由一句固定的、程式化的句子，用"古时藏人谚语这样说"引出②：

世上古人谚语说：
无箭哪能把弓拉，没弓怎么能射箭？
弓箭二者都具备，射向哪里都不偏。
无人天神庇护谁，没神事情不好办。
人神双方若聚会，办事必能如心愿。
古人说的这些话，都是至理真实言。
因此王臣与勇士，五月十三这一天，
要去玛杰神山上，拉孜跟前煨桑烟。

---

① 王兴先主编：《格萨尔文库》（第一卷），甘肃民族出版社1996年版，第97页。
② 同上书，第326页。

结束语：唱词的末尾，一般以“听懂他是悦耳语，不懂不再做解释”两句作为唱词的结束语。

至此，可以明显看出，唱词的形式结构具有较为稳定的程式可循。但不同的艺人根据不同的环境创作、表演，可在一定范围内灵活变动。如有时，亦以“歌唱错了我忏悔，话说错了请原谅”作为唱词最后的结束句。

唱词中上述种种程式化的结构特点，不仅表现在同一艺人说唱不同的部本中，也表现在不同艺人说唱同一部本中。他们说唱时运用的词句不一定一模一样，在叙说每一内容单元时，运用的诗行不一定是完全相等，但任何一次说唱其唱词的形式都没有脱离这种结构上的程式化。藏族民歌常见的为三段体，每段数句，各句字数相等的体例。前面两段为比兴句，最后一段写实。反复、排比、回环是其惯用的表现手法。“鲁体”民歌托物起兴时，所举之物往往按一定空间顺序排列的诗体格律和诗歌表现手法，在《格萨尔》唱词中得到最广泛的运用①：

上部——建起天神的宫殿，
是供奉金身佛像的地方；

中部——树起八幅妙法轮，
是僧众讲经说法的地方；

下部——歌手汇聚歌舞场，
是歌唱吉祥妙曲的地方。

这首三段二句体民歌，每段第一句的第二、三字，第二句的第四、五、七、八字相同（指藏文原文）。这种多处重复、一叠三唱、音韵和谐、多段回环的诗歌格律形式，早在敦煌古藏文文献中就有记载②：

① 甘南藏族自治州文化局：《藏族民间歌曲选》，青海民族出版社 1989 年版，第 92 页。

② 马学良等：《藏族文学史》（上），四川民族出版社 1994 年版，第 51—52 页。

啊！歌谣呢学唱吧！
南方呢和北方，绵羊呢适北方；
六谷呢宜南方，不知呢选何方？
猛虎呢和狮王，花纹呢猛虎美，
本领呢雄狮强，选虎呢选狮王？

这首二段四句体歌诗，前面有一起始句“啊！歌谣呢学唱吧！”每段最后一个字相同，且每句第三个字“呢”相同。

《格萨尔》唱词和“鲁体”民歌中这些程式的存在，为歌手即兴创作演唱提供了现成的结构模式，甚至诗行。艺人或歌手只要根据这种程式，填充具体词句就可以完成其创作表演了。

四 叙唱语言的程式化

藏族的生存环境在语言中有体现。藏区地理环境、生活方式，形成了藏民族独特的思想意识、思维方式及表达习惯等，在史诗的传承、积淀过程中亦形成了对某种感情、某种事物的具有特定象征意义的固定表达方式，造就了一整套反映藏民族文化心理的特色鲜明的语言。而这些词句以及表达方式和习惯恰又反映了藏族的观念意识、文化心理等。所以，蓝天雪山、草原湖泊、骏马牛羊、野兽飞鸟，是生活在青藏高原上藏族每天习为常见的自然物，常出现在史诗中。

藏族审美观念在语言中有体现。藏族民众崇尚白色，认为白色是一切光明、纯洁、美好、吉利、向善的象征。史诗中将岭国称为“白岭”，岭国英雄贾察的装束也被描述成一身白色。珊瑚、珍珠、海螺等不仅作为女子的饰物，在形容女子美貌时，还常以此为喻，谓其双唇红润如珊瑚，皓齿整齐似珍珠……此类比喻在藏族文学作品中运用得极为丰富。

藏族自然崇拜观念在语言中有反映。岭国有一英雄名叫森达阿栋，“森”、“达”、“栋”这三个字在藏语中分别为狮子、虎、熊之意，这个名字不仅带有藏族先民图腾崇拜的印迹，且以狮、虎、熊这些猛兽来喻英雄的剽悍骁勇。此外，太阳、月亮、莲花、杜鹃、青龙等也是常用作比喻的词汇。用雪山与狮子、森林与老虎、大海与金眼鱼、草山与梅花鹿来比喻二者之间的依存关系，这是藏族传统的、惯用的表达方式，频繁出现于史诗唱词中[①]：

雪山不留说要走，
丢下狮子住哪里？

大海不留说要走，
丢下鱼儿住哪里？

草山不留说要走，
丢下母鹿住哪里？

大王不留说要走，
丢下珠牡靠谁去？

史诗惯用的修辞手法与表达方式还有夸张、排比、回环等。这些成套程式化的诗行或表达方式为史诗说唱艺人的即兴表演创作提供了极大的便利，同时也有利于听众理解和接受。

五　说唱曲调的程式化

《格萨尔》中还记载有许多曲调名，人物不同、情景不同，使用的曲调亦不同。格萨尔王的曲调有《吉祥徽旋调》、《威慑会场调》、《神咒伏魔调》、《雄狮六变调》等；脾气暴躁、喜怒无常超同的曲调有《愤怒咆哮调》、《冷嘲短急调》、《抑稳冲动调》等；德高望重、仁厚慈祥总管王的曲调有《悠缓长韵调》、《平稳长音调》、《柔和悠长调》等；王妃珠牡的曲调有《九曼六变调》、《神韵六颤调》等。这些曲调名已将人物各自的性格特征、情态举止表现得淋漓尽致。岭国英雄米琼卡德对使用的曲调解释说："金刚古尔鲁国王的曲、世间深明首法活佛之曲、大喉九声咒师的曲、雄虎怒吼宫人之曲、勇士短曲小将的歌、杜鹃六声娘娘的曲、八种

① 王兴先主编：《格萨尔文库》（第一卷），甘肃民族出版社1996年版，第18页。

瑞物僧人的曲。”[①] 无独有偶，据《西藏王统记》载，桑耶寺建成后所举行的典礼上有：“藏王赤松德赞唱《国王欢乐之曲》、王子牟尼赞普唱《人间光明曲》、王子牟地赞普唱《雄狮骄相曲》、王妃们唱《蓝湖旋流曲》和《柔枝嫩叶曲》、宗教师菩提萨埵唱《洁白的智慧真言曲》、莲花生大师唱《威震鬼神曲》、智者比如扎那唱《元音婉转曲》、努彭朗卡宁波唱《大鹏盘旋曲》。”[②] 这说明这种专人有专调的说唱形式是藏族早已有之的传统。史诗艺人在说唱时就可以根据不同的人物和情景来选择特定的曲调演唱。

《格萨尔》经历了若干代民间艺人千锤百炼的口头传承，在多个层面上都表现出高度的程式化。程式和主题作为艺人以诗行的形式讲述故事的手段，体现了传统的力量。凭借传统的、固定下来的程式和主题这一不变成分，加上艺人可随意调度的诗行、词句这一可变成分，形成了《格萨尔》史诗的结构特点和传承规律，即以主题引导，由程式构筑诗行。

总之，“程式”的存在，使史诗“表演中的创作”和艺人的记忆成为可能，并为其提供了便利。对《格萨尔》史诗的整体结构、分部本结构、说唱形式、唱词的结构，以及语言、曲调等的分析可知，其叙事结构具有较为稳定的程式。民间艺人根据程式句法提供的现成模式，加以调动，连接成一个持续不断的模子，来为其增加新的部本和唱段。

第三节 《格萨尔》说唱艺人

一 《格萨尔》说唱艺人类型

据调查，目前在青海、西藏、甘肃、四川和云南等五省区内，尚有100多位艺人活跃在民间。艺人们所处的地区不同，传承各异，其说唱形式也各具特色。杨恩洪研究员通过多年对《格萨尔》说唱艺人的实地调查和研究，吸收藏族民间固有的称法，并按照艺人获得故事的方式，将藏族《格萨尔》说唱艺人分为神授艺人、闻知艺人、掘藏艺人、吟诵艺人、

① 边多：《论格萨尔说唱音乐的历史演变及其艺术特色》，载赵秉理主编《格萨尔学集成》（第四卷），甘肃民族出版社1994年版，第2827页。

② 同上书，第2825页。

圆光艺人等类型①。

其一，神授艺人。

神授艺人，藏语称“巴仲”，“仲”在这里指《格萨尔》史诗，“巴”意为降下，指靠一种自天而降的神奇力量或特殊的机缘而会说唱《格萨尔》的艺人。神授艺人自称有着奇特的从艺经历，常常是昏睡之后做了一场奇特的梦，醒来后就能无师自通地说唱《格萨尔》；或者是凭借一种神奇力量或某种特殊的机缘开启“智慧之门”，然后就开始说唱《格萨尔》，称自己是格萨尔大王手下某一大将的化身。这类艺人一般不识字，在说唱史诗前，先举行祈求神灵的祭祀仪式，给各路神明敬茶献酒，祈请“故事神”降临，然后说唱，像是在看着书本诵读一样，通畅流利，一气呵成，富有浓厚的神秘色彩。

著名《格萨尔》说唱艺人扎巴、桑珠、才让旺堆等就是神授艺人中的典型代表。扎巴在10岁的那年，离开养育自己的家乡，到西藏的工布、琼结、萨迦、日喀则、山南等地方流浪，途中朝拜了各大寺院和圣山圣地。同时，边说唱《格萨尔》，边请教一些当地有名的艺人，然后将所学到的故事说唱给老百姓，换取微薄的收入，以维持生计。一天，他在流浪途中突然睡着做了一场梦，梦中有一青脸大汉，骑着一匹青色马，一把抓住扎巴，将其摁倒在地，用利剑将扎巴的肚子剖开，扔掉腹中五脏六肺，然后装进了许多灵香宝书。扎巴连续昏睡了三天三夜，梦醒后一反常态，讲起《格萨尔》故事来滔滔不绝。

藏北丁青县艺人桑珠从小喜欢聆听外祖父讲唱《格萨尔》的片段，他11岁那年的一天，去山上放羊，天空下起雨后，便到一个山洞里躲雨，不觉睡着做起梦来，梦中他与那些来家里逼债的人扭打了起来，这时，格萨尔大王忽然来到眼前，轻而易举地帮他制服了那几个恶人，桑珠想要说句感谢的话，却醒了过来。回到家后，桑珠精神恍惚，做些奇奇怪怪的梦，总是想说唱《格萨尔》。其他如玉梅、才让旺堆等神授艺人，与扎巴、桑珠一样，也都说曾经做过类似奇特的梦。

其二，闻知艺人。

闻知艺人是指通过耳听心记说唱史诗的艺人。这类艺人一般没有文化知

① 杨恩洪：《民间诗神：〈格萨尔〉艺人研究》，中国藏学出版社1995年版，第72页。

识。黄南藏族自治州艺人李加，一生下来就双目失明，从小失去父母，过着流浪乞讨生活。迫于生计，他来到黄南地区的色毛江地方时，想要拜师学艺，学唱《格萨尔》故事。他四处奔波，以执着打动了当地颇有名气的《格萨尔》艺人多保，收为徒弟。李加拜师后，勤奋好学，记忆力超群，仅凭两耳听师傅说唱，将一部部《格萨尔》故事牢牢记在心里。经过三年多的学习，学会了许多《格萨尔》部本，成为方圆几百里小有名气的《格萨尔》说唱艺人。另一位艺人班玛加，也从小喜爱《格萨尔》的故事，只要有艺人说唱《格萨尔》，必定到场听学，曾先后拜许多艺人为师。时间久了，他慢慢地学会讲唱一些史诗部本，逐渐成为当地有名的《格萨尔》说唱艺人。

其三，掘藏艺人。

掘藏艺人是指依靠特殊的“机缘”，将数百年前隐藏在地下或岩洞里的史诗抄本或主要文献资料挖掘出来进行说唱的《格萨尔》艺人。据他们自己讲，无论让他们撰写哪一部，就能立即写出一部首尾俱全的《格萨尔》故事。而当写完以后，让他再重新讲一讲刚才所写的那一部时，居然全无记忆。这类艺人只会写不会讲。他们开始撰写前，脑子里根本没有《格萨尔》故事内容、情节脉络，但是，一提起笔，便不由自主地疾书，完成后，却又对先前所写内容毫无印象。黄南州已故艺人阿角和果洛藏族自治州甘德县的艺人格日尖参就属于这类艺人。

阿角是当地颇有名气的一位《格萨尔》说唱艺人，博学多闻，对《格萨尔》史诗的喜爱几近痴迷，常常以手指当笔，大地做纸，弯着腰，一边唱一边在地上写。据说，因为阿角是格萨尔大王的“当拉”（格萨尔所养狗之名）转世，所以他撰写时会摆出这种独特的姿势。果洛州艺人格日尖参出生在甘德县一个贫苦牧民家中，父亲在他很小的时候离家而去，16 岁那年，母亲也患病离开了人世。格日只好入寺为僧。有一天，他突然开始写起《格萨尔》。后来，写出了一部洋洋 30 多万字的《列赤马宗》。后来，又写出了一部《木门银宗》。他撰写时几乎不假思索，一气呵成，写出的部本内容新颖，语言优美，卷面整洁，错别字较少。至今，他已撰写了十多部史诗部本，其中《敦氏预言授记》已正式出版发行。据他本人自报，他能写 120 部。

其四，吟诵艺人。

这类艺人在藏区比较普遍，从小开始学习说唱史诗，有较好的文字基础，记忆力很强，除了经常聆听艺人说唱，还可以通过阅读一些史诗部本，来充实自己的说唱，一般会讲一两部或者讲一些章节中的精彩片段。

果洛州著名艺人昂日就是这类颇有名气的《格萨尔》说唱家。他从小钟爱《格萨尔》故事，每逢婚丧嫁娶、节庆假日，昂日总要为众人奉上几段相应的《格萨尔》。他声音圆润洪亮，吐字清楚，说唱时配合手势和表情的变化，极富表演性。他自报能说唱20多部。黄南州女艺人娜玛多杰，小时候一边上学读书，一边跟随父亲听艺人们说唱《格萨尔》故事。时间一长，便学会说唱一些部本。不仅如此，她还能阐释各部本的渊源和各路英雄的历史等，在劳动闲暇期间，村里人常邀请她为大家说唱故事。

其五，圆光艺人。

“圆光”是苯教术语，原是巫师、降神者的一种占卜方法，即借助咒语，从铜镜或水碗等器皿中察看占卜者想要知道的一切。据说圆光者的眼睛与众不同，能借助铜镜看到别人看不到的图像或文字，通过这种圆光的方法，从铜镜中说唱或抄写《格萨尔》故事的艺人叫圆光艺人。他们说唱前，首先要默默诵经向神灵祈祷，在一个干净的盘子中盛满青稞大麦之类的谷物，上面放置一面铜制镜子，然后看着铜镜开始说唱。也有一些艺人，则是在干净的碗中盛满水，看着碗中的水说唱。还有一些艺人，看着自己的手指甲或者一张白纸说唱。按照他们的说法，如果离开了铜镜、碗、纸张等这些物体，他们也就不会说唱，就连自己刚刚说唱的内容都没有了丝毫印象。

西藏类乌齐县的阿旺嘉措就是圆光艺人，有一定的藏文功底，他在每次说唱《格萨尔》时，在自己的面前放一个铜镜、一粒石子和一碗净水，倘若离开这些器物，就不会说唱了。青海玉树州艺人布特嘎，从祖父辈开始，搜集、挖掘并抄写《格萨尔》部本，辈辈相传，已有四代传人，收藏、保存了许多珍贵的史诗部本。这为《格萨尔》史诗手抄本的传承、流传做出了积极贡献。

二 《格萨尔》优秀传承人

1. 唱不完的《格萨尔》艺人才让旺堆

才让旺堆是西藏安多县人，自小口齿伶利，聪慧过人，对藏族民间酒曲、拉伊、谚语等情有独钟。童年时双亲辞世，根据母亲临终遗嘱，到冈底斯山超度父母亡灵。走遍拉萨、日喀则、山南、昌都、江孜、阿里等地，先后朝拜了许多名寺古刹，最后到达冈底斯山，用了一年零三个月的时间，虔诚地磕长头绕冈底斯雪山 13 圈，然后又非常执着地绕念青唐古拉圣山一圈。一天傍晚，才让旺堆来到纳木措湖畔，忽然看到湖中显出一位身披盔甲的武士，骑一匹赤红马，在七彩虹的簇拥下来到他身边，围他转了三圈后，隐入念青唐古拉雪山。他顿觉疲惫不堪，随后进入梦境，梦中千军万马奔驰在疆场上，刀光剑影，杀伐激烈。每次战争胜利后，总有一些妇道人家端来茶酒，庆祝胜利。才让旺堆竟然连睡了七天七夜。梦醒后就开始不由自主地说唱起《格萨尔》，以致无法控制自己。同行的伙伴请附近寺院的活佛听他说唱，活佛认定他所唱的就是《格萨尔》。安多县著名活佛尕玛·吾坚扎登闻讯，邀请他到寺院说唱《格萨尔》，才让旺堆在那儿住了一年之久，将《格萨尔王传》中的《卡切玉宗》完整地说唱了一遍，由三个僧人整理成文，存在寺院。活佛还赐给他一顶“仲夏”（《格萨尔》艺人帽）和一把短剑并向他祝福。从此，才让旺堆身背弓剑、“仲夏”四处云游，一路吟唱《格萨尔王传》，开始其说唱生涯。足迹踏遍卫藏、康巴，并到过印度、尼泊尔等地，他常与各方的说唱艺人、歌手切磋演技，汲取营养。多年的流浪生活使他饱览人间奇观，广听各种趣事，熟知各地方风俗，学什么会什么，镌刻经文，为人看病抓药，从事过打铁、缝制藏靴藏袍等许多职业，还能流利自如地运用藏区三大方言。

1957 年，才让旺堆成了家，迁到青海唐古拉地区，结束了流浪生涯。不幸的是在“文化大革命”中，刚刚步入幸福生活的才让旺堆再一次灾难临头，被捕入狱进行了一年多的劳动改造，心爱的“仲夏”等道具也被烧掉，心中留下了难以治愈的伤痕。即便如此，也从未停止过《格萨尔王传》的说唱，一有机会便偷偷给乡亲们说唱。才让旺堆得以昭雪后，再次把悠扬的歌声洒向无垠的草原。他说唱时，不受时间、环境等的影响，演唱、停唱时间可短可长，根据说唱内容中人物的动作，配以一定的手势和动作，随着故事情节的变化，脸上的表情也时喜时悲、时怒时欢，手舞足蹈，与口中的唱词相辅相成。

1987 年，青海省首届《格萨尔》民间艺人演唱会在青海湖畔拉开帷幕，才让旺堆在比赛中一举夺冠，被邀请到省《格萨尔》研究所说唱。

据他自报，能够说唱120多部《格萨尔》分部。目前，已录制了《阿达鹿宗》、《陀岭大战》、《犀岭大战》、《吉祥五祝福》等11部，其中《陀岭大战》和《吉祥五祝福》已正式出版，其余被记录成文字。才让旺堆还到北京、四川等地参加过国际《格萨尔》学术讨论会，并在会上做了说唱表演，国内外专家们一致认为，他说唱的《格萨尔》内容丰富，曲调悦耳动听，语言优美，具有整理出版价值。专家们还称赞他是“国宝”级的《格萨尔》神授艺人。

1990年才让旺堆被吸收为国家正式干部，享受高级技术职称待遇。次年国家民委、文化部、中国社科院、中国文联等四部委授予他“《格萨尔》说唱家”的称号，2003年被聘任为青海省民间文艺家协会荣誉主席。

2. 写不完的《格萨尔》艺人格日尖参

格日尖参出生在果洛州甘德县一个贫困牧民家里。幼年时慈父见背，母子相依为命。母亲一字不识，却会讲许多故事，格日尖参最爱听的、妈妈最爱讲的，就是格萨尔王的故事。后来，他看见有人捧着长条手抄本在说唱《格萨尔》，便暗下决心学藏文。经过一段时间的勤学苦练，已能够自己看着书本给乡亲们讲述《格萨尔》了，而且还能够记录酒曲、拉伊，写书信，大家都深为他的聪慧感到惊讶。

格日尖参14岁时，公社派人来请他担任当地的民办教师，给牧区孩子教藏文。他一边教书，一边广泛阅读文学、历史、宗教、哲学等方面的书籍。两年后母亲去世，按照母亲生前的遗愿，在甘德的龙恩寺出家为僧，他的舅舅昂日是果洛最著名的《格萨尔》说唱艺人，也住在这个寺院里。这座宁玛派寺院设有密宗学院，还有藏戏团，表演的《格萨尔》藏戏远近闻名。又过了两年，格日尖参毅然离寺还俗，云游各地，为牧民家里念经和说唱《格萨尔》。

1986年格日尖参朝拜阿尼玛卿雪山时，途中遇见一位从四川前来朝山的活佛为他灌顶，开启“智慧之门”。格日尖参脑海里不断地浮现出《格萨尔》的故事情节和人物，内心产生一种创作的欲望，便一口气写下了一段很长的诗句。他辞别那位四川活佛，来到当项草原的一天，一位叫尕伯的老人前来，请求他给小儿子教藏文。他就住在老人的家里教书，还与尕伯的女儿达热吉相恋，组成了幸福的家庭。达热吉温柔贤惠，很爱学习，还常常鼓励和支持丈夫学习与写作。一天，应妻子要求，写了一部

《格萨尔》中的《列赤马宗》之部，作为礼物献给了心爱的妻子。从此，格日尖参撰写与说唱《格萨尔》成为他生活中不可或缺的一部分。

1987年8月，果洛州大武草原举办全州《格萨尔》艺人演唱大赛，格日尖参演唱了自己写的《格萨尔》大获成功，被誉为果洛草原上“年轻的、写不完的《格萨尔》艺人”，并在青海省首届《格萨尔》民间艺人演唱会上夺魁。

格日尖参说唱时，必须先写出来，然后再照本演唱，离开了本子他就不大会唱。据他自己讲，不论是写哪一部，其内容、情节等，事先自己并不知晓，当挥起笔来，一幕幕史诗故事就像放电影似的，清晰地展现在脑海里，手里的笔，像被一种无形的力量支配着，不由自主地动起来。而搁笔停止写作时，脑子里却一片空白，回忆不起刚刚写过的内容。他写的《格萨尔》稿面相当干净，几乎没有涂改过的痕迹，就像誊抄下来的一样。据他讲，自己属于掘藏艺人，因前世曾对格萨尔大王非常虔诚和敬仰，而产生一种有因果的“缘”，在这种“缘”的预示下，立刻成为能写会唱的《格萨尔》艺人。

格日尖参自报120部《格萨尔》书写目录。目前，撰写完成了《木门银宗》、《列赤马宗》、《董氏王统记》等十多部分部本，其中，《董氏王统记》已由青海人民出版社出版。1991年格日尖参被中国社科院、中国民间文艺家协会联合授予“《格萨尔》说唱家”的称号。现在他已被吸收为果洛州群艺馆干部，专门从事《格萨尔》的撰写工作。

3. 说不完的《格萨尔》艺人达哇扎巴

达哇扎巴出生在青海玉树藏族自治州杂多县，祖祖辈辈没有一个上过学的。据自己说，在14岁那年，到当地著名神山杂加多杰平措附近放牧时睡着了。梦中他听见骏马嘶鸣，刀剑、矛戈相互碰撞的声音，一会儿又看见草地中央，几千位全副武装的武士手持各种武器跑动，一位身着白藏袍的老人来到他面前说：“你是一个很有福气的男孩，我有非同一般的三种特殊技能，今天传授给你，你可以任意选择其中一种，这三种特殊技能分别是：一能听懂天上所有飞禽的语言；二能知晓大地上所有动物的语言；三能精通格萨尔的所有故事，你想选择那一个？”他毫不犹豫地选择了第三种，于是老人闭目诵经，让达哇扎巴伸出手来，把他的手和许多青稞一起搓揉片刻，不断地吹着青稞，最后将青稞撒在达哇扎巴的胸前，然后说："以后你就是我的终身徒弟了，必须听从我的指点，"说完无影无踪。一种尖厉的鸟叫声惊醒了睡梦中的达哇扎巴，太阳已快落山了，他挣扎着找到牧群，一到家后就倒地不起，大病了三天三夜，待病情好转后开始不停地说唱。他还喜欢用泥巴捏小人，说是格萨尔大王的勇士和岭国的美女。

1995年，达哇扎巴全家前往拉萨朝拜的途中，碰见了一处牧民运动会，在人山人海的会场上有一位嗓音嘹亮的老人正在说唱《格萨尔·赛马称王》。达哇扎巴情不自禁地也唱起了《格萨尔·天岭九藏》。周围的人们纷纷拥到达哇扎巴的周围听他说唱，被他的说唱所吸引。他渐渐地被人们所熟悉，成为藏区家喻户晓的《格萨尔》说唱家。达哇扎巴说唱前先要双目紧闭、默念经文祈祷，一旦开始说唱便滔滔不绝，无法自控。他的说唱节奏明快，吐字清晰，曲调丰富，不同的人物和情节变换不同的曲调，故事结构比较完整，语言生动流畅。

达哇扎巴提供的能说唱的《格萨尔》目录有153部，是截至目前青海省《格萨尔》艺人中掌握部本最多的艺人，其中52部是从未流传过的新部本。专家们对达哇扎巴所唱的《格萨尔》给予了充分肯定，一致认为他是一位难得的《格萨尔》说唱奇才，被破格吸收为玉树州群艺馆的正式馆员，抽调了专门的录音和记录人员整理他所说唱的《格萨尔》部本。工作八年时间，他共说唱录音了26部《格萨尔》，记录整理了13部，其中《勒赤察宗》出版后，深受广大藏族读者的好评。

2002年7月，在西宁召开的"第五届国际《格萨尔》学术研讨会"上，组委会特邀达哇扎巴参加，请他在大会开幕式上登台说唱《格萨尔》。他一开始说唱后竟无法自控，经联合国教科文组织总干事布什·纳吉先生亲自给他敬献哈达后，才慢慢停了下来。与会的120多位国内外学者、专家现场感受了"神授"艺人的奇特表演，同时，对他的说唱给予了高度赞扬①。

---

① 本节内容的撰写参考了以下两部专著的相关章节：杨恩洪：《民间诗神——〈格萨尔〉艺人研究》，中国藏学出版社1995年版。角巴东主、马都尕吉：《雪域传奇〈格萨尔〉》，青海人民出版社2010年版。

第四节 《格萨尔》的艺术形式

一 《格萨尔》舞台剧

《格萨尔》史诗特有的说唱和表演形式直接催生了《格萨尔》藏戏、歌舞剧等戏剧化艺术表现形式。早在20世纪30年代时，出现了《格萨尔》说唱与寺院“羌姆”结合的艺术情节仪式，展现格萨尔王的英武形象和英雄业绩。“羌姆”是藏传佛教寺院里由寺院僧侣演出的祭祀性宗教法舞，吸收了大量藏族民间舞蹈成分，是一种用以表达宗教思想的古老祭祀仪式。表演时头戴各种神祇面具，意在驱鬼求神、宣扬佛法。青海省贵德县罗汉堂乡的昨那寺，从1941年起，每年都要举行《格萨尔》羌姆表演，深受广大僧俗群众的喜爱。1957年，青海艺人华甲与金放合作，整理翻译出流传在民间的《格萨尔》藏戏剧本，发表在《青海湖》杂志上的《南瞻部洲的雄狮——盖舍尔》，成为迄今最早的《格萨尔》藏戏剧本。

最有影响力的是在20世纪80年代由塔洛活佛创建的色达格萨尔藏剧团，这个藏戏团的成员大都是当地的农牧民，是一个纯民间的业余文化团体。塔洛活佛亲自创编了《格萨尔》藏戏《赛马登位》、《取阿里金库》、《阿达拉姆》、《换马风波》、《岭国七勇将》、《地狱救母》等剧目，并且开始打破藏戏仅限于寺院宗教演出的传统，经常自带帐篷、炊具，赴西藏、青海、甘肃等省区巡回演出。色达格萨尔藏戏团在藏族民歌、舞蹈等传统艺术形式中，融入了许多新的时尚元素，用传统与现代结合的手法，以全新面貌向观众展示《格萨尔》史诗的不朽魅力。甚至走出了国门，2007年7月以“西藏传奇——岭国王格萨尔”为主题，在英国进行首次巡演。

果洛藏族自治州班玛县知钦寺、久治县阿索寺、甘德县龙恩寺、达日县查朗寺等各自组建的《格萨尔》藏戏团，每逢春节举行藏戏演出活动是其传统。寺院活佛亲自编导剧目，演职人员均由寺院僧人担任，剧中的女性角色则选眉目清秀的僧人男扮女装。演出用的乐器较简单，有法号、鼓、钹等，还根据史诗中的具体描述，以及《格萨尔》唐卡、塑像中的人物装扮，设计制作演出服装。有时在寺院里布置舞台，挂起布景演出；有时则选择一块适合演出的草地做天然舞台，将史诗中的情景直观地再现于观众眼前，丰富了当地农牧民群众的文化生活。

随着政府相关部门对《格萨尔》史诗的大规模搜集、抢救、整理工作的开展，以《格萨尔》为内容的许多新的艺术表现形式不断产生发展。1980 年青海省京剧团编排了大型古典京剧《格萨尔王》，作为一种崭新的尝试，在西宁、北京等地相继演出，备受关注。1982 年青海省海南州文工团演出的藏族古典歌舞剧《霍岭之战》被正式搬上舞台，好评如潮。1991 年，青海省京剧团又上演了大型藏族神话京剧《岭与中华》。该剧荣获文化部、中国剧协和中国少数民族戏剧学会联合举办的第三届全国少数民族题材戏剧剧本创作铜奖。

二 《格萨尔》唐卡

唐卡是绘制在丝绸、绢或布面上的一种卷轴画。《格萨尔》唐卡沿用藏族传统的唐卡绘制工艺创制，以《格萨尔》史诗中的人物或情节为主。艺人说唱时使用的唐卡藏语称为“仲唐”。“仲”指《格萨尔》史诗，“唐”即唐卡。用唐卡演绎史诗，以史诗丰富唐卡，二者相辅相成，相得益彰。珍藏在四川省博物馆的 11 幅仲唐，是目前国内保存最完好的仲唐。这些仲唐一部分在 20 世纪 40 年代由华西边疆研究院所收藏，一部分为私人捐赠。新中国成立后，政府拨款、组织绘制仲唐。由中国科学院民族文学所《格萨尔》课题组组织，青海黄南藏族自治州热贡民间画师绘制了 240 幅仲唐，作为精选本《格萨尔》插图。在 2002—2003 年《格萨尔》千周年纪念活动中，西藏社会科学院组织一批唐卡绘画艺术家绘制了 21 幅仲唐，使《格萨尔》史诗中的众多人物和情节，在画卷中表现得直观而生动。这些唐卡均以金属和矿物颜料绘制，能够长期保存而保持画面不褪色。

三 《格萨尔》彩绘石刻

《格萨尔》彩绘石刻主要分布在四川省甘孜州色达县、石渠县、丹巴县境内。以《格萨尔》史诗为表现内容，将格萨尔文化与藏族传统的绘画和石刻艺术巧妙地融为一体，为格萨尔文化提供了一种新的传承方式。彩绘石刻刀法精细，采用凿刻、直刻、斜刻等多种刀法，运用彩绘工艺，两种技艺完美结合，提升了作品的艺术性。所创作完成的一整套岭国人物谱系形象，是按照史诗中具体描述的人物性格和外貌特征来制作的，所使用的马匹和武器也都根据史诗的具体描述创作。单幅彩绘石刻表现某一位人物的基本面貌，可独立成画，若组合在一起，又可连成系列画谱。

四　其他艺术表现形式

《格萨尔》史诗还有以电视剧、连环画、建筑雕塑、现代音乐以及网络游戏等形式的创作和艺术来表现。

18集电视连续剧《格萨尔王》，于1988年、1990年、1991年在青海及中央电视台播出。虽然这次改编被认为是“一次不成功的改编”，但这毕竟迈出了将《格萨尔》史诗搬上电视荧屏的第一步。

1980年，四川民族出版社组织人力将《格萨尔》的故事改编、绘制成连环画，出版了《仙界遣使》、《赛马称王》、《北国降魔》、《英雄降生》、《米努绸缎国》、《攻克玉城》、《取阿里金库》以及《霍岭大战》、《真假公主》等。青海省《格萨尔》史诗研究所为了促进这一优秀文化遗产在儿童中普及，整理编写了6部《格萨尔儿童文学丛书》。

一些《格萨尔》音乐经不同形式的改编后，在现代社会中获得了新生。由扎西达杰作曲、演奏、配乐，江永慈诚等演唱的电子琴音乐《格萨尔·佳纳加宗》和《大食财宗》等部问世后，深受民众喜爱。藏族著名歌手容中尔甲创作的一系列以《格萨尔》为题材的藏族通俗歌曲在藏区广为传唱。

在藏区，还有许多专门纪念格萨尔王的建筑，如青海省果洛州的格萨尔王狮龙宫殿、四川省甘孜州邓柯·吉苏雅的格萨尔神庙、果洛藏族自治州达日县开工修建的“玛域格萨尔林卡”等，以期成为社会主义新牧区建设和当地旅游业发展中的新亮点。

第五节　蒙古族英雄史诗

一　关于蒙古族英雄史诗

蒙古族英雄史诗广泛传播于中国、俄罗斯和蒙古三国的蒙古语族地区。我国蒙古族史诗学者仁钦道尔吉将蒙古英雄史诗及流传地区划分做三大体系：布里亚特体系、卫拉特体系、喀尔喀—巴尔虎体系[①]。之后的蒙古族学者斯钦巴图进一步将卫拉特体系史诗的三大中心用汉语表述为中国卫拉特史诗、俄罗斯卡尔梅克（卫拉特）史诗、蒙古国卫拉特史诗，并根据青海卫拉特史诗传统有别于新疆卫拉特史诗传统的题材、形象、形式等方面的特色，建议将中国卫拉特史诗分为新疆卫拉特史诗和青海卫拉特史诗两个中心[②]。

蒙古族英雄史诗除《江格尔》、《格斯尔》等规模较大的史诗外，还有许多中小型英雄史诗，已经搜集、记录的多达500多部。其一般由序诗和叙事性故事两部分组成。序诗一般比较短小，有共同模式和母题。叙事部分的基本情节结构中存在着许多共同的因素，其主题归结为“婚姻”和“征战”两大类。著名蒙古学家瓦·海希西教授对中、蒙、俄三国境内搜集到的上百部蒙古英雄史诗进行了系统详细的综合与分类，以母题为单元，把蒙古英雄史诗的类型归纳为14个大类，300多个情节母题，建立了蒙古英雄史诗的结构和母题分类体系。早期英雄史诗中的勇士远征求婚型史诗的框架是婚姻型母题系列，勇士与恶魔斗争的史诗的框架是征战型母题系列，这两种不同类型的史诗包含着不同的母题，但也存在不少共同的母题。各个母题不同组合，最终以这两种母题系列组织形成众多蒙古英雄史诗的基本情节。根据每部史诗中包含的母题系列的内容、组合方式等的不同，蒙古英雄史诗又可分为单篇型史诗、串联复合型史诗和并列复合型史诗这三大类型。

单篇型史诗是指基本情节只有一种母题系列构成的史诗，是蒙古英雄史诗最初，也是最基本的类型。从内容看，这种类型的史诗有婚姻型史诗和征战型史诗两种。其中婚姻型史诗可分为抢婚型史诗、考验女婿型史诗和包办婚型史诗三种。征战型史诗又可分为氏族复仇型史诗和财产争夺型史诗两种。串联复合型史诗或称作串联复合型情节结构的英雄史诗，是指以前后串联两个或两个以上史诗母题系列为核心的史诗。串联复合型史诗大致有两种类型，一是由婚姻型母题系列加征战型母题系列而成，一是由不同的征战母题系列为中心构成。并列复合型史诗的情节结构分为总体结

---

① 仁钦道尔吉：《蒙古英雄史诗源流·序》，内蒙古大学出版社2001年版，第1页。

② 斯钦巴图：《蒙古史诗：从程式到隐喻》，民族出版社2006年版，第37—38页。

构和各个诗篇的结构两种。其总体结构是在情节上独立的多部长诗的并列复合体。各个诗篇的情节结构又包含有单篇型史诗的两种类型和串联复合型史诗的类型[①]。

蒙古英雄史诗在千百年的传承过程中，不同时代的艺人们在承袭古老传统的基础上，不自觉地加进了新的文化信息和元素，使之形成不同发展阶段、不同形态、不同类型的史诗同时并存的特殊现象。中国蒙古族英雄史诗活态演唱传统在20世纪中叶前曾十分兴盛，但目前只有青海卫拉特史诗传统、内蒙古东部地区的史诗传统、新疆卫拉特史诗传统至今依然保持着活形态的状况，具有鲜明的部族特征和地域特征。巴尔虎部落是蒙古族最古老的部落之一，巴尔虎英雄史诗在很大程度上保留着原始蒙古英雄史诗的基本特征，以反映氏族社会的族外婚姻现象和氏族部落之间的征战为主，较多保留了狩猎文化、萨满教文化的遗存。其篇幅短小，情节简单，主要以描写个人之间或家庭之间的矛盾和争斗为主。但巴尔虎地区没有职业史诗说唱艺人，史诗传唱者都是普通牧民，全凭记忆习得史诗[②]。

二　青海卫拉特蒙古史诗传统

1．青海卫拉特蒙古英雄史诗概况

青海蒙古族英雄史诗传统依然存活，主要分布在蒙古族聚居的海西蒙古族藏族自治州乌兰县、都兰县、格尔木市、德令哈市、海南州河南蒙古族自治县、海北州海晏县等地，已搜集、记录和出版、发表的有名的史诗作品除《格斯尔》、《江格尔》外，还有《汗青格勒》、《东吉毛勒姆额尔德尼》、《艾尔色尔巴托尔》、《那仁赞丹台吉》、《征服七方敌人的道利精海巴托尔》、《道格欣哈日巴特尔》、《古南布赫吉日嘎拉》等，其中，《格斯尔》史诗最具影响。

流传在青海地区的《格尔斯》内容丰富，篇章也较多，且与其他地区的蒙文《格斯尔》有很多不同点。著名的北京版《格斯尔》，就是从青

① 仁钦道尔吉：《蒙古英雄史诗源流》，内蒙古大学出版社2001年版，第48—51页。

② 龙梅：《历史与文学的壮阔画卷——蒙古族英雄史诗》，载晓克等编《文化内蒙古第三卷·圣洁的彩虹》，内蒙古教育出版社2006年版。

海蒙古族中搜集的。如今，除了都兰县诺木洪乡老艺人努尔金所讲的十章《格斯尔的故事》、海西州福利厂苏克大夫讲的九章《格斯尔》外，还有《汗青格勒》、《英雄额尔赛尔》、《勇士道力吉海》、《英雄黑旋风》、《英雄黑骑士》、《放牛犊儿的儿童》、《三岁布和吉尔嘎拉》、《英雄特木尔》等短中篇史诗仍然流传。

《格斯尔》史诗演唱艺人被称作“格斯尔奇”，已故老艺人诺尔金被认为是青海卫拉特格斯尔奇中演唱《格斯尔》部数最多、最长的人。据中国社会科学院斯琴巴图研究员调查，目前，青海卫拉特史诗艺人中有名的有扎木苏荣、道丽格尔苏荣、苏和、尼玛等。扎木苏荣能够演唱《沙莱高勒三汗之部》、《格斯尔夺回茹格姆高娃夫人之部》、《尼苏海昭汝》等《格斯尔》史诗故事，《毛尔吉胡莫尔根》、《厄尔赫诺彦》、《阿鲁克泰台吉》等民间故事，以及多首青海蒙古民歌。

青海蒙古族唯一的女史诗艺人道丽格尔苏荣演唱的史诗篇目有：《七岁英雄东吉毛劳木额尔德尼》、《古南布和吉日嘎拉》、《汗青格勒》、《米德格戈舒台吉》、《奥依图莫尔根特伯讷》、《赫勒特盖哈日萨哈勒》、《得米德贡登》等史诗以及许多英雄故事。

青海卫拉特优秀的史诗艺人胡雅克图出身史诗《格斯尔》演唱世家。他的祖父是出色的史诗演唱艺人，父亲也是史诗演唱艺人，会演唱多部史诗，能够演唱《格斯尔》史诗的十三部故事。胡雅克图继承了前辈们的史诗演唱曲目和技巧，16岁便开始了自己演唱史诗和民间故事表演生涯，能演唱《格斯尔》史诗9部故事以及《巴达日汗台吉》、《骑三岁黑马的布和吉日嘎拉》、《浩仁阿拉达洪古尔罕格吉格图》等其他史诗。苏和既是一位《格斯尔》演唱艺人，身怀正骨和按摩技艺，有自己的按摩诊所，又是当地寺庙的喇嘛，能演唱《格斯尔》史诗多部故事以及其他史诗和更多的民间故事。

斯钦巴图在对青海卫拉特史诗传统的田野调查中发现，民间艺人们按长短把故事分为“图吉”（tuuji）和“乌力格尔”（yabuud ulger）两种。“图吉（tuuji）”这个概念泛指长篇叙事故事，而“乌力格尔（yabuud ulger）”则表示短篇故事。也就是说艺人们把学术界严格区分的史诗、英雄故事、一般的篇幅较长的故事统统叫作“图吉”。然后在“图吉”下面区分关于谁的“图吉”。因而，青海卫拉特史诗、英雄故事和一般篇幅较长的故事都是以登场的主要人物名字作为篇名。不仅在青海卫拉特蒙古人那里如此，而且在新疆卫拉特、俄罗斯境内的卡尔梅克人乃至蒙古国以及在我国内蒙古地区也都如此。

这样，通常以韵文体和散文体来区分英雄史诗与英雄故事的标准，在青海卫拉特地区就不适用了，而且是否用曲调也同样不能成为区分这两种体裁的标志。在新疆卫拉特地区以及蒙古国卫拉特地区，艺人一般面对传统英雄史诗时才用演唱史诗的专门曲调进行演唱。然而在青海卫拉特蒙古地区，不管是以曲调演唱的，还是用散文叙事方式进行表演，只要是篇幅长的故事，就叫作“图吉”，反之叫作“乌力格尔”。

2. 英雄史诗《格斯尔》

在青海卫拉特地区，《格斯尔》史诗有重要影响，且逐渐形成了以《格斯尔》为中心的这样一种演述传统。《格斯尔》史诗集群的多部故事和长诗，是青海卫拉特史诗艺人们最喜欢演唱的。海西州都兰县已故老艺人诺尔金被认为是青海卫拉特格斯尔奇（即《格斯尔》史诗演唱艺人）当中演唱《格斯尔》部数最多、最长的人。老艺人胡雅克图能演唱 9 部《格斯尔》史诗故事。

在青海卫拉特地区，《格斯尔》史诗的影响占据了重要地位。这不仅表现在《格斯尔》是青海卫拉特艺人们最熟悉、最喜欢演唱的曲目，而且许多其他的史诗当中的英雄被说成是格斯尔的英雄，或者被说成是格斯尔的化身，于是许多本来与《格斯尔》无关的史诗都被说成是《格斯尔》史诗的一部分。斯钦巴图教授在采录胡雅克图老人演唱的《骑三岁黑马的布和吉日嘎拉》时，老人说，这是《格斯尔》史诗的一部。当被问及为何把同格斯尔毫不相干的骑三岁黑马的布和吉日嘎拉说成是格斯尔？他回答说：“格斯尔是个无所不能、变化多端、十分灵通的人。经常重新投胎出生，降妖伏魔。骑三岁黑马的布和吉日嘎拉只是其一次投胎转生时用的名字，其他还有，像道力精海巴托尔他们都是格斯尔的化身。”[①] 这样把青海卫拉特其他史诗纳入了《格斯尔》史诗系列。

青海卫拉特蒙古《格斯尔》史诗也由此而形成了自己的三种基本类型：一是始终围绕格斯尔英雄事迹展开故事情节的基本型；二是在格斯尔

---

① 斯钦巴图：《蒙古史诗：从程式到隐喻》，民族出版社 2006 年版，第 94—96 页。

英雄群体中增加一些英雄人物并围绕他们的英雄事迹展开故事情节的扩展型；三是在格斯尔化身名目下，把一些本来与《格斯尔》毫不相关的史诗纳入《格斯尔》史诗集群的附着型。

由此，青海卫拉特史诗整体上表现出一种以《格斯尔》为中心的发展态势。在他们中间还流传着大量的格斯尔传说，使每个地方的山水风物上都与格斯尔密切关联：格斯尔可汗小时候嬉戏的三座丘陵、支锅用的三块石头、拴马桩、马绊；格斯尔烧茶用的锅；格斯尔及其马和狗的脚印；格斯尔用来取火的燧石；格斯尔饮马的河水、放牧的草场；格斯尔数畜群的盆地、水井；格斯尔射穿的山、格斯尔歇息的椅子；格斯尔的盐湖；格斯尔摔跤的地方、驻扎的营盘；格斯尔拴住太阳的铁柱、下棋的棋盘；格斯尔打死的魔鬼的血滴、同格斯尔为敌的妖婆的镜子……都可以从这里找到。在这一地区以《格斯尔》史诗和格斯尔传说为依托，隐约形成了格斯尔保护神信仰；在一些地方，以这种信仰为核心，进而还形成了与当地敖包祭祀相结合的格斯尔祭祀活动[①]。

3. 英雄史诗《汗青格勒》

在青海卫拉特还流传一部重要的蒙古族英雄史诗《汗青格勒》。《汗青格勒》又名《胡德尔阿尔泰汗》，主要流传于青海省海西蒙古族自治州的德令哈市、乌兰县、格尔木市、大柴旦地区，有多种异文同时流传。在青海，有1981年哈达宝拉格记录的《汗青格勒台吉》、1983年才仁巴力记录的《汗青格勒》；在甘肃，有1957年图白、曹鲁蒙记录的《胡德尔阿尔泰汗》，1998年出版的由斯·窦步青整理的《汗青格勒》等。蒙古国学者哲·曹劳于1982年出版了有1480行的《汗青格勒巴特尔》史诗[②]。史诗主要内容大致如下：

> 胡德尔阿尔泰汗之子汗青格勒台吉远离家乡，出征遥远的西北方，以迎娶巴拉玛格日勒汗之女那仁赞丹。在途中，汗青格勒哼唱了63种悲痛的曲子、66种欢乐的曲子，走了13年，才见到自己的牧羊人，告诉他途中会遇到毒海和种种敌人。又走了13年，与一位骑高

---

① 斯钦巴图：《青海卫拉特蒙古史诗调查》，载中国民族文学网（http：//iel. cass. cn）。

② 仁钦道尔吉：《蒙古英雄史诗论》，台湾唐山出版社2007年版，第255页。

山般大骏马的勇士结为异兄弟。原来勇士是为灭绝蟒古斯恶魔而诞生的玛拉乌兰。又走了13年路程，两位勇士跨过有红旱獭、青铁蛇的毒海，来到拉玛格日勒汗的宫殿。可汗答应说要通过赛马、射箭和摔跤战胜十方来的求婚者之后方可娶走女儿。汗青格勒战胜对手，娶得美丽无比的那仁赞丹。可汗和属民随同迁徙。汗青格勒先于众人返回家乡，为迎接新娘做准备，委托义兄弟哈尔库胡勒陪同、保护妻子和她的父母后走。当他赶回家乡时，被长有12个脑袋的阿塔嘎尔哈尔毛斯即蟒古斯恶魔焚毁宫帐，掳走了父母和百姓，满目疮痍。汗青格勒和玛拉乌兰一起消灭了蟒古斯，哈尔库胡勒带着拉玛格日勒汗夫妇、那仁赞丹和众百姓也来了。汗青格勒举行了盛大宴会，与他的妻子、父母和义兄弟们和睦地过着幸福生活。

这是海西蒙古族民间艺人以说唱、演讲形式，用质朴的语言形象而生动地反映海西州蒙古族历史及社会生活、生产状况的一部史诗作品。其发轫于部落征战时代，以说唱和演讲的形式，讲述了蒙古族英雄消灭恶魔拯救百姓的故事，闪烁着蒙古族人民追求美好生活的智慧光芒。

受青海自然环境的影响，在传承过程中，发生变异，深深打上了浓郁的海西地域特色烙印。这部英雄史诗在蒙古族民间文学中实属罕见，具有重要的历史研究价值，是蒙古族文化宝库中的一朵奇葩，蕴含着蒙古族人民的聪明才智。海西蒙古族英雄史诗《汗青格勒》已被列入国务院公布的第二批国家级非物质文化遗产名录和首批非物质文化遗产扩展名录中。

第七章

哀婉凄楚的倾诉:民间叙事诗

民间叙事诗又称“故事诗”或“诗体故事”，作为民间文学的重要体裁之一，是由民众口头创作和传唱的一种篇幅较长的叙事性歌谣，以韵文体的形式、完整的故事情节、鲜明的人物形象为基本要素，主要反映民众的现实生活，表达民众对生活的感受、理想和美好愿望，展现他们在社会不同发展阶段的生产、生活和民俗风情。青藏地区民间叙事诗较为丰富，按其主要内容，可大致分为爱情婚姻叙事诗、社会斗争叙事诗、生活叙事诗三大类。

第一节　土族叙事诗

一　土族叙事诗创作的传统与内容

土族是一个有民族语言而无民族文字的古老民族，口头创作的民间文学丰富多彩，以神话、传说、故事、歌谣、叙事诗、谚语等方式，展现、延续和传承着民族文化传统，传递着民族历史演进的模糊信息，表达出对历史社会、文化生活的真实感受。土族民间叙事诗依照内容和情节，大致可分为三种类型。

第一类是英雄人物叙事诗。以歌颂民间传说中的英雄人物为主，代表作品有《祁家延西》、《格萨里》、《太平哥儿》。在《祁家延西》中，主人公祁延西是80高龄的老人[①]，其时，洛阳城土匪造反，百姓受苦，祁

---

① 祁家延西的名称和年龄，不同的异文有不同的说法。《土族简史》中称为“延西”，说他80高龄；《青海土族社会历史调查》中称为“彦西”，说他“满头白发年纪老”；《青海民族民间文学资料·土族文学专集（二）》中称为“颜锡”，说他“年少夫妻恩爱情深”。乔生华、乔生菊搜集整理并刊发于2006年冬季号《中国土族》的《祁家延西》一文称为“延西”，说他“七十龄来嘛奔八十”，内容和情节相对完整，本书采用了乔生华、乔生菊搜集整理的文本。

延西为维护国家安定和百姓安危，不顾即将临盆的妻子劝阻，毅然领兵出征，排除兵少粮乏的困难，巧施妙计攻破洛阳城，除灭了贼寇，拯救了全城百姓，凯旋而归。然而，他在归途中遭到了奸臣柴总兵的暗害，中箭身亡。祁延西的儿子14岁时知道了父亲遇害的真相，杀死柴总兵为父报仇，并上金殿为父鸣冤。这首长篇叙事诗颂扬了德高望重、爱国爱民的土族将领祁延西不顾个人安危，为民除害的英雄事迹。

土族叙事诗创作深受藏族民间文学影响，《格萨里》和《洛桑王子》就是受藏族民间文学影响后产生的英雄人物叙事诗[①]。《格萨里》唱述了天神的三儿子尕日马屯下凡替茶窝朗的百姓造福，出生后与土司阿科乔堂斗法，战胜乌得妖精派来的乌鸦、恶狼、神牛三头恶兽，长大后赛马取胜，娶了有钱人桑斯加的三女儿桑加，还在婚后外出时射落了曼加布城上空的六个太阳，娶了曼牙岱国王的公主，接替了他的王位。后来，格萨里的妻子桑加被乌得妖精掠走，格萨里不顾公主百般挽留，出发到妖怪洞穴，在桑加的帮助下，最终杀死了凶恶的乌得妖精。《洛桑王子》叙事诗[②]，唱述的是额尔登巴国的洛桑王子射杀蟒妖，拯救龙神，用龙神赠送他的捆仙索捆住了洗澡的美丽仙女引超娜姆，将她带回王宫。两人的恩爱引起了五百嫔妃的疾恨，她们请来了巫师黑惹，设计让王子出征，然后乘机陷害引超娜姆，引超娜姆不得已飞回天庭。王子胜利归来后，历经千辛万苦来到天宫，施展神威，通过天庭的诸般考验，最后带着心爱的妻子回到了人间。这两部叙事诗无论是从内容还是情节上说，都明显地受到了藏族英雄史诗《格萨尔王传》和著名藏戏《洛桑王子》的影响，是藏族民间文学之花移植到土族文化土壤后开出的艺术奇葩。

第二类是以动物为主人公的叙事诗。以动物为主人公，或表现牧业生产、生活场景，或用拟人化的手法表现母子之间的深情。《“合尼”赞歌》是一首以问答的形式讲唱的叙事长诗，用拟人化的手法讲述了羊的诞生、经历、牺牲的全过程，歌颂了羊对人类的贡献，带有浓郁的神话色彩，通

---

① 中国民间文艺研究会青海分会：《青海民族民间文学资料·土族文学专集》内部资料本，1979年编印。

② 青海师范学院中文系等搜集整理：《青海民族民间文学资料·土族民间文学专集》，中国民间文艺研究会青海分会1979年编印。

篇散发着浓厚的牧业生活气息。《白鹦鸽》[1] 和《布柔有》[2] 是两首拟人化的动物叙事诗，前者唱述了一只白鹦鸽飞到张家花园为生病的母亲寻找樱桃，被抓住关在笼子里，受到张家大姐、二姐的虐待，在它苦苦哀求下，被好心的三姐放走。白鹦鸽飞回山里寻找妈妈，发现妈妈死在大树下，鸟儿们帮着它埋葬了妈妈，白鹦鸽孤零零地在半空飞，没处去也没处住。后者讲唱的是一只叫“布柔有”的小牛犊与妈妈到高山上吃草，牛妈妈被恶狼吃掉，狼要吃布柔有时，布柔有哀求说要收妈妈的尸首，让狼晚上到家里来吃它。到了晚上，在锥子、剪子、鸡蛋、水癞子、牛粪、碌碡等的帮助下，恶狼最后被砸死。这两首叙事诗富有童趣，白鹦鸽和布柔有的形象具有人格化特征，突出展现了白鹦鸽的孝顺和布柔有天真无邪、机智聪慧的性格特征，歌颂了白鹦鸽的孝心、布柔有与阿妈的舔犊深情。

第三类是爱情婚姻叙事诗。代表作品有《拉仁布与吉门索》，这是一部用土语创作和演唱的长篇叙事诗，广泛流传于互助土族自治县威远、东沟、东山、丹麻等地区，主要叙述了一对土族青年男女从相识、相恋到爱情失败的悲剧故事，歌颂了他们坚贞不屈、追求自由幸福爱情的精神，具有深刻的思想内涵和迷人的艺术魅力，被誉为土族的“梁山伯与祝英台”。

二 《拉仁布与吉门索》

1. 反抗不合理婚姻和礼教的主题

《拉仁布与吉门索》是一部优美动人的爱情叙事长诗，目前内容较完整的有两个文本：一是左可国于 1962 年整理的男女对唱文本，280 多诗行；一是青海师院中文系师生于同年搜集的讲唱文本[3]，540 多诗行。故事梗概如下：

> 吉门索爱上了给她哥哥当牧工的青年拉仁布，两人发下了“千年松柏栽在心”的爱情誓言。但财主哥哥嫌拉仁布是穷人，从中百

---

① 青海师范学院中文系等搜集整理：《青海民族民间文学资料·土族民间文学专集》，中国民间文艺研究会青海分会 1979 年编印。

② 同上。

③ 同上。

般阻挠。二人手拉着手到高山煨桑，端奶茶献神佛，拜天地结为夫妻。财主哥哥乘着风高夜黑，假扮成吉门索的模样，刺死了拉仁布。吉门索一路哭着来到了拉仁布的家里，知道了爱人遇害的真相。拉仁布死后火化尸体，三天三夜烧不着。吉门索不顾一切赶到火葬场，将自己心爱的服饰一一投入大火，自己跳进烈火和拉仁布烧成了灰烬。财主哥哥狠毒地分开了二人的骨灰，分葬在河两岸。岸上长出了两棵枝繁叶茂的常青树，枝叶在河中间紧紧缠绕在一起。财主哥哥锯断大树块扔进炕火里烧。从烟囱里飞出了一对美丽的鸳鸯鸟，啄瞎了哥哥的双眼，双双飞翔在昔日相爱的草山坡上。

《拉仁布与吉门索》产生的年代，学界尚未定论。整首诗以山坡、草地、羊群、牛群、帐篷等表现牧业生产的词句贯穿始终，却没有任何描述农业生产的场景和语句，从诗中所唱“吉门索给财主哥哥拦牛羊，拉仁布给财主挡牛羊。每天两人出家门，一块儿走来一块儿放牧”来看，应产生在土族从事畜牧生产的年代，阶级分化和贫富悬殊的社会现实，是造成爱情婚姻悲剧的社会根源。

一般而言，婚姻形态都与其对应的社会、政治、经济的形态相适应，父母之命、舅权制度、门第观念、伦理道德等对男女青年之间的爱情形成了很大的束缚和障碍。土族的婚姻缔结不取决于青年男女的爱情，大受当时社会制度、经济条件的制约，而取决于阶级利益和经济利益。《拉仁布与吉门索》正是这种爱情婚姻悲剧的集中体现，通过一对青年男女的爱情婚姻悲剧反映出传统专制社会的等级制度、私有观念、金钱至上，以严酷礼教禁锢思想，扼杀民众婚姻自由的罪恶，显示出了强烈的反传统倾向和思想性。这首长诗一开始就反复咏叹道：

财主妹妹呀吉门索，财主牧工呀拉仁布，
吉门索富来拉仁布穷，大海小溪怎能靠一处。
财主牧工呀拉仁布，财主妹妹呀吉门索，
拉仁布贱来吉门索贵，土地天空怎能会相合。

从中看出当时土族社会森严等级，贫富悬殊，婚姻缔结深受门第和财富制约的现实。拉仁布是牧工，吉门索的哥哥是财主。强烈的门第等级观念，遭吉门索哥哥的极力阻挠，以“金配金来银配银，金银和铜铁不相称”为由，想分开两颗相爱的心。但二人无视世俗的眼光和观念，热烈真挚地相爱，并最终用自己宝贵的生命与恶势力进行了誓死抗争。

从诗中可以看出，当时土族实行包办婚姻和买卖婚姻。吉门索的哥哥干涉两个人的爱情，是想“要把吉门索嫁给有钱的人，好换来金银和牛羊”。在他眼里，亲生妹妹可以像货物一样拍卖，是能给他带来经济利益的私有物。为了自己揽财的私欲，不择手段地刺死了拉仁布。从吉门索哥哥注重门第、金钱高于一切的心态来看，当时买卖婚十分盛行，婚姻已成为一种利益交换，而根本无视男女青年的情感因素。吉门索的哥哥刺死拉仁布后，并没有遭受任何惩罚，也说明当时有钱人享有诸种特权，作为牧主或财主，对自己的雇工拥有生杀予夺之权。

吉门索哥哥是恶势力的代表，嫌贫爱富、狠毒阴险；嫂嫂则是严酷礼教的代言人，她出场不多，但嘴脸丑恶。当她在高山上看见吉门索和拉仁布在一起时，认为吉门索伤风败俗，在丈夫面前煽风点火说：“你妹妹跟拉仁布在谈情，人面前多丢脸，还不想法子来制服。”哥哥听后气得满脸红紫，对拉仁布下了黑手。拉仁门和吉门索死后，哥哥还不罢休“死去的妹妹羞着他”，把他们的骨灰分葬在河两岸。而这对恋人至死都在与扼杀他们爱情的不合理婚姻制度和严酷礼教作抗争，化作两棵枝叶茂盛的合欢树，在河中间紧紧地交缠着。见此情景，嫂嫂又污蔑说“吉门索活着丢了脸，死了还丢脸”，活脱脱一副专制礼教捍卫者的丑恶嘴脸，她的话让哥哥再次恼羞成怒，砍断了爱情树。拉仁布与吉门索仍然在抗争，化成了一对鸳鸯鸟，啄瞎了恶哥哥的双眼，飞翔在蓝天上，唱着幸福自由的歌。

2．坚贞不屈的爱情赞歌

《拉仁布与吉门索》被称为土族的“梁山伯与祝英台”，之所以获得这样的称誉，是因为像汉民族的民间传说《梁山伯与祝英台》一样，歌颂了一对土族青年男女生死不渝的爱情。之所以在土族民众中间传唱不息，也是因为所诉说的爱情故事具有感天动地的艺术魅力。诗中主人公的形象塑造以及所反映的爱情观和爱情悲剧在少数民族爱情婚姻叙事长诗中颇具代表性，具有典型意义。

其一，诗中塑造的拉仁布与吉门索一对热烈相爱、不屈不挠、生死相随的情侣形象，光彩照人。在吉门索身上，集中体现着土族女性可贵的品质，是一位勇敢追求爱情幸福的土族姑娘。她性格坚强：“阿哥只爱牛和羊，吉门索一心爱拉仁布。”与财主哥哥有着迥然不同的立场和追求；她执着坚贞：“我站在草滩上望高山，为的是把哥哥看一眼，拉仁布哥哥呀在哪方？你快把牛羊赶下山。”当哥哥极力破坏他们的爱情时，她性格倔犟发下了“咱俩个死活不分散”的爱情誓言。当哥哥刺死了拉仁布后，她骑着马疾跑狂奔，来到拉仁布家中，头靠着躺在炕上的拉仁布，边哭边唱：“拉仁布哥哥睁眼来，吉门索妹妹看你来，哥哥哥哥睁眼来，妹妹的热泪儿把你暖一下。”

对拉仁布的爱和对哥哥的憎恨，使吉门索纯洁而坚贞的心灵在痛苦中煎熬着，她悲愤地控诉：“拉仁布哥哥睁眼来，我的恶哥哥把你害，拉仁布哥哥有什么罪，只怪不该把我爱。”拉仁布死后，吉门索悲痛欲绝，用歌声倾诉心中失去拉仁布的无限痛苦，诉说他们至死不渝的爱恋：

哥哥哥哥呀你听着，吉门索妹妹看你来了，
我为你什么都割舍，我为你什么都舍得。

头上解下红头绳，红头丝绳太阳红，
太阳明天还能出，阿哥死去不再活。

这条红头绳送给你，陪你火里烧成灰，
今生不能系一起，来生红线再系住。

头上摘下红顶帽，帽面上绣着千层牡丹，
牡丹似珠红艳艳，碧叶似玉绿油油。

这顶帽子摘给你，放到火里陪你烧，
这生不戴留给你，来生我俩并头戴。

发上拔下银簪簪，簪上盘着一条龙，
顶头宝石发亮光，银龙想要上天空。

这把银簪簪摘给你，陪你火里烧成灰，
今生不能成婚配，来生和你配成双。

耳上取下金耳坠，一对耳坠黄金黄，
两条金鱼儿嘴对嘴，黄金穗儿索椤椤。

这对耳坠摘给你，陪你一块到阴司，
阳世不能结夫妻，阴间和你成夫妻。
……

吉门索的痴情让人感动，她希望自己和拉仁布能在来生结为夫妻，但当她看到柴火燃不着拉仁布尸体时，压抑的感情最终爆发出来，唱出了感天动地的绝唱：

五尺的肉身子舍给你，一块儿烧得天荒和地老，
五尺的肉身子投烈火，死也跟着情哥哥。

歌声未落，吉门索纵身一跃，跳进了熊熊烈火中。土族姑娘勇敢、倔犟、痴情、坚贞的形象，活生生呈现在人们眼前，她是土族民众用全部的热情和集体力量所塑造的一个完美的艺术形象。

其二，在爱情观方面，表现了吉门索重品貌才德、不以贫富左右情感、爱情专一的特点。拉仁布与吉门索是青年人里最出众的小伙子和姑娘，诗中赞美道：

拉仁布阿哥心直如箭杆，拉仁布阿哥心如白纸白，
拉仁布阿哥歌如雄狮吼，拉仁布阿哥力能擒猛虎。

吉门索妹妹心如明月长照耀，吉门索妹妹心如红珠灿烂红，
吉门索妹妹歌声赛过黄莺，吉门索妹妹巧手绣花描龙凤。

拉仁布英俊、正直、勇猛，吉门索纯洁、漂亮、心灵手巧，都有一副好歌喉，这些恰恰是他们彼此吸引爱慕之处，也是土族推崇的品性。他们纯洁的爱情观建立在人美、品格美的基础上，这也是民众理想中的爱情观，在现实生活中颂扬真情实意，唾弃嫌贫爱富、见异思迁的虚伪爱情。他们二人坚信“生着要活在一起，死了不愿两分离，高山大河挡不住，阴阳生死挡不着”，用自己宝贵的青春生命实践了爱情誓言，并在熊熊烈火中得到升华，合欢树相拥相抱于河面，鸳鸯鸟自由飞翔在蓝天，唱着他们至死不渝的爱情之歌。

其三，《拉仁布与吉门索》是一部现实主义和浪漫主义相结合的诗篇，追求爱情幸福，感情深厚浓烈。从诗的情节和内容看，与《梁山伯与祝英台》有相似之处。拉仁布与吉门索的爱情，仔细比较于梁山伯与祝英台，发现土族青年男女的爱情更为浓烈、大胆和勇敢，所遭受的压迫亦深，反抗也更有力。梁山伯和祝英台死后化蝶，专制家长势力的迫害就此停止，故事的叙述也在蝴蝶双双飞舞的时候结束。而吉门索的哥哥在两个恋人死后还不放过，接二连三地压制、戕害他们不屈的灵魂。二人生前与恶家长势力作抗争，死后的灵魂依然不屈，化作一对鸳鸯鸟，啄瞎恶哥哥眼睛，有力地回击了他的无端迫害。土族民众正是借助浪漫主义手法，表达对纯真美好爱情、自由婚姻的向往与追求，赞美坚贞不渝的爱情。

其四，《拉仁布与吉门索》深深地植根于土族传统文化和社会生活之中，是土族民众用集体力量和智慧创作出来的艺术杰作，具有浓郁的土族生活色彩。拉仁布与吉门索登上高山，采来柏香和白花，肩并肩地煨桑，在牛毛帐篷前支起三块石头，烧上滚烫的奶茶，端起来献神敬佛，都是土族日常的习俗和举动。而火化拉仁布时，吉门索投入火中的绣着千层红牡丹的金顶帽、五彩袖的缎皮袄、青葱色的绿罗裙，展示了土族传统服饰之美。拉仁布与吉门索死后化作合欢树、鸳鸯鸟，吉门索哥哥用狗血淋爱情树等情节，不仅反映了土族的浪漫主义情怀，还从侧面反映了土族的原始宗教信仰意识。

第二节　多民族叙事诗《方四娘》

一　《方四娘》在青藏地区的流传

《方四娘》是汉族的口头说唱文学，在回族、土族、撒拉族及东乡族中广为流传。1983年湟中县文化馆李来成搜集整理的《方四娘》，有1000多诗行，是目前所能见到的内容最完整、最翔实、诗行最长的文本。叙述了在专制婚姻制度下，美丽贤惠、心灵手巧的方四娘不堪婆家人惨绝人寰的摧残上吊自杀，死而复活的故事。已故许英国教授认为是“青海各民族民间文学中发现的第一部叙事长诗”[①]。而高启安认为“青海地区流传的《方四娘》来源于河西流传的宝卷之一《四娘宝卷》。它虽然从宝卷的文学形式蜕变为口头文学形式，但从其故事情节和散文体的对话来看，还大致保持着宝卷的内容和体制，称之为叙事诗是不妥的：说它产生于青海，为青海第一部叙事长诗则更是大谬不然”[②]。马光星的看法又有所不同“《方四娘》其实是青海地方曲艺里的一个品种——贤孝；它虽然与《四姐宝卷》在内容上有传承关系，但二者的体裁及表达方式上，存在着许多差异，可以说是两种不同的文学形式”[③]。

据马光星介绍，中国民间文艺家协会山东分会编印的《四老人故事集》中收集有《房四娘》、《柴女》、《替死》三篇民间故事，其情节与西北地区流传的《方四娘》部分相似，尤其是《房四娘》，不仅名称基本一致，情节上也有很多相似之处。据高启安介绍，甘肃河西一带流传的《四娘宝卷》开头有：“此事出在大明年间，山东太和县员外姓方”的字样。而据青海李培复藏本《方四娘宝卷》开头讲：“且说有一段故事，出自大明年间，宪中时节，山东太和县有一员外……”从内容上看，以“方四娘”为母题的故事，最早应产生在山东地区。而青海地区流传的《方四娘》，则与甘肃河西地区流传的《四娘宝卷》有较为明显的传承关系，应该说源于甘肃的《四娘宝卷》。

《四娘宝卷》流传到青海地区之后，以汉族为主的各族民众对其进行了再创作，形成了以“方四娘”为母题的民间歌谣和故事体裁，并有多种异文，且在语言、情节、生活风俗方面赋予了青藏地区的地域特色和民族特色。回族的《方四娘》300行诗行[④]，是以民间小调《十二月调》的

---

① 许英国：《简评青海第一部民间叙事长诗〈方四娘〉》，《青海社会科学》1984年第5期。

② 高启安：《〈四姐宝卷〉与〈方四娘〉》，《青海社会科学》1988年第1期。

③ 马光星：《论民间说唱〈方四娘〉》，《青海社会科学》1989年第4期。

④ 中国民间文艺研究会青海分会：《青海民族民间文学·回族专集》内部资料本，1980年编印。

曲调演唱的，内容也较为完整，已经具备了叙事诗的形态，但有时被归属到“宴席曲”中。土族的《乔家妹妹》以叙事诗的形式流传，《登登玛秀》以民间歌谣的形式流传，均属“方四娘”母题故事。撒拉族民间故事《受苦十八年》也是“方四娘”类型故事，以散文形式流传。甘肃、青海、宁夏三省区各民族中均流传有民间说唱《姣姣女》，也是“方四娘”母题故事。民间说唱体《姣姣女》故事，以韵散兼备的说唱形式，叙述了姣姣女在婆家遭受种种虐待的故事。民间歌谣《姣姣女回娘家》，则通过姣姣女回娘家的生活片段，集中体现了劳动妇女的苦难。此外，青海各民族中流传的《挑兵》、《出征》、《敬酒歌》、《娘盼》、《哭月亮》等民间歌谣，均以“方四娘”故事为母题，通过某个生活场景呈现，亦诉说了劳动妇女遭受的苦难。方四娘故事在青海河湟地区流传极为广泛，“花儿”中有“月亮里头的姣姣女，吊死在娑椤椤树上”的唱词。

从体裁上看，李来成所搜集的《方四娘》最初收集在湟中县《民间曲艺选》中，后来又转载于《河湟民间文学集》第六辑，标“西宁贤孝传统曲词”的副标题，说明是以贤孝形式流传的。贤孝是青海的地方曲种之一，内容以演唱忠臣良将、孝子贤孙一类劝善题材为主，曲目主要源于明清两代宝卷、小说和民间故事。贤孝隶属于地方曲艺，或取材于生活，或取材于历史，借助较长的篇幅叙述故事。与民间叙事诗的取材和叙事手法有共同之处。但二者也存在不同之处，从思想倾向来说，曲艺大都以宣扬忠孝节义、劝善为主题，民间叙事诗则主要反映现实生活，世俗性较强，具有一定的反传统意义；从表现手法上来说，曲艺是集文学、音乐、表演于一体的综合性艺术，以表演说唱为主，一般有乐器伴奏，且一个本子常常分为好几个曲牌，分段演唱，民间叙事诗则是以韵文体形式创作和传唱的口头文学作品，传唱较为随意，且一唱到底，以叙述完整的故事情节和塑造人物形象为主。李来成搜集的《方四娘》故事情节细腻生动，人物形象栩栩如生，现实性很强，基本上以韵文体形式流传于民间，完全符合叙事诗的三项基本要素——韵文体、完整故事情节、鲜明人物形象，从这个意义上说，可以将其称之为民间叙事诗。就青藏地区而言，汉民族的民间叙事诗并不发达，而地方曲艺却十分丰富，其中不能排除汉族叙事诗借助曲艺媒介在民俗生活中保存和流传的可能性。换言之，李来成所搜集的《方四娘》是以地方传统曲艺形式传播和保存的汉民族民间叙事长诗，是青藏地区民间叙事诗中的瑰宝。

回族叙事诗《方四娘》整首诗300多行，唱述了贤良的方四娘嫁到李家后，因不堪公婆虐待上吊而死，尕女婿长大后思念方四娘，阎王爷让四娘还阳，最终夫妻团圆的故事，是以宴席曲形式在民间传唱和保存的。土族叙事诗《乔家妹妹》以韵文对唱的形式，哭诉了丈夫赴京赶考的十八年中，乔家妹妹在婆家受尽苦难，最后被活活打死的悲惨故事。这两篇叙事诗在语言表达和生活场景描写中，颇具民族色彩，但具体情节与《方四娘》有很大差异。由此，汉族《方四娘》流传到回族和土族之中后，民众又根据自己的生活习惯、思想愿望、心理特征和审美情趣，对其进行了改造、加工和再创作后，形成了本民族的民间叙事诗。从实际看，《方四娘》不是单属于哪一个民族的叙事诗，而是河湟地区汉族、回族、土族、撒拉族、东乡族及保安族等多民族共同享有的文化事象，是多民族的叙事诗。

二　各民族民间叙事诗《方四娘》之比较

1.《方四娘》故事内容与情节

在河湟地区，以“方四娘”为母题的故事，有叙事诗、民间故事、歌谣、曲艺等形式，在各民族中广为流传。但各民族所传唱的方四娘故事，在内容和情节上存在较大差异。就叙事诗体裁而言，汉族、回族和土族三个民族“方四娘”母题叙事诗，有三种不同的故事情节和结局。

汉族叙事诗《方四娘》的故事梗概如下[①]：

> 方家庄方老爷有个女儿叫方四娘，家财万贯的于大人之子叫玉郎。于家请媒人去方家提亲。因于、方二家有仇，方家大索彩礼，可于家一一办齐了，方家只好允应。方四娘嫁到于家后，公婆等人百般刁难折磨，终因不堪忍受而吊死在梧桐树上。方家召集阿舅乡党六亲，隆重埋藏了方四娘，并让公婆、阿伯、小叔给四娘披麻戴孝。盗墓贼去盗墓，四娘还阳被送回于家，与玉郎团聚。当晚，牛头马面勾去了于家一家大小的魂。玉郎南学念书，四娘在家料理家务。三年

① 西宁市文联：《河湟民间文学集》第六辑，内部资料本，1983年编印。

后，玉郎高中状元，方四娘被封为一品诰命夫人。

回族叙事诗《方四娘》有四篇异文，其故事梗概如下[①]：

黄河南岸山乡的方四娘心灵手巧，李家托媒人说亲，爱财的父母答应了这门亲事。丈夫李贤公年龄小，四娘新婚之夜守空房。之后，她经常遭到公婆、小姑的毒打，一年后因不堪折磨，用手帕吊死在桑木树上。方四娘到阴间诉冤，阎王爷说她阳寿未尽可还阳。此时，李家公婆因为作孽一命呜呼，丈夫也已长大成人，祈求让四娘还阳，阎王爷托梦说需重新埋葬方四娘。李贤公遵照阎王爷嘱托，做了馆材，让阴阳道士念经，隆重埋葬了方四娘。半夜里方四娘果然还魂回家，夫妻双双团聚，重新生活。

土族叙事诗《乔家妹妹》的故事梗概大致如下[②]：

乔家妹妹嫁到了一个小财主家，婚后不久，丈夫就赴京赶考，走了整整十八年。她在婆家承担了所有的家务，受了十八年的罪，头发变白了。好不容易回一趟娘家，途中遇上了还乡的丈夫，丈夫竟然认不出来，后来两人才相认。乔家妹妹先回了家，就被婆家人一顿毒打，活活被打死。丈夫回家后问妻子的下落，家里人搪塞了一番，只有好心的妹妹告诉他乔家妹妹的下落。丈夫从厨房夹缝里找着了妻子的尸体后，悲愤难抑。哥哥烧起一把火，全家人在烈火中丧命。

2.《方四娘》结局类型分析

从内容上说，汉族、回族和土族中流传的以“方四娘”为母题的叙事诗，均反映了以方四娘为代表的各民族劳动妇女在封建家庭生活中的不幸遭遇，控诉了买卖婚姻和家庭奴役暴力对广大妇女的摧残和戕害，所表

① 中国民间文艺研究会青海分会：《青海民族民间文学资料·回族专集》，内部资料本，1980年编印。

② 马光星：《土族文学史》，青海人民出版社1999年版，第176页。

达的主题思想基本一致。但在具体的人物形象塑造、情节发展和结局方面却有所不同。根据人物形象塑造、故事的情节发展和女主人最后的结局来说，可分为三种类型：

其一，女主人公贤良温顺，却被活活折磨而死。

在传统专制社会中，女性的社会和家庭地位十分低下，深受“三纲五常”、“三从四德”等礼教的束缚，往往将贤良、温柔、孝顺、勤劳、服从作为女性必须遵从的行为标准，不允许有自己的独立意识与人格思想。面对社会和家庭所强加在女性身上的不公平待遇，大多数女性如同宰割羔羊、砧板鱼肉，只能默默接受和忍受，不敢有丝毫的反抗。《乔家妹妹》中的乔家妹妹就是如此，面对婆家人的非人虐待，她逆来顺受，整整忍受了18年，最后在与丈夫团聚、即将脱离苦海时被活活打死。

其二，女主人公有一定的反抗意识，最终以死抗争。

受压迫最深重的劳动妇女处于社会低层，不堪忍受家族势力的压迫，用各种方式与旧礼教、旧制度进行抗争，发泄内心的愤恨和不平的方式，极为常见的，是用极端手段结束自己的生命。汉族、回族《方四娘》叙事诗中的女主人公方四娘，就是采取了这种极端的抗争方式。其中，朱刚搜集的回族叙事诗《方四娘》中，女主人颇具反抗意识，她虽无力改变自己的命运，但面对非人的待遇，进行了一系列的反抗，展现了其性格倔犟的一面。方四娘与自己的小丈夫说了句话，被婆婆大骂，她顶嘴道：“为什么我俩哈不说给话，我两口儿也不是旁人家。”由此遭受了公婆的一顿毒打。面对不合理的对待，她仍坚持说出自己心里的想法。方四娘回娘家时，婆婆要她在两天内做上两双鞋、四双袜子、一个荷包，她一听着了急，又回了两话：“纸糊个鞋袜也来不及。婆婆你使的是拿人的法，硬惹得哑巴儿要说话。”话一出口，当场就惹来了一场更恶毒的打骂，被打得血肉模糊。最后，方四娘不堪忍受这非人的生活，用手帕在桑树上吊死了，采用死亡方式与专制家长和礼教进行了最后的抗争。

其三，女主人公被迫害致死后，死而复活，与丈夫团聚。

在李来成搜集整理的汉族叙事诗《方四娘》、青海师院师生所搜集整理的回族叙事诗《方四娘》中，均有方四娘死而复活与丈夫团聚的情节。汉族的《方四娘》中，方四娘死后，盗墓贼去掘墓，四娘还阳复活，与玉郎团聚。后来，玉郎高中状元，方四娘被封为一品诰命夫人。回族的

《方四娘》中，方四娘复活的原因是阎王爷发现她阳寿未尽，托梦给丈夫李贤公，让他重新埋葬方四娘，方四娘半夜还阳复活，与李贤公团聚。在这两首叙事诗中，方四娘的婆家人因作孽而一夜暴亡，四娘则死而复活，与丈夫过上幸福生活，这些超现实的情节反映出了因果报应的宗教思想，具有劝善意味。这些情节也表明，劳动民众不忍心让贤良、可怜的方四娘无辜死去，借助丰富想象，通过艺术虚构情节，表达对这位受尽人间苦难女性的无限同情，控诉与鞭挞了罪恶的买卖婚姻和家庭奴役制度。

在青藏地区流传的其他体裁的"方四娘"母题故事中，还有方四娘死后变形复活的情节。东乡族说唱故事《姣姣女》中，姣姣女的丈夫回家看见家人迫害姣姣女时打折的棍棒、拔下的长发、剥下的疮疤、淌下的脓血，悲愤交加，昏死过去，变成了一只老红帮本（蜜蜂），飞到姣姣女的娘家。姣姣女发现这只老红帮本是丈夫变的，也变成了一只老红帮本，两人飞到月宫里，雌蜂在月宫里变成人身，每天挑水浇娑椤椤树，雄蜂飞到太阳里，撒上妻子送给他的一包金针，刺得人们睁不开眼。在回族民间故事《仓琅琅钥匙》中[①]，虐待儿媳仓琅琅的公公变成了狗、婆婆变成了老草驴、嫂嫂变成了破靸鞋，爱护她的小姑变成了人见人夸的鲜花、小叔变成了人见人夸的燕子。仓琅琅跳水而亡后，与殉情而死的丈夫变成了两朵并蒂莲。在这些变形复活的情节中，姣姣女和丈夫变成蜜蜂、仓琅琅和丈夫变成莲花等自然界生命形态的形式，脱离了黑暗、悲惨的现实世界，进入了虚拟的自由幸福的世界。表达了各民族劳动民众试图借助想象改变不如意生活处境的美好愿望，还体现了万物有灵，人死后以另一种生命形态变形复活的原始宗教观念。

三　《方四娘》悲剧的社会意义

多民族叙事诗《方四娘》中的方四娘凄惨遭遇令人触目惊心，她的不幸命运也让人扼腕叹息，但这一幕血淋淋的家庭生活悲剧之所以产生，有着深刻而复杂的社会背景。

其一，传统专制社会的包办婚姻和买卖婚姻是造成方四娘悲剧的始作俑者。

---

① 青海省西宁市文联：《河湟民间文学集》第四辑，内部资料本，1982 年编印。

汉族叙事诗《方四娘》中一再说，方家和于家有仇，却未说明具体原因。而在《四娘宝卷》中却有所交代，说于家长女重阳嫁给方家长子，婚后因病而亡，于家人认为自家女儿死因不明，两家就此结下了怨仇。也正因为这样，方家不想把女儿嫁到于家，可于家有万贯家财。从于大人的称呼上看，于家是官宦之家，社会地位要比方家高，加上受“头门亲事，拒之不祥”的成规约束，方老爷不好拒婚，才想出了用狮子大开口式的高额彩礼，欲逼于家知难而退的计策，他在索要的礼单上写道：

大红缎子三千匹，丝绸绫罗四千零。
既要碌礴大的整银，还要鸡蛋大的散银，
金火盆一个，米金三十石，
瓜子金三斗三升，金子五百两，
银子四百斤，珍珠、玛瑙一斗五升。

这无非是方四娘的身价，也是拒婚的招数。不料弄巧成拙，于家不惜变卖家产办齐了彩礼，形成了事实上的买卖婚姻。旧仇加新怨，此拉开了方四娘悲惨生活的帷幕。回族叙事诗《方四娘》中也说“珍珠送了一斗五，绸缎的聘礼无其数”，说明彩礼数量巨大，这样的婚姻毫无疑问是买卖婚姻。从男方家的角度来看，花了很多钱，甚至倾家荡产娶来了媳妇，自然就形成了“娶来的媳妇买来的马，任我骑来任我打”的陈规，媳妇在家里的地位和待遇是可想而知。因此，买卖婚姻是造成方四娘在婆家遭受虐待的根本原因。

在买卖婚姻中，无父母之命，不能成亲，无媒妁之言，也无法促成婚姻，媒人在男女婚姻缔结中起着至关重要的作用，是包办婚姻和买卖婚姻的纽带。为了说媒成功，媒人往往采取两面欺瞒手段，造成了许多不幸的婚姻。在回族叙事诗《方四娘》中，媒人花言巧语，极力夸耀李家富有：

公婆贤良女婿娃俊，公婆一家儿善门的根。
荣华富贵享不尽，走路还有个伺候的人。
姑娘大了要嫁人，这么好的婆家哪里寻。

可事实上，李家女婿娃还未成年只图玩耍，公婆心肠狠毒，将方四娘当柴郎使唤，还动不动挨打受骂。方四娘深受包办婚姻和买卖婚姻之苦，她对不合理的婚姻制度充满了怨恨，用自己的血泪进行了抨击，并对媒人强烈诅咒：

钱买的婚姻不公道，婚姻要个人做主张。
一怨了老子二怨了娘，三骂媒人你坏天良。
喝了我的媒茶他害嗓黄，吃了我的宴席他断肝肠。
枕了我的媒枕他出耳疮，穿了我的媒鞋他害蹄黄。
挑拨离间的害背疮，害我的人儿全死光。

这是何等铿锵有力的控诉，是旧时代无数受买卖包办婚姻荼毒的广大妇女的共同心声，对直接造成她们不幸命运的媒人无比痛恨，是最为真实的人生感受。

其二，专制家长制和家庭奴役制是造成方四娘悲剧的社会土壤。

在传统家庭中，专制家长有至高无上的权威，说一不二，儿女的婚姻、一家人生计、亲友来往，乃至一日三餐、家务分工等，都由家长亲自安排。儿女对父母只能服从，不能有丝毫的反抗心理，尤其是媳妇，要遵守"三从四德"、"顺于舅姑和于室人"，不能有个人的意愿。从家长专制家庭的角色定位来说，"男主外，女主内"，婆婆是家庭内部事务的直接管理者，加上多年媳妇熬成婆的心理，婆婆对待媳妇严厉苛刻，婆媳之间的冲突和矛盾，相对其他成员要激烈、尖锐得多。因此，在各民族以"方四娘"为母题的叙事诗中，方四娘与婆家的矛盾集中体现为婆媳矛盾，婆婆以反面角色出现，是专制家法的具体执行者，百般折磨方四娘，显得十分凶悍，几近人格扭曲和变态。在方四娘的眼里，"婆婆是一副妖魔相，公公活像个牛魔王"，公婆的形象可怖、可憎又十分可恶。

在传统家长制家庭中，新过门的媳妇家庭地位最为低下，尽力小心侍奉公婆、尽心服从公婆，处理好兄嫂、小叔、小姑及其他家庭成员之间的关系。而家庭里的任何一个成员，即使是年龄比新媳妇小的小叔子和小姑子，都可以对她横加指责，甚至拳脚相加。在汉族叙事诗《方四娘》中，方四娘的嫂嫂、小姑子和小叔子均扮演了专制家长的帮凶角色，与公婆一起对方四娘进行了精神虐待和肉体折磨，尤其是小姑子，尖酸刻薄，挑拨离间，还大打出手。方四娘在于家没有丝毫地位，面对小姑子的诸般恶言恶语和虐待，只能逆来顺受。其他家庭成员为虎作伥，加深、加重了方四娘在婆家的苦难和灾难。

方四娘在婆家遭受虐待的深刻社会原因，还在于传统专制社会等级制度的森严和贫富差别。回族叙事诗《方四娘》中唱道，方四娘的美名惊动了邻庄财主家，财主家用财势打动了方四娘的爹娘，应了亲事。方四娘听见埋怨道："娘老子爱财你们心太狠，硬叫我方四娘入火坑；好多人说亲你们不答应，苦命人许给了有势的人。"方四娘自己说的话不幸应验了，她嫁入婆家等于入了火炕，婆家人冷眼相待，动不动就骂她是"穷人家的丫头见识短"、"穷鬼家的丫头没教养"。方家人以穷攀富，穷人家的女儿嫁到富人家，已是一种经济地位的不平等，在男方家更难做人，受轻视和欺压更甚。由于婆家人有钱有势，才敢肆无忌惮地摧残、迫害方四娘。

其三，方四娘形象是传统专制社会无数女性遭受苦难的缩影和真实写照。

《诗经》曰："心之忧矣，我歌且谣。"在旧时代，青藏地区各民族广大妇女，处在社会与家庭的最底层，无数个像方四娘一样的年轻女性，婚姻大事自己不能做主，像货物一样被卖到婆家，在专制家长和家庭奴役制的束缚压迫下，牛马一样劳作，毫无人格而言，遭受肉体和精神的双重虐待，境况十分凄惨和痛苦。《四娘宝卷》中方四娘的苦难命运，触动了河湟地区各民族劳动妇女受创伤的心灵，借助这一故事母题，用民间叙事诗的形式唱述自己在家庭中的不幸遭遇，倾吐自己心中的不满和不平。尽管各民族的《方四娘》在情节内容、语言表述上有所变异，但其主题思想一致，都是广大女性在家庭中毫无地位、受尽奴役、备受欺凌的缩影。

《方四娘》是一曲劳动妇女苦难命运的悲歌，方四娘个人的大悲、大痛和大难，是旧时代无数个女性汇集起来的血泪史。女性不仅在平日里从事繁重的家务和田间劳动，而且要遭受专制家长施加于她们身上的精神束缚与压迫：

方四娘清早去下地，割麦子一天者割到黑，她回家推磨者到晚夕。

缸儿里无水者把她喊，半夜三更把水担；
榆木的扁担是三楞子，尖底子桶桶无法缓。

方四娘在家里绣花、做饭、织布，还下地干活，一天到晚忙得团团转。即使这样，她还讨不了婆家人的欢心，一天织出三丈三的布，婆家人还嫌她织的布头短。从娘家返回时延迟了一天，就被打得“上身的鞭印子龙排队，下身子打出了血花花”。方四娘在婆家的遭遇，是广大妇女在专制家庭中遭受不公正待遇、沉重苦难的真实写照，在她身上凝聚了千千万万个被虐待、被迫害、被扼杀的劳动妇女的血和泪，也集中体现了广大劳动妇女对不公婚姻和家庭制度的些许反思、憎恨与抗争。回族叙事诗《方四娘》中有这样的语句：

十月里到了天冷寒，风吹得树叶儿落万片；
嫁出去的女儿射出去的箭，落在苦海里谁照管。

心头儿不宽着身体瘦，枕头不干着泪湿透，
前半夜想来后半夜哭，娘老子怎知女儿的苦。

天下人人要做父母，儿女受罪是父母的苦；
天下的媳妇儿没我苦，再甭叫姑娘们走我的路。

这是方四娘对自己嫁后不幸命运的反思与哀叹，她以自己活生生的例子现身说法，规劝姑娘们不要走她的路。但只要造成方四娘悲剧命运的专制时代、包办婚姻制度和专制家庭制度不被消灭，像方四娘一样的劳动妇女在现实生活是找不到出路的，只能以死抗争，或将希望寄托在缥缈的菩萨、阎王等神鬼中，或者自我安慰于善有善报、恶有恶报的因果报应之说中。因此，在多民族叙事诗《方四娘》中，虽然少数异文中有方四娘死而复活、与丈夫团聚的情节，但大多数作品都是以方四娘的死来作结局，这是当时旧时代社会的真实写照。

第三节　回族与藏族叙事诗

一　回族民间叙事诗

在青藏地区各民族中，回族民间叙事诗数量较多，民族特色鲜明。回族叙事诗尚有十几篇流传，大致可分为两类：一类是反映青年男女感情生活、揭露封建礼教和不合理婚姻制度的爱情婚姻叙事诗，《马五哥与尕豆妹》、《方四娘》、《尕豆过兰州》、《尕买彦》、《乙布拉与奴格亚》、《满拉哥》、《上新疆》等；一类是由社会矛盾、民族矛盾而引发斗争与反抗的叙事诗，《苏四十三起事歌》、《沙沟树儿湾的传说》、《韩大郎》、《尕司令打河州》等。此外，还有源自汉族说唱文学，经回族民众改编后传唱的历史传说叙事诗，如《薛平贵回家》、《兰桥会》等。

回族叙事诗大都以宴席曲、贤孝、倒江水等民间曲艺形式流传，以宴席曲流传的有《方四娘》，以贤孝流传的有《尕司令打河州》，以叙事"花儿"流传的有《尕豆过兰州》等，还有些叙事诗被早期的民间文艺工作者作为民歌来处理的，有《尕买彦》、《乙布拉与奴格亚》、《沙沟树儿湾》、《上新疆》等。这些应是以不同形式流传的民间叙事诗。

在回族爱情婚姻叙事诗中，流传最广、影响最大、最具代表性的是《马五哥与尕豆妹》。该诗根据清末发生在甘肃临夏莫尼沟的真实情杀事件而创作编唱，广泛流传于甘肃、宁夏、青海等省区的汉族、东乡族、保安族和撒拉族中。最早的文本是张亚雄于1940年编著的《花儿集》一书，以"花儿"形式流传，被作者高度评价为"西北高原之绝唱，山歌之翘楚"[①]。纪叶于20世纪50年代初搜集的《马五哥与尕豆

① 张亚雄：《花儿集·序言》，转引自青海省西宁市文联编《河湟民间文学集》第九辑，内部资料本，1985年编印。《马五哥与尕豆妹》的民间叙事诗有两种异文，一是祁振华搜集、张亚雄整理的《马五哥曲》，以花儿对唱的形式演唱，每小节为三句，共有96节288行，分为《初恋》、《热恋》、《惨剧》、《结局》四部曲。二是中国人民解放军第一野战军文艺教员纪叶于20世纪50年代初搜集的《马五哥与尕豆妹》，该诗被收编入《青海民间文学资料·回族卷》，全诗共有246行，两句为一小节，分五个部分。这两种异文所唱述的故事情节基本一致，但在具体细节上略有不同。

妹》[①]，大致流传于青海河湟地区，其故事梗概如下：

> 河州城里的尕豆妹，爱上了青年马五哥，经常见面倾诉衷肠。不料尕豆妹被迫嫁给了一个富人家的尕女婿。她和马五哥互相思念，"两头儿想来两头儿牵，两头儿都牵成个病汉"。尕豆妹下河挑水，遇见了马五哥，两人"先叙苦来后叙情，手拉者手儿者舍不得分"。她约马五哥晚上到家里相会，可俩人说话时间长了，惊醒了尕女婿。马五哥情急之下失手掐死了尕女婿，慌乱从墙头逃走时不慎将鞋落在了墙根下。婆家人先后告到河州衙门和兰州城里，马五哥和尕豆妹被捉住，两人爽快认罪，都想独个儿顶罪，让对方有条活路。但河州城的大老爷贪赃枉法，活罪断成死罪，将马五哥和尕豆妹双双斩杀在兰州桦林山。

该诗以真实生活事件为原型，歌唱了马五哥与尕豆妹的真挚爱情，塑造了一对大胆争取爱情婚姻自由，反抗礼教和不合理婚姻制度的青年男女形象。马五哥和尕豆妹原本真挚相爱，却被不合理婚姻制度活活拆散。尕豆妹"哭死者不由自己"，被迫嫁给一个尕女婿。张亚雄指出："尕喜娶尕豆时年方十岁，尕豆已是二八妙龄，这桩桃色命案的发端，就在旧式婚姻夫妇年龄极不相当方面。"[②] 而尕豆妹是个勇敢痴情的姑娘，马五哥失手杀掉尕女婿，被捉到官衙，二人见了面后，她深情地向马五哥表白："马五阿哥见个面，杀哩剐哩我心甘"；在大堂上，她勇敢地"口认杀罪自个儿当"，想替马五哥顶罪，马五哥也"舍出了五尺身，要救尕豆妹妹的身"。他们的爱情至死无悔，临刑前还表示："我俩儿死了手牵手，活人者一辈子没后悔。"用年轻的生命和鲜血，谱写了一曲爱情悲歌。

《马五哥和尕豆妹》自产生以来在西北广为传唱，深受各民族群众喜爱。依据其内容，还创作了叙事花儿《尕豆过兰州》[③]，唱述了马五哥被

① 中国民间文艺研究会青海分会：《青海民族民间文学资料·回族专集》内部资料本，1980编印。

② 张亚雄：《花儿集·序言》，转引自青海省西宁市文联《河湟民间文学集》第九辑，内部资料本，1985年编印，第172页。

③ 青海省西宁市文联：《河湟民间文学集》第九辑，内部资料本，1985年编印。

抓后，尕豆只身一人，不畏艰险，跋山涉水到兰州去看望马五哥的故事。整首诗以尕豆的口气来演唱，心理描写十分细腻，充分展现了对马五哥至死不渝的爱恋之情：

> 亲亲热热说下的话，死里活里么一搭；
> 再能和马五哥啦说上个话，头割下，
> 血身子也一搭里站下。

表达了她誓与马五哥同患难、共生死的思想感情。在这首花儿叙事诗的结尾，回族民众还借尕豆的口，唱出了“贪赃枉法清朝的官，冤枉啦断，亏死了一对的少年”不平之气，抨击了昏庸官僚为贪婪钱财而草菅人命的黑暗，表达了民众对尕豆妹与马五哥的同情和惋惜之情。

《上新疆》讲述了一对苦命的回族青年男女[①]，在端午节浪会时相遇，两人同病相怜，互相劝慰，最后成亲上新疆讨生计。诗中说，女主人公十七岁时被迫嫁一个尕女婿，不仅遭受婆家人的虐待，还三天两头受到尕女婿毒打，最后被无缘无故退了婚。男主人公自幼丧母，受尽后母打骂。二人在浪会时相遇，善良的男主人公看见女主人公孤单一人，便上前询问，不幸的人生遭遇使两个苦命人擦出了感情的火花，互相倾诉了个人的遭遇，情投意合，“你有情来，我有意，深情似海成夫妻；你把我疼肠我把你爱，恩恩爱爱一辈子呀!”两人结成了恩爱夫妻后，结伴离开家乡到新疆去投奔男主人公的父亲。

《尕买彦》和《乙卜拉与奴格亚》流传于河湟地区。前者抒发了回族男青年听说心上人尕买彦生病后，心急如焚、忐忑不安的心情，表达了他对尕买彦的关爱之情。后者唱述了回族青年乙卜拉在哥嫂的操办下，与心上人奴格亚成亲后的喜悦心情。《满拉哥》流传于甘肃临夏地区，以哭腔悲调唱述了一个名叫买丽燕的回族妇女，听到出门念经的丈夫满拉哥不幸去世消息后的呼天抢地，悲痛欲绝。这几首叙事诗感情真挚，语言质朴，生活气息浓厚，充分展现了回族民众含蓄而又深情的爱情观，再现了他们

---

① 中国民间文艺研究会青海分会：《青海民族民间文学资料·回族专集》内部资料本，1880年编印。

真实的爱情婚姻生活。

反清叙事诗，有《光绪二十一年》、《韩大郎》等①。其背景源于乾隆年间苏四十三领导的撒拉族反清起义，咸丰、同治时期回族、撒拉族的反清起义，光绪时期的“河湟事变”。《沙沟树儿湾的传说》较为完整，有226诗行，是一部纪实之作，以光绪二十一年（1895年）西宁回族起义的真实事件为素材创作而成，艺术地再现了官逼民反、起义首领韩大郎带领民众造反过程的史实。叙事诗开头曲折而隐晦地展现了同治时期回族起义被镇压后，回族民众所经受的苦难和悲惨命运：

关州城冲出来柴胡兵，柴胡兵压没了庄子镇，
庄上的回回们逃了命，镇前庄后不见一个人。

只剩下我们三人守住门，房屋田地庄稼全压尽，
无数人儿当时把命送，活命的全跑到碾伯城。

禀告催粮的做官人，你们稳坐西宁城大衙门，
怎知道这里起战争？拉走牛羊，鸡兔全杀尽！

麦子的穗穗儿全搭尽，青稞大豆在地里烧到根，
没掩掉庄廓拿火攻，大庄子变成了火烧营。

在叙事诗中间部分，讲述了回族民众在韩大郎的带领下揭竿而起、冲进平安驿、抓住衙门高大人的过程，把斗争矛头直指腐朽的清政府：

你把回回男女杀了千千万，把老汉娃娃们活宰了万万千；
今儿你老贼的孽贯儿满，该有的人命要全全儿算。

清朝不清赃官多，把回回的热血当茶喝；

---

① 中国民间文艺研究会青海分会：《青海民族民间文学资料·回族专集》内部资料本，1980年编印。

杀你老贼先开个头，再打到紫禁城把泼妇慈禧捉。

这首叙事诗除了反映清政府与回族之间的民族矛盾和斗争外，还表达出了搭救穷人、杀赃官的朴素阶级斗争思想。全诗基调慷慨激昂，通篇洋溢着昂扬斗志。就艺术特色而言，直抒胸臆，语言直率，不加修饰，且运用了不少青海方言，极具地方特色。

以地方曲艺“河州贤孝”形式流传的《尕司令打河州》①，也是一部纪实之作，有740诗行，以民国时期“尕司令”马仲英于1928年攻打河州历史事件为素材而创作，在一定程度上真实地再现了当时河湟错综复杂的政治局势和社会矛盾。

提起民国十四年，兰州坐的是刘督办；
辕上上任者十五天，各州府县里栽洋杆；
洋杆上挂的是白葫芦，款子刮得吃不住②，
地亩款、鸡狗款，各家各户的房价款。
晚夕里来把款子摊，一晚夕等不得鸡叫唤。
“刘倒板”的款没有个完，老百姓哈给了个难上难。

诗中还反映了国民军与马家军阀之间的矛盾，为了撵走国民军，马麒、马麟给马仲英连发三封信，要他上西宁，当二人听到马仲英要与国民军作对的宣言后喜在心上，支持马仲英。马仲英自称“上方的黑虎星”、“讨逆总司令”，带着7个人从西宁出走，到循化时已拉了几百人的队伍，打出了“我们不杀回来不杀汉，端杀国民军的办事员。杀官、劫库、抢富汉，嫑惊动四乡的庄稼汉”的旗号，杀向河州。最后，时任甘肃军务督办的国民军师长刘郁芬从陕西调兵，击溃了尕司令。叙事诗艺术地再现了当时复杂的社会局势，展现了河湟地区各阶层、各民族民众对尕司令起兵的看法，也间接地刻画了尕司令这个曾在河湟地区横行一时的历史人物的面貌。总的来说，尕司令与国民军之间的纷争，给河湟地区的百姓造成了深重的苦难：

① 青海省西宁市文联：《河湟民间文学集》第四辑，内部资料本，1982年编印。

② 吃不住：青海方言，受不了、经受不住的意思。

又唱胜，又唱败，尕司令、国民军两下里来。
民国年间没太平，百姓们个个苦吃尽。

在回族叙事诗中，还有一些受汉族说唱故事影响，但经过回族民众再创作的作品，如《方四娘》、《兰桥会》、《薛平贵回家》等。汉族说唱故事《方四娘》中所反映的方四娘的悲惨命运其实也是历史上广大回族妇女的写照，引起了回族妇女的普遍共鸣。而王宝钏苦守寒窑十八年，对爱情忠贞不屈的高尚品德也深受回族人民的赞赏与认同，因此，回族的民间艺术家们给这些深受本民族民众喜爱的汉族说唱故事配上了新的曲调，并按照本民族的生活习惯和审美情趣对其进行了加工和再创作，传唱至今。

二　藏族叙事诗

藏族民间叙事诗数量不多，主要流传于甘青一带的藏族聚居区。从思想内容来看，可大致分为二类：一类是反映青年男女爱情生活的爱情婚姻叙事诗，如《不幸的擦瓦绒》①、《达努多》②、《逃婚歌》、《拉萨怨》等；一类是反映统治者残暴统治下藏族民众悲惨生活的社会生活叙事诗，如《血奶记》、《大老爷》、《卡杰加罗》、《抓壮丁》等。

《不幸的擦瓦绒》中唱道：朗格多草原上有一对热恋的青年男女，女家父母贪图钱财，趁姑娘的情人外出经商期间，把她逼嫁到擦瓦绒一个有钱的牧主家。姑娘在牧主家八年，受尽虐待，日夜思念着心爱的人。后来，她的情人设法把她救回家中，牧主带人追来，打死了情人，姑娘跳入黄河自杀殉情。这首诗反映了买卖婚姻中藏族妇女的痛苦生活和不幸命运，在姑娘受骗被卖后，她曾控诉道：

我那贪爱骏马的爸爸，用我换了骏马，
骏马是要掉膘的呀！我却要痛苦一辈子。

---

① 王沂暖、唐景福：《藏族文学史略》，青海民族出版社1988年版，第306—307页。
② 循化撒拉族自治县民间文学三套集成办公室：《民间歌谣》内部资料本，1989年编印。

我那贪爱犏牛的哥哥，用我换了犏牛，
犏牛是要掉膘（秃角）的呀！我却要痛苦一辈子。
我那贪爱雌牦牛的妈妈，用我换了雌牦牛，
雌牦牛是要掉膘（流鼻涕）的呵！我却要痛苦一辈子。
我那贪爱绵羊的舅舅，用我换了绵羊，
绵羊是要掉膘（褪毛）的呀！我却要痛苦一辈子。

姑娘用形象生动的语言，有力地谴责了冷酷贪财的亲人，表达了对自己婚姻不能自主的反抗情绪。

《达努多》是一首表达真挚深厚爱情的长诗，诗中唱道：在甘加、拉卜楞一带，有“牙什当”和“江玛襄”两个村落，女主人公是“江玛襄”村人，她的情人是“牙什当”村人，家中有美丽贤惠的媳妇，但他并不爱妻子。有一年两个村子的人发生了械斗，女主人公受了伤，她的情人听说后急忙赶去探望。回家后又立即登上高山，虔诚地煨桑，祈祷各方神佛保佑他的心上人，并请来寺院的“阿卡尼玛”占卦。阿卡占卦说他的情人已死，男主人公便心急如焚地跳上骏马，连夜飞奔到情人家门口，请求为她送葬，却不被情人的家人允许。他便乞求送葬的人道：

请不要把她放到山顶上，她会害怕大风吹刮；
请不要把她放到山口上，她会害怕急流轰鸣。
在那高高的山顶下面，在那不高不低的山中间，
在那座品形小丘上——有块吉祥的地方，
就是我情人向往的地方。

然后，他来到埋葬情人的地方，将情人留在那里的几根头发紧紧地贴在胸口，祈求情人的灵魂来到他身边，并发誓再不和人言笑，不再看姑娘的脸。在这首诗中，男主人公对情人的爱恋浓烈真挚，十分感人。

《逃婚歌》主要流传在青海果洛藏族自治州①，歌唱了青年男女争取婚姻自由的勇敢行为：一对同部落的青年男女互相爱恋，但由于姑娘的父

---

① 王沂暖、唐景福：《藏族文学史略》，青海民族出版社1988年版，第310页。

亲是玉罗土官，而男青年是穷人，姑娘的父亲便想把她嫁给另一家巴桑土官的儿子。面对父亲和巴桑土官的威逼，姑娘坚决不屈服，她勇敢地设计逃婚，最终逃出家庭，与自己心爱的情人过上了自由幸福的生活。

《拉萨怨》讲述了一对藏族青年男女不幸的爱情故事[①]。主人公才旦和才让卓玛是生活在甘南藏区一对形影不离的恋人，发誓永不相忘。有一天，才旦被派去为拉卜楞寺地方的官家当仆从，到拉萨做生意。到拉萨后，跟随贪财求利的官老爷，一住就是三年多时间。才旦天天都在思念心上人，却没有办法回去。三年后，才旦回到家乡，却发现才让卓玛在父母的逼迫下已嫁给了别人，而且生了孩子，才旦肝肠寸断，万念俱灰，把自己在拉萨为姑娘买的龙纹绸缎，给了姑娘的孩子，自己削发入寺为僧。

《血奶记》又叫《流奶记》[②]，讲述青海同仁地区的一个藏族青年，在送生病的哥哥往拉卜楞寺求医的半路上遇到马家兵。马家兵为了抢他们的马匹、枪支和财物，就诬告他们是坏人，开枪打了起来。青年被迫还击，被马家兵抓住，要被处死，他的家人闻讯带着财物赶来求情，却被拒绝。青年临刑前愤怒地控诉道：

> 把我的脖子像摘花一样掐断吧！我的头颅将像羊羔似的跳动。
> 把我的生命像吹灯似的吹熄吧！但是从我的喉管里，
> 会流出乳白的奶子，汇成一座是非的分水岭。

果然，无辜的青年被杀害后，流出了洁白的鲜奶似的血，青年是无辜的。

《大老爷》是一首在安多地区流传很广的叙事诗[③]，因唱时有“大老爷”三字为衬字叹词而得名，讲述了王什代海部落一个叫甲洒的藏族牧民[④]，为了反抗马步芳的“畜牧税”，赶走了尖洛地区官家马场的一群马，马家兵却抓住了一个叫加洛的无辜牧民。大老爷在审判时不容分辩，也不听申诉，判了加洛死刑。加洛被拉往法场时，发出了要报仇血恨的誓言，他唱道：

---

① 王沂暖、唐景福：《藏族文学史略》，青海民族出版社 1988 年版，第 310 页。

② 同上书，第 312—313 页。

③ 同上书，第 313—314 页。

④ 汪什代海：藏族部落，在青海海西天峻县一带游牧。

我是受屈的清白人，跪着不死要站着死，
后面别砍前面砍，砍断头颅眼不眨，
不淌鲜血要喷鲜奶。今生无处辩公理，
因果报应看后世，手持青白长短剑，
地狱门前一百年等着你！

《卡杰加罗》的情节与《大老爷》相似①，讲述了一个名叫卡杰加罗的藏族牧民被人诬告，被抓去坐监狱并被杀害的故事。卡杰加罗是甘南甘甲、卡加一带的人，土匪加沙旺豆杀死了好多马家兵，抢走了战马，但羊加果洛诬告了卡杰加罗。马家兵在卡杰加罗放牧时将他抓走，押送到西宁城，在西宁城里游行示众，并投入监狱。卡杰加罗入囹圄一年有余，最后被拉到法场杀头。临刑前，他给各方朋友托付自己留下的产业，嘱托后事，还说自己是冤枉的，说他的头割下来会流出奶子般的血，并发誓要报仇血恨。他死后，流出了奶子般的鲜血。

《血奶记》、《大老爷》、《卡杰加罗》等均产生于民国时期的甘青藏区。其时，以马氏军阀为首的独裁统治者，对各民族人民进行残酷的盘剥和压迫，各族民众水深火热，深受其苦，饱受其害。这几首叙事诗的主题都控诉了军阀统治的残暴，揭露其鱼肉百姓、屠杀无辜牧民的凶狠本质和累累罪行。藏族民众用“洁白鲜奶”超现实的情节，形象地显示出了被害牧民的无辜冤屈。无道官府随意草菅人命，再一次反映了“太阳难照覆盆辉”的黑暗现实。

第四节　青藏地区民间叙事诗的艺术特征

一　程式化单线递进结构

青藏地区各民族民众创作和传唱民间叙事诗，从演唱语言来说，藏族民间叙事诗主要用藏语来演唱，回族、土族、撒拉族的民间叙事诗主要用汉语来演唱。从形式和格律来说，形式较为自由，用汉语演唱的各

① 循化撒拉族自治县民间文学三套集成办公室：《民间歌谣》内部资料本，1989 年编印。

民族叙事诗句式大都以字数不固定的杂言体为主，章法则有二句体、三句体、四句体、多句体等，既有押头韵的，也有押脚韵的。从演唱形式来看，既有讲唱的，汉族的《方四娘》、土族的《祁家延西》、《太平哥》、回族的《尕司令打河州》、撒拉族的《苏十三起事歌》等，也有男女对唱的，回族的《上新疆》、《马五哥与尕豆妹》，土族的《拉仁布与吉门索》。从传承情况来看，主要以曲艺形式流传，汉族的《方四娘》、回族的《尕司令打河州》，均以贤孝形式流传；回族的《方四娘》以宴席曲形式在民间流传；撒拉族的《苏十三起事歌》则以“倒江水”的形式在民间流传。

所有这些，皆逐渐形成了程式化的结构形式，即无论叙事诗的篇幅长短如何，情节复杂与否，在叙述上均采取单线递进的结构方式，不枝不蔓，极少采用插叙、倒叙等表现手法。以主人公命运遭遇为主要线索，用人物行为和语言带动故事情节发展，是单线式的发展顺序，脉络清楚，首尾完整。《方四娘》、《马五哥与尕豆妹》、《拉仁布与吉门索》等都是紧紧围绕主人公而展开，用单线递进的结构方式叙述其生活或爱情遭遇，故事性较强，一篇叙事诗通常就是一个完整的故事。而在故事开讲前，有些叙事诗前面还有短小的序言，或点明主题，或烘托气氛。故事情节的开端、发展、高潮和结局之后，有些还带有尾声，结构较为紧密、完整。如尔布·贝克搜集、冶进元唱述的回族民间叙事诗《方四娘》开头唱道[①]：

曲儿唱的古时候，黄河岸出了个亏事情[②]；
有心人把事情编成了曲，世世代代传下去。
曲到了口边我不忍唱，曲儿出口了泪先淌；
黄河南来石山乡，山乡里出了个方四娘……

民间歌手通过简短的八句唱词，交代唱叙的起因，渲染凄婉气氛，紧紧吸引听者注意；接着，歌手从方四娘小时在家学茶饭、做绣活唱起，述

① 西宁市文联：《河湟民间文学集》第三辑，内部资料本，1982 年编印。
② 亏：青海方言，冤屈之意。

媒人说亲、方四娘出嫁、受尽婆家虐待、吊死桑树等情节。这是一种单线递进式的叙述。末了，附加了一段具有总结性的、劝世意义的尾声：

未唱个曲儿心先酸，唱完了曲儿我泪淌干。
讲古比今把父母们劝，方四娘的故事你们参；
儿女嘛看重钱看淡，人人的儿女都一般。

叙事采用了民间常用的十二月调的形式，巧妙地将方四娘一生的遭遇浓缩到一年的十二个月中，用十二个月的时序流转、自然景物的转换与方四娘的人生经历相互对应，表现了方四娘悲惨的人生履历。十二个月的时间运用在全诗的情节安排、结构布置中起着提纲挈领的作用，从而使整首诗的结构显得更为严密完整，浑然一体。序歌和尾声相互呼应，首尾相顾，达到人人儿女都一样，手心手背都是肉的劝人为善的艺术效应。

二 程式化语言的重叠复沓、一唱三叹

“程式是传统诗歌的惯用语言，是多少代民间歌手流传下来的遗产，对口头创作的诗人来说具有完美的实用价值，还包含了巨大的美学力量。”[①] 在不同的语言系统，程式具有完全不同的结构和表现形式。就青藏地区民间叙事诗而言，朴素生动的口头语言和方言字、助词、语气词的运用，相同或基本相同的词、短语、诗句的重复运用及语音押韵等构成了其语言方面的程式化特征。如伊斯玛尔勒搜集整理的回族叙事诗《方四娘》中的诗句[②]：

八月里，秋风起，方四娘清早上去下地；
割麦子一天者割到黑，她回家推磨者到晚夕。
缸儿里无水者把她喊，半夜三更的把水担；

① 尹虎彬：《口头文化研究中的程式概念》，《民间文学论坛》1996 年第 3 期。
② 西宁市文联：《河湟民间文学集》第三辑，内部资料本，1982 年编印。

《上新疆》中的诗句[①]：

一天么两天者，还犹可，
一年半载受不了；
这么的两口儿哪里找？常年累月命难保。

今年的春上，把亲戚邀上[②]，
老老少少坐一房；松活拿上者墨蘸上[③]，
退婚哈写纸上。

多么生动而质朴的民间口头语言，这是从河湟地区汉、回等民族人民的日常生活中直接采撷的鲜活语言，散发着浓郁的生活气息。其中，“晚夕”、“邀上”、“松活”等是青海方言，“者”、“么”、“哈”等衬词的运用也是河湟方言中常见的表达方式。在这两段诗句中，方言、衬词的运用不仅使叙事诗的感情表达更为形象丰富，还造成了一种特殊的诗句程式，再现了河湟地区汉、回等民族人民特殊的口头语言表达习惯和方言特色。

在青藏地区的民间叙事诗中，方言、语气助词等是造就诗句程式的特殊语言材料，在诗句程式中发挥着不可替代的作用。其作为诗句程式的组成部分，或根据同音、近音或双声叠韵的需要，在诗句中配合押韵；或用在句末，前后句反复出现，形成优美的旋律或节奏。回族《马五哥与尕豆妹》中，“马五阿哥你站下，你的模样儿我看下”。“三岁的马驹站下了，尕豆妹的心思我明白了。”东乡族叙事诗《姣姣女》中，“除下的粪哈打过了去，打下的粪哈地里送上了去。”“地里的灰哈背过了去，背下的灰哈扬过了去。”“下”、“哈”、“了”、“去”等语气衬词在诗中重复出现，使诗句朗朗上口，音韵和谐流畅。

程式是要反复表述的，没有重复就没有程式。根据口头程式理论，程式是一组词或短语，或是帕里—洛德称为“大词”的那种由特定的词组

① 中国民间文艺研究会青海分会：《青海民族民间文学资料·回族专集》内部资料，1980年编印。

② 邀：青海方言读如 qiáo，请，邀请之意。

③ 松活：青海方言，毛笔。

和短语组成的数行诗句。“这类程式通常是在相同的步格条件下被运用，表达一个相对稳定的意义，它的一个重要的先决条件是：程式或‘大词’作为一个特定的单元，必须反复出现在口头文本中，为歌手的演唱提供便利条件。”[①] 在口头诗歌中，表示人物称号、典型动作、时间、地点、场景等的惯用词、短语和诗句作为一个特定的单元，在口头文本中反复出现，这些反复出现的词、短语和诗句就是程式。在青藏地区各民族民间叙事诗中，程式随处可见，完全相同或基本相同的词、短语、诗句在诗中不断重复，加深了故事内涵、突出了人物形象，在诗句运用和韵律方面呈现一唱三叹的艺术特征。在《马五哥曲》中：

阳洼山上羊吃草，
马五哥好像杨宗保，
我的小金莲，杨宗保。

天上的星宿星对星，
尕豆阿姐是穆桂英。
我的小金莲，穆桂英。

整首诗以三句为一段，每段的第三句都是“我的小金莲”加上第二句的最后三个字构成，这种特定结构的诗句重复出现，贯穿了整首诗篇，不仅加深了对主人公的亲切印象，还形成了余音缭绕的艺术效果。整段程式的运用也十分频繁，《姣姣女儿》中，姣姣女的母亲叫她回娘家时，母女俩的对话如下：

阿娜的姣姣女儿呀，
坐一回娘家来呀！

阿娜阿娜我顾不上呀，

① ［美］约翰·迈尔斯·弗里：《口头传统研究概述》，朝戈金译，《民族文学研究》1997年第2期。

三石三斗地里的芥子哈种上了来。

阿娜的姣姣女儿呀，
坐一回娘家来呀！

阿娜阿娜我顾不上呀，
三石三斗芥子地的草哈拔上了来！

这样的对话贯穿整个章节，姣姣女有忙不完的活，种芥子、拔草、打芥子、榨油、推面、寻烧煨、担水、做鞋袜，始终没有时间回娘家，而她的辛劳、她的悲惨命运正是通过内容的程式化对话和描述来呈现。诸如此类的程式化对话和描述还有很多，民间歌手们抓住那些最能展现主人公性格、情感和命运的场面和细节，采用句式、节奏大体相近，内容稍有不同的字、句、段从各个侧面反复吟唱，达到重叠复沓的艺术效果。再者，民间叙事诗大都以演唱形式在民间流播，句式上长于押韵，也善于押韵，节奏极其鲜明。《马五哥与尕豆妹》中："一片片青草万花儿开，尕豆妹妹是人伙里的好人才。""三岁的马驹扬起头，尕豆妹马五哥换记首。""太阳落了者见月亮，七天没见一阵阵想。"其中，"开"与"才"、"头"与"首"、"亮"与"想"都是押韵的，节奏感很强，有较强的音乐艺术效果。

三　程式化的修辞手法

在青藏地区各民族的民间叙事诗中，民间歌手们熟练自如地运用了铺陈、比喻、夸张、拟人等传统修辞手法，就地取材，一般选取自己非常熟悉的事物来巧构比兴，起兴所用之物与各民族的自然环境、社会生活、生产方式、民俗风情及心理意象有着密切的联系。在《马五哥与尕豆妹》中：

阳洼山上羊吃草，马五哥好像杨宗保。
天上的星宿星对星，尕豆妹妹是穆桂英。
一片片青草万花儿开，尕豆妹是人伙里的好人才。

连用三个比兴句，有叙事也有景物，羊吃草是常见的景象，星星也是人们极其熟悉的自然事物，而杨宗保和穆桂英是故事中家喻户晓的英雄人物，也是自由恋爱的榜样和典范，这样的比兴不仅显示了马五哥与尕豆妹爱情的坚定，还显示了回汉文化的相互影响，意蕴十分深厚。在《拉仁布与吉门索》中：

套起套竿望太阳，套不住太阳不下山，
天黑不见妹妹面，我一夜眼睛不能合。

打把钥匙打把锁，锁不住太阳不下山，
天黑不见哥哥面，躺在床上难合眼。

这两段诗句都是叙事入兴，套竿是放牧常用的工具，锁和钥匙是日常生活用品，用套竿套太阳，用锁锁住太阳，让其不能下山，借此抒发两人浓深的相思之情，构思美妙绝伦，想象大胆夸张，富于浪漫色彩。

比喻也是最常见的修辞手法，就地取材，所选用的事物都是其生活中极为常见的。在《达努多》中，男主人公在见情人之前盛装打扮：

穿上氆氇制成的长袍，如艳日从山峰升起；
系上精制的带子，如五彩云连结在天空；
蹬上神气的印度鞋，如彩虹遍地飞舞；
戴上那狐皮的帽子，如彩霞缠绕山头。

将男主人公的氆氇长袍喻艳日，腰带喻五彩云朵，鞋子喻彩虹，狐皮帽喻彩霞，所选用的喻体都是藏族在日常生活中常见之物，极富色彩之美，使男主人公的服饰光彩照人，彰显了藏族服饰的富丽华贵。

四　程式化的主题与典型场景

在口头诗歌中，主题是基本的内容单元，是歌手经常运用的题旨单元和意义观念。作为口头叙事的建构材料，主题可大可小，一个大的主题可拆分为若干小主题，一个主题牵动另一个主题，组成一首意蕴深厚的歌。

青藏地区各民族民间叙事诗诗中往往包含有多个主题，《马五哥与尕豆妹》可分为五个主题：（1）初恋，马五哥与尕豆妹的相识相恋；（2）热恋，二人热恋的甜蜜与欢乐；（3）分离，尕豆妹被迫出嫁，互相思念对方；（4）惨剧，马五哥与尕豆妹幽会，被小女婿发现，马五哥失手杀人，酿成大祸；（5）赴死，马五哥被抓，与尕豆妹手牵着手双双走向法场。这五个主题中，又由若干小主题构成，第四个主题“惨剧”所占的篇幅最长，可拆分为相约、幽会、商量、杀夫、逃走、识破六个主题，在这六个主题中，每个主题又可拆分为更小的主题。可以说，这首叙事诗在内容上是由许多相互关联的章节构成，每个章节下的小主题内容虽不同，但都是整首诗的有机组成部分。这些主题环环相扣，相互呼应，使整首诗显得结构紧凑，逻辑严密，在内容和结构上具有一定的稳定性和模式性。因此，《马五哥与尕豆妹》的故事虽然流传很广，异文也很多，但在不同的异文中，故事基本情节却大致相似，也就是其核心主题是固定的，已形成了模式，具有高度程式化特性。

其他民间叙事诗亦皆有核心主题，这些核心主题具有稳定性，即无论其故事情节在细节上如何变化，内容上有繁有简，核心主题却一直存在，具有程式化的特点。多民族叙事诗《方四娘》有十几种异文，在这些异文中，尽管主人公名称不一样，东乡族称为“姣姣女”，土族称为“乔家妹妹”，但方四娘人俊手巧、出嫁后遭受婆家百般虐待、最后吊死在树上等情节在异文中都是存在的，这说明青藏地区少数民族民间歌手在创作这类叙事诗时，受到了汉族叙事诗《方四娘》的深刻影响，保留了其程式化的核心主题。在此基础上，又根据本民族的社会生活、生产习俗、民族心理和审美情趣对其进行了再创作，因此，产生了许多核心主题基本相同，但具体情节却大有不同的“方四娘”类型的叙事诗。

弗里认为，典型场景是指“一种反复出现的、套用成规的陈述方式，由已成惯例的细节构成，常常用以描述一个已确知的叙事的事件，它既不需要逐字逐句的重复，也还需要某种指定的程式内容”[①]。在这里，典型场景是一种叙事范型和行动化的情节模式。民间叙事诗中唱述的故事发生

① ［美］约翰·迈尔斯·弗里：《口头诗学：帕里—洛德理论》，朝戈金译，社会科学文献出版社 2000 年版，第 176 页。

在一定的场景之中，而歌手们在演唱时，擅长将一个个或缠绵绯恻、或悲壮动人的故事放置在自己熟悉的劳动和生活场景之中，用本民族或本地区人们共享的生活知识、情感体验和审美心理去刻画人物形象，使故事更加形象生动，亲切感人。这种叙事的范式就是典型场景。《上新疆》开头唱道：

白汗褂穿上，青夹夹套上，再把头剃光；
今天的日子是五端阳，干干散散浪一趟呀！

羯羊肉煮上，凉粉儿擦上，火壶哈也提上；
三泡台的碗子笼笼里装[①]，冰糖圆圆纸包上呀！

扇花的草帽，不戴了背上，
茶色镜架鼻梁；一个人坐在树荫凉，把浪来的人儿望呀。

老老么少少，男男么女女，一帮连一帮，
大姑娘们打扮得好像个花蝴蝶，一个一个地俊模样。

展现了一幅河湟地区端午节浪会的节日图，主人公白汗褂、青夹夹的装扮是回族男青年的典型打扮，煮羯羊肉、擦凉粉、提水壶、装三泡台碗子、包冰糖圆圆、背扇花的草帽、鼻梁上架茶色眼镜等，是河湟地区民众端午节俗常见的“特写镜头”。歌手们把这些生活事象信手拈来，运用于诗中，听众们自然有认同感和亲切感。典型场景运用于叙事诗，彰显叙事诗的民族特色和地域特色，使其更富于生活气息，从而形成了一种特殊的艺术感染力。

总之，青藏地区各民族的叙事歌手们在口头创作和传承民间长篇叙事诗时，自觉或不自觉地运用了口头诗歌高度程式化的创作手法，先从社会生活中提炼出一个个具有高度概括性的核心主题，然后根据自己的生活感受和审美情感将其扩展和延伸为若干小主题，再运用本土方言、修辞和典

① 笼笼：青海方言，提篮。

型场景等，进行口头创作和说唱展演，或是对某一流传甚广的长篇叙事诗进行巧妙修改或补充，这也正是《方四娘》、《马五歌与尕豆妹》、《拉仁布与吉门索》等著名叙事诗之所以广泛流传，虽然有很多异文，但其母题与核心情节却大致相似的原因所在。

第八章

雅与俗的清唱:民间曲艺

曲艺是运用口头语言，以说唱为主要手段来状物写景、倾诉感情、表达故事、刻画人物的一种独特的表演艺术形式。这里的“说”并不是指平常意义上的“说”，而是经过提炼后带有一定节奏的念诵或具有特殊韵调的吟诵，与唱有机结合，形成了具有一定音乐特色的艺术品种。青藏地区的曲艺种类，有平弦、越弦、贤孝、下弦、道情、打搅儿、太平歌等复杂的汉族曲艺，也有别具风格的少数民族曲艺，同其他民歌、戏曲音乐、民间器乐曲一样，异彩纷呈，是中华民族绚丽多彩的传统音乐文化的重要组成部分。

第一节　汉族民间曲艺

一　平弦

平弦是青海地方曲艺中影响较大的曲种之一，流行在西宁市及其周围的汉族聚居地区，不仅深受当地群众的喜爱，且在邻近省区有相当影响，有“西宁的赋子、兰州的鼓子”的誉称。平弦又叫“赋子”，或名“赋腔”，因在其众多曲调中，最基本的一个曲调的名称叫作“赋子”之故而名。其词格一般是七字或十字结构的上下句，但可有多种变格，如连续用四字或五字的短句，叫作“弹片赋子”，多一句词成奇数时，叫作“三角板赋子”，这些唱词的变化也使唱腔产生变体。它的基本结构是上下句，长于叙事，开头两句，曲调比较舒缓，有“赋子头”之称。杂腔中有“前赋子”、“后赋子”之分，其不同之处在于前赋子有赋子头而无尾句，后赋子有尾句而没有赋子头。如《阴阳相会》:

西湖美景观不尽，风光不与四时同。
一片青山抱绿水，千枝杨柳映桃红。

纳三房并六妾美貌绝伦，有一人名慧娘绝代佳人。
她那里不住地眉目传情，引得我裴瑞卿意马难定。

平弦的曲调优美，曲词典雅，格律严谨，诗词化程度较高，被誉为青海地方曲艺中的“阳春白雪”。其演唱活动，一般是爱好者相约或民众之间互约，在家庭或公园、庙会等处演唱。以自娱为主，也常被邀请到婚丧嫁娶、生子祝寿等场合演唱，应酬演唱均不计酬。丧事的演唱相对多些，一般安排在出殡前的晚上，习惯上称作“醒灵”，其意在寄托亲人的哀思，送亡人不要留恋现世，早日超生等，启示后人永记逝者的教诲。白事场合的演唱曲目很有讲究，多用《太子游四门》、《岑母教子》、《舍身崖》、《叹世情》等；婚事上多唱《连生贵子》、《东吴招亲》、《惠明下书》等；祝寿时则多唱《满床笏》、《福寿双全》、《赵颜求寿》、《二上天台》等。

平弦为坐唱形式，一般情况下艺人演唱，小乐队伴奏，偶尔也用对唱形式，讲究温柔典雅，唱得平稳而婉转。但艺人之间因先天嗓音条件不同，有些艺人的演唱风格比较细腻，有的则比较粗犷。演唱时的速度对比不太强烈，一个联曲体唱段，一般都是从稍慢开始，中间略有变化，接近结束时稍有加快，最后几小节再减慢下来。平弦的伴奏有两种形式，一种是小乐队伴奏，演唱时操“月儿”击节；另一种只用三弦，一人伴奏一人演唱或自弹自唱。平弦唱词文学性较强，语句也很规范，艺人们学唱时就按老艺人的唱本为准，很少随意改动。

平弦是属于联曲体的一种曲艺形式，只唱不说，每个唱段都配有表达情绪与情节的固定曲调，这些曲调又是早已成套的，被艺人称作“十八杂腔，二十四调”，实际上，现已记录到包括曲牌在内的各种曲调有五十多个。

艺人们依照平弦表现题材与曲调表达情绪的不同，将平弦曲目段子分为赋子、背工、杂腔、小点儿四类。每个段子的组成，在开头部分都配有叫作“前岔”的曲词，在结尾部分配有叫作“后岔”的曲词，所以，一个完整的平弦段子是由“前岔”、“赋子”、“背工”、“杂腔”、“小点儿”等类曲词，再加上“后岔”构成的。如《青儿探塔》[①]：

前岔：秋菊花儿开放牙云月，
秋菊花儿开放降寒霜，
鸿雁声声叫得太惨伤。
赋子：听鸿雁连声唱一年一遍，
把奴的冤枉苦楚对谁言。
常言说好夫妻同到老姻缘不散，
谁料想半路里起了祸端。……
后岔：主仆双双今离散，
恩爱夫妻不团圆，
好伤惨，
这才是青儿探塔事儿一段。

二 越弦

越弦，又叫“月弦”、“月调”、“背调”、“越调”、“座场眉户”等，是流行在河湟汉族群众中较有影响的地方曲种之一。它是清代中期由陕西传入河湟地区的，其主要曲调的名称、唱词的句式规律等与陕西眉户基本相同，在移植到青海演唱时，由于流传过程中语音发生了变异，加之当地艺人们吸收大量的民间小调和古代小曲儿，经过长期的表演实践和改造，青海越弦从唱腔、道白、语言、风格等多方面，逐渐脱离了母体，从曲目、唱词到音乐都发生了明显的变化，其器乐曲牌，也多数来自青海民间曲调。

举凡汉族聚居地区，基本上都有越弦演唱活动，是当地群众喜闻乐见的地方曲种。其演唱方式一般为一人多角，间或也有二人、三人联唱的，坐场演出，群众围听。演唱者不做动作表演，多以小型乐队伴奏，有时也可用三弦自弹自唱。演唱时乐队、听众可参与帮腔，使演唱者、乐队、听

① 湟源县文化馆：《湟源曲艺选·青儿探塔》，内部资料本，1984 年编印，第 100 页。

众融为一体。曲牌及主要曲调有五十多个，伴奏乐器为三弦、板胡、二胡、碰铃、梆子、笛子等。

越弦以表现民间生活故事题材见长，曲调流畅优美，情感表现非常丰富。一个越弦段子，一般由"前岔"、"前背工"（主要曲调有五更、西京、岗调、紧诉、慢诉、东调、剪靛花等）、"后背工"、"后岔"构成，有较为严谨的格律，曲词要求合辙押韵，唱词通俗、生动，口语化成分较多，表现力丰富，内容刚柔兼蓄。较为常见的曲目有《踏雪寻梅》、《梅龙三戏凤》、《草船借箭》、《罗成表功》、《小姑贤》、《冯爷站店》、《刻财鬼》、《平贵回窑》、《宋江杀楼》、《天官赐福》等。

青海越弦的传统曲目，目前收集到的有一百多个。其内容有取自三国、水浒梁山、说唐等历史演义的，有来自民间故事、各种传奇人物以及少量神话故事的，还包括无故事情节的富含哲理性、赞颂性和讽喻效果的抒情性唱词。这些曲目思想内容深刻，语言通俗易懂，寓教育、娱乐于一体，满足了人们的审美要求和思想愿望，深受民众欢迎。

其唱词结构，分对称句式和长短句式两类。对称句式有二、二、三结构的七字句和三、三、四结构的十字句。它们配曲灵活，一般可以通用。长短句的曲牌词格有多种，就段式而言，有三句式、四句式、五句式、六句式等；就句式结构而言，每个曲牌各不相同。如《重台赠簪》中的"前岔"：

重台设香案，（二、三）
杏元望家园，（二、三）
眼观扬州万水千山，（二、二、四）
思思量量好伤惨。（二、二、三）

再如《陈春生招亲》中的"皂罗"，虽是四个长句，但句式结构特殊：

昏沉沉跳在水中，（三、四）
耳听得有人呼唤，（三、四）
睁双眼四下观看，（三、四）

原来是年迈妈妈站面前。(三、七)

越弦的演唱，唱词规整，用语典雅，有少数戏谑性较强的段子中运用当地方言演唱，给听众以特殊的亲切感，产生良好的艺术效果。

三 贤孝

贤孝，是以说唱劝善类题材为主要内容的曲艺的称谓，流行在不同地区并形成不同的曲种，如《西宁贤孝》、《河州贤孝》、《凉州贤孝》等，河湟地区主要流行《西宁贤孝》和《快板贤孝》两个曲种。

《西宁贤孝》是流行于西宁地区，以演唱忠臣良将、孝子贤孙为主的劝善内容的说唱曲种。流行范围除西宁地区外，海东诸县及海西洲、海北洲的个别地区亦有流布。其为坐唱曲艺，无固定的演出场所，酒坊饭店、集市庙会、茶肆游园，都可以演唱，也有走街串户演唱的，如果街坊人家生子祝寿、喜庆丧葬、建修新居，也请艺人演唱。演唱时比较随便，艺人们根据演出的情境和条件，可席地而坐，或坐在凳子、台阶或炕头上。若一人出行，则怀抱三弦，自弹自唱，若有拉二胡、板胡、四胡的艺人，二人结伴，多为男性拉板胡，女性弹三弦。人们习惯上称演唱贤孝为“唱曲儿”，听演唱为“听曲儿”。因青海历来没有组建过专业曲艺团队，《西宁贤孝》一直在民间自发、零散地流传，盲艺人是主要的传承者，他们从事贤孝演唱为主要谋生手段，含有职业或半职业的性质。

《西宁贤孝》传统曲目有“大传”和“小传”之分。“大传贤孝”多取材于民间流传的宗教宝卷。如《白鹦哥记》来自《鹦哥宝卷》，《方四娘》来自《四姐宝卷》等。“大传贤孝”多数有说有唱，说唱相间，篇幅也长，如《方四娘》、《荒草坡吊孝》、《梁山泊与祝英台》等。“小传贤孝”一般只说不唱，篇幅短小，有的来自宝卷，如《白猿盗桃》、《谭香女哭瓜》、《芦花计》等，也有来自民间故事、明清小曲的。目前流行的贤孝传统曲目有一百余种，新中国成立以来后出现了一些宣传新政策和根据现实题材编写的曲目。

《西宁贤孝》为单曲体，它的完整唱段，一般由一个曲调加以变化反复演唱完成，自始至终一曲到底，中间不转换别的曲调，但也有极个别的例外，如有的艺人对少数曲目用“大贤孝调”、“小贤孝调”穿插演唱，也有的艺人因故事情节叙述的需要，在“大贤孝调”唱段中转弦加唱“官弦调”。虽为单曲体，但演唱时都随唱词内容的变化和故事情节的发展，作一些必要的演唱处理，如音型的调整、旋律走向的变化、各有特点的润腔技法、不同的节奏、相应的特殊过门等，来增加其艺术感染力，听起来并无单调重复之感。

艺人们在长期的艺术实践中不断创新，不断发展，形成了“大贤孝调”、“小贤孝调”、“越牌调”、“官弦调”、“小曲”五种声腔曲调，组成了《西宁贤孝》的总体曲式结构。其曲调调式比较单一，但曲调的节奏却有多种形态，以二拍子为基础，中间常出现三拍子，有的曲调唱腔部分为一种节奏形态，而过门却又是另一种节奏形态。

《快板贤孝》是新中国成立以后新创并很快发展起来的一个曲艺品种。它的曲调是将《河州贤孝》经过变化处理后用青海地方方言演唱，即不具有《河州贤孝》的唱腔风格，也不存在《西宁贤孝》的唱腔特点，而是一种地方特征很浓的新曲种。一般有两种演唱形式，一种是舞台演出，站唱形式，演员不操乐器，专司演唱，加以适当手势表演，有小型乐队伴奏，短小精悍，风趣幽默。另一种形式是民间坐唱，其演唱形式和伴奏完全和《西宁贤孝》一样。演唱者自弹自唱，有时另有一人用板胡或其他弦乐器伴奏。演唱者不作表演，完全靠语言和音乐表达内容。演唱者有盲艺人，也有一般艺人，他们演唱《西宁贤孝》兼唱《快板贤孝》，很少有专门演唱《快板贤孝》的艺人，也很少有《快板贤孝》的专场演出，其演唱习俗与《西宁贤孝》基本一样。

《快板贤孝》的曲目多是根据现实题材编写的，对生活中各种人和事件进行褒贬、讽喻，以期达到娱乐与教育目的。最常见的唱词是七字句，二、二、三结构，如《懒汉与鸡蛋》：

蛋变鸡来鸡生蛋，羊羔美酒多风雅。

七字句加以扩展，形成九字句，演唱起来最为上口，十分协调。如《法图玛回家》：

西台台杨柳树高又大，砖大门开在个树底下。

除了这些比较规则的唱词格式外，还有更为灵活的垛子句。如《表一表青少年好事迹》：

铜铃儿呛朗朗呛朗朗响下得急。

不论唱词如何变化，有一个基本特点，就是每句唱词的最后一个词多是三个字，这是由《快板贤孝》的曲调格式所决定。唱词最少四句一段，亦可六句、八句或十多句的偶数句成段，并要求合辙押韵，平仄声自然和谐，唱来顺口。全篇用韵有通押一韵的，也有中间换韵的，要求并不十分严谨。流行广泛的曲目有《法图迈回娘家》、《母鸡回老家》、《沧州投明》、《抓金牙》、《解放兰州》、《顶嘴丫头》等。

四　下弦

下弦是一种较为独特的曲种，其名称来自三弦定弦法。流行的曲目主要有盲艺人演唱的《王三姐上寿》、《张良归山》、《林冲买刀》等。《林冲买刀》是一首长篇叙事段子，从林冲求子到逼上梁山，可以分成若干小段，如《林冲求子》、《东岳庙还愿》、《拷堂》等。

下弦的词格特殊，曲头曲尾是长短句，典型词格是两个五字句加一个七字句；主体唱词则是二、二、二结构的六字句。如《林冲买刀》[①]：

北有四虎作乱，西有王庆扰乱，
南有方腊造反，替天行道梁山。

属于下弦这个曲种范围的，还包括仿下弦、软下弦、下背工等几种变体。仿下弦是少数盲艺人将《林冲买刀》曲调略加调整，演唱西宁贤孝的某些段子，其词格基本上是七字句。软下弦的曲调与《林冲买刀》相近，但词格为七字句或十字句，两者之间还是有明显的差别，曲目有《鸿雁捎书》、《沧州投明》、《三姐上寿》等，其名称，有人不加软字，

① 湟源县文化馆：《湟源曲艺选·林冲买刀》，内部资料本，1984 年编印，第 220 页。

仍称下弦。下背工是平弦艺人用下弦定弦法伴奏，演唱某些专用曲目的小型套曲。因主要曲牌源于越弦的“背宫”，故艺人们称为下背宫，也有称为下弦的。它的音乐风格与下弦相同，传统曲目有《岳母刺字》、《三顾茅庐》、《出曹营》等十余个。

下弦没有专门的演唱队伍，但在贤孝、平弦、越弦等艺人中均有它的演唱者，尤以盲艺人最为突出。其演唱形式为坐唱，多为自弹自唱，没有表演，没有夹白。演唱时，像《林冲买刀》这样的长篇可作专场演出外，其余几种变体都在其他曲艺的演唱中穿插出现。其曲头和曲尾是唱腔中抒情性很强的部分，每句的尾部都有长短不等的拖腔，旋律婉转优美，音乐哀怨忧伤。

五　道情

道情是一种在全国范围内流行比较广泛的曲种，是从唐代“九真”、“承天”等道曲相沿下来的，以道家故事和教义为主要内容的说唱艺术形式。

汉族的道情广泛流行在西宁市及海东地区诸县，因在流传过程中受当地民间音乐、地方语言、文化历史等因素影响，逐步演变为具有浓郁的青海地方特色的曲种。道情何时传入河湟地区，目前尚无确切资料可考，但它的传入与明、清时期青海地区兴建庵、观、寺、庙等宗教信仰建筑有很大关系。从目前青海道情存活的样式看，大部分传统曲目与其他地区的曲目大同小异，曲调结构、旋律和帮腔音乐则受关中道情、陇东道情影响较明显，有某些相似之处。

道情最早的演唱者是道士，他们在化缘或宣传教义时运用道情这种艺术形式，达到宣教目的。道情流入民间，首先为曲艺艺人所接受，他们在演唱其他曲种时也演唱道情，因此道情逐渐成为地方曲艺的一个品种。在青海民间社火中的八仙，专唱道情，民间灯影戏中的仙家、道士出场时，也唱道情。

目前能够见到的道情有三十余部，较有影响的是《湘子传》，句数长达5000余行，内容讲述了湘子出家的故事，对严酷专制礼法的罪恶进行了一定程度的揭露，表达了民众在当时历史条件下的愿望和要求。其他作品如《无量传》、《卖药》、《崔家巷》等，在语言、历史、神话传说、民俗、美学等方面，都有一定研究和欣赏价值。

道情的句式，一般是上下对句的七字句或十字句，如《花篮显圣》[①]：

湘子云中似镖箭，长安不远在面前。
吹开云头把雾散，来在自家府门前。
功与名若浮云难动我心，任凭你升到那官高一品，
怎比俺修大道长生不老。

道情唱词不论字数多少，都是上下句，偶尔也出现奇数句，唱词以四句、六句或更多的句子组成一个小段落，要求通俗、顺口、押韵。有些道情除唱词外，还有念、白部分，都可安排在段落的开头或中间，念白、唱词相间，交替出现，十分和谐动听，显示出说唱艺术的特点和吟诵风格。如《花园盘夫》[②]：

话说林小姐，闷坐在书房，
日每泪两行，开口怨梅香：
"姑爷回相府，怎不报端详？"

段落构成很讲究，说白、韵白、念诗和唱词有机融合在一起。在说、韵、唱之间还配有符合故事情节发展带有抒情效果的当地民歌、小调、牌子等乐曲节奏。唱词部分用的道情调分为"阴腔"和"阳腔"两类。如《湘子卖袍》：

阴腔：行来在云端不贪慢，飘飘来到斗牛宫。

"阴腔"和"阳腔"两个曲调可单独用，也可以交替用，两调风格统一，优美委婉。整段故事演唱过程，韵白与唱词交替出现，成为讲唱文学中一种特殊形式。

① 西宁市文联：《河湟民间文学集》第四辑，内部资料本，1982年编印，第42—47页。
② 西宁市文联：《河湟民间文学集》第六辑，内部资料本，1983年编印，第159页。

河湟道情的音乐体裁是主曲体，又有板腔体的因素，基本由前奏、主体曲调、曲尾三部分组成一个基本不变的程式，一个道情唱段就是由这个程式的多次反复完成的。在这个程式中，主体曲调是核心，道情唱词就是由它来演唱完成。所包含的板腔体因素，有其相同结构，感情色彩有阴腔、阳腔两种腔体。完整的道情唱段就是由上述若干个这样三部分组成的简单联曲构成。道情的伴奏乐器除三弦、板胡、二胡、笛子等乐器外，渔鼓、盏儿是其特有的乐器。

道情的传统演唱形式一般是坐唱，由于演唱者需敲击渔鼓，所以凡用弦乐器伴奏，多为一至二人配合，作为舞台节目演唱时一人站唱，小乐队伴奏。在主体唱腔和曲尾的衔接上，演唱者要将衔接部分处理得和谐自然，转入曲尾时有明显的启示，让乐队及时进入帮腔，这样才能使道情演唱发挥独唱与齐唱巧妙结合的特点，增强一呼群应和烘托气氛的艺术效果。

除此之外，在汉族民众中间还流行着打搅儿、太平歌等民间曲艺。

打搅儿是青海地方曲艺中一个很别致的曲种，广泛流行在青海西宁市及其附近各县，以篇幅短小、幽默、逗趣的艺术特点见长，深得民众喜爱。打搅儿是在演唱其他长篇曲目的间歇中演唱的，如演唱到《大传贤孝》中悲苦情节时，听众欷歔感叹，哽咽哭泣，说唱只好中断。为了使听众情绪得到调节，说唱气氛得到缓和，艺人们便适时插入一个搅儿，即另外唱一个节奏明快而逗趣的曲种，然后，再把原来的演唱继续下去。从说唱连贯性来说，这一停顿是打搅了故事情节的连续发展，所以把这类小段曲目叫作“打搅儿”，原本不属于正式演唱内容，只是在适当时候，调剂听众的欣赏口味，缓解气氛，调整情绪，起到调整、搅打的作用。其曲目多以讽喻见长、以幽默风趣为格调，在河湟流域广泛流传。

打搅儿的曲调，是以越弦曲艺中的“莲花”调为主旋律，在节奏上进行了创造变化而形成的。其节奏明快而跳跃，很适宜表现那些风趣、滑稽、幽默的故事内容。它以大胆、泼辣、幻想、夸张的手法，以讽喻生活中各种不合理、不道德的现象，表现生活的种种情趣、经验与知识。人们在“打搅儿”的欢笑声中，不仅得到了一种独特的艺术享受，也达到了寓教于乐的效果。

打搅儿的形成时间不详，亦无资料可考。根据其曲种音乐来看，形成不会早于青海越弦的“垛莲花”曲调流行之前，约在清代末，随着各种小曲和陕西曲子在青海的传入，打搅儿随之逐步形成。

打搅儿的音乐来自越弦，在长期的发展过程中又受戏曲艺术“板磕子”、说唱艺术“绕口令”的影响，表现出特有的幽默、逗趣、流畅的艺术特点。一般没有专场演出，也没有专门打搅儿的艺人，主要由贤孝或越弦艺人演唱，其演唱形式与贤孝、越弦一样。一段贤孝或越弦唱罢后，由原演唱者或另一人演唱打搅儿，常不等乐队停止演奏紧接着就出现，顺便利用原乐队伴奏，其他场合如无乐队伴奏时即自弹自唱。

打搅儿的段子内容多取材于现实生活，典型的曲目有讽刺嗜酒成性的《醉酒汉》，懒惰狡辩的《懒大嫂》、《拙老婆》，爱财如命的《刻财鬼》等，内容贴近民众现实生活，所唱事物都是耳熟能详的，听来倍感亲切。唱词大量使用生活用语和方言土语，通俗、生动、形象，比喻巧妙，寓意深刻，妙趣横生。演唱时朗朗上口，一气呵成。《寻鸡》开场中就有这样奇数句的表白①：

了，了，了么了，你的曲儿下来了，我的搅儿上来了。
搅的好了耍说好，搅得不好担待着。要唱唱得干干的，
要搅搅得乱乱的，涎水淌下两罐子……

唱词以七字句为基础，但常不受字数限制，变化灵活。句数也无严格要求，可以偶数句成段，也可奇数句成段，奇数句更具有活泼、逗趣的效果。

太平歌，主要流行在西宁地区，又称西宁太平歌，民间又有太平秧歌、秧歌、街头秧歌等多种别称，是一种旨在祈祷风调雨顺、国泰民安的地方曲种。西宁太平歌和甘肃兰州秧歌相近，但因方言语音、文化习俗、音乐传统的差别，之间又有着明显的不同。也有一种看法认为甘、青二省的太平秧歌不是两个曲种，只是一个曲种的流派之分，可分为兰州秧歌、西宁秧歌、甘凉秧歌等。

西宁太平歌一般在元宵节晚上演唱。傍晚时候，唱家们（俗称好家）聚集在街头巷尾或其他固定的地方，敲起鼓、钹，等到听众围拢起

① 西宁市文联：《河湟民间文学集》第六辑，内部资料本，1983年编印，第69页。

来的时候，唱家们竞相演唱。唱完一段，听众喝彩助兴。演唱时可以一人连续唱或数人轮番唱，常有对唱式的演唱，可以在个人之间进行，也可以集中不同区域的唱家组队比赛。以唱词多、嗓音亮、韵味浓为竞胜条件，并要求唱段内容相互对应，如一方唱《六出祁山》，则要求对方唱《七擒孟获》。

西宁太平歌的曲目，除了首场开始时唱祝福太平的歌词外，均以演唱历史故事为主，尤以三国故事为多，也有取自《封神演义》、《西游记》等神魔小说中的故事。传统曲目中还有不少其他内容的，如风趣幽默的《十三黑》、《白婆娘》，民间故事《白蛇传》，针砭时弊的《要摩登》、《抽洋烟》等。唱词多为小段，有些稍长的唱段，还经常分割成若干个小段演唱，也有个别唱段只有几句，如《见面词》只有以下四句：

高山顶上一清泉，这两天没见仁兄面。
近日见了仁兄面，好像拨云见晴天。

西宁太平歌的歌词，基本上为对称的上下句式。每句的字数，以二、二、三结构的七字句为多，也有三、三、四结构的十字句，偶尔出现十多字甚至二十多字的长句，七字句常有八字、九字的变格，十字句的字数比较规范。

第二节　藏族民间曲艺

青藏地区除在汉族中间流行平弦、越弦等十数种地方曲种之外，还有很多颇具民族性和地方性的少数民族曲艺，回族、土族的宴席曲，蒙古族的图吉那木特儿、好来宝，藏族的格萨尔仲、仲谐、折嘎等。其中，藏族的仲谐、岭仲、古尔鲁、赞词与祝颂、“百”、喇嘛玛呢、折嘎、扎年弹唱、夏等曲艺，民族特色浓郁。

一　仲谐

藏族把故事称为“仲”，对说唱故事时使用的曲调称“仲谐”或“仲鲁”，对说唱故事的艺人称“仲巴”。仲谐就是在藏族各地流传的牧歌、山歌的基础上，吸收藏戏唱腔音乐融合发展而成的民间音乐。

仲谐唱腔曲调繁多，有的有曲目名，如《怀念歌》；有的无曲目名，多是从唱词的主要内容概括出来的，如曲调名称为“我实在不愿嫁”的唱段，其唱词为：“妈妈妈妈求求你，不要让我嫁出去。实在要我嫁出去，也不愿意嫁那后山的胖大哥。胖哥你有这样的心，但姑娘我却不愿意。”

仲谐的文体散韵相间，有极少数为全用散文或全用韵文的曲目。在散韵相间体曲目中，散文用于叙事，韵文用于代言。韵文唱词每句以六字、七字、八字为常见。在民间故事《晃脑袋的蠢人和梵天小姐》中，有八字句的唱词：

一望无际的天空中，我们曾向星月环绕。
近来仿佛乌云遮住，星星月亮隔了幕障。
今天我来此处拜访，要拨开灰暗的乌云。
蓝蓝天空洗掉污垢，星星月亮重放光芒。

一般情况下，六字较多，其特点是易听、易记、易唱，如被称为“夏洛卡”体的唱词：

信义抛在身后，花言巧语骗人。
若不狠狠回击，美德无法弘扬。

仲谐在演唱时，一人说一人唱，无乐器伴奏。唱腔曲调均具有浓郁的地方色彩。后藏的仲谐曲调，结构一般多为四句体，结构严谨，唱腔旋律流畅，节奏感强。前藏的仲谐曲调则有牧区浓郁的牧歌风格，其曲调多为自由的散唱，有些虽有具体节拍，但演唱速度较慢，曲调也比较简单，常将一句唱腔作不同节奏、不同旋律的变化，形成了草原牧歌特有的开阔与奔放的特征。

二 岭仲

岭仲就是“说唱岭国”故事，即《格萨尔王传》的说唱，艺人被称为“仲肯”。岭仲音乐是在西藏广为流传的鲁体民歌基础上发展形成的，其唱词的句式、曲调的旋律，与鲁体民歌中的衬词有密切的关系。仲肯们在所有唱段的演唱开始时，都要唱两句藏北草原牧民以方言衬词组成的曲调，如“鲁阿拉塔拉塔拉热，鲁塔拉拉姆塔拉喃”，意思是“歌要像塔拉拉塔那样唱，歌要像塔拉拉姆那样唱”。这里的“塔拉拉塔”与“塔拉拉姆”，对本唱段唱词的字数、唱腔的旋律都起着制约作用。演唱时，两句衬腔后的曲调，要按照这种衬词提示的字数和旋律，统一到一种格式里，从而形成了岭仲独有的唱腔特点。

岭仲的曲本散韵相间，韵文有六字、七字、八字、九字的，多为上下句体，也有三四句体的。演唱时节奏轻快，旋律流畅，平缓自如，无乐器伴奏。演唱的大多一字一音，且多三连音，故铿锵有力，几乎每首曲调的结束都落在时值短促的音符上，或是一拍、半拍的休止上，有的休止一拍半，而不似其他的曲调结束时常有延长音、装饰音。因此，歌手在演唱成千上万行诗行时，依然动听，听众不会有厌倦之感，这种唱腔结构也给仲肯留有充分的创作时间。

岭仲故事中的主要人物有格萨尔、珠牡、查根、嘉擦、丹玛、晁同等，演唱时，这些人物都有各自的专用曲调，通常不能混用。这些曲调，对于塑造人物的性格特征、身份地位、情态举止有很重要的作用。比如珠牡，是岭国的美女，格萨尔的爱妃，演唱她的曲调有“九曼六变调”、“依序变韵调”、“神韵六变调”、“白晶石六变调”等。

艺人们在演唱岭仲的时候，还运用了仿生和模拟的手段，比如通过自然界的飞禽走兽、风雨雷电的表现形态，来展示人物高傲威凌、急躁愤怒、含情脉脉、惊悸震颤等不同情绪，生动形象又极具情致。岭仲在长期的演唱过程中，形成了两种风格，一种是以散板的自由节拍演唱的康区山歌风格，一种是演唱速度较慢又充满浓郁的生活气息的藏北牧区风格。

三　“百”

“百”是藏文译音，意为“战”，即战歌或征战歌，是在古代藏族将士们出征前或胜利归来时所演唱歌的曲调基础上，进一步加工创作发展起来的艺术形式。

“百”是一种载歌载舞的演唱艺术形式，整个演唱活动由三部分组成，第一部分由四句唱词组成，士兵们在被称作“翁则”的领唱者的带领下进行表演，前后分领唱和齐唱；第二部分则由官兵们手持弓箭、刀矛、盾牌边舞边唱；第三部分是唱着旋律比较平稳的曲调进行舞蹈。在整个表演的过程中，曲调平缓，但演唱铿锵有力，震撼人心。其唱词有四句式的和上下句式两种，唱腔因地区不同而各有特点。如四句唱词：

这钢铁的盔甲像英雄的堡垒，用不着向任何人请求保护，
我们大家要放心去战斗，彻底消灭所有的仇敌。
……
背上的彩带像制敌的靠山，端直的神箭就像晴天霹雳，
我们大家要放心去战斗，彻底消灭所有的仇敌。

唱词为上下句式的如：

烧起神香柏树烟，斟满神饮的陈酒呦。
捧起五色的彩虹绸，献给我们无敌不胜的战神之王。

四 喇嘛玛呢

喇嘛玛呢是由寺院的诵经调发展而成的一种演唱艺术，因喇嘛诵经是必须唱“唵嘛呢叭咪吽”的“玛呢”六字真言，所以叫作“喇嘛玛呢”，说唱喇嘛玛呢的艺人被称为“玛呢哇”。

喇嘛玛呢的演唱者均为喇嘛或尼姑，他们以说唱玛呢化缘谋生，每到一处地方，先在自己所穿的红氆氇藏服外披上袈裟，挂上绘有佛本生和传记连环式的“喇嘛玛呢唐卡”，在唐卡右角摆上一座白塔，左角摆上一尊度母像，唐卡前摆上供水、供品及酥油灯。演唱前吹海螺召集听众，演唱时，手持小铁棍，指点着唐卡上的画面，用许多固定的诵经曲调演唱故事内容，在开头、句中、结尾，不时插入反复诵唱的玛呢六字真言。一般多为一人说唱，当说唱大型故事时，有时也有几个喇嘛或几个尼姑集体说唱的。其演唱程序是：念诵皈依调、吟唱四段玛呢调、唱书前礼赞词①、说唱正本书、吉祥的收尾等，这种说唱的结构和形式为今后藏戏的形成创造

① 正本前对佛陀、菩萨和天神所作的赞词。

了条件。喇嘛玛呢唱本有宗教故事，也有民间传说，文本由散韵相间体构成，叙事用散文，独白、对话用韵文，有时，在叙述故事情节的时候也使用韵文。如玛呢调中充满吉祥的收尾曲：

唵嘛呢叭咪吽！
左有一尊佛陀无量光，右有一尊菩萨悲观音，
左右一尊慈善慈悲佛，均具佛恩众生父母像。
无比安乐美妙福田处，自他一旦由此寿终时，
祈求来世受生福田处，殊胜大宝菩提慈悲佛，
祈求一切守神众有情，都能不断定趋色界处。
祝吉祥！唵嘛呢叭咪吽！

五　扎年弹唱

“扎年”是藏族古老的弹拨乐器，可独奏，也可伴奏，是在弹唱扎年的歌舞音乐中发展起来的一种曲艺形式。在西藏民间有许多单身艺人，身背扎年，在农民的田间、牧民的帐篷以及城镇的大街小巷间流浪卖艺，自弹自唱，演唱形式简便、活泼欢快。

关于扎年乐器，在大昭寺绘有藏王松赞干布十善法典庆祝场面的壁画上有一幅歌舞竞技的画，其中就有三个扎年弹奏的情形。这种古老的乐器，在后来的发展中，出现了六弦、八弦、十六弦、二十弦等多种形式，其中以六弦最为普遍。

扎年弹唱，其演唱曲调主要来源于西藏各地民歌和传统的“堆谐”、“朗玛”等，曲调明快，演唱时情感热烈，唱词通俗，结构精巧，表演轻松风趣。有单人、双人和多人弹唱，演唱时形式较为简便，既可坐唱又可站唱，场地和场合没什么限制，伴奏时，可以跟别的乐器合奏。如《扎年扎西杰布》当中的片段：

手握着扎年，请看扎年的琴头。
请看扎年的正面，请看扎年的背面。
请看扎年的琴弦，请看扎年的马鞍。

弹唱的人唱起了一首悠扬的歌，是同一只枭雄的翅毛，
同一个莲花池里的莲花，犹如乌龟的胸膛，
是同一内地的丝线，马鞍犹如那同一座峨眉山，
我认真地思索了一回。

这一曲种在发展的过程中，弹唱形式由过去的单人弹唱变为四人、六人、八人或更多人说唱的节目，而且在演唱故事情节的同时还可穿插诗歌、赞词，并配以极其丰富的曲调渲染气氛，较为逼真地再现了广阔恢宏的历史场景和动人心弦的故事情节，令人百听不厌。

除此之外，藏族民间曲艺主要的还有折嘎、古尔鲁和“夏”等类别。

折嘎，藏语音译词，意即“白米”或“洁白的果实”。“折”缘起于古代民间说唱艺人在逢年过节、喜庆集会和婚礼佳期等场合主动前来说唱的祝颂赞词“堆巴谐巴”；“嘎”是祝福主人未来能获得吉祥福运的词。“折嘎”就是吉祥的祝愿，后来发展成为为主人祈求神佛保佑、祛除魔邪、祝颂吉祥、获得善果的一种说唱艺术。表演的时候，既可说唱，也可伴以歌舞表演。表演艺人一般手持五彩棍，肩背假面具，怀揣大木碗，到藏区进行说唱表演。艺人们大都口齿伶俐，见到什么就说唱什么，并伴以生动、诙谐、活泼的舞蹈表演，经常以社会生活为题材，内容丰富多彩，多使用比喻和夸张手法。如《吉祥的祝词》的开头唱段：

这扎年扎西杰布，上身用白梅松木，
下身用绿杜鹃木，中间用绛紫梨木，
是用柏树来制成，是用松木来制成，
它是一个无价宝，幸福歌儿由它弹。

折嘎唱词多为七言，分上下句式，每个唱段的句数不等，常常将数十句乃至上百句的吉祥祝词滔滔不绝地诵唱出来，吐字清晰，一气呵成。诵唱的时候，曲调一般变化较小，着重表现藏语语音声调的韵律美。传统折嘎艺术只在新年等重大喜庆节日期间，彼此祝贺吉祥如意时才进行表演。当艺人们登门来恭贺的时候，被视作吉祥的象征，主人家热情地向他们敬酒敬茶，敬献哈达，布施财物，整个表演过程，唱尽吉祥祝辞，最后以圆

满幸福、吉祥如意的衷心祝贺收场。

古尔鲁是在藏族的古尔鲁民歌与宫廷古尔鲁歌曲相结合之后发展起来的曲艺曲种之一，是藏族祭祀天神、祈求帮助时唱的歌，后来渐渐延伸到将士出征、婚庆吉日、民俗节日时演唱的歌，歌词都是赞颂天神、祈求平安的内容。如：

> 祷告大自在天，永不落的金刚菩萨，
> 保佑大自在天，大慈大悲的文殊菩萨——格萨尔王，
> 原菩萨拯救人间灾难，降妖成吉。

古尔鲁音乐属谐体民歌，结构多为四句、六句体，演唱时旋律流畅，节拍规整，在一些专用于颂扬金刚菩萨、格萨尔王、降妖求吉的的古尔鲁，其旋律比较平直，多单音的延长音，而气势比较宏伟，继承了宫廷古尔鲁的音乐成分。

"夏"，藏语译音，意为对唱歌谣，是在新年、婚礼、搬新居和民间节日期间，两人或两人以上的人相向对歌的一种说唱艺术。这种说唱，是由艺人们互相吟诵轮唱故事和谜歌以及主持婚礼的祭司们对唱祝颂赞词的习俗发展而成。一开始在民间流传，历来不为贵族上层所重视，演唱的内容也偏重于世俗生活和娱乐调笑等方面的内容。

夏的表演形式十分灵活，一般都在"谐舞"的开头①，藏戏中间、结尾，婚礼举行的过程等场面均可演唱，词意通俗易懂，吟诵便宜，朗朗上口，唱腔旋律性不强，唱时音调低，声音小，到高潮时声音洪亮，十分有规律。一般分男女二组，每组单口群口都有，也有两个男的相互对说对唱。表演时，男女歌手挥舞着银杯、银碗等酒具或吉祥彩箭，相向站立说唱。如果参加说唱的人比较多，男女两组分两边排立，相向面对站着，一般由男组先说唱，接着由女组说唱。唱词朴素无华，结构铺排舒展，充满藏族劳动民众浓郁的生活气息，极富绮丽的浪漫色彩。说唱题材广泛，内容丰富多彩，有对历史的叙述、英雄的赞美，也有对生活的祝福、伦理训导以及山水的赞颂、人事的褒贬等，其中不乏插科打诨，相互逗笑，表演

① 亦称圆圈舞，谐即歌舞之意，是围成圆圈表演的一种歌舞形式。

风趣幽默。如婚礼中说唱的“夏”：

男：愿你们这幸福的一对，
女：像太阳和光辉在一起。
男：像雪莲和雄鹰在一起。
女：像雪山和草原在一起。
男：像酥油和糌粑在一起。
女：像春天和温暖在一起。

“夏”这种说唱艺术，内容较为丰富，结合本地特点，题材不断扩充，有颂扬大德高僧、远方来客、亲朋好友的，还包括美好愿望、婚丧祈福、喜庆佳节的祝贺等内容，深受藏族人民的喜爱。

第三节　河湟皮影戏

一　河湟皮影戏及其艺人组成

皮影戏是中国古老的戏曲艺术，为傀儡戏的一种。长期流传在西宁市及湟源、湟中、大通、互助、乐都、化隆、民和、循化等县的皮影戏，民间又称“青海皮影”、“皮娃娃”，是随汉族移民而来的传承文化类型之一，在不断汲取民间文化养料基础上，经过一代代艺人对艺术的体验和对生活的感悟，逐步形成具有相对稳定模式，融民间美术造型、音乐唱腔、戏曲表演、文学语言于一体的综合艺术。演出时间一般在秋后待庄稼收割打碾完成的农闲时节，尤其从冬至开始一直持续到来年二月二结束，春节期间为最盛。

河湟皮影戏艺人主要是以艺人间的师徒相承方式来学习和继承皮影艺术，艺徒大多来自艺人的亲戚和弟子。传授技艺秉持“传男不传女”闭锁性习惯，从选徒收徒、拜师学艺到传艺出师，河湟皮影行业有一整套严格规矩，师傅对徒弟采用家长式管制。刚刚进师门的新徒弟，对师傅的教诲须言听计从，帮助师傅干一些杂活儿，要以自己的手脚勤快、得体应对得到师父的人格认可后，方能正式接受技艺真传训练。在师傅教授监督下，徒弟的皮影操作技术由简到繁、由粗到细，逐步掌握关键性技艺。经过几年勤学苦练，能够独当一面时才能出师。出师时，徒弟磕头谢师，送上大礼，师傅则以数件劳动工具相赠。

皮影艺人不仅仅是指皮影操纵演唱者，还包括乐器演奏者和皮影制作者。一般情况下，一个皮影戏班由 5 人组成，其中演员 1 人，乐队 4 人。演员俗称“把式”或“影子匠”，这是皮影戏班的主角兼导演和编剧，一人扮演生、旦、净、丑等不同角色演唱，并操纵影人，用手势和暗语指挥乐队。乐队俗称“后台”，分别为称为上手、空场、下手和箱主。“上手”主要操作三弦、小锣、战鼓、板鼓四件乐器，听从把式的手势暗语来配奏各种曲牌、板腔，以鼓点指挥全场。“空场”操纵四胡、唢呐、二码子，配合把式以四胡为主的演唱，伴奏各种唱腔，以唢呐配合戏中不同角色的出场和喜怒哀乐感情。“下手”操纵钩锣、钐子、曲笛，配合上手击鼓敲锣，并受上手指挥。“箱主”负责梆子、铰子、碰铃和影人，用打击乐器控制全场的节奏，还做给把式递送影人、倒茶水等服务性工作。总之，每逢演出一场戏，须由这 5 人相互心领神会、默契配合，方能共同顺利完成演出，缺一不可。

皮影的雕刻制作有专业性很强的制作规程，一般人无法胜任。因此，河湟皮影艺人担当既是影子匠又是皮影雕刻者，在皮影戏班中兼伴奏角色，一专多能。可他们多半是文化程度较低的农民出身，忙时躬耕稼穑，闲时从艺。在 1949 年之前的皮影艺人为养家糊口肩挑担子奔走他乡，身处社会底层，社会地位低下。而今由于受现代文明和经济大潮强烈影响，年轻一代宁肯打工也不愿意学戏，艺人后代也被送进正规学校接受教育，皮影戏表演空间逐步萎缩于僻远山村，加之皮影艺人缺乏专业训练而少有艺术创新，很难满足民众日益增长的精神需求等原因，作为非物质文化遗产的皮影技艺，其前景不容乐观。

二　河湟皮影戏句式与唱词

皮影戏剧目繁多，传统神话剧有《升官图》、《五子魁》、《三元报喜》等，主要内容为福禄寿三星赐福、张仙送子、马王除瘟、灵官祛邪；《四神姑下凡》、《绣龙袍》、《相国寺还愿》、《西游记》，主要是降妖除魔剧目，突出民众在生活中“邪不压正”的思想和信念。传统历史剧有《呼家将》、《杨家将》、《岳飞传》、《隋唐演义》、《薛仁贵东征》、《狄青》、《平南》等，歌颂忠臣良将，抨击奸臣佞贼。《文武魁》、《万寿图》、《人仪图》等主要讲儒家仁义孝悌、诚信廉耻的伦理道德，反映好人终有好报而坏人终遭报应思想。新编现代剧有《妇女代表》、《白毛女》、《三世仇》、《我劝干部十要十不要》等，以现实生活为素材，表达妇女从苦难中解放出来而改变其命运的心声，或是传达新时期政府部门惠民政策、社会舆论，表现民众对政治的理解和对生活充满的期望。

河湟皮影戏剧目较为丰富，但因以师徒口耳相传方式传承，多无成文剧本。皮影把式们根据神话传说、历史演义小说中的人物和故事情节，一般能够即兴编唱，能演50余出剧目。传统剧目分为“大传”和“窝窝”两种。“大传”是指连台本戏，即把四五个折子戏合成一个大戏演出，每出折子戏演两三个小时，一场连台本戏就能演唱两三天，如《杨家将》、《岳飞传》、《西游记》等。而“窝窝”是指单本戏，戏剧情节相对独立和完整，有《渭水访贤》、《满园春》、《三困锁阳》、《三滴血》等，相当于一则民间故事。

河湟皮影戏传统唱词句式一般由七字句和十字句构成。七字句为二、二、三结构，如《铁木石画四大匠》①：

灵巧木匠手艺强，墨斗尺子带身旁。
按材选料细端详，材料不短也不长。

唱词平常为偶数句，上下两句为一个最小唱段。每个唱段可一韵到底，亦可中间换韵，视表演的需要而定，灵活自由。十字句是三、三、四结构，如《骂路歌》②：

尘世上不平事千千万万，就好比路途上弯弯拐拐。
我骂你这路途何以不平，铲除了路不平舒畅胸怀。
修好了大小路人人好走，唱一段骂路歌心才畅快。
正行走抬头看见一村庄，转步儿来在了桃花庄外。

---

① 石永：《青海灯影戏传统唱词诗篇选集》，内部资料本，1989年编印，第80页。
② 同上书，第31页。

当然，类似这样的结构骨架并非一成不变，而是每个词根据句式需要有增减字数的自由变化。

皮影戏中的人物，无论是皇帝、文臣武将、元帅、县官衙役、公子小姐，还是仆人家童、恶霸强盗等，生、旦、净、丑角色均有各自成套的唱词和诗篇。传统唱词和诗篇在皮影戏中分为“通用”和“专用”两大类。

“通用”唱词和诗篇高度类型化，艺人只要记住故事梗概的同时，记住单篇唱词和诗篇，在表演中根据角色按照需要唱出一段。如《马上传令》：

有本帅马上传将令，大小三军你当听。
一路行走莫遭吐，蚕糟蹋百姓四下里逃。
公吃公买共搅用[①]，不许糟蹋好百姓。
哪一个不听本帅的令，砸折骨拐挑断筋。

这是领兵挂帅人物的唱词，不分号令大小、年龄差异、年代远近，都可以唱这一段。但艺人演唱各具风采，观众听来倍感亲切。

对于诗篇，艺人们有严格的称呼：两句为“对子”；四句为诗；八句以上的则为“篇”。诗篇多用以人物出场或下场，表明人物身份、职业、性别及性格特征。如帝王出场：

对子：天上逍遥府，人间帝王家。
诗：金殿当头紫阁重，仙人顶上玉芙蓉。
　　太平天子朝迎日，五色云中驾六龙。

若是披红挂彩骑马游街或衣锦还乡的文生、武生出场，诗篇曰：

少年初得志，金榜得意回。
鱼龙三级浪，平地一声雷。

---

① 搅用：青海方言，意为开支花费。

专用唱词和诗篇，一般只用于特定剧目或某一个角色中，不能像通用唱词那样随意套用。如神仙传说人物玉皇大帝、王母娘娘、孙悟空、哪吒，历史传说人物包公、八贤王、杨继业、诸葛亮等，其出场都有专门诗篇。如八贤王出场：

对子：头戴钢钗帽，身穿爪龙袍。

诗篇：1. 头戴三扇两盘龙，手持八爪紫金龙。
虽然孤不在龙位坐，孤本是金枝玉叶生。
2. 我父宗王太祖，我母贺氏金蝉，
官拜八王官一品，怀抱着王命金剑。

但凡八贤王出场的戏，可根据剧情发展，说唱以上任意一诗篇表明其身份。

特定角色在特定剧目中有专用唱词。《夜观〈春秋〉》只属关羽，《想起当年事一宗》、《本公把话说根苗》只能由包公说唱，《七进七出谁敢拦》专属赵云，《花果山上称大王》则是孙悟空的专有唱词。

三　河湟皮影的影人造型

皮影的雕刻制作，专业性很强，非一般人随意胜任，而是由那些受过专门训练的皮影制作艺人制作。选用新宰杀的黄牛皮，经过炮制、铲薄、磨光、落样、打凿子、雕刻、上色、熨烫、定联等24道工序，需要20余天时间，方可完成“一张牛皮刻出人神山水，半边人脸表尽喜怒哀乐”艺术影人造型。河湟皮影人物造型深受陕西皮影的影响[①]，在继承传统造型的同时，艺人们在长期实践中对人物脸谱、服饰道具、图案纹样及敷彩施绘等方面，逐步形成了厚重强烈、古朴粗犷的具有青海民间审美情趣的艺术风格。

河湟皮影人物造型，由头、身躯、四肢等11件组成，有9个活动关节，形体特征是头大、腰细、臂长、袖宽。影人首身分离，艺人们把影人

① 孙建君：《中国民间皮影艺术》，湖南美术出版社2003年版，第15页。

头称为“梢子”或“头茬”，身子称“身段”或“戳子”，头身比例一般为五停，通常身高在43厘米左右。为了演出和保管方便，艺人将皮影戏箱中的皮影按包册分类，如头茬、身段、马靠、桌椅、布景大片、道具花石、朵子、站堂銮驾、车马船桥、神怪及地狱变化等。每个包册又可以细分为许多类别，如头茬可以分出七到十包，头茬越多，说明影人角色越齐全，能演出的剧目就越丰富。

1. 人物脸谱

皮影戏的人物脸谱，一般以强烈的色彩情感制作，黑为忠，红为烈，花为勇，白是奸。黑脸包公、红脸关羽、花脸秦琼、白脸秦桧都是人们熟悉的典型脸谱。艺人在制作上有“眼睛平，属忠诚；眼睛圆，性必凶；线线眼，性情柔；豹子眼，性情暴；若要笑，嘴角翘；若要愁，锁眉头”的讲究。因此，正面角色多为平长细眼、小嘴巴、直鼻梁，显得平和有度，气宇非凡；反面人物，常是面白目小，额突嘴窝，加以丑化。

旦角额头突出天庭饱满，下颚方尖，眼睛细长，鼻尖口小，以朱红点之，乖巧纯真，秀婉妩媚；文生平眉，清透文静；武生立眉，前额突出，神冲眉宇，英武非凡；花脸圆鼻深眼，行腔高昂豪放，气冲斗牛。

末角的眼睛和鼻子与小生、老生相同，只是多是环勾粗眉，眉毛下端雕成锯齿形。眼角有皱纹两条或三条不等，其一端集中一点连接在鼻孔上。而老旦的头盖有皱纹，嘴部较大，颊上也有几条实线，有的连接鼻孔上，有的雕在嘴下端，眼外有一实体圆地，表示老年人的眼窝。

丑角的眉眼不连在一起，二者并列。眉毛较粗，两头稍尖，中间是波浪式的粗凸凹线。眼型上凸下凹，眼珠是半圆形，眼角有条长线伸到耳边。眉毛是一条实线，粗细和脸的轮廓线相同。眼外有一个实体圆点，表示丑角脸上那块白粉。有的丑角的嘴很大，类似四方形，牙齿外露。有的丑角的颊上有一实体小圆球，和上嘴唇相连，在嘴的斜上端。但丑角的造型，因人物个性的不同亦有很大区别。如老丑员外，以其端正的员外巾、宽展的胡须、均匀的面纹给人以友善和忠厚的感觉；丑店主歪戴的枕顶巾及尖细的胡须透露着奸滑；丑农夫的面孔半侧、胡须前翘使其显得憨厚诙谐；丑公子脸上的麻子被刻成一片梅花，丑丫环带秃疮的头上插着一朵大花。

艺人们怀着“公忠者雕以正貌，奸邪者刻以丑形，盖以寓褒贬于其间耳”的情感和审美理念，来进行人物造型，既符合人们传统的道德评价标准，又符合直观欣赏的习俗，一看脸谱就可知角色的好坏与善恶。影人中关羽是赤红脸膛、卧蚕眉、五绺长髯、高束扎巾的造型，显示出人物威武忠勇、正气凛然的性格特征；王莽则是大眼珠、扫帚眉、面带横纹、龇牙咧嘴的造型，将一位篡位暴君的形象活生生地展示在观者面前。法海是一副卷毛胡须、压耳毫毛和暴突虎牙，以示其凶残奸恶、毫无人性的面目。奸相圆脑盖和凸鼻子，眉毛粗且两头尖小，中间高凸，眼睛也要大些，眼珠呈圆形，眉毛和眼睛上下并列，只是用一条镂空虚线隔开。一般在颊上还有一两条弯匀的实线，一端接鼻孔，一端接眼尖，刻画出坏人脸上的表情。妖魔鬼怪的刻画，多为龇牙咧嘴、瞪眼卷舌的神态。有些小妖形象，多为四分之三多半侧面头茬，如老鼠精、鱼精、蛇精等，面部刻画表现出老鼠、鱼、蛇的形貌特征，形象地表现出其原形特征。

总之，传统影人的造型可谓丰富多样，包罗了社会各阶层的芸芸众生，各种形象中无不寄托着艺人和观众的爱与恨，所谓“寓褒贬，别善恶”的民情、民愿，在皮影造型上得到活灵活现的反映。

2. 头茬

皮影人物的头部造型由脸谱和头茬两部分组成。头饰有发饰和帽饰，主要以帽饰为主。发饰有披发、抓髻、花旦、辫子旦等；帽饰有冠、帽、盔、巾等，用来区别不同人物身份。冠的种类有皇冠、凤冠、都督冠、驸马冠、束发冠等；帽子有王帽、相帽、纱帽、金雕罗帽、雪帽、毡帽、红缨帽等；盔有高盔、帅盔、霸王盔、太子盔；巾有包巾、硬扎巾、软包巾、员外巾、文生公子巾、丑公子巾等。河湟皮影戏影人头帽相连。神、佛饰以五佛冠或莲花聚顶，道姑以头顶上的一两片树叶表示她长年修炼在深山老林；《封神榜》中的妲己虽有一张俊俏的脸庞，但其头顶上有一只狐狸；《三侠五义》中的花蝴蝶除了头戴花罗帽，在额前和鬓边又分别加上了蝴蝶和鲜花装饰，象征其惯于采花盗柳之技。

最生动有趣的是水族灵怪的造型：鲶鱼精和龟精都是在人面的头顶上附着妖怪本形；鲤鱼精是用鱼形直接用作影人头；蛙精和虾精是将人面与妖形结合在一起，眼睛以上为妖形，以下则是人的鼻、嘴和下巴。这些具象和意象相结合的装饰手法，不仅使造型神形兼备，同时也满足了观众的审美要求。

3．身段服饰

皮影人物的身段服饰，根据不同角色，有蟒、靠、氅衣、道衣、宫装、花衣、箭衣、扎袍、囚衣、孝衣以及明清朝服等。蟒，是帝王将相的官服；靠，是将士穿的铠甲；氅衣，是官员豪绅的便装；宫装、花衣，色彩艳丽，饰有各种花卉图案，对服饰的造型采用了与头脸的正侧面造型（五分脸）不同的半侧面造型，也叫“七分身子”。这种处理手法便于对服装的钮扣、带结、胸花等服饰的完整表现和对人物所佩戴的各种器物如刀剑、玉带等的刻画，美化了人物造型，并且头茬与不同身段的结合把一个个性格鲜明的人物角色呈现在观众面前。

第四节　青藏地区民间曲艺的审美特征

一　多种语体形式的综合运用

语体形式的不同构成及其个性特征，是一种文学体裁区别于另一种文学体裁的重要区别。作为曲艺文学的语体构成，无论是话本、唱本或者笑本，也不管是散文体的、韵散相间体的或者韵文体的，其所进行的叙述表达，在口语的运用上，第三人称的叙述、第一人称的代言乃至第二人称的对话，常常是交替进行、错杂并存的。同时在写景、状物、抒情的展示上，集各种表达手法为一炉，综合灵活运用，达到“一人一台大戏”般的审美效果。这种形式语体的多样性，在以散文讲说为主的表述之外，提供给舞台表演以“韵诵”和“歌唱”的可能，或者在叙述的同时，为抒情开辟了表演的空间，将说明、议论、抒情等手法直接引入，为曲艺表演创造了审美传达的无限可能性。

二　浓郁的地方和民族特征

曲艺以其浓郁的地方风格和地道的民间形式，一向被认为是最具民族性和民间性的“国粹”艺术。任何文化，都是在特殊形式下滋生的产物，各地流行的曲艺，也是在吸收民族精神和具备民族性格的基础上，适应了特殊的自然地理环境后滋生的艺术品种。《中国大百科全书·戏曲曲艺卷》列有全国341个曲种，除了相声与数来宝流行于全国各地外，绝大多数曲种都有一定的地域局限，都具有浓厚的乡土色彩，这些地方曲种都产生于一定自然环境和社会环境，形成了独特的艺术表现形态，且大多运用方言，其中唱的与半说半唱的曲种的音乐旋律又是由地方语言生发而来，带有清晰的地域文化印痕。因此，在自身所诞生以及流传的地区具有其他曲种所无法替代的感情力量和艺术魅力。那令人倍感亲切的乡音，那与乡音紧密结合而为当地观众所熟悉的乐曲旋律，自然受到广大群众的喜爱。

三　灵活轻巧的表演特征

曲艺是以说唱进行表演的艺术，所以，表演在曲艺的艺术构成中，起主导和统率作用。曲艺构成的其他艺术要素，如果不通过以口头语言进行“说唱”展示这种表演意义上的艺术综合，就都不能成为曲艺艺术的有机组成部分。如果曲艺离开了表演，就不能称之为曲艺，可能就是自然自发的“说唱”活动，而非独立自觉的艺术表演。另外，曲艺的表演性在一定程度上克服了文学抽象性的弱点。曲艺大都以第三人称的叙述为主，曲艺演员往往是故事的讲述者，同时又是故事人物的表演者，跳进跳出，运用自如，一个人可以演几个人物，有时在演出中还要即兴发挥。曲艺演出的综合表演技巧，对演员提出了很高要求，不仅要有扎实的基本功，而且要有较高的文学素养，善于把握观众心理，使曲艺的文学性与表演性密切结合，通过表演者的二度创作，展示出艺术魅力与风采。

四　特定语境下的时间性特征

曲艺艺术的时间性特征，包括两个方面的含义：一是其口头语言“讲述”的表演行为，是沿着一定的时间纬度递进展开的，离开了必要的时间，就无法完成对自身艺术的展示；二是其“说唱”表演的文本内涵或者说艺术展示的曲本内容，通常具有内在的因果联系，往往是对一定事物变化发展的动态情境的综合反映。这种反映实际上是对一种过程的叙述，离开了必要的时间单位，其文本的内涵就无法表现。曲艺的艺术创造在时空意义上，以时间性为主要特征，但也不排斥空间性艺术构成因素。在曲艺的艺术构成方法中，时间性是基本的特征，空间性的显示是以时间性的体现为其前提和基础的。

总之，曲艺作为一种口头传统和民俗文化的重要有机部分，是城乡民众不可或缺的通俗文艺形式。其源远流长、多彩多姿的民俗文化内容是当地民众享用不尽的精神食粮，在长期的发展和流传过程中沉淀的大量的传统文化是文明传承和延续的重要组成部分，同时也成为各族人民最欢迎的文化娱乐方式之一，其音乐和文学的艺术性都达到了相当的高度，成为各民族的文化宝藏，也是世界曲艺宝库的珍贵遗产。

第九章

生活中的智慧:谚语　谜语　歇后语

青藏地区口头流传、世代相沿传袭的谚语、谜语、歇后语，是最为活跃、最被民众喜闻乐见的民间文学形式。蒙古族“天涯海角能走遍，民间谚语学不完”的质朴俗语，道出了各民族谚语的题材广泛、数量可观，其思想性和艺术性亦有很高境界，在充满生活情趣的字里行间洋溢着智者的思考和民众的智慧。谜语形式多样，乡土气息浓郁，谜面形象生动富有韵致，有很强的文学性，尤其是藏族谜语，其构思创作别开生面，其奇特形式夺人眼目。歇后语吸收了大量质朴浑厚的方言，突出了其本土化特征，在文化内蕴上自成意趣。

第一节　民间谚语

民间谚语的措辞简练，内容精辟，寓意深邃，是一种高度简洁、凝练的定型化语句。在漫长的无文字时代，几乎所有认知经验主要是靠谚语来口耳相传。文字产生后，这种简练易记且包含了大量知识经验的固定语句，更是赢得了民众特别的青睐。青藏地区的各民族钟爱谚语，并在日常生活中不断地创造谚语、执着地传承谚语，在实践中忠实地学习和运用谚语。汉族的“学下谚语不用，说起话来没劲”①；藏族的“话无谚语难说，器无把柄难拿”；蒙古族的“没有无谚语的话，没有不缝缀的袄”；土族

① 本章谚语除特意注明外，均引自以下两部集成，中国民间谚语集成《青海卷》编辑委员会:《中国民间谚语集成·青海卷》，中国 ISBN 中心 2008 年版。中国民间谚语集成《西藏卷》编辑委员会:《中国谚语集成·西藏卷》，中国 ISBN 中心 2001 年版。

的“水里头泉水最清洁，话里头谚语最动听”；撒拉族的“话美在谚语，人美在胡须”等，几乎都把谚语看作是说话行事中不可或缺的“佳话”。

一　民间谚语的类别

青藏地区的民间谚语取材广泛内涵丰富，有关祖国家乡、阶级敌我、反抗力争、时事政策的时政类谚语比比皆是；有关时令天文、气象物候、山水禽鸟等的自然类谚语杰作纷呈；有关吉祥幸福、劳动勤俭、婚恋白事、保健卫生等的生活类谚语俯拾即是；有关理想智慧、品行修养、为人处世等的道德类谚语华章盈耳；有关民俗人情、风物名胜、掌故逸事等的风土类谚语历久不绝。其涉猎的广泛性、流传的久远性、内容的丰富性和存在的普遍性，充分凸显了谚语的普泛性特征。

1. 时政谚

时政谚语具有展示社会现实的功能。对祖国的歌颂、对民族团结的关注、对敌我矛盾的反映、对腐朽制度的抨击、对黑暗社会的挞伐等，明显带有民众的爱憎情感及对客观世界的现实评判意义，承载了生活在这片广袤高远土地上各民族民众的心声。在安居乐业，靠自己勤劳的双手、睿智的头脑建设家乡、憧憬未来，在越来越幸福的现实生活中，各民族民众凝聚了浓郁的国家和民族意识。汉族“水阔鱼儿乐，国泰百姓安”，藏族“祖国如母亲，人民乃儿女”、“国力强盛，四方称颂”，蒙古族“打扮自己莫忘修饰家庭，装饰家园别忘效忠国家”等体现国家本位意识的谚语中，蕴含着非常朴素浅显却不失深刻的道理，那就是国强则民富，国泰则民安。若要国强、国泰，就要求不遗余力地为之付出，否则的话，“国家的疆土不安宁，要饭人的睡处也不稳”。

颂扬民族团结也是青藏地区谚语的主要内容之一。藏族“茶叶离不开盐巴，汉藏两族是一家”，“天上有一对太阳月亮，地上有一对松赞文成”；回族“回汉人民心连心，个个是患难的弟兄”；汉族“珍珠玛瑙不稀奇，团结和气无价宝”。“各族人民一家人，谁也离不开谁”的民族关系，使长期生活在这儿的各族人民和睦相处、患难与共。当然，民众在感受政通人和的同时，也会受到一些炎凉世态、淡薄人情的袭扰，每当遭遇这种尴尬时，常常用谚语表达感受，进行调侃：

人有难时朋友疏远，人有财时远亲变近。（蒙古族）

富有时飞鸟头顶旋，受穷时儿女也逃散。（汉族）

有钱亲似兄弟，无钱好比主仆。（藏族）

没有钱财被人当作乞丐看，衣衫破旧被人当作野蛮人。（藏族）

以金钱衡量亲疏，以财物分辨贵贱，足见人情冷淡。民众在现实生活中也总结出许多如“天上的云彩飘忽不定，世上的人心变幻莫测”的经验性谚语，来揭露、讥嘲被世俗所驱使的多变“人心”。

青藏地区传统的时政谚语多反映敌我矛盾，多揭露旧制度的黑暗。

水火不可同器，敌我不可共天。（藏族）

黑牛变不成白牛，敌人变不成朋友。（回族）

毒蛇不分大小都有毒，敌人不分大小都有仇。（那曲）

朋友的怒骂是真挚的，敌人的恭维是虚伪的。（拉萨）

敌我之间，水火不容，是敌是友，拭目分清。看清了敌友，对待他们的态度也就截然不同了：“对敌人要比老虎还凶，对友人要比丝绸还软”，甚至是对弱敌也是不可掉以轻心的：“对弱敌不能轻心，对强敌不必畏惧。”面对强大的敌人不畏惧，面对弱小的敌人不忽视，这是战胜敌人、以求自存的法则。敌人不论强弱，都要有痛打“落水狗”的精神，不能有丝毫怜悯之心，不能纵虎归山，否则会贻害无穷：“放走毒蛇对人有害，放走豺狼对羊有害。”敌我之间就是你死我活的斗争，不能对之心慈手软，应提高警惕，防患于未然：“洪水未来先筑堤，敌人未来早防备”，可谓一语中的。“也许可以这样说：这是从事阶级斗争的经验结晶，是阶级斗争的一种反映，同时又是阶级斗争的一种武器。在斗争中，它擦亮了人民的眼睛，又狠狠地命中了敌人。”①

在旧时代，青藏地区时政谚的锋芒常常指向黑暗的统治集团及其帮凶，这在藏区流传的谚语中尤为突出：

---

① 王毅：《略论中国谚语》，载苑利主编《二十世纪中国民俗学经典》（史诗歌谣卷），社会科学文献出版社2002年版，第133—134页。

老虎吃人狼作帮凶，头人刮民奴才当先。(海北)

若要千户发善心，东面的太阳西面升。(海西)

官军下帐房，牧民遭了殃。(玉树)

禁偷窃的是官府，抢好东西的也是官府。(江孜)

此类谚语有力地抨击了旧时藏区的农奴制度，揭露了那些压榨百姓的头人、千户、官军及官府衙门所犯下的种种罪行。哪里有压迫，哪里就有反抗，哪里有鱼肉乡里的官吏，哪里就有揭竿而起的百姓，面对旧制度的黑暗、腐败和不公，广大民众不畏艰险、奋起抗争。“十个塔娃握紧钢刀[①]，牧主的鞭子会向你求饶”，被压迫者团结起来，定会战胜剥削者和压迫者；“眼泪汪汪求生存，不如捏紧拳头去斗争”，眼泪和哀求打动不了牧主和头人，只有用拳头才能征服他们；“人若饥饿腹中起火，哪顾王法那么多”，走投无路，饥饿难耐，只有不顾王法，铤而走险，而反抗斗争的形式就是“拳头对拳头，匕首对匕首”。

总之，青藏地区的时政类谚语“大都直接描绘一定的社会现实状况，表明人民大众对社会现实的评价态度，反映出强烈的爱憎情感，带有明显的倾向性和讽刺色彩”[②]。而内容的琳琅纷呈也正属于青藏地区谚语的普泛性范畴。

2. 自然谚

自然变化与人类生产生活的关系极其密切。在人类早期阶段，对自然界的一切现象和变化不可理解，常常怀着一种畏惧心理。随着生产力的不断发展，知识的不断积累，逐渐认识和揭开了自然界的诸多奥秘。青藏地区的民众为了把对自然现象的认识和经验一代代传下去，创作了许许多多有关天文、时令、气象、物候等方面带有高原风貌的自然谚语。

“半山的云彩有雨哩，山顶的云彩晒死人”，反映青藏地区云低孕雨、云高天晴的气象特征；“羌塘的风比箭还要利，不是无衣者去的地方”，以利箭喻羌塘之风，足见羌塘地区狂风之肆虐，气候之严酷；“阳光不化

① 塔娃：藏语译音，意为佣工，差役。

② 刘守华、陈建宪：《民间文学教程》，华中师范大学出版社 2002 年版，第 229 页。

珠峰的雪，狂风吹不走珠峰的冰”，凸显珠峰之上白雪皑皑，冰穹莹莹；“我的模样是妈妈生成的，山的银妆是白雪落成的”，用形象的语言叙说着高原雪域到处是银妆素裹的雪山冰峰。所有这一切都是青藏自然风貌的真实写照，也是雪域高原司空见惯的景象。

自然气候总是与农事生产息息相关，农事生产离不开自然气候。因绝大多数农业地区干旱少雨，经常遭受旱魃的侵扰，人们对雨水的渴盼已成一种情结，就是连绵秋雨也被认为是保墒情、兆丰年的瑞雨：“正月十五雪打灯，秋后庄稼成”，“正月十五雪花稠，今年的庄稼大丰收”，俗信认为元宵节时一场大雪，定会获得秋后的好收成；“六月不热，五谷不结”，农历六月份是青藏地区一年中最为炎热的季节，也是当地庄稼成熟时节，期间充足的日照能量对促进五谷的颗粒饱满大有裨益，否则，五谷颗粒瘪虚而歉收；“十月开始北风寒，明年多雨丰收年”，农历十月青藏地区已是朔风凛冽、寒气袭人之时，此时严寒难耐，预示来年雨量充沛、草禾丰美。这些产生于青藏高原特殊自然条件下的农谚，大多有一定的合理性、经验性和科学性。

3. 生活谚

衣食住行与每个人的生活密不可分，生活在青藏地区的各民族对衣食住行有着一种特别的感悟：“好看不过素打扮，好吃不过家常饭”（回族），“会吃饭香味不断，会穿衣美容常伴”（汉族），不仅表现了一种自然朴素的衣食观，还对吃饭穿衣有与众不同的认识；“住在崖下阳光充足，住在河边寒风凛冽”（土族），“水线上坐不得，崖根里站不得”（汉族），完全是人们依据山水而选择阳宅基地的经验之谈；“上山时牛踏步，下山时鹰抓兔”（撒拉族），是生活在山区的人们对上山、下山动作要领的总结和概括。

生老病死是无法回避的自然代谢规律，民众对生老病死表现出一种豁达乐观的态度，正如萨迦派第四代祖师萨班·贡嘎坚赞在其《萨迦格言》中所言：“金刚也有破损时，众生都有病与死。”有言说生死无常的：“天的脾气多变，人的生死无常”；有表达对生死看法的：“与其羞耻地活着，不如循规蹈矩地死去”；有总结生死是无所畏惧的：“死了不过是拜一次阎王爷，生了不过是见一次父母面”……不管人们如何看待生老病死，但他们对生死规律理性的认识：“草长一夏，人生一世”，“有大地就有四季，有出生就有死亡”，看不到对死亡的恐怖与畏怕，反而在字里行间响彻一种爽朗、达观的笑声，充分显示了民众精神健康和性格豁达。

爱情婚姻永远是文学的一个主题，也是民间谚语中的主题内容之一。“结良缘是一生的好事，结错缘是一生的厄运”，强调姻缘对人生的重要性；“若要相爱深，两心合一心”，凸显爱情的根本是心心相印；“情意像洁白的雪山，姻缘像黝黑的山崖”，喻爱情贞如白雪，坚似磐石。对于那些爱情不专一、朝三暮四、拈花惹草者进行了训诫和忠告：“多心男人事业无成，多心女子姻缘难就”，“莫要喜新厌旧快似马，莫做有始无终短尾羊”，“女人喜新厌旧内心不善，男人胡吹乱侃外表不美”，这些谚语在流传中，成为民众行为和行动的指针和道德价值判断的依据，从而构成一种社会意识，时刻在警惕着自己，教导着他人。

勤俭节约是美德。青藏地区的民众在生活实践中身体力行，克勤克俭，认识到：“理家千万条，勤俭数第一”，将勤俭摆到理家的第一位置；“荒年不饿勤俭户，严寒不冻节俭人”，遭馑不挨饿，遇寒不受冻，其法宝就是勤俭节约；“劳动是致富的右手，节俭是致富的左手”，劳动和节俭成了致富的左膀右臂，成了幸福生活的重要因素。在这类生活谚语中，亦对懒惰和浪费行为进行了抨击和嘲讽：“败家子挥金如土，兴家郎惜粪如金”，“有了一顿吃光，没有了拉棍逃荒”，“早起的人家收获多，贪睡的人家债务多”，“只见牧民奶糕香，不见牧民翻山苦”，两种大相径庭的做法，就有两种天壤之别的结果。将勤快与懒惰对比，节约与奢侈对比，点明勤俭能致富，能幸福，反之，懒奢得到的只能是贫穷与不幸。

4．道德谚

郭绍虞认为：“谚语是人的实际经验之结果而用美的言辞以表现者，于日常谈话可以公然使用，而规定人的行为之言语。”① 这种作为“规定人的行为之言语”的说法，主要针对人伦道德而言。故而道德谚语既是民众用来教育他人的活生生的教材，又被奉为待人接物、周全处事的圭臬。各民族民众勤劳勇敢、诚实守信的品质，不做损人利己人、不干坑蒙拐骗之事的操守，在道德谚中有大量反映。

---

① 郭绍虞：《谚语的研究》，载苑利主编《二十世纪中国民俗学经典》（史诗歌谣卷），社会科学文献出版社 2002 年版，第 13 页。

一是劝勉世人廉洁奉公，严于律己。“公事高如天，私事矮如地”，公私之间，公大于私；“即使雪山变成酥油，也不想去抓一把”，劝勉人们勿起贪心，减少私欲，不属于自己的切莫伸手；“克制忍耐是上策，动辄发火是蠢人”，告诫人们凡事需忍耐，切莫动辄发火；“视他人的过如河边石子，说自己的错像兔子的犄角”，提醒人们不能只见他人的错，而无视自己的过。二是提醒人们要珍视荣誉，谦虚谨慎。“铁锅烂了可以补，名誉坏了难补救”，名誉无价宝，毁了难再复，需要加倍珍惜；“装饰美貌老少都要，荣誉美名生死都要”，美名和荣誉，生死都难弃，何不百般呵护？“可笑人前妄自尊大，不知背后灾难相随”，人若不谦虚，肯定要出祸事；“骑马之前要拍拍鞍，过河之前要探探水”，谨慎无大碍，小心亦是真。

对于那些离经叛道、骄傲自大者进行了无情的挞伐和辛辣的讽刺：“病愈忘医生，过河忘船夫”，“狐狸嘲笑猴子的屁股皱，不知道自己浑身骚臭”，“鸡蛋向岩石夸坚硬，岩石不动鸡蛋碎”等，言辞中的，劝导恳切。

5. 风土谚

青藏地区独特的自然山川产生了不少与之相关的风土谚语。“各地有各地的雪鸡，各山有各山的山势”，雪域高原的群山峡谷地，雪鸡随处可见，群山或直插云间，或蛇行绵延，各有姿势，各具情态，这恰是青藏地区山脉雪峰的真实写照；“顺河而下必有大海，顺水而上必有雪山”，青藏高原是“中华水塔”，长江、黄河、澜沧江、雅鲁藏布江等中国境内大江大河的发源地，其源头大都受益于雪山融水的哺育。而青藏地区的人文景观神秘别致，令人神往，一些古寺名刹遐迩闻名。“要问佛陀出生地，西有蓝毗尼林园，东有宗喀塔尔寺”，佛陀释迦牟尼出生在尼泊尔的蓝毗尼，被佛教徒尊为第二佛陀的宗喀巴则出生于宗教圣地塔尔寺；“浪了乐都瞿坛寺，北京故宫再耍去”，瞿坛寺始建于明永乐年间，其建筑定向、布局、格式、装饰等都与北京故宫相若，素有“小故宫”之称，故谚有此说。

青藏地区各民族不同习惯、不同信仰形成了这一地区绚丽多姿的民俗文化：“有上坡就有下坡，有村落就有习俗”，客观地反映了习俗的普遍性；“烧香煨桑各不一样，农村牧区各有习俗”，指明了不同民族、不同区域习俗的差异性。而“藏家来客酒肉待，就餐之前先供祭”，包含了藏族饭前供祭的礼俗；“天上乌鸦盘旋，地上恶讯即传”，寓有“乌鸦报丧”的征兆信仰；“不摸男人头，不揣女人腰”，反映了土族在行为举止方面的禁忌；“言行要适中，帐篷门朝东”，表明藏区牧民的居住民俗。这些带有独特的地方特色和浓郁乡土气息的风土谚语，林林总总地涵盖了高原的雄浑山川、丰饶物产、乡土习俗和自然环境等，通过这些风土谚语可以了解和认识青藏高原不同民族文化的特殊魅力。

二　谚语的特征

其一，浓郁的民族性。

青藏地区的谚语，其特征既有中国谚语的共性，又有鲜明的区域个性。谚语内容上的民族性，指是谚语所体现出来的事物、现象、观念等常常烙刻着某一个民族的特征。各民族在生活环境、风俗习惯、特定行业、意识观念诸方面都存在着差异与不同，反映到谚语中则使谚语的语义内容具有浓郁的民族色彩。藏族大多生活在草原牧区，对自己生活环境中的各种事物了如指掌：“粟色牦牛是存毛之库，黑色帐篷是主人之宝”，用牦牛身上的绒毛织成的帐篷是牧人们的起居之所、御寒之家，实为“主人之宝”。“不食昼草乃是野牛的特性，不饮昼水乃是白唇野驴的特性”，“草原辽阔博大，而羚羊路窄如羊肠”，则是藏族对野生动物生活习惯细致入微观察后的经验总结，视同一生存环境中的野生动物为伙伴。其他如“去捡青稞粒，滚失了糌粑团”，“礼拜一身清白，施舍可挡灾祸”，“畜牧圈在阳坡上，蒙古包扎在高坳处”等藏族、回族和蒙古族谚语，浸染着浓厚的民族色彩，体现着民族个性，烙刻着鲜明的民族印痕。认识和揭示谚语的民族性，于研究一个民族的文化、心理都有重要而积极的意义。

其二，鲜明的地域性。

谚语总结了人类生产生活的种种经验和智慧。青藏地区所孕育出来的谚语，其本土化色彩非常鲜明。“生在阿妈怀里，献在喇嘛手里”，藏族深受藏传佛教文化影响，旧时如家中有两个儿子，至少有一个要皈依佛门。“骏马长相虽同，走式却不一样”，“夏天要挤奶，冬天就得饲养”，马和牛都是青藏高原上游牧民族生活中不可缺少的交通工具和衣食来源，他们谙熟牲畜习性，对马牛优劣的识别与饲草喂养，具有相当的经验与见解。“虽然甘蔗香甜，还是糌粑经吃”，“牧人的帐房虽简陋，视同国王的宝库”，糌粑是牧人们最喜爱的食物，帐房是牧民生活中最经济实用的住所。这些构成了游牧文化的基本要素，也是青藏区域文化独特的内容。

地理风貌是最为醒目的地域性标识。“大通有个老爷山，仰板肚儿揣着天”，以夸张的手法比喻大通老爷山的高峻嵯峨；“过了日月山，一个脖子两个脸”，日月山为农牧区的天然分界线，两边气候迥然不同，使穿梭于其中的人变得“面目迥异”；“莫说羌塘光秃秃，冬去夏来草青青”，羌塘草原冬季草矮枯萎，可来年依然草色青青。老爷山、日月山、羌塘草原都是青藏高原所独有的，各具特色，风光无限，都是同一个地域典型的不同风貌，在谚语中成了地域性的显著记号。

其三，深邃的哲理性。

青藏地区各民族谚语闪烁着朴素而深邃的哲理思想，“不仅仅停留在事物的表象，而总是引申出一种普遍的思想，提高到一定的哲学高度，给人启迪，发人深思”[①]。其中有对立统一的辩证：有真必有假：“昼夜不一样，真伪两相悖”；有善必有恶：“善恶同在，身影同行”；有美必有丑：“无丑不显俊，无咸不显淡”；有是必有非：“天上有阴有晴，地上有冷有暖，人间有是有非”；有得必有失：“失去的东西回不来，得到的东西容易失”；有生必有死：“没有生就没有死，没有光就没有影”；有成就有败：“天有阴有晴，事有成有败”；等等。不少谚语还道出了对立统一矛盾在一定条件下相互转化的辩证原理，如祸福转化：“幸福之中有灾祸的影子游荡，灾祸之后有幸福的因素隐藏”；喜忧转化：“高兴，愁跟着哩；惆怅，喜跟着哩”；大小转化：“小的不一定小，大的不一定大。”

这些哲理性极强的谚语都是启迪智慧、垂训后人的警言妙语，如同一剂剂济世治病的良药，令人遐思，发人深省，催人奋进。“香花不一定好看，会说不一定能干”，告诫人们不能以表象特征作为价值判断；“太阳升起云遮不住，大墙倒下棍支不住”，强调在强势主流面前只有顺其自然，否则就是螳臂当车；“山高总在天底下，水大还在桥底下”，告诉人们山外有山、强中有强的道理，力所不及处，不能随意僭越或凌驾；“好

① 中国民间谚语集成《西藏卷》编辑委员会：《中国民间谚语集成·西藏卷·前言》，中国 ISBN 中心 2001 年版，第 6 页。

景不长在，马莲不长开”，凡事都有对立转换，顺境中也要树立忧患意识；“山羊的粗毛一把，只够拴自己的下巴”，有时候长处就是短处，作茧者反而自缚。由此，“阳光里有热量，谚语里有哲理”，道出了青藏地区谚语中普遍存在的哲理性特征。

其四，描述的形象性。

形象性是青藏谚语语言艺术的显著特征之一，“主要是通过各种修辞手法的运用来表现的。其中用得最多的是比喻和对比”[①]。在藏语中谚语叫“丹慧”，意为“带比喻的语言”，“这就注定‘形象喻于言理’乃藏族最本质的一大特征”[②]，藏族谚语数量多于其他民族，又善于运用比喻和对比等辞格，在语言描述上生动形象。

用比喻来增强谚语形象性，是藏族谚语中惯用的手法。“处世不能像弹簧忽上忽下，为人不能像蘑菇随生随灭”，以弹簧、蘑菇的特征来喻人为人处世的方法，耐人寻味；“对亲友比羊毛柔软，对敌人比刺树坚硬”，用柔软的羊毛和坚硬的刺树来喻对敌友态度，贴切明确；“地方平静如乳汁，人心骚动如山羊”，以不起漪纹的乳汁喻大地的平静，以好动的山羊喻浮躁的人心，意味深长。使用暗喻的谚语同样形象动人，“鹰鹫夺肉吃，乌鸦等剩余”，以强悍夺食的鹰鹫喻生活中的勇敢者，以等食腐肉的乌鸦喻生活中的懦弱者，寓意恰切；“鹦鹉虽然嘴巧，却不知话的内容”，用学舌鹦鹉喻肤浅无知之人，语锋辛辣。

青藏地区谚语中对比手法的使用也很精彩。矛盾和近似是对比手法运用的基础，一切事物都有对立面，一切事物都有近似物。无论是对立面，还是近似物，都在对立中统一，在近似中紧密联系。不少谚语利用矛盾事物的统一性、近似事物的密切性，巧妙地运用对比手法阐释事理，总结经验，突出谚语的形象性。“浮草漂在水上，珍珠沉在海底”（土族），轻浮的草在水面上招摇，贵重的珍珠在海底隐藏，两相对照，十分形象；“好人抬头了变成羊，恶人抬头了变成狼”（蒙古族），好人温文尔雅，为民造福；恶人抬头原形毕露，祸害乡里。这些相互矛盾又相互联系的事物、

① 钟敬文主编：《民间文学概论》，上海文艺出版社 1980 年版，第 325 页。

② 中国民间谚语集成《西藏卷》编辑委员会：《中国民间谚语集成·西藏卷·前言》，中国 ISBN 中心 2001 年版，第 5 页。

现象在谚语中并列一处，两相对比，能给人以鲜明而形象的印象。近似事物间的对比也会带来相同的效果：“花鹿的鹿角分叉多，坏人的心里诡计多”（藏族），鹿角分叉多，坏人诡计多，二者的黏着点在于“多”，实属近似事物，通过形象的比照，意在提防坏人诡计。“缎子当抹布，净瓶当尿壶”（回族），缎子、净瓶的近似处在于都属贵重洁净之物，贵物贱用，主旨发人深思。

三 谚语的功能

“民间文学的社会功能具有多形态、多层次性，民间文学不仅是一种文学，更是一种文化和生活。”[①] 民间谚语是民间文学之一种，青藏地区的各民族总是以现实生活为基点，从民间生活的方方面面，捕捉、概括与提炼出生活经验、社会心理与价值取向，展示民众的生活追求和生存智慧，并引导着自身的行为，规范着社会秩序，传播着科学知识，承载着民族文化，发挥着具体的社会功能。

其一，警示教化功能。谚语本身“是一种具有教育意义，有认识作用或含有哲理的民间传言”[②]。在传播经验和知识的同时，又起着潜移默化的警示功能：“酒是穿肠的毒药，色是刮骨的钢刀，财是迷人的祸根，气是无烟的火炮”（汉族），酒、色、财、气，皆害人之物，层层训示，促人警觉；“奉承的蜜语听不得，不义的钱财拿不得，大小的便宜沾不得，不明的闲人跟不得”（回族），警告人们洁身自好，明理为智，谆谆告诫，让人鉴戒；“哪里跳舞都可以，却偏偏在石臼里跳”（藏族），规诫大众循规蹈矩，勿逆常理，否则自我毁亡，自取其辱。这些谚语虽然语不惊人，却有劝人警惕之效。观之如散云闲影，品之却发金玉之声，往往让人读有所思，思有所警，警有所获。

反映教化功能的谚语比比皆是：“长者面前不能说谎，悲者面前不能欢歌”，教育世人敬老尊长，恪守道德；“地上牛马与大地，相互亲密无间；地下种子与嫩芽，彼此依恋不舍”，宣扬团结友爱，和睦相处；“再大的嘴也在鼻子底下，再高的山也在脚板底下”，倡导戒骄戒躁，虚怀若

---

① 万建中：《民间文学引论》，北京大学出版社 2006 年版，第 86 页。

② 钟敬文主编：《民间文学概论》，上海文艺出版社 1980 年版，第 313 页。

谷；“望远处会使眼界开阔，想未来会使心胸宽广”，鼓励开阔视野，放飞胸襟；“广传详解佛法，精要唯有慈悲”，弘扬佛法，心怀慈悲。在表达其教化功能时，还直言训诫方法：“父母教训儿女，僧人敲打木鱼”，养儿自教，父母之责，时时“敲打”，方能苦育成才；“指着儿子说，讲给媳妇听”，通过旁敲侧击、指东说西方式，达到家庭伦理教化目的；“劈柴要按纹理，教子要讲道理”，教育子女要动之以情，晓之以理，否则就是“老子教子吹胡子瞪眼睛，儿子耳听牛皮上撒豆儿”，方法不当，适得其反。

谚语由民众创造，闪烁着民众智慧的光芒，有着非同小可的教育意义和启示力量。青藏地区各民族“父母教育儿女，前辈教育后辈，长老教育幼僧，从种田、放牧，到学艺、修行、做人，往往都用现成谚语来表述”[①]。如是，其警示教化功能如同“醇香的美酒任你品尝，绚丽的美景任你观赏”了。

其二，知识传播功能。谚语既是独特的知识储备库，也是普通的知识传播源。因其被反复证明的实际经验里，浓缩丰富知识之故，被各民族视为“日常经验之女儿”、“街头上的智慧”，“山河年年常在，谚语代代流传”，凝结汇聚和贮藏着青藏地区农牧生产、医药保健等方面的丰富知识与经验，指导着民众的生产和生活。“柳树发红冰冻消，春回地暖耕地忙”（林芝）、“桃花开始变白时，播种青稞最适当”（泽当），以当地植物的变化来判断农事时节，用实践经验提示人们选择最佳耕种时间，不误农时；“豌豆一条根，总要耕得深”（互助），“浅种麦子深种豆，半铧的青稞一镰割不透”（西宁），不同作物有不同的生长习性，若要获得好收成，耕耘方式尤为重要；“冬三月母牛不喂好，春三月不会有奶挤”（比如），传播畜牧的一般性规律和知识；“野牛面前不能扬红绸，受伤野兽不要穷追赶”（林周），介绍了野兽习性，亦传授了狩猎知识。

在青藏谚语中蕴含药物学、医疗学方面的广博知识。有重视民间偏方的：“要成一代名医，多收民间验方”（果洛）；有指出病因的：“湿地睡觉贪凉快，腰腿不痛那才怪”（海东）；有强调疾病戒忌的：“麻疹怕风

① 中国民间谚语集成《西藏卷》编辑委员会：《中国民间谚语集成·西藏卷·前言》，中国 ISBN 中心 2001 年版。第 3 页。

吹，痔疮忌辣味”（海东）。藏医藏药已有近3000年的历史，悠久的放血法、火疗法、涂摩疗法等藏医传统和《四部医典》等经典医著独具高原特色，藏药更以它的纯天然、无污染、纯净高效而成为人们的首选药品，所有这些医疗及药物知识在当地谚语中都有反映。“血疱要等干，水疱要挤烂”（海东）、“头病用带系，脚痛开水泡”（乃东），介绍了传统的疗法知识；“治好肠胃溃疡病，良药就是老鹰喙”（错那）、“对上身的鼻炎，黑色芫荽最有效；对下身的淋病，冬虫夏草最管用”（山南），传递对症下药的医疗知识；“樟脑本是退烧药，遇到寒症便成毒”（曲松）、“肉豆蔻虽是好药材，服用不当致热病”（洛隆），讲述藏药用法的药物知识。

另有天文历法、气象时令、乡情礼俗、文化教育等方面的大量知识信息：“没有谚语难说话，没有河水难煮茶”，伴随谚语的广泛流传，其承载的大量知识信息也随之播撒到雪域高原的山山水水。

其三，文化载体功能。谚语是广大民众集体智慧的结晶，无不显示其地域和民族特色，丰富的文化内蕴，又证明了其文化载体功能。逐水草而居的游牧人家，用自己喜爱的谚语诉说着身边的游牧文化：“上午是绵羊的权势，围着石砾山转游；下午是牧人的权势，挥舞乌尔朵赶羊”（比如），所展现的是牧羊情景，上午羊群出栏，牧人给它充分的自由任其觅食，一到下午，羊群吃饱了肚子，就显得不安分，有的离群落单，有的越岭疾走，牧人要在天黑之前收畜归栏，于是手拿牧鞭东西奔走，南北吆喝，使其归拢入栏，此则谚语再现了草原牧人那种“上午睡如醉汉，下午跑如疯汉”（果洛）的牧羊图卷，也是一种特有文化的展示。“秋天要在丘陵安居放牧，冬天要在洼地架帐放牧”（海西），这是蒙古族在游牧生活中摸索出来的生产生活经验，更是游牧文化的具体实践。在有关衣、食、住、行等谚语中，经常出现草原牧区的自然景观与人文景观密切相连的词汇，如雪山、湖泊、峡谷、牧场，如鹰隼、白鹤、牦牛、骏马，如糌粑、乳酪、氆氇、哈达等，都是青藏地区常见的事物，大量凝结着游牧文化的神髓。

宗教文化是各民族文化中的重要部分，宗教文化渗透于各民族人民生活中的许多方面，关系到各个民族情感、民族心理、民族性格、民族精神、生活方式及民风习俗的形成与培育。“至理名言道不尽，释迦佛祖拜不完”（林周），“拜菩萨要分先后，登悬崖拾级而上”（果洛），佛祖与菩萨是佛教至圣先知，受教徒们深深膜拜；“活佛闭门静修行，佛铃清脆显智慧”（曲松），“根深的松柏枝叶茂，出色的喇嘛经法深”（黄南），活佛与喇嘛，是佛法的宣谕者；“面向东方念六字真言，真言乃是佛法的精髓”（拉萨），“平时不记念三宝，急了再念有何用”（玉树），唵、嘛、呢、叭、咪、吽六字真言与佛、法、僧三宝，是佛教度人脱厄的箴言，是引人向善的慈航。谚语中还出现不胜枚举的上师、金刚、度母、佛法、华盖、经幡、罪孽、佛经、白螺、寺院、阿卡、念珠等词语，承载着藏传佛教文化内容。

信奉伊斯兰教的回族、撒拉族、东乡族谚语中，宗教文化色彩同样浓郁。“多下五功苦[①]，少说天堂话”（化隆），“暗藏的尔买里[②]，明扬的尔扎布[③]”（化隆），“万事有个胡大哩，赛贝布个家（自己）行哩”[④]（海东），这些谚语不仅寓意深刻，而且伊斯兰教文化色彩鲜明。

综上所述，青藏地区是谚语的富矿区，各民族谚语晶莹如宝石、璀璨似明珠，多姿多彩，令人眼花缭乱、目不暇给。内容丰富、精彩纷呈；特色鲜明、功能独特。谚语中处处渗透着浓郁的民族特色和乡土气息，时时闪烁着巨大的教育意义和警示力量，传播着无穷无尽的知识和经验，亦承载着博大精深的民族文化，这些都是民众智慧的结晶，是珍贵的文化遗产，值得我们去认识、挖掘与研究。

第二节　谜语

谜语是中华民族古老文化的瑰宝和结晶之一，具有悠久的历史传统和广泛的民众基础。其属于短小的韵文类口头作品，通常用一问（谜面）一答（谜底）及猜射范围（谜目）的方式来进行展演。是一种融知识性、文化性、趣味性、娱乐性于一体的俗语。青藏地区益智助兴的谜语非常盛行，精彩乍现、别有韵致，那种“回互其辞，使昏迷也”的制谜策略[⑤]，

① 五功：伊斯兰教五项基本功的总称，包括念功、拜功、斋功、课功和朝功。

② 尔买里：阿拉伯语，指宗教功修。

③ 尔布扎：阿拉伯语，指罪恶。

④ 赛贝布：阿拉伯语，主观修为。个家：青海方言，自己。

⑤ （南朝·刘宋）刘勰：《文心雕龙·谐隐》。

时时“谜”惑着我们，那股醇厚的乡土气息也“谜”倒了我们，还有那抹雅致的文学韵味，令我们“谜”醉其中，更有那别开生面的藏族谜语让我们“谜”恋忘返。

一 谜语的乡土特征

青藏地区的谜语，有清新而醇厚的乡土气息。根据谜底所反映的性质，可将分为物谜（谜底通常是具体的事物）、事谜（以人与动物的一定动作、行为作谜底的）和字谜（以汉字为谜底的）三类。一首首物谜都是民众耳熟能详的物品，一则则事谜皆是青藏地区司空见惯的行为，数量寥寥的字谜烙上了乡土印记。物谜中的谜面语境，人皆意会；谜底物品，人所共识。当地民众日常生活的事物如生产工具、日常用具、常见的动植物、人体和服饰以及自然天体和自然现象等入谜，谜面内容老少皆懂，谜底实物妇孺尽晓。如：

生在树上，用在肩上，干活躺倒，休息靠墙。（谜底：扁担）
一个青狼，八根脊梁。（谜底：碌碡）
四方头，扁扁嘴，腰长一只眼，眼里一条腿。（谜底：斧头）
铁公鸡，木尾巴，上山爬洼劲儿大。（谜底：锄头）

谜面的构思通俗易懂，所猜之物丝毫没有费解之处。谜底是日常生产用的扁担、碾场用的碌碡、砍柴用的斧头、翻地用的锄头。民众对这些“抬头不见低头见”的生产工具，有一种特别的感情，再把这种感情移植到生产劳作而外用来制作谜语的关注上，很自然娴熟地带上了乡土色彩：

一只没脚鸡，长年不叫鸣，吃水不吃米，客来礼周到。（谜底：水壶）
尕是尕[1]，本事大，三间房子装不下。（谜底：电灯）
一个不大的尕人人，屁股里拖着根尕绳绳。（谜底：针）
一样尕大的两兄弟，好在尕媳妇肩上叽咕叽，

① 尕：甘青方言，小，含有可爱、爱怜之意。

去时摇摇摆摆，来时哭哭啼啼。（谜底：水桶）

谜面中“尕”、“叽咕叽”等词汇的使用使这些谜语的乡土气息更浓，加之这些日常用具与生活息息相关、缺一不可，以此来制作的谜语不仅彰显了地方性特征，而且有广泛的受众。其中厨房的用具关注尤甚，入于谜语：

楼台接楼台，层层接起来，上面白云起，下面红花开。（谜底：蒸笼）

一个老母羊，早起晚夕抽枯肠。（谜底：风箱）

一物不成材，请客它先来，客来它就走，客走它又来。（谜底：抹布）

一个尕天儿，下着些尕雪儿。（谜底：萝儿）

这些厨房用具是吃饭餐饮的必需物或辅助品，民众很熟悉，也经常使用。

常见的动植物亦是谜语的重要素材：

家里有个哼哼，穿的皮鞋没后跟。（谜底：猪）

高山顶上一盘磨，有人看，没人磨。（谜底：蛇）

奇巧古而怪，皮子在里肉在外。（谜底：青豆角）

父亲像虱子，儿子像罐子，长着几条绿辫子。（谜底：萝卜）

且不说“哼哼”、“奇巧古而怪”等带有鲜明的区域色彩的语言在强化地域特征，就拿这些动植物来说，当地民众对它们或形影相伴、或耳濡目染，无论是谜面涉及内容，还是谜底所指事象，都是再熟悉不过的了。

人体部位、服装饰品也常常被用来制谜猜射：

左一片，右一片，隔着山头不见面。（谜底：耳朵）

十个小孩一同耍，每人头上顶块瓦。（谜底：指头）

两口井，一样深，跳下去，齐腰深。（谜底：裤子）

一只船里五个客，晚上去了早上来。（谜底：鞋）

以天体和自然现象为谜底的：

初一、初二养下了，十四、十五长大了，
十七、十八病下了，二十七、八无常了。（谜底：月亮）
淅淅沥沥像银线，滴滴答答如珠帘，落入水中寻不见。（谜底：雨）
不是白云不是烟，盖在地上一大片，
每当太阳出了山，再也不见它的面。（谜底：雾）
画家没画线条明，染家没染颜色新，
有时有来有时无，魔术表演好诱人。（谜底：彩虹）

制谜者通过对生活的细致观察和体验，掌握了自然事物与现象的感性特点与典型表征，凭借丰富的想象力塑造这些事物或现象的形象，巧用匠心，选择的猜射对象人所共识。

事谜是以人与动物的一定动作、行为作谜底的，以反映人们多彩的劳动生活为主；以动物活动为谜底的，基本上表现某种动物的经常性动作和习性。其乡土特征也非常明显："外白，内红，铁条开门。（谜底：宰羊）。"羊肉是牧民的主要食物之一，草滩上、河水边常现宰羊情境，白色的羊皮，红色的肉块，在霍霍的刀声中被剥去、被卸下，此种情形屡见不鲜。"铁院子里一个卖马人，把马赶得东跑西跳。（谜底：炒青稞）。"游牧民族喜食的糌粑，一般是由炒熟的青稞研磨而成，在大铁锅里左拨右搅炒青稞的场景，恐怕在任何地方都没有如此酣畅。"一个尕驴顺沟走，麦子撒了七八斗。（谜底：下种）"。青藏地区的农业生产较为原始，在播种季节那种"套着尕驴儿摆着耧"的下种方式时有出现。这些事谜不仅艺术化、隐喻式地再现了常见的劳动场面，同时也散发着高原的泥土气息。

在劳动事谜中，闪烁着地域色彩；在动物行为事谜里，同样浸透着一股乡土味。"白胡子阿爷种豆儿，一撒一溜儿。（谜底：山羊屙粪）"、"一堵墙，猛跌倒，四只爪子满天绕，一把掸发满地扫。（谜底：马打滚）"。山羊边走边屙，粪蛋圆光如豆，如同撒豆，在当地人眼中多见不怪；马因止痒解乏而倒地打滚，也是习以为常。以身边事物为素材创制事谜，无疑增强了乡土地域特征。

字谜是以汉字为谜底的。这种谜语类型往往是以汉字的三要素——形、音、义为依据，利用其笔画形状、读音含义进行描摹和暗示。字谜在青藏地区的谜语中数量极少，但也并非阙如，这些屈指可数的字谜大多都是按照字形来制作：

一点一横长，撇儿撂过墙，
墙后头蹲着两只狼，墙里面“背锅”正观望。（谜底：疗）
一头牛是“尕力巴”，尾巴总是三开叉。（谜底：朱）
十字打仗八字劝，了字的腰里一鞭杆。（谜底：李）
一家四口全全坐，一个尕狗当中卧。（谜底：器）
一边又摆又摇，一边又跑又跳；
一边水里吐泡泡，一边山上吃青草。（谜底：鲜）

这些字谜的谜面用贴切形象的描摹语言巧妙地用形似、拟人、暗示等迂回曲折的方法来影射谜底，生动形象，诙谐风趣。寥寥字谜中仍能透出其乡土气息。首先，谜底都属常用字，这在汉语水平普遍不高的当地是势在必然；其次，多采用字形拆合之法制谜，这是对汉字字义不甚了解者制谜的常用之法；再次，谜面中多用当地方言，如“背锅”：驼背，此处用“了”字形似驼背制谜；“尕力巴”：指黄牛和牦牛交配所生的牛，性顽且犟；“一鞭杆”：意为打了一棍子，“鞭杆”即棍子；“全全”：有全部、四面八方围得严严实实之意。“鲜”字谜面中的“鱼”和“羊”为常见之物。如此，这些字谜中的乡土特征“撩起薄纱显真容”了，说明谜语源于对日常的生活体验，当地特色和乡土印记突出。

二　谜语的文学特征

1. 隽永雅致的短谣和韵语

谜语极具文学价值，其文学性是不容忽视的。青藏地区的谜语虽然通俗易懂，大量使用当地口语，但也有不少谜语的谜面语言表述采用短谣和韵语的形式，活泼清新，音韵和谐，内涵隽永，读之朗朗上口，很有文学韵味：

长颈大肚皮，像鸡不像鸡，身上有张嘴，
开口吃白水，闭口吐黄水。
吐黄水，吐黄水，说是美酒不醉你。（谜底：茶壶）

谜面以短谣的形式从茶壶的形状、功用等方面来曲折暗示谜底，语言流畅而富有灵性，形式活泼而有趣，在爽朗欢快的节奏中传达着隽永绵邈的意趣。

黑牛卧着，黄牛舔着，
尕媳妇儿门上搅着。（谜底：灶火）

酷似咿呀儿歌，更像嘻嚷童谣，语言无华美之辞，但简洁明快，用形象比喻和三个贴切动词绘就了一幅色彩明艳、动感十足的少妇烧火煮饭图。

有人不用它，无人就用它，
进门不用它，出门就用它。（谜底：锁）

用绕口令式的短谣，将谜底——锁的“用”与“不用”之处说得一览无余，其练达通透的语言，散发着清朗的诗性余韵；其巧妙迂回的手法，闪烁着朴素的文学火花。

生不吃，熟不吃，
前头烧火后头吃。（谜底：烟锅）

徒歌般的谣谜，用诡谲之法，体物入微，情思奇巧。短谣式的谜语，其谜面语言一般具有精练流畅、诙谐风趣的特点，其谜面内容隽永优雅且富有意境，加之众多修辞手法的使用，文学色彩很强。

用韵语的形式来制谜的谜语，其谜面如诗如歌，既形象玲珑，精巧雅致；又抑扬顿挫，合辙上韵，文学韵味十足。从结构上看，青藏地区韵语形式的谜语最常见的是四句式，每句又以七言为多。如：

小小将军身穿黄，北方壬癸水内藏，
招来南方丙丁火，烟雾腾腾在上方。（谜底：水烟瓶）
一条白蛇过长江，长江沿上放火光；
白蛇要吃长江水，长江水干白蛇亡。（谜底：清油捻子灯）
一朵鲜花头上戴，穿衣不用剪刀裁；
虽然不是英雄汉，叫得千门万户开。（谜底：公鸡）
姊妹二人一样长，梳洗打扮都一样，
酸甜苦辣千般味，总先让它尝一尝。（谜底：筷子）

这一首首咏物诗的谜面，虽然少了些诗歌的兴寄寓意，但从那新颖传神的描绘中足见其不凡的文学底蕴。尤其仿格律诗的合辙押韵，使原本情趣盎然的谜面更是锦上添花。音律回环，节奏匀称，通过同韵相押使各句语音跌宕往复，同音相应，给人以和谐悦耳的文学美感。

2. 构思和表述角度的丰富多彩

青藏地区的谜语存在有“不同谜面共谜底”现象，每一谜面的构思和表述角度各不相同，但在各自的描绘中都能透露出共同谜底的细部特征，在具体的猜射活动中，每一种谜面都能够达到“射者中，猜者胜”的目的。同一谜底有多种谜面的表述现象，体现了思维方式的多样性，也张扬了语言表述上的丰富性，而不同侧面、不同角度的构思和表述是体现语言文学性的一个主要方面。

铁公鸡，木尾巴，上山去，咔啦啦。（谜底：镰刀）
月亮姐姐，天天干活，吃起青草，比牛还快。（谜底：镰刀）
一头青牛肚子真不小，能吃九条沟里的草。（谜底：镰刀）

从镰刀割草象声词“咔啦啦”、吃草快的比喻形状、功能等方面入手来构思谜面，语言表述各不相同，但所指却是一致，具有“殊途同归”之效。

石岩上羊羔儿跳，石岩下雪花儿飘。（谜底：手推磨）

藏北的独角牛，从头顶吃青草，
从中间下牛粪，这是什么东西？（谜底：手推磨）
岩上长只角，口喷白雪纷纷落。（谜底：手推磨）
北方的独角母盘羊，噬食南方的草和果。（谜底：手推磨）

从手推磨的材质、形状以及磨糌粑时的景象等不同侧面着眼，用不同的表述语言，来隐晦折射谜底。从语言上看，有一种与生活融为一体的自然本性，不给珠玉镀金，不给鲜花着色，完全是民众的家常话、童叟妇孺皆懂的大白话，透出“清水出芙蓉，天然去雕饰”的质朴风骨。

青藏地区的谜语中“不同谜面共谜底”现象实属一种合指效应，五花八门的谜面却共同指向一个谜底，无论从哪个侧面和角度，谜底的特征，谜底与谜面之间的关联都能在寥寥几句的描绘中形象、贴切地传递出来。尽管构思方法各异，但谜面与谜底都能扣合无缝。如果没有一定的语言表述能力与多维构思是不能做到的，而多样化的语言表述和多维构思方法正是体现文学素养的一个方面。

3. 多种修辞手法的运用

为了体现谜语的浓郁的文学性，谜语制作者们积极地运用语言的各种表现手法，使谜面含蓄委婉而又不致晦涩难猜。修辞正是运用各种语言手段，充分有效地表达思想感情，成为谜语的有力工具和凸显谜语文学性的重要手段。比喻、拟人、排比、设问、描摹等修辞手法，对谜底事物的外形、内质、动作、功用以及声音、情状等属性特征进行描述，诱发猜谜者联想到与谜面描述相像的某一事物。运用修辞手法，是谜语中“辞欲隐而显”的主要手段①，也是表现其文学性的常见方式。

比喻是青藏地区谜语中使用最广泛的一种表现手法。在谜语中整个谜面是一个喻体，通过想象，把所要表现事物的外部形态或功能以另一种方式呈现出来，以彼指此，以彼代此。“东庙里，西庙里，两个尕媳妇上吊哩。（谜底：耳坠）”把两只耳朵比喻成“东庙”和“西庙”，把耳坠比作上吊的“尕媳妇”；“一个尕小伙儿，背着一捆尕条条儿。（谜底：筷笼）”把筷笼比喻为“尕小伙儿”，把筷子比喻成“尕条条儿”。这些谜

① （南朝·刘宋）刘勰：《文心雕龙·谐隐》。

面因运用比喻手法，具有形象生动、风趣诙谐的效果。

在用拟人格的谜语中，谜底是无知觉无感情的植物或没有人的言行的动物，而谜面却赋予人的言行或思想感情。“红脸蛋儿绿头发，泥里出来水里耍。（谜底：萝卜）”把萝卜人格化，赋予人的形象和行为；“凹猴脸脑蒜瓣脚，生人进来抢着说。（谜底：狗）”“抢着说”三字赋予狗以人的言行，表达准确、新鲜。

排比是用三个或三个以上结构相同或相似的词组或句子来表达相似、相关的意思的辞格。“大大的肚子，细细的肠子，长长的脖子。（谜底：电灯泡）”寥寥三句，电灯泡的主要形状特征显露无遗；“虽无双腿跑得快，虽无双手掀烟云，虽无双翅能飞天，虽无口舌叫声喧。（谜底：风）”由结构形似、语气一致的四句构成的排比，淋漓尽致地描绘了风的特性。排比使谜面前后联结，结构紧凑，文意贯通，语势强劲。

设问一般是指自问自答的修辞方式。这类谜语的谜面提出疑问，谜底就所提出的问题作出的回答。“三根肋巴百条筋，九个眼眼什么人？（谜底：耱子）”谜面的前一句陈述所要描述事物的外部特征，第二句通过一个设问来增强吸引力；“一坨圆木七个洞。这是什么？（谜底：人脸）”直接设问，提醒注意，引导思考。

描摹是摹写事物的声音、情状等的修辞方法。“铁公鸡，木尾巴；上山去，咔啦啦；下山去，嚓啦啦。（谜底：镰刀）”“卡啦啦”、“嚓啦啦”是摹写镰刀割草、砍柴时发出的声音；“大路上有个闪干闪，脖子长，尾巴短。（谜底：骆驼）”“闪干闪”是青海方言，喻高大物走路不稳、摇晃的样子，是描摹骆驼走路的情状。通过富有情趣的描摹手法，让人浮想联翩，令人如闻其声、如见其形。

修辞就是利用语言的各种表现手法来提高表达效果的。在青藏地区的谜语中用各种修辞来描述谜面，这些谜面形象贴切，不走样，不误会，恰如其分，铢两悉称，提升了语言表达艺术的境界。在暗示谜底方面努力做到意味隽永，使人在一种优雅的文学氛围里心领神会。

三　别开生面的藏族谜语

藏族谜语具有其他民族谜语的共性，也因受特殊自然地理环境和民族性格的影响而呈现出其个性的一面。别开生面、构思别致、体物入微，独具匠心及设问答疑，表现了独特的民族个性。

其一，构思奇巧，独树一帜。谜语最终目的就是为了猜射，不管是制谜还是猜谜的思维过程，都具有其独特的思维规律。制谜者为了使谜语更能体现它的独特魅力，往往另辟蹊径，努力创造出令人耳目一新的谜语作品。藏族谜语“对物体特征精练、精彩的描绘和奇巧的构思，表现了藏族人民出色的智慧和才能。其以形象、比喻、白描和意会的编写方法，使谜语妙趣横生、耐人寻味”①。

奇巧的构思和奇特的想象，都是立足于现实生活而心裁别出的。“上百个僧童，设有上百个修行堂。（谜底：青稞穗）”谜底之物是磨制、酿造藏族人民喜爱的糌粑和青稞酒的青稞之穗，谜面的设计别具一格，以“僧童”喻“青稞”，以“修行堂”喻“青稞皮”，奇妙的构思独具特色。这种别开生面的设喻构思源于藏族虔诚信仰佛教的灵感，在其民间文学作品中自然融入佛教元素，来传递民众的思想信仰和精神文化。“山顶树林茂密，山腰雾气弥漫，山麓海螺成行，两根铁管并列，一座佛塔巍峨，山后神童两尊。（谜底：头发、眼睛、牙齿、鼻孔、喉结、耳朵）”头部每个部位和器官都用一句形象贴切的现实实景来暗射，而这些实景都统领于一座葱茏、缥缈的灵山内，佛教气息浓郁，构思别具匠心。“一百个人，一根肠子。（谜底：佛珠）”谜底是常见的佛教用物，而谜面形象新奇，别有意味。

藏族过着“逐水草而居”的游牧生活，牛毛帐篷是藏族的栖息地和温暖的家，在谜语中描绘得奇巧有趣：“一头乌黑的大秃牛有 100 根鼻绳。（谜底：牛毛帐篷）”将用牛毛编织的帐篷描绘成拴有 100 根鼻绳的秃牛，可谓匠心独具；“野牛不动内脏动。（谜底：牛毛帐篷内的人）”从事物的动静角度设喻，风格独特，别有风味；“头一痛一痛，腰一疼一疼，脚一冷一冷。（谜底：帐篷橛子）”赋予帐篷橛子以人的感受，构思精巧，联想丰富，耐人寻味。

其二，体物入微，独具匠心。藏族谜语在描绘体察具体事物方面细致入微、细腻描绘，尤其对生产、生活片段特写式的描述更是夺人眼目，语言淳厚质朴、设喻新鲜别致，动词使用活脱恰切。

① 李晓丽、张冀震：《藏族民间文学中的民俗因素》，《中国藏学》2007 年第 4 期。

在台上数百个羊羔在蹦跳，从台腰下着茫茫大雪。（谜底：磨糌粑）
下面是海子，上面是雪峰，峰上飞来五只鹰。（谜底：抓糌粑）
海上有雪山，五个精灵雪中舞。（谜底：拌糌粑）
上面小绵羊在爬，下面雪花儿在飘。（谜底：用碗转着捏糌粑）

藏族喜食糌粑，谜语中将拌食的动作细化为磨、抓、拌、捏等几个主要过程进行特写镜头式的设喻和描述，明程序环节之丝毫；在蹦跳、下着、舞、飞来、爬、飘等动词之内，分轻重缓急之毫厘。这种惟妙惟肖、自然到位的动作姿态，体现了藏族民众对生活的热爱，对生活的真切体验和入微的观察。

在深谷口的洞内，白犏牛酣声如雷。（谜底：木桶内打酥油）
扁头白棍蹦跳时，白雪水分离了精和渣。（谜底：牛奶打酥油）

同样是打酥油细腻精准而又体物入微的动作描写，但其视角各异。一是侧重在木桶内搅动，突出其沉闷的回声；一是侧重牛奶的变化，凸显酥油的精华。

藏族谜语的谜底部分往往不是一个单一的事象，而是一个具体的语境，在同一语境里又有不少细化的个体事象，并且每个个体事象之间联系紧密，这是藏族谜语体物入微的主要方面。“闪耀的红光留在家里，蓝色的紫气飞向往外。这是什么？（谜底：灶内的烟火）”谜底既不是单个的烟，也不是单个的火，更不是其他场景中的烟火，而是限制在灶内的烟火，范围具体入微。其实“灶内”不仅仅是“烟火”的限制词，它也是谜底内容的重要组成部分，因为谜面中的“家里”直接影射的就是“灶内”，加之“红光”射火、“紫气”射烟，谜面与谜底扣合细密，更显细致入微；“一只铁鸟钻进洞内，一把尾毛留在外面。这是什么？（谜底：刀子放在刀鞘内）”谜底也是一个具体的语境，且只有这个谜底才是谜面最准确的回应，如果是单纯的刀子或刀鞘都不能全方位地支撑谜面，底、面密合如是，只有在藏族谜语中常能见到。

其三，设问答疑，独领风骚。藏族谜语中有一种是最引人注目的以设问答疑形式出现的问题谜，谜面是需让人解答的问题，答案就是谜底。这在其他民族的谜语中很难见到，唯在藏族生活中风靡盛行。严格来说，藏族的问题谜不能算作是真正意义上的谜语，只能是一个问题和问题的答案，然而藏族民众仍把它视为谜语，主要原因有二：一是这种问题通常出现在藏族的讲谜语场合，谜面中最后总是“不知××给×户”一句[①]，这是藏族谜语常见的一种固有格式；二是问题和问题的答案都有增长见识、娱乐逗趣之效，这与谜语的益智助兴功能相吻合。于是，这种设问答疑的问题谜作为一种特殊的谜语形式广泛存在于藏族社会生活中，并以其独特的形式在谜语领域中独领风骚。如以下谜语[②]：

阿撑撑的有九撑，不知九撑给九户。

（谜底：地撑水、水撑冰、冰撑桥、桥撑马、马撑鞍、鞍撑镫、镫撑人、人撑帽、帽撑顶）

阿笑笑的有九笑，不知九笑给九户。

（谜底：独脚人跳舞时可笑、独臂人鼓掌时可笑、独眼人瞭望时可笑、大胡须人吃酸奶可笑、头戴狐皮帽烤火的可笑、高个人跌跤时可笑、矮个人跑步时可笑、无马人扬鞭时可笑、乱发人跑马时可笑）

一匹母马有九玛，说不上九玛给九户。

[谜底：日格玛（马驹）、果玛（母马）、奴玛（乳房）、涡玛（奶子）、举玛（肠子）、阿玛（尾巴）、沃玛（睫毛）]

一只绵羊有九巴，不知九巴给九户。

[谜底：同巴（羝羊）、拔巴（皮子）、如巴（骨头）、聚巴（胫）、索巴（臂肘）、才巴（脾脏）、赤巴（胆）、梅巴（咽喉）、卓巴（肚子）]

一个大寺有九需，不知九需给九户。

---

① 藏族讲谜语时，无论人的多少，将之分为两组，一为天户组（凡能振翅飞行在天空的禽兽归天户组），另一为地户组［凡四只脚行于地面的兽类（含人在内）归地户组］。比赛时，一方提问，一方猜答，如果一方猜中，则从对方组中要回一个户，如果答不出来，则要送给对方一个户。最后以拥有户数的多少来判定胜负。

② 张宗显主编：《中国民俗大系·西藏民俗》，甘肃人民出版社 2004 年版，第 388—392 页。

（谜底：长号、唢呐、法锣、鼓、钹、鼓槌、鼗鼓、法铃、碰铃）

谜面设问，谜底答疑，形式独特，风格迥异。耐人寻味的是这些似谜非谜的谜底数量都定格在“九”上，很明显，这里的“九”并非是答案的确数，试想天下物与物之间的支撑并非只有九对，而天下可笑之事远不止这九项，完全超出作为一个数学数字的意义，带有藏族民众思想文化内涵。“藏族文化中的‘九’，既是一个民间的习俗数字，又是一个原型数字、巫术数字。”① 因而“九”作为藏族思想文化中一个神秘而神圣数字，贯穿在藏族文化的许多领域。

总之，青藏地区的谜语立足于现实，关注周边事物，重视其文学性。这不仅是青藏谜语的显著特征，其实也是谜语本身的游戏性质的需要，如果谜语所涉及的事物超越了人们的认知范围，支撑猜谜活动的基础也就轰然坍塌；如果缺乏一定的文学性，猜谜活动中所获取的快乐也就大打折扣。不论是浓郁的乡土气息，还是隽永的文学美感，都是为猜谜的主体服务，谜语的地方化是主体认知的需要，谜语的文学化是主体愉悦的需要。

第三节　歇后语

歇后语，也叫俏皮话，是千百年来我国劳动人民在生活实践中创造出的一种特殊语言形式。一般由两个部分构成，前一部分是个比喻或隐语，也称假托语，后一部分是本体，或称目的语，是对前半部分的解释与说明，也是其真意所在，前后两部分一般密合自然。通过前一部分的描述，使后一部分表示的语义形象化，并在此基础上使语言具有生动、形象、诙谐的特点。在具体运用的时候，常常说出前一部分，而“歇”去后一部分，就可以领会和猜测出它的本意，从而构成趣味横生的语言环境，故称之为“歇后语”。青藏地区的歇后语是汉语歇后语的一个有机组成部分，语言和词义两方面凸显大量方言，绚烂而有意趣。

① 林继富：《灵性高原：西藏民间信仰源流》，华中师范大学出版社2004年版，第332页。

一 歇后语类型

1. 喻意类歇后语

喻意类歇后语是用类推、联想方式而构成的，是用客观存在的或者想象中的事物设喻。只要了解喻体的性质，其喻意也就迎刃而解了。从青藏地区这类歇后语的构成模式来看，前半部分是形象的比喻，都是与民众日常生活息息相关的事物或现象，很容易让人产生联想。如：

大风里吃炒面——嘴里不来

酥油里抽毛——容易

脚底下抹酥油——溜得快

瞎熊抓哈拉——抓一个，撂一个

褡裢里背冰——前心凉到后心

这里的炒面（糌粑）、酥油都是当地司空见惯、百吃不厌的食物，瞎熊在雪域高原时有出现，哈拉（旱獭）在草原草甸经常出没；而熊对哈拉随抓随撂、褡裢里背冰的现象是当地屡见不鲜的。此类歇后语前后意义相合，关联性颇强，只要谙熟设喻中这些事物或现象的特性，其喻意一般不难理解。从表意方式上看都属直接意指，即表义直接、前后意义顺理成章，具有水到渠成般的效果。

但对青藏地区喻意类歇后语的理解并非都是“酥油里抽毛——容易”，有些喻意类歇后语的含义，在设喻时所表现的语义中除了表面义而外还有一种隐而不露的深刻喻意，若要拨开云雾，挖掘出隐喻义，作全面准确把握，还是颇费一番周折。因这些歇后语属含蓄意指（亦称间接意指），其表义犹如“浮云遮却芙蓉面”，故而只能绕个圈子方能窥其真相，了解其实质含义。

三加二减五——等于零

炒面捏娃娃——熟人儿

漏槽上的冰溜——根子在上头

没笼头的马——野惯了

鸡儿不尿尿——各有各的窍

这些歇后语的隐喻义都与字面意思不尽相同，在实际运用中通常取其隐喻义。“等于零”，并非只停留在它的字面意义，其实际含义是蕴含其间的隐语义——“一切都等于白费了”；“熟人儿”，即为特别熟悉的人；“根子在上头”，事情的真正原因在于上面；“野惯了”，一般指人长期不受约束，习惯了自由放纵；“各有各的窍”，指每个人都有自己解决问题的办法。对这些歇后语的理解，必须掌握其前后意义的关联性，不能单纯地受单个词语字面意义的语境限制，尽可能地去类推、联想其“弦外之音”，即识别其隐语义，方能理解的全面到位。这里所说的隐喻，并非是传统修辞学上的隐喻，而是现代语义学和语用学意义上的隐喻，“是一种形象的语言表达手段，其形象性的基础建立在两种事物或概念之间的相似性之上，即根据相同或类似的意义特征转用其他词语来代替”[①]。隐喻在歇后语中利用事物或概念之间的相似性，产生的是一种“言在此而意在彼”的表义效果。

另外，除了这些现实存在的事物与现象在青藏地区的歇后语中常用来设喻而外，也有相当数量的设喻是虚构的，这些歇后语中的人物、事物或现象，或在客观世界中根本不存在，或在历史、现实中确有其人其物，但却与另外一些人或事物、现象做了超常规的搭配，表现出了很强的非现实性。

龙王爷打懒展[②]——张牙舞爪

土地爷洗澡——一团稀泥

老虎挂念珠——假慈悲

鹰把鸡儿叫姐姐——哄者拔毛哩

精沟子撵狼[③]——胆大没羞

① ［德］哈杜默德·布斯曼：《语言学词典》，陈慧瑛译，商务印书馆2003年版。

② 打懒展：青海方言，伸懒腰之意。

③ 精沟子：青海方言，光屁股。

青藏地区这种超现实性的歇后语，表面上看似乎有些荒诞不经。然而，在具体的语境中人们并不觉得其怪异不可理解，相反，所表达的意义既真实又具体，人们对之不仅不打入另册，反而刮目相看。这些歇后语将非现实的事物、现象杂糅并融，大胆而奇特，常常令人耳目一新。

2. 谐音类歇后语

谐音类歇后语是用谐音双关或摹声双关的方式构成。这类歇后语，解释说明部分巧借谐音与摹声之妙，言此而意彼，一语双关。青藏地区用谐音双关的方式建构的歇后语里，常常是后半部分的某些词的一个义项与前半部分的词义相照应，这种照应同时满足两个方面：词义照应和谐音关联。

阿卡拌炒面——自有拌（办）法

黑刺树上摘枣儿——哄（红）人儿

两口子不打仗——好夫妻（福气）

田家阿奶吃糖——甜（田）上加甜

公鸡戴帽子——冠（官）上加冠（官）

利用谐音双关手法创作歇后语，在青藏地区比较普遍而且数量很多，这些歇后语或利用音同或音近条件造成谐音双关，或利用词语的多义而构成语义双关。其字面义是双关的表层义，不仅仅是语言符号本身，实际上在表达深层含义，即在特定语境下形成的“言外之意”，而这种“言外之意”恰恰又是利用谐音手法来产生，含蓄深刻，幽默风趣。

用摹声双关方式制作的歇后语虽然在青藏地区数量不多，但这类歇后语却别有情致，其表义仍具有双关性。

乡里人拉二胡——吱咕吱

癞肚瓜跳水井——噗嗵

瓦缸里倒核桃——咔啦啦

羊皮上撒豆儿——咣当当

狼老鸹鵮簸箕①——叭叭叭

① 狼老鸹：青海方言，乌鸦；鵮：音 jiān，青海方言，用喙啄之意。

这些歇后语都是采用生动形象的象声词来摹声，如果只是为了摹声，无论模仿的声音多么惟妙惟肖，象声词的运用多么贴切自然，这类歇后语仍然没有多大价值，也就没有持久的生命力。然而，摹声歇后语同样被当地人喜闻乐见，原因就是其中含有双关义，表面上在描摹各种声音，其实都在“指东说西”。这种歇后语的双关意义的形成，一方面是由象声词与其他词音同或音近之故而产生的，如“吱咕吱”即“自顾自”，“噗嗵”为“不懂”。另一方面是由象声词的方言隐喻义而产生的，如“卡啦啦”，喻人说话和盘托出，毫不保留；“咣当当”，喻对别人所说的话毫不在意、充耳不闻。有些二者兼之，如“叭叭叭”，即有“罢罢罢”之意，也喻人说话干脆利落，不拖泥带水。

3．故事类歇后语

故事类歇后语是运用民众熟悉的历史人物事迹、民间故事、乡土传说等构成的歇后语类型。青藏地区的故事类歇后语不仅意趣盎然，且大多或依据事实，或民间口碑资料而成。

基香斋不做县官——两袖清风

马步芳打球——越多越好

大老五看状子——不分上下

王滋三画人物——活着

老卜粘胎——新胎补旧胎

基香斋是指近代西宁著名诗人基生兰，字香斋，号半隐山人，时人对其诗作有“佳句读来字字鲜，清思妙意尽名篇”之誉。年轻时代的基香斋，才华横溢、抱负远大，但每每仕途蹭蹬、宏愿无成。后来只做过西宁县教育局局长、省建设厅科长等职，为人刚正不阿、清廉无私，屡遭他人忌恨与排挤。1937 年 11 月 24 日被任命为西宁县县长，而他看到当时时局混乱、民不聊生，又感到在任上不仅很难为民请命，反而有身陷污浊官场难以自拔之虞，于是对县长一职坚辞不就，当局只好在六天之后，即 29 日免除了他的职务。西宁民众敬慕基香斋淡泊清廉之举，故有此歇后语。

马步芳是民国时期国民政府西北军政长官公署长官，曾任国民政府青海省政府主席。坊间相传，有一次马步芳到军营视察，适逢军营举办一场篮球比赛。他在场外看了一会儿后，煞有介事地对陪同人员说："下去之后，给尕娃们每人发一个球，免得十几个人（包括裁判）撵着一个球跑。"就在陪同人员唯唯应诺时，一则挞伐辛辣的歇后语便应声而生，并广为流传。

大老五是马步芳的一个本家兄弟，此人不通笔墨，又喜欢不懂装懂，民间流传有很多大老五的笑话故事。说有一次，一人递状诉讼，大老五装模作样地接过状纸仔细端详。手下一人上前提醒："状纸拿反了。"大老五横眉瞪眼道："我不知道反了吗？我是拿给你们看的。"于是就有了这一风趣生动、入木三分的歇后语。

王滋三是旧时西宁地区有名的民间艺人，擅长描画人物，笔下人物往往栩栩如生、呼之欲出。这则歇后语正是这位著名艺人技艺和绝活的写照。

"老卜粘胎"的故事在乐都地区流传甚广。相传有卜姓父子两人，一天拉车到田间劳作，行之半途，胎爆气漏，俩人很着急。父亲忙让儿子回家拿粘胎所需之物，儿子很快带来剪刀、锉、胶等物，唯独缺少一块补胎的橡胶皮。父亲又让儿子到附近人家去借，儿子却两手空空而来。父亲再让儿子到附近小店铺去买，俄顷，儿子手拿着一副新胎来了。父子俩一心想补旧胎，看到急用之物，也没多想。父亲接过新胎，抡剪而裁，刹那间剪断了新轮胎。就在此时，爷儿俩顿时幡然：何必剪新补旧呢？但新胎已残，晚矣！无奈将错就错，只好以新补旧。此事一传出，这一让人忍俊不禁的歇后语也就不胫而走了。

故事类歇后语是一种较特殊的语言现象，由于历史的积淀，社会的习用，使得这种特殊的语言现象在内蕴上展示出了其独特之处：负载的文化内容深厚，折射的人文世界精彩，反映的世态人生直接。要准确理解其真意，就需要对有关历史人物事迹、民间故事、乡土传说有所了解，才能对其含义心领神会。

二　歇后语的方言特色

歇后语是汉语方言中颇具表现力的一种语言形式，结构凝练而又相对灵活，表义幽默风趣而又耐人寻味。作为北方方言母区之下的青藏方言子区，其方言独特而丰富，歇后语显得更加绚丽多彩、形象生动。青藏地区歇后语的方言性，主要体现在语音和词义两个方面。

其一，语音上的方言特色。语音是同语义密切结合在一起的，是语言不可或缺的要素之一。语音动态理论者认为，语音是运动的，是处在不断发展变化中的，语音虽然在其运动规律中不易被人们认知、察觉，但其缓慢的运动变化同样造就了语音的多样性和地域性。青藏方言中的汉语语音是一个独特的地域变体，这种变体与标准汉语语音有许多不同之处，当地人们就地利用这种独特语音创造了许多妙趣横生的歇后语。

莫三的兄弟——莫四（没事）
司马迁的著作——史（死）记
两口子拨嘴——干吵（甘草）
瘸婆娘提水——湮（溢）着哩
骆驼吃青盐——寒（咸）苦在心里

在当地汉语区或母语非汉语区中“莫”与“没”基本上没有区分，读若“冇”，发“máo”音。而“四”、“事”在方言中都发“sī”音，“史”、“死”亦音同，都发“sī”音。“拨嘴”意为吵架，当地的语音中发为“bán”音。“吵”、“草”难分，皆发为“cāo”音，“干吵”也就成了“甘草”了。“咸”在方音中大多读若“寒”，发“hán”音。通过简单的语音分析，不难发现青藏地区具有浓郁方言色彩的歇后语，不少词的发音与普通话的音色大不相同，诙谐风趣且深深烙刻着地方色彩，民众巧妙运用和创造为歇后语这朵奇异的语言奇葩增添了一抹亮丽的异彩。

其二，词义上的方言特色。青藏地区的民众有自己独特的社会生活内容、风俗习惯、文化传统、审美观念、语言文化等，表现出一些相同的、富有传承性的、具有特定含义的方言特点，且很自然地、很紧密地渗透到了歇后语的机理中。

两个麻眼儿作揖——谁见谁了
骆驼脖子牛板筋——死皮顽肉

精身上套坎肩——露两手
麻花就萝卜——干脆
十五个人喧板——七嘴八舌

在青海方言中，麻眼儿：盲人；板筋：脖子；精身：光身子，坎肩：无袖棉夹衣；就：含有动词之意，特指主食掺和其他副食一起吃；喧板：聊天。镶嵌着这些方言的歇后语愈发显得俏皮、风趣、诙谐，无论读说，倍感亲切。每一方言词都有其特定的含义，民众运用这些方言词的特殊含义和谐音，创造了不少别具一格的谐音双关、词义双关的歇后语。

三个月不下雨——寡晴（情）
六个月没下雨——半年（蔫）旱（汉）
瞎子削萝卜——胡片（谝）哩
月亮地里打手电——二亮（凉）
半夜里生娃娃——亥（害）人

上述歇后语的谐音双关很明显，无须赘述。需要指出的是词义上的两个义项，一种是属于普遍性的普通义，一种是由谐音而衍生的个别性的方言义。而这种方言义非谙熟当地方言的人是不能理解的。寡：方言义有“全、都”等义，而非寡情薄义之“寡”，寡晴者，全是晴天、都是晴天也；寡情才具有大众化的普通义。半蔫汉：方言义特指残疾人，尤指妨碍行动的残疾。“片”是方言，即“削”；“谝”亦属方言，指带有揶揄、嘲弄性的玩笑话。“二凉”的方言义专指那些行为、举止与众不同的雷人。“害人”的普通义为算计、祸害别人，方言义则是厉害人物。这些歇后语形象生动、悦耳风趣，只有精通当地方言的人才能领会其语言之韵味，寓意之精妙，否则只能是不知所云。

在青藏地区歇后语中，有一种方言歇后语妙意纷呈、异彩乍现，其解释说明部分（歇后语的后半部分）都是当地方言，而且这些方言既有人所共知的语境义，又有人所难知的方言义，两种语义结合在一起构成了歇后语中常见的语义双关。也就是这种语义上的双关性，才使这类歇后语具有了独特的魅力。

糖坊里的木锨——甜板
鸭子的爪爪儿——连手儿
麻丫头照镜子——点点儿乱
尻子后头挂簸箕——煽风
老母猪过门槛——仓肚子

“甜板”在这儿的语境义是沾了糖的木板，方言义是指无话找话或甜言奉承的人；“连手儿”的语境义是鸭子的脚趾由蹼相连，方言义则指情人、老相好；“点点儿乱”的语境义是麻子脸上杂乱无章的麻点，方言义是指人的行为放浪、作风不检点；“煽风”的语境义是簸箕带动的风，方言义则为生气；“仓”即“蹭”，“仓肚子”的语境义是门槛蹭了母猪的肚子，方言义是指人蹭饭吃。这些歇后语巧用语境中的方言义取义，表达当地方言中所蕴含的特定意义，具有鲜明的地域特色，散发着浓郁的乡土气息。

第四节　青藏地区谚语、谜语、歇后语的民俗价值

一　与生俱来的民俗属性

狭义民俗论者认为，民俗概念可归纳为四种：文化遗留物说、精神文化说、民间文学说和传统文化说。“民间文学说”的核心内容就是民俗即民间文学，如谚语、谜语、歇后语不仅有凝练的语言、深邃的思想、娴熟的艺术和较强的文学性，理所当然归入民俗之范畴。从语言民俗角度来看，谚语、谜语、歇后语分别属于语言民俗系统——民俗语言和民间文学，因为“狭义的民俗语言，是指在一个民族或地区中流行的那些具有特定含义，并且反复出现的套语，如民间俗语、谚语、谜语、歇后语、街头流行语、黑话、酒令，等等”[①]。如此，其民俗属性是与生俱来的，跳动着民俗的元素，闪现着民俗的价值，成为民俗的重要载体。青藏地区的谚语、谜语、歇后语中，很多内容涉及当地各民族礼仪民俗的待客敬客之

① 钟敬文主编：《民俗学概论》，上海文艺出版社1998年版，第6页。

道，物质民俗的服饰、饮食、居住习惯，精神民俗的征兆、禁忌思想，游艺民俗的娱乐助兴活动等。

从实践中考察分析谚语、谜语、歇后语，其民俗属性也很明显。“活佛讲道凭经典，百姓说话靠谚语”（藏族）、“经幡插到门上，谚语挂到嘴上”（藏族）、“学下谚语不用，说起话来没劲”（汉族）、“没有把柄无法抓，没有谚语无法说”（土族），不仅将使用谚语的盛况和盘托出，而且点明了“说谚语”本身就是风靡当地的一种民俗活动，“谚语以其高度的概括能力，透彻的说理能力而被广泛应用，甚至成为衡量一个人是否有口才、有学识的标准”①。“说谚语”是一种民俗时尚，谚语的益智作用成了一种约定俗成的民俗心理，“太阳的光辉能照耀四方，谚语的力量能开启人智”（海东）、“炎热能消融冰山，谚语能启发智门”（海东）、“深山猎香獐能知道路径，精辟的谚语能启示人生”（黄南）、“雷电能降大雨，谚语能启大智”（黄南），成为民众思想和认识的民俗思维定势。藏族民众甚至把谚语视为德高望重的贤者和学识渊博学者们的常用语，“骏马跑时有走手，贤者讲话多谚语”（黄南）、“谚语是学者说的，念珠是手指拨的”（尼木），或许是贤者和学者们使用谚语最具启智效果，或许是谚语已印上了人们的信仰色彩而成为一种民俗语言。不管怎么说，民俗元素已渗入谚语的肌理，其民俗属性是显而易见的。

谜语产生和展演的语境是“猜谜语”活动，这是一种融知识性、文化性、趣味性、娱乐性于一体的游戏，“游戏娱乐，是一种以消遣休闲、调剂身心为主要目的，而又有一定模式的民俗活动”②。“猜谜语”活动本身是游艺民俗的一种，谜语自然烙上了民俗的印痕。在青藏地区，这种益智增趣的猜谜活动非常盛行，俗称“猜谜儿”。无论是在宽阔的草滩上，还是在叠翠的田塍边；无论是在牧人的帐篷里，还是在农家的土炕上，每当茶余饭后，或是劳动间隙，人们总是三三两两，或合伙成群，开展“猜谜儿”活动。这项活动老少咸宜，是养性怡情、轻松愉快的大众文化娱乐活动，“就年龄结构而论，青少年很热衷猜谜语……在农村和牧区，许多老人尽管识字不多，但他们却能背出许多谜语，这些老人除了相互间

① 李晓丽：《藏族韵文体民间文学中的民俗因素》，《青海民族研究》2001 年第 3 期。

② 钟敬文主编：《民俗学概论》，上海文艺出版社 1998 年版，第 366 页。

做猜谜语游戏外，还常与孩子们做这项游戏”[①]。“猜谜儿”不受时空限制，只要有空，在任何时间、任何地点都可进行，这种游艺民俗活动是全民性、大众化的，也是经常性、普遍化的。不难发现，“猜谜儿”通常引领着当地民间谜语的传承，也为当地谜语创作提供了诸多便利。谜语因“猜谜儿”活动而佳作纷呈，“猜谜儿”活动因谜语而经久不息，二者互为依托，民俗气息十分浓郁。

生动活泼、幽默俏皮的歇后语属俗语的一种，而俗语是最具魅力的民俗语言，由此，歇后语的民俗属性不是后天的赋予，而是天生就有。

二　字里行间的民俗内容

青藏地区的谚语、谜语、歇后语不仅具有与生俱来的民俗属性，而且在字里行间承载着丰富的民俗内容，所反映的风土民情信息，几乎成了一抹耀眼夺目、挥之难去的亮丽风景。在一首首充满智慧和经验的谚语里，“民俗学者可以在这里进行民俗的考察……”[②]；在一则则益智助兴的谜语中，时时弥漫着风尚习俗的气息韵味；那一条条俏皮风趣的歇后语内，动辄荡漾着世俗人情的波轮涟漪。民俗的信息和元素构成了青藏地区谚语、谜语、歇后语中一股永远流淌的音符，其民俗内容主要体现在礼仪民俗、信仰民俗、物质民俗和游艺民俗等方面。

“礼”是中国思想的核心，“俗”是民众生活的习惯，“礼缘人情而作”[③]，一语道破了“礼源于俗”的事实。“礼”与“俗”是难解难分的，“礼”不仅是一种文化现象，而且也是一种民俗事象。“礼”一经产生，其内容渗透在社会生活的各个方面，千百年来一直被人们恪守遵从，所谓“旧礼旧规，动弹不得”（民和）、“礼多人不怪，油多菜不坏”（海东）就是如此。热情好客是青藏地区各民族民众的共同性格，谚语中向来就有待人以礼的传统，“众友是自己的交往，好客是民族的习惯”（海东）、“有好吃的应让给客人，有好穿的应留给家人”（海东）；在接待客人时有“当家要仔细，待客要风光（意即大方洒脱）”（大通）、“藏家来客酒肉

① 张宗显主编：《中国民俗大系·西藏民俗》，甘肃人民出版社2004年版，第387页。

② 王毅：《略论中国谚语》，载苑利主编《二十世纪中国民俗学经典》（史诗歌谣卷），社会科学文献出版社2002年版，第125页。

③ 彭林：《中国古代礼仪文明》，中华书局2004年版，第14页。

待，就餐之前先供祭”（黄南）的传统，去人家做客则有“东家不热客不热”（平安）、“尚未进门之前，切莫敲打房顶”（洛扎）的规矩。同样的待客之道在谜语中多有反映，“一个黑丫头，来了客人钻灶火。谜底：烧茶的砂罐”。过去农村来客时常用砂罐熬茶以待，酽酽的一罐茶，飘出的是主人浓浓的情意；“一只没脚鸡，长年不叫鸣，吃水不吃米，客来礼周到。谜底：茶壶”。客来一壶茶，是当地待客中必不可少的礼节；“一物不成材，请客它先来，客来它就走，客走它又来。谜底：抹布”。请客待客，首先用抹布将桌椅擦洗一番，让客人在清洁干净的环境中品茗饮酒，在明窗净几中尽享宾主之欢；“客人来，炕上爬，客人走时柜上爬。谜底：炕桌”。暖烘烘的热土炕上，放置炕桌，摆上茶酒，款待客人，待客人离去，炕桌放回柜上候用。看似平常的几则谜语，实质上蕴含着礼貌待客的民俗内涵。“背搭手作揖——礼行在后”、“两个麻眼儿作揖——谁见谁了”，两则歇后语幽默俏皮的背后，散发着传承古代“士相见礼”的典雅气息。

青藏地区的谚语、谜语、歇后语中含有许多佛教信仰、神灵信仰、预知信仰和禁忌等事象。“洁净的人成活佛，污浊的人下地狱”（扎囊），因果报应，善恶分明，虔诚的佛教徒对此笃信不疑；“华盖、经幡、花穗，是为宣扬佛法而高举；竹笛、丝弦、花鼓，是为悦耳娱人而鸣奏”（玉树），神圣的法器，庄严的仪仗，使佛教徒虔敬的心灵得以感悟和升华。神灵是一种超自然的神秘力量，主宰着宇宙万物和人间祸福，在民众的意识信仰中，神灵各有其位，各司其职。门神和灶神是民间最为熟悉的神祇，或掌管寿夭祸福，或负责驱邪守家护院，因而有了“门神打灶神——窝里斗”歇后语。门神是张贴在门上的具有祛邪除恶、祈福致庆的神，住所只在门上，根据这一信仰习俗，民众创作了“沟蛋上贴门神——人走神也走”的歇后语①。生育之神在青藏地区有广泛的信众，如西王母、送子娘娘、送子观音、子孙娘娘等，皆为女性神。民众求子祈孙，一般要到这些女神庙宇去顶礼膜拜，而“老爷庙里求子——走错了门”这一歇后语，虽然多了些戏谑打趣的成分，但深层意蕴中并不排除对神灵的信仰，是逆向反映的生育神信仰。

---

① 沟蛋：青海方言，屁股。

“预知信仰是根据自然现象和人的行为表现来推测事物未来或人的命运如何的一种巫术行为。”① 而征兆是预知信仰的一种主要形式，在青藏地区的谚语中蕴含了不少征兆型的预知信仰，如“心急哩眼跳哩，家里必定有事哩”（湟源）、“天上乌鸦盘旋，地上恶讯即传”（玉树）等。禁忌是一种没有神灵观念的原始思维活动，属于信仰习俗。民间俗信认为，若犯禁忌，必将招致灾祸，许多“不洁物”和“神圣物”都带有“不可触摸、不可侵犯”的禁忌色彩，母鸡打鸣等怪异现象也是非常忌讳的，由此而产生了“母鸡叫鸣怪着气，婆娘当家驴犁地”（海北）一类的谚语。回族、汉族民众甚至在路上捡到帽子也是讳莫如深，“拾了帽往后撂，拾了鞋往怀里揣”（西宁、海东）捡帽犯禁忌，拾鞋交好运，相同的行为，不同的信仰，民众的信仰思维耐人寻味。

物质民俗包括人们的衣饰、饮食、居住等方面的风俗习惯，不仅外化于民众物质生活、民族传统，而且也内化于民俗语言中。青藏地区不同民族不同的服饰民俗，是民族服饰文化最鲜明的标志，“白布汗褟青夹夹，多是循化尕撒拉”（撒拉族），撒拉族男性喜穿白衬衣（即“白布汗褟”）和深色马甲（即“夹夹”）；“热脱夹衣冷穿袄，背心一年不可少”（回族），这是回族讲究实用的季节时装；“花袖子的衣服瞅着好看，跳安昭的人活着舒坦”（土族），土族人的服装领口、袖边多带彩条花纹；“衣裳款式大的好，皮袍袖子长的好”（藏族），豪放的藏族爱穿长袖宽袍。各民族的衣服款式各具特色，并在装饰上各有异同，“破褐衫上莫放虎皮领，破毡袄上莫饰水獭边”（土族）如果用逆向思维的话，土族崭新的褐衫与毡袄上有饰虎皮、水獭边的传统；“狐帽是男人的装饰，珊瑚是姑娘的装饰”（藏族），同是装饰，但男女有别，头戴狐帽的藏家汉子配以凛凛宽袍，愈发英武伟岸，饰以贵重珊瑚的藏族妇女有款款“波拉”相搭配，更加婀娜多姿。男女衣着装饰不仅有差异，而且穿法也不一样，一般是男性衣袍略过膝盖，而女性衣服几乎拖在地上，所谓“男穿一杆旗，女穿扫地皮”（湟源）是也。“绵羊筑成城，牦牛关上门，黑暗宫殿里，关了五个人。谜底：藏靴。”谜语中暗含藏靴制作就地取材，大多是用牛羊皮或牛羊毛做成的皮靴和毡靴；“藏民穿皮袄——露一手，留一手”的

① 叶涛：《中国民俗》，中国社会科学出版社2006年版，第141页。

歇后语，表面义直陈藏族民众穿皮袄时往往露出右臂的习惯。

饮食是人类的天然本能，继而又附着了大量的文化色彩，形成独特的饮食民俗。饮食种类和饮食方法与当地的物产资源、自然环境等因素有很大关系。青藏东部农业区盛产洋芋（马铃薯），是当地的主食之一，故有“洋芋是个宝，顿顿离不了”（湟源）的谚语。藏族的膳食更具独特的民族特色和地域特色，包括糌粑、酥油、酥油茶、牛羊肉、曲拉（奶渣）、青稞酒等食物，能产生很高的热量，有很好的御寒作用。在饮食搭配上，形成了“肉和糌粑同吃，有茶有酒同喝”（岗巴）独特的饮食习俗和传统。经常饮茶能去腥除腻，帮助消化，“腥肉之食，非茶不消；青稞之热，非茶不解”（海南）便道出了其中的真谛。“海上有雪山，五个精灵雪中舞。谜底：拌糌粑。”谜语绘声绘色地描绘了拌糌粑的情境；“锅锅灶里的洋芋——要焐”，这则歇后语揭示了洋芋的一种原始做法，先将“锅锅灶”（野外挖的土灶，上面磊上小土块）烧个通红，然后把洋芋连同灶上面热得通透的小土块一起均匀地放入灶膛中，封上灶门“焐”（烘烤）一段时间，打开即食，皮脆味美，一个“焐”字切中洋芋这种特别做法的肯綮。

自古以来，民众对自己栖身之所的结构、设施等特别重视，形成了别具一格的居住习俗。青藏地区的民居主要有庄廓和帐篷两种，庄廓是农区常见的四面由墙围成的正方形民居，围墙就地土夯而成，墙内房屋多为土木结构，“没有土打不起墙，没有木头盖不起房”（湟源）的谚语，便揭示了庄廓的这一结构特征。帐篷是牧民的居所，以简易、便捷、实用著称，“牧人的帐房虽简陋，视同国王的宝库”（定日），编制一顶帐篷，如同汉人筑盖三间瓦房一样艰辛，此谚道出了牧人的心声。栖身之地一定要有安全感和舒适感，这既是人的本能需求，也是人的经验智慧，“水线上坐不得，崖根里站不得”（化隆），庄廓不能坐落在“水线”（水容易经过的地方）上，是出于安全考虑；“窗子向北开，阳光从南照”（乃东），缕缕阳光经由北开的窗户入室，增添了室内暖意和亮度，从而也使居住者更加舒适愉悦。“一个黑山羊，杂杂草儿都吃上①。（谜底：炕洞）”，庄廓内习惯睡火炕，炕洞里多煨马、牛、羊粪和各种柴屑草末，炕洞周围常

① 杂杂草儿：青海方言，各种杂草碎末，晒干后用来煨炕取暖。

受烟熏火燎之故而漆黑黏糊，谜语以黑羊吃草喻草末煨炕，形象通俗地表达了睡火炕的习俗；“炕洞里煨毡——毛（冒）着了”，这则歇后语的创作思路也是建立在当地的煨炕习俗上。

游艺民俗主要包括讲唱、表演、游戏和竞技等的民俗活动，这些民俗内容和事象在青藏地区的谚语中多有反映。河湟地区流行著名的平弦和民歌“花儿”，每当农闲时节老人们聚在村口路边弹唱平弦，年轻人们则在野洼山坳处尽情漫“花儿”。“兰州的鼓子，西宁的赋子，陕西的乱弹（即秦腔），民和的少年（即民歌“花儿”）”（回族）；在“会走的就会跳舞，会说的就会唱歌”（班戈）的藏族中，不仅人人能歌善舞，而且对唱歌跳舞有一种特别的理解，“俊杰有七种歌曲，少女有八种舞姿”（尼木）、“唱歌跳舞是人生的精神良药，爬山摔跤是人生的健康食量”（日喀则）。藏族喜射善骑，这种由古代战争遗留下来的射箭和马术衍化而为体育竞技广传扩布，“渡河要有渡口，射箭要有技艺”（果洛）、“赛程太短人小看，不善马术人耻笑”（玉树），体现当地藏族重视射箭和赛马等大型游戏竞技习俗。

三　民俗研究的重要资料

万建中博士指出：研究作家文学的方法、视角、观点及理论等均可纳入文艺学学科，但由于民间文学不仅是艺术的、情感的、鉴赏和审美的，更是历史的、社会的、民族的和传统的，因此“对民间文学的研究则是民间文艺学难以单独胜任的。民间文学本身的特质远远超越了文学本身，它为各种人文社会科学的研究提供了可能”①。民间文学的民俗属性及其民俗内容也为民俗学科的研究提供了许多可能，民间谚语、谜语、歇后语是民族思想和心理的表现，包括仪式制度、地方风俗、宗教信仰等诸多内容。凡欲研究地方民俗者，皆可从当地的谚语、谜语、歇后语中撷取不少可资利用的资料。在一定程度上，谚语、谜语、歇后语是民众生活的百科全书，是了解民众生活的一个窗口，也是反观民众习俗的一面镜子。

青藏地区的谚语、谜语、歇后语本身就是习俗文化的一部分内容，但包含的民俗容量大、民俗信息周全，能够较为全面地勾勒礼仪民俗、信仰

---

① 万建中：《民间文学引论》，北京大学出版社 2006 年版，第 98 页。

民俗、物质民俗、游艺民俗等民俗领域的基本轮廓。“民俗事象遍布语言海洋的各个角落，某些早已消亡的旧习古俗，也还深藏语海之中。”[①] 谚语、谜语、歇后语还或多或少地遗留下一些有助于我们更清楚地认识过去一段时间所存在的民俗文化，不仅唤起了对历史的记忆，而且为研究民俗变迁提供了有力的证据。

① 钟敬文主编：《民俗学概论》，上海文艺出版社 1998 年版，第 307 页。

第十章

交流篇:青藏地区民族民间文学的交流

第一节　青藏地区民族民间文学的交流与特点

一　青藏地区民族文化交流的传统悠久

青藏地区的文明对中华文化的形成发展做出过重要贡献。虽然这里的地理环境相对封闭，但各族民众与外界的经济和文化学习与交流从未中断过。远古至公元7世纪初，以羌人为主的游牧部落向东、北和东南发展迁徙，与中原黄河流域农耕文化、北方草原文化、四川盆地巴蜀文化、云贵高原滇黔文化密切联系了几千年，在“玉石之路”、“麝香之路”上，将麦类作物的培植、牛羊牲畜的饲养以及砌石建筑技艺，还有昆仑玉石、名贵中药麝香等源源不断地输出的同时，把自己的古老宗教、神话传说播散到各地。从“禹兴于西羌”而成治理水患圣人的神话传说、《山海经》所记西王母形象及司职、《穆天子传》所记周穆王西行昆仑山会见西王母，《后汉书》所记春秋时期西羌崛起等历史文化记忆来看，青藏地区民族民间文学的繁荣发展，与精英阶层和民间大众与周边他民族多向交流的悠久传统分不开的。

公元7世纪到公元9世纪是青藏高原统一安定的时期，与外部文化交流呈现繁荣局面。吐蕃王室相继与唐朝文成、金城公主通婚，与吐谷浑、突厥汗庭联姻，与南诏结盟，文化的多向交流深刻地影响了青藏地区社会发展进程。高原的马牛羊、皮毛畜产品和土特产与中原的茶叶、丝绸布匹、铁质产品的交换不曾中断，即后世所谓“茶马贸易”一直持续到近代。吐蕃文化中的妇女装扮、打马球体育运动等传入长安。安史战乱后吐蕃将陇右、河西走廊和安西四镇纳入统治范围，敦煌成为当时汉藏文化、中外文化交流的中心区域，故此20世纪初发现的敦煌各种文献中，大量汉藏文写卷居多数亦属情理之中。当我们翻开由著名学者王尧、陈践践整理翻译的《敦煌古藏文历史文书》、英国人托马斯整理研究的《东北藏古代民间文学》时，弥漫的仍然是高原与祖国内地文化交流的气息。吐蕃王室尊崇佛教，作为佛教的强有力施主和推行者，在与苯教的消长竞争中，总是站到佛教立场上予以支持。在广建寺院和剃度僧人的热潮中，遍请中原汉地、大食、西域、天竺学者翻译佛经，翻译医学典籍，使创制的藏文得以规范使用和推广，青藏地区的建筑艺术、绘画雕塑、天文历算、藏医药学和文学空前发展。以后的四百年中，尽管有战乱纷繁、教派林立、政教合一错综复杂的局面，而与中原内地的文化交流未曾中断，河湟唃厮罗政权的文化就是直接承袭吐蕃文化而发展的；阿里古格王朝应请阿底峡入藏，维系了与印度佛教文化的联系。故此，藏族民间故事大量的佛教“因果”、“轮回”意识，史诗《格萨尔》说唱中对众佛、众菩萨的歌颂祈祷和对大梵天王的信奉，民歌中“茶叶”、“锦缎”、“缠头回民”要素的体现，都与周边多样性文化交流传统有关。

公元13世纪以后，多民族国家的统一促使青藏地区与周边的文化交流日益密切，具有划时代意义。元明以来，藏区地方及土司政权，或得到中央王朝的扶持而建立，或掌握区域政教权力后得到中央王朝的承认和支持。地方上层僧俗首领手中都有中央王朝颁赐的敕书印章，作为行使权力的凭证；教派高僧转世、地方世俗首领承袭，须得到中央王朝的批准和承认才是合法的。这一时期生息繁衍在青藏地区的藏族、汉族，与蒙古族、土族、撒拉族、回族等民族共同构成了多民族分布格局，推动了多民族文化的交融与繁荣发展。人才迭出的藏族学者在翻译佛经的同时，撰写了高水平的学术著作，从萨迦派的萨迦五祖开始，保留于世的个人文集著作在200种以上，内容涉及哲学、佛学、语言学、历史学、工艺学、藏医药学、绘画学天问历算学和文学，文学包括作家文学和民间文学在内，这些学科中很明显地看到高原与中原内地文化交流的深刻影响。

随着人员盛况空前的互动交流，中央政府设置驿道和驿站及差役征发制度，唐蕃古道承载了新的使命，僧俗、贡使、商队等奔走穿梭其中，络绎不绝。民间故事讲“从前，日喀则城里有位贩运茶叶的商人，他年年跟随去康定的商队，赶着成群的骡马，历尽种种艰难险阻，到遥远的康定城去经商，用后藏雪花一样洁白柔软的氆氇，换回汉地黑金子一样的沱茶和砖茶"①，即是这种双向交流的真实反映和艺术反映。喇嘛高僧进京时带有几千人的庞大队伍，号称八大呼图克图僧人进驻北京，备受皇室礼遇，多方面接受了汉文化。仅以音乐而言，藏传佛教寺院举行法会时演奏的乐曲曲目中就有五台山汉传佛教的乐曲《五台山》，清代宫廷的《万年欢》、《月儿高》等乐曲，还有汉族的云锣、笛、管、笙、鼓等演奏乐器。这些乐器除了用以宗教活动演奏外，一些寺院的僧人们还为藏戏演出配乐演奏，深受藏族民众的喜爱②。高原藏文化大规模外传，北京的香山、圆明园，承德的避暑山庄、山西五台山、杭州等建有藏传佛教寺院，今北京的白塔寺、北海公园的白塔、颐和园的千佛阁、雍和宫，作为北京古建筑的象征，都和藏传佛教有关。蒙古族信奉了藏传佛教后，藏传佛教文化浸入了内外蒙古、新疆，甚至发展到了俄罗斯伏尔加河两岸，藏文经典、建筑绘画、造像艺术、音乐舞蹈，《说不完的故事》、《格萨尔》史诗等随之传入并影响这些地区。

二　各民族民间文学交流的条件

其一，历史上民族迁徙移动使民间文学成为一种文化记忆和标识。民间文学是存活在民众口头的具有鲜活生命力和恒久艺术魅力的文学，随着民族迁徙和文化的动态传播，民间文学也会由故乡流布到新的生活区域，以书面的或者口承的形式继续存活，并产生持久影响。由于民间文学在新的社会生活环境中自身不断调适的需要，因此在语词、情节、人物、主题甚至体裁方面发生了变异。

《尚书》中"窜三苗于三危"的记载可谓是上古先民的文化记忆和"神圣的叙述"，古史传说中言：地处江淮的三苗集团在和华夏尧舜集团的争战中失败后，被尧舜强制性迁徙于三危。这虽然被后世演绎成历史化倾向的内容，但也至少说明中原文明已经影响或波及华夏西部边缘，并以

---

① 廖东凡等搜集整理：《西藏民间故事》第一集，西藏人民出版社 1984 年版。

② 赵宗福：《西部多民族民间文化的代表作：青海花儿》，载《青海花儿大典·综述》，青海人民出版社 2010 年版，第 4—5 页。

文化记忆方式传承。治水英雄大禹出生于西部羌地，继承父辈遗志从黄河上游积石山开始治理水患，沿河水向东，导川凿山，疏通河道，万众一心，历经了千难万险，终于完成了治水事业，其“历十三年，曾三过家门而不入”的美德和敬业精神千百年来被人们久久传诵。羌人东迁中原，甲骨文、《竹书纪年》、《诗经》等不同形态的文献都有记载，因跟随大禹治水的群羌主力，有相当部分留在了今陕西、河南、山东等地区，与周王室关系密切。周王朝建立后为报答羌人在周革殷命关键时刻的鼎力支持，周王室分封了诸多姜姓诸侯国，如吕国、申国、许国等。于是，羌人固有的神圣昆仑山信仰、河水崇拜等文化带到了内地，成为中原文化的一部分，泰山被当成了昆仑山，庞大的“蟠桃会”民俗活动盛传不衰。研究者认为“东方以泰山为昆仑山的仙乡信仰，也是与古代羌族有关”①。这是民族民间文化交流的必然结果。与此相同的春秋战国之初，羌人族群大规模向横断山脉区域外迁，是一次青藏地区文化的大量输出，今藏缅语系的许多民族如彝族、纳西族、普米族、哈尼族、白马藏族等属古羌人支系民族，在心灵深处仍然有着祖先源于昆仑山的文化记忆，不仅保留有与青藏地区相似的信仰和习俗，而且适应当地文化环境，形成多姿多彩的昆仑神话母题情节的的神圣故事，昆仑山成为众多民族之根源的文化标识。此外，撒拉族“骆驼泉”的族源故事、青海汉族来自“南京珠玑巷”移民传说，都有寻根问祖的文化追寻情结，更有民族文化标识和文化记忆的意义。

其二，民族文化的自身发展需要汲取民间文学养料。青藏地区各民族杂居相处，始终保持着“和而不同”的民族特性，在相互间的亲善和睦往来中，总是善于吸收他民族精华文化，从他民族优秀的民间文学作品中吸取养料来丰富本民族的文化。以青海世居民族土族为例，其人口 23 万余，明清以来一直处在“汉土杂居，番夷环处”的地理环境中②，与周围的汉族、藏族、回族等错杂而居，逐步形成三个不连片的区域，一是以互助地区为中心，辐射至大通、甘肃天祝、永登诸县，这是土族最密集的聚

① 王孝廉：《绝地天通——以苏雪林教授对昆仑神话主题解说为起点的一些相关考查》，《黄山高专学报》1999 年第 5 期。

② （清）梁份：《秦边纪略》卷 1《西宁卫》。

居区。二是民和三川，三是同仁吴屯地区。被土族学者吕建福称为“孤岛”民族。受历史地理等诸多因素影响，决定了土族文化是一种在其民族形成起，不断吸纳融和古代鲜卑文化和汉族、藏族文化基础上，凸显其民族个性的复合型文化[①]。

清代的土族风俗，在《皇清职贡图》曰：乾隆初期，西宁县土民“所居距城五十里。男毡帽布衣。妇盘发戴红布箍垂缥覆额，中贯铜簪系以珊瑚、水珠，衣裙间亦多以玉石砗磲缀之，裹足著履，与东沟等族番妇相似”。东沟正是土族聚居的中心区域，“男戴白羊皮帽，著长领褐衣。妇女以红布为额箍，上衔砗磲，后插银铜凤钗数枝，杂垂珠石。衣裙俱用红绿布而裙与衣齐，裹足著履”[②]。

民国年间，土族衣着服饰、民间信仰等依旧传统，变迁不是太明显，妇女最大的变化是“土女子一律天足，概不裹绕，因此健而敏捷，勇于劳动”[③]，随着女子裹脚陋习废除的潮流而身心得以解放。《互助县土人调查记》记载女子服饰道：“一衣五色俱备，头饰有名簸箕头者，一名马鞍撬头，两耳带银装大环，项下系细小红白珠两串，缀于耳环，脑后带银髱如小碗状，项上带一大圈，饰以海螺灯颗之类。”但土族信仰习俗深受藏族和藏传佛教影响：“信仰佛教，每一户中弟兄有二三人者，必择一清颖者送入寺院为僧。忌讳亦最多。每一村落，于庄之中央或路口，盖一四方出角之小亭，中挖深坑，围多数之小泥佛于中，然后用土块将亭之四面砌起，谓之‘奔坑’。奔坑者，一万佛爷之意也。每逢月之朔望日，必立亭之外面，煨柏香，以表敬信。又各家于院之中央及门楼上，立一长约丈余的木杆，上挂白布，满印番经，名曰‘嘛呢旗杆’。又于山顶最高处或丘壑间，垒成四方高台，约六七尺，上立木椽，成四方形，空其中而乱置石头柳梢木棍鸡羊毛等，名曰‘毛吉’，又名‘嘛呢大确’。其用意谓能镇地方而避冰雹之灾，亦即补风水而保佑地方也。每月之初八、十五两日，在此等地方必煨香以表敬信。”土族的婚礼习俗颇具本民族特点：“婚嫁时，男先赴女家亲迎，既入门，拜堂礼节，新妇入厨下。凡女家亲属同赴

---

① 吕建福：《土族史》，中国社会科学出版社 2002 年版，第 530—531 页。

② （清）傅恒等：《皇清职贡图》卷 5，载景印版文渊阁《四库全书》史部·地理类。

③ 顾执中、陆怡：《到青海去·互助》，上海商务印书馆 1935 年版，第 354 页。

男家宴，或居场院，或居庄院，围一大圈，唱番曲（俗名道拉），商议彩礼。彩礼则牛羊马匹不等，衣服多以粗布与褐为之"①。

《皇清职贡图》、《互助县土人调查记》所记载的两段文字，是反映清代、民国时期土族精神信仰、服饰装扮、婚姻仪礼习俗等社会民俗文化的最基本内容。土族语言属阿尔泰语系蒙古语族，吸收了许多汉藏语言词汇，部分民众兼通汉语和藏语，日常生活中使用汉文和藏文。又笃信藏传佛教，据民国年间的调查，互助土族聚居地建有佑宁寺、却藏寺等上百座寺院，民和土族建有慈里寺、文家寺等20余座寺院。同时保留有"跳神"原始宗教、供奉"神箭"祖先崇拜等原有信仰。作为民族外化标志的服饰，男子喜白色，女子则喜绚烂靓丽，从清代到民国年间以来基本上没有大的变化。土族婚姻仪礼习俗及其《婚礼歌》是与他民族交流的典型产物，更是催生民间文学的平台。婚礼歌内容丰富、包罗万象，既是对上述内容的直观描述和生动诠释，又是土族社会历史、精神性格和心理气质、审美情趣的表现，更是接受藏族和汉族文化深刻而持久的客观反映。在娶亲仪式中唱的《安昭曲》赞美新嫁娘服饰时唱道：

阿姑的头上多好看，镶边的帽子亮闪闪；阿姑耳朵上多好看，白银的耳环亮闪闪；

阿姑脖颈上多好看，绣花的领子亮闪闪；阿姑的肩上多好看，七彩的袖子亮闪闪；

阿姑的身上多好看，锦缎的长袍亮闪闪；阿姑后腰上多好看，丝绸的带子亮闪闪；

阿姑腰腿上多好看，粉红的裙子亮闪闪；阿姑的脚上多好看，绣花的腰鞋亮闪闪。

歌中以民歌特有的重叠反复的章法，每一句用"亮闪闪"词语，把精工细作的镶边的帽子、白银耳环、绣花的领子、锦缎的长袍、七彩袖子、丝绸带子、粉红的裙子作了烘托，极力渲染新嫁娘身着"亮闪闪"服饰的

① 米海萍、乔生华：《青海土族史料集·互助土人调查记》，青海人民出版社2005年版，第312—313页。

华贵雍容。当新嫁娘的改发仪式结束后，接着进行“罗木托罗”即度经卷仪式。举行此仪式特别隆重严肃，堂屋柜上依次放着一部经卷、一枝柏香、一升粮食、一撮羊毛、一碗奶子、一包茶、一把筷子和一盏清油神灯；地下放着一张方桌，由新娘的弟兄们从闺房中用白毡将姑娘抬到堂屋面朝外地放在方桌上，姑娘的母亲面朝里地坐姑娘身后。纳什金在院中唱《罗木托罗伊姐》：

手拿一部经卷叫吉祥，当姑娘返回娘家时，所有经卷都齐全。
手拿一枝柏香叫吉祥，当姑娘返回娘家时，神佛旨意都齐全。
手拿一升粮食叫吉祥，当姑娘返回娘家时，家中的粮仓都装满。
手拿一撮羊毛叫吉祥，当姑娘返回娘家时，成群的羊儿满山岗。
手拿一碗奶子叫吉祥，当姑娘返回娘家时，成群的奶牛卧满圈。
手拿一撮茶叶叫吉祥，当姑娘返回娘家时，上百包茶叶家中放。
手拿一把筷子叫吉祥，当姑娘返回娘家时，家中楼房盖满院。
手拿光明神灯叫吉祥，当姑娘返回娘家时，家庭和睦人丁旺。

每一段都是程式化的词语重复出现，祝福出嫁姑娘嫁到婆家还是回到娘家都充满吉祥、家庭和睦、富足康宁。在形式上遣词用语不避重叠，都是三段式的。在音乐上，吸收了藏族鲁体民歌的体式和音乐调式，节拍强弱分明规整，重音的反复基本上与节拍的周期性再现一致，音乐风格轻盈跳荡，核心音调的反复频率高。在内容上，“经卷”、“柏香”吸收了藏族信仰成分，“茶叶”、“筷子”要素是汉族的文化内容，“粮食”、“羊毛”、“牛奶”则是土族农牧生活的内容。

习惯上，娘家人中舅舅为大，在宴席上是最尊贵的客人，故而特有礼敬舅舅、尊崇舅舅的欢迎仪式，以营造祥和隆重气氛。在迎接女方亲朋好友和娘舅的《迎舅爷》歌中，依然是程式化的语言，用“满车子的金银”迎接北京城里的舅爷，用“成捆子的丝绸”迎接兰州城里的舅爷，用“成垒子的茶叶”迎接西宁城里的舅爷；用“珍珠般的粮食”迎接古鄯驿（民和地方）的舅爷，用“雪白的哈达”迎接卡的咔哇寺的舅爷，用“酩馏酒”迎接官亭街的舅爷，用“香表明灯”迎接文家寺的舅爷。歌中唱叙有汉族、藏族和土族舅舅，有俗人和僧家舅舅，有北京城里舅舅和本地舅舅，迎接舅舅的见面礼也各有不同，实际上是借迎接姻亲舅舅光临之机，迎接姻党乡邻和八方宾朋，凡是有交往的汉藏民族朋友视为嘉宾，以最真诚的敬意和最高规格礼仪接待。整个行文用词重叠反复，句式层层推进，烘托出欢迎舅舅时的热情洋溢、礼貌周全、豪爽真诚、落落大方。在婚宴上有专门答谢新娘母亲的仪式，《谢娘恩》歌唱道：

远古时期盘古出世，开天辟地留了天地；
伏羲女娲出世，留了人间的婚姻；
三皇圣人出世，遗留了忠孝节义；周公先生遗留了礼仪。
喜今日花好月圆，说起天恩好报，香烟明烛顶礼膜拜。
说起皇恩好报，上粮纳草精忠报国。说起娘恩实实难报。
……

所唱内容自然融洽，铭刻入心，完全是按儒家伦理体系所整饬编排的历史序列，说明种种礼仪是从遥远的三皇圣明继承而来，答谢娘家母亲是在尽人子之道。用土语演唱的《人生包罗天地歌》、《混沌年代歌》、《三皇五帝歌》、《纲常从德歌》、《三教明主歌》、《十二属相歌》、《二十八星宿歌》、《六十花甲子歌》、《二十四节气歌》、《二十四孝歌》，全是以借用儒教道家祖师来起兴，将汉族历史文化和认识自然社会的基本知识、传统文化，完全融为土族文化的一部分。汉族固有的“忠孝节义”思想观念和纲常道德，浸润积淀为土族自我行为的规范，贯穿成为本民族人伦精神的文化内核，这种精神一旦定型为一种至高品格的价值取向，便是土族立身处世、道德行为的模式，并通过婚宴特殊平台加以倡导和发扬。亦可窥和汉族广泛交往、汉文化影响深刻之一斑。其他如《喜庆歌》、《十二大财歌》、《八宝罗汉歌》、《父母亲友歌》、《八洞神仙歌》、《五劝人心歌》、《阿丽玛》等，主要是人生经验、感性知识和内心情感的自发吐露内容，与回族宴席曲比较相似相近。《留运气歌》、《安昭歌》、《唐德格玛》一唱三叹、委婉细腻，节奏舒展自由，节拍变化频繁的句式章法和音乐曲调，有着蒙古族民歌的风味意蕴。

作为民间文学的婚礼歌，体现了土族民众的国家观与家庭观、交友观与财富观、幸福观与婚姻恋爱观等。其中许多儒家传统文化的观念，转化成土族民众能够理解的方式，用本民族喜闻乐见的形式表现出来。这是一种自发自愿自觉的民间文化交流，按照本民族的生活习俗、审美情趣、思想愿望和艺术传统，有选择地进行改造或再创作，使他民族的民间文学作品被本民族所接纳和喜爱，形成特色鲜明的本民族文化，也丰富了本民族文化的内涵。这是作为处于强势他文化之中的“孤岛”民族对自己内部文化进行调适、自觉吸收先进文化的必然行为，又是将汉民族农耕文化、藏民族游牧文化纳入土族由游牧转向农耕文化的自我调适行为，使河湟地区民间文化交流呈现出“我中有你，你中有我”的复杂形态之一。

其三，随着宗教文化的传播交流，宗教徒借用民间文学来推广宣讲其说教。季羡林先生指出：“每一个宗教，每一个学派，都想利用老百姓所喜爱的这些故事，来达到宣传自己教义的目的，来为自己的利益服务。”[①]斯言是也。宗教徒惯于利用通俗的民间文学形式和内容手段，来推广和宣传其宗教教义是有深厚传统的。宗教信仰是一种社会意识，从其诞生之日起，就与民间文学结下了不解之缘。宗教徒便利用民众口头创作习惯和创作模式进行传教布道，许多宗教经典中掺杂和保留着大量的民间文学。《圣经》中保存着关于世界形成、人类起源的故事，至今《诺亚方舟》、《和平鸽与橄榄枝》等故事难以忘怀，被搬上银幕、制成动画片，突破了宗教与世俗的藩篱、跨越了语言人种的界限，深受世界各地人们的喜爱。在《古兰经》中也有许多神话传说、历史故事、民间寓言。如《阿丹与哈娃》、《人祖阿丹》故事源于《古兰经》，是解释人类起源的神话，在传播时则按照回族的民族意识和价值判断加以创作。《穆罕默德与蜘蛛鸽子》、《蜜枣儿的传说》等是对伊斯兰教创始者穆罕默德充满敬意和崇拜之情的人物传说，很难区分哪些是宗教的，哪些是历史人物故事的。《登宵的来历》说的是穆罕默德 52 岁时某天夜里从耶路撒冷“登宵”遨游七重天，见了古代的先知、天堂和地狱，黎明前返回麦加，以后每年的伊斯兰教历太阴年七月七日为“登宵节”，形成伊斯兰信徒在夜间举行礼拜的习俗。由此，神奇的圣人故事随着宗教的流播深入人心，渗透融入所有伊斯兰社会生活与文化。

类似情景在佛教中比比皆是。佛教僧侣把深奥难懂、枯燥乏味的佛教

---

① 季羡林译：《五卷书・序》，人民文学出版社 1981 年版，第 1 页。

教义，借助民间文学样式和内容进行通俗化宣讲传播，在传教过程中，对原生态的民间文学作品作了补充加工和润色，不仅使作品涂抹上浓浓的佛教色彩，而且把宣扬佛祖功德、因果报应、六道轮回教义，作了易懂、吸引人的诠释，《方四娘宝卷》、《孟姜女宝卷》情节曲折，人物形象丰满，最唯心的解释是人有前世今生的因果报因，趁机劝人心善，乐善好施，积福积德，皈依三宝，方能脱离苦海。使面对人生在世苦难多欢乐少，甚至一辈子辛苦无欢悦现状的底层民众，宛如醍醐灌顶，在听取故事的同时接受了佛教思想。

《佛说盂兰盆经》中叙述佛陀弟子目连拯救亡母出地狱的《目连救母》故事，在中国各地流传甚广，曾经是各种图画和戏曲创作常常使用的题材。敦煌发现的目连救母变文就有十六则，有《大目干连冥间救母变文》、《大目犍连变文》或《大目连缘起》、《大目连变文》等。目连之母青提夫人，家道富足，然吝啬贪婪，儿子却具善心且极孝顺。青提在儿子外出时，无念子之心，宰杀牲畜以享口福，更有打僧骂道等不修善之举，死后被打入阴曹地府，受尽苦刑惩处。孝子目连为救母而出家修行得神通，在地狱中见到饱受苦痛的母亲，心中不忍又无计可施，祈求于佛。佛陀教目连于七月十五日建盂兰盆会，终使母亲脱离地狱进入天堂。这个以宣扬佛教教义为主体的故事口耳相传，从西晋流传到现在，皆以劝人向善，劝子行孝，以供僧佛功德、救度亡故之父母为主旨，很受民众重视。目连救母故事一直是中国民间最受欢迎的佛教故事之一，衍生出七月十五设盂兰供养十方僧众以超度亡人的佛教典故和盂兰盆节、鬼节、亡人节、中元节等流传至今的名目，盂兰盆会已成为中国民俗文化的一部分。

青海现存的目连故事，有戏剧本《目连宝卷》、说唱本《目连救母幽冥宝传》两个手抄本①。目连戏还作为一个地方剧种被收入《青海省志·文化艺术志》中。说唱本《目连救母幽冥宝传》分上、下两卷，上卷《目连求道访明师》，下卷《刘氏开斋堕地狱》。开篇为一首《西江月调》：

世间善恶两类，果报看来无偏。

① 霍福：《青海目连手抄本述略》，《青海社会科学》2006 年第 3 期。

暗室衾影细究研，神灵刻刻窥鉴。
造孽多遭凶报，积德可列仙班。
报应远近甚显然，丝毫不漏半点。

对整个故事主题定了一个以宣讲佛教思想为主的调子。这对于精神生活单调贫乏、生活在社会中下层各族民众而言，听故事、看戏剧是一种精神上的极大满足和享受，调适了心理，娱乐了心身，极为通俗地接受了佛教的基本思想：人生苦难，脱离苦海，生念善心，诸恶莫作，乐善好施，与人为善，度自己也度众生，放下屠刀立地成佛。皆往一个“一年四季风雨调顺，百花开放万类和宜，产物丰收果实甘美，人人长寿毫无疾苦，又无任何灾难，人心皆为大善”的安乐世界。此番说教易于接受，施财供佛、修建寺庙是功德，接济穷人、慷慨慈善是功德，再把佛的事迹编成故事、歌谣、宝卷、戏剧、道情到处宣扬，也是功德。

手抄的戏剧本《目连宝卷》发现于民和麻地沟供奉地藏王菩萨的能仁寺，共十卷:《白云犯戒》、《员外上寿》、《父子从军》、《天仙送子》、《员外下世》、《刘氏开斋》、《青提归阴》、《目连出家》、《阴曹救母》、《刀山地狱》。该寺组织演出目连戏。据民国年间的《民和县风土调查记》载:“麻地沟，在城西二十里，三年演剧一次，会集人民，商贾云集，自正月初一日起至十五、六日施行，架木为高山，高三丈余，两面各缚马刀六十把，俗称刀山会，上山者刘氏夫人、黄风鬼，刘氏上两次，黄风鬼上一次，人皆观之，似有奇异。”据爱好民间文艺学的民和县文化馆干部杨正荣老人的调查，以“发慈悲观音度生，行孝道目连救母”为主题的戏剧，在1907年演过一次。1917年正月十五日踩台演戏，演八天阳戏、七天阴戏，八天阳戏包括正月十五日开幕演起太白金星登台，从东南北三游记说到《西游记》，由《西游记》引出来，再由变文《目连宝卷》引出正题。故事宣扬人生是苦，只有信奉佛教才能得到解脱的思想。佛教进入中国本土化后，援儒入佛，将孝道作为其伦理道德的中心来宣扬，目连戏自然充当了佛教思想传播的媒介，目连由原来的佛陀弟子形象，演变成一个身披袈裟的儒家模范孝子，自然获得民众认可与接受。以民间文学方式宣讲佛家教义收效甚大，佛教坛场不断扩大，信众陡然激增。目连救母的故事在民间代代流传，其本身就是中国文化与南亚文化交流的产物。能够在麻地沟这样偏僻的山村寺院保存完整的民间剧本，并在当地各族民众中盛传，不能不说是佛教徒宣讲佛教教义的“功德”。

总之，历史上不同时期民族迁徙（群羌、鲜卑、蒙古族等）、商品物资的流通（丝绸与香料、茶马交换）、和亲会盟的政治交往（文成公主、金城公主嫁与吐蕃赞普）、宗教的传播和普及宣讲（伊斯兰教、道教、佛教）等多种因素，促进了青藏地区民族文化包括民间文学的交流，期间既有民族间相互的交流，又有各民族杂居共处的相互交流和共同创作的交流。

三 民族民间文学交流的特点

其一，从交流形式上看，许多民间文学作品呈现模式性与类型性特点，世界性的民间故事类型《灰姑娘》、《怪孩子》、《云中落绣鞋》等在青藏高原各民族中多有流传。一般而言，民间文学不是个性化的个人创作，而是一种汇聚群体智慧、传承集体审美观念和价值取向的集体性作品，同一个母题的作品流传在不同民族时，就有一种约定俗成的定型化思维模式，即在作品形式上大同小异，尤其是带有情节的叙事性民间故事作品尤为突出。根据其情节大同小异变化，作一些母题（情节单元）排比就会发现，青藏高原各民族之间的交流，常见的大致有两种情形。

一种是故事的基本内容和情节基本相同，只有人名、地名和生活情景不同。《狗耕田》型故事（A－T503E），有汉族的《狗娃犁地》、《吹牛皮》、《打阎王》，土族的《黑黑与白白》、《兄弟俩拾黄金》，蒙古族的《兄弟分家》，藏族的《破铜锣》，撒拉族的《宝葫芦与两兄弟》、《兄弟俩与水牛》，回族的《耶其目与老牛》等[①]，在从事农耕民族中流传较广。基本情节是：哥嫂害怕弟弟长大后同他们均分遗产，便以“人大分家，树大分杈”为借口，只分给弟弟一点财产，如分得一条狗或一头老牛、一只鸭子，或干脆把弟弟赶出家门去。故事中的兄嫂都是自私、贪婪而霸道之辈，弟弟贫穷、善良而又乐于助人；弟弟的狗（牛、鸭）一再创造奇迹，使弟弟交上好运，而让心术不端、贪财爱占便宜的哥哥嫂子吃尽苦头。虽是一种带有象征性的夸张叙述，但将同情善良、鞭挞邪恶的主题思

---

① 耶其目：回族使用的阿拉伯语，孤儿之意。

想传达与人们，具有道德伦理的警示作用。

青藏地区世居民族蒙古族、撒拉族、土族语言属阿尔泰语系，汉族、藏族、回族等属藏汉语系，不同的语系、不同的民族，由于生活在同一自然条件环境中，有相同的农耕牧业经济，就有一些相同或相近的民间文学现象，在创作中就会引起大体相似的联想，创作和流传中的口头性特征又使各民族形成趋于相似的一些习惯表现方法。故事的结构大多有对比式、三叠式、连串插入式；在叙述上，有固定套语，很多故事都采用散韵相间的方式。

另一种是在叙述类民间故事中，其情节基本相似或相近，也有一些变异，但在叙述中展示了各民族的风情习俗。《狼外婆》型故事（A－T333），有土族的《蟒古斯》，撒拉族的《吃人婆》、《朵得日姬阿娜进月亮》，回族《吃人婆的故事》，汉族《野人婆的故事》、《三姐妹的奇遇》等。这些故事的情节基本相似，内容描述凶恶的狼精装扮成和善的外婆来看外孙，欺孩子年幼无知，三个孙子（孙女）识破后逃到门外，用智谋治死狼精。这类故事也有些变异，汉族的讲老母亲在给耕地的父亲送饭路上被野人婆吃了后，到田里把老父亲也吃掉了，晚上再到家中骗孩子，只有最小的妹妹门扣尔打开了大门。野人婆命令大姐门担尔捻一疙瘩毛线蛋儿，二姐门闩尔烙一个大锅盔馍馍，门扣尔燎一罐酽奶茶。半夜里小妹被野人婆吃掉了，大姐二妹机智地跑出房门，躲在门口的大杨树上，当野人婆用绳子慢慢爬到树上时，被一只嘴衔火炭的乌鸦烧断了绳子将其摔死。好心的邻居们赶来帮助，把她俩分别许配给两户好人家做媳妇。回族的故事是复合型的，说老实善良的媳妇提着一罐子米汤和一篮子酥盘回娘家[①]，半路上遇到野人婆，野人婆套问出家中男人出远门，只有三个年幼的女儿情况，哄骗这个媳妇给她捉头上虱子为由吃掉了媳妇，又吃掉了最小的姑娘，大姑娘、二姑娘设法逃脱，用石磨盘砸死了野人婆。野人婆死后变成一堆红玛瑙，被一个过路的小货郎捡起来装在箱子里，野人婆得以复活，最后在一位白胡子老人的指点下，把野人婆烧死在铁锅里，野人婆的骨灰埋在深坑里长出了浑身带刺的荨麻。

“全能博士型”（A－T1641）即《猪头卦师》型故事在青藏地区各民

① 酥盘：青海方言，回族走亲串友作礼物的蒸馍。

族中流传很广，有多个异文，情节基本相同，变异性大量存在，这是高原各民族民间文学交流的又一典型。藏族的《猪头点验大师》、《榻塔加玉》、《做梦成真的孩子》、《陶匠走运》、《卦师》、《赌棍丈夫》，土族的《梦先生》、《猪头算卦》，汉族的《张五儿打虎》，撒拉族的《梦先生》等，都是用滑稽可笑而带有几分喜剧的叙事手法，讲述主人公是一个出奇懒惰而胆小的穷汉子，在妻子的巧妙或无奈安排下外出见世面，却接二连三地碰到好运，并靠猪头作为“法器”做梦卜卦，有了“全知全能”的能耐，并神奇地、偶然巧合地应验，骗取人们的钱财，被视为“活神仙”而名利双收，展现了一个民间普通人物的生活。

流传在墨竹工卡县的《做梦成真的孩子》里，贫穷的母子俩全部的家当只有两床破烂的被子和一个空箱子，母亲每天要饭，聪明的儿子打猎，偶然间射中的一只鹤落在公主院子里，公主满足了他需要的粮食、肉和酥油等让他回家，他把鹤煮在锅里，把食肉装进空箱子睡着了，结果好梦成真，要啥有啥。接着做梦把国王丢失的骏马、金印找回来，得到国王重赏，之后故意摔倒碰破鼻子，说做梦成真的嗅觉不灵验了，国王给他很多财产不再去做梦了。流传在海北藏族自治州的《卦师》讲懒汉是一个还俗喇嘛，用法铃、法鼓器物装模作样地打卦，在意外巧合中成了神通无比的卦师。流传在海南藏族自治州的《梦先生》，梦先生是个不成器的赌棍，偶然间赌赢了一大笔钱、找回岳丈家的大母猪、皇帝的玉玺后，被皇上封为朝廷做官的“梦先生”，终因国王误听他本国没有战事谎言却被邻国打败而丧了性命。流传在民和土族自治县的《猪头算卦》里，好吃懒做的卜东意外地看见富人家失落的东西，于是在装模作样卜卦前，先要求提供一个熟猪头、三碗油搅团和一罐酽奶茶，待吃饱睡足后，把啃光的猪头壳串在擀面杖上，嘴里念念有词地找回富人丢失的宝石戒指、治好土司小姐的病，寻找到国王王冠上的镇国宝珠，当国王赏赐他金银钱财，并封他为侯以后就不再算卦了。撒拉族的《梦先生》是个复合型故事，有个从小没有父母的尕娃，跟着刻薄的兄嫂生活，得了腿疼病。一天他告知嫂子后晌有雨不要晒粮食，嫂子不信结果粮食被大雨淋了。哥哥问原因时，尕娃就说做梦梦见的，哥哥贪财，要求弟弟多做梦挣些钱。尕娃被逼无奈假装做梦，事先心中有了数，再煞有介事地假装做梦，便找到了有钱汉的鹰、县太爷的马、皇上的夜明珠，被招为驸马。汉族《张五儿打虎》中的主人公张五儿，是个晚上解手都要媳妇做伴儿的胆小鬼，一次梦醒后到市上扯了三尺白布，上写“一次消灭一千多敌人的哪吒”几个字后挂在竹竿上，骑马去闯荡江湖，结果意外地降服了卧虎山上落草为寇的兄妹二人后，声名大振，被派去除虎害。他在远处看见老虎时，吓得爬上了树顶，老虎跑得太猛碰死在大树上，张五儿吓得从大树上掉下来正好掉在死虎身上，恰巧成了在众人和媳妇面前神气十足的“打虎英雄”。这一连串可笑又可怜的“梦先生”故事，让人捧腹大笑，具有茶余饭后闲聊的娱乐性，从笑声中感悟为人要真实、劳动致富的教育意义。

从这些故事中，可以看到青藏地区各民族之间交流是长期而普遍的，并存在相互交流影响和相互借用现象。在吸取他民族民间文学时，总是根据本民族的生活习惯、理想愿望进行加工改造，使故事中的叙述语言、人物形象、自然景物和社会风俗带有鲜明的地域特色。

其二，从交流内容看，各民族有许多相同或相近的思想情感。由于历史上藏区政教合一的封建农奴制度长期存在，社会财富被少数统治者攫取挥霍，农牧民遭受的压榨剥夺空前绝后，始终处于被压迫被奴役的地位，生活极端贫困，丧失生产积极性。许多民间故事真实而艺术地再现了这一残酷事实：

相传几百年前，江孜城出了一位美人，名叫藏姆布芝。布芝姑娘的阿爸死得早，她从小就跟着织氆氇的母亲，过着冰一样清贫冷寂的日子。在那个世道里，富人家里有了美人是宝贝，穷人家有了美人是祸害。头人长官要来欺负，流氓恶棍要来诈骗。

（藏族）《布芝姑娘》

从前有个财主，他的土地像蓝天一样大，他的牛羊能盖满三座山岗，他的房屋像彩画一样华丽，他的钱财自己也数不清。可是，他从早到晚都在盘算，怎样叫别人破产，自己更加发财，弄得白天吃不下饭，晚上睡不好觉，瘦得像工布森林里的老猴子。他的隔壁，是个小水磨，住着一个看守水磨的姑娘。这个姑娘日子艰难极了，每天早晨只有一勺糌粑面，中午也只有一勺糌粑面，晚上呢，只能喝一碗糌粑糊糊汤。身上穿的，与其说是衣服，不如说是一块遮羞的破布；鞋子补巴贴着补巴。

（藏族）《银子和歌声》

有个财主很刻毒，对家里扛活的长工饿了不管，渴了不问，这还不算，想办法在长工们的那点工钱里左盘右算。

（汉族）《巧治李剥皮》

故事中把剥削制度下那些剥削者的贪婪无厌、剥削的诸多手段刻画得入木三分、淋漓尽致。而众多的苦情花儿、《四辈阿哥上工来》、《十二月长工歌》等生活歌谣，《方四娘》多民族叙事诗等，民众对于自己在不公社会下所遭受的沉重苦难、生活的艰难辛酸亦多有直接反映。

俗话说，百善孝为先，《尔雅》曰："善父母为孝。"汉儒文化对于"孝"的诠释，一是"孝"所涉及的对象，指家庭中儿女与父母的伦理关系，儿女对父母的"善"、"养"，最终使父母能"享"，就是孝；二是"孝"为家庭道德规范的最高原则和最集中表现的人伦理关系准则，随着社会的发展、演进，又成为一种社会道德规范，《春秋左传》载"孝，礼之始也"。《孝经》言："夫孝，德之本也，教之所由生也。"孝是中华传统道德的本源之一，也是中华道德文明之肇始。以反映家庭人伦"孝"为主题的故事歌谣在各民族中多有交流和影响。土族深受汉文化影响，在喜庆宴会上用土语演唱汉族广为流传的《二十四孝歌》，"董永卖身葬父"、"王祥卧冰"、"丁兰刻母"等汉族的一个个孝子故事在土族民众中广为流传。其他民族中也有众多正面孝子形象而加以赞扬，回族的《噗噜噜》讲的是儿子为了治好妈妈的病，不惜变成"噗噜噜"（鹦鹉）寻找水葡萄；撒拉族《佣人媳妇》说的是儿媳妇为了顾家给别人家当佣人做饭，每天和面后不洗手，赶紧回家搓下黏在手上的面，给婆婆煮汤吃。她的孝心感动真主，赐予一堆金子。蒙古族《两个儿子和母亲》讲述的是，一个受老妇人宠爱的亲生儿子当上大臣后，嫌弃自己的老母还派手下去杀害，而她百般虐待的养子做了大臣后不计前嫌善待她，使亲儿子悔过，一起赡养老母。这些故事在描写与孝相关的人物关系时，形象地告诉什么是子女事亲家庭伦理关系的孝，栩栩如生地展示出一幅幅孝敬孝顺画卷，使人们懂得怎样去尽孝。相反，《为了一口破锅》、《白石头疙瘩》对那些不孝的子女，用计谋给予惩治和道德抨击。

四　汉族民间文学对少数民族民间文学的深刻影响

汉族民间文学对兄弟民族的影响，从体裁到内容，主要有以下三个方面。

一是谚语。流传于各民族中的比较简练而且言简意赅、多数反映农耕生产实践和生活经验的谚语，很多都是受汉族影响而广泛地传承于各民族口头之中，观察气象的经验总结谚语："蚂蚁搬家蛇过道，明日必有大雨到"、"朝霞不出门，晚霞行千里"；在生产实践中总结出来的农事谚语："清明前后一场雨，强如秀才中了举"、"湿种麦子干种豆，胡麻种在泥里头"、"牛要圈，羊要赶，马打河滩不要管"；为人处世、接物待人、治家治国等方面的："人不可貌相，海水不可斗量"、"良药苦口利于病，忠言逆耳利于行"、"若要人不知，除非己莫为"；激励人们珍惜时光、奋发学习的："世上无难事，只怕有心人"、"一寸光阴一寸金，寸金难买寸光阴"；勤于稼穑、劳动为立身之本、劳动光荣的："七十二行，务农为强"、"没有大粪臭，哪来五谷香"、"地里有黄金，只怕无勤人"、"买卖人不离铺，庄家人不离地"；万众一心、团结就是力量的："大家拾柴火焰高"、"一根木头容易折，成捆木头折不断"等，经过了岁月洗礼成为各民族共同享用不尽的精神财富。

二是歌谣。河湟地区汉族的皮影戏、社火唱词、民间小调、平弦、越弦、倒江水等深受河湟各民族喜爱。社火是民间文化娱乐活动的一种形式，又是民间文化融文学、音乐、舞蹈、戏剧和美术于一体的综合艺术，明清以来在河湟各地盛演不衰。清末《丹噶尔厅志·风俗》载："时民间演出社火，如龙、狮、灯、船、罗汉、拉花之类，喧阗城市，游人亦颇杂沓，约三点钟之久，不三更而人散灯熄矣。"社火小调的曲旋律悠扬，唱词雅俗共赏，生活气息浓郁。《四季歌》、《五更鼓》、《八洞神仙》、《酒色财气歌》、《九九图》、《十道黑》、《十盏灯》、《十二个月》、《孟姜女》等格调优美，气氛浓烈。带有故事叙事情节的《绣荷包》、《织手巾》、《放风筝》、《茉莉花》、《菜籽花儿黄》等在中原内地流行的民间小调，依然在青藏地区传唱，并被回族、土族吸收为宴席曲、酒曲。

三是民间故事。前已所述了许多"灰姑娘型"、"怪孩子型"等类型的汉族民间故事，这里特别要说的是纯汉族的民间故事依然流传，如

《沈万三宝库的钥匙》、《巧说与实说》、《张横百忍得金人》、《聪明大嫂》、《会作三句半诗的人》，皆是汉族移民至青海的口头文化记忆。《巧说与实说》是讲贫穷的三兄弟靠给财主放牛为生，秋收开始了，财主带给他们的午饭是一罐清拌汤，不料一只狼追羊群，一只羊踩到石头，石头滚落砸烂汤灌，拌汤渗到地里，只留下烂菜叶子，三人饿得急慌慌，抓起烂菜叶子就吃，老大把菜叶和麦芒一同吃下去被卡住嗓子，老三急忙拔了一把豆叶子给老大吃，才把麦芒咽下去。老三无奈告辞两个哥哥流浪至边关，立了军功做了官。几年后老三叫来哥哥，设宴招待。老大实话实说："小时候我们弟兄三人放羊，羊踏翻石头，落下来打烂了菜汤罐罐，我们弟兄三人用手抓着吃洒在地上的烂菜叶，日子过得苦啊！"老三在众人面前听了很不是滋味，就把哥哥赶紧打发回家。老二见状就拍马屁说："想当年我们弟兄三人在边关打仗时，狼将军追起了羊将军，羊将军踏翻了石将军，石将军打烂了罐州城，跑掉了汤员外，我们弟兄三人每人放出了五只虎，活捉了菜将军，当时大哥得了卡食病，兄弟我邀来了豆将军，就把大哥的病治好了。"老三听了很高兴，给了老二许多银子。这与南京地区流传的关于朱元璋小时候与伙伴们放牛，偷煮豆子吃的《活捉豆将军》故事内容十分相似，只是人物有变异而已。《会作三句半诗的人》讲述者是一个偏僻村庄 65 岁的农民，与数年前《民间故事》杂志刊登过以《秀才三句半》为题的故事，其情节内容非常相像。《聪明大嫂》属巧媳妇故事，亦出自僻远山村农民之口，与在 1955 年通俗读物出版社出版的《中国民间故事》第一集的《聪明的大嫂》内容情节完全一样。这是汉族移民到河湟后，保留在口头的文化记忆内容之一，也被各民族民众所享用，在汉族影响下，创出了富有本民族特色各类民间文学。又如受汉族《天目山三道士》、《三个光棍儿得宝》影响，藏族创作了《三个猎人》；受《东郭先生和狼》的启发，藏族的《老虎》（还有数篇异文）广为流传。

从这挂一漏万的故事可见，汉族移民青海对高原的社会文化推动和发展贡献颇多，他们把中华民族优秀思想传统中的精神内核和价值观念移植而来，并以口头流传的方式继续保持和展现出来，灵活运用于日常生活和生产实践，又以强势劲头影响周围兄弟民族，在某种程度上，印证着中华文化"多元一体"的丰富性和百川纳入大海的向心力。

第二节 蒙古族和藏族的民间文学交流

一 青海湖畔蒙藏民族的民间故事交流

众所周知，青海省名是以境内“青海”湖泊而得名，青海省的行政疆域即以青海湖为中心而划分。在上古神话故事中，青海湖被认为是西王母居住的瑶池仙境。青海湖在古代的文献典籍上有“西海”、“鲜水”或“鲜海”之称。在藏语中称“错温波”，蒙古语称“库库淖尔”，皆为“青色的海”、“蓝色的海”之意。先秦时期青海湖一带属于世居在此的羌人游牧部落卑禾羌的牧地，所以又叫“卑禾羌海”，汉代也有人称它为“仙海”，从北魏起正式称名为“青海”。青海湖畔蒙古族史实传说有：统一青藏高原杰出领袖固始汗应西藏达赖喇嘛邀请进军青海与拉萨、擒杀反对藏传佛教格鲁派的却图汗《固始汗的传说》；遭官兵不断追击而被迫逃亡柴达木盆地、最后当上左旗翼王爷的《丹津洪太吉的传说》；聪睿老人特木尼替藏王松赞干布迎娶文成公主不幸被挖去双眼关进牢房，又幸运地被机智儿媳妇搭救的《特木尼的故事》。普通人物传说故事有：赞颂心地善良、助人为乐的摔跤手拉其布《库尔鲁克旗摔跤手拉其布》，贫困潦倒却专爱抱打不平、与王爷头人作对、机智战胜那达慕大会上阴险都统王的大力士齐力毕《齐力毕的传说》。为人智慧却怀揣私心的莫日根台蒙《莫日根台蒙的故事》，是藏族噶尔·禄东赞故事传入蒙古族中人物变异故事；聪明人经受种种考验最终当上盟主的《青海二十四旗盟主格吉根》等。能工巧匠传说故事有：不畏强暴的铁匠噶尔巴《甲乙噶尔巴的传说》，妙手回春、解除病痛的草原曼巴《来自海心山的曼巴》[①]。

《青海湖的形成》等解释性故事，充满了神奇的想象，是蒙藏民间文学交流的产物之一。相传很早以前青海湖地方是一处富饶丰美的牧场，中有一口盖着石头的泉眼，人们到这里取水后必须盖好石块。一位名叫赤雪嘉姆（意为葬送了万户牧民的女王）的女王，装满水桶后却因粗心大意忘记盖上石头，淹没了牧场，吞噬了万户牧民，幸有一位巨神（异文中或者是救苦救难观世音菩萨）发现，顺手劈了一座山头压住了喷水的泉

① 曼巴：藏语医生之意。

眼，使整个大地避免了一场洪水灾难。这个故事在后来继续发展和变异，说吐蕃大相禄东赞为松赞干布迎娶了文成公主之后，受到朝中奸佞的无端诬陷与迫害，被残忍地挖去了双眼，他只好带着小儿子向东逃难，父子二人来到青海湖草原上，因口渴难忍，小儿子揭开盖在泉眼上的石盖取水后，却忘记了盖上石盖，结果泉水滔滔不绝喷溢而出。恰在这时一位佛爷得知此事，一个巴掌从印度劈来一座山头，压住了泉眼，避免了整个大地被水淹没的危险，但溢出来的水就成了浩瀚的青海湖。

更有意思的是，这个变异的故事流传到蒙古族民间，又变成了蒙古族睿智者特木尼为吐蕃迎娶了文成公主后，遭到吐蕃人的妒忌和诽谤，被赞普挖掉双眼，只好带着憨直的儿子向蒙古人居住的东北方走去，结果憨儿子泉中取水忘记盖上盖子，泉水溢溢，幸好有位蒙古族高僧路过此地，情急之下，把青海湖北边的一座山头顺手掌劈过来压住水眼，这就是现在的海心山。可是还有一个邪教女魔王，也劈了一座土山扔了过来，企图打翻海心山，让溢出的洪水继续泛滥，但其法力不够，土山在中途散落了，变成了青海湖西南边凸进湖中的一绺沙滩。

环湖草原水草丰美，自古就是游牧民族世代繁衍生息的乐土。风光旖旎的青海湖与这样神奇的故事联系在一起，从表面上看，似乎解说青海湖名胜的形成与特征，实际上反映了环湖地区蒙藏民众对草原乡土的热爱及美好愿望的表达，对忠贞人物的爱戴和对奸佞小人仇恨的伦理道德观的评判。而且在解释中说成是佛与恶魔斗法取得胜利的结果，其中虽然不乏有佛教徒们宣传教义、弘扬佛法的一种宣传，但多少年来人们乐于信奉，代代相传，使原本自然风光优美的青海湖，增添了一抹浓重的人文色彩。民众把祖辈们世代居住的地方大加神圣化，以期找到能够护佑繁荣昌盛本民族的神灵依靠，在崇拜和感恩中得到心灵的慰藉。

蒙藏民族民间故事的交流，不仅仅局限于此。藏族著名《尸语故事》，随着藏传佛教而传播到蒙古族中间。蒙古族把《尸语故事》称呼为《喜地呼儿》，意为“魔法尸体的故事”。蒙古文《喜地呼儿》用回鹘体蒙古文和托忒蒙古文两种文字写成，以手抄本形式流传，有 30 多个版本，有 3 章、13 章、21 章、26 章等不同章节本，据陈岗龙博士研究，26 章本的最为流行。故事中讲：王子偷学七个魔术师的魔法，却受到魔术师兄弟的迫害，边与魔术师斗法边逃回家，一直斗走到那甘珠纳喇嘛（佛教高僧大德龙树大师）修炼的洞口，那甘珠纳喇嘛施法把王子藏在佛珠里。魔术师兄弟追至洞中，要求喇嘛把佛珠交出。喇嘛把王子变的佛珠含在口中，其余的佛珠撒在地上变成了谷粒，魔术师七兄弟变成七只公鸡将要啄食谷粒时，王子从喇嘛嘴里突然跳出来打死了这七人。王子杀生害命罪莫大焉，为了赎罪，答应那甘珠纳喇嘛的要求去尸场背回一具魔尸，用来点成黄金，使世人活到一千岁。背魔尸时必须保持沉默不开口说话，否则背不回魔尸。但魔尸在背回的路上讲了很多动听诱人的故事，王子忘了禁忌忍不住说了话，魔尸便迅速逃回原地，王子只好重新去背。如此反复了很多次，魔尸也讲了很多故事。这种连串插入式故事倍受蒙古族民众的喜爱，并有种种变异，加入了巴拉根昌、阿古登巴等蒙藏民众喜爱的箭垛式机智人物故事。其具体的传播方式，则是由“喇嘛文人的翻译开始流传到蒙古族中的”[①]。

二　藏族《格萨尔》与蒙古族《格斯尔》

著名的英雄史诗藏族《格萨尔》和蒙古族《格斯尔》，都是在广大蒙藏民众中广为流传的说唱体艺术作品，其历史悠久，结构宏伟，卷帙浩繁，内容丰富，都是世界文化史上最为杰出的鸿篇巨帙。几个世纪以来，无数游吟歌手世代承袭着史诗的吟唱和表演，是中国多民族民间文化持续交流、持续发展和多民族共享口头的文明结晶，亦代表了古代藏族、蒙古族民间文化与口头叙事艺术的最高成就。两大史诗故事发生的地点、主要人物以及某些人物称为及故事的主要情节基本一致，两个民族代代敬仰的英雄格萨尔和格斯尔，都从天界降生人间，肩负着铲除危害人类的妖魔鬼怪、拯救人类于水火的重大使命，经过多次出生入死的战斗，最终降伏妖魔，使百姓过上了安宁生活。

研究者认为，史诗在故事的同一主线下，因受蒙藏民族各自民间文化传统的制约，故而在内容、版本及流传方式上就有多元纷呈的文化事象。《格萨尔》以分章本和分部本两种方式流传。分章本是把格萨尔王一生的主要业绩汇成一部完整的故事，分为篇幅不大的若干章节，连续讲述。最为著名的是“贵德分章本”，即由青海贵德县藏族艺人华甲说唱保存的藏

---

① 陈岗龙：《蒙古民间故事的比较研究》，北京大学出版社2001年版，第91—93页。

文手抄本、并由华甲和藏学家王沂暖个共同翻译的汉文译本。贵德分章本包括天界卜筮、英雄诞生、赛马称王、降伏妖魔和征战霍尔等部分。另有四川玉科分章本、《格萨尔降生及少年时代》青海综合本、《格萨尔传说》四川木里本、拉达克本、流传在喀喇昆仑山的祝夏本和法国藏学者达维·尼尔女士的整理编辑本等[①]。分部本是把分章本的每一章独立发展为一个部，将格萨尔王单一的事迹作为一个事件故事，独立出来，以作更为细致的叙述和刻画描述。可以由民间艺人单独说唱或以单独手抄本流传，它是在分章本的基础上发展起来的。

蒙古族的《格斯尔》一般都是分章本，艺人说唱时多用韵文表达。有10余种版本，以木刻本和手抄本的形式流传，语言多用散文为主，文字则有回鹘体蒙古文和托忒蒙古文和新蒙文三种[②]。最早有成书于1761年的北京版木刻本《十方圣主格斯尔可汗》，据学者齐木道吉研究，约是在1630年从几个青海额鲁特说书人记录下来的，其渊源在黄河上游安多地方[③]。到了当代，还产生了影印本和铅印本。

关于这两部史诗的渊源关系，有四种不同看法：蒙古族《格斯尔》是藏文《格萨尔》的翻译本；《格萨尔》和《格斯尔》没有任何关系，都是独立的作品；藏文《格萨尔》是蒙文《格斯尔》的变本；《格斯尔》和《格萨尔》是同源异流作品，藏族的是源，蒙古族的则是流[④]。有学者进一步指出：从二者的关系看，蒙文《格斯尔》是源于藏族《格萨尔》后再继续发展，而有自己民族特色的作品[⑤]。再从蒙藏史诗的内容、版本、艺人说唱形式来考察，应该说无论《格萨尔》还是《格斯尔》，是同一作品在两个民族中的流传，其源头在青藏高原的江河源地区——源于青藏地区这块养育游牧民族的大高原，源于蒙藏两个民族在这一特定地域内共同的历史交往的史实。而史诗又在各自民族乃至同一民族的不同地区流

① 丁守璞、杨恩洪：《蒙藏关系史大系·文化卷》，外语教学与研究出版社2000年版，第170—172页。

② 格日勒扎布：《蒙古〈格斯尔〉的流传及艺人概览》，《民族文学研究》1992年第4期。

③ 齐木道吉：《关于蒙文“格斯尔”的几个问题》，《格萨尔研究集刊》第2辑，中国民间文艺出版社1987年版，第69页。

④ 哈·丹碧扎拉桑：《蒙藏〈格斯尔〉关系初论》，巴雅尔图译，《民族文学研究》1987年增刊。

⑤ 林修澈、黄季平：《蒙古民间文学》，台湾唐山出版社1996年版，第129页。

传，自然地产生了具有独特个性特征的民族精神气质和民族气派。

第三节　青藏地区域外民间文学交流

一　青藏地区与日本民间文学的交流

青藏高原在地域上和海岛国家日本远隔千山万水，然而在某种程度上还是有些不曾隔断的文化交流。早在开放的唐代，外国商贾，众多的使臣武士、僧侣教徒、艺人留学生等往来各地，客居都市，更有周边少数民族落籍中原，成为永久居民。其中吐蕃贵族子弟们到长安国子学、太学读书者为数不少。705年唐中宗敕书曰："吐蕃王及可汗子弟，欲习学经业，宜附国子学读书。"[①]《旧唐书》还记载了吐蕃人仲琮、悉猎等，在国子监学习突出，评价为"颇晓书记"、"辩才"的姣姣者。在精英文化彼此交往的同时，会自觉或不自觉地把互道古今、征奇话异各类民间传说、民间故事，直接或间接地传入长安，在大都会居住的各色人等中间进行交流，就有向东传入朝鲜半岛、日本岛的可能。历史上，日本国家接受中国文化为时长、影响深。日本遣唐使一批批到中国学习文化、制度，唐朝也派出使臣出访日本，致使中国文化源源不断地涌入日本，包括大量的中国民间故事也辗转流传到日本。当时，中国荟萃了包括"孟姜女"等民间故事的笔记类典籍《雕玉集》在太平时代已经传入到日本。在日本，也有昆仑神仙思想，有蓬莱仙山、仙境，境内第一山峰富士山是日本人心目中的不死圣山，有"芙蓉峰"、"富岳"和"不二的高岭"之称。《竹取物语》是在平安时代（794—1192年）所创作的名作，被称为日本的"故事始祖"，其中有使者受皇帝之命把长生不死的灵药撒在最接近天之山燃烧的情节，因此，富士山又名"不尽山"。而《竹取物语》与藏族民间故事《斑竹姑娘》内容和基本情节相似。

《竹取物语》又名《辉夜姬物语》，是根据民间故事创作的最早的一部物语文学，分化生、求婚、升天三部分，由"羽衣仙女"和"难题考验"的古老母题复合而成。伐竹翁偶然在竹子的心中取出一个美貌小女孩，经三个月长大成人，取名"细竹辉夜姬"。有五个贵族子弟前来求

---

① （宋）王溥：《唐会要》卷36，附学读书条。

婚，可她答应只嫁给能寻得她喜爱宝物的人，求婚者都因无能取回宝物而未成。当时皇帝想凭借权势来强娶她，亦遭到拒绝。最后，辉夜姬在这些凡夫俗子的茫然失措中升到了月宫。

中国藏族的《斑竹姑娘》是一则首尾完整的三段式“难题考验”型故事。在金沙江岸住着母亲和巴郎（藏语儿子）一家，以育竹为生，精心培育出小楠竹。本地有权势的土司派人数好全村所有竹笋芽，不许人们采挖。母子的眼泪滴在灰瓦色竹子上生出了斑点。第二年土司命令砍掉所有竹子赚钱，巴郎悄悄把小楠竹藏起来。竹筒中生出小女婴，取名斑竹姑娘，三人一起生活。斑竹姑娘长大后异常美丽，母亲想让她与自己儿子成亲，实际上两人也已相爱。拥有地位权势的土司、商人、官吏子弟纷纷前来求婚，遭到斑竹姑娘难题考验失败，斑竹姑娘与巴郎结为夫妻。

中日故事中的女主人公，辉夜姬来自月宫仙界，斑竹姑娘生于楠竹，都不是一般凡间俗人，属“巧女”类型，都有着艳丽容貌和超凡智慧。通过对庸俗求婚者的机智抗婚，突出了她们对金钱与权势的蔑视与抗争，揭露了达官显贵乃至皇帝的虚伪。两者人物形象焕发出不同的艺术光彩：辉夜姬是天上下凡的仙女，代表着超越尘俗的美的理想形象，透露出人性化倾向；斑竹姑娘生自竹筒，是仙化姑娘。故事结尾是，辉夜姬升天而去，表达了日本传统“物哀”之美意识①。斑竹姑娘最终与心爱的小伙子喜结良缘，是中国人传统“惩恶扬善”思想和“大团圆”理想追求的体现。

故事中主人公提出寻找宝物种类的难题非常相似，求婚者寻找宝物的方法以及其命运，都非常相近。斑竹姑娘给每个求婚者出了一道难题，并给他们三年的时间来解决：土司儿子寻找一口撞不破的金钟；商人儿子寻找一株打不碎的玉树；官家儿子寻找一件烧不烂的火鼠皮衣；骄傲自大少年寻找一只燕窝里的金蛋；胆小吹牛少年寻找一颗海龙额头上的分水珠。土司之子听说缅甸有口金钟，但那是边境的警钟，并有雄兵昼夜守护根本不可能偷到手，便从深山庙宇偷回一口镀金铜钟送来。斑竹姑娘用锥子一戳，金箔脱落，铜钟被戳了一个大洞，他便羞得上马逃走了。商人之子听

① 王玲：《藏族民间故事〈斑竹姑娘〉与日本故事〈竹取物语〉的类比性研究》，《西南民族大学学报》2007年第8期。

说通天河有棵玉树，但不想受爬山越岭之苦，便聘请手艺高超的几名工匠，用上等玉石制成玉树，正巧工匠们赶来索要工钱，于是上前打碎玉树，并将其扭走，丑态毕露。官家之子没有找到烧不烂的火鼠皮衣，在深山古庙的石匣内有一件火红色鼠皮袍子。斑竹姑娘用火一点，鼠皮袍子烧成了灰烬。骄傲自大少年破坏了人家屋檐下的燕窝却没有发现金蛋，又费劲爬上摩天台掏燕窝时被雌燕啄破眼睛，跌落而死。胆小而又爱吹牛的少年给了仆人很多金银到海里取龙珠，两年后谁也没回来，自己只好带仆人乘船出海，遭遇海风，抛锚于南海孤岛而流落海外。这五个求婚者都想尽办法去解决各自难题，都失败了，斑竹姑娘和朗巴结为夫妻，过上了幸福生活。

辉夜姬为五个前来求婚男子分别出的难题是：石作皇子取来一只标有佛名的石钵；车持皇子取来一株蓬莱山的以白银为根、黄金为干、结着白玉果实的树；右大臣阿部御主人取来大唐的火鼠皮袍；大纳言大伴御行取来龙额下一颗五彩宝珠；中纳言石上麻吕取来一个燕子的子安贝。石作皇子想石钵是天竺国独一无二的稀有物，就到大和国某山寺取来被煤烟熏黑的钵，装在锦囊里送来，辉夜姬把钵扔出门外，皇子咕哝着回家了。车持皇子假意乘船出海，招募六个手艺工匠，花费巨资雕制成玉树送来，辉夜姬询问之中恰巧匠人前来讨要工钱，皇子便偷偷溜走。右大臣阿部御主人花重金从中国商人处买来火鼠皮衣献上，皮衣在火中化为灰烬，他只好悄悄走开。大纳言大伴御行给仆人们分发粮食和钱财去寻找宝珠，仆人们携带财物潜逃了。后来自己亲自划船寻找，被风刮到海滩，误认为是南海之滨而躲起来，人们用担架把他抬回家。中纳言石上麻吕打发人去找燕子窝，有人说灶屋梁上有，便叫人把自己装进筐子去取子安贝，绳子挣断，从梁上跌下摔伤，不久断气了。就这样，五个求婚者一一遭到失败。但故事结尾部分较长，皇帝听说辉夜姬非常漂亮，派侍卫带她回皇宫，遭到拒绝。皇帝伪装成打猎者去见，要把辉夜姬带回宫，但碰了一鼻子灰，只得作罢。8 月 15 日是辉夜姬回到月宫的日子，上天之前留给皇帝一封信和一些长生不死药。皇帝哀伤和歌："佳人不复返，徒留吾等断肠人，怅然而涕下，长生不老焉何用？欲罢欲忘还叹气。"遂令侍从把长生不老药和辉夜姬的留信，拿到离月宫最近的富士山顶焚烧。

关于这两则故事的渊源，有不同说法。日本学者君岛久子、伊藤清司等撰文认为，《竹取物语》应该是从藏族民间文学故事《斑竹姑娘》取材而来。冈村繁撰文认为，《斑竹姑娘》在唐末五代十国时期传到了日本，在这个故事原型基础上，增加了皇帝向辉夜姬求婚的内容而成为《竹取物语》①。中国研究者则进一步表达了明确的看法，认为是那些通晓经史文艺、有较高文化修养和吸收唐代文化能力较强的遣唐使，把当时流传在中国的《斑竹姑娘》民间故事带回了日本，以此为素材，依照本国社会民风民情，改编形成具有日本民族风格的《竹取物语》②。应当说这是唐蕃古道东向延伸至内地、延伸至海滨，以文化为载体的民间文学，沿着这条大道漂洋过海，传到日本的，是青藏地区和域外文化交流的结果。

二　青藏民间文学与印度民间文学的交流

（一）《五卷书》与青藏地区民间文学的交流

《五卷书》是印度优秀的民间文学作品，季羡林先生在翻译该书时指出，该书成书至晚也晚不过 12 世纪，由于年代久远，加之流传很广，在印度和尼泊尔都有流传的本子，西方人士根据故事的繁简，划分出“简明本”、“少修饰本”和“扩大本”等版本。这是一部“教人世故和学习治国安邦术的教科书。它的前提是，人们不避世成为仙人，而是留在人类社会中，用最大的力量获取生命的快乐”③。此书深受世界各地人们的喜爱，从中体验到精神享受的愉悦。

《五卷书》开头部分叫作“楔子”，内容比较短，主要叙述写成《五卷书》的原因：某国王生有三个愚笨儿子，就请一婆罗门为师。婆罗门以讲故事的方式教育三子，所讲故事就成了《五卷书》。该书由五个部分组成，总共五卷而名。第一卷《朋友的决裂》，主干故事讲述狮子和牛结交为好朋友，豺狼却离间了它们，中间穿插了 30 个小故事。第二卷《朋友的获得》，讲鸦、乌龟、兔子和鹿结交为友，同心协力摆脱猎人的捕杀，中间穿插了 9 个故事。第三卷《乌鸦和猫头鹰从事于和平与战争等等》，主干故事讲述乌鸦与猫头鹰结怨，乌鸦用计战胜猫头鹰。期间穿插有 17 个故事。第四卷《已经得到的东西的丧失》在主干故事之外，穿插

① 王玲：《藏族民间故事〈斑竹姑娘〉与日本故事〈竹取物语〉的类比性研究》，《西南民族大学学报》2007 年第 8 期。

② 赵虹：《〈竹取物语〉与〈斑竹姑娘〉的比较研究》，《日本研究》2003 年第 2 期。

③ 季羡林译：《五卷书·再版后记》，人民文学出版社 1981 年版，第 407—408 页。

了 11 个故事。第五卷《不思而行》，除主干故事外，穿插了 11 个故事。如此，5 个主干故事加上 78 个穿插故事，总共有 83 则。在大故事里套小故事，大小故事间环环相接，季羡林先生把这一故事建构的方式叫作“连串插入式”结构。每个大故事叙述的开头，都以“吉祥”祈祷语开始，故事情节的叙述一般都是散文体，在叙述过程中不断插入有韵律的诗歌、格言和警句，韵散相间。这种形式在印度古代的文学作品中时常出现，应该说是印度古人的发明创造。黄宝生言：“在《五卷书》的寓言故事中，以动物寓言居多。在吠陀文献中，有天神幻变成动物的事例，《歌者奥义书》中有动物与动物、动物与人之间对话，但都不是寓言故事。”[①]这是该书的又一特点，更是印度古代寓言故事的突出特点。

《五卷书》对青藏地区的民间文学影响至深。书中的不少故事在藏族民间广泛流传。第一卷的第 6 个故事和藏族《猫喇嘛讲经》有相似的情节；第 7 个故事与藏族的《兔与狮》、蒙古族《兔子处死兽狮王》基本相同；第 26 个故事与藏族《老实人》的内容基本相同，是“二友争金”的故事，只是主人公身份、裁判者不同，故事经历的时间、恶人受到惩罚的方式各异而已；第 28 个故事说，一个人要到外地旅行，就把一个祖传的铁秤寄放在朋友家。当他旅行归来后，向朋友索取铁秤时，朋友却告诉他，铁秤被老鼠吃掉了。于是这个人便想办法找机会带朋友的儿子去游泳，然后告诉朋友说他的儿子被老鹰叼走了。朋友无奈，交出铁秤换回儿子。这与阿凡提故事《锅生儿》、藏族阿古登巴故事中的《孩子变成猴子》相似。第二卷第 9 个故事和藏族《香獐、大乌鸦和狼》的故事有相似之处。第三卷第 15 个故事与藏族《狐狸和大龟》情节基本相同。第四卷主体故事与藏族《乌龟与猴子》的基本情节、寓意完全一致，只有主人公名字和故事发生的地点有变异；第 7 个故事与藏族《狡猾逼损己》内容相同。第五卷第 7 个故事与藏族《达拉斗的故事》开头和结尾有些变异，中间内容相同，讲述了主人公达拉斗天天梦想着发财，遇一老翁背油坛，遂以五串钱工钱帮助之。达拉斗把油坛抱在怀中，幻想着即将用这到手的五串钱计划买一只小羊，如此，羊生羊，用羊群换奶牛，喝上香喷喷的奶茶；再用牛换高头大马，娶妻生子，大儿子起名才让加，去放羊；

① 季羡林：《印度古代文学史》，北京大学出版社 1991 年版，第 311 页。

二儿子取名项秀加，去牧马；三儿子名叫卓玛加，挡牛；四儿子去经商，自己舒坦地不再干活，骑上高头大马威风凌凌地跑遍草原。想到得意时，做举手挥鞭状，不慎把怀抱的油坛摔在地上，青油流了一地。老翁很生气，要他赔偿损失，达拉斗身无分文，只好脱下衣裳顶替油钱。故事生动地告诉人们一个浅显的道理：劳动致富是根本，梦想发财不靠谱。

藏族民间故事中除了"连串插入式"大小故事套在一起讲述外，所采用的散韵相间形式，也吸取了古印度故事常用的叙述方式。因散韵相间文体在印度"古已有之"，传入藏区后广泛运用。在敦煌文献中的藏文文献就有这种形式，民间文学的创作者们亦是纷纷仿效，"争奇争高"型《茶和盐的故事》、"梁祝型"爱情悲剧《铁匠米垂托牙》、两姐妹型《斯贝·波格旦木祖》等故事，都是运用散韵相间叙述形式的典型之作。

《五卷书》对中国文人创作和汉族的民间故事都有影响和启迪。季羡林先生在本书的序言中明确讲述，在汉译佛经中有许多该书所讲的故事，唐代王度《古镜记》，宋代笔记《太平广记》，明代江盈科《雪涛小说》、刘元卿《应谐录》等都可以看出所受的影响和痕迹。《五卷书》第三卷第 11 个故事说，国王有两个女儿，大女儿对父亲说了吉利话受到父亲的喜爱，小女儿说了实话却受到父亲的厌恶和驱逐，结果小女儿得到了好回报。这个故事很容易使我们想起莎士比亚的戏剧《李尔王》，类似的中国民间故事越剧《五女拜寿》、《三女婿拜岳丈》等。在河湟地区，汉族的《沈万三宝库的钥匙》、《白土雀儿》，撒拉族的《老三阿娜》、《选女婿》、《七女儿嫁了个挡羊娃》等内容情节与印度的类似。应该说，这是汉族受印度民间故事影响，内地汉族移民带到青海又影响当地兄弟民族的结果。

（二）印度《僵尸鬼故事》与藏族《尸语故事》

研究成果表明，藏族《尸语故事》最初来源于印度古代的《僵尸鬼故事二十五则》故事集[①]。《僵尸鬼故事》结构是用一个大故事把 24 个小故事串起来的连环插入式。大故事讲：健日王每天收到一个出家人献给他的一枚果子，果子里藏着一颗宝石。健日王便找到这位出家人，并答应他的请求，在夜间去火葬场，把挂在树上的一具死尸搬运到祭坛。其实这不

① 马学良等：《藏族文学史》（上），四川民族出版社 1994 年版，第 93 页。

是死尸，而是附在死尸上的僵尸鬼。当健日王独自一人夜间搬尸往回走时，僵死鬼便讲起故事来，每次说完还提出一个难以解答的问题。健日王开口说话给以解答时，因打破了搬尸必须缄口不言的禁忌，尸体便飞回到树上。经过24次反复，共讲了24个故事。最后健日王没有回答，僵尸鬼告诉说那个出家人要谋害国王，健日王在祭坛上杀死了出家人，僵死鬼成了国王的朋友和助手。故事结尾说"作为吉祥的故事传诵到整个世界，并受到尊崇，即使细心听取其中某一故事的一个细节的人，也会摆脱罪过和种种苦难。而且讲这些故事的场合，夜叉、僵死鬼、魔力、罗刹等会失去神力"。

藏族《尸语故事》讲述一个叫顿珠的小伙子，按龙树大师吩咐，前往远方墓地扛回一具神奇死尸，"能把它扛回来的话，我们这里就再不会有穷人受苦，再不会有人挨饿受冻，你的罪过也就得到清洗了"。但不能在路途中和尸精讲话。顿珠牢记这一叮嘱，扛起尸精往前赶路，可尸精却在路上讲起故事来。讲到精彩之处，顿珠忍不住开口插话，尸精立马飞回原处，他只好又重新开始背尸精。故事在来回反复中讲了一个又一个，构成了一部富有奇趣的连环体故事集①。从故事内容来看，一类是魔法训诫故事和爱情故事，有《记得前世的得尼蚌牡姑娘》、《夺心姑娘》、《王子变狗寻妃记》、《朗厄朗琼和贾波察鲁》、《穷汉和龙女》、《白鸟王子》、《青蛙少年》等，在神奇的幻想中赞美忠贞不渝的爱情，多以幸福美满结局。另一类是以赞美善良仁爱、诚实正直等品德为主题的，有《六兄弟齐心》、《金翅鸟》、《熊、猴子和老鼠报恩》、《幸运的牧童》、《有福气的姑娘》、《兄弟俩》、《额尔丹巴和克斯仅若尔藏》等幻想故事，主人公具有某种美德，在危难中和衷共济，终于摆脱了贫困不幸，获得美满结局。

《尸语故事》大约11世纪时开始流传，沿用了《僵尸鬼故事》的连环串插式叙事结构，即一个大故事中包孕数则小故事，这些小故事本身具有相对的独立性，同时又连环式地串接成一个整体。这种结构模式的吸引人之处在于每个大小故事的结尾情节设计得十分精当，使听故事的人情不自禁地插嘴说话而忘记了不能开口的禁忌，亦如同汉族说书人讲到故事的

① 另一说法是：王子、财主儿子和小乞丐三位少年，打赌要打掉树上的老鸹窝，小乞丐达瓦札巴的坚毅品格感动了在老鸹窝里修行的祖师，他便按祖师的吩咐前去寻取神奇死尸。

关节点处突然来一句“欲知事情如何，请听下回分解”一样，实际上是故事讲述人与听者双向互动交流情景的反映，显得生动活泼，又紧紧吸引人继续听下去的艺术技巧。该书“引子”中，提到指派顿珠前往远方寻取神奇死尸的鲁珠，即龙树大师，他是印度大乘佛教中观学派的创始人。著名故事研究家刘守华认为，《僵尸鬼故事》随着龙树所代表的佛教中观学派而传人西藏，再被改编成为具有佛教信仰色彩的藏族故事①。

陈岗龙博士认为“藏族人民主要是利用《僵尸鬼故事》的大故事套小故事的结构创作了《尸语故事》，至于具体的故事则是藏族人民自己去再创作的”②。陈石峻在1955年于四川昌都地区采录的一批藏族民间故事编成的《泽玛姬》一书③，属于《尸语故事》的就有《龙女》、《木鸟》、《王子和牧童》、《松嘉拉姆》、《白鸟》、《金娃措和银娃措》、《真萨》、《懒汉》等篇。著名藏族故事讲述家黑尔甲讲述的一系列故事中，《青蛙骑手》、《奴隶和龙女》、《恩里特城的乞丐》也来自《尸语故事》。当采录者询问这些故事的来源时，黑尔甲回答，从小时候，跟着伯父在喇嘛寺看牛，伯父看过喇嘛寺流传的一部“上古书”，然后讲给他听。伯父是个识字很多的僧人，一个人常常在屋里翻书。当读到人世间受苦和男女爱情时，便伏在书桌上偷偷地哭泣，有时又一个人翻着书笑。黑尔甲小时记性好，伯父一讲就记住了。这部“上古书”就是《尸语故事》。从中可知其故事的来源和在佛教寺院传播的情况，及其由书面文本流向民众口头的具体过程④。口头讲述时保持了书面文本情节曲折、描述细致的优点，散韵相间的语言运用，颇显活泼。其中不乏有佛教徒宣传的因果报应、轮回转生说教成分，但浓郁的口头讲述在内容上则更为积极健康，富有世俗生活情趣。经过上千年的集体传承和流传，大多故事被锤炼得更为完整和精美。因为它伴随佛教进入藏区，是印度与中国青藏高原宗教文化与世俗文化交流融合的艺术成果，更是民间文学交流的结晶。

（三）“二母争子”型故事的交流

“二母争子”型故事是世界性的民间故事。美籍华裔学者丁乃通《中

---

① 刘守华：《藏传佛教与〈尸语故事〉》，《西藏民俗》1998年第3期。

② 陈岗龙：《蒙古民间故事的比较研究》，北京大学出版社2001年版，第115页。

③ 中国民间文艺研究会：《泽玛姬》，作家出版社1958年版。

④ 刘守华：《藏传佛教与〈尸语故事〉》，《西藏民俗》1998年第3期。

国民间故事类型索引》中，列为“所罗门式的判决”（A－T926），并分述了中国同类故事的17个亚型和次亚型[①]。这类故事在我国流传集中在汉族、藏族和傣族等民族之中，有数十篇异文。内容是两妇人抢夺幼小孩子，或抢夺财物。审判官判案时，先让两妇人拉扯孩子或以刀劈物品，再从两妇人的心态和细微动作判断真假。印度巴利文《本生经·大隧道本生》中记述曰[②]：

一妇人带孩子去智者（即菩萨）池塘，为孩子洗浴后，自己下水塘沐浴。时有一夜叉想吃掉孩子，就以喂奶为诱饵骗走孩子。这个妇人上前质问，夜叉便诈称孩子是自己生的。于是二人争吵起来。智者得知，召二人至身边亲自裁定，在地上画一线条，把孩子放在线上，让真假二母抓住孩子的手脚尽力扯夺，胜者得子。亲生母亲爱子情深不忍拽，而夜叉无情地使劲扯。智者辨出真伪，把孩子归还真正的母亲，并训诫夜叉遵守五戒，尔后放夜叉走。

故事通过智者巧妙判断“二母争子”案，其主题思想意在宣传佛教菩萨的智慧功德，教导人们弃恶从善，改邪归正。这种同类型结构的判案故事，在东汉应劭著《风俗通义》有黄霸智断“颍川富室二妇争子”、“二人争绢绸”案的记载。元代作家李潜夫就是运用《风俗通义》中的“二母夺一子”故事元素而创作了《包待制智勘灰栏记》杂剧。二母争子故事的意义在于揭示了人类伟大、无私的母爱，显示出人类追寻智慧的永恒主题以及共同的伦理精神和审美思想，具有浓郁的民族文化特点[③]。藏族的“二母争子”型故事，被作为史实载于藏文文献中。唐代巴·赛囊所著《巴协》、明代索南坚赞所著《西藏王统记》，皆有“金城公主事迹”，是运用故事母题加强历史著作文学色彩的成功范例。相比较而言，索南坚赞的记述更加精彩，用“二母夺一子”的故事母题，演绎出赞普赤松德赞神奇的身世。金城公主是继文成公主之后又一嫁给吐蕃赞普的宗室女

① ［美］丁乃通：《中国民间故事类型索引》，郑建成等译，中国民间文艺出版社1986年版，第296—306页。

② 郭良鋆、黄宝生编译：《佛本生故事选》，人民文学出版社1985年版，第406—407页。

③ 林继富：《“二母争子”故事揭秘》，《中南民族学院学报》2000年第4期。

子，入蕃30年期间多有善举，促成唐蕃和盟，于773年在赤岭定界刻碑[1]，约以互不相侵，并于甘松岭互市。作为历史人物传说，金城公主的故事跌宕起伏，富于传奇色彩和艺术感染力。传说赤德祖赞的英俊儿子江察拉温向唐朝请婚，中宗答应把金城公主嫁于他。而在公主进藏途中，江察拉温从马上摔下来不幸殒命，公主为了唐蕃友谊，遵照吐蕃习俗嫁给了赤德祖赞，一年有余便怀有身孕。赞普大妃那囊萨西定心怀妒忌，亦声言有妊。于是，生发出“二母争子”的种种曲折情节[2]：

汉公主于阳金马年在札玛生产赞普赤松德赞。那囊萨至公主前，伪为亲昵，竟将公主之子夺去，诈言此乃我所生者。公主以乳示之，涕泣哀求，悲伤号呼，仍不授与其子。招诸朝臣往诉于王。那囊萨乃敷药于其乳上，使如真乳，流出乳汁，以示诸臣，群臣遂疑，未识其诈。于是汉妃之子为正妃所夺，其权势颇大，不能强争，亦唯置之而已……适小王子已满一周岁，为设站立喜筵，那囊氏和汉家各招二妃戚党前来赴会。于是那囊人为引小王子欢乐，携来各种珍玩，服饰花鬘。届时，汉妃与那囊二家所招亲党如约而至，会于王宫。王坐中央黄金宝座，那囊人坐于右，汉人坐于左。王令为王子盛装华服，以盛满米酒之金杯，交与小王，王父语云：

二母所生唯一子，身躯虽小神变化，
金杯满注此米酒，子可献与汝亲舅，
孰为汝母凭此定。

如是说已，随即祷祝。时王子略能举步，乃纵之。王子渐移步行，诸那囊人出其衣服装饰花鬘等炫耀而呼之，然未听受，竟赴汉人之前，以金杯付与汉人而语曰：“赤松我乃汉家甥，何求那囊为舅氏。”语毕，投于汉人之怀。于是王母汉妃喜欢踊跃而呼……众乃信其真为汉妃之子也。遂设广大欢宴为之庆贺。

---

① 赤岭：今青海湟源县日月山。

② （明）萨迦·索南坚赞：《西藏王统记》，刘立千译，西藏人民出版社1987年版，第118—119页。

比较以上两则“二母争子”内容，故事情节基本相同，但也有明显差异。

一是人物不同：妇女和夜叉争子，所争者为普通孩子；金城公主与那囊萨争子，所争者是要在将来继承大统的王子；争夺的方式亦不同：夜叉夺孩子是想满足饱腹之欲，明目张胆地去抢孩子；那囊萨抢是“心生嫉妒”，嫉妒汉家金城公主成王妃，更嫉妒公主怀有赞普骨肉，于是采用假装怀孕、伪装亲昵夺子，又敷药于乳房流出乳汁等绞尽脑汁的欺骗手段，致使朝臣们虽然大为怀疑但没有识破其欺诈面目。

二是裁定者与裁定方式不同：参与裁定的是智者（即菩萨）、吐蕃赞普和朝臣，智者裁定的方法是画一横线让孩子站在中间，争者双方分别抓住孩子的手脚拽夺，胜者得子；赞普让王子端上盛有米酒金杯献给自己的亲舅舅，以辨别生母[①]，由朝臣最后定夺。

三是结局不同：菩萨的裁定是“将子送还其母”，并训诫夜叉向善；赤松王子实际的生母是谁群臣心知肚明，但慑于那囊萨家族势力不敢直言，直到孩子周岁举行“站立喜筵”，小王子径直走向汉家舅舅跟前并把金杯交与，大庭广众之下归认生母，才首肯是汉家公主亲生。

四是叙述寓意不同：菩萨判断“二母争子”记录在佛教文献中，以此宣扬佛家教义，劝说人们皈依佛教，根除恶念，人心向善；吐蕃王妃争子、赤松王子周岁辨认出真母亲，虽然是民间故事，但作为史料记载于藏文历史典籍中，凸显了藏文文献文史结合、采用民间资料来记载历史特点，意在说明赤松德赞天生的“神性”，崇敬未来君主的不凡——他是藏族历史上著名三大法王之一，同时也讴歌了汉藏之间的友谊血肉不可分离，完全符合藏民族的情感认同和叙述审美。

尽管这两则故事存在着变异性，但毫无疑问，是属于同一类型的故事。许多研究这都一致认为古印度佛经及其所载故事对藏族文学、歌舞表演、造型艺术有深刻影响。林继富博士认为藏族“二母争子”故事无论是直接从印度移植过来的，还是由梵文《大藏经》到汉文《大藏经》，然后辗转译为藏文《大藏经》进入西藏，其直接源头在印度佛教文化中，

---

① 《巴协》则记载此情节时曰，是把王子置一洞坑，让二妃去争抢，先得子者为其生母。

应不会有什么怀疑[①]。至于“二母争子”故事的原型、从印度故事如何具体演变成为青藏地区广泛流传的民间故事，星全成教授进一步认为该故事原型出自印度民间口头创作，是那些佛教僧侣们将其加工改造，加入佛教经典著作，而后随着佛教文化传入藏区，逐步演变成为作为口传历史的民间传说，当作史实被写进藏文文献中[②]。

总之，尽管青藏高原的自然环境严酷恶劣，但高山大河并没有阻挡住高原民族对外看世界的眼光，与域外文化的交流不曾中断。由于和印度相比邻的地理环境便利，历史上青藏高原区域与南亚次大陆的文化交流持续不断，期间，与佛教僧侣为传播佛教思想所做的种种努力是分别不开的。佛教传入青藏高原有两个路径，一是中原汉地，一是尼泊尔、印度。《西藏王臣记》记载了从泥婆罗迎娶赤尊公主的交通状况。大相噶尔·东赞作为使臣带上一袭嵌有朱砂宝珠的琉璃铠甲和三只缄札宝匣，用马、骡、骆驼负载饮食衣物等，前往泥婆罗为松赞干布求亲，赤尊公主听到嫁于吐蕃赞普的消息，亦是“垂泪”、“涕泣”情状，泥婆罗王劝慰公主吐蕃是一处“凉而温暖如天庭，四江横流木葱茏，牲畜满野草如酥”的富饶国家，将本国珍贵的“觉阿与慈氏”二佛像作为陪嫁，“分置两犏牛背上，赤尊公主乘一白骡，偕同美婢十人，连同负载珍宝多骑，吐蕃使臣为之侍从，遂同向藏地而来。泥婆罗臣民皆送行至于孟域之间”。一路上道路崎岖坎坷，牛马行走在崖水峡谷，曾几次卸下所负物品，全凭人力肩扛通行。公主入藏“臣民众庶，各执乐器，前往迎亲，颇极一时之盛”[③]。另外，藏文典籍《巴协》、《汉藏史集》、《贤者喜宴》等影响较大的名著，大量吸取了民众口头流传的神话传说、故事寓言及歌谣谚语，使佛教经典在某种程度上变异为民间文化的资料库。已经失传了的许多古印度口头创作，在一些佛教典籍中被完整地保留下来即是证明。

---

① 林继富：《“二母争子”故事揭秘》，《中南民族学院学报》2000年第4期。

② 星全成：《藏族文化衍论》，青海人民出版社2009年版，第71页。

③ （明）萨迦·索南坚赞：《西藏王统记》，刘立千译，西藏人民出版社1987年版，第53—58页。

第十一章

研究篇：青藏地区民族民间文学研究的实践与理论

第一节　青藏地区民族民间文学研究的多方面价值

一　发掘与弘扬宝贵的民族文化遗产

青藏地区各民族民众有着悠久的口头文学传统，在不同历史阶段创造出了风格迥异、多姿多彩的民族民间文学。这不仅是传承和延续其民族文化的重要载体，也是中华民族文化宝库的重要组成部分和文化遗产。由于历史上青藏地区各民族文化教育相对滞后，土族、撒拉族、珞巴族、门巴族等民族没有自己的民族文字，基本上靠口头创作和生活实践传承文化，加之当地统治者不重视民间文化，以至于给外人留下了“青海城头空有月”、“黄沙碛里本无春”的文化荒芜印象。新中国成立以来的民间文学搜集、整理及取得的辉煌成就，向世界展示了青藏地区各民族所创造的民间文学真实面貌，用无可辩驳的事实宣示了青藏地区是蕴藏民族民间文学的巨大宝库。

民间文学作品的搜集整理，既是民间文学研究得以开展的基础，也是民间文学研究的重要方面。自20世纪50年代以来，青藏地区民族民间文学搜集整理经过了“十七年”、“新时期”两个重要发展时期，及时挖掘、抢救了难以计数的、濒临消失的各民族民间文学作品。据不完全统计，仅西藏一地，搜集整理的神话、传说故事2393篇、民间歌谣31318首、谚语24028条；《格萨尔》的搜集整理和出版成果也十分可观，仅在2006年，全国《格萨尔》工作小组记录、整理民间艺人说唱本300多部，约有4000万字，搜集到各种手抄本和木刻本100多部，是留给子孙后世一笔宝贵的精神遗产，对弘扬各民族精神文化，功莫大焉。但这项工作远远没有结束，仍是一项继续挖掘、弘扬、保护和继续传承各民族优秀文化遗产的伟大工程，功在当代、利在千秋，对促进青藏地区各民族文化的发展有着重要的学术价值，为青藏省区的文化建设有积极的社会意义。

青藏地区民族民间文学是传承各民族传统文化和民族精神的重要载体，有着巨大的容量和张力。那些流传了数百年甚至上千年的神话、传说、故事、歌谣、史诗，不仅从侧面曲折地反映着各民族历史发展的进程，反映着各民族社会生活、生产实践、传统习俗、民间信仰等变迁，还体现着各民族的智慧、生活理想、审美情趣和审美心理，体现着各民族在长期高原生活中，所形成的坚韧不拔、吃苦耐劳、勤劳勇敢、纯朴善良的民族性格与民族精神。可以说，青藏地区各民族民间文学是劳动大众遗留下来的珍贵文化遗产，和其他类型的文化遗产一起共同构筑了各民族优秀的文化传统。以《格萨尔》人物研究而言，学者们在评述格萨尔、珠牡等艺术形象时，就已将其提升为民族精神的象征。藏族学者降边嘉措认为格萨尔是“雪域文化铸造的民族之神”，是“藏族先民根据自己的理想和愿望，按照自己心目中的英雄，塑造了格萨尔这个艺术形象。在他身上，凝聚着藏族人民从远古以来长期积淀的巨大心理能量”①。李学琴通过对珠牡外表美、心灵美、艺术真实美等特色的分析，强调她是“藏族人民经过千百年的漫长岁月，通过无数张口、无数支笔、无数双手、无数人的智慧雕塑出来的一尊精美的艺术塑像。在她的身上，不仅倾注了他们满腔的爱，也寄托了他们美的希望、美的追求和美的理想”②。从这个意义上讲，在青藏地区民族民间文学研究中，民族文化传统和民族精神始终是学者们关注的一个重要领域。

民族民间文学是民族文化的一部分，学者们无论是从史诗、传说、民间故事、叙事诗中的人物形象研究中，挖掘各民族内在的精神特质，还是从各种体裁的民间文学作品中探讨其历史、民俗、宗教、艺术特性和价

① 降边嘉措：《格萨尔是雪域文化铸造的民族之神》，载《格萨尔学集成》第五卷，甘肃民族出版社1998年版，第3394页。

② 李学琴：《论珠牡的形象美》，《西南民族学院学报》1988年“民族语言文学专集”号。

值，其研究的出发点和落脚点大都是各民族的传统文化和精神气质。青藏地区各民族的思想文化，主要通过民间文学来传承与体现的，民间文学成为各民族延续和传承自己文化的重要载体。鉴于此，文化学研究成为了青藏地区民族民间文学研究的一个重要方法，学者们将民族民间文学当成民族文化最基本、最重要的载体进行解析，提示其蕴含的文化信息，其不懈的深层研究提供了与其他文化遗产不同的知识系统和精神资源，丰富和提升了青藏地区的优秀文化传统。这对于提高各民族凝聚力，有着重大的促进意义。而60年来，多民族学者对青藏地区民族民间文学各项工作的积极参与和研究，不仅增加了各民族相互间的文化沟通与了解，促进了青藏地区民间文学研究的纵深发展，增进了各民族之间的友好感情，促进了高原各民族的和睦融洽与紧密团结，凝聚了中华民族的向心力和认同感。

二　推动和促进中国民间文学的学科发展

现代意义上的中国民间文学，是与“五四”新文学运动分不开的。20世纪80年代以后，民间文学研究队伍壮大，学术期刊增多，学术活动频繁，民间文学学科建设成效明显。青藏地区民族民间文学研究虽略迟于国内其他地区，但在我国民间文学的学科构建中，尤其是在中国民族史诗学和歌谣学的学科体系构建中，自有其重要意义和独特贡献。

“史诗”一词，出现于晚清时期，是有志于沟通中西文化的学者们从西方引进的术语，某种程度上在当时国人的观念中，“史诗”只是《荷马史诗》的代名词。中国史诗学的正式构建始于新中国成立之后。当时的中国掀起了史无前例的开掘民族史诗工作，《格萨尔》、《玛纳斯》、《江格尔》等一批少数民族史诗的发掘，史诗开始纳入中国民间文学范畴，开始了我国民族史诗学的理论建构。20世纪80年代之后，随着三大英雄史诗资料的不断发掘和理论研究的展开，中国民族史诗学逐渐成长起来。

《格萨尔》史诗学又称“《格萨尔》学”，是中国民族史诗学的重要组成部分，也是中国民族史诗学、藏族民间文艺学的分支学科。在这两门学科尚未建立、完善情形下，《格萨尔》学得到了长足的发展，并逐渐成为一门独立学科。作为新中国成立之后建立的新兴学科，60年来，《格萨尔》在曲折发展中逐渐形成了独立而浩繁的资料体系和独特的研究范式，在资料学建设、史诗起源和形成论、文化内涵探讨、说唱艺术成就、艺人研究等方面取得了有目共睹的巨大成就。可以说，《格萨尔》学建构是中国民族史诗学发展的重大成果，在某种程度上填补了中国民族史诗学研究的空白，代表着新中国成立以来中国民族史诗学和藏族民间文艺学建设取得的成就。从学科建设来说，《格萨尔》学成长发展的历程，所取得的经验与教训，运用的研究方法与理论等，对其他民族史诗的研究提供了极好的借鉴，推动了包括中国民族史诗学在内的中国民间文艺学及其他学科的发展，尤其是推进了藏学研究中各分支学科的发展，促进了我国民间文化和藏族民族文化的建设与发展。

中国的歌谣发轫很早，早在周代，就有了记录民间歌谣的传统。在《周易》“卦爻辞”中，就记载着一些产生于商代社会的民间谣谚，后来的各朝代形成以“观风俗，知得失”为政治功利目的收集民歌传统。然而，青藏地区汉族、回族、土族、撒拉族、藏族、蒙古族、东乡族、保安族和裕固族等民族，一直用汉语演唱了数百年的民歌“花儿”，却一直未能进入官方史志典籍和学者视野。直到五四运动伊始，这一独特的文化事象才被学界所关注。目前，“花儿”研究不仅成为中国歌谣学研究的重要领域，还与《格萨尔》研究一样，由于其搜集整理和研究成果的卓著，以及研究范畴和方法的独特，形成了一门独立的学科。多年来，学者们通过对“花儿”起源、流派、类型、思想内容、文化内涵、艺术特征、歌手和花儿会等的研究，逐步构建起学科体系，并成为中国歌谣学研究中的一门显学。“花儿”学有自己独特的研究领域和方法，虽然其研究存在诸多不足，但学者们对不同民族、不同区域、不同类型的“花儿”研究，在很大程度上补充和丰富了我国的歌谣研究，推动了我国歌谣学的建构与发展，也极大地推动了西北民间文化的发展和建设。

三　民族民间文学研究的多学科性价值

青藏地区民族民间文学研究不仅有自身学科建设价值，还具有多学科研究价值。各民族民间文学如“百科全书”一般，包含着各民族社会生活、经济生产、宗教信仰、民风习俗、历史发展及语言等丰富内容，有历史学、宗教学、语言学、民族学、社会学、艺术学等多学科价值。综观青藏地区民族民间文学研究学术史，学者们很早注意到了各民族民间文学的综合性价值，故其研究从来不是单一的学科研究，而是自始至终与其他学科有密切联系，具有多学科参与、交叉特点。20世纪80年代以来，随着青藏地区民族民间文学研究的纵深开展，学者们纷纷从文化学、历史学、语言学、宗教学、民俗学、人类学、社会学等人文学科的不同角度，对《格萨尔》、“花儿”，各民族神话、传说、叙事诗等进行了多维度研究，发掘其所蕴含的多学科资料、信息与价值，在一定程度上推动了其他学科的发展。

在历史学研究中，除了藏族和汉族外，回族、土族、撒拉族、珞巴族、门巴族等民族均没有本民族文字，民间文学就是其“口述的历史”。在20世纪80年代后陆续出版的国家民委民族问题五种丛书之一——《中国少数民族简史》系列中，藏族、回族、土族、撒拉族简史，除参考汉文文献和藏文文献外，主要史料均来自各民族的神话传说、史诗、歌谣等。新出版的《土族史》、《撒拉族史》，也将土族和撒拉族的民间传说、歌谣等资料作为信史而利用。对《格萨尔》产生年代、格萨尔与历史人物关系等的研究，对河湟地区流传的南京“珠玑巷”传说、撒拉族与回族族源传说等考证与研究，对研究藏族历史发展、青海河湟汉族与回族来源、撒拉族迁徙历史等提供了极好的借鉴与重要佐证。

在民俗学研究中，青藏地区民族民间文学蕴含着异常丰富的民俗资料。各民族关于人类起源的神话传说，是各民族先民对宇宙和自然的认知；宴席曲、婚礼歌、婚礼说唱与各类颂赞词等，真实反映着各民族的婚礼习俗；《格萨尔王传》、“花儿”、歌谣、叙事诗中，有各民族丰富的物质和精神民俗。从青藏地区各民族民间文学的传承形式来看，史诗、“花儿”、歌谣、民间传说与故事讲唱，大多伴随着各种民俗仪式而进行，二者不可分离。因此，对这些民间文学所蕴含的民俗事象的挖掘与展现，尤其是对《格萨尔》说唱艺人、“花儿”歌手的研究，在一定程度上补充和丰富了各民族的民俗研究，拓宽了我国民俗学研究的领域。

在艺术学研究中，关于《格萨尔》、“花儿”、藏戏等的艺术创作手法、音乐、旋律、曲令、演唱技巧与音乐特征等研究，有利于青藏地区各民族民间表演艺术的健康发展。从社会学、民族学、语言学等角度对青藏地区史诗、歌谣、叙事诗等展开的研究，有利于这些学科的发展与建构。

何峰著《〈格萨尔〉与藏族部落》一书[①]，对《格萨尔》所反映的部落首领、部落战争、部落经济、盟誓制度、兵役制度、婚姻家庭、宗教信仰、伦理道德、文娱体育等诸多问题所进行的探讨，进一步证实《格萨尔》部落是从藏族原始部落中演变而来，是古代藏族部落的延续和发展，其研究不仅为人们提供了许多翔实、珍贵的文献资料，也让人们从《格萨尔》部落社会的形成及发展中，窥视到了古代藏族部落社会的影子，掌握了藏族原始部落的雏形。可以说，从史诗学、社会学、经济学、军事学、宗教学、民族学等角度对《格萨尔》进行的多视角、多方位、多层次的研究及其所取得的成果，正越来越受到相关学科学者们的认可和重视，成为了他们研究藏族历史、社会、军事、宗教、文化、艺术的重要文献和资料。

第二节　民族民间文学的搜集与整理

新中国成立以来，青藏地区各民族琳琅满目、丰富多彩的民间文学得以发掘，旧时代那些备受歧视、不曾登上大雅之堂的民间歌手、说唱艺人受到了应有的尊重，由专业人员和民间文艺爱好者组成的研究队伍日益壮大，各民族所创造的口头文化遗产得到了有效保护和不断深入的研究探索。可以说，60 年来，青藏地区各民族的民间文学搜集、整理和研究工作或从无到有，或从单薄走向繁荣，均取得了令人瞩目的成就，这些成就对继承和弘扬各民族宝贵的精神文化遗产，系统完备地建构中国民间文艺学，推动民族学、历史学、民俗学、艺术学等人文学科发展等方面，具有重大价值和意义。青藏地区搜集、整理民族民间文学的历史大致可分为新中国成立前与新中国成立后两个大的阶段。

一　20 世纪 50 年代之前搜集、记录与保存的民族民间文学

古代对青藏地区民间文学的整理、记录十分薄弱。除藏族以外，汉、回、土、撒拉、蒙古、珞巴、门巴等民族的民间文学搜集与整理几乎是一片空白。藏族文字产生较早，有丰富的典籍文化，也有记录搜集民间文学的传统。但由于受传统观念（主要是宗教观念）的影响，典籍中关于神

---

① 何峰：《〈格萨尔〉与藏族部落》，青海民族出版社 1995 年版。

话、歌谣、谚语、传说故事等记载，零星而不系统。猕猴演化成人的传说在《嘛呢教言集》、《西藏王统记》、《西藏王臣记》等中有详略不同的记载[①]。《萨迦格言故事集》、《格丹格言注释》中收录的《檀香烧成木炭卖》、《狐狸为王》、《兔子报仇》、《卖肉的人》、《猫头鹰和乌鸦》、《咕咚》等故事，是根据民间传说、寓言记录改编而成的。18世纪著名诗人、作家夏格巴在其《奇幻集》中收集了《金瓶》、《狮子与兔子》、《暴君的下场》等安多地区流传的神话、故事、寓言故事，至今在民间广为流传。

英雄史诗《格萨尔王传》除了历代民间艺人的口头说唱外，还以手抄本、木刻木的形式在民间流传。清初蒙文《英雄格斯尔可汗》在北京初次雕版印行问世后，引起了欧洲一些学者的关注。1836年，俄国学者施米特在圣彼德堡复印发行了北京版蒙文七章本《格斯尔传》。1939年，施米特又将这个本子译成德文在圣彼德堡出版；1905年，德国摩拉维亚传教士弗兰克在印度加尔各答出版了他在下拉达克记录的《格萨尔》，书名为《下拉达克格萨尔传》；1931年，法国女学者亚历山大·达维·尼尔与锡金永格登喇嘛合作，在巴黎用法文出版了《岭·格萨尔超人的一生》；1933年，沃勒特·舒德尼将《岭·格萨尔超人的一生》译成英文在伦敦出版，1959年再版，这一版本在西方影响很大。国外学者十分注重《格萨尔王传》的收集工作，他们将史诗的各种版本，包括头记录本、手抄本、木刻本及各种文字的版本收集起来，占有了大量的原始资料，为研究《格萨尔王传》奠定了翔实的资料基础。

1929年，民族学家任乃强考察康区至瞻对（今西藏新龙县）时，通过翻译记录了寂墨卓玛所讲唱的《格萨尔》，根据自己的调查撰写了《藏三国的初步介绍》和《藏三国》两篇文章，分别发表在1944年《边政公报》和1947年《康藏研究月刊》上，这是最早向国内汉族和其他民族介绍《格萨尔》的文章。之后国内汉族学者也开始关注《格萨尔》，陈宗祥、彭公侯把搜集到的拉达克等英译本翻译成中文，将达维·尼尔的《岭·格萨尔超人的一生》翻译成汉文。藏学家刘立千把岭苍土司家藏刻本《天界篇》、《英雄诞生》、《赛马称王》翻译成汉语。

民国时期国外翻译、整理、出版的青藏地区民间文学资料主要有：

---

① 为避免重复，关于藏文文献中记载民间文学作品与内容，可参见第一章之第一节。

1882年俄国德裔学者席夫内尔编纂的源于印度、经藏族文人加工润色的《源于印度的西藏民间故事》，在伦敦用英文出版，1906年该书再版，1943年该书由吉原公平译成日文出版；1921年，法国《亚细亚学会手册》上刊载了用法文翻译的藏族民间戏剧《苏吉尼玛》，后面还附有原文；1931年法国《民俗学忆卷》上所刊载的《西藏的传奇故事》，介绍了藏族民间文学资料，其中包括藏剧故事资料。1940年，日人藤木九三编著的《喜玛拉雅的传说》出版。整个来看，国内外对于青藏地区民族民间文学的搜集整理，质量颇高，但仍处于起步和认识阶段。

二　20世纪50年代以后搜集整理与出版的民间文学

1. “十七年”时期

从1950年至1966年，是新中国的“十七年”时期。根据“全面搜集、重点整理、加强研究、大力推广”的方针，青藏地区民间文学得以积极搜集。藏族民歌搜集整理的成果主要有：苏岚编《藏族民歌》，蒋亚雄编《藏族民歌》；庄晶编译、开斗山整理《藏族民歌》；王沂暖编《玉树藏族民歌选》；陈之光等搜集整理的《四川藏族民歌选》；周良沛整理的《藏族情歌》；开斗山编译整理的《西藏新生曲》；李刚夫整理的《密色协惹——拉萨河谷藏族民歌集》；扎西泽仁等搜集整理的《藏族民歌集》；青海省委民族民歌收集整理办公室编的《青海藏族民歌》等。

民歌“花儿”搜集、整理成果，有唐剑虹选编的《西北回族民歌选》；朱仲禄的《花儿选》；兰州大学中文系师生编选的《青海山歌》；紫晨整理的《青海民歌》；华恩整理的《青海民间歌曲集》；王歌行、刘文泰编选的《花儿与少年》；达玉川等编选的《青海花儿选》；李季、闻捷主编的《花儿万朵》；郗慧民编选的《花儿》等。《诗刊》、《人民日报》等报刊也刊登了不少搜集整理的民歌。

藏族民间传说故事的搜集整理的成果主要有：萧崇素整理的《青蛙骑手》、《山兔的故事》、《藏族寓言故事》、《葫豆雀与凤凰蛋》；王尧整理的《藏族民间故事》、《文成公主》、《说不完的故事》；西南师范学院中文系康定采风队编的《康定藏族民间故事集》；赵燕翼编的《顿珠与卓玛》；开斗山编译的《阿古登巴的故事》等。

20世纪50年代至60年代初，中国开始了《格萨尔》的抢救工作，青海省率先组织人力进行大规模的普查和抢救工作，搜集到大量的资料，共搜集到藏文手抄本、木刻本28部74种之多，并将其译成了汉文，铅印成资料本，1300多万字，百万诗行。藏学家王沂暖与艺人华甲合作翻译了《格萨尔王传——贵德分章本》，这是史诗最古老、最原始的版本。1962年，桑热嘉措、才旦夏茸等整理的藏文版《霍岭大战》首次在西宁出版，汉文版由上海文艺出版社出版，引起了国内外的强烈反响。

这一时期，综合性搜集、整理的成果有青海省民间文学研究会编印的《青海民族民间文学资料》，该编印资料不仅收入了“花儿”、《格萨尔王传》，也收入了土族、撒拉族的民间传说与故事。藏族婚礼祝词、藏语相声、民间谚语、格言的收集亦卓有成绩。

国外对《格萨尔王传》的搜集整理工作有所进展。1956年，巴黎大学教授石泰安将他在西康（今四川甘孜州）邓柯、德格地区得到的3本木刻本《格萨尔》摘译成法文出版，名为《藏族格萨尔王传》，这是一个比较忠实于原文的版本。1959年后，许多国家出现了所谓的“藏学热”。不丹王国由国家图书馆主持，出版了37部藏文的《格萨尔王传》[①]，并聘请法国石泰安写序，这是当时国外规模最大的一次《格萨尔》出版工作。1965年，德意志联邦共和国的赫尔曼依据安多方言藏文本翻译的《藏族岭格萨尔的民族史诗》出版。1967年，法国藏学家麦克唐纳整理翻译的《藏族民间文学研究资料》在《吉麦博物馆年鉴》发表。1969年苏联藏语专家帕尔菲奥诺维奇在莫斯科出版了西藏民间故事的俄译本；1972年麦克唐纳整理翻译的《藏族民间文学研究资料》在巴黎出版；1973年法国学者布隆多翻译的藏剧《白马俄巴尔》出版。

2. 20世纪80年代至今

十年“文化大革命”时期，青藏地区民间文学的搜集整理工作基本上处于停滞状态。1984年，由中国民间文艺研究会、文化部、国家民委共同发起，在全国范围内展开民间故事、民间歌谣、民间谚语的大普查、大采录，开展“三套集成”文化工程，使青藏地区民族民间文学搜集、整理工作得以大规模、高质量的开展，成果丰硕。出版、编印的综合性民间文学作品专集主要有：于乃昌整理的《珞巴族民间文学资料》；西宁市

---

① 索南卓玛:《国内外研究〈格萨尔〉状况概述》,《文坛瞭望》2004年秋季号。

文联编了12辑《河湟民间文学集》；中国民间文艺研究会青海分会编印的系列丛书《青海民族民间文学资料》7种，包括《土族文学专集》（三集）、《回族专集》、《撒拉族专集》、《传统花儿专集》、《故事歌谣专集》、《西宁太平歌》、《谚语、歇后语专集》；跃进编的蒙文《青海蒙古族民间口头文学集锦》等。

民间传说故事的搜集、整理的成果主要有：廖东凡、贾湘云编选的《西藏民间故事选》；廖东凡主编的《世界屋脊上的神话和传说》；廖东凡等编译的《西藏民间故事》（第一集）、黎田等整理的《西藏民间故事》（第二集）；陈石峻整理的《格顿王子甘南藏族民间故事》；乔永福、董绍宣等整理的《青海藏族民间故事》；朱刚编的《青海回族民间故事》；贾晞儒编的《青海湖畔的传说》；中国民间文艺研究会青海分会编的《土族民间故事选》、《青海风物传说》；韩生魁等整理的《湟水河边流传的》；王殿整理的《土族民间故事选》；循化撒拉族自治县文化馆编的《撒拉族民间故事》；大通县文化馆编的《大通县民间故事》；青海黄南藏族自治州集成办公室编的《黄南民间故事》；朱刚、席元麟等编的《土族撒拉族民间故事选》；青海海南藏族自治州集成办公室编的《海南民间故事》；互助土族自治县民间文学集成办公室编的《互助民间故事》；韩生魁、马光星编的《塔尔寺的传说》等。

民间歌谣搜集、整理的成果主要有：德钦卓嘎、廖东凡编的《西藏民间歌谣选》；庄晶、开斗山整理的《藏族情歌》；王世镇、多吉搜集整理的藏文《藏族歌谣》；陶立璠、莫福山等编选的《藏族情歌选》；青海省群众艺术馆的《青海花儿曲选》；许英国整理的《青海藏族情歌三百首》；青海省民研会编印的《传统花儿专集》；谢承华编选的《花儿辑》；朱刚整理的《传统爱情花儿百首》；张亚雄的《花儿集》；雪犁、柯杨编选的《花儿选集》；郗慧民编的《西北花儿》；周娟姑、张更有编的《青海传统民间歌曲精选》；马正元编的《青海回族宴席曲》；互助土族自治县民间文学集成办公室编的《互助民间歌谣》；黄南、海西、海南三州三套集成办公室编的藏、汉文对照《黄南民间歌谣》、《海西民间歌谣》、《海南民间歌谣》；赵存禄主编的《民和歌谣集》；腾晓天编的《青海花儿话青海》；颜宗成的《青海花儿新编》；吉狄马加、赵宗福主编的《青海花儿大典》等。

谚语及其他方面搜集整理的成果主要有：廖东凡编的《西藏谚语》；许英国选编的《青海藏族民间谚语选》；互助土族自治县民间文学集成办公室编的《互助民间谚语》；海南藏族自治州三套集成办公室编的藏、汉文对照《海南民间谚语》；果洛藏族自治州民间文学集成办公室编的藏、汉文对照《果洛民间谚语》。另有马甘编的《青海庄户话》、罗耀南编的《社火词曲选注》、安生林编著的《河湟民间曲艺》、桥头镇地方曲艺队文化中心整理的《大通地方民间曲艺集》等。

自民间文学“三套集成”工程启动以来，在州、市和县搜集整理资料的基础上，《中国民间故事·西藏卷》、《中国民间歌谣·西藏卷》、《中国民间谚语·西藏卷》，《中国民间故事·青海卷》、《中国民间歌谣·青海卷》、《中国民间谚语·青海卷》，已由中国 ISBN 中心公开出版[①]。藏文版的《中国民间故事·西藏卷》、《中国民间歌谣·西藏卷》、《中国民间谚语·西藏卷》由北京民族出版社出版。西藏、青海等省区民间文学“三套集成”浩大文化工程的完成，是青藏地区民族民间文学的搜集、整理里程碑式的成果，不仅使青藏地区各民族宝贵的文化遗产得到了极好的保护，还势将推动和深化青藏地区民族民间文学的研究工作。

这一时期的《格萨尔》搜集整理和翻译呈现繁荣局面。在寻访说唱艺人、录制艺人说唱，搜集和抢救各种手抄本、木刻本等方面成果颇丰。2002 年，搜集到的各种《格萨尔》手抄本、木刻本、油印本等文本达 55 种，75 部，基本上搜集到了史诗重要组成部分的文本[②]。2009 年，西藏社会科学院和西藏大学录制 10 多位艺人讲唱的 120 多部《格萨尔王传》，近 5000 盘磁带。笔录成文 90 部，整理、出版 47 部，整理出版旧手抄本 32 部，译成汉文并出版 11 部[③]。

说唱艺人是《格萨尔》传承的重要载体，是活着的“民间诗神”，为《格萨尔》的搜集整理工作做出了卓越贡献。西藏杰出的说唱艺人扎巴老人生前共说唱《格萨尔》25 部，总计约 20 万诗行，600 多万字，是迄今

---

① 云南省、四川省和甘肃省“三套集成”中有许多关于青藏地区民族民间文学作品内容，此处不再赘述。

② 仁增：《〈格萨尔〉文本整理研究概要》，《中国西藏》2002 年第 6 期。

③ 次仁平措：《〈格萨尔王传〉及其传承与保护》，2009 年 10 月，中国西藏网（www.intibt. netxz. people. com. cn）。

为止最系统、最完整的一套艺人说唱本。青海著名的说唱艺人才让旺堆录制了《托岭大战》、《阿达鹿宗》等12部《格萨尔》新部，录音磁带850多盘。其中《托岭大战》、《吉祥五祝福》、《阿达鹿宗》、《尕德智慧宗》和《南铁宝藏宗》五部已出版发行，其余的正在整理之中。格日尖参写出《敦氏预言授记》、《妙音琵琶宗》等9部，达270多万字；达娃扎巴说唱完了26本，整理13本，出版一部代表作《勒赤朱砂宗》。到1998年，青海省搜集了《格萨尔》藏文文本累计达40部81种，还新发现了《华贡哇扎赞塔尤》、《岭将达尔藩》、《嘎德咒语》、《征服白拉国》、《征服北方妖魔国》等7部资料本及2部异文本。

《格萨尔》文本整理出版成就巨大。20世纪90年代，王沂暖翻译了《格萨尔》之《降伏妖魔之部》、《花岭诞生之部》、《分大食牛》、《降伏妖魔》、《卡且玉宗》等20余部本，出版17部。1983年，以反映《格萨尔》全貌的精选本工作被定为国家重点科研项目。精选本拟以当代杰出的《格萨尔》说唱艺人扎巴老人的说唱本为基本框架，同时参考桑珠、才让旺堆、玉梅和其他优秀艺人的唱本，并吸收各种唱本和刻本、抄本的优点和长处，计划编纂40卷，每卷2万诗行，约40万字，总计约80万诗行，1600万字，以尽可能反映史诗的全貌。截至2004年，其中的12卷13本已出版，包括《英雄诞生》、《赛马称王》、《魔岭大战》、《霍岭大战》、《大食财宝宗》、《陀岭之战》、《歇日珊瑚宗》、《杂日药物宗》、《阿扎玛瑙宗》、《卡且松尔石宗》等。西藏人民出版社出版了32部29种《格萨尔》藏文版及7部汉译本。其中，已出版的汉译本有嘉措顿珠译《门岭之战》、张积诚译《松岭之战》、李朝群译《达色施财》、宋晓嵇译《向岭之战》、李朝群和顿珠译《察瓦简宗》、黄文焕译《格萨尔王与嫔妃》、刘立千译《天界篇》。2009年青海省《格萨尔》史诗研究所记录整理的《青海〈格萨尔〉说唱艺人部本丛书》（5部），由甘肃民族出版社出版发行，该丛书是众多《格萨尔》说唱部本中遴选出来的最完整的五部，是从未流传过的新版本。至此，已正式出版了100多部藏文本《格萨尔》和20多部汉译本，总印数达400万册，为“格学”研究提供了丰富而生动的资料的实践经验。目前，这一伟大史诗的抢救工作仍在继续，任务也非常艰巨。

这一时期国外整理、翻译青藏地区民族民间文学资料的主要成果有：

1982 年联邦德国波恩大学出版了《西藏故事集》（4 册），该故事集为欧洲藏族故事资料的系统化以及汇编藏族故事目录奠定了基础。

第三节 民族民间文学学术研究史

一 国外研究状况

在国外藏学研究中，藏族民间文学研究是一重要领域，法、英、日、俄、德、匈牙利等国学者，对藏族神话、传说、故事、民歌、民间戏剧，尤其是《格萨尔》进行了多方面的介绍和分析[①]。

（一）神话传说研究

日本对藏族神话传说的研究始于 19 世纪初，如一杂录一的《有关从梵语传入的西藏传说》（《东洋哲学》1895. 10）。以后河口慧海的《在神秘之国的牛的先祖传说》（《教友新闻》1925. 1）、青木文教的《西藏的神话与传说》（《大乘》1941. 4）、增田东鱼的《喇嘛与牛的传说》（1944 年）、君岛久子的《金沙江的竹娘传说——藏族的传说与“竹取故事”》（《文学》1973. 3）、加藤千代的《西藏古代传说，兔子二题——民间故事》（《月刊丝绸之路》）等论著[②]，对藏族的神话和传说作了比较研究、介绍和基本分析。前苏联学者对藏族神话传说也有一定的研究，如库兹涅佐夫的《西藏传说中的弥猴变人》（《民族学报告》1968. ）中探讨了藏族人对于人类起源的认识；俄国学者罗列赫的《香巴拉》（1980 年在纽约用英文出版）第一次系统地分析了香巴拉传说的起源和流布情况，在国际藏学界引起了较大反响。联邦德国学者赫尔曼对藏族民间传说进行研究的《西藏的传说》等论著，在国外的藏族民间文学研究中占有一定的学术地位。

（二）民间故事研究

日本青木文教《天葬的故事》（《大乘》1923），对藏族天葬故事进行了研究。匈牙利劳仁兹 · 拉斯罗的《藏族动物故事和 DRE—MO 故事》（《民族文学研究》1989. 2）对藏族民间动物故事和其他国家或地区的民间故事进行了比较研究。英国人托马斯《东北藏古代民间文学》（*Ancient*

---

① 囿于条件限制，国外研究动态只根据有关材料作简要介绍。

② 周纬：《国内外藏族民间文学研究综述》，《西北民族学院学报》1991 年第 3 期。

Folk Literature from North-Eastern Tibet, Berlin, 1957）一书，除了介绍藏族古代民间文学故事外，还从宏观上研究了故事的地理背景及语言特征，对我国藏族民间文学及其他学科研究有一定影响。前苏联学者萨碛金专攻琴吉尼欢喜佛的传说，发表的相关论著有《〈琴吉尼欢喜佛传说〉及蒙藏间的文学联系》（《苏联青年东方学家》1980）、《咱雅班智达翻译〈琴吉尼欢喜佛传说〉的年代问题》（《语文研究》1980，蒙文）。

（三）民歌研究

日本学者对藏族民歌的研究开始较早。田中稔的《西藏歌谣的传来及流传》（《国学院杂志》1930.11）讨论了藏族歌谣的传播情况，另一篇论著《关于“心中天的网岛”起首之歌谣——西藏歌谣与日本歌的关系》（《国学院杂志》1930.10）从比较文学角度，研究了藏族歌谣与日本歌谣的关系。中村元的《见于西藏婚礼中的歌谣》（《在家佛教》1967.11）对藏族婚礼歌进行了宏观研究。意大利藏学家杜齐对江孜地区民歌进行过专门研究，其成果主要集中在《江孜地区的藏族民歌》（《亚洲艺术》增VII，1949）和《甘孜和西部藏区的藏族民歌》（《亚洲艺术》增刊XXII，1966）两本著作中。前苏联学者萨维茨基是研究仓央嘉措情歌专家，在其著作《西藏的世俗抒情诗，仓央嘉措的作品》中探讨了8—10世纪吐蕃民间口头创作与仓央嘉措情歌间的联系，认为诗行的音节诗格是西藏诗作的主要表现形式，吐蕃诗歌多用六言体，而西藏民歌多用每首六言四行的“谐”的形式，二者在形式上有着明显的继承关系，因为它们在音节数目上完全一致[①]。

（四）民间戏剧和格言研究

法、美、英等国学者对藏族民间戏剧较为关注。法国巴科《西藏的三种奥义书》（巴黎，1921）、石泰安《西藏的文明》、麦克唐纳《西藏艺术论文集》（巴黎，1977）等专著中，均对藏剧进行了研究。美国的比肖夫《西藏戏剧》（《亚洲戏剧》，1966）、帕尔《西藏艺术》（1969）亦涉及藏戏研究。英国斯坦因在《西藏的文化》（岩波书店，1971）中对藏族民间戏剧有论述。

在藏族格言研究方面，前苏联学者鲍尔索霍耶娃以《萨迦班智达格

---

① 房建昌：《俄国和苏联研究西藏民间文学小史》，《青海社会科学》1987年第3期。

言》为研究专题，从20世纪70年代开始，发表了一系列有关的论文。乌兰巴托的蒙古学者庸东与萨碛金合撰了《藏—蒙训诲文学论嗜酒之害》（《亚非民族》，1984），认为蒙藏民族中以训诫为题材的作品十分丰富，内容是以宗教性的口吻来劝导人们要克制不良的嗜好，树立高尚的品德。

（五）《格萨尔》研究

国外研究《格萨尔》已有200多年的历史。但因缺乏原始文献资料，又受到不能进行实地考察的局限，早期《格萨尔》研究主要限于一般的介绍和评论，所介绍的内容也很少，只有部分章节。20世纪30年代之后，在前苏联、蒙古人民共和国和西欧各国研究《格萨尔》者，取得了相当的成果。根据藏族学者降边嘉措介绍，有东方学派和西方学派两大派。东方学派是指前苏联、蒙古人民共和国和东欧各国的研究思路与方法。十月革命后，重视《格萨尔》研究，在列宁格勒苏联科学院东方学研究院收藏了许多手抄本，其中有藏文、蒙文和布里亚特蒙文。在莫斯科和其他一些地方研究机构中，也收藏了不少《格萨尔》的资料。前苏联学者以这些丰富资料为基础，进行了广泛研究。侨居于印度的小罗列赫在《岭·格萨尔》（1942）中论述了格萨尔的起源及其发展，认为格萨尔最初属于典型的英雄史诗，是藏族和突厥诸部落间古战争的记录，研究涉及格萨尔说唱艺人、唐卡及塑像，为后来者的研究指明了方向。蒙古科学院院士达姆丁苏伦在《格萨尔的历史根源》（1950）中详细地比较了苏联东方科学院蒙、藏、布里亚特文不同的格萨尔版本，对格萨尔的来源和特点提出了较为重要的观点。恰格杜洛夫《格萨尔的起源》（1980）一书，认为格萨尔产生于母系社会向父系社会过渡的阶段，格萨尔是反侵略英雄的化身。

蒙古国学者策·达木丁苏伦研究成果代表了整个东方学派的水平，1957年，他在莫斯科用俄文出版了《论〈格萨尔〉的历史源流》一书，比较集中地反映了这一时期东方学派的研究水平和最新成果。策·达木丁苏伦精通蒙文、俄文和藏文，他将蒙文和藏文本《格萨尔》视为一个整体，从不同角度对蒙、藏文《格萨尔》进行比较研究，力图用马克思主义观点，分析《格萨尔》的主题思想和社会意义，阐明其人民性特征。而在《关于〈格斯尔〉研究的一些问题》（1981）中，则从词源学角度，将《格萨尔》的人物分为三组：一组属原来的本名；第二组是绰名；第三组带有母系因素，也就是带上母亲出生的地名，认为这种情况“很可能是母系社会传统的反映”。这种分析使《格萨尔》研究深入了一步。

西方学派对《格萨尔》的研究晚于东方学派，但从 20 世纪 30 年代开始有了较大的进展，至 60 年代后进入了全盛阶段。法国的亚力山大·达维·尼尔和石泰安堪称代表，他们的研究代表了西方学派学术水平。达维·尼尔曾两次到过传说是格萨尔故乡的德格和邓柯地区，在锡金永格登喇嘛帮助下，听艺人说唱《格萨尔》，并记录整理，收集了一些手抄本和木刻本，回国后综合整理成《岭·格萨尔超人的一生》，于 1931 年用法文在巴黎出版，在序言中记录了搜集整理的过程，论述了他对史诗的认识和评价。这是第一部比较详细地向西方介绍《格萨尔》的专著，许多西方人士从正是通过这部书认识了《格萨尔》，并引起了研究藏族史诗的兴趣。

法籍德国人石泰安是当代西方著名的藏学家，曾于 1946 年至 1949 年到中国进行实地考察，在德格、邓柯地区搜集到了各种版本的《格萨尔》，访问了一些说唱艺人。1958 年在巴黎发表了《格萨尔生平的藏族画卷》一书，较系统地介绍了有关格萨尔的卷轴画。第二年又出版了《藏族史诗格萨尔王传与说唱艺人的研究》，是一本比较系统论述《格萨尔》及其说唱艺人的著作，某种意义上是西方各国关于《格萨尔》研究的总结。此外，法国女藏学家艾尔费在《藏族格萨尔王传的歌曲》中对《格萨尔》的文体、诗律和曲调进行分析研究，开创了国外《格萨尔》音乐研究的先河。

概括而言，东方学人比较注重研究《格萨尔》的主题思想，阐述其人民性和民主性，研究史诗所塑造的艺术典型及其社会意义，还致力于蒙、藏文《格萨尔》的源流关系研究。西方学人则从历史、宗教、艺术、语言、风俗等方面入手，注重史诗的学术价值和认识作用。由于《格萨尔》产生在中国藏区，国外对《格萨尔》的了解十分有限，学者们所掌握的资料也不全面，其研究不免缺少深度，有时还存在猎奇、牵强附会以及想当然的现象。但不可否认，正是由于他们探索性的工作，《格萨尔》受到了国际学术界的关注，也从而使西方人改变了只有希腊才出现完备史诗的偏见。可以说，西方学者对《格萨尔》在世界范围的传播做出了巨大贡献，他们的研究也极大地推动了“格萨尔学”研究的发展。

二　国内研究状况

（一）神话传说研究

昆仑神话研究是中国神话研究的一个重要领域，从20世纪初至今，产生了一大批有影响的论著。如蒋观云的《中国人种考·昆仑山》（《新民丛报》，1904年）是现代研究昆仑神话的开篇之作，对昆仑神话体系的建立和华夏族起源研究有着较大影响。鲁迅在《中国小说史略》（讲义本，1923年）中谈及昆仑神话和西王母，还根据昆仑神话改编成了《故事新编》。茅盾《中国神话研究ABC》（世界书局刊行，1929年），首次提出西王母神话演化的三阶段。苏雪林《昆仑之谜》撰写于1939年，认为言西王母即言昆仑也，西王母与昆仑原有析不开之关系，昆仑是许多民族共有的"世界大山"、"天地之脐"。钟敬文《〈山海经〉神话研究的讨论及其他》（《民俗周刊》，1930.92）、吴晗的《〈山海经〉中的古代故事及其系统》（《史学年报》，1931.3）、辰伯的《西王母与西戎——西王母与昆仑山之一》（《清华周刊》，1931.6）、吕思勉的《昆仑山考》（《说文月刊》，1933.4）和《西王考》（《说文月刊》，1939.9）、凌纯声《山海经新论》（台北文化局，1933）、丁山《论炎帝大岳与昆仑山》（《说文月刊》，1939.9）等论著，将昆仑神话研究与边疆问题结合起来，具有救亡存图、凝聚国人力量的时代意义。

改革开放以来，顾颉刚、钟敬文、袁珂、萧兵、任乃强、朱芳圃、刘魁立、何光岳、吕微等学者对昆仑神话进行了整理和研究。其中，顾颉刚先生对昆仑神话理论体系的建构贡献尤为巨大，他在《庄子、楚辞中昆仑和蓬莱两个神话系统的融合》（《中华文史论丛》，1979.2）中提出，中国古代神话有两个很重要的大系统，一个是昆仑神话系统，一个是蓬莱神话系统。在《〈禹贡〉中的昆仑》、《昆仑和河源的实定》、《〈水经〉中的河源》中对神话和地理昆仑进行了深入探讨，其观点引起了海内外学界的关注，产生了很大反响。

20世纪90年代以来，青海学者尤为关注昆仑神话，并逐步将昆仑神话研究与地方文化建设结合起来，积极打造昆仑文化品牌，成绩显著。赵宗福博士在《论"虎齿豹尾"的西王母》（《北京师范大学学报》，1993专号）中认为西王母的原型是青海湖地区崇拜虎图腾的部落女酋长兼大女巫。许英国在《昆仑神话纵横谈》(《昆仑神话与西王圣母》,1998)中认为昆仑神话人物有主线和副线之分。李文实先生在《西王母通考》(《西陲故地与羌藏文化》,2001.)和《〈禹贡〉织皮昆仑析支渠及三危地理考实》(同前)中认为西王母神话来源于昆仑之丘,昆仑之丘就在今青海地区,而位于青海的巴颜喀拉山即《禹贡》中的昆仑山。赵宗福在《昆仑神话》(青海人民出版社,2005.)中认为,昆仑神话是中国古典神话的主体,并对神话昆仑山的风貌、西王母形象的演化和变异、相关神话故事、昆仑神话与青海关系、昆仑神话的流传与影响等问题进行了探讨与诠释。

2010年7月,青海省成功举办了"昆仑文化与西王母神话国际学术论坛",2011年7月又举办了"昆仑神话与世界创世神话国际学术论坛",这两次会议规格高、影响大。来自海内外的学者们提交了一系列高质量论著,极大地推动了昆仑神话研究。其中,探讨昆仑神话和昆仑文化的代表性论文,有赵宗福《论昆仑神话与昆仑文化》、周星《中国古代神话里的"宇宙药"》、林继富《昆仑文化与藏族文化关系研究》、施传刚《试论昆仑神话中世界及人类演化的观念》等。除了对昆仑神话进行深入探索之外,有些论著还突破了神话学研究的领域,从昆仑神话拓展到昆仑文化研究,实现了从昆仑神话向昆仑文化研究转化的质的飞跃。

关于西王母的研究,有钟宗宪《死生相系的司命之神——对于西王母神格的推测》、施传刚《西王母及中国女神崇拜的人类学意义》、万建中《西王母神话的现代表达——读罗兰·巴特的〈神话学〉》、陈虎《关于西王母传说的几点历史学考察》、陈金文《东汉画像石中西王母与伏羲、女娲共同构图的解读》、崔永红《西王母的三面孔》、张怀群《西王母五论》、赵春娥《青海地域中西王母的历史流变》、赵宗福《西王母的始祖母神格考论》、施爱东《"弃胜加冠"西王母——兼论顾颉刚"层累造史说"的加法与减法》、宋金兰《从东土王室公主到西土部落酋长——"西王母"原型之语言考辨》、汤夺先《人格结构理论视野中的西王母形象变迁分析》、刘永红《明清宗教宝卷中的西王母形象与信仰》等,从人类学、历史学、考古学、语言学、民间宗教等各个方面对西王母的神格、形象演化、原型及信仰进行了广泛的考证和探讨。

刘宗迪《昆仑源流考》、张从军《战国秦汉图像中所见昆仑山》、粟凰《论屈赋与昆仑神话的关系》、米海萍《从文献看河源信仰的特征》、李措吉《神话昆仑：深层记忆中的神圣家园——屈原的精神困顿与宗教情怀》等，结合文献和考古资料，对昆仑神话中的昆仑山、屈原作品与昆仑神话、河源崇拜与昆仑信仰特征关系等进行了较为深入而到位的考证与探索。

在青藏地区的神话研究中，土族神话传说研究起步较早。李友楼的《土族神话故事简介》（《青海社会科学》1982.3）、马光星的《关于土族神话“阳世”的形成》（《青海民族学院学报》1981.4）、李钟霖《论土族神话传说》（《中央民族学院学报》1992.5）等，对土族神话进行了分析和介绍。星全成在《也谈土族是否有神话问题》（《青海民族学院学报》1983.3）中对土族是否有神话这一问题进行了探讨，认为土族民间文学中并不存在“找不到神话”这种特殊现象。胡芳的《文化重构的历史缩影——土族创世神话探析》（《民族文学研究》2005.4）从土族原生创世神话和受汉藏文化影响后产生的次生创世神话入手，对土族创世神话的发展脉络进行了尝试性的梳理。鄂崇荣《多元历史记忆与族群认同变迁——从民和土族神话传说看民和土族认同的历史变迁》（《青海民族学院学报》2008.2）探讨土族的历史记忆和族群认同的传递和调整过程，为土族族群自我认同的历史变迁及现存的学术争论提供了较为合理的解释。

“猕猴变人”是藏族最具代表性的人类起源神话。袁建勋、才贝等《藏族起源的“金枝”——解读猕猴与罗刹女结合》（《西北民族大学学报》2005.5）、才旦曲珍《浅析“猕猴变人”的藏族人类起源神话》（《西藏大学学报》2006.3）、李静和戴宁宁《藏族起源“罗刹女与猕猴结合”传说与藏族社会性别角色》（《西北民族大学学报》2007.3）、李水奎《藏族“猕猴变人”神话传说探析》（《康定民族师范高等专科学校学报》2008.5）等文，从不同角度剖析了藏族古老神话“猕猴变人”传说，对其文化内涵和社会意义进行了探讨。

（二）民间歌谣研究

1. 20世纪30—40年代

在“五四”民主科学思想和中国新民俗运动的推动下，青藏地区流传了数百年的“花儿”引起了学界关注。1925年袁复礼在北京大学《歌谣》周刊发表了《甘肃的歌谣——话儿》及所搜集的30首花儿，该文将“花儿”误写成“话儿”，但仍产生了一定影响，朱自清在讲授歌谣课程时还引用过其中的一首。1940年重庆青年书店出版张亚雄编著的《花儿集》，是民间文学史上第一部全面而系统地记述、讨论和研究西北“花儿”的专著，也是现代“花儿”研究的第一块奠基之作，在“花儿”学领域甚至西北民族民间文学研究领域具有划时代的意义。散见于国内报刊的论著有：西北晨钟社所辑《青海民间的情歌》（《西北晨钟》1939.1）、王洛宾《青海民歌》（《新西北》1940.5—6）、长弓《青海的花儿》（《西北日报》1942）、萌竹（逯登泰）《青海花儿新论》（《西北通讯》1941.8.V1）和《青海的花儿》（《西北通讯》1947.1.V1）等。这些文章在介绍民歌“花儿”的同时，也谈到了“花儿”的流传、内容、演唱、曲调等，形成了初期阶段的“花儿”理论研究。

2. 20世纪50—60年代中期

20世纪50年代初期，在“新民歌运动”浪潮的推动下，青藏地区掀起了研究“花儿”热潮。许多学者、文艺工作者甚至“花儿”演唱家们，纷纷撰文介绍和研究“花儿”。萌竹在《青海民间有什么歌谣》（《青海日报》1950.11.3）一文介绍了青海民间歌谣“花儿”的现状。朱仲禄在《谈谈“花儿”》（《西北音乐资料》1953.8）对花儿的内容进行了分类，并谈了自己的演唱感受。

源流探讨是这一时期“花儿”研究的一个重要议题。赵存禄《“花儿”的“来龙去脉”再探》（《青海湖》1961.12）、孙殊青《“花儿”的起源》（《青海湖》1962.6）、王浩和黄荣恩《“花儿”源流初探》（《民间文学》1962.6）、刘凯《再谈“花儿”与元代“散曲”》（《青海湖》1963.1）、《可疑的和可信的——“‘花儿’的‘来龙去脉’再探”读后》、黄荣恩《〈河州是“花儿”的正宗〉质疑》（《青海日报》1962.9.9）等文章，从古诗文、民间传说、曲调、韵律等方面，多角度、多侧面地对“花儿”的起源问题进行了热烈争论，虽然讨论最终没有得到一致看法，但在“花儿”研究学术史上产生了良好的影响，对拨开“花儿”起源迷雾有很大的启示意义。

对“花儿”艺术特征探讨也是这一时期研究热点。孙殊青《试谈“花儿”的艺术形式和表现手法》（《青海湖》1961.12），刘凯、任丽璋

《谈谈“花儿”押韵问题》(《青海日报》1961.8.26) 等文,对“花儿”节奏、韵律、比兴手法进行了分析与探讨。“花儿会”也进入了学者们的视野,可国《花儿会小品》(《青海湖》1960.2)、纪舜《“花儿”会巡礼》(《青海湖》1960.2),李养峰、张瑛华《赛马花儿散记》(《青海日报》1961.8.5) 等文,介绍了民和、乐都等县“花儿会”的盛况。

3. 20 世纪 70 年代后期至 90 年代

这一时段,全国和地方报刊先后发表有数百篇研究文章,出版了若干概论式研究著作。“花儿”研究涉及渊源、格律、流派、语言结构、族属、花儿会与歌手等领域。关于“花儿”渊源,较有影响的论著有:柯杨《“花儿”溯源》(《兰州大学学报》1981.2),从各方面论证了“花儿”形成于明代。马珑《“花儿”源流试探》(《花儿论集》1983 年版)、屈文琨的《词与花儿的流变及其比较研究》(《中央民族学院学报》1986.2) 则认为“花儿”与唐宋词有密切关系;张亚雄《花坛往事及“花儿”探源》(《雪莲》1980.3—4)、《“花儿”古今探》(《民间文学论坛》1982.2)、《“花儿”探源》(《民族文学研究》1981.1—2) 等数篇文章,从音乐角度阐述了“花儿”产生于唐代的观点。

关于“花儿”的流派,王浩《“花儿”的风格和流派》(《民间文学》1979.7) 指出传统“花儿”分为洮岷“花儿”和河湟“花儿”两大流派,两大流派在格律上存在差异。卜锡文《试论“花儿”的体系与流派》(《民间文学》1980.5) 根据花儿格律提出了体系说,认为“花儿”分为河湟、洮泯、陇中三大体系。郗慧民《关于“花儿”的类型》(《民族文学研究》1984.3) 中提出了“类型说”,认为“花儿”应分河州型和洮岷型两大类型。在“花儿”格律研究方面,汪曾祺《“花儿”的格律》(《民间文学》1979.6) 中探讨了“花儿”格律的单双字尾交叉使用,并多用仄声韵等规律。刘凯《试论“花儿”的特点、流派与格律》(《民间文学》1980.6) 中分析了河湟“花儿”各种句型“顿”的规律及其押韵和特殊结尾特点;赵宗福《青海“花儿”格律试说》(《河湟民间文学集》第一集) 对河湟“花儿”的结构、押韵形式作了精辟分析。

关于“花儿”语言结构、比兴手法、音乐等方面的研究,较有影响的有:罗实、晓天《千姿百态 美不胜收——青海“花儿”的比、兴、赋浅谈》(《青海师范学院学报》1981.4)、周娟姑《“花儿”音乐的民族和地区特点》（青海民研会 1982 年编印内部资料本《少年（花儿）论集》）、黄荣恩《试谈青海“花儿”的曲令分类及其艺术特征》（《青海群众艺术》1980.4）、张谷密《论“花儿”的旋法特点及艺术规律》（《音乐研究》1981.2）和《撒拉族花儿调式研究》（青海民研会编《少年（花儿）论集》）、李文实《“花儿”与〈诗经·国风〉》（《青海民族学院学报》1980.4），许英国《河湟“少年”音韵发微》和《论河湟少年兴起联涉及的范围及其艺术表现特征》（青海民研会编《少年（花儿）论集》）等，对“花儿”的语言结构、艺术手法和音乐特点，提出了许多独到的见解。

“花儿”歌手研究有：梁胜明《“花儿皇后”——记撒拉族女歌唱家苏平》（《甘肃日报》1984.7.20）、王沛《太子山下的“金唢呐”——谈回族“花儿”歌手杨赛尔吉的演唱特色》（甘肃民研会编印《花儿论集》二）、魏泉鸣《朱仲禄对“花儿学”研究的重要贡献》（《民族文学研究》1986.6）等。少数民族“花儿”研究有：柯杨《具有代表性的回族“花儿”——“出门人的歌”》（《宁夏大学学报》1985.1）、马学义《“撒拉族花儿”探源初见》（《青海日报》1982.3.6.）、马光星《为“阿甲哟”正名》（青海民研会编《少年（花儿）论集》）、马正元《从土族“花儿”〈尕三姐令〉看它的调式》（青海民研会编《少年（花儿）论集》）等对回族、撒拉族和土族“花儿”的内容、曲令等进行了有益探索。

这一阶段，还出现了几部系统研究“花儿”的论著，基本构建起了“花儿学”的理论体系。赵宗福的《花儿通论》（青海人民出版社，1989.）从文化学角度，在定义、源流、格律、社会内容、音乐艺术、“花儿会”与歌手等方面，进行了系统而深入的理论研究，并对以往花儿的搜集整理、创作实践、理论研究等进行了总结性概述，这是国内第一部对“花儿”进行整体性研究的专著，填补了“花儿”整体研究的空白，该书被台湾音乐学院等大学选为研究生选修教材。郝慧民的《西北花儿学》（兰州大学出版社，1989），内容涉及“花儿”的流布、类型、内容、形式、渊源、演变、曲令、演唱等方面，资料翔实，分析独到，有较强的系统性和理论性，成为许多综合大学讲授“花儿”的理论教材。另有屈文焜《花儿美论》（甘肃人民出版社，1989），魏泉鸣《花儿新论》（敦煌文艺出版社，1991），刘凯《西部花儿散论》（广西人民出版社，

1995），王沛《河州花儿》（兰州大学出版社，1992）、《河州说唱艺术》（敦煌文艺出版社，1999）等，对“花儿”作了深入而系统的研究。

4. 2000 年至今

进入 21 世纪之后，“花儿”研究得以深化发展，研究范围更加广泛，研究方法也更为科学，出现了一批集大成之作。柯杨的《诗与歌的狂欢节——花儿与花儿会之民俗学研究》（甘肃人民出版社，2002）、陈元龙主编的《中国花儿新论》（甘肃文化出版社，2004）、魏泉鸣的《中国花儿学史纲》（甘肃人民出版社，2005），徐治河编著的《中国花儿文化编年史纲》（中国文联出版社，2006）、武宇林的《中国花儿通论》（宁夏人民出版社，2008）等，均堪称为“花儿”研究史上的重大成果。其他还有罗耀南《花儿词话》（青海人民出版社，2001）、滕晓天《青海花儿话青海》（银河出版社，2002）、颜宗成主编《青海花儿论集》（中国文联出版社，2006）、吉狄马加和赵宗福主编《青海花儿大典》等。此外，张君仁《花儿王朱仲禄——对一个民间歌手的人类学实践研究》（敦煌文艺出版社，2004），用文化人类学的研究方法对“花儿”歌手朱仲禄进行了研究，视角颇为新颖。李雄飞《文化视野下的诗歌认同与差异——以河州花儿与陕北信天游比较为个案》（民族出版社，2005）中，对“花儿”与信天游进行了比较研究，开拓了“花儿”研究的新领域。这两部论著都有较高的理论深度和学术水平。

这一阶段，西方的口头诗学、口头程式等理论和方法也相应地被学者们应用到了“花儿”研究中，出现了一批视角新颖、眼光前瞻的成果。柯杨《莲花山花儿程式论》（《广西民族学院学报》2002. 2）、范长风《“花儿”功能的意义体系及其思考与表述》（《贵州大学学报》2003. 4）、马雪莲《花儿会：二元结构下的特定时空——试作“花儿会”回族群众角色互换的分析》（《青海民族研究》2004. 1）、郝苏民《文化场域与仪式里的“花儿”——从人类学视野谈非物质文化遗产保护》（《民族文学研究》2005. 4）、刘永红《禁忌与狂欢——浅谈“花儿”的文化特征与社会功能》（《青海民族研究》2006. 1）、李言统《“在场”视阈下花儿的创作和表演刍议》（《青海师范大学学报》2007. 3）等，采用文化人类学、表演、仪式、结构理论，对“花儿”的文化特征、社会功能与表演等进行了颇有见地的文化分析。

郗慧民《花儿研究与“花儿学”》（《西北民族学院学报》2002.4）、范长风《神圣事象与花儿：两种文化现象的互动》(《民族艺术》2002.3）、杨沫《从花儿研究现状思考中国民歌研究中的问题》（《音乐研究》2004.4）、安少龙《从“多民族文学史观”看花儿研究》（《民族文学研究》2008.1）等对“花儿”的思想内容、音乐特征、歌词艺术、社会功能及保护与发展进行了深入述评和探讨。其中，影响较大的是赵宗福《西北花儿的研究保护与学界的学术责任》（《民间文化论坛》2007.3）一文。该文以西北“花儿”研究保护为个案，在重新鉴定“花儿”族属、价值和存活现状、花儿会的个性特征、“花儿”口头传统与抢救保护基础上，进一步明确了学者在非物质文化遗产抢救保护和学术研究的责任问题。由于该文具有很强的理论和现实指导意义，获得了第八次青海省哲学社会科学优秀成果一等奖。

有关藏族民歌研究，从20世纪80年代开始涉及各个方面，不少论著体现出较高的学术水平。佟锦华、卓如《藏族民歌的特色》（《西藏研究》1983.3），谈士杰、宁世群《民间文学宝库里的明珠——简论西藏民歌》（《西藏研究》1985.3），杨茂林《卓尼藏族民歌概论》（《西藏艺术研究》2002.2）等，是研究藏族民歌的佳篇。马学良等著《藏族文学史》第四编第六章“民歌”一节[①]，从结构形态及类别、思想内容、艺术特点等方面作了总结性研究，也是概要介绍藏族民歌的集大成之作。乔高才让的《华锐民歌——一颗闪光的瑰宝》（《甘肃民族研究》1987.3）、华锐·东智《天祝藏族民间艺术概述》（《甘肃民族研究》1995.4）、格桑卓玛《舟曲藏族民歌初探》（《西北民族研究》1995.1）、格曲《世界屋脊之巅西藏阿里的民歌风格、特色区域及种类》（《西藏艺术研究》1995.2）、何晓兵《四川白马藏族民歌的文化学研究》（《音乐研究》1992.3）、郜鹏《青海玉树地区藏族民歌初探》（《西北成人教育学报》2008.5）等研究了地域性藏族歌谣，内容涉及歌谣的分类、音乐特色，还揭示了歌谣与文化背景之间的密切关系，体现了较为完整歌谣概念的学理分析。

在仪式歌方面，曾维群《洮迭藏族婚俗》(《甘肃民族研究》1990.2）、桑吉《甘南藏巴哇藏族的婚丧习俗述略》（《甘肃民族研究》1991.3）、宁

① 马学良等：《藏族文学史》，四川民族出版社1994年版，第858—898页。

世群《青海卓仓地区藏族〈婚礼歌〉述略》（《青海社会科学》1988.6）、岗措《“卓仓”藏族婚礼歌中的文化透视》（《亚细亚民俗研究》，民族出版社1997年版）、格曲《西藏民间音乐的瑰宝——彭波冲鲁谐钦》（《西藏艺术研究》，1991.3）等，将歌谣研究与民俗仪式结合起来，分析其在现实生活中的展演情景。

在民歌艺术特征方面，宋志瑞《藏族拉伊初探》（《中央民族学院学报》1986.1）、赵维峰《安多藏族民歌》（《中国音乐》1993.4）、孟新洋《藏族歌曲的演唱风格与技巧初探》（《中央民族学院学报》1993.3）、佟锦华和周炜《藏族民间歌谣的形式》（《西南民族学院学报》1992.2）、阿金《藏族民歌中的衬词衬腔赏析》（《西藏艺术研究》2004.1）、仓央拉姆《安多地区藏族及其音乐特点》（《西藏艺术研究》2000.4）、常留柱《藏族民歌及其演唱技巧》（《中国音乐》2005.4）、尼玛才让《藏族民间音乐文化特征简论》（《青海师范大学学报》2007.4）、李英霞《藏族女高音之风格及其特点比较研究》（《中央民族大学学报》2009.3）等，对藏族民歌音乐特色、演唱技巧、格律音节、艺术风格等进行了分析与研究。

除此之外，回族宴席曲、土族婚礼歌及各民族儿歌也引起了学者们的关注。周梦诗《简谈回族宴席曲》（《河湟民间文学集》第九辑））对回族宴席曲产生的年代、分类、曲调、演唱形式等进行了探讨，并对回族宴席曲与“花儿”进行了比较研究，其中不乏独到的见解。梁莉莉《试论青海回族宴席曲的存在方式及其民俗事象》（《西北民族大学学报》2003.5）运用仪式学理论，对青海回族宴席曲作为仪式表演活动存在的时空、参与人群、演唱内容等进行了分析，并挖掘了其所蕴含的地方性知识，研究角度较为新颖。李国顺《青海河湟地区宴席曲音乐特点分析》（《青海师范大学学报》2006.2）对河湟宴席曲的内容、演唱形式、节拍、曲调、衬字衬词运用、曲式结构、旋律等方面的特点进行了分析与研究。胡芳《土族婚礼歌探析》（《中国土族》2001年春季号）对民和土族婚礼歌的文化内涵进行了解析；贺喜焱《土族婚礼歌的民俗文化解读》（《青海社会科学》2002.2）对互助土族婚礼歌的物质民俗文化和精神物质民俗文化进行了挖掘与分析；王文韬《土族婚礼歌研究——以互助方言区为例》（《音乐探索》2004.4）结合互助土族的婚礼仪式，从音乐学角度对土族婚礼歌的旋律形态、曲式特征、节拍节奏、调式形态特征、民俗文化内涵等作了分析与解读。

（三）民间叙事诗研究

许英国《简评青海第一部民间叙事长诗〈方四娘〉》（《青海社会科学》1984.5）对青海省湟中县李来成搜集、整理的民间叙事诗《方四娘》进行了文本研究，认为这部叙事长诗是青海各民族民间文学中发现的第一部叙事长诗，并就其故事梗概、社会意义、艺术成就、产生年代及其民族归附等问题进行了较为深入的研究。高启安《四姐宝卷与方四娘》（《青海社会科学》1988.1）一文提出了与许英国不同的见解，认为《方四娘》是目前仍在甘肃河西走廊流传的宝卷《四姐宝卷》的变异体，“称之为叙事诗是不妥的；说它产生在青海，为青海的第一部叙事长诗则更是大谬不然”①。之后，马光星《论民间说唱〈方四娘〉》（《青海社会科学》1989.4）、《论〈方四姐宝卷〉》（《青海民族学院学报》1990.2）、《〈方四娘〉故事类型之比较研究》（《青海民族研究》1990.2）三篇文章，对《方四娘》故事进行了专题研究和比较研究，对“方四娘”称谓、起源问题进行了探讨。

回族民间叙事诗《马五哥与尕豆妹》的研究相对较早。20世纪40年代初，张亚雄将这首脍炙人口的叙事诗收入了《花儿集》之中，又根据祁振华所搜集的歌词加以补充修正后，以《马五哥曲》之名收入了1949年增订再版的《花儿集》，在序中，张亚雄对马五哥与尕豆妹的婚恋悲剧产生的根源进行了分析，并对其给予了高度评价。20世纪80年代中期，周梦诗《关于〈马五哥与尕豆妹〉》、马进祥《在莫尼沟谈〈马五与尕豆〉》（《河湟民间文学集》第九辑）结合个人田野调查，对叙事诗产生的时代背景、原型进行了探索。

随着西方民俗学研究方法和理论译介于国内、运用于叙事诗研究的有：刘秋芝的《回族叙事诗〈马五哥与尕豆妹〉口头程式特征探析》（《西北民族研究》2008.4），从修辞、诗句分析了《马五哥与尕豆妹》口头程式特征；亚志彬《〈祁家延西〉的口头特征分析》（《内江师范学院学报》2008.5）、白洁《土族叙事诗〈福羊之歌〉的口头程式解读》（《山西农业大学学报》2009.1），对土族叙事诗《祁家延西》、《福羊之

① 高启安：《四姐宝卷与方四娘》，《青海社会科学》1988年1期。

歌》在语言、结构、内容存在的程式化特征进行了剖析；梁莉莉《试析藏族民间叙事诗〈拉萨怨〉的时间观念》(《民间文化论坛》2005.3)，从叙事学的角度尝试性地探索了藏族《拉萨怨》的时间观念对叙事诗结构布局和情节安排的重要作用和意义，以及叙事风格和叙事传统。

(四)《格萨尔》研究

明清以来，以觉囊达拉那塔、松巴益喜班觉、六世班禅华旦益喜、三世章嘉若必多杰、宦芒班智达、五世达赖洛桑嘉措等为代表的藏族学者，在《关于格萨尔的问答集》、《安多政教史》、《朗氏家谱灵犀宝卷》等著作中对格萨尔的生平年代、出生地点、世袭血统以及格萨尔是否历史人物和对一些地域进行了考证性的研究①。虽然古代藏族学者对《格萨尔》有所关注和研究，但大规模开展研究却是在新中国成立之后。艰苦而卓有成效的搜集、整理、翻译、出版工作，大致可分为三个阶段。

1. 20世纪50年代末至60年代初

这一阶段是《格萨尔》理论研究的起步阶段，初步形成了《格萨尔》研究的传统。徐国琼《藏族史诗〈格萨尔〉》(《文学评论》1959.6)，对史诗的特色、来源、产生年代、部数及国内外研究概况进行了整体介绍，标志着我国《格萨尔》研究的全面展开。黄静涛在《霍岭大战》汉译本序言中，运用马克思主义理论对史诗的思想性和艺术性作了全面分析和评价，并针对《格萨尔》产生的年代、主题思想、人物形象、艺术特色等提出了自己的看法。基本上反映了这一时期人们对《格萨尔》的认识与理解，代表着当时《格萨尔》研究的最高水平。

2. 20世纪70年代后期至90年代初

"文化大革命"以后《格萨尔》的搜集整理工作迅速恢复，研究工作也随之展开。有关《格萨尔》的文章数百篇，出版了多部内容充实、立论新颖的研究专著。《格萨尔》研究涉及总体评价、思想内容、产生年代、艺术成就、社会意义、说唱艺人、人物形象、各类版本、蒙藏文《格萨尔》关系、格萨尔传说和风物遗迹等诸多方面，基本建构起了《格萨尔》学的学科体系。降边嘉措《〈格萨尔〉的产生时代》(原载作者专著《〈格萨尔〉初探》，青海民族出版社，1986)认为《格萨尔》的产

① 索南卓玛：《国内外研究〈格萨尔〉状况概述》，《文坛瞭望》2004年秋季号。

生、发展和演变，经历了几个重要的阶段，产生于藏族氏族社会开始解体、奴隶制的国家政权逐渐形成的历史时期，即公元7—9世纪前后才基本形成。在吐蕃王朝崩溃之后，进一步得到丰富的发展，并开始广泛流传[①]。徐国琼《论岭·格萨尔的生年及〈格萨尔〉史诗产生的时代》(《格萨尔研究集刊》第1辑）则认为是“在11世纪以后才开始产生、发展起来的。其中大部分的分部本则是在15、16世纪以后才逐步形成”[②]。

《格萨尔》人物形象的研究有：王沂暖《〈格萨尔王传〉中的格萨尔》(《西北民族学院学报》1979.1)，开山斗、丹珠昂奔《试论格萨尔其人》(《西藏研究》1982.3)，潜明滋《论珠牡——兼谈〈格萨尔王传〉的写实倾向》(《民间文艺集刊》1984.5)，王克勤《也谈珠牡——兼论〈贵德分章本〉对珠牡形象的塑造》(《格萨尔研究》第3辑)，黄颢《藏文史书中的格萨尔》(《民间文学论坛》1985.1)，降边嘉措《藏文文献中的〈格萨尔〉》(《民间文学论坛》1985.1)，王兴先《〈格萨尔王传〉岭国三十英雄辨》(《西北民族学院学报》1986.2)，吴伟《〈格萨尔〉人物梅乳孜论》(《民族文学研究》1986.3)、《晁同论》(《中国藏学》1988.2）和《论〈格萨尔〉的人物原型》(《格萨尔学集成》第三卷）等。在这些论著中，学者们对格萨尔的历史真实性进行了较为严谨的考证，各抒己见，并对格萨尔、珠牡、贾察、晁同等人物形象加以审美分析。

关于《格萨尔》语言艺术成就研究有：降边嘉措《从〈格萨尔〉看藏族的文学语言》(《甘肃民族研究》1982.1)、潜明兹《〈格萨尔王传〉的宗教幻想与艺术真实》(《文学遗产》1983.1)、王兴先《〈格萨尔〉谚语试评》(《西北民族学院学报》1984.2)、索代《谈〈霍岭大战〉的情节艺术》(《民族文学研究》1985.2)、降边嘉措《〈格萨尔〉的结构艺术》(《西藏民族学院学报》1986.1)、徐国琼《论〈格萨尔〉史诗的神话色彩》(《西藏研究》1986.1)、索代《谈〈格萨尔〉的艺术特色》(《格萨尔研究》第三辑)、扎西达杰《玉树藏族〈格萨尔王传〉说唱音

---

① 降边嘉措：《〈格萨尔〉的产生时代》，载《格萨尔学集成》第二卷，甘肃民族出版社1990年版，第1061页。

② 徐国琼：《论岭·格萨尔的生年及〈格萨尔〉史诗产生的时代》，载《格萨尔学集成》第二卷，甘肃民族出版社1990年版，第1046页。

乐研究》(《格萨尔研究》第三辑)等。对《格萨尔》语言艺术、结构艺术、情节艺术、说唱曲调及修辞手法等进行了分析与论述,对《格萨尔》的艺术成就进行了较深入的挖掘与展现。

《格萨尔》说唱艺人的研究主要有:降边嘉措《杰出的民间艺术家——浅谈〈格萨尔〉说唱艺人》(《西藏研究》1984.4)、斯钦孟和《琶杰传》(《格萨尔研究集刊》[1])、杨恩洪《格萨尔艺人"托梦神授"的实质及其他》(《民间文学论坛》1986.1)、徐国琼《试论〈格萨尔〉"仲肯"的"博仲"》(《民间文学论坛》1986.1)、降边嘉措《论〈格萨尔〉的说唱艺人》(《甘肃民族研究》1986.1)、杨恩洪和热嘎《浪迹高原的民间艺人——玉珠》(《格萨尔研究》[2])、岗日曲成和边峰《雪域国宝——记著名的〈格萨尔〉演唱家扎巴老人》(《格萨尔研究》[2])、顿珠《神奇的〈格萨尔〉艺人》(《西藏研究》1988.2)、阎振中《〈格萨尔王传〉说唱艺人神授说浅析》(《西藏研究》1987.1)、徐国琼《再论〈格萨尔〉艺人的"神授说"》(《山茶》1988.3)、降边嘉措《〈格萨尔〉说唱艺人的灵魂观念》(《民间文学论坛》1988.3)、杨恩洪《〈格萨尔〉艺人论析》(《民间文学论坛》1988.3)等。对格萨尔(格斯尔)说唱艺人扎巴、桑珠、琶杰、玉珠等的个人演唱史进行了追溯研究,对说唱艺人的"神授"现象进行了较深入的分析与探讨。杨恩洪还将说唱艺人归类,分为神授艺人、闻知艺人、掘藏艺人、吟诵艺人和圆光艺人,并对这五种艺人的特点及其现存艺人的情况进行了较为详尽的介绍,论述颇有学术价值。

这一时期,降边嘉措《〈格萨尔〉初探》(青海人民出版社,1986)、杨恩洪《中国少数民族史诗〈格萨尔〉》(浙江教育出版社,1990)先后出版。前者对《格萨尔》史诗进行了全方位、多学科研究,是一部拓荒性学术著作,填补了我国《格萨尔》研究专著之空白,且将《格萨尔》推向了从局部进入整体性研究的新起点。后者则从《格萨尔王传》概览、艺术、生态、版本、艺人、论"神授"、研究等7个方面,对《格萨尔》进行了论证,是具知识性与探索性研究的力作。

3. 20世纪90年代至今

20世纪90年代以来,随着《格萨尔》研究的进一步深化,形成了一支学术视野开阔、研究方法新颖的研究队伍,陆续出版了20多部《格萨尔》研究专著，为史诗规范性研究及史诗学科的形成奠定了基础。王兴先《〈格萨尔〉论要》（甘肃民族出版社，1991）；吴伟《〈格萨尔〉人物研究》（群言出版社，1992），降边嘉措《格萨尔与藏族文化》（内蒙古大学出版社，1994）、《格萨尔论》（内蒙古大学出版社，1999）、《走进格萨尔》（四川民族出版社，2003）等，杨恩洪《民间诗神——格萨尔艺人研究》（中国藏学出版社，1995），何峰《格萨尔与藏族部落》（青海民族出版社，1995），赵秉理《格萨尔学集成》（1—5卷，甘肃民族出版社，1990—1998），索南卓玛《关于〈格萨尔王传〉》（青海人民出版社，2004）、《〈格萨尔〉文化散论》等。这些论著就史诗思想内涵、史诗与宗教文化，岭国英雄、王室和部落，民俗文化、史诗横向流传等，均有独到见解。降边嘉措关注史诗中所反映出来的宗教信仰及内涵，认为史诗具有三层民族文化内涵：自然崇拜、苯教文化和佛教文化，重点探讨了史诗的原始文化因素与民间信仰、格萨尔形象所展示的民族精神。何峰将《格萨尔》与藏族部落社会制度有机地结合起来，探讨了史诗中所反映的古代藏族部落政治、法律、军事、经济等制度以及宗教、巫卜、伦理道德、文娱体育等传统文化，并从史诗中的兵役制度、武器装备、战争特点及战术等入手，指出《格萨尔》史诗反映了藏族传统社会的军事现实。这种研究角度和方法异于传统的研究思路，在某种意义上开拓了《格萨尔》研究的新领域，推动了《格萨尔》研究的纵深发展。

吴伟和杨恩洪两位汉族女学者的研究引人瞩目。吴伟的《〈格萨尔〉人物研究》将史诗人物性格归纳为单一型、向心型、层递型、对立型、格萨尔型等五个类型，分析了智谋型、勇敢型、妇女型人物特点，并将人物原型归纳为图腾、自我意识和信仰三个层次①。这种阐释有助于对《格萨尔》人物形象的理解和认识，颇具开拓性和创见性。杨恩洪《民间诗神——格萨尔艺人研究》是国内第一部系统研究《格萨尔》说唱艺人的专著，从艺人地位与贡献、艺人说唱内容及形式、艺人分布与类型、艺人说唱特点、艺人演唱所受到的文化背景以及说唱与文本之间关系，探讨了史诗说唱艺人多种特征，并结合本人10多年藏区田野调查，为20多个著

① 耿予方：《格萨尔学的新拓展》，载《格萨尔学集成》第四卷，甘肃民族出版社1994年版，第3102页。

名艺人立传，记述和分析了不同类型艺人及说唱生活经历，在研究方法上具有展示意义。

角巴东珠《格萨尔疑难新论》（中国藏学出版社，2000）对《格萨尔》与宗教关系、蒙藏《格萨尔》关系，神授艺人、伏藏艺人和圆光艺人等进行了较为全面的分析，并对其历史价值、遗物、遗迹所反映的人物、事件、宗教观念、语言艺术特色以及各种版本异同、国内外研究历史与现状等作了评述。恰嘎·旦正《格萨尔研究集锦》主要对《格萨尔》中的地名、人名和岭国、四方敌国的疆域等进行了考证，对文本所反映的家神、地方神、战神以及史诗中藏民族生态环境保护等进行了拓展性研究[①]。赵秉理《格萨尔学散论》对《格萨尔》族属、《格萨尔》与古代藏族部落战争、藏蒙《格萨（斯）尔》关系、《格萨尔》学的学科体系建立等提出了独到见解。索南卓玛《关于〈格萨尔王传〉》对史诗的主要内容、说唱艺人、国内外研究状况等作了评述，颇具资料性。

青海社会科学院赵秉理研究员编纂的五卷本《格萨尔学集成》于1990—1998年出版，分门别类地收录了我国从20世纪30年代至90年代有关《格萨尔》论著，有《格萨尔》工作的主要文件和信息动态、国内外《格萨尔》研究综述及目录索引、研究专家学者小传、近百年来《格萨尔》研究主要论著及《格萨尔》学科建设等，内容丰富、资料翔实，是我国第一套比较完整研究《格萨尔》的大型学术资料工具书，在国内外有很大影响，被称为“研究格萨尔史诗的资料宝库”。

据不完全统计，《格萨尔》研究的学术文章近千篇，研究者们结合民俗学、人类学和社会学等学科理论，广泛开展田野调查和研究，拓展史诗中所蕴含的民间信仰、社会制度文化、传承艺人等领域，并将接受美学、精神分析、口头诗学、“帕里—洛德”理论等相继运用到研究中，提升了研究理论水准，开拓了学术视野，亦推动了《格萨尔》学研究向国际化迈进的水平。

（五）戏剧研究

近几年，青海省编纂的《中国戏曲志·青海卷》、《中国戏曲音乐集成·青海卷》系统记述了青海藏戏发展历史、剧目、音乐唱腔、表演风

---

① 索南卓玛：《国内外研究〈格萨尔〉状况概述》，《文坛瞭望》2004年秋季号。

格、剧团机制等，并为已故的表演艺术家立传。曹娅丽的《青海黄南藏戏》一书（文化艺术出版社，2007），结合多年田野调查，系统介绍了黄南藏戏的产生与发展、艺术形态、民族和地域特色、剧目的继承和创造、舞台艺术风格、著名的藏戏表演艺术家等。徐明、霍福的《青海目莲戏》（青海人民出版社，2007）不仅对濒临失传的青海省民和县麻地沟目连戏手抄本进行了抢救性整理，还对麻地沟“刀山会”进行了口述史调查，具有重要的资料价值。

（六）综合性研究

20世纪70年代以来，有关少数民族文学史编撰工作成绩斐然。毛星主编的《中国少数民族文学》（湖南人民出版社，1983）对青藏地区藏族、门巴族、珞巴族、土族、撒拉族等民族文学进行了系统评介，在重点介绍各民族民间文学作品的同时，也分析了作家文学。王沂暖、唐景福《藏族文学史略》（青海人民出版社，1988）将藏族文学发展分为吐蕃、元明、明清三个历史阶段，对藏族作家文学和民间文学进行了较为深入的研究，并对藏族的神话传说、《格萨尔王传》、民间故事集、寓言故事、藏戏、民间歌谣、叙事诗等进行了探讨。马光星《土族文学史》（青海人民出版，1999）对土族文学作了较为系统的分析与介绍，涉及土族神话传说、民间故事、歌谣、《格赛尔》、民间叙事诗等，堪称是一部关于土族民间文学研究的集大成之作。邢海燕《土族口头传统与民俗文化》（甘肃人民出版社，2008）将土族口头文学视作一种活态传统，考察其与民俗生活的关系及变化过程，进而对土族口头传统中的文化变迁、多元信仰、女性文化、歌手、流传特征、民俗功能及如何抢救与保护等问题进行了有益探讨。

对回族、撒拉族、珞巴族等民族民间文学进行综合整体研究的有：朱刚《青海回族的民间文学》（《青海民族民间文学资料·回族专集》），较为全面地介绍了青海回族民间文学的状况，论述了伊斯兰教与回族民间文学关系、回族宴席曲表现手法特点，传说故事、儿歌及回族民间文学的语言美。朱刚和李延恺《撒拉族民间文学简介》（《青海民族学院学报》1979.1），马学义《撒拉族民间文学简介》（《青海社会科学》1981.4）对撒拉族的神话传说、民间故事、撒拉曲儿、撒拉“花儿”、“宴席曲”等进行了介绍与分析。于乐闻《珞巴族民间文学概况》（《西藏民族学院学报》1980.2）对珞巴族民间文学进行了概括性介绍与分类，并从其所反映的历史时代、宗教信仰等入手，深入挖掘和展现了珞巴族民间文学的文化内涵。

三　青藏地区民族民间文学学术研究展望

新中国成立以来，青藏地区民族民间文学研究虽然说成就巨大，但也存在诸多不足。一些领域如《格萨尔》史诗学、“花儿”研究比较深入和广泛，但其他民间文学体裁研究仍显薄弱，制约了整体民间文学研究；从各民族民间文学研究现状来看，藏族、土族的民间文学研究比较突出，但其他民族的民间文学研究成果相对单薄；从研究理论与方法来说，虽然在民族史诗学、歌谣学方面有突出建树，但理论与方法的运用与国内相比，存在较大差距；从研究队伍及其培养后继人才看，现有的从事民族民间文学研究的人员年龄趋于老化，知识结构和研究方法亦显然跟不上学科发展的需要。若要培养起一支本土的民族民间文学研究队伍，还需百倍努力。随着全球化和现代化进程的加快，青藏地区一些丰富的民族民间文学正在丧失其赖于生存的传承环境，许多珍贵的还来不及搜集、整理的民间文学遗产濒临消亡，民族民间文学继续传承情况堪忧。如何乘保护非物质文化遗产东风，继续流传和持续保护各民族口头的民间文学，仍是一项艰巨的任务。

因此，青藏地区民族民间文学研究，在继承原有行之有效的研究理论与方法的同时，应积极拓宽学术视野，更新研究理论、研究方法和研究手段，将口头程式、口头诗学、表演理论、比较研究、结构主义、功能研究的理论与方法等，借鉴运用于研究之中，与时代思潮合拍，与时代变化相适应。需要强调的是，在借鉴、运用国外理论与方法时，应与青藏地区民族民间文学的实际相结合，切忌生搬硬套，尽力避免出现邯郸学步、东施效颦的状况。以往的青藏地区民族民间文学研究大多关注对民间文学书面记录的口头文本研究，忽视讲述者、听众以及口头文本的研究，对史诗、花儿、戏曲等表演性很强的民间文学样式及新兴的民间文学样式仍关注不够。还应提倡回归民间，加强田野调查，深入民间文学的生存情景对其进行整体研究，观照民间文学在民俗语境中的生存、传承情况。

参考文献

一　理论类

钟敬文：《钟敬文文集·民间文学卷》，安徽教育出版社 1999 年版。

钟敬文：《民间文学概论》，上海文艺出版社 1980 年版。

钟敬文：《民间文艺学文丛》，北京师范大学出版社 1982 年版。

张紫晨：《民间文艺学原理》，花山文艺出版社 1991 年版。

张紫晨：《民间文艺学民俗学论文集》，北京师范大学出版社 1993 年版。

万建中：《民间文学引论》，北京大学出版社 2006 年版。

刘守华、陈建宪主编：《民间文学教程》，华中师范大学出版社 2002 年版。

季羡林：《比较文学与民间文学》，北京大学出版社 1991 年版。

毕村主编：《民间文学教程》，中央民族大学出版社 2009 年版。

陶立璠：《民族民间文学理论基础》，中央民族出版社 1985 年版。

祁连休、程蔷、吕微主编：《中国民间文学史》，河北教育出版社 2008 年版。

姜彬主编：《中国民间文学大辞典》，上海文艺出版社 1992 年版。

鲁迅：《中国小说史略》（修订本），齐鲁书社 1997 年版。

赵世瑜：《眼光向下的革命》，北京师范大学出版社 1999 年版。

尹虎彬：《古代经典与口头传统》，中国社会科学出版社 2002 年版。

刘守华、黄永林主编：《民间叙事文学研究》，华中师范大学出版社

2005 年版。

苑利主编：《二十世纪中国民俗学经典》，社会科学文献出版社 2002 年版。

糜文开：《印度文学欣赏》，台湾三民书店 1953 年版。

夏宪忠：《巴赫金狂欢化文化诗学研究》，北京师范大学出版社 2000 年版。

王娟：《民俗学概论》，北京大学出版社 2002 年版。

乌丙安：《中国民俗学》（修订本），辽宁大学出版社 1999 年版。

叶涛：《中国民俗》，中国社会科学出版社 2006 年版。

陶立璠：《民俗学概论》，中央民族学院出版社 1987 年版。

马学良、梁庭望、李云忠主编：《中国少数民族文学比较研究》，中央民族大学出版社 1997 年版。

梁庭望、张公瑾主编：《中国少数民族文学概论》，中央民族大学出版社 1998 年版。

马学良、梁庭望、张公瑾主编：《中国少数民族文学史》，中央民族大学出版社 2001 年版。

毛星主编：《中国少数民族文学》，湖南人民出版社 1983 年版。

丁山：《古代民族与神话》，商务印书馆 2005 年版。

袁珂：《中国神话史》，上海文艺出版社 1988 年版。

朱芳圃：《中国古代神话与史实》，中州书画社 1982 年版。

赵宗福：《昆仑神话》，青海人民出版社 2005 年版。

吕微：《神话何为》，社会科学文献出版社 2002 年版。

邓启耀：《中国神话的思维结构》，重庆出版社 2004 年版。

刘守华主编：《中国民间故事类型研究》，华中师范大学出版社 2002 年版。

刘守华：《比较故事学》，上海文艺出版社 1995 年版。

许珏：《口承故事论》，北京师范大学出版社 1999 年版。

江帆：《民间口承叙事论》，黑龙江人民出版社 2003 年版。

杨洪烈：《中国诗学大纲》，台湾商务印书馆 1979 年版。

赵宗福：《花儿通论》，青海人民出版社 1989 年版。

赵沛霖：《兴的起源——历史积淀与诗歌艺术》，中国社会科学出版社 1987 年版。

郗慧民:《西北民族歌谣学》，民族出版社 2001 年版。

马光星:《土族文学史》，青海人民出版社 1999 年版。

马学良、恰白·次旦平措、佟锦华:《藏族文学史》(修订本)，四川民族出版社 1994 年版。

王沂暖、唐景福:《藏族文学史略》，青海民族出版社 1988 年版。

赵秉理主编:《格萨尔学集成》(1—5 卷本)，甘肃民族出版社 1994—1998 年版。

王兴先:《格萨尔论要》(增订本)，甘肃民族出版社 2002 年版。

王兴先主编:《格萨尔文库》(第一卷)，甘肃民族出版社 1996 年版。

杨恩洪:《民间诗神——〈格萨尔〉艺人研究》，中国藏学出版社 1995 年版。

扎西东珠、王兴先:《〈格萨尔〉学史稿》，甘肃民族出版社 2002 年版。

何峰:《〈格萨尔〉与藏族部落》，青海民族出版社 1995 年版。

降边嘉措:《〈格萨尔〉与藏族文化》，内蒙古大学出版社 1994 年版。

角巴东主、马都尕吉:《雪域传奇〈格萨尔〉》，青海人民出版社 2010 年版。

陈岗龙:《蟒古思故事论》，北京师范大学出版社 2003 年版。

仁钦道尔吉:《江格尔论》，内蒙古大学出版社 1999 年版。

仁钦道尔吉:《蒙古英雄史诗源流》，内蒙古大学出版社 2001 年版。

仁钦道尔吉:《蒙古英雄史诗论》，台湾唐山出版社 2007 年版。

林修澈、黄季平:《蒙古民间文学》，台湾唐山出版社 1996 年版。

斯钦巴图:《江格尔与蒙古族宗教文化》，内蒙古大学出版社 1999 年版。

斯钦巴图:《蒙古史诗:从程式到隐喻》，民族出版社 2006 年版。

陈岗龙:《蒙古民间故事的比较研究》，北京大学出版社 2001 年版。

关德栋:《曲艺论集》，上海古籍出版社 1983 年版。

吴文科:《中国曲艺通论》，山西教育出版社 2004 年版。

姜昆、倪锺之主编:《中国曲艺通史》，人民文学出版社 2005 年版。

索次:《藏族说唱艺术》，西藏人民出版社 2006 年版。

曹娅丽：《青海黄南藏戏》，文化艺术出版社 2007 年版。

中国大百科全书编辑委员会：《中国大百科全书·戏曲曲艺》，中国大百科全书出版社 1983 年版。

孙建君：《中国民间皮影艺术》，湖南美术出版社 2003 年版。

林继富：《灵性高原：西藏民间信仰源流》，华中师范大学出版社 2004 年版。

才让：《藏传佛教信仰与民俗》，民族出版社 1999 年版。

马成俊：《青海民间文化新探》，民族出版社 2008 年版。

丹珠昂奔：《藏族文化发展史》，甘肃教育出版社 2001 年版。

王尧、陈践译注：《敦煌古藏文文献探索集》，上海古籍出版社 2008 年版。

丁守璞、杨恩洪：《蒙藏关系史大系·文化卷》，西藏人民出版社、外语教学与研究出版社 2000 年版。

黄奋生：《藏族史略》，北京民族出版社 1985 年版。

王森：《西藏佛教发展史》，中国社会科学出版社 1987 年版。

札奇斯钦：《蒙古与西藏历史关系之研究》，台湾正中书局 1978 年版。

星全成：《藏族文化衍论》，青海人民出版社 2009 年版。

赵宗福：《青海史纲》，青海教育学院 1992 年铅印本。

崔永红、杜常顺、张德祖：《青海通史》，青海人民出版社 1999 年版。

（明）萨迦·索南坚赞：《西藏王统记》，刘立千译，西藏人民出版社 1987 年版。

［美］丁乃通：《中国民间故事类型索引》，郑建成等译，中国民间文艺出版社 1986 年版。

［美］约翰·迈尔斯·弗里：《口头诗学：帕里—洛德理论》，朝戈金译，社会科学文献出版社 2000 年版。

［美］阿尔伯特·贝茨·洛德：《故事的歌手》，尹虎彬译，中华书局 2004 年版。

［美］斯蒂·汤普森：《世界民间故事分类学》，郑海等译，郑凡译校，上海文艺出版社 1991 年版。

[英] 詹·弗雷泽:《金枝》,徐育新等译,刘魁立审校,新世界出版社 2006 年版。

[英] 托马斯:《东北藏古代民间文学》,李有义译,四川民族出版社 1986 年版。

[俄] 马林诺夫斯基:《文化论》,费孝通译,中国民间文艺出版社 1987 年版。

[俄] 马林诺夫斯基:《巫术科学宗教与神话》,李安宅译,上海文艺出版社 1987 年影印版。

[罗] 米尔恰·伊利亚德:《神圣与世俗》,王建光译,华夏出版社 2002 年版。

[日] 柳田国男:《传说论》,连湘译,中国民间文艺出版社 1985 年版。

[德] 艾伯华:《中国民间故事类型》,王燕生等译,刘魁立审校,商务印书馆 1999 年版。

二 文献资料类

中国民间故事集成《西藏卷》编辑委员会:《中国民间故事集成·西藏卷》,中国 ISBN 中心 2001 年版。

中国民间歌谣集成《西藏卷》编辑委员会:《中国民间歌谣集成·西藏卷》,中国 ISBN 中心 2007 年版。

中国民间谚语集成《西藏卷》编辑委员会:《中国民间谚语集成·西藏卷》,中国 ISBN 中心 2007 年版。

中国民间故事集成《青海卷》编辑委员会:《中国民间故事集成·青海卷》,中国 ISBN 中心 2008 年版。

中国民间歌谣集成《青海卷》编辑委员会:《中国民间歌谣集成·青海卷》,中国 ISBN 中心 2008 年版。

中国民间谚语集成《青海卷》编辑委员会:《中国民间谚语集成·青海卷),中国 ISBN 中心 2008 年版。

中国曲艺音乐集成《青海卷》编辑委员会:《中国曲艺音乐集成·青海卷》,中国 ISBN 中心 1998 年版。

中国曲艺音乐集成《西藏卷》编辑委员会：《中国曲艺音乐集成·西藏卷》，中国 ISBN 中心 2000 年版。

陶阳、钟秀编：《中国创世神话》，上海人民出版社 1989 年版。

塔热·次仁玉珍整理翻译：《藏北民间故事》，西藏人民出版社 1993 年版。

廖凡东、次仁多吉、次仁卓嘎整理翻译：《西藏民间故事》（1），西藏人民出版社 1983 年版。

山南民间文学三套集成总编委会：《山南民间歌谣集成》（1），西藏人民出版社 1995 年版。

甘南藏族自治州文化局：《藏族民间歌曲选》，青海民族出版社 1989 年版。

王歌行等整理：《岭·格萨尔王——霍岭战争》，中国民间文艺出版社 1985 年版。

许国琼、王小松译：《姜岭大战》，中国藏学出版社 1991 年版。

嘉措顿珠译：《格萨尔王传·门岭之战》，西藏人民出版社 1984 年版。

王沂暖、唐景福译：《赛马七宝之部》，甘肃人民出版社 1988 年版。

朱刚等编：《土族撒拉族民间故事》，上海文艺出版社 1992 年版。

班觉帕巴·鲁珠：《尸语故事》，李朝群译，西藏人民出版社 1983 年版。

田海燕编：《金玉凤凰》，少年儿童出版社 1980 年版。

印度文学丛书：《五卷书》，季羡林译，人民文学出版社 1981 年版。

韩生魁等编：《塔尔寺的传说》，青海人民出版社 1990 年版。

青海民族民间文学丛书：《青海回族民间故事》，青海人民出版社 1985 年版。

青海民族民间文学丛书：《青海藏族民间故事》，青海人民出版社 1984 年版。

贾晞儒编：《青海湖畔的传说》，青海人民出版社 1981 年版。

郭良鉴、黄宝生编译：《佛本生故事选》，人民文学出版社 1985 年版。

许英国：《青海藏族民间谚语选》，青海人民出版社 1987 年版。

中国戏剧家协会青海分会:《青海曲艺选》内部资料本，青海省群众艺术馆 1979 年编印。

朱桂元编:《中国少数民族神话汇编·开天辟地篇》，中央少数民族古籍出版规划办公室印行，1985 年版。

中国民间文艺研究会青海分会:《青海民族民间文学资料·故事歌谣专集》内部资料本，第 1 期，1986 年编印。

青海民族学院汉语文系现代文学教研组:《土族民间文学作品选》内部资料本，1980 年编印。

中国民间文艺研究会青海分会:《青海民族民间文学·回族专集》，1980 年编印。

青海民族民间文学丛书:《青海回族宴席曲》，青海人民出版社 1987 年版。

循化撒拉族自治县民间文学三套集成办公室:《民间歌谣集成》内部资料本，1989 年编印。

海西州民间文学集成办公室:《中国民间文学集成·海西民间故事》内部资料本，1990 年编印。

黄南州民间文学集成办公室:《中国民间文学集成·黄南民间故事》内部资料本，1994 年编印。

玉树州民间文学集成办公室:《中国民间文学集成·玉树民间故事》内部资料本，1990 年编印。

果洛州民间文学集成办公室:《中国民间文学集成·果洛民间故事》内部资料本，1990 年编印。

大通县民间文艺集成办公室:《青海民间文学集成大通卷·民间故事》内部资料本，1986 年编印。

湟源县民间文艺集成办公室:《青海民间文学集成湟源卷·民间故事》内部资料本，1990 年编印。

循化县民间文艺集成办公室:《青海民间文学集成循化卷·民间故事》内部资料本，1992 年编印。

平安县民间文艺集成办公室:《青海民间文学集成平安卷·民间故事》内部资料本，1991 年编印。

湟中县民间文艺集成办公室:《青海民间文学集成湟中卷·民间故

事》内部资料本，1989 年编印。

互助县民间文艺集成办公室：《青海民间文学集成互助县卷·民间故事》内部资料本，1990 年编印。

乐都县文化馆：《青海民间文学集成乐都县卷·民间歌谣》内部资料，1989 年编印。

西宁市文联：《河湟民间文学集》内部资料本，1—12 辑，1981—1989 年编印。

中国民间文艺研究会青海分会：《青海民族民间文学资料·土族文学专集》（3 册），1979—1989 年编印。

中国民间文艺研究会青海分会：《青海风物传说》内部资料本，1987 年编印。

湟源县文化馆：《湟源曲艺选集》内部资料本，1984 年编印。

青海省群众艺术馆：《青海地方曲艺·越弦》内部资料本，1990 年编印。

青海省群众艺术馆：《青海地方曲艺·平弦》内部资料本，1986 年编印。

赵宗福、马成俊主编：《中国民俗大系·青海民俗》，甘肃人民出版社 2004 年版。

张宗显主编：《中国民俗大系·西藏民俗》，甘肃人民出版社 2004 年版。

吴存浩：《中国风俗通志·婚嫁志》，山东教育出版社 2005 年版。

朱世奎主编：《青海风俗简志》，青海人民出版社 1994 年版。

米海萍、乔生华辑：《青海土族史料集》，青海人民出版社 2006 年版。

（元）萨迦·贡噶坚赞：《萨迦格言》（汉藏文版），青海民族出版社 1981 年版。

三　学术论文类

马学良：《民间文学研究的多学科性》，《贵州大学学报》1988 年第 4 期。

赵宗福：《论虎齿豹尾的西王母》，《北京师范大学学报》1993 年第 3 期。

尹虎彬：《口头文化研究中的程式概念》，《民间文学论坛》1996 年第 3 期。

林继富：《藏族神话与原始审美》，《西藏艺术研究》1992 年第 2 期。

谢继胜：《牦牛图腾型藏族族源神话探索》，《西藏研究》1986 年第 3 期。

万建中：《民间传说的虚构与真实》，《文化研究》2005 年第 4 期。

施爱东：《民间文学的形态研究与共时研究——以刘魁立〈民间叙事的生命树〉为例》，《民族文学研究》2006 年第 2 期。

刘宗迪：《从书面范式到口头范式：论民间文艺学的范式转换与学科独立》，《民族文学研究》2004 年第 2 期。

谷德明：《论回族神话的多元构成》，《西北民族学院学报》（哲学社会科学版）1985 年第 1 期。

林继富：《藏族神话与原始审美》，《西藏艺术研究》1992 年第 2 期。

房建昌：《俄国和苏联研究西藏民间文学小史》，《青海社会科学》1987 年第 3 期。

周纬：《国内外藏族民间文学研究综述》，《西北民族学院学报》1991 年第 3 期。

天鹰：《〈哭嫁歌〉的思想性和艺术性》，载《中国民间文学论文选》（中），上海文艺出版社 1980 年版。

索南卓玛：《国内外研究〈格萨尔〉状况概述》，《文坛瞭望》2004 年秋季号。

仁增：《〈格萨尔〉文本整理研究概要》，《中国西藏》2002 年第 6 期。

李雄飞：《新时期的藏族民间歌谣研究综述》，《中国藏学》1998 年第 4 期。

李学琴：《论珠牡的形象美》，《西南民族学院学报》1988 年“民族语言文学专集”号。

许英国：《简评青海第一部民间叙事长诗〈方四娘〉》，《青海社会科学》1984 年第 5 期。

高启安：《〈四姐宝卷〉与〈方四娘〉》，《青海社会科学》1988 年第 1 期。

马光星：《论民间说唱〈方四娘〉》，《青海社会科学》1989 年第 4 期。

格日勒扎布：《蒙古〈格斯尔〉的流传及艺人概览》，《民族文学研究》1992 年第 4 期。

齐木道吉：《关于蒙文〈格斯尔〉的几个问题》，《格萨尔研究集刊》第 2 辑 1987 年版。

哈·丹碧扎拉桑著，巴雅尔图译：《蒙藏〈格斯尔〉关系初论》，《民族文学研究》1987 年增刊。

龙梅：《历史与文学的壮阔画卷——蒙古族英雄史诗》，载晓克等编《文化内蒙古第三卷·圣洁的彩虹》，内蒙古教育出版社 2006 年版。

斯钦巴图：《〈江格尔〉漫谈》，《寻根》2006 年第 5 期。

谈士杰：《格萨尔王传与藏族民歌》，《青海民族学院学报》1996 年第 1 期。

王哲一：《〈格萨尔〉结构形式和结构功能考察》，《格萨尔研究》1985 年第 2 期。

刘锦：《“花儿”的文学性与音乐性》，《甘肃高师学报》2000 年第 4 期。

祁明芳：《“花儿”唱醉了老爷山》，《甘肃高师学报》2003 年第 1 期。

屈文焜：《“花儿”的空间系统》，《宁夏大学学报》（社会科学版）1995 年第 1 期。

靳玉兰：《河湟“花儿”中比的特殊用法》，《兰州大学学报》（社会科学版）1995 年第 2 期。

李恩春：《论“花儿”流行中的曲调演变及意义》，《音乐研究》1995 年第 2 期。

乔建中：《“花儿”研究第一书——张亚雄和他的〈花儿集〉》，《音乐研究》2004 年第 3 期。

谈士杰：《河湟“花儿”与藏族民歌比较研究》，《民族文学研究》1994 年第 3 期。

贡保草、坚赞道杰：《“花儿”的意境美》，《西北民族学院学报》1999年第4期。

郭德慧：《西北回族宴席曲与“花儿”的比较研究》，《音乐探索》1992年第2期。

李昕：《青海“花儿”与小调的比较研究》，《音乐探索》2001年第1期。

范长风：《神圣事象与“花儿”：两种文化现象的互动》，《民族艺术》2002年第3期。

杨沐文、欣芝：《中国西北地区民族“花儿”研究》，《内蒙古艺术》2000年第2期。

柯杨：《听众的参与和民间歌手的才能——兼论洮岷花儿对唱中的环境因素》，《民俗研究》2001年第2期。

贾放：《弗·雅·普罗普之神奇故事的结构研究与历史研究》，《民俗研究》2003年第3期。

官却杰：《藏族曲艺“折嘎”及其演唱》，《中国西藏》（中文版）1999年第3期。

王玲：《藏族民间故事〈斑竹姑娘〉与日本故事〈竹取物语〉的类比性研究》，《西南民族大学学报》2007年第8期。

刘守华：《藏传佛教与〈尸语故事〉》，《西藏民俗》1998年第3期。

林继富：《“二母争子”故事揭秘》，《中南民族学院学报》2000年第4期。

张镱锂等：《论青藏高原范围与面积》，《地理研究》2002年第1期。

［德］卡尔·赖歇尔：《南斯拉夫和突厥英雄史诗中的平行式：程式化句法的诗学探索》，朝戈金译，《民族文学研究》1990年第2期。

［美］约翰·迈尔斯·弗里：《口头程式理论：口头传统研究概述》，朝戈金译，《民族文学研究》1997年第1期。

后　记

《青藏地区民族民间文学研究》一书，系国家社科基金项目西部专项资助项目（编号08XZW021）。当初课题组研究人员确定后，全体撰稿者经过认真讨论和反复论证，确定了写作大纲，并进行了各章节撰写分工。前后用了四年时间，大量查阅有关青藏地区民族民间文学资料，部分做了田野调查，尽可能地借用参照民间文学最新前沿理论，吸收近几年学界新的研究成果，更多的是课题组成员多年来的研究心得，凝结成为一项集体研究成果。全书初稿完成后，由课题组负责人米海萍进行了统稿工作。为保证课题的研究质量，在统稿过程中对部分章节做了适当的删补修改，最后定稿杀青。

本书凡11章45节，对青藏地区各民族流传在口头和保存于文本的民间文学，散文类的神话、民间传说、民间故事，韵文类的民间歌谣、英雄史诗、民间叙事诗、民间谚语、谜语和歇后语，散韵合璧类的民间曲艺等主要体裁，置于民族文化遗产视角，从严谨的学术层面，运用民间文艺学和民俗文化学理论和方法，第一次作了整体性的系统分析和探讨，并全面系统地梳理和评价了青藏地区各民族民间文学的学术研究历史与现状。其中对所蕴含和反映的青藏地区各民族历史发展进程，所展示的各民族社会生活、生产实践、传统习俗、民间信仰，体现着各民族的智慧、生活理想、审美情趣和审美心理，凸显着各民族在长期高原生活中形成的坚韧不拔、吃苦耐劳、勤劳勇敢、纯朴善良的民族性格与民族精神等内容，进行了较为深刻细致的探讨，肯定其所具有的多元文化价值。

本书各章的撰写者是：第一章：米海萍；第二章：刘永红；第三章：胡芳；第四章：刘永红；第五章：刘大伟；第六章：马都尕吉；第七章：

胡芳、李玉英；第八章：李言统、李玉英；第九章：蒲生华；第十章：米海萍；第十一章：胡芳。

本书能够顺利出版，既是全体撰稿人齐心协力的结果，更与所有撰写者的恩师——民俗学家赵宗福博士的关怀和学术指导分不开。2011 年 5 月，青海省民俗学会成立，身任中国民俗学会副会长的赵宗福先生，在各种政务事务繁重缠身中出任青海省民俗学会第一任会长，乃众望所归矣。赵先生在青海省民俗学会成立大会上明言：由此以后，青海省的民俗文化研究，进入一个“从零散无依、各自为阵形成学术合力、走向集约化发展”的新的历史时期。并高屋建瓴地指明了青海民俗文化研究的定位和学术方向，即勇于担当使命，为建设文化名省做积极贡献；立足青海，放眼国内国际学术语境，推进具有青海特色的地方民俗学。殷殷期望所有会员（参加学会的会员来自青海各地，人数达百余人，其中拥有博士、硕士学位者占 80% 以上）严格遵循学术品格、追求学术品质，以优异的业绩赢得学术话语权。学会成立后首次所办的学术实事之一是，在会员中遴选精品研究成果，主动与国家级出版社联系，策划出版一套“民俗文化研究丛书”，以期在中国民俗学大旗之下奠定青海“地方民俗学”学科基础。十分幸运的是，正值本课题通过国家社科基金项目办公室的严格评审、本书经过反复修改完成撰写之时，被列入第一批出版计划中。在此，全体撰稿者怀感恩之心，感谢赵先生多年来在学术上的鼎力提携和无私帮助！

本书的出版，得到中国社会科学出版社的大力支持，全体撰稿成员衷心感谢。同时，也感谢本书责任编辑刘艳女士的热情支持和所付出的极大心血。

希望本书的出版，为中国民间文艺学学科建设和发展，尽一份绵薄之力。也希望为青海省的民俗文化研究和学科建设添一块砖加一片瓦。

书中不足之处在所难免，亦诚恳期望同仁和读者们批评指正。

《青藏地区民族民间文学研究》课题组谨识

2012 年仲夏